영성의 시인 이시환 시문학 읽기 · **2**

니르바나와
Nirvana

케노시스에 이르는 길
kenosis

심종숙 지음

신세림출판사

영성의 시인 이시환 시문학 읽기·2

니르바나와 케노시스에 이르는 길

일러두기

1. 이 책은 이시환의 시문학을 읽는 데에 도움이 되는 두 번째 연구서이다.

2. 이 책은 저자인 심종숙 박사의 머리말, 연구 대상이 된 이시환 시인의 말, 그리고 본문 30편의 평문, 저자의 후기, 부록 등으로 구성되어 있으며, 부록에는 이시환 시인의 작품세계를 간접적으로 이해할 수 있는 자필 원고 자료로 ①나의 내면적 풍경 ②나는 누구인가 ③내 가치관의 핵 등 이미 공개된 3편의 짤막한 글이 '작가 연보'를 대신하고 있다.

3. 이 책의 내용은 이시환 시인의 전 시집 13권을 읽고, 그것들을 관류하는 핵심내용과 주요 특징들을 중점 분석 정리했다.

4. 그 결과, '니르바나[Nirvana]'와 '케노시스[kenosis]'에 이르는 여정(旅程)을 보여주는 구도자(求道者)의 길임을 확인하였다.

5. 그 방법인 즉 자신의 내면으로 침잠해 들어가 '묵상(黙想)'과 '관상(觀想)생활'을 통해서 우주 만물과 소통 교감하는 일이었다.

6. 그 목적인 즉 불평등한 수직적 사회 구조를 넘고, 옹색한 근대적 자아를 넘고, 서로 다른 너와 내가 존중하며, 자신과 이웃을 살리는 상생의 길을 가기 위한 모색이자 노력이었음을 확인하였다.

7. 분석대상이 된 이시환의 시 작품은 원작 그대로 행(行)과 연(聯)을 구분하여 전문(全文)을 인용한 경우와 빗금[/]으로써 이어쓰기 형식으로 전문 혹은 부분을 인용하였는데 모두 본문 활자보다 작은 서체를 사용하였다. 단, 제3자의 저서 속에서 인용한 문장이 길어진 경우에는 본문서체와 다른 것을 취했으되 작게 하여 이들을 구분하였다.

8. 한자는 ( )속에, 영문 철자는 [ ]속에 넣어 통일하였다.

9. 전체적으로 보면, 심종숙 박사의 평생 연구과제인 '문학과 종교적 영성과의 관계'를 추적하는 과정에서 분석대상으로 이시환의 시문학이 선택되었고, 문학이 종교적 영성을 만날 때에 그 의미가 깊어진다는 사실을 확인한 내용이라 할 수 있다.

머리말

　본 저서의 내용은 이시환(李昰煥 : 1957 ~ 　) 시인의 전 시집 13권을 읽고 그의 시세계를 '문학과 종교 영성(靈性)의 관점'에서 쓴 글이다. 여러 종교의 영성 중에서 그리스도교와 불교의 영성을 바탕으로 쓰여진 이 글은, 넓게는 문학과 종교라는 비교문학적 관점에서 이 시인의 시업(詩業)을 평가한 것이기도 하다. 물론, 필자는 그의 시업을 평가할 위치에 있지는 않다.

　그러나 필자가 그간 살아오는 동안 그리스도교와 불교, 이 두 종교를 접하여 해당 경전이나 영적 독서를 하면서 문학연구를 해오다보니 인문학의 위기와 함께 문학의 그것을 극복하는 길의 한 방법으로써 종교 영성과 문학의 접목을 모색해 왔었다. 그 가운데 불교의 '니르바나'와 그리스도교 동방교회의 '비움[kenosis]'의 영성이 유사성을 가지고 있고, 이 상관관계를 문학 텍스트 분석을 통하여 구현해 보려고 나름대로 시도해 왔다. 구체적인 대상으로는, 한국의 만해 한용운, 일본의 미야자와 겐지, 인도의 라빈드라나드 타고르, 러시아의 도스토예프스키 등의 문학이었다. 이 연구는 지금도 진행 중인 가운데 있지만, 시인의 전 시집을 읽으면서 그의 시 작품이 나의 연구 테마에 근접하고 있어서 영적인 글쓰기를 곁들여 이 책을 썼다.

　이 책에 실린 글들은, 2015년 7월 중순부터 2016년 1월까지의 기간에 쓴 것이지만 엄밀히 말해, 나의 지성과 이성만으로 썼다고 볼 수는 없다. 왜냐하면, 글을 쓰는 동안, 나는 너무나 행복했고, 나쁜 건강도 좋아졌으며, 실로, 알 수 없는 변화가 뒤따랐기 때문이다.

영적인 글쓰기는 영적인 대화와 함께 당사자에게 생명을 가져다 준다고 한다. 나는 매일 새벽 6시에 일어나 고교생인 아이가 학교 가는 6시 40분부터 집필에 들어가 정오나 오후 1시 정도에 책상에서 내려왔다. 집필 중인 때는 금식을 했다. 책상에서 내려오면 죽이나 가벼운 점심을 먹었다. 과연, 가을은 내게 글쓰기에 최적한 계절이었다.

이 글들을 쓰기 위하여, 모세 오경[Tora]을 그 해 봄학기에 미리 공부하고, 가장 문학적인 부분인 성경의 시편과 지혜서 부분이 계획된 경전 공부를 한 학기 미루었고, 오전의 일정은 모두 취소하였었다. 그나마 한 달에 한 번 3주째 수요일 미사에 제대에 올라가 하는 독서를 빼고는 오전에 공동체에서 나의 모습을 본 사람은 없을 것이다. 나는 이 시간을 의식하든 의식하지 않든 '하느님과 만나는 시간'이라고 생각했고 믿었다. 나 역시 하느님과 만나기 위하여 그 시간만큼은 모든 것들을 끊어야 했다. 그러는 중에 끝없이 펼쳐진 가을 하늘의 높고 깊음에 새삼 감동하였고, 나의 집에서 바라보이는 인수봉조차 하루도 똑같은 모습을 보이는 날이 없다는 것도 깨달았다. 가을비 안개에 싸여 완전히 자태를 감추거나 이마나 허리춤에 구름을 두르기도 하였다. 스무 번째의 글을 써가는 중에는 온 산이 붉게 단풍으로 물들었다. 그 무렵, 오후 백련사 근처 산책길에서 야생의 풀꽃들과도 대화하였다. 바위들이 따뜻하게 느껴져 오기도 했다. 상쾌한 가을바람 속에서 지친 영혼을 달랬다. 산 아래 순두부집에서 순두부를 먹으며 굳은 위장을 풀었다. 그리고 한 달에 두어 번 정도 원작자인 이시환 시인과 김노(金奴) 작가와 함께 충무로에서 만나 점심을 먹고 커피를 마시면서 문학에 관한 얘기를 하면서 마냥 즐거워했다.

모든 순간은 다시 오지 않는다고 하였던가? 정말이지 소중하고 행복한 시간들이었다. 그러나 12월이 오면서 지치기 시작한 나는 오래 앉아 있는 것이 원인이 되어 과거 교통사고를 당했던 곳들이 아파오기 시작했다. 허리의 병이 도지고, 다리와 발이 붓고, 무릎 등이 아파왔다. 그 무렵, 글도 어느 정도 쓴 뒤라 약간의 여유를 찾아서 본당에 미사를 드리러 나갔었는데 자꾸 눈물이 났다. 나는 '지쳤구나.' 생각했다. 그 순간, 성령께서 '니씨의 하느님'을 떠올려 주셨다. 당시엔 '니씨'란 말을 정확히 알 수 없었다. 그러나 얼마 후 '승리'라는 한국어가 마음 깊은 곳에서 아슴아슴 떠올라 왔다. 정말, 기뻤다. 그 성령은 내가 이 글쓰기에서 승리했다는 것을 나에게 인지시켜 주신 것이다. 그래서 감사의 눈물을 많이 흘렸다.

나는 수도원으로 성탄 전에 도착해야 할 카드를 한 장 한 장 육필로 쓰면서 두 시간을 꼬박 앉아 있다가 일어나는데 허리를 완전히 펼 수가 없을 정도로 통증이 심해졌다. 심히, 고통스러웠지만 '사람이 사는 건 죽는 것이 아니면 사는 것 둘 중에 하나'라고 생각했다. 그랬더니 너무나 간단해졌다. 어느새 성탄이 되어 가장 약한 인간의 모습으로 우리에게 오신 아기 예수는 고요히 잠들어 있었다.

나의 이성과 지성으로 글을 쓰기보다 그간 내가 경험한 문학 텍스트와 종교 경전과 영적 독서 및 신심 행위들을 하면서 보고 듣고 느끼고 깨달았던 것들이 이시환 시인의 시편들과 만나면서 봇물처럼 쏟아져 나와 근 7개월 만에 30편의 글을 탈고하였다. 그것이 바로 이 책이다.

그의 시에는 내가 어릴 때부터 만났던 하느님과, 석사과정에 만난 석가모니 부처가 있었다. 그분들에 대해 사모하는 마음도 있었다. 그것은 어린 시절 그의 어머니의 신앙생활과 장년에 그가 추구한 묵상(黙想)과 관상(觀想)을 통한 구도(求道)의 여정이 겹쳐지고 있었다. 그가 한국인으로서 드물게 아토스 성산에 이르기까지 구도의 순례 여정을 감행한 것은, 엄밀히 말해 그의 어머니의 영향이라고 판단된다. 성경과 불경, 코란에 이르기까지 종교적 경전을 탐독하고 순례의 여정을 하면서 그의 시들이 태생되었다.

나는 유년기 때부터 하느님의 존재를 알았다. 그 분은 작고 가난한 시골의 한 마을에 살았던 나를 찾아와 주셨다. 나의 삶에서 늘 함께 하셨고, 어려운 고비마다 힘이 되어주셨다. 그런 가운데 일본의 미야자와 겐지 문학을 공부하면서 불교에 대해 학문적으로 철학적으로 접근하게 되었다. 따라서 그리스도교는 나의 일상생활이었고, 불교는 나에게 학문적 영역에서 인연이 되었던 셈이다. 계시종교인 그리스도교와 자연종교인 불교는 성격이 다르지만 이들 두 종교 영성은 21세기의 영적 빈곤을 채워주고 있다 해도 틀리지 않는다. 글로컬한 세계의 흐름에 발맞추어 세계의 종교는 앞으로 상호 차이성을 존중하면서 소통과 교감을 이루어 나가야 할 것이다. 그럼으로써 세계평화를 이루는 또 하나의 축이 되리라 기대해 본다.

비교문학은 상호 소통과 교감, 차이성을 존중하는 토대 위에서 이루어져야 하는 학문 분야로서 그 전위에 위치하고 있다. 과학적 지식이나 세속적 지혜로는 21세기의 시대적 어젠더에 부합해 갈 수 없다고 본다. 이성과 신성의 조화를 통하여 깨어 기도하면서 인문학이 21세기의 여러 사회적 문제들을 성찰하여 해결해 나가는 단초를 마련할 때 그 위기를 넘어 존재 근거를 마련하고 인간이 살아가는데 기본이면서도 필요불가결의 학문이라는 인식을 대중들에게 심어줄 수 있을 것이다. 하나의 이데올로기는 100년이 지나야 변화될 수 있다고 한다. 그만큼 인간에게 주입된 철학이나 사상은 그 변화가 어렵다는 뜻이다. 근대의 옹색한 자아를 넘어서 너와 내가 서로 소통과 교감 속에서 상생하는 길은 보다 열려진 의식을 가져야 하며, 그것은 어쩌면 '블레즈 파스칼의 파라디그마적인 전환'일 것이라고 나는 생각한다.

한 편의 시를 쓰기 위하여 아니, 한 구절의 시구를 쓰기 위하여 시인은 잠들 수 없다. 그가 낳은 한 편의 정련된 시는 우리들의 백골을 쪼개고 폐부를 찌른다. 그가 절대자나 진리, 영원한 생명인 바람과 물, 꽃들에 대해 노래 부를 때 우리의 마음은 잃었던 순수를 되찾고 정화되어 거룩해진다. 하느님은 인간을 창조하실 때 '사랑'으로 지으셨으므로 인간이 다른 우주의 삼라만상과 함께 지복을 누리길 원하신다. 인간성이 창조된 그 뜻으로 회복될 때에 세상은 비로소 진선미(眞善美)가 실현될 것이며, 시인은 아직 도래하지 않은 그 세상을 위하여 끊임없이 노래 부를 것이다.

이 책은, 이시환의 전 시집 13권 - 첫 시집 『안암동일기』(1992)를 시작으로, 『백운대에 올라서서』(1993), 『바람서설』(1993), 『숯』(1994), 『추신』(1997), 『바람소리에 귀를 묻고』(1999), 『벌판에 서서』(2002), 『우는 여자』(2003), 『상선암 가는 길』(2004), 『백년완주를 마시며』(2005),

『애인여래』(2006), 『눈물모순』(2009), 『몽산포밤바다』(2013), 『대공』(2013) 등- 을 읽고, 한 권 한 권의 주제와 특징들을 분석하여 글 꼭지를 완성한 후 그의 시가 지니는 특징 중에 특히 이미지(물, 바람, 대지, 광물, 식물), 역설, 반복, 주체, 물활성, 시간 등에 관하여 전 시집 가운데에서 대표적인 작품을 예로 들어 다루었다. 그의 시에서 중핵을 이루는 것은 사물과 자연물, 동식물, 하늘, 우주이다. 구체적으로는 바람, 사막, 꽃, 강/바다이다. 그의 시는 마치 속세를 버리고 이들 대상과 소통과 친교를 나누기 위해 떠나는 수도사들처럼 묵상과 관상의 생활에 침잠하여 그것들과 대화를 나누는 가운데에서 창출되었다. 그런 의미에서 그의 시는 전위에 위치하고 있으며, 보이지 않는 세계를 바라보고 소통과 교감을 하는 견성(見性)의 시인이자 은총의 혁명가이다.

시는 노래이다. 우리는 아직 도래하지 않은 세상을 위하여 꿈을 꾸며 노래 부른다. 또한, 우리 안에 그런 세상을 거부하는 이들이 있기에 그들의 완고한 인식을 일깨우기 위해서 노래 불러야만 한다. 그것도 반복적으로 불러야 한다. 그의 시들은 바로 도래하지 않은 세상이 도래하길 바라는 염원을 담아서 부른 노래라고도 할 수 있다. 그런 노래를 부르기 위해서 그는 자신의 내면으로 침잠해 들어가 자신과 이웃을 살리는 상생의 길을 모색하였다. 수직적 사회 구조를 넘고, 옹색한 근대적 자아를 넘고, 서로 다른 너와 내가 서로의 차이를 존중하고, 소통과 교감하기 위해 끊임없이 노래 부르리라 믿는다.

그의 시는 이러한 길 위에서 태어났다. 그 방법론이라고 굳이 말한다면, 불교적 사상의 토대 위에서 우주의 이법을 자연과 사물들과 하늘에서 깨달았다. 그의 시의 소재들은 대부분 하늘, 바람, 물, 대지, 식물, 사물들이다. 우주 만유에 존재하는 모든 것들과 소통하고 교감하는 중에 그는 현실적으로 부조리와 모순에 가득 찬 세상을 등졌던 자신의 생활을 성찰하였고, 그 속에서 받은 고통스런 번뇌들을 묵상과 관상의 여정을 통해서 정화(淨化)와 재생(再生)을 이루어 내었다. 그리하여 심전(心田)을 일구기 위해 자신을 비워야 함을 깨달았고, 묵상과 관상의 여정은 그로 하여금 자신을 비우고 지우는 내적 작업이 되었다.

여래의 품에서 완상(玩賞)하는 시간 속에서 그는 그리스도교의 사랑과 불교의 자비가 다르지 않다는 것을 깨달았다. 그래서 그는 사랑과 자비가 흐르는 세상을 꿈꾸고, 나아가 한반도의 분단을 극복하기 위해 통일을 노래하였다. 나와 당신이 하나가 되고, 너와 내가 하나가 되고, 남과 북이 하나가 되어 전 세계의 모든 이가 서로의 다양성과 차이성을 존중받으면서 상생해나가는 길 위에서 나아가야 하며, 그 행진에는 자기 비움이 선결되어야 함을 또한 알았다. 이것은 주체가 대상을 인식하는 방법이기도 했다. 주체와 객체가 분열된 것이 아니라 상즉상입하기 위해서 주체는 비워져야 가능한 일이었다. 대상의 본질을 이해하려면 나를 먼저 비우지 않으면 그 본질에 가닿을 수 없다는 뜻이다. 그는 스스로 바라보는 대상들이 자신에게 걸어오는 말을 듣기 위해서 심안(心眼)을 열고자 했다. 대상들이 비워진 그의 마음에 들어와 대화를 한 내용이 곧 그의 시가 되었기 때문이다. 그처럼 한 평론가도 한 시인의 시를 이해하기 위해서는 자신의 마음의 문을 먼저 열어야 한다. 그래야만이 작품과 대화가 이루어지며, 그 순간이 바로 가장 즐거운 때가 될 것이다.

끝으로, 이 책속에 실린 글들이 집필될 수 있도록 이성과 지성을 넘어 명리를 밝혀주시고, 다 쓰는 그날까지 먹을 것과 입을 것, 비바람을 피할 거처와 심신을 지켜주신 하느님께 특별히 감사드린다. 그리고 시를 알게 해주신 고려대 국문과 최동호 선생님과 안암문예창작강좌 문우, 일어일문학과 김채수 선생님, 한국외국어대학교대학원 국문과 고 이탄 선생님과 '영도' 동인, 일어일문학과 최재철 선생님과 동학들, '바라시' 동인들과 '동방문학' 문인들께, 한국외국어대학교대학원 비교문학과와 일어일문학과 최재철, 최충희, 김태정, 김종덕, 문명재 선생님과 동학들께 이 자리를 빌리어 감사의 말씀을 올린다. 그리고 지난 7년간 혼란스러웠던 나를 좋은 작품으로써 일깨워주신 이시환 시인과 이 책을 기꺼이 펴내주신 신세림출판사 관계자분들께 감사의 말씀을 전하며, 부디, 4년 전에 세상을 떠나신 아버지의 영전에 부끄럽지 않은 나의 추수가 되기를 바랄 뿐이다.

천주강생 2016년 1월에

심종숙 *Agnes*

시인의 말

나는 고등학교 시절부터 시를 쓰기 시작했으나 대학 졸업 전에 작은 개인시집을 펴낸 것으로써 젊은 날의 방황을 정리했었다(1980년). 그 후 이순(耳順)을 앞둔 지금까지 쉬지 않고 시를 창작해왔지만 고작 600편 정도밖에 되지 않는다. 물론, 그동안 좋은 시를 쓰기 위해서 공부하는 과정에서 문학평론가가 되어 십여 종의 문학평론집을 펴내고, 네 종의 여행기를 쓰고, 종교적 에세이집을 펴내고, 기타 명상법과 논픽션 등을 펴냈었다. 그러나 분명한 사실은, 나의 본업이 시 창작이고, 실제로 그것을 위해서 살아왔다 해도 틀리지 않는다.

그런데 '심종숙'이라는 개성 강한 사람과 연이 닿아 알고 지내던 터에 그 분의 문학 관련 지성과 열정과 발전 가능성을 믿고서, 언젠가 탐독해 주리라 믿고 나의 모든 저서(著書)들을 맡기었다. 나에게 연세 많으신 시인 두 분 ‑ 굳이, 그 존함을 밝히자면 이추림(초현실주의 시인)· 구연식(동아대학교 교수) 시인이지만 ‑ 이 자신의 모든 저서(著書)들을 내게 맡기었듯이 말이다.

나는 이 책의 저자인 심종숙, 그녀 스스로가 '후기(後記)'에서 밝히고 있는 개인사정과 당시의 정황을 전혀 눈치 채지 못했었고, 2015년 7월부터 2016년 1월까지 모든 일을 전폐하고 오로지 나의 시집을 읽고 글을 쓰기 시작했다는 사실만을 받아들이고 있었다.

그녀가 쓰는 나의 시 작품에 대한 글들이 탈고될 때마다 한 편 한 편 심독(心讀)해 왔는데, 전체적으로 보면, 절대적인 존재인 신(神)을, 그러니까 우주만물을 존재 가능하게 하는 그 무엇인 '본질(本體)'에 대해 이해하고자 눈길을 맞추고, 사유하며, 끝없이 열망하는 에너지의 집중 곧 '영성(靈性)'이란 것에 초점을 맞추고 있는 것이라 해도 크게 틀리지 않는다.

그녀의 분석 대상이 되고 글감이 되어준 나의 시 작품들은 올망졸 망한 시집 안에 갇힌 채 길 없는 빽빽한 숲으로나 존재해 있었는데 그녀가 불도저와 굴삭기 등을 밀고 들어와 없던 길 하나를 크게 내어 준 것이라고 나는 생각한다. 이제, 그녀의 덕으로 사람들이 보다 쉽 게 다닐 수 있는 밀림 속에 길이 하나 열리어 나로서는 기쁘기 한량 없다. 아니, 그녀의 글을 읽으면서 원작자로서 많이 위로 받았으며, 그 어떤 문학상보다도 더 크게 보상받은 것이라고 나는 생각한다.

실로, 어려운 현실적 여건임에도 불구하고 자신만의 골방에서 몰 두(沒頭)하여 지력(知力)과 영성(靈性)과 혜안(慧眼)을 한 곳에 쏟아 부은 심종숙 박사님께 삼가 경의를 표하며, 이 책이 나의 시문장 속에 녹 아들어 잘 보이지 않는 길[道] 곧 생각의 줄기, 거창하게 말한다면 사 상(思想)이라는 강물의 큰 흐름을 이해하는 데에 도움이 되어 주었으 면 하는 마음 간절하다.

관심 있는 분들의 일독(一讀)과 편달(鞭撻)을 바라마지 않는다.

2016년 01월 06일

이 시 환

e-mail : dongbangsi@hanmail.net

영성의 시인
이시환
시문학 읽기
2

니르바나와 케노시스에 이르는 길

1

'어둠'과 '물' 이미지를 통한 위무(慰撫)의 시학
제1시집 『안암동日記』에 대하여

1

어디를 둘러보아도 서울의 길거리에는 크고 작은 빌딩을 뒤에 세운 상가(商家)들이 즐비하게 서있고, 그 상가들 앞을 언제나 사람들이 바삐 오가고 있다. 대개의 사람들은 발아래 딛고 있는 땅이나 저 높은 빌딩 어디에도 자신의 소유물은 없이 살아가고 있다. 지금의 50대 중반에서 60대 초반의 베이비붐세대 사람들은 이 서울에 꿈과 일자리를 찾아 정든 고향을 등지고 객지생활, 삶의 순례 여정을 시작한 것이다. 이른바 70, 80 세대의 심정을 '여기 길 떠나는/저기 방황하는 사람아/오늘도 어제도 나는 울었네/이제 우리가 얻은 것은 무엇인가/잃은 것은 무엇인가'라며 소외와 상실과 이별과 방황, 그리움을 우울하게 노래로 불렀었다.

그렇게 살아온 사람들은 자신과 세상의 틈바구니에서 끊임없는 줄다리기를 하면서 때로는 절망으로 울면서 그 울음의 밑바닥 뜨거운 눈물 속에서 한 가닥 희망을 이끌어내며 저린 가슴을 쓰다듬고 다시 일어서서 '한강의 기적'을 일구었던 것이다. 한강의 기적 뒤에는 한국전 이후 잿더미에서 태어난 아이들이 어른이 되어 일구어낸 눈물의 결실이라 아니 말할 수 없다. 분단 70년 휴전 60년을 맞이하면서 이 한반도의 남쪽 삶도 북녘 삶 못지않게 팍팍하였으리라.

2

이시환의 첫시집『안암동 日記』(1992, 잠꼬대)는, 이런 세대들의 정서와 삶을 잘 대변해주고, 그런 의미에서 어느덧 노년기로 접어드는 인생의 길목에서 젊은 시절 그들의 인간 소외와 노년기로 접어든 그들에게 '상실의 허무감을 쓸어주는 시집'이라고 할 수 있겠다. 물론, 이 시집이 이 세대들만이 아니라 '지금 여기'의 우리들 곧 70~80년대를 살아온 세대들에게나 소통이 부재하고 성과나 스펙 위주의 노동시장에서 청년실업으로 희망이 요원한 이들의 상처감을 위무(慰撫)해 주리라 믿는다. 시인은 스스로 이런 사람들에게 위무자의 역할을 하는 데에 불림을 받은 존재임을 시「함박눈」에서 확인할 수 있으며, 또한 거기에 충실한 종(從)으로서 존재하길 원한다.

> 내가 가진 것이라고는 아무것도 없습니다. 다만, 당신에게로 곧장 달려 갈 수 있다는 그것과 당신을 위해서라면 당신의 이마에, 손등에, 목덜미 어디에서든 입술을 부비고 가녀린 몸짓으로 나부끼다가 한 방울의 물이라도 구름이라도 될 수 있다는 그것뿐이옵니다. -중략- 당신의 가슴에 잠시 머물 수 있다는 그것과 당신을 위해서라면 충실한 從의 몸으로 서슴없이 달려가 젖은 땅, 얼어붙은 이 땅 어디에서든 쾌히 엎드릴 수 있다는 그것뿐이옵니다. 나는 언제나 그런 나에 불과합니다. 나는 나이어야 하기 때문입니다. (「함박눈」 p.46)

시인 자신이 '27편의 산문시는 세상 사람들을 향해 내놓은 나의 공개적인 첫 시집'이라고 밝히고 있듯이, 『안암동日記』에는 자서인 머리글(2페이지), 차례, 27편의 산문시, 후기에 해당하는 '덧붙임 -나의 허튼 소리(10페이지), 시인의 모습(사진), 나의 散文詩集 「안암동 日記」에 부치는 詩作노트(2페이지) 등으로 구성되어 있다. 이들 산문시 중에 대개는 평서체의 문말 표현을 택하였으나 「살 속에 모래알 하나」, 「함박눈」, 이 두 편은 '-ㅂ니다.'의 경어체를 선택하고 있어서 의도적으로 변별성을 두고 있음을 알 수 있다. 이 두 편의 시에서 전해져 오는 것은, 시인이 자신과 세상, 자신과 타인들과의 관계에서 때로는 대결하고, 다쳐서 절망의 밑바닥을 기면서까지도 그것들을 지속적으로 밀어내기보다는 유연하게 삭이는 과정을 살아오면서 자신을 다듬어온 내면의 겸허한 낮은 고백을 통하여 표현하고 있다는 점이다. 그러기에 더 감동으로 다가오고 있다. 불완전함을 완전함으로 바꾸고, 부정을 긍정으로 바꾸고, 절망을 희망으로, 이원의 세계를 일원의 조화지경으로 바꾸는 역설의 힘은 그것을 품어서 곰삭일 때만이 도달할 수 있기 때문이다. 시인은 이미 이 시에서 그것을 체관(體觀)하고 있기에 스스로 충실한 종의 몸으로 젖은 땅, 얼어붙은 땅 그 어디라도 서슴없이 달려가서 쾌히 엎드리겠으며, 그가 할 수 있는 유일한 것임을, 그리고 그것이 전부임을 고백하고 있다.

이 작품이 우리의 눈길을 끄는 것은, 자연 현상인 '함박눈'과 '나'를 동일시하여 시인은 그 함박눈처럼 온 세상에 낮게 내리어 '당신'의 이마와 손등, 목덜미와 입술을 부비고 가녀린 몸짓으로 나부끼다가 한 방울의 물이나 구름으로 변형되더라도 그것으로서 족하다고 말하는 점이다. 이 부분에서는 함박눈인 내가 당신으로 부르는 애인을 연상시킬 수 있으나 시의 말미 부분에 그 당신은 젖은 땅, 얼어붙은 땅에도 존재하는 당신이기에 존재의 영역이 확장되어 있어서 '당신'이 함의하는 바는 넓은 의미를 내포하고 있다고 판단된다. 함박눈이 내리는 자연 만상들과 사랑하는 여인, 그 이외에 사랑하는 대상, 절대자, 무(無), 신(神), 시인이 기꺼이 충실한 종으로서 낮게 엎드릴 수 있는 모든 대상임을 상징하고 있기 때문에 이 시는 그 울림이 크다고 하겠다.

이와 같이 시인은 시인으로서, 부도 명예도 권력도 없이 그저 메마른 영혼들에게 기쁨의 감동을 안겨주는, 풍성하게 내리는 함박눈으로서 그 역할을 다하기에 '내가 가지고 있는 것이라고는 아무 것도 없습니다'라고 고백할 수 있다. 그 이유는 시인으로서 독자들에게 안겨줄 수 있는 최대의 것이 바로 이 함박눈과 같은 것이기에 그는 이 역할을 자처하고 충실한 종이 되고, 그럴 때 바로 시인인 '나'의 정체성이 자리매김 되기 때문이다. 이러한 역할은 '함박눈'이나 「바람素描」의 '바람'이나 「살 속에 모래알 하나」의 '살', 「북」의 북 이미지 등을 통하여 표현되고 있다. 다음으로 작품 「바람素描」의 전문을 보자.

문득, 찬바람이 분다. 내 살 속 깊은 곳 어둠의 씨앗을 흔들어 깨우며 바람이 불어 일렁일 때마다 기지개를 켜는 혈관 속 어둠의 초롱초롱한 눈빛을 따라 나는 어디론가 떠나야 한다. 떠돌다 지쳐 빈 손으로 돌아올지라도 나는 시방 떠나야 한다. 나의 귀여운 어둠이 곤히 잠들 때까지는 그렇게 어디론가 쏘다녀야만 한다. 그것이 나의 잠꼬대 같은 오늘의 전부일지라도, 차츰 이목구비를 갖추어가고 더러는 짓궂게 꿈틀대기도 하면서 자라나는 내 자궁 속 또 하나의 어둠을 쓰다듬

으면서 나는 바람이 되어 돌아와야 한다. 내 살 속 깊은 곳 어디 또 다

른 나를 흔들어 깨우며. (『바람素描』p.47)

　삶에서 마주치는 '어둠'에 대해 시인은 '귀여운 어둠'이라고 불렀다. 이렇게 어둠에 대해 친구처럼 연인처럼 부를 수 있는 것은 시인이 지닌 '유연함의 시학'에서 나오는 표현일 것이다. 누가 어둠에 대하여 이렇게 표현한 시인이 있었던가. 그러나 이시환은 그렇게 부르고 있다. 이것이야말로 어둠이 이미 어둠으로 존재하지 않기에 가능한 명명법일 것이다. 어둠과 고통이 이미 시인에게 단순히 이러지도 저러지도 못하는 계륵(鷄肋) 같은 존재를 넘어 특유의 유연함과 여유의 시학, 곧 삶을 짓궂게 하는 요소마저도 품어서 삭혀보려는 그의 포용의식과 인내심이 일구어낸 승리라 아니 말할 수 없다.

　'나의 귀여운 어둠이 곤히 잠들 때까지는' 시인은 바람이 되어 쏘다니며 다시 바람으로 돌아오길 원한다. 설사, 그에게 어둠에 대한 흔들림이 있을지라도 그에게 비틀거림은 없다. 그는 다만 그 귀여운 어둠이 곤히 잠들 때까지 쏘다니고 바람이 되어 살 속 깊이 존재하는 '쏘다니고 바람이 되어 다시 돌아오는 나'가 아닌 다른 나를 깨우러 오는 것이다. '나'는 오로지 하나의 존재로만 존재하지 않는다. 하나의 나 안에 나의 복수들이 있다. 이 복수들의 '나'를 통하여 하나의 '나'로 다시 귀결될 수 있는 가능성을 보여주며, 여기에서 그는 나의 역설을 보여주는 것이다. 시인은 여성화자 '나'의 이미지 연결고리를 통하여 자궁 속에서 자라나는 어둠을 쓰다듬는다는 표현을 함으로써 어둠을 방조하지 않고 어둠의 성장을 바람이 되어 돌아와 재회하길 원한다. 왜냐하면, 자궁 안에서 자라는 어둠은 '또 다른 나'의 분신

이기 때문이다. 이렇게 함으로써 어둠과 나는 하나가 된다. 어둠과 내가 대상화가 될 때, 즉 어둠이 타자로만 존재할 때 나는 결코 그 불협화음을 견딜 수 없지만, 그 불협화음을 넘어 끊임없이 안아 들일 때 어둠은 친구가 되어주고 어둠이 아닌 또 다른 나로 성장함으로써 승화되는 것이다. 이와 같은 어둠을 이미지화한 「살 속에 모래알 하나」에는 살 속에 박힌 모래알과의 불협화음을 '차라리 온몸, 온몸으로 껴안아 사랑이란 것을 해야' 견딜 수 있는 것이라고 역설하고 있다.

> 나는 둘째 셋째 손가락 사이 살 속에 박힌 모래알 하나를 흔들어 흔들어도 보았지만 그는 좀처럼 깨어나질 않았습니다. 흐르는 피는 밤낮을 가리지 않고 거친 모래알 주위를 맴돌면서 차디찬 그의 몸을 적시면서 뜨거운 체온을 나누어 가졌지만, 그의 몸을 일으켜 세워도 보았지만 이미 돌아앉아 있는 그는 살아나 살이 되질 아니하였습니다. -중략- 우리는 그렇게 뜬 눈으로 날을 새곤 했지만 부위 살은 점점 퇴색해 갔으며 피는 지쳐 살밑으로 시퍼렇게 죽어 고였습니다. 끝내 살 속 모래알은 모래알로 남았지만 이 몸은 썩어가면서도 그들을 미워하지 않았습니다. 차라리 온몸, 온몸으로 껴안아 사랑이란 것을 해야 했습니다. 애당초 살이 될 수 없었던 모래알이었지만 그렇게라도 얼싸안아 품지 않고서는 견딜 수가, 견딜 수가 없었습니다.
>
> (「살 속에 모래알 하나」 p.38-39)

시인에게 손가락 사이 살 속에 박힌 모래알은 삶 속에서 조우하는 고난(苦難)이라고 한다면 그것을 원망하거나 미워하며 부정적 감정을 키우기보다 인내와 사랑으로써 오히려 온몸을 던져 껴안음으로써 그 고난의 시간을 견뎌낼 수 있었다고 고백하고 있다. 그런 가운데서 시집의 제목인 「안암동日記」에는 '눈부신 유리와 빌딩과 자동차, 아스팔트로 성(城)을 쌓고 있는 이 밀림 속'으로 상징되는 대도시 서울에서 '우리 세 식구가 누우면 꽉 차는 방'에 세 들어 살면서도 '우리 세 식구의 별이요 꿈'인 방벽 속에 박힌 채 '깨어있는 깨알만한 사금조각 하나'는 손가락 살 속에 박힌 모래알의 반대급부에 있는 그 어떤 것이다.

작품 「刻印」에서는 '나와 눈을 마주치는 살아있는 것들은 모두가 한결같이 나를 향해 독이 묻은 화살을 겨누고 있다는 놀라운 사실'을 목도하면서 그럴 때 화자(話者)는 '안암동으로 마포로 옮겨 다니며 대낮에도 문을 잠그고 꼭꼭 숨어 살아야만 했다'고 어둠의 원인이 된 폐쇄의 기억에 대해 이야기한다. 이러한 어둠 이미지들의 연결고리로서 작품 「강물」은 더욱 구체화되어 나타난다.

이제야 겨우 보일 것만 같다. 눈을 뜨고도 보지 못한 나의 눈이 정말로 뜨이는 것일까. 그리하여 볼 것을 바로 보고 안개숲 속으로 흘러들어간, 움푹움푹 패인 우리 주름살의 깊이를 짚어낼 수 있을까. 달아오르는 나의 밑바닥이 보이고 굳게 입을 다문 사람 사람들의 가슴에서 가슴으로 흐르는 강물의 꼬리가 보이고, 을지로에서 인현동과 충무로를 잇는 골목골목마다 넘실대는 저 뜨거운 몸짓들이 보일까. (중략) 그런 우리들만의 출렁거리는 하루하루 그 모서리가 감당할 수 없는 무거운 칼날에 이리저리 잘려나갈 때 안으로 말아 올리는 한 마디 간절한 기도가 보일까. 언젠가 굼실굼실 다시 일어나 아우성이 되

는 그 날의 새벽놀이 겨우내 얼어붙었던 가슴마다 봇물이 될까. 그저
맨몸으로 굽이쳐 흐르는 우리들만의 눈물 없는 뿌리가 보일까.

「강물」 p.8-9)

어둠 이미지들은 주름살의 깊이, 밑바닥, 무거운 칼날, 눈물 없는
뿌리 등으로 표현되고 있으며, 이것들이 강물의 물 이미지로 형상
화되어 유동적이며 유연한 이 시인만의 시학을 보여주고 있다. 시
인 자신의 밑바닥과 입을 굳게 다물고 지나가는 사람들의 가슴 가슴
들에서 한없이 어둠의 강물은 흘러가고, 시인은 그것을 보는 내면의
눈이 열리어 그 깊이를 가늠하고서 그들의 절망과 간절한 기도를,
다시 일어나 외치는 아우성을 보는 것이다. 작품 「서울의 예수」 전문
을 보자.

십자가를 메고 비틀비틀 골고다 언덕길을 오르는 예수 그리스도는
끝내 못 박혀 죽고 거짓말 같이 사흘만에 깨어나 하늘나라로 가셨다
지만 도둑처럼 오신 서울예수는 물고문 전기고문에 만신창이가 되고
쇠파이프에 두개골을 얻어맞아 죽고 죽었지만 그것도 부족하여 온몸
에 불을 다 붙였지만 달포가 지나도 다시 깨어날 줄 모른다. 이젠 죽
어서도 하느님 왼편에 앉지 못하는 우리의 슬픈 예수, 서울의 예수는
갈라진 이 땅에 묻혀서, 죽지도 못해 살아남은 우리들의 밑둥 밑둥을
적실꼬. 「서울의 예수」 p.32)

이 작품에서는 시대적 어둠과 고통을 성경속의 인물인 예수 그리
스도에 비유하여 표현하고 있다. 성경에서의 실재 인물인 예수 그리

스도와 도둑처럼 눈에 보이지 않게 오실 예수 그리스도는 시대의 불의에 맞서 정의를 외치다가 권력의 폭압에 고문당한, 우리의 7, 80년대 민주화 투사(鬪士)들을 상징하고 있다. 그래서 성경적 의미를 뒤집어 '하느님 왼편에 앉지도 못하는 우리의 슬픈 예수'라고 하여 분단된 이 땅에 묻혀서 우리의 밑바닥의 고통을 적셔준다고 했다. 우리 곁에 임재하는 임마누엘 서울 예수가 죽지 못해 살아남아 허깨비처럼, 사르트르의 소설『구토』의 남자 주인공처럼 외부와 차단된 채 권태로움과 의욕을 상실한 우리들의 어두운 삶의 밑둥을 적셔준다는 의미로 변형시키고 있어 이미지의 전환을 가져오고 있다. 그러나 이러한 어둠 이미지들이 물 이미지와 결합하여 보다 자유롭게 공간 이동을 하고, 그러한 운동성을 통해서 어둠은 변모를 꾀한다. 작품 「잠」을 보자.

> 내가 살고 있는 나의 이 무거운 몸뚱아리가 당신의 조립품임을 의식하면서 이미 늪으로 빠져버린 나는 손이 묶인 채 더욱 깊은 곳으로 빠져들고 싶었다. 정비공장 기름바닥에 흩어져 뒹구는 녹슨 볼트·너트·핀·축의 숨이 곧 나의 늑골이요 너의 긴 척추의 마디와 마디를 잇는 비밀임을 거듭 확인하면서 나는 영영 깊은 잠 속 어둠이고 싶었다. 그러나 그 속에는 비가 내리고 있었다. 나의 시린 관절 속 틈새마다 후줄근히 비가 내리고 있었다. (「잠」p.10)

위의 시에서 어둠은 '나는 영영 깊은 잠 속의 어둠이고 싶었다'라고 말하는 바와 같이, '잠'이라는 추상적인 무형 속에서도 나의 시린 관절 속 틈새를 내리는 비와 같은 물 이미지로 변형되고 있다. 그러므로 나의 몸은 어둠과 손을 잡고 내 관절과 척추 마디마디가 어둠과 접합되어 하나가 됨으로써 비로소 어둠은 어둠으로만 존재하지 않게 된다. 그러므로 시의 말미에서처럼 '한줄기 빛살이 어둠의 자궁을 후비기 시작하자 어둠 속으로 길게 뻗은 나의 뿌리가 꿈틀대면서야 깨어나는 너의 의식 속으론 구르는 참새소리만 쏟아지고.'라고 어둠을 와해시키고 있음을 알 수 있다. 작품 「나사」에서는 이런 어둠과 희망의 접합을 '나사'로써 투영시키고 있다.

> 아픈 곳을 잘도 골라 꾹꾹 쑤셔주는, 그리하여 등을 돌리고 있는 것들을 하나하나 꿰어줌으로 바로 서는, 시방 살아 있음의 숨 너는 이승의 풋내나는 알몸 구석구석 깊이깊이 박혀 눈을 뜨고 있는 몸살 - 중략- 하양과 검정을 이어주는, 있는 것과 없는 것을 한 몸에 담아두는 아주 구체적인 고리. 무너지며 반짝이는 논리. 어루만지는 곳마다 아슴아슴 안개가 피어오르는 것. (「나사」 p.41)

여기에서 나사는 이승과 저승, 흑과 백, 반생명과 생명을 이어주는 연결 부위에 박히는 나사로서 유무형적인 존재이다. 시인은 결코 대립되는 이 이원의 세계가 영원히 독립적으로만 존재하지 않고 나사 장치를 통하여 하나로 이어지고 있음을 말한다.

이로써 우리는 그의 산문시가 지니는 유려함과 자유로움 안에서 이미지를 끊임없이 연결지움으로써 닫힌 세계가 열리고, 비생산적이며 반생명적인 세계가 무너지고, 생산적이며 생명적인 시적 논리와 이미지의 세계로 끌려들어간다. 그래서 시인에게 시(詩)는 '언제나 꿈같은 현실로 서서 눈부신 알몸의 무지개로 걸려 넋 나간 나를

묶어두고 그 속에서 진정 나를 자유롭게 하고 기쁘게' 하는 존재이
며, '그림자처럼 따라 다니며 이젠 내 안 깊숙이 들어와 나를 차지하
고 있는 당신'(「詩 -그대에게」 p.36)인 것이다. 이시환 시인에게 시는 그
런 것이다. 동시에 '불안한 자신 베끼기'이며, '보이는 것과 보이지 않
는 것 사이의 난해한 길을 왔다 갔다 하는 巨人'(「로봇트」 p.37)이며, '모
나고 모난 세상의 가장 깊은 곳의 어둠과 비밀을 흔들어 깨워 가장
뜨겁고 가장 은밀한 한 송이 붉은 꽃을 피워 놓고'자 하는 침(針)이
다.(「詩-작은 침술」 p.33) 시의 위상을 이렇게 인지한 시인은 작품 「서 있
는 나무」에서 말하는 것처럼 '도끼자루 톱날에 이 몸 비록 쓰러지고
무너질지라도 서 있는 나무는 죽어서도 서 있어야 한다'는 결연한 의
지와 자세로써 직립하는 나무에다가 시와 시인을 빗대어 놓고 있다.

　이러한 인식 자체가 평자인 내게는 신선한 충격이지만 더욱 놀라
운 사실은 다른 데에 있다. 그것은 곧, 시인이 서있는 땅인 현실은 늘
어둡고 우울하며 절망적인지만 그 곳에서 주저앉거나 꺾이지 않고
쉼 없이 흐르는 뜨거운'강물'을 보았으며, 대립하고 길항하는 두 세
계를 이어주는 '나사'를 통해서 화합과 상생과 조화를 꿈꾸는 위무자
로서의 역할을 충실히 수행하고 있다는 점이다. 나는 이 점을 염두
에 두고서 '어둠'과 '물' 이미지를 통한 위무(慰撫)의 시학이라는 말로
써 그의 시세계를 여는 첫소리를 내어보았다.

슬픔을 기쁨으로 전이시키는 미학 : '타령조' 시

제2시집 『白雲臺에 올라서서』에 대하여

1

살면서 생기는 상처로 인한 슬픔과 서러움이 많이 쌓이면 여러 가지로 심적인 병이 든다. 특히, 우리 한국사회는 인내의 미덕을 중시하다 보니 많은 부분에서 참는 것을 권유받거나 강요받는 사회라 할 수 있다. 심인성 울화병은 많이 참고 지낸 결과로 생기는 마음의 반란일 것이며, 그것이 주로 중년의 여성들에게 많이 일어나는 증상인 걸 보면 가족을 위해 자신을 버리고 살았던 여성들의 아픔일 것이다. 이것은 비단, 가족주의 제도 아래서 겪어야 하는 여성들의 입장에만 그치지 않는다.

우리 민족은 예로부터 많은 외세의 침략에 시달려야 했고, 조선 말기에는 탐관오리들의 학정(虐政)으로 백성들이 고통을 겪었으며, 제국주의 시대에는 일본에 강점되어 36년간이나 피식민 백성으로서 받았던 고통은 이루 말로 다할 수 없는 것이었음은 주지의 사실이다. 그와 같은 어려운 시기를 이 땅에서 살았던 사람들은 역경을 넘어 순경(順境)을 이루기 위해 다양한 방법으로 살아가기 위한 방편을 모색·강구했을 것이다. 민간에서는 민요, 판소리, 가면극, 마당놀이, 사물놀이, 농악, 굿 등을 통해 그런 감정들을 풀어내었는데 여기에는 타령조의 노래가 그 핵심으로서 가미되었었다.

이시환의 제2시집 『白雲臺에 올라서서』에서는, 우리 민족의 아픔을 '타령조'라는 전통의 민요곡조에 실어 노래하였다. 이는 그의 제1시집 『안암동 日記』에서 보여준 세계와는 차별화된 형식과 내용이다. 『안암동 日記』가 시인이 세계와 자신이 길항하면서 자신의 내면을 산문시 형식으로 다채로운 비유와 이미지를 통해서 드러내었다면, 『白雲臺에 올라서서』는 우리 민중의 수난과 그 아픔을 타령조라는 형식을 빌리어 노래함으로써 눈으로 읽는 시이라기보다 노래로 부르는 시의 형식으로의 변모를 꾀했다는 점이다. 그러므로 다양한 시적 기교들과 산문풍의 문장이 재단(裁斷)되고 있는데, 그것은 어디까지나 시가 노래가 되기 위해서 거치는 과정으로 이해된다.

이 시집은 시인 자신의 자서인 머리말, 차례, 시인의 모습, 시인 자신의 후기로 구성되어 있고, 시의 본문 부분에 해당하는 차례에서는 '1984년부터 1989년 사이에 창작된 시들 가운데에 일부'라고 밝힌 30편의 시가 실려 있다. 그 체제를 보면 머리글 다음에 '打令을 아시나요'라고 하여 타령조의 시가 나오게 된 배경과 타령이 무엇인지에 관하여 독자의 이해를 돕기 위해 쓴 자서(自序)가 있다. 그 다음에 30편의 시편들이 '첫째마당'(9편), '둘째마당'(5편), '세째마당'(9편)이라는 마당놀이의 형식에 따른 구성 하에 수록되어 있다. 이런 구성에서도 알 수 있듯이 그의 시들은 마당놀이에서나 불리워질 수 있는 타령조 시들인 것이다.

'첫째마당'의 특징은 주로 전통 악기인 아쟁, 꽹과리, 징, 북을 시제

임과 동시에 소재로 하여 두드리거나 켜는 기능을 가진 그 특성으로 창작적 상상력을 동원하여 노래의 내용으로 엮은 시들과, 어깨춤, 탈춤, 살풀이춤, 풀이와 같이 동작, 행동을 통해 풀어내는 갖가지 춤의 동작적 특성으로 그 시적 내용을 구성하였다. '둘째마당'은 「손돌바람」과 「아버지의 일기」를 뺀 「잡풀」1, 2, 3은 연작시적 구성을 가지고 있고, 이 5편의 시편들이 모두 시름에 겨운 삶을 살아온 사람들에 관한 내용이다. 마지막으로 셋째마당도 호미와 낫과 같은 농기구의 특징을 노래하면서 이것을 쓰고 사는 농부들이나 달동네와 같은 가난하고 수탈의 대상이 된 민초들의 슬픔을 노래하고 있다. 그러므로 '슬픔'의 미학은 이시환 시의 기저를 이루는 중핵적인 정서임은 제1시집에서와 같이 제2시집에서도 동일하게 나타나고 있다고 하겠다.

2

시인은 시집의 머리말에서 타령조의 시를 어떻게 읽어야 하는가에 대해 말하고 있다.

'이들 작품은 눈으로 읽는 것보다는 소리 내어 읽는 쪽이 효과가 있는, 그것도 간간이 무릎을 치거나 북을 치면서 읽어야 제 맛이 나는 시들이다. 이름하여 打令調라. (머리말 중에서)

시인이 말한 대로 이 시는 눈으로 읽는 시가 아니라 소리를 내어서 심지어 전통의 타악기를 두드리면서 읽어야 제 맛이 나는 시라는 뜻이다. 이 타령조는 원래 민간에서 주로 서민들이 많이 부르던 노래로 금강산 타령, 도라지 타령, 신고산타령, 는실타령 등의 굿거리,

자진모리 장단이나 3박자, 중모리12박자 민요풍 등의 노랫가락에다 북이나 장구를 치면서 부르는 노래이다. 이들 노래는 주로 3·4조, 한 구절이 4·6·6·3·3·3조 등의 4·4조와 4·6, 3·3, 4·3, 3·5 등이 주류를 이루고 있고, 북이나 장구와 같은 타악기에 맞추어 부르면 흥이 고조되는 노래들이다. 다음으로 타령에 대한 의미를 시인의 자서에서 살펴보자.

우리 민간음악에서 聲樂으로 분류되는 唱劇調나 雜歌 등에서는 '打令'이라는 곡조가 근간을 이루고 있는 사실이 전제한 나의 판단을 간접적이지만 입증해 주리라 믿는다. 이 타령이라는 것은 이론적으로야 채 12에 북 8번을 치는 조금 느린 4박자이지만 조금 빠른 '중중몰이' 등과 어울려 '두들긴다'는 단순성 이상의 비밀스런 힘을 느끼게 한다. 곧, 슬픈 사연을 얘기하고 슬픈 감정으로 노래하는 데에도 이 타령은 그 슬픔을 슬픔으로 머물게 하지 않고 오히려 샘솟는 힘을 느끼게 하니 이것이 바로 타령의 생명이라 하지 않을 수 없다. 다시 말하면 타령은 침몰하는 기운을 일으켜 세우는 상승하는 힘이요, 슬픔을 기쁨으로 전이시키는 흥이다.

시인은 왜 이 타령조라는 전통의 형식을 현대시에 접목하려고 했는가? 그것은 그가 시 창작 이유를 밝힌 '30편의 시는 나의 개인사적인 슬픔의 무게와 우리 역사 속에서의 한민족이라는 존재의 빛깔을 한 몸으로 하여 담아보려' 했기 때문으로 보인다. 즉 시인의 개인사적 슬픔과 운명공동체인 한민족의 슬픔을 일체화(한 몸)하려 했기 때문이다. 시인 자신이 쓴 '打令을 아시나요'에는 서브타이틀로서 '침몰하는 기운을 일으켜 세우는 힘이요, 슬픔을 기쁨으로 전이시키는 흥이다'라고 붙여둔 걸로 보아 이 타령이 슬픔에서 기쁨으로 전이시키는 힘을 가졌기에 현대시에 전통의 형식을 접목시켰던 것으로 보인다. 이 슬픔을 기쁨으로 전이시키는 우리 민족의 심성에 대해 시인은 다음과 같이 언급하고 있다.

> 어쩌면, 기쁨보다는 슬픔을 몸에 오래 담아두고 살아온 우리에겐 무언가 두들기고 쳐대는 몸짓과 동작 속에서 나오는 흥을 통해 그 슬픔을 삭이었는지도 모른다. 이것은 분명 우리의 '슬픔'을 풀어내는, 극복하는 일종의 적극적인 행동양식이지만 비폭력적이어서 더욱 아름답고 큰 의미가 있지 않은가. 이 모든 것이 대립과 갈등보다는 화해와 조화를 추구하는 우리의 타고난 심성 탓일 게다.

슬픔의 정서를 관리하며 살아가는 이 땅의 민초들에게 타령을 통하여 슬픔을 풀어내는 것은 역경을 극복하려는 의지이며, 대립과 갈등에서 화해와 조화를 추구하는 민족성에 기인한다고 보았다. 이와 같은 해석은 시인이 자신의 삶의 기록인 시편들에서 슬픔이 시의 중핵을 이루지만 희망을 예시하기 때문이다. 슬픔이 슬픔으로만 고착되면 희망이 사라지고 병이 든다. 그러나 그의 시는 타령을 통하여 슬픔을 풀어냄으로써 희망의 기쁨을 이끌어 내는 것이다.

> 더불어 눕고/더불어 일어서는/우리들의 어제와 오늘 속속/그 어느 곳이 얕고/어디쯤이 병 깊은 곳인지/짚어내기 어려운/반도땅 손금/드러누운 골골이/어찌하여 안개만 안개만/이 놈의 죄 없는 눈과 귀

를/비비고 쑤셔보아도/침침한 바깥 시상은 여전해/그렁저렁 일고 잦는 바람에/시방 몸을 던지는/왼 들엔 풀뿌리/어깨를 풀지 아니허고/잠기어 가는 건 목,/목마른 이들의 몸부림뿐/아쟁 아쟁 아쟁의 걸음마/절며 오르고 올라//못내 솟구치다가/거꾸로 떨어지는 가락은/더불어 눕고/더불어 일어서는 땅/가는 허리 쥐어짜기 (「아쟁」 p.16-17)

이 시를 읽으면 우리의 귓가에는 시인이 어느 새 아쟁 연주가가 되어 지나온 시간들에서 쌓인 병 깊은 곳을 활을 켜면서 더듬어 찾기도 하고, 그 활이 병 깊은 곳에 이르면 때로는 부드럽게 때로는 강하게 강약의 풀무질을 통하여 불을 일으키듯이 아픈 곳을 치유한다. 아쟁 아쟁 아쟁의 느린 걸음마로 오르고 올라가는 동안의 삶의 고단함과 상처를 노래하여 그것이 정점에 이르러서는 거꾸로 떨어지는 가락에서 더불어 눕고 더불어 일어서는 이 땅의 민초들을 위무한다. 이는 민초들의 기억 속에, 시인 개인의 기억 속에 뿌리 박혀 있는 깊은 슬픔의 뿌리가 결국 별개의 것이 아니라 동일한 뿌리를 가진 슬픔이라는 공동체적 의식에서 발로 되었고, 시인은 이 개별자로서의 자신과 공동체/타자를 하나로 보며 치유자로 나서는 것이다. 그의 시가 지닌 이 '위무와 보살핌의 미학'의 바탕에는 깊은 슬픔 뒤에 희망이 오리라는 신념이 굳게 자리 잡고 있으므로 여유롭게 슬픔을 바라보는 힘이 생긴다. 그가 시를 쓴다는 것도 부정적인 요소들과의 대립보다는 여유를 가지고 마주보고 있기에 가능한 일이다. 희망에 대한 굳은 신념은 슬픔의 부정적 정서를 걷어낼 수 있는 강력한 동인(動因)이다. 그는 시를 쓰면서 슬픔을 노래하지만 거기에 머무르지 않고 희망을 노래하고 상처와 아픔으로 폐쇄되어 있는 이들을 깨우고 마음의 어두운 방을 나와 빛으로 나오길 원한다. 그가 그들을 위무하기 위해 아쟁, 꽹과리, 징, 북 등의 타악기를 동원하여 그들의 심장을 두드려대는 것이다. 그래서 작품 「꽹과리」에서는 '있는 두 눈 바로 뜨고/있는 두 귀 열어놓아/살자허니 살자하니/미어지는 이 가슴 폭폭해/ -중략- 자지러지게 조지러지게/두들겨야 맛이 난다'라고 말하면서 꽹과리 소리가 가진 특성을 잘 표현한 '앞서거니 뒤서거니 몸을 사뤄/간간히 뿌리는 소금/목구멍 속속들이/적실 곳을 적시고'라고 하여 다투듯이 들려오는 꽹과리 소리에 긴장을 하면서도 그 소리를 따라가다 보면 어느 새 메마른 목구멍을 촉촉이 젖게 함으로써 목마른 자에게 생수를 주고 있다고 하겠다. 작품 「징」에서는 이 때리고 두드리고 치는 행위의 끝에서 얻어지는 빛과 말씀으로 병든 상처와 슬픔을 딛고 일어서게 하는 신비로운 도구로서의 징을 노래하고 있다.

내리치면 칠수록 징징/굽는 허리 한 평생/잘려나간 귀 밑/스치는 바람으로 살면서/마디마디 사이사이 속속/깊고 얕은 어둠 흔들어/잠든 풀뿌릴 깨우고/다시 고쳐지면 칠수록/속으로 곪는 응어리야/빛으로 터지면서/말씀으로 일어서는 아침/신 내리는 놋쇠 항아리/숨 고르고 채 놓으면/궁상각치우 5음계로/날아오르는 새떼/서쪽 하늘 무지개로 걸리고 (「징」 p.20-21)

치면 칠수록 한 평생의 고단한 삶에서 마디마디 속에 내재해 있는 어둠과 곪아 있는 응어리를 빛으로 터지고 말씀으로 일어나게 하는 신묘한 '놋쇠 항아리'에 비유한 이 징은 거룩하고 경외스러움마저 자아내고 있다. 그러다 보니 우리의 생활이 결코 아름답지 못하더라도 인간에게 징과 같은 신을 감지하게 하는 악기를 통하여 슬픔으로 어두워진 안의 세계에 한 줄기 빛이 들어와 신의 말씀으로 우리 존재 자체가 신을 닮은 거룩함을 회복하게 되는 것이다. 원래, 인간은 신을 닮은 존귀한 존재이기에 거기에 맞갖은 삶을 살아야 하지만 우리 민초들이 살아온 역사적 환경은 결코 삶을 편안하게 하지 않았기 때문이다. 그래서 이러한 환경들 속에서 민초들은 세상을 바꾸어 보려고 발버둥을 쳤고, 그 행동으로 일어서기까지 고난이 쌓이고 쌓인 것이 작품 「북」에서처럼 터져 나오는 것이다. 북은 곧 이러한 슬픔의 내압을 터져 나오게 하는 악기이다. 둥둥둥 치면 칠수록 슬픔의 망울망울들이 봄꽃 망울처럼 부풀어 터져 나오는 모양은 고체의 도구가 둥근 채로 치면 소리의 청각으로 변하고 그것이 다시 가슴 속 깊이 쌓인 슬픔의 꽃망울을 터지게 하여 우리의 시각을 사로잡는 것이다. 이러한 이미지의 변화 단계들은 기인의 시가 보여주는 큰 특징이라 할 수 있겠다.

> 때가 되면 터지리라/터지리라 때가 되면/그대 봄날 하늘의 햇빛이/
> 열꽃으로 파고들면/가슴 속 구석진 곳마다 맺힌/꽃망울이 터지듯 터
> 지리라/ -중략- /아픔뿌리 더욱 깊어지고/깊어져 삭을대로 삭으면/
> 터져야 할 것이 터지듯/이 밝은 땅 하늘을 두들기며/맺힌 슬픔 웃음
> 으로 터지리라/ (『북』 p.22)

  겨우내 굶주림과 추위에 내몰리면서 살았던 이들에게 봄은 얼마나 눈물나는 것이랴. 그 봄 햇살이 열꽃처럼 가슴을 파고들면 맺힌

곳마다 꽃망울로 터지는 슬픔은 이제 슬픔이 아닐 것이다. 그래서 시인은 '슬픔 웃음으로 터지리라'라고 외치는 것이다. '슬픔 웃음'이란 시어야말로 시인의 시가 역설적 세계관을 드러내고 있음을 증명해 주는 단서(端緒)이다. 이렇게 주체를 슬프게 하는 원인에는 작품 「돈」에서 말한 바와 같이 '이 세상에/못나빠진 사람 사람/가슴마다 눈물 뿌리 내리고/웃음씨를 말리는 돈돈/한눈파는 너와 나/혼줄을 속속 다 빼가는/돈 돈 돈이로구나 돈돈'이라고 하여 돈의 물신주의를 들고 있다. 전통타악기를 소재로 하여 슬픔을 노래하다가 그 슬픔의 원인에 놓인 것이 돈임을 밝히고, 그 돈은 다른 타악기와 달리 두드리고 치고 때릴 수 없으며 오로지 끝없이 돌고 돌면서 사람들의 가슴마다 눈물 뿌리 내리게 하고 웃음씨를 말리게 하는 것으로 쓰일 뿐임으로 대립되는 도구로 병치(竝置)해 놓았다.

3

악기를 때리고 두드리고 쳐서 슬픔이 터져 나오면 우리는 가만히 있기만 하는가? 그렇지 않다. 손뼉을 치고 발을 구르고 어느 듯 가락을 몸에 실으면서 몸을 움직인다. 그냥 흔들다가 어깨를 궁싯거리고 팔다리를 크게 벌리거나 올리거나 하면서 춤을 추게 된다. 그의 작품 「어깨춤」, 「탈춤 」, 「살풀이춤」, 「풀이」 등은 모두 악기들을 대동하고 나와 벌이는 한바탕 춤판의 시학인 것이다. 이 춤은 혼자만 추는가 하면 그렇지 않다. 춤꾼이나 살풀이를 하는 무녀가 타령조의 노래를 부른다. 춤을 추기 위한 널찍한 공간이 마련되고 화톳불이 주위의 어둠을 밝히고 굿판에서는 가지가지 음식이 놓인 단에 촛불이 켜지고 마을 사람들은 그것을 구경하려고 소문을 듣고 뉘 집 넓은 마당에 모인다. 형편에 따라 크게도 작게도 마련되는 춤판이나 굿판에 사람들은 일상의 단조로움과 고단함을 풀기도 하고 타인에게 말할 수 없는 가슴 속 사연을 춤꾼이나 무녀가 읊어대는 주사(呪辭)와 그것이 더 깊어진 노래와 그 가락에 기대어 저마다 고통과 슬픔을 위무 받으면서 함께 울고 함께 웃는 것이다. 그리고 나중에는 춤꾼과 무녀와 같이 모두가 어우러져서 춤을 추면서 판은 막을 내리는 것이 우리네 민초들의 생활 깊이 뿌리내린 우리네만의 소통과 교감을 통한 공동 위무의 장이었던 것이다. 여기에는 주체와 타자가 노래와 춤을 통하여 하나가 되는 장(場)이 있을 뿐이다.

시인의 제2시집 세계는 전통적인 우리네 슬픔의 정서를 노래와 춤을 통하여 열어 보인 춤판이거나 굿판이며, 그는 거기에 걸맞는 체제로 시집을 구성했다는 점이 두드러진 특징이다. 이는 그의 시가 타령조의 3.4음으로 이루어져 있음이 이를 뒷받침하고 있으며, 슬픔의 개인적 정서를 마당놀이와 같은 광장으로 불러내어서 공간을 확장함과 동시에 공동체적 정서로 확대시키고 있다는 뜻이기도 하다.

> 맺힌 가슴 풀어내어/휘휘 둘둘 온 몸으로 감는구나/궁딱 궁딱 궁궁딱/취하지 않고는 살맛이 안나/취하지 않고는 살맛을 몰라/살아 생전 못다한 말/구석구석 풀어내어 한마당/웃음 아닌 웃음으로/모두 모두 하나 되어 우는구나. (『탈춤』 p.28-29)

> 할 말이 있네/할 말이 있네/해야 할 말/못다한 말/많으면 많을수록/이렇게 저렇게 돌아앉아/옷고름 속에 묻어두고/ (중략) 옷자락을 여미듯/살며시 몸을 흔들어/두 눈을 재우듯/앉아 휘젓는 이 몸은/뒤엉킨

한 타래 실이런가/타오르는 불덩이/타고나면 타고나면/엉긴 매듭 풀리어/장단과 장단 사이로/숨찬 바람이 되어/걸어 나오는/너는 나이고/나는 너이고. (『살풀이춤』 p.30-31)

죽어서도 그 근성 못 버리는/조병갑이 나와라/변학도도 나와라/북관선생 나와라/왜놈 뙤놈 양놈 다 나와라 이잇/네 이놈들/할 말 있으면 하라하니 허허/입은 천이어도 만이어도/가만 먹통이로구나
(『풀이』 p.33)

풀 것을 푸는 데는/이골이 다 나있는/너와 나 우리 우리/다같이 일어나 한 데 엉겨/목판 위 엿가락이 되도록/징을 치고 북을 치고/겨드랑이 사타구니/등줄기 사이사이/흥건하게 젖어/흥건하게 젖어/東과西,/南과 北을 잇는/우리의 한강이 되고/임진강이 되고/마침내 하나가 되거라/다시는 떨어질래야 떨어질 수 없는/둘도 아닌 하나가.
(『풀이』 p.35)

　시적 공간이 개인의 마음의 방에서 마을공동체의 구성원들이 지켜보는 가운데 행해지는 춤판, 굿판으로 확대되어, 우리는 개인일 때의 그 웅크림과 왜소함, 폐쇄성에서 벗어난다. 가슴에 쌓아둔 못다 한 말들을 말과 행동으로 쏟아내 주는 무녀와 춤꾼을 통하여 주체와 타자가 하나가 되는 것이 바로 이 공간인 것이다. 그래서 서로 하나 되어 웃고 울면서 '너는 나이고/나는 너'가 된다. 그렇게 된 우리는 짓눌림, 왜소함, 웅크림 등에서 벗어나서 소리에 맞춰 힘을 낸다. 그래서 너와 나를 반생명으로 착취하였던 부당한 권력과 일제의

압제, 갈라진 조국의 부조리함에 대항하고, 그 주모자들을 나오라고 소리치는 것이다. 그렇게 다 같이 한데 엉겨 악기 소리에 맞추어 춤을 추면서 몸에서 땀이 흘러 흥건히 젖고 젖어 가난을 넘고 신분을 넘고(『잡풀』 1,2,3) 영남과 호남을 넘고, 남과 북을 넘어, 한강과 임진강이 하나가 되는 미래의 이 땅을 노래함으로써 슬픔은 어느덧 희망의 정수박이를 건져 올리는 시적 위업을 완수하는 것이다. 이 위업이 가능하였던 것은 시인이 자신의 삶에 진솔하며 그것을 이 땅의 민초들의 그것과 동일시하면서 주체와 객체가 하나 되어 울리는 우리네 보편적 정서로 확장시켰기 때문에 가능했고, 거기에는 '바로 거기, 깊숙한 우리의 상처를 어루만져 보라'(『백운대에 올라서서』)에서처럼 위무자의 역할을 자처하면서 공감하길 원했기 때문이다. 이는 그의 이른바 '신시학파 선언'에서 밝힌 바대로 '주관적인 정서의 객관화'라는 보편적 정서에의 지향이라는 목표에 닿아 있다.

그러므로 이시환의 제2시집 『白雲臺에 올라서서』는 시인이 타령조의 노래를 부르거나 춤을 추는 무녀와 춤꾼으로 분하여 고단한 삶속에 유기되거나 방치된 이들을 독방에서 나오게 하여 함께 울고 함께 웃으며 서로를 위무하는 장으로 이끌어 내준다. 그의 소리와 춤이 아파트 문화로 대표되는 21세기 현대 한국사회의 저 돈으로 쌓아올린 강고하고 획일화되어 있으며, 산을 가리고 병풍처럼 둘러쳐진 채 닭장 속 같은 닫혀진 마음들을 찢고 한 줄기 따뜻한 햇살을 쪼이며 마를 대로 마른 목젖을 촉촉이 적시다가 온몸을 흠뻑 적셔주는 한 두레박의 시원한 생수로 흘러넘치길 바라마지 않는다.

3

바람의 밀어 : 너와 나

제3시집 『바람序說』에 대하여

1

시인은 끝없이 꿈을 꾸는 자이다. 시인이 꾸는 꿈은 흑백사진이나 칼라사진의 이미지로 시인의 뇌수를 건드린다. 시인은 왜 꿈을 꿀까? 시인이 꾸는 꿈은 우리가 일상에서 꾸는 프로이드식의 무의식을 전치나 은폐, 자리바꿈 등으로 나타내는 그런 꿈일까? 여기에서 얘기해 보고자 하는 것은 시인이 바라보는 대상들에 대하여 끝없이 꿈을 꾸고, 그 꿈은 우리가 잘 때 꾸는 일상적인 꿈이 아니라는 사실에 있다.

시인은 자신을 둘러싼 대상들에게 깊이 함몰하기 위하여 꿈을 꾼다. 이 때 시인이 꾸는 꿈은 대상들에 함몰하기 위한 통로나 공간의 역할을 하고, 그 꿈에서 시인은 대상들과 밀어를 나눈다. 밀어가 밀담이 되고 그것이 때로는 일방적이고 상호적이기도 하면서 끝없이 꿈을 꾼다. 시인이 한 대상과 밀어를 나누어 갈 때 그는 대상을 몽상하는 것이며, 고요하면서 집중적이고 부드러운 긴장과 여유 속에서 이미지들을 불러 오는 것이다. 시인이 우주 만물과 밀어를 나누는 우주적 몽상은 우리를 일상의 시간에서 도피케 하며, 하나의 상태요 더 본질적으로는 '넋의 상태'일 것이다. 시인은 대상들과 밀담을 나눌 때 그만의 언어로 나눈다. 그러나 그 밀어가 아무도 알아들을 수 없는 불가해한 것이 아니라는 데에 경이를 금치 못한다. 분명히 시인은 은밀하게 고요히 대상을 몽상하면서 밀어를 나누지만 독자들이 그 경험을 읽을 때는 불가해하지 않다. 오히려 시인은 우리를 대상들에게 함몰할 수 있도록 데려가 준다. 거기에서 고요하게 대상들과 또 다른 밀담을 나눌 수 있게 공간을 넓혀준다. 좋은 시라면 시인이 독자들을 우선 우주 만물들과 밀어를 나누는 곳으로 데려가 주되 시인 자신이 나눈 대화는 물론 독자 각자들이 새로운 밀담을 나눌 수 있도록 길을 열어주는 역할을 하는 게 아닐까 생각된다. 그런 면에서 프랑스 상징시가 가지는 위력은 언어가 지니는 다양한 울림을 통하여 의미를 확대하고 독자들에게 더 많은 창조적 감성을 제공한다는 점에서 그 의의가 있을 것이다. 시는 단지 시인의 감정, 정서, 생각, 사상을 간결하게 정리하기보다 함축된 언어를 통하여 다의성을 띨 때 틈입을 열어주고 시적 세계를 확장해 갈 것이라 생각된다.

시인은 그의 제3시집 『바람의 序說』(1993)에서 대상들과 고요하고 아름다우며 때로는 사랑하는 연인에게 다가가듯이, 끝없이 그 거리를 좁히면서 자신을 몰입하고 아낌없이 던진다. 이 시집은 그가 밝히듯이 1977년부터 1992년 사이에 창작된 시들 중에 산문시와 타령조시를 제외한 순수서정시를 묶은 것으로 47편이 실려 있다. 시인 자신의 후기에서 밝히듯이, 이 시집은 첫째마당과 둘째마당 그리고 셋째마당으로 이루어져 있는데, 첫째마당을 새김조, 둘째마당을 斷章調, 셋째마당을 長江調라 명명하여 시의 성격을 분류해 놓았다.

새김조의 시편들은 '미의식이라든가 감정의 노출이라든가 표현 위주의 기교 등의 감각적 요소보다는 단순히 의미기술에 더 많은 비중이 주어진 것들'이라고 하여 의미 중심의 삶의 '진실'에 닿고자 하였다. 단장조의 시편들은 '순간적으로 이루어지는 직관이나 상상력'에 기반을 둔 '직감적'인 요소가 시의 전문을 이루고 있다. 그것은 시인이 설명한 바와 같이 '어떤 대상이 전제되면서 그에 대한 사유 활동이 순간적 혹은 지속적으로 이루어지는 가운데 얻어지는 이미지들로서 그 자체가 시인의 메시지를 대신하고 있는 형태'이다. 장강조는 3편의 장시(長詩)로서 '삶의 본질을 총체적으로 보려는' 시인의 세계관이 반영되어 있다.

이처럼 약간의 차이를 가지는 시편들을 한 권의 시집 안에서 세 갈래로 나누어 실은 것은 시인이 분명 의도와 기획을 하고 있으며, 시인이 시라는 문학적 형식을 통하여 우주 만물에 대한 몽상을 삶의 진실에다 접합하여 결코 문학이 미적 표현의 집적물에 머물지 않고 삶의 현실에 뿌리를 둠으로써, 모두가 공감하는 데로 이끌어가기 위한 시적 전략으로 해석된다. 그러면서도 대상에 대해 이미지로써 시인의 메시지를 대신하려는 시법은 시적 표현을 극대화하여 신선함을 주고, 독자는 시인의 감성을 통하여 제2, 제3의 이미지를 떠올려 보는 여지를 만들어 주는 것이다. 삶의 진실에 대한 의미 추구 의식과 미적 표현 의식이 만날 때 독자는 시에서 더 큰 감동을 느끼게 마련이다. 시인은 여기에 머무르지 않고 셋째마당 장강조의 삶의 본질을 총체적으로 아우르려는 의도를 통해 공감의 가능성을 한층 더 넓혀가고 있다.

한 편의 시가 태어나기 위해서 시인은 끝없는 몽상에 젖는다. 그 몽상이 때로는 시인에게 즐거움과 기쁨을 가져다주지만 때로는 시인 자신의 심부 깊은 곳으로부터 그날 그날의 단순한 기분이나 감정으로부터 시작될 수도 있고, 어느 날 문득 시인의 뇌수를 자극하는 어떤 사물이나 사건일 수도 있고, 과거의 아픈 기억 속의 상처일 수도 있다. 또는 과거의 아픈 기억이 현재까지 되풀이되는 트라우마[trauma]나 현재의 현실과의 사이에서, 또는 현재의 것으로 미래에 귀결될 어떤 것을 두고 일으키는 고뇌나 번민일 수도 있다. 그것이 시인의 개인적인 것이나 시인에게 관계되어진 어떤 공동체의 운명적인 것일 수도 있다. 그러므로 한 시인의 사유를 통하여 독자는 한 세계를 접하는 것이다. 한 운명을 접하기도 하고 그것이 찰나이거나 영원이거나 시인이 몽상하는 사물과 우리가 직접 대화를 할 수 있게 된다면 시인은 시인으로서 역할을 다한 것이라고 봐도 될 것이다.

우리는 누군가와 끝없는 얘기를 하고 싶어한다. 설령, 침묵을 한다고 해도 그것은 밀어를 나누기 위한 방법에 지나지 않는다. 침묵은, 엄밀히 말해 말소리를 내지 않고 하는 끝없는 대화이다. 서방(西方)의 성인 성녀들이 남기고간 영적 일기나 서적들은 그들이 신과 밀어를 나눌 때 자신이 경험한 것들의 기록이며, 많은 이들을 신과 밀어를 나누는 데로 초대한다. '관상(觀想)'이라는 것도 신과 밀어를 나누는 한 방식이다. 그 밀어가 지속적으로 이루어지는 것을 그들은 신의 은총이라 여기며 기꺼이 거기에 응한다. 때로는 신의 말을 듣기 위하여 자기를 완전히 포기하면서도 그 밀담에 집중하는 것이다. 왜냐하면, 상대방의 말을 들으려 한다면 자신의 귀를 먼저 열어야 하기 때문이다. 자신의 귀를 연다는 것은 그 대상인 신에게 완전히 마음을 열어야 하고, 그 이유로써 자신을 포기해야 하는 것이다.

이시환이 그의 제3시집에서 보여주는 자세는 바로 그런 관상이라고 생각한다. 이 방법만이 대상이 전해주는 모든 것을 알아들을 수 있기 때문이다. 일상에서 상대방의 이야기를 알아듣기 위해 자신의 생각이나 말하고자 하는 욕구를 꺾고 그의 말을 들어주는 상담사는 남의 이야기를 있는 그대로 다 들어 주기 위해 있는 직업이라고 할 수 있다. 그러나 시인의 시가 상담사의 그것과 다른 점은 그의 시에서는 서로 끊임없이 밀담을 나눈다는 점이다. 시인이 대상을 향해 끊임없는 독백만을 하지 않고 대상에다 자신을 투신하려는 자세를 견지함으로써 독자들도 함께 밀담에로 초대하고 있는 것이다. 이 모든 것이 가능한 것은 바람(風)이 밀담으로 이끄는 동인(動因)이 되어주고 있기 때문이다.

바람은 무엇인가? 현상학적 의미로 그것은 모든 힘의 근원이며, 우주가 공기, 물, 불, 바람 등으로 이루어져 있는 까닭이다. 시인에게 바람은 시심을 일으키는 지속적인 힘이며, 사물을 몽상하여 지속적인 대화를 할 수 있게 하는 근원이다. 그러므로 그는 바람을 '머물러 있는 것이다'라고 말한다. 다음은 시「바람의 序說」전문이다.

바람이 분다
부는 것이 아니라
머물러 있는 것이다
머물러 있는 것이 아니라
훨훨 타는 것이다
훨훨 타는 것이 아니라

흐르는 것이다

갯벌의 진흙 내 혈관 속을

돌멩이마다 내린 뿌리 네 몸

속속들이 흐르고 흘러

사방 억새꽃을 흔들고

내 가슴 네 가슴을 흔들어대며

머물러 있는 것이다

그렇게 부는 것이다

눈이 부시게

바람은 원래 무형, 무색, 무취한 것으로 우리가 눈으로 잎사귀나 사물들이 흔들리는 것을 보거나 심하게 불 때 나는 소리로써 감지한다. 바람은 불어왔다가 지나가 버리면서 일회성으로 다가오지만 그 바람으로 하여 강할 때는 심해의 바다를 뒤집거나 하여 생태계를 재정비하기도 하며, 때로는 파괴하기도 한다. 그 강도에 따라 하는 일이 다양한 바람은 분명히 모든 힘의 근원이다. 그런데 시인은 그 바람을 부는 것이 아니라 머물러 있다고 한다.

이 시를 감상해보면, 시인은 문득 어느 날 자연적으로 부는 바람을 접하여 바람이 분다고 한다. 그러다가 그 부는 바람을 한참을 맞고 있으면서 바람이 부는 것이 아니라 머물러 있는 것처럼 느낀다. 그리고 그 머물러서 계속 부는 바람은 훨훨 타는 것이다. 이것은 시인 자신의 심상세계에 불어온 바람인 것이다. 바람이 시인의 심상세계로 먼저 들어오고, 시인은 그것을 감지하고, 처음에는 분다고 생각하여 한 때 지나가리라 생각하지만 그러지 않고 자신의 심상 안에 머무는 것으로 인식한다. 그런 연후에 바람은 마음에서 훨훨 타는 불이 되는 것이고, 불타던 바람도 이윽고 물처럼 흘러가는 것으로 인식한다. 흐르는 바람의 줄기는 갯벌의 진흙, 혈관, 돌멩이, '네 몸' 이라는 사물과 인간 몸의 내부를 속속들이, 마치 물처럼 흘러들어서 적시고 억새꽃과 나의 가슴, 너의 가슴을 흔들면서 머물러 있는 것이다. 이 과정은 바람과 같은 어떤 성질의 것들이 시인 자신이 그것을 끌어들였다기보다 그것들이 시인에게 먼저 들어온 것이다. 그것들은 잠시 스쳐 지날 것으로 생각하였으나 시인에게 오랫동안 머물면서 불이 되어 훨훨 타는 것이다. 그러더니 갯벌, 진흙, 돌멩이와도 같이 부드럽고 미끄러운 것에서 딱딱하고 까칠까칠한 돌에게까지 침투하여 흐르고, 갯벌의 억새꽃을 흔들고 각각의 방을 이루고 있는 너의 가슴과 나의 가슴을 흔들어대며 머물러 있고, 그 자태가 눈부시다는 의미로까지 지각되었다.

'분다 → 머문다 → 탄다 → 흐르다 → 흔든다'라는 동사들을 나열하여 바람의 동태적 이미지를 구가하고 있고, '분다'와 '흔든다'가 어떤 매개물을 통하여 감지되는 것이라면 '머문다' '탄다' '흐르다'는 매개물을 통하지 않는 내밀한 바람의 작용이며, 시인이 은밀하게 바람과 대화하고 바람과 한 몸이 될 때 작용되는 현상들에서 추출된 동사들이라고 하겠다. 이 동사들의 변이에서 얻어지는 것은 바람이 물기를 품지 않은 '메마름'에서 머물러 불을 일으켜 훨훨 태우고 흐른다는 의미는 사랑하는 연인들 사이의 어떤 일치에도 비유되어 '내 가슴'과 '네 가슴'을 흔들어대며 머물러 있는 것이다. 시인이 바람을 통해 얻은 것은 '흐름'이라는 유동적인 이미지로 물이나 액체, 땀방울, 비, 파도, 가랑비, 봄비, 바다 등으로 표현되고 있다. 이와 같이, 시인

은 자신을 둘러싼 삼라만상을 마치 은밀한 만남의 대상으로 여기며,
'당신' '그대' '너'로 부르고 있다. 시「그리움」에서는 너와 나의 관계를
'산'과 '언덕 너머 바다'를 통하여 나타내고 있다.

멀찌감치 서서 바라보는
언덕 너머
바다가 좋다

한 발짝 다가서면
한 발짝 물러서는

그렇듯 하루가 멀다고
밤마다 가슴 속 속속들이 파고드는
불면의 그 뿌리 사이로
조용한 혁명이 꿈을 꾸고

차라리
멀찌감치 서서 바라보는
산 너머 있는 그대로
네가 좋아

한 발짝 물러서면
한 발짝 다가서는

너와 나의 관계는 한 발짝 다가서면 한 발짝 물러서고 한 발짝 물러서면 한 발짝 다가서는 관계이기 때문에 그냥 멀찌감치 바라보거나 있는 그대로의 '너'가 좋다고 토로한다. 있는 그대로의 너를 바라볼 수 있는 것은 나의 비움이 있기에 가능하다고 하겠다. 바로 이 '거리두기'는 나의 비움에서 출발하며, 시인의 시가 일인칭 화자 '나'를 드러내기보다 '너'라는 대상에 더 큰 비중이 두어지는 이유가 여기에 있다고 하겠다. 이 '너'에 대한 집중과 드러냄은 '나'를 버림으로써 가능해지는 시법이라 하겠다. 그의 시가 1인칭 화자의 넋두리에 빠지지 않는 것도 바로 이 점에 있다. 시 「봄비」에서는 너에 대한 그리움을 건조주의보 후의 봄비로 표현하고 있다.

발뒷꿈치 살짝 들고
숨소리마저 즈려밟고 오는구나
나는 시방 건조주의보

속 타는
눈물이 되어 흐르는 그리움 그리움은

마른 잎 하나에
목을 놓아 더욱 빛나는

속이 타는 그리움을 건조주의보라 하여, 그 때 내리는 봄비로 그리움의 목마름이 해갈이 되어 눈물이 흐르는 것으로 형상화되고 있다. 시 「백목련·2」에는 '낮게 낮게 깔리는 내음/줄기를 타고 거슬러 올라가면/그대가 벗어놓은/그 빈자리/내 서슴없이 빠져 죽을/하늘이 거기'라 하여 백목련을 '그대'라고 부르면서 나의 투신(投身)을 노래하고 있다. 또 시 「죽음」에서는 '내 처음/이 세상을 나온/길을 따라/되돌아가는/삶//차례를 좇아/몸을 벗는다/저 무서운 파아란 하늘에/알몸으로 가/맞닿고 싶어'라고 하여 하늘과 죽음을 동일시하면서 몸을 벗고 알몸으로 자신을 던져 넣고 싶은 욕구를 드러내고 있다. 몸을 벗는다는 의미는 육탈을 의미하는 것이고, 제3연의 알몸으로 가서 맞닿고 싶은 욕망은 파란 하늘과 흰 몸뚱어리의 색채 대비를 통하여 허위와 가식 없이 처음 세상 나온 그 근원으로 되돌아가고자 하는 시인의 염원을 담은 것이라 하겠다.

이처럼 투신(投身)·비움·회귀(回歸) 등으로 나타나는 시인의 긍정적 주체 파괴 욕망은 시 「항아리」에서 무너져 질퍽한 '흙'이 되고 싶고, 깨어져 질주하는 '바람'이 되고 싶고, 세계를 묶어두는 하나의 '뜨거운 몸짓'이고 싶은 것이다. 이러한 완전한 자기 열기/긍정적 자기 파괴는 시 「월척」에서 '마음 門을 열어놓자/안겨드는 바람덜미/아자차, 휘어당기면/퍼덕퍼덕 초승달'이라고 하여 마음의 문을 열어둠에서 시작하여 대상을 낚아 올린다는 의미의 시로 형상화 되고 있다. 이어 장강조의 시라 명명한 장시 「바람꽃」에는 그런 너와 나의 관계에 대해 노래하고 있다.

홀로 존재하여/홀로 설 수는 있어도/온전할 수는 없어/다른 하나를 꼭 필요로 하는,/그리하여 서로가 서로를/ 받치어 주고 받들어 주는/너와 나의 관계는/ 물이지만 불같고/불이지만 물 같은/하늘과 땅과 같은 자리요,/안과 밖과 같은 바탕이요,/빛과 어둠 같으니라.//이 땅

위 하늘 아래/두 빛깔 두 존재의 어우러짐은/안과 밖이 소통(疏通)하고/음과 양이 교섭(交涉)하여/크고 작은 만물이 생기는 것과 같은/이치이자 원리여서/존재하는 모든 것은/신묘한 아름다움 그 자체니라./

꾸밈없고 가식 없는/너와 나의 어우러짐은/우뚝 솟은 산과/길게 흐르는 강물 사이 같은 것/너를 위하여/나를 위하여/우리 서로 존재할 때에/비로소 하나가 되어/바로 설 수 있는/아름다움이 될지니/그것이 곧 하늘의 기운을 받는 땅이요,/땅의 기운을 머금는 하늘로/물 가운데 불이요,/불 가운데 물이니라./

　시적 비유나 이미지를 동원하지 않고 오히려 삶의 지혜를 일깨워주는 지혜문학적 요소를 띠는 이 시는 너와 나의 관계가 조화를 이루어 아름다움으로 머물기 위해 어떻게 해야하는지를 깨우쳐주는 명상적인 시라고 할 수 있다. 너와 나의 관계는 우주의 이법에 따라 이원의 세계가 일원의 세계로 귀일되는 것에 바탕을 두고 있다는 의미이다. 그러므로 너와 나는 독립적이면서도 홀로는 불완전하기에 다른 하나를 필요로 하는 존재이다. 그것이 하늘과 땅, 물과 불의 바탕이며, 빛과 어둠의 이치라고 말한다. 이 둘이 조화지경에 이르려면 '사람의 마음'이 '몸에 끌려가는 것'이어서는 안 되며 몸을 이끌어가는 임자노릇을 해야 하며 그리기 위해서는 자신의 마음을 큰 그릇으로 비워두어야 하며, 이는 '맞은 편 이의 자리에서/자신을 들여다보는 법에 대한 터득이요/나를 통해서 너의 바탕을 꿰뚫어 보는 눈뜸'이다. 이시환은 이 '자신을 들여다보는 법'에 대해 「어찌하오리까」

에서 더 강한 어조로 말한다.

> 그리하여 나를 죽이는 일부터/철저하게 나를 죽이는 일부터/결행하
> 고 감행해야 할지니/이것만이 당신의 품안에서/우리 스스로가 살아
> 남을 수 있는/한 가닥 희망이요, 빛이요, 전부임을,/아니, 인간의 승
> 리가 곧 파멸임을/깨달을지어다./깨달을지어다./

그리고 시「나의 기도」에서 시인은 절대자 하느님 앞에 '오늘 하루
내가/숨을 쉬며 산다는 것은/다른 살아 있는 것들의 목을 조르는 일
이고/크고 작은 것들의/보이지 않는 관계를 짓밟고 잘라내어/이 땅
위로/버릴 것을 만들어 내는 일입니다'라고 완전히 가식이나 허울을
벗고 한 인간으로서 자신의 삶이 하잘 것 없음을 고백하고 있다. 그
리고 '하늘과 땅 사이/조금도 구김살 없이 감도는 기운,/당신은 필연
이 아니신가요/조금도 빈틈이 있을 수 없는.'이라고 하여 시인의 당
신은 하늘과 땅 사이에 죽어있는 것과 살아있는 온갖 것들을 다 빚
어 놓으신 우주만물의 하느님으로 귀결되고 있다. 그 하느님은 바로
시「파도에 부쳐」에서는 파도, 시「바다」에서 바다로, 시「내장산행」
에서 '텅 빈 네 눈과 마주친 순간/내 가슴은 콱 숨이 막히고 흘려버린
듯'한 산야와 한 송이 풀꽃의 무념무상한, 있는 그대로의 모습에서
만나 밀담을 나누는 영원한 시인의 '님'일 것이다.

그러므로 시인의 제2시집은 절대자이며 우주 만물을 지으신 하느
님, 그 하느님의 법신현현인 우주만물과 모든 힘의 근원인 바람을
통해 나누는 밀어이며, 그것도 농밀한 밀담으로 우리를 초대하고 있
다고 하겠다. 그것이 가능한 이유는 시인이 나를 버리고 너와 그대,

당신, 하느님과 하나가 되고자 하기에 자기를 버린 그 자리에 우리
가 발을 들여놓을 수 있도록 심상(心象)의 문을 활짝 열어놓았기 때문
이다.

제4시집 『숯』과 색즉시공의 세계

역설적 진리의 형상화

'이탄(李炭)'이라고 하는 숯이 있다. 그것은 오얏나무를 불에 태워서 만든 숯으로 전통적으로, 숯이 지니는 해독성의 기능을 이용하여 된장을 만들 때 메주를 소금물에 띄우고 이탄을 넣어서 음식의 독성을 제거하는 데에 썼다고 한다. 필자에게 시를 가르쳐준 스승인 이탄 시인은 당신의 필명에 대하여 그런 경위를 말해주신 적이 있다. 그분은 시를 통하여 이탄이 되고자 하였던 것 같다. 아마, 이 사회에 빛과 소금의 역할을 하는 당신의 시가 되어주기를 바라는 마음에서 자신의 필명을 스스로 '이탄'이라 불렀을 것이다.

숯은 나무를 다 태워서야 비로소 제 기능을 하는 사물이다. 나무가 완전히 자신의 몸을 연소시켜서 완전한 비움으로 인하여 건져지는 결실인 것이다. 숯은 나무가 살았을 때의 모든 기능을 정지시키고 완전히 제 몸을 불살 때에만 얻어지는 것이기에 어떻게 보면 너무나도 순렬(殉烈)하고 장렬하기까지 한 일생을 산 한 나무의 역사인 셈이다. 숯은 나무가 온전히 죽어서야 제 기능을 발휘하는 만큼 죽은 이후부터 더욱 진가를 나타낸다. 숯은 완전히 비움의 죽은 상태로써 또 다른 생명을 살린다. 즉, 자신의 장렬한 죽음 상태 그대로 뭇 생명들을 살리는 것이다. 그 빛깔 또한 보는 사람으로 하여금 시선을 사로잡는다. 새까만 것을 마주 대하고 있으면 숨이 막힌다. 검정은 그 어떤 색들에도 틈입을 주지 않는다. 검정은 슬픔, 죽음을 뜻한다. 죽었다는 의미이다. 죽었다는 것은 없다는 의미이기도 하다. 완전히 존재하지 않는다는 뜻이다. 숯은 숯인 채로 완전하게 나무였을 때의 기억을 말소하고 전소하였다. 이 완전한 비움 앞에 말문이 막히는 것이 숨이 멎는 듯한 착각마자 들게 한다.

숯의 쓰임은 완전한 죽음으로 다른 생명을 살리는 일이다. 여기에서 도스토예프스키의 소설 『죄와 벌』에 등장하는 '소냐'를 이야기 해보자. 도스토예프스키는 그가 믿은 동방정교회의 비움의 영성을 이 소냐라는 나약하고 가련하며 비천하기 이를 데 없으며, 부와 명예, 세상 지식도 없으며, 가난하며 술주정뱅이인 아버지와 철없고 약하며 세상을 잘 살기엔 어려운, 정신이 약한 의붓어머니를 가진 아가씨였다. 그녀에게 가진 것이 있다면 그리스도의 가르침과 그녀의 순결한 육신, 병들고 나약한 가족들밖에 없었다. 이 세상에서 때로 무력하며 배척 받아온 그리스도의 복음을 지니고 사는 아가씨인 소냐는 가족들을 위해 스스로 자신의 몸을 빵으로 내어주었고, 지식인이지만 오류와 그릇된 허영심과 악덕의 길을 걷고 있던 가난한 고학생 '라스콜리니코프'의 영혼 구원을 위해 자신의 생을 바친 아가씨이다. 이 소냐가 바로 숯과 같은 존재라 할 수 있다. 자기를 완전히 버리고 죽음으로써 그녀는 가족을 부양하고 악덕을 행하고도 죄를 참회할 줄 모르는 라스콜리니코프의 무릎을 꿇게 만든 여인이다. 그 때부터 라스콜리니코프는 진정한 참인간이 되어 자신의 죄를 참회하고 갱

생의 빛나는 희망의 길을 걷고자 한다. 그를 점유한 어둠의 그림자가 짙었던 만큼 그가 거기에서 벗어나 대지에 입맞춤을 할 수 있을 때까지 소냐의 완전한 연소의 삶이 없었다면 불가능한 일이었을 것이다.

숯은 바로 그러한 존재이다. 어느 잡념의 군더더기 하나 없다. 사제들의 수단이 검정이거나 수도자들의 수도복이 검정인 것은 죽음을 의미한다. 세속을 버렸기에 죽었고, 그리스도의 복음을 따르고자 자기를 버리고 생을 바치기로 서약한 사람들의 표시이다. 의복이 하나의 표상을 이루듯이 숯이 지닌 검정의 의미 또한 표상인 것이다. 그러나 이 죽음은 결코 비극적인 죽음이 아니라는 데에 있다. 이 죽음은 비로소 생명이 열리는 완전 긍정의 죽음이다. 그러기에 이들에게는 있는 것도 없는 것도 구별이 되지 않는 경계를 넘은 삶이다. 그러니 있는 것도 아니요 없는 것도 아니며, 없는 것도 아니요 있는 것도 아니다. 즉 있고 없고의 차별상이 없어진 평등상의 존재인 것이다. 숯은 바로 이런 평등상을 표상하는 사물이다. 숯인 채로 있는 것이며, 숯인 채로 나무로서는 없는 것이기 때문이니 있는 것도 없는 아닌 사물이 된다. 이러한 숯과 숯으로 형상화되기 위해 지니는 이 시환의 시법에 대해 셋째 마당/쏠 의 부분에 나오는 '나의 허튼 소리'를 살펴보자.

'숯'하면 열과 빛 에너지를 낼 수 있는 형태를 가진 가시적 존재다. 그러나 그것도 궁극에 가서는 한 줌 바람으로 흩어져 버릴 것이다. 그래, 존재의 시작과 끝을 몸 하나로 보여 줄 수 있는 상징적인 존재로 여겨졌기에 '有+無=숯'이라는 억지 등식을 내세운 것이다.

어쨌든, 36편의 몸속을 흐르는 것은 커다란 모순, 곧 역설이라는 구조와 의미이다. 곧, 표현의 한계에 부딪쳤을 때에 선택되는, 모순어법의 진실이기도 하다. 말의 고비를 풀어놓아 詩(시)란 집을 짓는 행위나, 시를 짓는다고 말에 없는 고비를 꿰어 주는 행위를 일삼는 나의 詩作(시작)이 그렇고, 또 그 과정에서 인식되는 명제에 대해 구차한 설명을 하고 싶지 않을 때나, 하고 싶어도 할 수 없는 상황에서 내던지는 외침이 내포하는 모순성이 역설이라는 이름으로 치장되어 나타난 셈이다.

이시환의 제4시집 『숯』은 바로 존재론적 역설을 표현하는 세계이다. 그러므로 있는 것만으로 팽배해있는 현재의 인간세계에 숯이 들어갈 공간을 마련하는 것이다. 이것은 다름 아닌 이 세상에 대한 도전이요 장렬한 순사(殉死)가 도정된 도전이다. 그는 이러한 세계에 어떤 공간을 마련하여 금이 가게하고 틈을 벌리고 균열을 낼 것인가, 우리는 그것이 궁금하다. 그가 가게 한 실금과 큰 금, 그가 벌려준 작은 틈과 큰 틈 사이로 그가 쪼이고 싶은 것은 무엇인가? 스스로 숯이 되어 끊임없이 뿜어내는 대지의 독가스나 독극물을 그대로 흡수하고 순사할 작정인가? 그의 이 '들이댐'이 얼마나 가열차며 죽음을 각오한 것인가. 다만, 그는 대중적인 프로파간다를 내세우지 않고 이탄처럼 그런 존재이고자 한다. 고요하면서도 온유하게 그 공간을 넓히어 가는 것이다. 성경에서 말하는 "마음이 온유한 사람들, 하늘나라가 그들의 것이다", "마음이 온유한 사람들은 땅을 차지할 것이다"라는 말은 무슨 의미인가. 대중의 힘을 입고 프로파간다 아래에 깃발을 휘날리며 저 진군하는 또 다른 힘이 되고자 하지 않는다. 다만,

그는 고요히 온유하게 침투하고자 한다. 그의 시는 이탄처럼 그런 침투력을 가진다. 어쩌면, 그는 안토니오 네그리의 『제국』에 나오는 땅 속으로 파는 굴과 안의 공동(空洞), 구멍을 만들자는 의미인가? 그의 제4시집의 목적은 바로 '공간 만들기'이다. 물론, 한 권의 시집이 이 강고한 세상의 있음의 두터운 층을 어떻게 균열 낸단 말인가? 그러기에 그는 늘 낮은 자리로 물러나 있다. 그의 한마디, 그의 한 편의 시가 스스로 보잘 것 없다고 말하는 것은 그런 의미도 함축하고 있으리라.

그러나 계란으로 바위를 칠 수는 없을지언정 낙숫물이 바위를 뚫는다고 하였다. 그는 이 무모한 계란치기보다 시간과 공간을 점유하는 낙숫물이 되고자 하는 것인가? 계란으로 바위를 치든지, 낙숫물로 바위를 뚫든지 어려운 것은 매 한 가지이다. 그는 다만, 이탄으로서, 숯으로서 존재하고자 한다. 하나의 상상을 해보자. 된장을 만들기 위하여 소금물에 메주를 띠운 독이 있다고 하자. 이 독은 이 세상 공간일 게다. 소금물과 메주와 거기에 띄우는 고추는 세상을 이루는 것들이다. 소금물이 메주에 침투가 되어 메주를 완전히 풀어놓은 동안 아마 숯의 역할은 이 삼투압에서 나오는 모든 불순물이나 독을 해독하는 작용, 즉 조절을 하는 기능일 것이다. 숯은 바로 하나의 사물이 해체될 때 즉, 금이 나고 틈이 벌어지고 균열이 될 때의 내압을 조정 · 조절을 해주는 기능을 담당할 거라는 상상이다. 거기에서 발생하는 독을 해독함으로써 된장으로 변모되고 형태가 바뀌듯이 변화하는 과정의 조정 · 조절 역할이란 뜻이다. 콩이 삶겨, 으깨어져 메주가 되고, 따뜻한 데에서 발효되고, 소금물에 담겨 덩어리로 된 제 몸을 푸는 데에는 소금의 역할이 깊이 관여될 것이다. 메주가 바위라면 소금은 계란이나 낙숫물일 게다. 이 때 숯의 역할은 아직도 다 규명되지 않았지만 해독 이상의 이 푸는 작업(금, 틈, 균열, 해체)을 돕는 조력자의 역할도 하지 않을까 생각된다. 좌우간, 이 숯의 주요 기능은 바로 해독작용이니 메주가 된장이 되는 데에, 완전한 새 생명을 획득하는 데에 방해가 되는 독을 제거함으로써 반생명적인 요소를 제거하는 역할을 한다고 하겠다. 시인은 그런 의미로 '숯'이라는 상징성이 강한 사물을 시집의 제목으로 선택하였을 것으로 생각된다. 이 시집에 실려 있는 시들은 숯이 지니는 전술한 의미들을 시인 나름대로 형상화한 하나의 세계라고 볼 수 있다. 그러면 이 시집에 대한 시인의 소감을 들어보자.

이 제4시집 속에 실린 작품은 모두 36편이다. 이 가운데 8편이 '有'라 하여 첫째 마당 속에 들어가 있고, 나머지 18편이 '無'라 하여 둘째 마당 속에 들어가 있다. 이들을 '숯'이라는 이름으로 묶어 놓은 셈이다. 그러니까, '有+無=숯'이라는 등식으로써 그 모양새를 억지 설명할 수 있을 것이다. 곧, 有는 있음이요, 집착이요, 욕구요, 빛깔과 향기가 있는 사랑이다. 이에 반해 無는 없음이요, 버림이요, 해방이요, 무색무취의 비어 있음이다. 그런데 서로 다른 빛깔의 존재를 '숯'이라는 이름으로 하여 한 몸 안에 가두어 놓은 것이다. 이는 有와 無가 근원적으로 서로 통하기 때문이며, 궁극에 가서는 有가 곧 無가 되고 無가 곧 有가 된다는 사실에 대한 인식에 그 뿌리를 두고 있다는 증거이기도 하다.

'有+無=숯'이라는 등식은 숯이 색계(色界)라 불리우는 현상계와 이와 반대되는 쏯의 세계를 두루 구족하고 있는 형상물이라는 의미이다. 여기에서 시인이 사물을 바라보는 정신적 토대를 읽어낼 수 있다. 숯은 다 연소되어 숯의 상태로 죽은 것이고 그것이 또 화력을 만나면 새롭게 불을 일으키는 생명을 지니는 것이다. 시인은 하나의 사물에 집중하여 그 사물의 본질을 잘 간취하여 그의 철학적 세계로 끌어온다. 시인은 오랜 동안 불교 경전과 성경을 공부하면서 세계와 우주의 이법을 알고 깨달은 시인이다. 그러기에 그는 바라보는 자, 見者(견자)이다. 견자란 단순이 관조(觀照)하는 자가 아니다. 사물을 통해 관조하면서 그 사물에 내재된 본질을 영원한 진리에 비추어 깨달아 알 수 있는 자이다. 그러므로 견자와 각자(覺者)는 늘 함께 있게 된다. 시인이 그의 종교 철학적 사유 속에서 숯이라는 사물의 보다 더 존재론적인 근원을 넓히고 이 사물을 들어 높인다. 그런 다음에 이 사물의 본질에 내재된 종교 철학적 논리와 신비를 언어로써 가시적으로 형상화한다. 이 때 문학의 시라는 형식은 일종의 도가니일 뿐이다. 이 도가니에서 사물의 본질에 맞는 언어의 의장을 갖추고 나오기 위해 시인은 시의 도가니에서 마지막 담금질을 해내는 것이다. 이것이『숯』이라는 시집이 나오는 과정이고, 이 시집의 커다란 주제인 역설적 진리가 숯이라는 사물을 통하여 우리들 앞에 현현(顯現)되는 것이다. 시인의 종교 철학적 사유의 깊이는 그의 일련의 묵상 및 관상 시집들인『상선암 가는 길』,『애인여래』,『백년완주를 마시며』,『인디아 기행시집』등에서 그 꽃을 피우고 있다. 제4시집『숯』은 제 1, 2, 3 시집에서 보여준, 세계를 둘러싼 것들에 대한 존재론적 물음과 인식의 맹아에서 출발한 그의 시세계가 보다 더 종교 철학에 바탕을 두면서, 그 자신이 순례자의 여정을 가는 묵상 및 관상 시집들로 넘어가는 징검다리 역할을 하고 있다. 그런 의미에서 제4시집은 시인에게는 하나의 선언이라 할 수 있다. 그 의미는 모순과 부조리로 가득한 세계를 바라보는 시인의 눈은 역설적 진리에 가 있는 것이다. 역설적 진리의 형상화야말로 시인이 그의 시의 길에서 가고자 하는 길이며, 표현하고자 하는 방법이며, 시업을 하는 시인으로서의 장인정신의 길이며, 삶의 목적인 것이다. 그의 정신의 바탕이되는 불교철학이란『반야바라밀다심경』의 핵심을 이루는 空의 세계이다. 그 사고의 일단을 셋째마당의 글에서 보기로 하자.

> 반야바라밀다심경에 "色不異空(색불이공) 空不異色(공불이색) 色卽是空(색즉시공) 空卽是色(공즉시색)"이라는 구절이 있는데 여기서 色(색)과 空(공)은 전혀 다른 세계이다. 아니, 정반대되는 세계다. 色이 有(유)이면 空은 無(무)요, 色이 빛깔과 향기와 형태를 가지는 것이라면空은 아무 것조차 가지지 않은 세계다. 그런데 공과 색이 다르지 않다는 것이다. 그것도 강조하여 말하길 色이야말로 진짜 空이요, 空이야말로 진짜 色이라는 것이다. 이처럼 앞뒤가 맞지 않는 모순의 말을 피하지 못한 채 우리는 왜 그런 표현을 되풀이하고 있을까. 그것은 분명 인식된 판단에 대해 달리 표현할 재간이 없었기 때문일 것이다. 한마디로 말해, 우리의 논리적 사고가 그 명제에 이르는 과정을 설득력있게 표현하지 못하고 있기 때문이다. 그래서 우리는 표현의 한 방식인 이런 모순을 받아들이고 있는 것이다.

글은 논리성을 가져야 한다. 그러나 역설적 진리는 논리를 넘어 있다. 그러니 논리성이 바탕이 된 글로써 표현하는 것은 어렵다. 그러니 시인은 사물인 숯을 들어서 형상화한다. 왜 불경이나 성경에서 석가모니 부처나 예수 그리스도가 비유를 들어 설명하였는가? 그 이유는 진리를 설명하는 데에 비유만큼 사람의 이해를 돕는 데 지름길이 없기 때문이다. '중생이 우둔하여'라고 그 이유를 말한다. '우둔'은 어리석고 둔하다는 뜻이다. 한 마디로 알지 못하고 영적 감각이 부재하다는 뜻이다. 그런 중생에게 진리를 논리적인 언어로만 직설하면 이해가 되지 않기 때문에 비유를 드는 것이다. 비유를 드는 것은 바로 '빗대는 대상'이 있는 것이다. 그 대상은 사물이나 예화 등이 된다. 숯은 바로 이시환 시인이 『반야바라밀다심경』의 말씀인 색즉시공, 공즉시색을 설명하기 위해 '빗대는 대상'이다. 숯은 제4시집의 제목임과 동시에 시집 전체를 상징하는 큰 소재이다. 숯에 깃든 우주의 역설적 진리의 내재성과 그것의 형상화인 숯을 설명해주는 여러 편의 시들과 숯과 관련된 시인의 종교 철학적 사유의 글로 채워진 이 시집은 과히 이시환 시인이 만든, 그다운 하나의 시집이라 할 수 있다. 하나의 시집을 무엇으로 채울 것인가는 시를 창작하는, 시의 장인이며 언어의 절에서 수행 정진하는 시인의 몫이다. 어떤 목적성을 가지고 어떤 철학적 토대 위에서 어떤 사물을 어떤 시선으로 바라봐서 자신의 사유에 들어오는 사물을 선택하여 자신의 세계관을 그 사물을 통해 형상화해 낼까는, 시인의 진리를 향한 끝없는 탐구와 그 진리를 형상화 해보고자하는 열정의 강도(强度)와 시인의 장인 정신의 충실도에 따라 제각각 다른 작품을 생산해낼 것이 틀림없다.

다음으로 제4집에 실린 시 「坐禪(좌선)」을 읽어보자.

타들어간다.

단단히 빗장을 지른

문들을 두드리으며

지글지글 이 내 몸뚱어리 기름 되어

타들어간다.

그 어디쯤에선가

뜨거움이 뜨거움 아닐 때

빨간 불꽃 속에 누워

미솔 짓는 나는,

나무젓가락으로 사리를 집어내며

한 마리 두 마리 세 마리…

나비떼를 날려 보내고 있다.

「坐禪(좌선)」 전문

　이 시는 좌선을 하는 승려를 연상하게 한다. 좌선이란 선불교에서
많이 하는 수행법으로 자기를 비우는 정신적인 작업이다. 비우는 작
업은 자기의 내면에 있는 자기에게 먼저 집중을 해야 하며, 그것을
다 비울 때 자아도 버린다. 그렇게 하여 아공(我空)의 상태에 도달하
기 위한 수행 방법이다. 이 좌선과 숯은 동일한 맥락에 있다. 그러니
"타들어 간다"라고 첫 행에서 시적 화자가 말하고, '단단히 빗장을 지
른/문들'은 아(我)의 완고한 집이다. 이 집은 타들어 감으로써 해체가
된다. 즉 내가 부서지는 것이다. 하나의 기름덩어리인 몸이 타들어
감으로써 해체되듯이 그 몸뚱어리가 품고 있었던 아만(我慢), 만심(慢
心)을 몸뚱어리가 타들어가서 해체됨으로써 아만의 나를 비운다. 이

는 숯이 색계, 즉 현상계의 나무였을 때의 자신의 몸을 다 태워서 숯이 되는 변모의 과정을 거치듯이 '나'의 해체도 이와 같다. '빨간 불꽃 속에 누워/미술 짓는 나'는 시적 화자가 숯인 자신을 말한다. 숯이 숯이 될 수 있기 위해서는 이런 열렬한 자기 연소과정 없이는 만들어지지 않는다. 이 연소과정의 '빨간 불꽃'은 바로 적색의 피와 이미지가 동일하다. 죽음을 뜻한다. 국가나 종교의 절대자로부터 부여받은 임무를 위해서 죽게 될 때 우리는 순국, 순교, 순직이라고 하고, 이것은 장렬하고도 처절하며 어떤 대상에 대한 사랑이 절정에 올랐을 때에 가능한 죽음의 형태이므로 '빨간 불꽃'에서와 같이 지극히 숭고하고 아름다운 것이리라.

　이 시는 시인이 시를 창작하는 과정의 고통에다 비유했다고 하여도 좋으리라. 한 대상에 대한 사랑은 바로 일편단심이라 하여 나무가 자기의 몸을 버려서, 완전한 연소를 통하여 숯이 되었듯이 숯으로서 존재하는 그 본질에 있다. 이와 같은 단심은 오로지 정진 수행하는 자에게 숯이 되는 것과 같이 하나의 대상에 대한 집중이며 '바라봄'이다. 최민순 신부는 「두메꽃」이란 시에서 "외딸고 높은 산 골짜구니에 살고 싶어라/한 송이 꽃으로 살고 싶어라/벌나비 그림자 비치지 않는/첩첩산중에 값없는 꽃으로 살고 싶어라/햇님만 내님만 보신다면야/평생 이대로 숨어 숨어서 살고 싶어라"라고 가톨릭 사제로서 '내 님'인 하느님만이 바라봐주시는 '한 송이 꽃으로 살고 싶어라'라고 고백하였다. 또한 사제로서의 '나'가 하느님만 바라보는 '한 송이 꽃으로 살고 싶어라'라고 하여 일편단심의 사랑을 노래하였다. 이렇게 사랑하는 사이에는 서로가 서선을 마주하고 집중하는 법이다. 시인이 이 세상에 빛과 소금의 역할을 하거나 독이 넘쳐나는 세상에 해독과정을 통하여 조정하고 조절하는 역할을 하는 숯으로서 산다는 것은 바로 세상에 대한 사랑이 없다면야 꿈꿀 수 없는 것일 터, 이러한 마음을 표현한 것이 작품「굴뚝나비」이다.

꽃이라고
이 꽃 저 꽃 아무 것에나
눈길 주지 말게나.

꽃이라고
이 꽃 저 꽃 아무 것에나
덥석 덥석 앉질 말게나.

늘 검은 정장 검은 브래지어
검은 팬티를 착용하는
유별난 개성.

너는 그렇게
늘 당당하지만 그것으로 외로운
한 마리 가녀린 나비가 아닌가.

너는 그렇게
늘 홀로이지만
언제나 나의 시선을 묶어 두지 않았던가.

꽃이라고
이 꽃 저 꽃 아무 것에나
눈길 주지 말게나.

꽃이라고
이 꽃 저 꽃 아무 것에나
덥석 덥석 앉질 말게나.
　「굴뚝나비」 전문

　이 시에서 나는 굴뚝나비에게 시선을 묶어둔다. 굴뚝나비는 외롭고 가녀린 한 마리의 나비이지만 나의 시선이 늘 묶여있으므로 아무 꽃에나 앉지 말게나 하고 시적 화자는 당부한다. 굴뚝나비는 이름이나 모양에서 유추되듯이 검정색이고, 시인이 다소 유머스럽게 표현하고 있지만 숯과 동일한 이미지의 곤충이다. 여기서는 이미지의 중첩을 일으키고 있다. 꽃이 여성이라면 나비는 남성에 비유되는 것이 그 하나이고, 시적 화자가 남성이라면 굴뚝나비는 여성으로 표현되고 있다는 점이다. 이 시는 중복[redundancy]으로 인한 이중구조가 되어 있고, 바로 여기에 구조의 묘미가 있으며, 그래서 이 시가 더욱 깊어지는 것 같다. 시적 화자 나는 결국 굴뚝나비에 자신을 겹쳐놓은 것이다. 꽃이라고 하여 아무 데나 쉽게 앉게 되면 이 오롯한 사랑의 길, 시에 대한 열정, 진리에 대한 갈망과 탐구, 구도에의 여정 등 이런 것들이 다 물거품이 되고 만다. 오로지 이 길은 가야만 한다. 그것은 초대이며 선택이다. 하나를 버리지 않으면 다른 하나를 구할 수 없는 길이다. 선택은 늘 눈물겹고 하나를 버리거나 비우는 것이기에 더욱 그렇다. 종교적 신념에 대한 믿음은 사랑과 정결을 낳는다. 그때의 일편단심은 영육의 정결을 의미한다. 티 없는 깨끗함이야말로 세상것들에 물들지 않음이며, 정결한 것이야말로 거룩함이다. 거룩함은 이 영적, 육적 정결함에서 비롯되며, 순수함과 깨끗함 그 자체이다. 한 사람만을 오롯이 사랑하는 남녀 간의 사랑을 비롯하여 종교적 진리, 종교적 도그마, 신 등에 대한 일편단심은 바로 영적 육적 정결로써 티 없는 깨끗함이며 거룩함이다. 그래서 이런 것들을 위해 자기를 버리거나 비우거나 연소시킨 이들을 거룩한 사람이라고 부른다. 정(情)의 순사(殉死), 순국, 순교, 순직, 충신, 열사 이런 말들은 모두 한 대상에 대한 사랑의 강도와 충실성이 완전함을 이루었을 때 죽음마저도 불사하는 완전한 연소의 삶이 행동으로 이어진 모습이며, 우리는 이것을 완전한 자기 비움[kenosis], 무아, 니르바나, 무(無)라 부른다. 숯은 완전한 연소를 통해 새로운 불을 또 지필 준비를 하듯이 오로지 자기 비움, 완전 소멸로만 존재한다. 숯의 본질은 새로운 생명을 생산하고 독이 넘치는 반생명적인 세상에 조정과 조절을 하는 빛과 소금의 역할을 하는 데에 있음을 시인의 예리한 시선은 집중되어 있다. 그러니 시인에게 이 완전한 텅 비어 있음은 얼마나 아득하고, 그가 뛰어들어 익사하듯이 몸을 던지고 싶은 바로 그 텅 비어 있음이 아니겠는가. 이것은 삼라만상의 '시원(始原)/생명의 움'이자 궁극이며, 현상계/색계의 만상이 동귀하는 곳임을 알 수 있다.

텅 비어있다는 것, 그 얼마나 깊은 것이냐.
내 작은 성냥갑, 야트막한 주머니, 큰 버스, 깊은 하늘
모두가 비어있다는 것은 그 얼마나 아득한 것이냐.

그런 네 텅 빈 가슴 속으로 문득 뛰어들고 싶구나.

그 깊은 곳에서, 그 아득한 곳에서 허우적대다가

영영 익사해 버리고 싶은 오늘,

텅 비어있음으로 꽉 차 있는

네 깊은 눈 불길 속으로 뛰어들고 싶구나.

　　「空(공)」전문

　　이 시의 끝 행인 '네 깊은 눈 불길 속'은 곧 시인이 자신을 비우기 위해 자신의 몸뚱어리를 태운 바로 그 '빨간 불꽃'(숯)이며, 너의 깊은 눈 속에 있는 타오르는 '불길'이다. 여기에서 숯의 완전한 연소와 중첩이 되고 있어 시가 장렬하고도(숯/완전한 비움) 장중한 생명의 노래(숯/꽉 차 있음)가 텅 빈 하늘 깊은 곳으로부터 독자들의 마음에 울려온다. 그 소리는 강물처럼 흐르고 있다. 출렁대며 넘실대고 있다. 생동하고 있다. 준동하고 있다. 약동하고 있다.

기웃거리듯

끊임없이 출렁인다는 것은,

출렁일 수 있다는 것은

그 만큼 비어있다는 것.

비어있다는 것은

무언가로 가득 채울 수 있고,

가득 채울 수 있다는 것은

아직 깨어나지 아니한

살아있는 것들의 꿈이요, 빛이요, 설렘이리라.

그것은, 그것은 나지막한 속삭임, 속삭임이요,
그대 속삭이듯 출렁인다는 것은
무언인가로 가득 채워지기를 기다리는
그리움이 아니던가.
「뚝섬에서」 전문

끝으로, 시인의 숲으로써, 진리에 무관심하고 정의를 외면하며, 정보산업의 발달로 사람 간의 연결 가치가 절하되고, 고도소비사회의 물신이 사물도 동식물도 사람도 형해화(形骸化)하는 작금의 세상에 독을 제거하여, 시공을 넘고 동서와 남북을 넘어 생명으로 출렁대는 비움의 시학 물결이 흘러, 강고한 이 세상에 실금을 내고 틈을 벌이고 균열을 내어서 해체하는 데 앞장섰으면 한다. "무언가로 가득 채워지길 기다리는/그리움"으로.

부재(不在)의 시학 : 죽음에 관한 묵상

제5시집 『追伸』을 중심으로

1

사람들은 살아가면서 주위 사람들의 죽음을 통하여 인간이 죽는다는 것을 막연하게나마 느낀다. 물론, 인간이 유한한 존재라는 것은 잘 알지만 그것이 가까운 가족이나 지인들에게 닥치거나 자기에게 닥칠 때에야 절박하게 죽음에 대해 생각하게 된다. 그러나 인간은 엄밀히 말해, 태어나는 그 순간부터 죽음을 향하여 가고 있다고 해도 과언이 아닐진대 다만, 죽음이 멀게만 느껴지기 때문일 것이다. 생명은 그 자체로서 죽음에 반하는 개념이기 때문에 죽음은 인간에게 어떤 공포와 두려움을 가져다준다. 그리고 죽음이 인간에게 결코 호의적일 수 없는 것이 자신의 생명에 반하고 생명욕을 부정하는 것이기 때문이다. 생명욕은 생존하고자 하는 욕망이며, 살아있는 것 자체는 하나의 욕망 덩어리, 에너지의 총합이다. 웰빙[Well-being]에 이어 웰다잉[Well-dying]을 꿈꾸는 것은 어쩌면 인간이 이 세상을 살아가는 데 있어 보다 더 진보된 삶의 양식을 갖고자하는 또 다른 욕망의 소산물일 것이다. 그런 의미에서 웰빙과 웰다잉은 아주 밀접

한 관계에 있다.

시인의 제4시집 『追伸추신』(이하 추신)은 죽음에 관한 묵상(黙想)이다. 이 묵상을 통해 시인은 진정한 '웰빙의 시학'을 이끌어내고 있다. 웰빙이 되어야 웰다잉이 되는 것은 두 말할 나위가 없다. 그러므로 웰빙과 웰다잉은 인과적 관계이다. 현재의 웰빙은 그저 장수하기 위해 각종 건강정보에다 식품, 병원서비스를 이용하고, 좋은 의식주를 지니고 좋은 문화를 즐기고 자기를 위해 아낌없이 물질을 투자하며 이런 저런 단체에 들어 사람들과 더 많은 좋은 관계를 지속시키는 데에 집중되어 있다. 웰빙이 하나의 트렌드가 된 지금 자칫하면 인간의 삶마저도 물신화되거나 상품화되고 있다 해도 과언이 아닐 것이다.

이런 세태에 한 시인이 주는 죽음에 관한 묵상의 시들은 죽음을 통하여 인간이 지닐 수 있는 가식과 허영됨을 버리고, 인간이 유한한 존재이며 우주를 이루는 한 구성원으로서 우주의 이법대로 겸허하게 살아갈 것을 소망한다. 그리고 시인으로서 그는, '쓴다는 것은 꾸미는 일'이며 '작위적인 만큼 위선이 끼일 가능성'이 높은 작업이라고 자서(自序)에서 밝히고 있듯이, 시 쓰는 일이 애써 꾸미는 일이나 군더더기를 제거하고 진실에 더 가깝게 다가가는 일임을 밝히고 있다. 군더더기나 위선이 담긴 꾸민 시는 '가장 솔직하고' '가장 간단'한 시에 상반된 시이다. 그러므로 그의 시집 『追伸추신』은 진실에 가깝기 위하여 시적 장식이나 작위성을 배제한 시라는 뜻으로 받아들여진다.

이 시집 구성에서 보면, 자서와 실제로 어떤 이의 죽음에 이르는 과정과 장례의식을 사실적으로 쓴 제1부 죽음의 二題와 제2부 구멍

論의 7편, 그리고 제3부의 追伸이 모두 28편을 이루는 연작시로 짜여진 데에서도 알 수 있듯이 주제시이기도 한 추신은 죽은 이의 말이기도 하다. 원래, 추신은 편지글에서 편지 본문이 끝난 뒤에 붙이는 부기에 해당하는 것으로 주로 편지 본문에서 빠뜨린 것이나 꼭 전해야할 말을 따로 간단히 쓰는 것이 일반적이다. 이것은 전자통신이 발달하지 않았을 시절에 자신과 외부 세계를 잇는 한 형식으로서 수단이었다.

그러므로 이 시집은 전체로 하나의 편지글 형식에 붙인 추신인 것이다. 어쩌면 제1부 죽음의 二題와 제2부 구멍론이 편지 본문이라고 한다면 제3부는 추신에 해당한다. 이 시집은 '추신'이라고 제목이 붙은 시가 28편이다. 실제 편지글에서는 본문에서 빠뜨린, 꼭 알리고자 하는 내용을 추신[postscript]이라고 하여 간단히 부기하는데, 이 간단한 형식을 통해 시인은 독자들에게 추신의 내용을 잊지 말고 꼭 기억해달라고 주문하는 것 같다. 따라서 이 시집은 전체적으로 편지 형식을 빌어 쓴 시이므로 죽은 이들이 산 사람에게 남기는 유언문일 수도 있겠고, 추신 형식을 빌어 이 시집을 읽은 독자도 시인이 안배한 추신이라는 빈 공간에 남기고 싶은 말을 추신으로 남길 수 있도록 시집구성을 의도하지 않았나 생각된다. 「추신 · 28」에 뒤이어 추신이라고 인쇄된 12페이지를 할애한 것은 그런 의미에서 독자에게 자신에게 죽음이 다가왔을 때를 가정하여 사랑하는 가족들이나 지인들에게 남기는 말, 유언이 될 수도 있는 말을 쓸 수 있도록 배려한 공간, 또는 이 시집을 읽은 독자가 죽음에 대해 자신의 소감을 남길 수 있게끔 공간을 배려한 것이라고 판단된다.

2

　필자는 아주 오래 전에 그러니까, 이 시집이 나온 해쯤에 어느 문인들의 모임에서 시인으로부터 이 시집을 받았었다. 그는 그 때 이 시집을 건네면서 밝고 건강하며 활기에 차 있었다. 새 시집을 건져 올린 시인의 자부심도 깃들어 있는 얼굴이었다. 그 모임에서 어떤 여류 하나가 이 시집에 대해 좀 이해하기 힘들고 뒤에 추신이라는 여백을 남긴 것도 무성의하다는 식의 혹평을 했던 듯하다. 필자에게는 우선 텍스트 경험이 없는 관계로 그냥 듣고만 있었던 기억이 난다. 평소에 사람들은 굳이 죽음이 자기와는 먼 것 내지는 이 시집이 나오던 무렵만 해도 '웰빙'이라든가 '웰다잉' 같은 트렌드가 생산되고 유통되지는 않은 환경에서 죽음에 관해 묵상한 이 시집은 어쩌면 거부감이 먼저 들었을 수도 있었을 것이다. 죽음에 대해 생각한 경험이 없는 사람이 이 시집을 읽을 때 과연 올바른 이해가 될까도 생각해 보았다. 필자는 그 모임 이후에 시집을 한 번 읽어보았던 것 같다. 그 때 필자도 시인의 생각을 제대로 감지하지 못했고, 추신 여백에 와서는 당혹스러워 했던 것 같다. 그 당시 20대 후반이었던 필자에게 이 시집은 이해가 힘들었던 것이다. 하나의 텍스트를 이해한다는 것은 참으로 어려운 일임에 틀림없다. 텍스트에 따라 그것을 읽는 독자의 연령대에 따라 이해의 폭이 다를 수 있겠고, 시를 이해하는 독자의 문학적 소양 정도에 따라서도 다를 수가 있을 것이다. 뿐만 아니라, 시대적 환경에 따라서도 이해가 다층적일 수밖에 없을 것이다.

　죽음은 어느 날 갑자기 우리 앞에 찾아온다. 예기치 않고 찾아오기 때문에 인간은 죽음 앞에서 속수무책인 것이다. 제1부의 '죽음 二題'

에서 시인이 의식하는 죽음의 모습이다.

염꾼은 구슬땀을 훔치며/죽은 자를 인형처럼 만들어 놓은 것이다./
정말이지, 그는/꼭 인형처럼 누워 잠자고 있는 것 같았다./그러나 어
제의 그는 이미 아니다./이제 그는 없다./다만 그가 머물다 가버린/빈
집 하나가 남아있을 뿐이다. -중략- /무덤 위로 잡초만 무성하게 우거
지고/죽은 자는 여전히 말이 없었다./그는 그렇게 조용히 흡수되어
버린 것이다./서서히 뻗히는 대자연의 생명력 속으로.
(「5월의 속삭임」중에서)

세상 사람들은 말하지 않는가?/"돈이 곧 신이다."라고./이를 완강히
부인하면서도 우리는/죽는 문제를 빼고는 우리의 모든 문제를 해결
해 주는/만복의 근원이다, 라고 믿으며 살고 있지 않은가?/사람이 죽
는 데에도 돈이 든다면/돈이 없어 죽을 수도 없다던/시인 천상병의
역설이 기둥처럼 버티고 서서/이 무심한 가을 하늘을 떠받들고 있구
나./그 기둥과 기둥 사이를 빠져나오며/뼛가루를 산천에 뿌리며/인
생은 그런 것이라고/그저 그런 것이라고 체념인지 달관인지/애매모
호한 중얼거림을 바람에 흩날리면서/사람 하나의 흔적을/나는 말끔
히 지워버리고 있었다./이제 더 이상의 그는 없다./부활도 없다./그
저 천지의 기운 속으로 빨려 들어갔다./그가 다시 온다 해도/그는 이
미 아니다./그래서 세상은/참으로 깨끗한 것이 아닌가?/병원마다 영
안실이 쓰레기장처럼/한 쪽 구석에 있는 이치를/비로소 알 듯도 하다
만… (「가을하늘을 떠받치고 있는 기둥」중에서)

시 「5월의 속삭임」에서 '그'는 생명으로 넘치는 오월의 어느 날 가족들과 저녁을 한 후 그날 밤 새벽 한 시쯤에 피를 토하며 중환자실에 입원하여 병의 상태가 손을 쓸 수 없을 지경에 이르러 죽게 되었다. 그의 영육은 '영혼이 빠져나간 냉동된 빈 집'이라고 하였듯이 영혼이 빠져나가고 몸뚱이만 덩그러니 남은 빈 집으로 표현되고 있다. 그런 그는 염꾼의 손에서 사람이 아니라 인형으로 재탄생 되어 고향에 묻힌다. 그는 조용히 대자연 속으로 흡수되어 갔다고 말한다. 병원의 한쪽에서는 탄생의 기쁨이 있는가 하면 다른 한쪽에서는 '풀 한 포기 살다 가는 것'과 다를 바 없는 주검들이 줄을 서 있는 것이다. 인간의 죽음이 풀 한 포기가 살다 죽어가는 것과 다를 바 없는 것처럼 인간의 존재가 한낱 보잘 것 없으며 덧없이 사라지는 제행무상의 이법 속에 놓여 있음을 말하고 있다. 인간도 한 방울의 이슬과 더불어 사라지는 현상계의 한 존재일 뿐이며, 현상계는 곧 사라져 없어지며 의지할 것이 아니라는 뜻이다. 이것은 성경에서 '코에 숨만 붙어있는' 존재에 지나지 않고 그 숨만 거두어 가버리면 다시 흙으로 돌아갈 수밖에 없는 존재라는 것과 일맥상통한다. 흙으로 피조된 인간이기에 숨을 거두면 티끌로 돌아가는 존재일 수밖에 없다. 우리말에서 '숨을 거두었다'라는 표현이 바로 이 성경적 의미를 아주 잘 드러내주는 말이라 생각된다. '흙으로 사람을 빚으사 그 코에 생기를 불어넣으신' 이라는 말씀은 인간 존재가 스스로 창조하는 것이 아니라 피조된 것이고, 피조된 우주만물은 바로 불교에서 말하는 현상계의 덧없는 존재들이다. 생기의 거둠은 곧 죽음이라는 뜻이고, 다시 흙으로 돌아가는 인간의 운명이다. 죽은 '그'가 한 포기의 풀로 자라나서 산 자에게 그러한 이치를 속삭여 주는 풀잎과 인간 존재 의미와의 상관성을 의도(意圖)하였다고 본다.

시「가을하늘을 떠받치고 있는 기둥」은 제1연 '그는 죽었다'로 시작하여 제2연 '죽는 데에도 일정한 절차가 있었다'라는 구절에서와 같이 '그'의 죽음에 이르는 과정과 회개를 통하여 하느님을 찾고 감사예물까지 바친 그가 죽어가는 과정과 장례절차를 토장과 화장의 방법을 두고 가족들의 실랑이 끝에 화장하여-여기에서 '나'는 생태계 순환의 원리를 내세워 시간을 단축시키는 화장을 진정한 혁명이라고 주장-장례절차를 마치는 과정을 이야기하고 있다. 이 시는 사람 하나 흔적을 지우는 데도 '돈이 곧 신'이 되는 장례의식이 가지는 물신주의적 세태를 비꼬고 있다. 이 두 편의 사실적인 이야기 시에는 죽음을 다루고 있지만 방법적으로 풍자적 기법을 썼고, 그 속에는 블랙코미디와 같은 요소를 갖추고 있다 하겠다.

제2부의 시편들은 죽음을 시적 이미저리를 통하여 형상화하고 있는데 먼저, 시「칠포로 가는 길」에는 바다의 짙푸른 유혹이 죽음 충동을 일으키는 것처럼 저마다 가슴 속에 그런 바다를 하나씩 간직하고 사는 우리들은 삶의 구불구불한 고갯길에서 죽음의 충동을 느낄 때 칠포바다는 가물거린다. 여기에는 시적 화자가 바다라는 여성성이 지니는 모태회귀(죽음충동)로의 욕망을 드러내고 있다 하겠다. 그리고 시「파도」에서는 동해의 거대한 몸짓 앞에 언어로 꾸미는 행위의 무의미성을 말하면서 그런 작위적 행위를 포기하고 단 하나뿐인 몸을 던져 온전히 죽기를 희구하는 시적 화자의 모성회귀 욕망을 드러내고 있다고 하겠다. 그렇게 죽는 것은 오히려 '죽어 기쁘오리니'라고 하듯이 죽음마저도 완전한 기쁨이라고 고백하고 있다. 바다에 대한 이 흠모의 감정은 시인에게 놓여진 삶의 현실이 결코 녹록치

않음으로 그 바다의 품에 몸을 던지고픈 욕망을 드러낸 시편들이라 생각된다.

> 내내, 두 볼에 어둠을 찍어 바르던/칠포 앞바다/그대 가슴에 내가 안기며 꿈을 꾸지만/움직이는 사람 하나 보이질 않고/비가 내린다./비가 내린다./밤 이틀 낮 이틀 꼬박/봄비가 내린다.
>
> (「칠포 앞바다에서」)

'무덤처럼 둥그런 침묵을 끌어안고' 비가 내리는 칠포 앞바다는 시인에게 하나의 바다의 순장이라고 할 수 있다. 비오는 칠포는 모든 것이 정지되어 있는 하나의 정물화처럼 바다는 바로 거대한 무덤이 되고 있는 것이다. 이것은 '나'의 순장지로서 칠포바다이기도 하여 거대한 침묵으로 죽음을 칠포바다를 통하여 형상화하고 있다. 이 죽음의 긴 이미저리는 시 「下山記·3」에 와서 눕는 행위를 통해 동적으로 변화된다.

> 산에 가거들랑/허리를 굽혀 산이 되게나./바다에 가거들랑/누워 바다가 되게나./네가 머무르는 곳마다/키를 낮추어/산이 되고/더러는 구름이 되듯/쏟아지는 아그배만 붉더니만/꽉 차오르는/너를 안고/해와 달이 기울어지는구나.

하산은 등산에서 정상까지 올라갔다가 내려오는 것을 의미하는데 이는 인생의 내리막길, 삶에서 죽음으로 가는 길을 함축하고 있다고 하겠다. 그래서 산에 가거들랑 허리를 굽혀 산이 되라고 하는 것이나, 바다에 가거들랑 누워 바다가 되라'는 의미는 허리 굽히기와 눕기를 통해 직립하는 인간의 신체가 점점 땅과 맞닿아지는 죽음의 방향으로 내려가는 것을 의미하여 몸동작을 통하여 죽음의 이미저리를 동적으로 치환하고 있는 것이다. 그리고 시「下山記 · 2」의 마지막 2행인 '눈 깜짝할 사이에/지상의 꽃들이 피었다진다'나 시「下山記 · 3」의 '너를 안고/해와 달이 기울어지는구나'라고 하여 죽음의 이미저리를 꽃이나 해와 달과 같은 자연물의 조락을 통하여 만들어내고 있다 하겠다. 이것은 시「단풍」에 와서 더 가열되어 '부끄러워지는/이 내 몸, 이 내 몸을 어이하리'라고 탄식을 한다. 자연의 죽음, 즉 조락 앞에서 한없이 부끄러워지는 가식과 허영으로 가득 찬 인간의 모습을 대조시키고 있다고 하겠다. 시「구멍論」에 오면, 인간의 생멸이나 우주만물의 생멸이 모두 구멍에서 기인되었음을 시인 나름대로의 논(論)을 펼치고 있다.

커다란 혹은 깊은/구멍이 눈부시다./푸른 나뭇잎에도, 사람에게도/바람에게도, 하늘에도, 우주에도/그런 구멍이 있다./기웃거리는 나를 빨아들이듯/불타는 눈 같은/그런 구멍이 어디에도 있다./사람이 구멍으로 나왔듯이/비가 구멍으로 내리고 햇살도 구멍으로 쏟아진다./어둠이라는 단단한 껍질에 싸인 채/소용돌이치는 비밀의 세계로 통하는/긴 터널 같은, 無에서 有로, 有에서 無로 통하는 긴 탯줄 같은/구멍은 나의 숨통, 나의 기쁨, 나의 슬픔./구멍을 통해서만이/한없이 빠져들 수 있고, 침잠할 수 있고/새로 태어날 수 있다./그것으로부터 모든 것이 비롯되고/비롯된 모든 것이 그곳으로 돌아간다.

구멍의 이미지는 주로 위에서 아래로, 밖에서 안으로 즉 하향이나 내부로 연결되는 이미지이다. 이 구멍이 지닌 위력은 표면에 있는 것이 아니라 내부에 함축한 것들에 있을 것이다. 인간과 우주만물이 이 구멍에서 나오고 사실 구멍으로 되돌아간다는 의미의 이 시는, 그래서 구멍은 생명을 만들어냄과 동시에 생명을 앗아가는 생멸을 동시에 관장하는 기능을 지니고 있음을 형상화하였다. 그러므로 구멍은 '소용돌이치는 비밀의 세계로 통하는 긴 터널'이며 무(無)에서 유(有)로, 유에서 무로 통하는 긴 탯줄'인 것이다. 그런 구멍은 눈부신 것이다. 그 구멍이 바로 유이며 무인 것이다. 이 얼마나 눈부신 성찰(省察)의 논리인가! 필자는 아직까지 삶과 죽음에 대하여 이렇게 깊이 있는 성찰을 반영한 시를 본 적이 없다. 구멍은 완전한 비움임과 동시에 완전한 충만이기도 하다. 그것은 곧 죽음이 우리 인간에게 두려움이나 공포의 대상만이 아니라 또 다른 생명의 탄생이 될 수 있는 것은 그런 의미에서 더 이상 공포나 두려움의 대상이 될 수 없고 죽음을 둘러싼 가식이나 허영을 무가치한 것으로 만들고 있다. 시인은 이 구멍을 통해서 우리 인간의 죽음을 보고 있다. 죽음이 죽음에서 머무는 것이 아니라 우주의 아주 작은 원소로 새로 태어나는 우리들이기에 그 자체로서 눈부신 존재가 되는 것이다. 숨을 거두면 흙으로 돌아갈 보잘 것 없는 인간이지만 다른 우주만물과 함께 구멍으로 동귀(同歸)하여 구멍을 통해 새로 태어난다는 불교적 순환의 이법을 형상화해 낸 이 작품에서 시인은 죽음의 부정적 이미지를 일거에 반전시켜서 인간 존재나 우주만물의 존재가 모두 고귀한 존재임을 역설적으로 말하고 있는 것이다. 제행무상(諸行無常)과 만상동귀의 이법을 형상화시킴으로써 시인의 시세계가 더욱 크게 확장되고 그 깊이를 더해 주고 있는데, 사실, 이것은 문학작품이 종교적 영성(靈性)을 형상화할 때 진정으로 사람과 우주만물을 살리는 문학으로 거듭날 뿐 아니라 생태문학의 지향점에 도달하는 하나의 중요한 방법이 되리라 믿는다.

제3부 「추신」의 시편들은 총 28편이 실려 있으며 인간의 죽음을 두고 묵상한 시편들이라 할 수 있다. 이 시편들에서도 죽은 자의 누운 모습이 시적 이미저리를 형성하여 중요한 의미 전달 기능을 하고 있고, 죽음을 묵상함으로써 삶에서 내려놓기 곧 '비우기'를 지향해가고 있다.

이른 아침부터
북서쪽에서 불어오는 바람에
비구름이 몰려온다.

황토 흙이 벌겋게 드러나 보이는
언덕배기 위로 서 있는
소나무 몇 그루와 작은 무덤들 위로
잿빛 구름이 장막처럼 드리워지고
참새 두어 마리
가을 들녘을 가로질러 간다.

잠시 후, 후드득 후드득
빗방울이 떨어지고
앞마당 잔디와 달리아 무거운 꽃송이는

귀를 열어 놓은 채
속옷을 적시고 있다.
「추신·1」전문

　조락의 계절, 가을에 비구름이 주는 음산한 분위기 아래 누어있는
작은 무덤들과 무덤들을 둘러싼 도리솔의 풍경에서 시인은 이미 죽
어서 이 세상 사람이 아닌 죽은 자와 대화한다. 비구름은 빗방울을
몰고와 앞마당의 잔디와 달리아꽃을 적시며, 이 꽃들은 빗소리를 듣
고 있다. 이 시에서 무덤은 죽은 자의 집이며 육탈됨으로써 홀로 이
세상살이에서 자유로워진 자이다. 무덤가의 고요한 자연 풍경 속에
잠들어 있는 죽은 자는 빗속에 말이 없다. 가을비가 지닌 쓸쓸함이
밀려오며, 조락의 계절이 주는 무상감을 느끼게 하는 적품이다.
　시인에게 죽음은 홀로일 수 있는 길, 자기 존재의 무화(無化)이기에
죽음으로 생기는 긍정성을 바라보며, 그 긍정성에 지향점을 두기에
'그래 오로지 홀로이고 싶어./그렇게 아무것도 아니고 싶어./그래,
영원히 추방당하고 싶어.'(「추신·2」)라고 외치는 것이다. 이 세계를 거
꾸로 보기 또는 이 세상 사람이 아닌 자의 눈으로써 이 세상 바라보
기로서 이것은 시인이 지향하고자 하는 길이다. 그러다 보니, 길가
에 아무렇게나 놓인 개똥으로부터도 깨달음을 간취하여 '만물은 다
네 품에서 나와 네 품으로 돌아간다.//그대는 정녕/없음이 아니라
있음이로되//워낙 크고 깊은 속이어서/보이지 아니 할 뿐이네.'(「추
신·3」-개똥)라고 하잘 것 없는 사물 하나에도 큰 의미를 부여하게 된
다. 이 시에서 '없음이 아니라 있음이로되'는 있음과 없음이 불이부
이(不一不二)의 세계, 즉 하나도 아니고 둘도 아닌 차별상이 없는 평

등상의 세계이다. 있음이 있음대로 없음이 없음대로 분리되어 있는 세계는 차별상이 있는 불평등상의 세계이다. 그러므로 불일부이의 세계에서는 개똥과 같은 보잘 것 없는 것들도 값진 어떤 것도 모두 평등상에 있을 뿐이다. 그러므로 인간이 만물의 영장이라고 큰 소리 떵떵 치고 다른 만물을 지배하여 자신의 욕망 아래 둘 이유가 없는 것이다. 이러니 뭔가 의미를 부여하고 바라보거나 들여다보더라도 결국 그것은 자신이 의미 부여해 둔 어떤 환상으로써 기웃거리다가 죽어가는 허망한 세월을 사는 것일지도 모른다고 시인은 고백한다.

> 눈물에 젖어 타는/네 눈과 마주치기라도 하면/몸무게가 반쯤은 줄어
> 들 것 같지만/막상 네 속을 들여다보면/아무것도 없네그려./그저 들
> 길의 바람만 누워 잠들어 있을 뿐/아무것도 없네 그려./산다는 것은
> 그런 네 속이나 열심히/기웃거리다가,/기웃거리다가/바람처럼 눕는
> 것이 아닌가. (「추신·4」 전문)

죽음을 묵상함이란 죽음 자체가 가져오는 추락(墜落), 혹은 하강(下降)의 이미지와 함께 '눕는다'는 행위를 통해 구현되는 것으로써 있는 것이나 없는 것이나 동일한 우주의 원리 속에서 다만 현상계인 있음의 세계만을 바라보거나 마주하면서 그것이 죽음에 이르러 모든 것이 무화되어 결국 없음의 세계로 덧없이 바람처럼 사라지고 만다. 그래서 시인은 '견고한 것일수록/지나가는 바람인 것을./지나가는 바람인 것을./아니,/아니,/바람조차 아닌 것을./바람조차 아닌 것을.'이라고 탄식하며 절규한다. 견고한 것, 있는 것, 욕망하는 것, 이런 것들은 동일한 계열체들이며, 눕고, 지나가고, 없고, 텅 비고, 돌

아가고, 홀로 아무것도 아닌 것, 영원히 추방당하는 것, 쓰레기장 같은 병원 한쪽 귀퉁이에 있는 장례식장, 무덤과 같은 것들은 이와는 상반된 계열체의 것들이다. 있음만의 세계는 '모든 것을 수단으로만' 여기고 '상대적 우월과 소비'(「추신·6」)만이 존재하기에 비좁아진 지구는 기우뚱하는 것이다. 그래서 시인은 이런 세계의 허망함을 알기에 독자들에게 한 번 누워 보라고 권고하는 것이다.

> 누워보시게./평상시대로 머릴 동쪽으로 두어도 좋고/아니면 거꾸로 두어도 좋지./머리야 어디로 두더라도/눕는다는 것은 좋지./많은 것을 일깨워 주거든./저 서 있는 것들의 의미를 훔쳐 볼 수도 있고/누워 있음으로/누워 있는 것들의 속마음을 알 수가 있거든./누워보시게./누워 내가 없는 텅 빈 나야/산이 되었다가, 바람이 되었다가/구름이 되었다가, 하늘이 되었다가/ 그렇게 아무 것도 아니었다가…/그렇게 한 바퀴 돌아와보게. (「추신·7」 전문)

'거꾸로 세상보기'와 '누워서 세상보기'는 많은 차이점을 가진다. 거꾸로 세상보기는 있음의 세계에서 거꾸로 보는 것이지만 누워서 세상보기는 없음의 차원에서 있음의 세상을 바라보는 것이기에 그 바라보는 자의 위치와 영역에서 변별성을 가진다 하겠다. 누워서 세상 보기를 권고한 이 시는 비근한 예로 생활에서 죽음 체험이라고 하여 관 속에 들어가 누워보는 프로그램을 연상하면 좋을 것 같다. 누어서 세상을 본다는 것은 죽은 자가 되어 세상을 바라보는 것이기에 '나 없음'의 없음의 세계에서 있음의 세계를 바라보는 것이다. 그래서 시인은 '눕는다는 것은 좋지.'라고 하면서 그 이유를, 많은 걸 일깨워 주기 때문이라고 한다. 누워 텅 빈 나는 산도 바람도 구름도 하늘도 될 수 있고 아무 것도 아닐 수도 있다. 그리고 있는 것들의 속을 꿰뚫어 볼 수가 있다. 그래서 시를 쓰는 행위는 한낱 부끄러운 행위이기에 '어디론가 숨어버리고' 싶은 것이다. '그런 끈적거림 속에서/적절한 말을 찾고/적절한 표정 짓기를 연습하는,/시를 쓴다고 하는/네가 부끄럽지 않니?'(『추신·8』)라고 시인 자신과 시를 쓰는 시인들에게 묻고 있다. 없음의 세계에서 꾸미는 것, 목적을 가지고 작위성을 가지는 시 쓰는 행위는 부끄러운 것일 뿐이다. 그래서 시인은 '죽음이 뿌리 내리고 있는 거대한 침묵 속'에서 '아무런 맛과 향과 빛깔 없는/증류수 같은/죽음이 깊숙이 내장된 깊이'를 가지고 나를 보고 너를 바라보기 시작한다. 그래서 '보인다, 보여./어렴풋이 나타나기 시작한 네가/기다랗게 누운 모습으로 확연해지는구나.'라고 말하는 것이다. 그러므로 죽음은 눈에 보이기도, 보이지 않기도 하는 '존재하는 것들의 기둥'이 되는 것이다. 이 구절에서 죽음과 같은 완전한 '무(無)'가 존재하는 것들의 기둥이 됨으로써 시적 반전을 이루고 있고, 그의 시의 '역설의 미학'을 읽을 수 있다.

시인이 꿈꾸는 세계는 바로 없음이 존재하는 것들의 기둥이 되고, 그것들이 가득 찬 세계만이 뜨거울 뿐이고, 그 뜨거움 속에 '내가 있고 네'가 있을 뿐이라고 외친다. 없음마저도 있는 세계야말로 성경이나 불경에서 말하는 '하느님의 나라'이며, 차별상이 없는 평등상의 세계, 만상동귀하는 진정한 생명력으로 충만된 세계인 것이다. 있음이 기둥인 세계는 물질이 충만하나 인간은 한낱 왜소하고 초라해지며 옹졸하고 사람이 사람을 부리는 세상인 것이다. 생명력이 바닥난 세상인 것이다. 없음의 세상은 '세 평이 될까말까하는/이 낮은 흙집에 살아도/우리 세 식구가 항상 기쁘고 생기가 넘쳐남은/누우면 하늘이 보이는/작은 창문 하나의 덕임을 무시할 수가 없네'라는 시행에서도 알 수 있듯이 물질적 풍요를 추구하는 세상이 아니라 작은 것에도 감사하며 서로 뜨겁게 사랑하며 살아가는 세상일 것이다. 그 것으로 생명력을 가지는 세상이다. 100평짜리 타워펠리스의 집과 이 작고 낮은 방 한 칸짜리 흙집을 가진 시인은 '지상의 왕'이 되고 '먹지 않아도 배가 부른/축복 가운데 축복을' 누린다고 말한다.

3
'없음'과 '죽음'을 묵상하는 시인은 자연을 벗하게 되고, 생태주의 시학의 중요 기법인 자연물이나 동식물의 의인화를 통하여 자기 순장을 형상화하고 있다.

언젠가 나를 빨아들이듯 끌어당기던/그 완강한 두 팔을 가진 雄岳의 알몸이/내 두 눈동자 속으로 꽉 차들어 왔다./물론 그대 품 안에 갇혀 있는 동안/내 몸이야 한낱 구차한 짐일 뿐이고/그 구석은 더럽기까지 한 것임을 새삼스레 부끄러워하면서/일순간 나는 눈을 감고/굳은 내 몸을 번쩍 들어 올려놓는다./하나 남은 홍시처럼 붉게 타오르는/불의 나라 한 가운데로./그러자 몸뚱어리는 순식간에 장작개비처럼 타기 시작했고/구석구석 타들어 갈수록 나는 시원했다./걷잡을 수 없는 불길에 휩싸이며/타고 있는 나의 형체는 이내 말끔히 사라지고/그 빈 자리론 없던 長江이 넘쳐 흐르며/한 치 더 자란 雄岳의 봉우리가 구름자락을 어깨에 걸치고 우뚝 솟아 있다. (「추신·13」 전문)

이 시에서는 치악산을 남성적 이미지로 표현하여 시적 화자는 여성이 된다. 산의 품에 안겨 눈을 감고 자기 순장의 상상력을 동원한다. 산과 나의 사랑은 불처럼 타오르는 화장의 이미지와 겹쳐 있고, 다 탄 내 몸은 형체조차 없이 사라지며 그 자리에는 없던 강이 넘쳐 흐른다고 하여 만해 한용운의 시행인 '타고 나은 재가 다시 기름이 됩니다'를 연상하게 한다. 재가 다시 기름 된다는 의미는 순환적인 불교적 윤회관과 일치하고 있다고 하겠다. 이것은 죽음에 대한 긍정성에서 오는 친화적인 상상력이 가져온 시법인 것이다. 그래서 시인은 '죽음이란 슬픔이 아니다./어쩌면 잘 익은 과일과도 같은 것이다./그래서 살 만큼 살다 가는 죽음에는/향기가 있고 빛깔이 있다./-중략-너, 죽음이란 것도 다정한 벗이 되지 않겠는가?'라고 죽음이 거부감과 두려움, 공포의 대상이 아니라 '과일'과 '다정한 벗'으로 치환하고 있다. 시 「추신·16」에서는 죽음을 텅 비어 있음으로 가득 차 있는 것이라는 시적 논리를 전개하고 있다.

널려 있는 숱한 돌멩이 속마다/숨 쉬고 있는/죽음의 城을 관통하자./단단히 빗장을 지른/저들의 문을 열어 제키고/그 마알간 속을 헤엄쳐 들어가/마침내 그 속것이 되어/세상 밖으로 두 귀를 열어 놓자꾸나./그리하여 죽음의 하얀 박 속 같은/고요를 꿰뚫고 지나가자꾸나./꿰뚫고 지나가자꾸나./흐르는 물속으로 뿌리를 박고서/반짝이는 저 주검들의 얼굴을 보아라./저들 주검 속의 죽음은 죽음이 아니다/시작이자 끝인 그대,/품 안에서 숨 쉬고 있는/그저 비어있음일 뿐이다./그 빈자리마다/그대 텅 빈 말씀만이 머물고 있나니/죽음이란 처음부터 없는 것/그저 텅 비어 있음으로/가득 차 있는 것. (「추신·16」전문)

누워서 눈을 감고 물이 되어 죽음의 견고한 성을 관통하고 죽음의 하얀 박 속 같은 고요를 꿰뚫고 반짝이는 주검들을 조우하여 그 주검들이 죽음인 채로 존재하지 않고 시작이자 끝이며, 그저 비어 있고 텅 빈 말씀만이 머물러 있어, 죽음이란 처음부터 존재하지 않고 다만 텅 비어 가득 찬 것이라는 역설적 논리로 귀결 짓고 있다. 시작이며 끝인 그대, 즉 알파요 오메가인 하느님에 비유되는 보잘 것 없는 주검은 그저 비어 있을 뿐이어서 텅 빈 말씀의 집이며 텅 비어 가득 차 있다는 뜻이다. 죽음이나 주검에 대해 이렇게까지 심오한 의미를 부여하는 시는 이제까지 읽어본 적이 없다. 죽은 자의 주검은 말씀의 집이며 말씀의 집은 텅 빔으로써 가득 차 있다는 역설적 논리는 하늘나라가 바로 텅 비어 가득 찬 것과 동일하다. 말씀은 텅 비어 있을 때 머물 수 있는 것이기에 여기에서 죽음의 결과인 주검은 바로 완전한 자기포기이다. 완전한 자기포기로 얻어지는 완전한 충만이 곧 죽음이며 이로써 죽음의 부정적 이미지는 완전한 긍정성을 획득하고 있다고 하겠다. 그래서 '사랑이란/나를 포기하는 것으로부터 시작하고/완성된다.'(「추신 · 17」) '생명이란 죽음을 내장하고 있는 가장 확실한, 화려한 꽃이다.'(「추신 · 18」)라는 아포리즘적 시법에 도달하고 있다. 이 시법에 이르면 장식이나 형상화를 취하지 않고 옛 현자들이 깨달은 바를 짧은 글귀에다 꾸미는 일 없이 핵심만을 남기는 형식으로 변화되고 있다. 완전한 비움으로 어떻게 '너'가 '나'의 가슴에 둥지를 틀고, '나'가 '너'의 가슴에 머무를 수 있는지「추신 · 21」에는 잘 형상화되어 있다.

문을 닫고 들어와 보게./들어오면 알게 될 거야./네 빛깔, 네 향기, 네 모양새부터 버리고/자리를 말끔히 비워 둔다는 게/얼마나 아름다운 일인가를.//내가 나를 버려/온전히 비어 있다는 게/얼마나 향그런 열매인가를/너는 알게 될 거야.//연분홍빛 미소로/내내 서 있던 그 자리가/텅 비어 있음으로 가득 차 있을 때/너의 꽉 찬 비밀이/비밀이 아님을/알게 될 거야./알게 될 거야. (「추신·21」전문)

나에게 둥지를 트는 길은 너를 버려야 하고 들어오는 너를 맞아들이기 위해 나는 온전히 비어 있어야 한다. 너의 꽉 찬 비밀마저도 다 품을 수 있는 길은 너와 내가 텅 비어 있어 가득 찰 때에야 가능하다. 이 시는 참으로 완전한 비움으로 인해 인간관계가 어떻게 조화지경에 이를 수 있는 지를 잘 드러내 놓고 있다. 그런 너는 당신으로 불리며 '있다가도 없었고/없다가도 있었지'라고 했듯이 있기도 하고 없기도 하는, 마치 물처럼 흐르는 유동적이며 머물러 있지 않고 무늬를 알 수 없으면서도 언뜻언뜻 모습을 드러내는 존재로 절대자나 신과 같은 존재로까지 확장되고 있다. 그래서 시인은 「추신 · 25」에 오면 있고 없음의 경지를 선시(禪詩)라고 해도 좋을 만큼의 시행에 담고 있다.

푸른 하늘에
떠가는 흰구름 같이

내 마음도
내 몸도

내 생명
내 삶도

푸른 하늘에
떠가는 흰구름 같이

머물면 눈이 부시고
사라지면 깊고 깊어라.

　'푸른 하늘에/떠가는 흰구름같이'를 1연과 4연에 배치하여 반복하고 있는데 이것은 흰구름에 비유하고 있는 비유적 반복이며 푸른 하늘과 흰구름이라는 낯설지 않는 비유 속에 비어있는 경지의 획득은 흰구름과 같이 정신의 승리를 흰색으로 나타내고 있다. 노랑이 천상 세계라면 백색은 승리, 녹색은 생명을 상징하듯이 흰색은 순수, 염결, 승리 이런 것들을 상징하고 있다. 흰구름이 푸른 하늘 한 곳에 머물러 있으면 눈이 부실 정도로 아름답고 그것이 모습을 감추면 깊고 깊다는 뜻이다. 사라지기에 깊을 수밖에 없다는 이 시는, 우리의 폐부 깊은 곳을 울리고 있으며, 선의 경지를 감득하게 하고 있다. 그러니 그런 너의 품이 그대의 품이 되어 '죽어도 좋음'(「추신·26」)이라고 짧게 말할 수 있는 것이다. 사실, 이 경지에 오면 말이 필요없는 것이다. 그냥 묵언이다. 말을 하면 오히려 군더더기가 되고 만다. 시도 어느 경지에 오르면 시가 필요치 않게 되는 것이다. 시도 어디까지나 언어로 표현하는 예술이다 보니 언어마저도 버리게 되는 경지가 선시(禪詩)인 것이다. 말은 이미 사라져 버리는 것이다. 이 경지에서는 신이 임재하기 때문에 시가 필요 없는 것이다. 그래서 시인은 '당신의 말씀대로/생육하고 번성하여/이미 이 땅에 충만하였도다.//당신 뜻대로 하소서…'라고 자신을 버리고 신에게 모든 것을 맡기고 귀의 (歸依)하는 것이다. 시「추신·28」에서 시인은 '나는 어쩌면 詩마저 포기해야 할 지 모른다./이미, 시를 필요로 하는 세상에/내가 있지 않기 때문이다'라고 고백하면서도 '나는 나를 온전히 버리지 못 했음'을 알고 있다. 그것은 그가 시를 쓰는 시인이기 때문에 시를 쓰는 행위는 여전히 말을 버린 경지가 아니기 때문이다. 그럼에도 그가 그 경지까지 가서 그 경지를 미리 간취하여 욕망 덩어리로 어둠 속에서 갈 길을 몰라 방황하는 존재들에게 시인의 촉수로써 그런 경지의 비밀을 활짝 열어보여 주었으면 하는 게 평자인 내 솔직한 심정이다.

6

사랑의 시학 : 보이지 않는 세계에 대한 자기 던지기

제6시집 『바람소리에 귀를 묻고』에 대하여

이시환의 시집 『바람소리에 귀를 묻고』(1999, 신세림)는 끝없는 사랑의 희구들로 찬란하다. 눈이 부시다. 이 사랑은 시인에게는 시의 뮤즈(Muse)들이다. 그는 이 뮤즈들을 뒤쫓아 품고자 한다. 마음으로 받아들이거나 뒤쫓는 그의 모습은 마치 아름다운 목신(牧神)을 연상케 한다. 프랑스 상징주의의 대표시인인 말라르메(Stephane Mallarme:1842~1898)의 『목신의 오후[Le Faune]』에 나오는 목신이 되어 시라는 님프 요정들을 품에 안으려하는 것이다. 그러기에 그의 시집에는 온화한 시정과 시의 뮤즈에 대한 그리움과 그를 갖고자 하는 욕구로 빛난다. 이것이 그의 끊임없는 짝사랑일지라도 그에겐 상관없다. 그러나 그는 짝사랑의 비극을 가지지 않는다. 그는 자신을 끝없이 바라보듯이 '당신'이라 부르는 타자(연인, 뮤즈, 요정)와 끝없이 소통한다. 그의 시를 이해하기 위하여 필자에게 떠오르는 두 가지 오브제 중에 하나는 한스 안델센의 『인어공주』와 말라르메의 『목신의 오후』이다.

우리에게 일반적으로 잘 알려진 동화 『인어공주』의 원전을 보면,

어린이의 동화로 재화된 인어공주와 내용적으로 많은 차이가 있다. 신의 섭리로 왕자는 자신을 구해준 이웃나라 공주와 결혼하게 되고, 비극의 인어공주는 다시 인어로 돌아오기 위해서 왕자를 찌르라는 언니들의 충고를 이행하지 못한 채 실연의 아픔과 사랑하는 왕자를 차마 죽일 수가 없어서 바다에 뛰어들어 물방울로 변해버리고 만다. 이 물방울이 공기 요정으로 떠올라 공기 요정이 된 인어공주가 300년 동안 선행을 하여 영혼을 얻길 바라는 마음을 작가는 작품의 말미에서 드러내어 교훈적 문학이라고 불리고 있다. 작가는 아이들이 사랑하는 슬픈 인어공주가 300년에서 한 해씩 줄어들어 빨리 영혼을 얻게 되길 원한다면 매일 자신의 부모를 기쁘게 해야 하고, 사랑받는 아이로 자라 주길 바라는 것이다. 그러나 인어공주의 시련기에서 버릇없고 심술궂은 아이들을 인어공주가 보게 되는 만큼 그녀의 시련의 기간이 길어진다.

다른 오브제는 프랑스 상징주의 시의 대표시인 말라르메의 시집 『목신의 오후』이다. 말라르메의 시는 '물의 요정 님프님들, 그녀들에게서 나는 영원의 생명을 찾고 싶네'라는 시구로 시작한다. 어느 온후한 여름 날 오후 목신은 시칠리아 초원에서 잠을 깬다. 잠에서 깨어나 머릿속에 기억의 부유물을 떠올려본다. 꿈을 꾼 것이 남아 있는 것인지 아니면 잠들기 전의 현실이었는지 목신에게는 몽롱하기만 하다. 다만, 목신은 그 둘 중의 어느 한쪽이라고 생각한다. 그런 찰나에 목동은 짧은 갈대로 만든 피리로 잔잔한 프렐류드를 불기 시작하는데 그 소리에 물의 요정들이 하늘로 날아올라 가거나 물속으로 도망치기도 한다. 그러나 목신은 눈앞에 서로 얽혀있는 한 쌍의 요정을 보고 두 요정을 품에 안아 장미 넝쿨로 뛰어들어 헝클어진 그녀들의 머리카락에 입을 맞추었을 때 문득 양팔의 힘이 빠져나가는 것을 느낀다. 바로 그 때 두 요정은 그의 품에서 날아가 버린다. 목신은 그 아쉬움을 잊기 위해 몽상을 하거나 한낮의 태양을 향해 입을 벌리고 넋을 잃기도 하며 갈증을 느끼고 모래 위에 쓰러진다. 목신은 다시 꿈을 꾸면서 나른한 잠 속에 빠진다.

신화 속의 목신이 꿈꾸는 것은 요정들이듯이 인어공주가 꿈꾸는 것은 왕자이다. 꿈꾸는 것을 품기 위해 목신은 끊임없이 몽상할 것이다. 인어공주가 영혼을 얻기 위해 300년을 선행을 해야 하듯이 시인은 시의 뮤즈를 품에 안기 위해서 끝없이 희구(希求)해야 한다.

이시환은 그의 시적 몽상을 꿈꾸고 그의 뮤즈를 만나기 위해 어떻게 하는가? 다음의 「기차여행」 시 전문을 보자.

기차를 탔다. 이 얼마만인가? 그동안 나를 이리저리 묶어두는 바깥 세상과의 관계를 모두 끊어버리고, 나는 오로지 내 몸을 의자 깊숙이 묻고 나를 풀어 놓았다. 그러자 미끄러지듯 어디론가 나를 낚아 채가는 기차. 그에 이끌려 나는 오늘 어디까지 갈 수 있을까. 이대로 공중으로 떠 가다보면 나는 분명 없어져 버리고 말 것이다. 어젯밤 목구멍을 타고 내려가던 캡슐 속의 작은 미립자들처럼 물에 녹아 풀어져 버릴 것이다. 그리하여 작은 먼지의 부유조차 허락할 수 없는 적막 속에서 나는 나를 간절히 기다리고 있을 것이다.

시인은 '자기'를 만나기 위해 바깥세상과의 관계를 모두 끊고 기차에 자신의 몸을 맡긴다. 그 기차는 어디로 가는가? 어떨 때는 목적지

를 설정하거나 때로는 목적지를 고집하지 않은 채 자신을 부려놓는
다. 기차는 시의 뮤즈를 찾아 떠나는 시인을 이끌고 가는 인도자다.
그의 동행자이다. 어디까지 갈 수 있을지 그도 알 수 없다. 가다가,
가다가 보면 지상이 어느 새 공중으로 바뀌어 '나'는 공중에 떠다니
다 사라져 가기도 한다. 또는 작은 미립자들처럼 녹아버릴지도 모른
다. 그런 고요 속에서 저 심부 깊은 곳에 있는 참 '나'를 만나다. 이 시
에서 시인의 뮤즈는 참 '나'가 곧 그것이다. 그는 부유하는 것들을 다
끊기 위하여 일상을 떠나고 기차에 몸을 부려 자신의 뮤즈를 만나기
위해 떠난다. 떠남이 가능하기 위해서는 부유하는 것들을 비워내어
야 한다. 이 비워내기 작업은 시 「대숲이 전하는 말」에서 떠남과 죽
음, 사라지는 것들로 형상화되고 있다.

 허연 허벅지 살점을 드러내 보이며 웃음을 흘리던 너도 어느 날 훌쩍
 떠나 버리고, 가지 끝 그 빈자리론 가을 햇살만이 숨어 수줍음을 타
 는구나. 코 흘리던 내가 불혹을 넘기는 사이 동네 서씨 아저씨도 갔
 고, 김씨 아저씨도 갔고, 이젠 박가놈도 그런저런 이유로 가고 없다.
 이러쿵저러쿵 사는 것처럼 한 세상을 살다가 훌쩍 자리를 비운다는
 게 얼마나 깊은 아득함이더냐. 얼마나 아득한 그리움이더냐. 저마다
 제 빛깔대로 제 모양새대로 머물다가 그림자 같은 공허 하나씩 남기
 며 알게 모르게 사라져 간다는 것, 그 얼마나 그윽한 향기더냐. 이름
 다움이더냐.
 「대숲이 전하는 말」 전문

 이웃들의 죽음을 통해 시인은 그 떠난 것을 비움으로 보고, 깊고

아득하며 그리움이라고 하였다. 그윽한 향기이며 아름다움이라 했다. 죽음에 대하여 두려움이나 공포, 추함, 피하고 싶음, 절망, 고통과 같은 부정적인 정서보다 그에게 인간의 죽음은 허무하고 무상한 것이지만 그것이 아름답다고 하였다. 그 이유는 '저마다 제 빛깔대로 제 모양새대로 머물다가 그림자 같은 공허 하나씩 남기며 알게 모르게 사라져 가는' 것이기 때문이다. 대숲의 바람이 전해주는 풍문처럼 어린 시절 함께 했던 사람들의 죽음은 인간의 삶이 바람처럼 와서 제각각의 빛깔과 모양새로 살다가 사라져 감은 그윽하고 향기로우며 아름다운 것이라는 의미이다. 이러한 비움의 거대한 의식이 사람에게 누구나 다 예비(豫備)되어 있기 때문에 시인의 시의 뮤즈를 향한 갈구는 더욱 더 가열해진다. 시인의 갈구는 고요와 적막함과 비움 안에서 이루어지고 있다. 이러한 시정은 호수에 이르면 한층 깊어진다.

잔잔하다. 아주 고요하다.
그래, 그 속을 알 수가 없다.
얼마나 깊은지, 표정을 짓지 않아
그 속을 가늠할 수 없다.
돌멩이 하나 던져도 풍덩,
하고 가라앉으면 그 뿐.
아무 일도 없었던 것처럼,
아무 일도 없었던 것처럼
그저 잔잔할 뿐이다.
그저 덤덤할 뿐이다.

그런 호수 하나 앞가슴에 지니고 산다면…
그런 적막 하나 앞가슴에 지니고 산다면…
「호수」 전문

   눈앞의 호수를 보고 시인이 열망하는 것은 호수가 지닌 잔잔함과
고요함, 그 덤덤함이다. 시인은 자신이 호수처럼 되고자 한다. 삶에
서 돌멩이가 날아와도 의연하고 덤덤해질 수 있길 바란다. 그 의미
는 그가 어쩌면 부유하는 나로 인하여 마음의 적요를 잃거나 흔들릴
때 이런 호수가 되고자 하는 것처럼 호수를 통하여 시인은 잔잔함
과 고요, 덤덤함을 지닌 참 '나'를 만나고자 한다. 여기에서 호수는 시
인이 품고자 하는 뮤즈인 것이다. 호수는 시인에게 흠모하여 닿고자
하는 '당신'이기도 하며, 어느 새 '나'의 마음속에 들어와 버린 '당신'
이기도 하다.

어느 날 어느 순간 내 안에 들어와
나를 무력화시키고 점령해 버린
무례한 당신은 내게 무엇인가요.

보고 싶어도 다가가 만날 수 없고
당신의 음성, 당신만의 숨소리 듣고 싶어도
자유로이 전화조차 걸 수 없는
당신은 내게 무엇이고,
나는 당신에게 또 무엇인가요.

어쩌다 곁에 앉아 있어도

당신 속으로만 줄달음치다가 쓰러져 눕고 싶고,

어쩌다 손을 꼬옥 잡고 함께 있어도

외로워 외로워서 어쩔 줄 모르는,

당신과 나는 무엇인가요.

이 어둡고 추운 긴긴 밤을 불태우다

사위어가는 불꽃인가요, 한낱 바람인가요.

아니면, 아니면.

풀숲길을 맨발로 걸어 나오는 아침인가요.

나를 흔들어 깨우는 여명의 바다, 그 몸짓인가요.

「당신을 꿈꾸며·1」전문

   당신을 향한 나의 연가(戀歌)는 나로 하여금 당신을 꿈꾸게 한다. 이 시에서 시적 화자가 말하는 당신은 불꽃, 바람, 아침, 여명의 바다, 바다의 몸짓으로 느낄 수밖에 없는 존재이다. 시인에게 당신은 가서 닿기 어려운 존재이지만 시인의 영혼을 사로잡고 그 안에서 둥지를 튼 존재이다.

얼마나 더 숨 가쁘게 달려가야

당신의 나라에 가 닿을 수 있나요.

그리워 그리다가 지쳐 잠이 들지만

당신을 부르며 놀라 깨어나는 나는,

얼마나 더 숨 가쁘게 달려가야

당신의 손길을 맞잡을 수 있나요.

당신의 눈길을 마주 볼 수 있나요.

「당신을 꿈꾸며·2」 부분

당신은 나에게서 멀리 있는 존재이기에 나는 '당신의 가슴 속으로/ 끊임없이 질주해 가느라 잠 못 이루었습니다'라고 고백하듯이 시인은 당신에게 이르기 위하여 정열을 불사른다. 당신을 향한 나의 적극적인 태도는 나의 당신에 대한 절대성에 기인한다. 그러므로 나는 당신의 나라에 당도하기 위해 당신에게 한 목숨 던지길 원한다.

실비 내리는 이른 봄날 저녁 어스름께
젖어드는 저 나목이 되어
그대 옆모습 살짝 훔쳐보노라면
그대가 더욱 그리워지네.

눈물이 고여 있는 그대 호숫가에 내려와
홀로 반짝이는 저 별이 되어

그대 눈동자 빤히 들여다보노라면
그대가 더욱 간절해지네.

그대 향한 이 그리움과 이 간절함 속에
얼굴을 묻고 오늘을 사노니

거두어 가소서, 나를 거두어 가소서,

당신의 나라, 당신의 하늘과 땅으로.
「당신을 꿈꾸며·4」전문

　당신을 향한 나의 줄기찬 정념으로 당신의 나라에 이르기 위해 나
의 목숨마저도 거두어 가길 바라는 시적 화자의 절규(絕叫)에서 보듯
여기에서 당신은 연인, 절대자, 시의 뮤즈, 정령, 하느님, 내가 품고
싶은 생명성, 절대적 가치 등을 상징하고 있다 하겠다. 시인이 「당신
을 꿈꾸며」연작시 6편을 시집의 중간에 의도적으로 배치한 것은 이
6편이 시집의 고갱이임을 말한다. 가장 중요하고 귀한 것을 가슴 속
깊이 품어두듯이 이 6편은 당신을 향한 나의 사랑고백이기에 시집
의 한 중간에 위치시킨 것이라고 생각된다. 마치, 한 여인이 자신의
정인에게 순열한 자신의 사랑의 비밀을 가슴 깊이 간직해두듯이 말
이다. 시 「당신을 꿈꾸며 · 5」에 오면 이 희구의 결실을 이루는 절정
의 시혼이 내가 죽어 당신의 심장이 되고 숨이 되고 당신의 정령이
되고, 내가 곧 당신이 되어 당신을 희구하는 나는 대타자와 일치하
게 되는데, 여기에서 대타자는 전술한 연인, 절대자, 시의 뮤즈나 정
령, 하느님을 가리킨다.

　당신의 영접을 받으며
　당신의 城門을 열고 들어가
　마당 가운데 핀 당신만의 꽃을 보았습니다.
　그 꽃술에 흐르는 달콤한 꿀과 향기에 취해
　그만 혀끝을 갖다 대면서
　비몽인지 사몽인지 진몽인지 간에

당신의 나라를 탐해 버렸습니다.

그 순간 나는 당신의 그 깊고 깊은

우물 속으로 던져져

죽고 죽어서

죽을 수밖에 없었습니다.

나는 그렇게 당신의 나라, 당신의 영토 위에서

비로소 당신의 심장이 되었고,

당신의 숨이 되었습니다.

그리하여 나는 새삼스러이 깨달았습니다.

내 그토록 간절히 그리워하던 당신이 나의 정령이고,

내가 곧 당신의 정령이라는 사실을.

그리하여 나는 내 두 눈으로 똑똑히 지켜보았습니다.

내가 타버리고 남은 당신의 가슴 위에

당신이 무너져 내린 내 가슴 위에

웅장한 또 하나의 새 城이 솟고 있음을.

눈이 부시게, 부시게 솟고 있음을.

「당신을 꿈꾸며·5」 전문

이 시에서 나와 당신의 관계는 나의 님을 향한 일방적인 사랑의 정
념을 불태우는 것에서 변화되어 당신이 나에게 자신의 모습을 드러
내어 나에게 마음을 열어주는 것을 '당신의 영접을 받으며'라 표현하
고 있다. 즉 당신이 마음을 열어 나를 받아들인다는 의미이다. 그래
서 나는 당신의 성문을 열고 들어가 당신이 자신의 정원에 가꾸어둔
당신만의 꽃에 취하여 혀끝을 갖다 대어 당신을 탐한다. 그 순간 나

는 당신의 깊고 깊은 우물 속으로 던져져 죽어서 당신 나라에 이르게 되어 당신의, 심장으로 숨으로 다시 태어난다. 그 순간 나는 당신이 나의 정령이며 나 또한 당신의 정령이라는 사실을 깨닫게 된다. 그래서 '내가 타버리고 남은 당신의 가슴 위에/당신이 무너져 내린 내 가슴 위에' 웅장한 새 성이 눈부시게 솟아오른다고 말한다. 시적 화자는 나와 당신의 사랑이야기를 이렇게 이야기 해준다. 이 얼마나 아름다운 이야기인가? 내가 그리워하던 당신은 곧 나의 정령이었다는 의미는 대타자가 곧 내 안에 있는 절대자, 하느님, 연인과 같은 품성을 지닌 참 '나[眞我]였다는 뜻이다. 참 '나'를 만나기 위한 여정은, 나의 줄기찬 그리움과 희구의 결과로 거짓 '나[假我]는 소멸하고 '새 성'으로 비유되는 당신과 참 '나'가 합체된 진여(眞如)의 '나'와 당신이 태어나는 것을 성이 눈부시게 솟아오르는 것에 비유하고 있다.

이 시에서는 법화경 제3권의 화성유품(化城喩品)의 반대경향을 보여주고 있다. 부처는 진리를 설하기 위해 미혹하고 우매한 중생에게 이 진리가 쉽게 이해되지 않기에 화성을 사용한다. 해당 불경의 내용을 소개하면, 어떤 이가 진리에 이르기 위해 중생을 데리고 가는데 이들이 길이 멀어 지치고 힘들어 할 때 잠시 화성을 만들어 거기에서 쉬게 한다. 그런 다음에 화성을 거두고 다시 진리인 불법을 향하여 인도하여 간다. 곧 여기에서 화성은 방편이다. 방편이란 비유를 들어 가르치기 위한 수단인 것이다. 방편의 진리란 쉬운 말로 비유의 진리가 되는 것이다. 비유를 통하여 진리를 설하는 이법은 성경이나 불경에서 쉽게 찾아 볼 수 있다. 예를 들어, 성경에서 하느님의 자비는 기쁨과 희망의 복음이라 일컬어지는 루카복음에서 '되찾은 아들'에 비유되고, 불경에서는 법화경 제2권 신해품(信解品)에 동일한 화소를 지닌 장자와 방탕한 아들의 구전된 이야기를 변형하여 비유로써 가르치고 있다. 방편과 비유는 진리를 설하기 위해 이해를 돕고자 하는 한 방법인 것이다. 법화경의 이 이야기에는 산문체의 이야기와 이를 게송으로 읊어놓은 것이 있는데 게송이란 바로 리듬을 지닌 노래 곧 시이다. 구전된 화소를 변형하여 산문에 담은 것과 게송을 통하여 노래로 엮은 것은 산문과 시문이 지니는 고유의 특성을 잘 살려서 부처의 자비를 중생들에게 잘 감득시키기 위한 목적에 서였을 것이다. 시인의 「당신을 꿈꾸며」라는 연작시 6편도 내재율과 외재율을 품은 산문시풍에 가깝다.

당신을 사랑한다는 말 다시 하진 않을래요.
당신을 담아낼 수 있는 그릇을 지닐 수가 없어요.
당신 또한 날 사랑한다 말하지 말아요.
내 당신을 품에 안을 수 없는 땅에 서 있듯이
당신 또한 날 가까이 할 수 없는 곳에 있잖아요.
우린 그렇게 아득히 멀리 서서 서로를 바라만 보아요.
당신을 사랑한다는 말 다시 하진 않을래요.
당신 또한 날 사랑한다 말하지 말아요.
다만, 다만, 다만, 엎치락뒤치락 선잠이 들 때마다
당신과 함께 잠들고
아침마다 잠에서 놀라 깨어날 때에도
늘 당신과 함께 눈을 뜬다는 것뿐
우린 서로 사랑한다 말하지 말아요.
그냥 그렇게 가슴 속에 묻어 두고 살아요.

그냥 그렇게 가슴 속에 묻어 두고 살아요.

우리 슬픈 사랑 받아줄

어느 구석도 이 세상엔 있질 않아요.

우리 간절한 사랑 받아줄

어느 누구도 이 세상엔 있질 않아요.

「당신을 꿈꾸며·6」 전문

이 시는 나와 당신의 사랑이 이 세상에 존재하는 사랑이 아님을 말하고 있다. 그 이유는 이 사랑이 말로 표현할 수 없는, 말이 무의미한 세계의 사랑이기 때문이다. 그래서 시적 화자는 '사랑한다는 말 다시 하진 않을래요'라고 하여 비밀에 봉인시키는 것이다. 이 사랑은 이 세상 사람들이 이해할 수 없는 사랑이기에 가슴 속에 묻어두고 말하지 말자고 당신에게 말한다. 왜냐하면, 이 세상의 사랑이 가진 깊이와 이 사랑이 지닌 깊이가 다르기 때문이다. 이 사랑은 나를 죽여서야 열매 맺는 사랑이기 때문이다. 나를 죽인다는 의미는 나를 완전히 비운다는 의미로서 나를 희생 제물로 바친다는 뜻이다. 그럴 때 비로소 획득되는 사랑이다. 이 사랑은 바로 영원한 생명력을 지닌다.

푸르고 푸를지어다.

그 속에 함성이 있고

그 속에 기쁨이 있나니.

푸르고 푸를지어다.

그 속에 네가 있고

그 속에 내가 있나니.

푸르고 푸를지어다.
그 속에 속삭임 있고
그 속에 말씀이 있나니.

푸르고 푸를지어다.

「生命」전문

'푸르고 푸를지어다'로 반복어법을 써서 의미를 강조하거나, '~할
지어다'라고 하여 반복기원을 담은 이 시는, 생명이 이렇듯 푸르고
푸르러 질 것을 바라는 시적 화자의 외침이다. 그 속에 함성이 있고
기쁨이 있고 나와 네가 있고 속삭임과 말씀이 있기 때문이다. 이 시
는 「당신을 꿈꾸며」 여섯 시편 뒤에 놓여 있어서 나와 당신이 이룬
그 사랑이 바로 기쁨, 함성, 속삭임, 말씀이 되어 생명력을 이룬다.
그것이 '영원히 푸를지어다'라고 기원하는 절창의 노래이다. 영원한
생명은 바로 사랑이며 그것의 절창이다. 말씀은 곧 진리의 말씀이
며, 나와 네가 먹고 자라야할 영원한 생명의 말씀이다. 이것은 때로
는 내면 깊은 곳에 임재한 하느님의 속삭임이며, 동시에 진여의 '나'
가 나에게 속삭이는 말이다. 그러므로 푸르고 푸르게 그 생명의 말
씀이 영원하라는 의미로서 큰 울림을 가지는 것이다. 그 뒤에 위치
한 「사랑」을 읽어보자.

푸르면 푸를수록 깊고

깊으면 깊을수록 아득한

아득하면 아득할수록 두렵고
두려우면 두려울수록 눈부신

그대를 꿈꾸는 동안은
짙은 안개숲에 갇혀버린 한 그루 나무 되어

그대를 꿈꾸는 동안은
손발이 묶인 한 조각 잠언 되어

반짝이며
떨고 있네.
「사랑」전문

　그대를 꿈꾸는 동안은 안개숲에 갇힌 한 그루 나무이며, 손발이 묶인 한 조각 잠언이 된다. 사랑의 포로가 된 나의 모습은 묶이거나 갇힌 모습으로 표현되지만 사랑에 묶이고 갇히는 것은 깊고 아득하며 푸른 생명력을 가진다. 당신의 사랑에 기꺼이 묶이고자 하는 욕망은 당신에게 침몰하여 당신의 정령으로 살고자 하기 때문이다.

　당신의 우수어린
　고즈넉한 눈동자 속으로 걸어 들어가,
　그 곳 푸르게 푸르게 흐르는 강물.

그 속으로 속으로 다시 유영해 들어가,

그 곳 가장 깊은 곳에서

그 곳 가장 깊은 곳에서

정지된 그대로 침몰하고 싶어, 나는.

그리하여 그 깊고 푸른

당신의 精靈으로나 살고파.

「눈동자」 전문

눈은 마음의 등불이라고 한다. 당신의 눈빛을 바라보는 나는 까아만 눈동자에 빨려 들어가듯 그 눈동자를 바라본다. 눈동자는 흐르는 강물의 유동적인 이미지로 바뀌어 나는 그곳으로 헤엄쳐 들어간다. 그 가장 깊고 가장 푸른 곳에서 정지된 채 침몰하고자 한다. 거기서 당신의 정령으로 살고파한다. '눈동자'나 시 「섬」의 '섬'은 내가 침몰하고픈 깊고 푸른 곳, 블랙홀, 어둠의 자궁, 빛 등으로 상징되어 여성성의 이미지를 이룬다. 시인이 이르고자하는 것은 바로 구원의 여성이다. 신은 여성이미지로 현현되어 있다. 우주 만물에 깃드는 정령이 되고자 하는 욕망은 법신인 우주만물과 내가 일치하려는 욕망이고, 그 속에 나를 던지고자 하는 욕망이다. 그러니 우주만물이 나이고, 내가 우주만물이 되며, 우주만물은 곧 참 '나'이며, 신의 현현인 것이다.

이 대지의

잠든 정령을 흔들어 깨워

저들로 하여
일제히 일어나 기지갤 켜도록
엉덩짝을 내차고 달아나는 이 누군가.

저들이 저들대로 무성하여
한 세상을 푸르고 푸르게 머무나니

저들이 저들대로 쇠락하여
한 세상을 푸르고 푸르게 기우나니

저들로 하여
일제히 일어나 어깨동물 하도록
이 땅에 정령 가득 불어넣고 달아나는 이 누군가.
「봄바람」 전문

만물에 존재하는 정령은 바람의 작용에 의해 생멸을 거듭한다. 바람은 이들의 생멸을 주관하는 존재이다. 바람이 우주만물에 생명력을 더하도록 소임을 받았다. 봄에 부는 바람은 꽃들을 피워 올리고 꽃들이 열매를 맺는데 기여한다. 바람은 곧 우주를 주재하는 신의 입김이며, 숨이며, 호흡이다. 인간에게도 이 숨은 생명이며 숨을 거두는 것은 곧 죽음이다. 그러므로 바람에 기대지 않는 만물은 존재하지 않는다. 시인의 시가 바람[風]에 특히 주목하고 바람을 형상화하는 시가 많은 수를 이루는 것은 이 때문이다. 바람에 관한 다른 시편들을 읽어보자.

먼 옛날

할아버지가 대나무에 구멍을 뚫어

천 가지 만 가지 마음의 소리를 내듯

하늘과 땅 사이

커다란 구멍을 열고 닫으며

만물에 숨을 불어 넣고

만물의 혼을 다 빼가며

천 가지 만 가지 빛깔의 소리를 내는

당신의 피리 연주.

바람소리에 귀를 묻고

귀를 기울이는 동안

이미 한 생이 저물어가듯

또 한 생명의 싹이 돋는구나.

하늘과 땅 사이

커다란 구멍을 열고 닫으며

크고 작은 바람으로

만물에 숨을 불어 넣고

만물에 혼을 다 빼가며

이 땅 가득 부려 놓는

당신의 말씀이여, 사랑이여.

「바람소리에 귀를 묻고」 전문

이 시에서 당신은 우주만물을 만들고 주재하는 존재이다. 당신의 연주에 따라 만물은 생멸한다. 거기에는 말씀과 사랑의 이법으로 연주된다. 말씀은 곧 생명의 말씀이다. 신이 하늘과 땅을 만들고 하늘과 땅 사이의 커다란 구멍을 열고 닫으며 크고 작은 바람으로 숨을 불어넣기도 혼을 앗아가기도 하면서 우주만물은 어떤 질서를 가지고 움직인다. 이 질서를 우리 인간의 과학적인 능력으로는 다 알아낼 수 없다. 그것은 과학적 인식을 넘어 생명의 말씀인 진리로만 이해될 수 있고, 얼마간 감지될 수 있을 뿐이다. 신(神)은 그 우주적 진리를 다 드러내지 않고 숨긴다. 기독교의 계시(啓示) 진리는 감추어진 것을 드러내 보인다는 의미이다. 신이 숨긴 진리는 언뜻언뜻 인간에게 감지될 뿐이다. 신의 질서는 말씀과 사랑의 이법임을 이 시에서 시인은 말하고 있다.

눈을 한 번 감아 보아요.
이 땅에 바람의 고삐를 풀어 놓아
온갖 생명의 뿌리를 어루만지고 가는,
바쁜 손이 보여요.

눈을 한 번 더 감아 보아요.
이 땅에 바람의 고삐를 풀어놓아
온갖 생명의 꽃들을 거두어 가는,
분주한 손의 손이 보여요.

그렇게 귀를 한 번 닫아 보아요.
이 땅 위로 넘쳐나는,

서 있는 것들의 크고 작은 숨소리도 들려요.

그렇게 귀를 한 번 더 닫아 보아요.
이 땅에서, 이 하늘에서 넘쳐 흐르는,
바람의 강물 소리 들려요.
바람의 고삐를 풀어놓는 손과 손이 보여요.
「눈을 감아요」전문

　시인에게 시를 쓰는 행위는 무엇인가? 이 시에서 간취되는 것은
그가 우리 눈에 보이지 않는 세계를 꿈꾼다는 점이다. 그의 시적 뮤
즈는 바로 이런 세계이다. 이 시에는 그가 자신의 시가 무엇에 이르
고자 하는지 잘 보여주고 있다. 그는 우리에게 신이 감추어둔 비밀
을 하나씩 불러내어 우리 앞에 보여주고자 한다. 시적 언어가 가 닿
을 수 있는 범위 안에서 그는 언어가 지닌 의미 밖의 것을 드러내고
자 한다. 바람이 생명의 뿌리를 만지고 가는 손이 우리에게 보이는
가? 그것은 오히려 눈을 떠서 보면 보이지 않는다. 그래서 그는 '눈
을 감아 보라'고 한다. 우리의 시각적 눈으로 알 수 없는 세계에 대
한 개척은 그가 시를 쓰는 목적이며 시인으로서의 그의 존재 이유이
기도 하다. 바람이 온갖 생명의 꽃들을 거두어 가는 것 또한 우리 눈
에 보이지 않듯 이 신비의 세계로 우리를 이끈다. 우리는 눈앞에 누
군가가 숨을 거두는 모습을 볼 수는 있으나 그 숨을 거두어 가는 존
재는 볼 수 없다. 이와 같이 바람은 우주만물의 숨을 관장하는 생명
력이면서도 숨을 거두어 가는 존재이다. 우리의 귀를 닫아야 오히려
존재하는 것들의 크고 작은 숨소리를 들을 수 있다는 것은 우리가

지닌 육신의 눈과 귀는 보이지 않는 세계를 간취하는 데에는 한계가 있고 무의미함을 시인은 말하고 있다. 눈과 귀를 닫음으로써 보이고 들리는 세계의 비밀을 그는 꿈꾼다. 만물에 깃든 정령과 그의 뮤즈는 결코 가시적인 세계에 있지 않다는 것을 이 시에서 확연히 알 수 있다.

바람이 분다.

얼어붙은 밤하늘에 별들을 쏟아 놓으며
바람이 분다.

더러 언 땅에 뿌리내린
크고 작은 생명의 꽃들을 쓸어 가면서도
바람이 분다.

그리 바람이 부는 동안은
저 단단한 돌도 부드러운 흙이 되고,
그리 바람이 부는 동안은
돌에서도 온갖 꽃들이 피었다 진다.

바람이 분다.

내 가슴 속 깊은 하늘에도
별들이 총총 박혀 있고,

내 가슴 속 황량한 벌판에도
줄지은 풀꽃들이 눈물을 달고 있다.

바람이 분다.
「벌판에 서서」전문

시인은, 바람 부는 벌판에 홀로 서서 바람이 밤하늘에 별을 쏟아
놓거나, 크고 작은 생명을 쓸어가거나, 단단한 돌이 부드러운 흙이
되어가는 소리를 듣는다. 이 모든 것이 바람이 부는 동안에 일어나
는 일들이다. 시인은 그 생명들의 생멸을 홀로 바라보거나 들으면서
자신의 가슴 속 황량한 벌판과 풀꽃들의 눈물과 마주한다. 시인의
가슴은 황량한 벌판이다. 시인은 고독한 자이다. 고독하기에 바람이
하는 일을 읽는다. 시인에게 고독함이 없거나 황량함이 없다면 그는
아무것도 읽어낼 수 없다. 그의 가슴이 눈물로 가득 차 강물 되어 흐
를지라도 시인은 시 쓰기를 멈추지 않을 것이다. 바람이 끊임없이
불듯이 시인은 끝없이 시의 뮤즈를 찾아 고독함과 황량함을 견디면
서 그냥 갈 것이다. 시인은 그것을 잘 견딜 수 있을 것이다. 왜냐하
면, 그에게 우주의 만물은 곧 비워진 참 '나'이고 곧 '신'이기 때문이
다. 그의 고독함과 황량함은 바람이나 우주만물과 밀어를 나누는 이
유이고, 인어공주가 왕자를 사랑한 나머지 찌르지 못하고 바다에 뛰
어들었듯이 시의 뮤즈에 대한 시인의 갈구는 스스로 사랑한 나머지
투신(投身)할 수밖에 없을 것이기 때문이다.

7

사막의 여정 : 내 안의 '여래'를 찾아

시집 『상선암 가는 길』에 대하여

그리스도교 동방교회에서 사막의 교부라 불리우는 이들은 하느님을 찾아서 이 세상의 부와 명예, 관계들을 끊고 스스로 고독을 찾아 나섰다. 그들은 사막의 동굴이나 보잘 것 없는 바위틈 같은 곳에 거처할 곳을 정하고 거친 음식과 불편한 잠자리를 마다하지 않고 하느님(神)을 찾았다. 왜, 이들이 스스로 황량한 사막과 고독을 선택한 것일까? 이들은 대부분 그 시대에 귀족 가문이나 부유한 상가에서 태어나 자랐던 사람들이다. 그들에게는 모든 것이 주어진 집안에서 태어났지만 인간이 줄 수 있는 부와 명예가 아니라 가난하고 고독하며 내적 고요에 머물면서 오로지 기도에 열중하여 하느님을 만나고 자신의 삶을 하느님께 의탁하기 위해서였다. 그 무시무시한 사막의 거대한 침묵 속에서, 인간이 살기에는 최악의 조건인 사막에서 그들은 내적 고요에 머물면서 자신을 들여다보고 하느님을 만났던 것이다. 사막을 찾은 많은 이들 중 그곳을 버리고 다시 세상으로 되돌아간 이들도 있지만 오늘날 사막의 교부라 일컬어지는 성인들은 인간이 견딜 수 없는 사막에서 하느님을 만났기에 그들의 한 마디 한 마디는 크게 울림을 주고 있다. 이 고대 수도자들의 수행이 오늘날 서방의 모나키즘[Monasticism:수도원 제도]으로 정착하였고, 많은 이들이 불가(佛家)에서처럼 출가(出家)하여 묵상과 기도에 열중하고 있는 것이다. 이들은 사람을 피하고 침묵에의 사랑, 특히 '겸손'이라는 그들 소명의 근본적인 요구를 지니고 그들의 어떤 덕행 실천이 누군가에게 회자되면 그 실천을 더 이상 덕행으로 보지 않고 죄악으로 간주하였다고 한다. 그 의미는 그들이 이렇게도 보이는 외적 행위를 숨기려고 애쓴 것과 같이 그들의 영적 신앙생활과 하느님과의 관계에 대해서는 더욱 조심하며 비밀을 지키고 봉인(封印)시켜 남겨두고자 했던 것이다. 이것이 바로 '침묵'과 '겸손'의 자세이다.

사막에서 일어나는 만남들 가운데 특별히 중요하고 은혜로운 만남은 수도생활을 원하는 자가 그 영혼의 가장 깊은 열망에 대한 답변인, 평생의 방향전환에 결정적일 수 있는 답변을 간청하면서 위대한 수도자에게 다가가는 일이었다. 지원자들은 자기의 스승이자 영적 아버지인 어느 위대한 수도자에게 본질적인 질문인 '어떻게 하면 내 영혼이 구원될 수 있겠습니까'였다. 이 한 마디는 그 사람의 마음 속에 함축되어 있는 깊은 갈망과 구원에 대한 것이다. '제게 한 말씀만 해 주십시오. 어떻게 하면 제가 구원되겠습니까?'라는 의미는 모든 것, 즉 가정, 쾌락, 부를 떨쳐내 버린 이에게 영적 투쟁의 어려움과 고뇌에 빠진 채 홀로 사막에 있는 구령자(救靈者)의 다급한 구조 요청인 셈이다.

하우스 헬 교부는 '우리는 구원과 완덕을 너무나 분리시켜 생각한다. 믿음을 가진 선조들은 구원[soteria]의 개념 안에 완성의 개념을 포함시켰으니, 그것은 총체성, 완전한 건강, 결점 혹은 질병으로부터의 해방을 뜻하는 소테리아[soteria]라는 말 자체의 의미에 의거한 것' 이라 하여 구원은 곧 해방을 뜻하였다. 이 구원(救援)은 종교를 믿든 믿지 않든, 수행자이든 아니든 세상에 사는 모든 이에게 삶의 목표 일 것이다. 구령자의 '내게 한 말씀 해주십시오'는 러시아의 대문호 도스토예프스키의 소설 『카라마조프가의 형제들』에서 조시마 장로 에게 하느님의 말씀이나 신탁을 듣기 위해 상담하러 오는 사람들을 연상시킨다. 또 조시마 장로가 죽고 뒤를 이어 그의 제자인 알료샤 를 통하여 하느님의 계획이 이루어진다. '하느님의 사람'을 만나고자 하는 이들은 영적 육적 문제에서 부자유스러웠고, 그러기에 자기 구 원을 위해 그를 만났던 것이다. 교부들이나 원로들은 바로 하느님이 임재해 계시는 사람이었으므로 그들에게 하느님을 만나는 심정으 로 찾아가서 '한 말씀' 즉 성경에 의거한 복음적 구원의 방법을 구했 던 것이다. 성 바실리오 교부는 '구원은 영원한 지복과 아울러, 현세 에서는 영혼의 건강에서 오는 평화의 낙원이라'하여 구원이 영원한 지복과 더불어 영혼의 건강에서 오는 평화라는 사실을 알려준다. 내 적 고요는 바깥세계와 끊음으로써 침묵에 의해 이루어지는 것이며, 그 고독이 가져오는 고요 속에서 명상(瞑想)이나 관상(觀想)을 할 수 있게 된다. 세상을 등지고 사막으로 온 이들에게 구령은 절체절명 의 순간이다. 우리가 익히 알고 있는 생텍쥐페리의 『어린 왕자』에 나 오는 '사막'과 같은 곳이다. 조종사와 어린 왕자는 사막에서 절체절 명의 순간을 맞이한다. 동화 속의 사막은 두 주인공에게 고통의 시 간이고, 어린 왕자의 고민을 들어주기 위해 조종사가 비행기 수리를 일시적으로 포기할 때 두 사람 간의 교감과 소통이 일어난다. 그 둘 이 발견한 사막의 오아시스는 새로운 삶에로 나아갈 수 있는 생명수

역할을 한다. 그들은 죽음과 같은 사막에서 생명을 피워 내거나 자신이 지닌 한계와 부자유스러움으로부터 거듭나거나 해방된다. 이때의 사막도 역시 사막 교부들이 처한 사막과 유사한 의미를 지니고 있다 하겠다.

　시인의 시집『상선암 가는 길』은 현실세상의 부조리함과 적대감에서 탈출하거나 초월하고자 하는 시도에서 쓰여졌다. 그는 자서(自序)에서 '세상사로 마음이 혼란스럽고 무거워질 때마다 나는 명상과 침잠을 거듭하는 이중적인 삶을 살아온 것'이라고 밝히듯이 이 시집은 명상과 침잠의 시정(詩情)으로 쓰여졌다. 그가 '내 한 몸에 생태가 전혀 다른 두 그루의 나무를 키워오면서 현실 비판적인 시와 그를 초월하려는 듯한 관조(觀照)와 직관(直觀)에서 나오는 선시(禪詩)에 가까운 시들을 써왔던 것'이라고 말한 바와 같이, 이 시집이 부조리하고 욕망, 무지, 모순으로 가득 찬 현실로부터 초월하여 관조와 직관을 통해 마음을 침잠시키고 내적 고요를 이루어 선시에 가깝지만 서정성이 풍부한 시정을 일구어 낸 것이다. 현실세상은 인간을 자유롭게 하지 않고 부조리와 모순, 욕망, 무지 등으로 가득 차 있어 인간을 병들게 한다.

　이 시집은 총 80여 편의 시가 실려 있고 제1부에서 제5부로 나뉘어져 있는데 제1부에서 제4부까지는 국내의 산사(山寺)와 산(山)을 여행하며 쓴 시들이고 제5부는 남아메리카 대륙과 캐나다를 여행하면서 쓴 시들이다. 중요한 것은 일상을 등지고 여행을 하면서 얻은 깨달음을 시로 표현하였다는 점이다. 이 시집에서는 여행(旅行)이 중요한 테마이다. 명상과 침잠을 위하여 떠나는 시인에게 여행은 내적 고요를 찾기 위한 것이기에 여기에서 여행은 전술한 소테리아에 이르고자 하는 한 방법[불가(佛家)에서는 행각(行脚)이라 함]이라고 생각된다. 이 시집의 첫 자리에는 「상선암 가는 길」을 놓았는데 함께 읽어보자.

하, 인간세상은 여전히 시끄럽구나.
문득, 이 곳 중선암쯤에 홀로 와 앉으면
이미 말(言)을 버린,
저 크고 작은 바위들이 내 스승이 되네.
-2004. 7. 26. 01:46 「상선암 가는 길」 전문

언어를 절제한 이 시에는 1행에서 말하듯 산 밑의 인간세상은 시끄럽다고 하여 결코 인간에게 내적 고요의 평화를 주지 않는다. 그래서 홀로 떠나는 이 길에서는 말을 버렸다고 하여 침묵 속의 여행이 되는 것이다. 다만, 그에게 스승은 말없는 크고 작은 바위들이다. 여기에서 중요한 시어는 인간세상의 시끄러움, 단독자, 침묵, 바위, 스승 등이다. 상선암은 수행자의 거처이다. 이 거처는 인간세상을 버리고 온 이들의 작은 거처이다. 옛날의 은둔자나 은수자들처럼 세상을 등지고 가족을 비롯한 모든 인간관계, 쾌락, 부와 명예를 버리고 구령을 택해 온 이들이 머무는 곳이다. 그들이 수행하는 곳으로 가는 길에서 시인은 침묵 속에 홀로 크고 작은 바위들을 스승 삼아 가는 것이다. 크고 작은 바위가 시인에게 스승이 될 수 있는 것은 이 길에서 침묵을 가르쳐준 사물이기 때문이다. 이 자연물의 대상을 시인은 그의 영적 아버지인 스승으로 부른다. 시인은 인간을 스승으로 삼지 않고 자연물인 크고 작은 바위가 지니는, 오랜 세월 비바람에

도 끄덕하지 않고 위대한 침묵의 비밀을 간직하고 숨겨온 말없는 바위가 스승이 되는 것이다.

　이시환 시의 특징 중 하나인 자연물의 대상을 인격화하여 친밀한 교감과 소통을 하는 모습은 이 시에서도 나타나고 있다. 그리고 이 시집에 수록된 시들 중에는 날짜와 시간을 정확히 부기해 둔 것도 있는데 이것은 시인의 특별한 의도라 여겨진다. 여기에는 여행을 하고 와서 시를 쓴 시간이거나 여행 중에 그 때 그때 시를 쓰거나 시를 쓰기 위해 창작 메모를 하였거나 시의 모티프나 장소가 되는 여행지에 이른 시간 등을 의미할 것으로 보인다. 그 어느 쪽이냐에 따라 시의 해석이 또한 달라질 수 있겠다. 만약, 이 시가 2004년 7월 26일 01시 46분에 상선암 가는 길에 쓰여진 시라면 현장성이 아주 강하고, 시인은 캄캄한 한 여름 밤에 홀로 야간산행을 하다 잠시 작은 바위 위에 자신의 몸을 부려놓고 명상에 잠겨 이 시를 쓰거나 구상하였다고 보아도 좋고, 아니면 상선암 간 때와 시간을 메모해 두고 여행을 마친 후 돌아와서 그 때를 기억하며 시를 썼을 수도 있겠다. 어느 쪽이든 이 시를 이해하는 자가 그냥 지나쳐버려서는 안 되는 부기인 것임에는 틀림없다. 여기에서 중요한 점은 여행을 하면서든 하고 난 후에 썼건 간에 장소성과 시간성을 시인이 중요시 여기고 있다는 사실이고, 여기에는 독자도 함께 공감해야 할 부분이라는 점에서 이의가 있을 수 없다는 사실이다. 상선암 가는 길에서 보여준 자연물인 바위와 소통하는 자세는 작품 「벚꽃 지는 날」에서 더욱 분명해진다.

간밤에 마음과 마음이 통했는가?

아주 가벼웁게 바람의 잔등을 올라타는
저 수수만의 꽃잎들이 추는 군무(群舞)가
마침내 반짝거리는 큰 물결을 이루어 가는 것이,

그 모습 눈이 부셔 끝내 바라볼 수 없고
그 자태 어지러워 끝내 서 있을 수도 없는
나는, 한낱 대지 위에 말뚝이 되어 박힌 채
그대 유혹의 불길에 이끌리어 손을 내어 뻗는 것이,

간밤에 마음과 마음이 통했는가?

아주 가볍게 몸을 버려서 하늘을 나는 꿈을 꾸는,
저 흩날리는 꽃잎들의 어지러운 비상(飛翔)!
그 마음 한가운데에서 일어나 소용돌이치는
법열(法悅)의 불길을 와락 끌어안는다, 나는
-2003. 04. 22. 00:05「벚꽃 지는 날」전문

　이 시에서는 벚꽃이 일제히 피었다가 일제히 지는 허무함을 노래
하고 있지 않다. 대개의 일본의 고전시가에서는 벚꽃을 노래할 때에
삶의 무상함을 노래한다. 그러나 이 시에서는 뜻밖에도 법열(法悅)의
기쁨과 환희를 노래하고 있다. 무리 지어 하얗게 지는 흰 벚꽃은 마
치 간밤에 그들끼리 깊은 정을 나눈 것처럼 함께 사뿐히 바람의 잔

등을 올라타고 군무(群舞)를 춘다. 그런데 이 군무는 희다 못해 반짝이는 큰 물결이 된다. 그러니 시적 화자는 그것을 눈이 부서 볼 수 없을 뿐 아니라 현기증을 느끼며 지는 벚꽃이 이루는 군무에 넋이 나간다. 그 유혹의 불길에 만지고픈 충동까지 인다. 하지만 벚꽃은 아주 가볍게 몸을 버려서 하늘을 나는 꿈을 꾸며 어지럽게 비상한다. 그런 가운데에서 시인의 마음은 소용돌이치는 법열을 느낀다. 그래서 시인의 마음과 벚꽃의 마음이 하나가 되기에 '간밤에 마음과 마음이 통했는가?' 라고 자신과 군무를 추다 비상하는 벚꽃을 두고 자문을 해보는 것이다. 시적 화자는 자신도 이 벚꽃들처럼 한없이 마음이 가벼워져서 날아오르고픈 것이다. 법열의 불길이 일게 된 것은 벚꽃의 군무를 목도하여 일으킨 것으로 시인은 이 자연물에 마음을 통하는 것이다. 그러니 자연물을 인격화하여 대화를 나누고 끝없이 바라보다 문득 법열의 환희를 느낌으로써 시인 자신의 마음도 묶여 있는 것으로부터 가벼워지고 비로소 해방된다.

「고강 댁」1, 2, 3 연작시는 암자(庵子) 아닌 암자에서 홀로 고독과 자연을 벗하며 살아가는 은둔자의 거처에 찾아온 봄과 철따라 자연물의 변화를 통해 무상함의 아름다움을 노래하고 있다. 인간과 상관없이 끊임없이 변화하는 자연을 통해 시인은 생명과 말씀을 읽는다.

잠시 잠깐 피었다지는 들꽃 같은,
바람이야 불거나 말거나
사람이야 있거나 없거나
염주알이 구르듯 흘러내리는
화양계곡의 물소리를 귀담아 보게나.

아무런 의미를 담지 않아서
되려 부족할 것도 속박될 것도 없이
낮이고 밤이고 흘러내리며
물로서 한 몸이 되고 물길로서 큰 뜻을 이루어가는
화양계곡의 물소리를 귀담아 보게나.

피아노 건반 위를 미끄러지듯 달려가는,
물살의 손과 손의 숨이,
간간이 바람을 일으키며 꽃을 피우며
큰 산 깊은 계곡의 말씀이 되어 흘러내리네.
큰 산 깊은 계곡의 생명 되어 흘러내리네.
  「화양계곡에서」 전문

  이 시는 화양계곡의 물소리가 시적 모티프가 되고 있다. 끊임없이 아무런 의미를 담지 않고 흐르는 물은 부족할 것도 속박될 것도 없이 그저 흐르기만 한다. 그래서 물로서 한 몸이 되고 물길로서 큰 뜻을 이루어 나간다. 흐르는 물은 사람이 있거나 없거나 바람이 불거나 불지 않거나 상관없이 도도하게 흐른다. 때로는 숨 가쁘게 달려가기도 하여 물살의 손과 손의 숨이 바람도 일으키고 꽃도 피운다. 큰 산 깊은 계곡의 물이 마침내 살아있는 말씀과 생명이 되어 흐른다. '염주알 구르듯 흘러내리는'의 비유는 참으로 종교심을 일으키는 비유(比喩)이고, 말씀과 생명이 되어 흐른다는 보리심, 거룩한 영(靈)의 임재를 느끼게 한다. 아직까지 계곡의 흐르는 물소리로 이렇게 발심을 일으키게 하는 시를 필자는 읽은 적이 없다.

물이 아무런 의미를 담지 않았다는 것은 어떤 조건에서든 흘러갈 수 있는 이유이다. 물은 좁은 곳이든 큰 돌이나 바위가 버티고 있는 곳이든 아랑곳하지 않고 그것을 비켜 흘러간다. 이래서 안 되고 저래서 안 되는 것이 없다. 즉 차별이 없고 그저 평등의 경지만이 있다. 완전히 비우고 있기에 부족할 것도 속박될 것도 없다. 그런 물은 큰 뜻을 이루는 말씀과 생명이 된다. 이 시에서도 시인은 물(水)을 인격화하고 있다. 물살의 손과 손의 숨, 한 몸, 큰 뜻을 이룬다는 표현에서 더 두드러지고 있다. 물의 이 친화성과 자유로움, 개방적이며 해방됨은 물소리를 듣는 이로 하여금 종교심을 일으키거나 묶여있는 이들은 '소테리아'를 느낄 것이다.

시인이 화양계곡의 물소리를 들어보라고 권고하는 까닭은 거기에 영원한 생명의 말씀이 도도하게 흐르고 있음을 알고 독자와 같이 나누고 싶은 것이다. 좋은 것을 혼자 독차지하지 않고 같이 나누고 싶은 마음이고, 같이 나눈다는 것은 소통과 교감이다. 그냥 듣고 말거나 지나치고 말, 깊은 산 속의 계곡 물소리가 시인의 촉수나 인식에 이르면 이렇게 변화된다. 그래서 시인은 우주만물에 깃든 거룩한 영을 감득하여 그것을 드러내는 자이고 나누는 자이다. 시인에게 감득된 화양계곡의 물소리는 시「有無同體」의 "집착이요, 욕심이요, 욕망의 덩어리"인 나의 역사를 뒤바꾸는 거룩한 힘인 것이다. 이러한 힘의 작용은 시인의 눈에 보이는 사물들과 더욱 깊은 관계를 맺음으로써 일어난다. 이 관계 맺기는 주체의 자기 지우기의 차원에서 이루어진다고 생각된다. 대상을 나와 동일시하거나 대상과의 소통과 교감이 이루어질 때에 대상에 몰입하게 되고, 대상이 건네 오는 말을 들을 수 있게 된다. 소통과 교감은 자기를 비워둘 때만이 가능한 일이다.

　　두 눈을 지그시 감고
　　두 눈을 지그시 감아 버리고서
　　뛰어내리라 하네.
　　뛰어내리라 하네.

　　치마를 뒤집어쓰고
　　천 길 벼랑으로 떨어지며 춤을 추는
　　저 붉디붉은, 작은 복사 꽃잎들처럼
　　날더러 뛰어내리라 하네.
　　뛰어내리라 하네.

　　네 깊고 깊은 미소가 피어나는
　　無心, 無心川으로
　　뛰어내리라 하네.
　　뛰어내리라 하네.
　　-「芙蓉抄」부분

　이 시는 시적 화자가 덕진공원에 핀 연꽃을 바라보다가 연꽃의 이
끌림에서 시상(詩想)을 떠올린 듯하다. 연꽃이 시인에게 말한다. 두
눈을 지그시 감고 뛰어내리라고. 천 길 벼랑으로 떨어지는 복숭아꽃
처럼 그렇게 뛰어내리라고 한다. "깊고 깊은 미소가 피어나는 무심,
무심천으로"라고 하여 무심의 경지로 자기를 던지라고 연꽃이 주문

한다. '무심(無心)'이란 마음의 번뇌와 업장이 소멸된 적멸보궁의 상태를 말한다. 그래서 '무아(無我)'라고도 한다. 번뇌와 업장을 소멸시키는 길은 나를 지우고 비우는 길밖에 달리 방법이 없다. 욕망과 욕심 덩어리인 주체를 지우기 위해서는 주체의 산화(散華) 즉 복사꽃이 천 길 벼랑으로 낙화하듯이 자기를 던지는 수밖에 없는 것이다. 자연의 꽃들은 때가 되면 피었다가 때가 되면 말없이 낙화한다. 인간만이 이 떨어짐, 자기 지우기가 힘들다. 왜냐하면, 주체의 욕망의 역사는 쉽게 자기포기가 되지 않기 때문이다. 인간이 자연의 이법에 따라 살려고 한다면 번뇌와 업장의 소용돌이에서 해방되어야 하며, 그 길은 무심의 경지, 자기 비우기에 이르는 길이 된다. 연꽃이 더러운 진흙 속에서도 영롱한 꽃을 피워내듯 번뇌와 업장을 남김없이 불태우고 바꾸어 한 송이 연꽃을 피우는 이치는 마음을 무심의 경지에 이르게 하여 적멸보궁에 이르게 하는 것과 같다. 이러한 마음이 바로 청정(淸淨)의 상태이고, 위없는 보리심이며, 여여한 마음인 것이다. 이것은 곧 구령의 길에 이른 마음이고, 해방된 마음의 경지이다. 그 무엇에도 계박(繫縛)되어 있지 않는 마음이다.

사물과 소통과 교감을 이루면서 얻어지는 것은 말씀과 생명수이다. 작품 「물」에서는 마실 한 모금의 물에서 말씀과 생명수를 건져 올린다.

마실 한 모금의 물 앞에서조차
우리는 깊이깊이 생각해야 하네.
넘치는 물이라 해서 모두가
우리의 갈증을 풀어 주지 않으니 말일세.

마실 한 모금의 물 앞에서조차
우리는 간절히 기도해야 하네.
흐르던 물조차 마르고 마르면
옥토가 사막이 되니 말일세.

마실 한 모금의 물 앞에서조차
우리는 진실로 감사해야 하네.
한 방울의 물이 곧 너와 나의
생명이란 꽃을 피우는 불길이니 말일세.

깨끗한 한 방울의 물속에
해맑은 물 한 방울 속에
크고 작은 만물의 숨이 깃들어 있고
그것으로 정녕 단단한 말씀이네.

「물」 전문

　이 시에서는 '넘치는 물'과 '마실 한 모금의 물'이 대조를 이룬다. 넘치는 물은 우리의 갈증을 풀어주지 못하지만 마실 단 한 모금의 물은 우리의 갈증을 풀어주고 너와 나의 생명의 꽃을 피우는 불길이 된다. 그러니 넘치는 물은 갈증을 풀어주지 못하고 의미를 가지지 못한다. 우리에게 오직 중요한 것은 한 모금의 마실 물이란 뜻이다. 인간이 살아가면서 많은 것들을 필요로 하고 중요시하여 이것도 쫓고 저것도 쫓지만 우리에게 정작 필요한 것은 물 한 방울 속에 만물의 숨이 깃들어 있고 그것이 곧 생명수인 말씀이라 한다. 말씀은 곧 참다운 진리이다. 동화『어린 왕자』에는 정원에 피어있는 수천 송이 어여쁜 장미꽃과 왕자가 두고 온 자기 별의 다소 까다로운 한 송이 장미꽃이 나온다. 어린 왕자에게 수천 송이 장미꽃은 아무런 의미를 가지지 못한다. 그에게는 오직 자기별에 두고 온, 자기를 떠나게 만든 바로 그 한 송이 장미꽃이 의미가 있을 뿐이고, 거기에는 어린 왕자와 장미꽃이 관계가 맺어져 있기 때문이며, 수천 송이 장미꽃은 어린 왕자와 아무런 관계가 맺어져 있지 않은 점이 의미를 갖지 못하는 이유이다. 이것은 후기산업사회의 물신주의가 새로운 디자인과 새로운 트렌드의 상품들을 대량으로 쏟아내지만 그것이 소중하게 생각되지 않고 새로운 것만을 욕망하게 하는 상품들에 지나지 않기 때문에 의미를 갖지 못하는 것과 같다. 얼마든지 교체가 가능한 상품에는 소중한 관계 맺기가 존재하지 않는다. 다만, 유효기간이 있을 뿐이다. 한 모금의 마실 물 앞에서 감사하고 기도의 마음이 될 수밖에 없음은 그것이 말씀이기 때문에 더욱 그러하다. 이러한 관계 맺기는「용정(龍井)차를 마시며」에서 소통과 교감이 부드러움으로 용해된다.

　　너와 가까이 마주 앉노라면
　　창밖에 함박눈이 펑펑 쏟아져 내려도
　　세상 시끄러운 줄 모르고,

　　너와 단둘이 마주 앉노라면
　　높은 파도가 내 안에서 일어도
　　물에 젖은 내가 있는지조차 모르네.

부드러움의 그 깊이를 탐하는 나와

그런 나를 녹여주는 네가 있을 뿐….

-2004. 01. 18. 14:55 「용정(龍井)차를 마시며」 전문

　이 시는 날짜가 부기되어 있는 바와 같이 추운 겨울날 오후에 시
인은 용정에서 생산된 차를 마신다. 차와 만나는 시간 동안은 창밖
에 함박눈이 내려도 세상 시끄러운 줄 모른다. 그만큼 고요하다. 그
리고 시적 화자의 내면에서 일어난 높은 파도로 물에 젖어 가여워진
자신의 모습마저도 잊는다. 차를 마시는 시간 동안 이렇게 안과 밖
으로 일어나는 번뇌를 잊는다. 그것을 계속 기억하면 마음이 비워진
상태가 아니다. 그것을 잊을 때 마음이 비워진다. 그렇게 잊을 수 있
는 이유는 차의 부드러운 깊이를 탐하는 나와 그런 나를 말없이 녹
여주는 차가 있기 때문이다. 시적 화자는 여기에서 차를 '너'로 부르
고 있다. 차는 하나의 사물이지만 여기에서 차는 나를 따뜻이 녹여
주는 깊고 친밀한 연인이 되어 있고, 이렇게 둘이서 마주하는 시간
에는 안과 밖의 모든 번뇌를 잊게 되고 둘만의 비밀스럽고 고요한
경지를 나누는 것이다. 겨울 오후 3시경의 나른함 속에서 차와 시적
화자 나는 아주 감미롭게 만나는 순간이다. 입 속의 혀끝에서 감지
되는 차의 깊고 풍부하고 부드러운 미각의 자극을 불러일으키는 작
품이어서 촉각과 미각, 차를 바라보는 시각의 감각이 융해되고 있
다. 작품 「바람 속에 누워」에는 바람과 소통과 교감을 하는데 여기에
는 이시환의 제4시집 『추신』에서 중요한 의미를 지닌 '눕는다'는 행
위와도 긴밀히 연결되고 있다.

바람 속으로 알몸을 눕혀 보게나.
네 알몸의 능선을 핥고 지나가는
그 놈의 혀끝이 감지되면서
무거운 몸뚱이조차 티끌처럼 가벼워지나니.

영영 바람 속으로 누워 버려
그 놈의 정령과 입 맞추어 보게나.
누추한 몸뚱이조차 바람이 되어
백 년이고 천 년이고 흘러가나니.

붙잡아 두려하면 사라져 버리고
풀어 놓으면 다가오는 바람이여,
하늘과 땅 사이 만물이 다
네품에서 비롯되고
네품에서 끝이 나는 것을.
「바람 속에 누워」 전문

시적 화자는 바람 속에 알몸으로 누워서 바람을 감지하라고 권한
다. 알몸으로 눕는다는 것은 가장 정직하면서도 가장 낮은 모습을
취하는 것이다. 시집 『추신』에서 죽은 자는 관 속에 누워 있었고, 그
것처럼 누워보라고 시적 화자는 자주 말한다. 눕는 행위는 바닥에다
몸을 붙이는 것으로 땅 속과 가까우며 직립보행의 반대 행위이다.
누워서 바라보면 우주만물들이 다 커 보이고 가장 낮은 자가 되는
것이다. 또 눕는다는 행위는 남녀가 교합을 할 때의 행동이거나 아

프거나 죽었을 때 인간이 취하는 모습이기도 하다.

이 시에서는 시적화자가 알몸으로 바람에 쏘이길 원하고 바람의 혀끝이 몸을 핥고 지나면 무거운 몸뚱이도 바람처럼 가벼워진다고 한다. 바람은 원래 가볍고 지나가는 것이기에 무거운 인간의 육신도 바람처럼 가볍고 지나가길 바란다. 인간은 뭔가 부정적인 일들로 인해 정신이 힘들면 육신이 무거워지고 아파서 드러눕는다. 바람의 애무를 받으면 가벼워진다는 의미이다. 그래서 바람의 정령과 입을 맞추고 누추한 몸뚱이가 바람이 되어 백년이고 천년이고 흘러간다고 한다. 붙잡으면 사라지고 풀어놓으면 다가오는 바람은 흡사 연인들 간의 밀고 당기기를 연상케 하면서 하늘과 땅 사이 만물이 다 바람의 품에서 비롯되고 바람의 품에서 끝이 난다고 한다. 이 시구는 바람은 곧 생멸의 동인(動因)이라는 뜻이며, 모든 힘의 근원임을 시인은 말하고 있다.

양 어깨 위를 짓누르는
무거운 짐들을 다 내려놓고,

하늘을 바라보며 누워 있는
몸뚱이조차 벗어 놓아라.

그리하여 우주를 떠도는 먼지처럼 가벼워진
그런 너마저 놓아 버려라.

그리하여 모든 것과의 緣이 끊어져

공간도 없고 시간도 끊긴

세계의 소용돌이가 되어라.

아니, 있고 없음에서 영원히 벗어나라.

-2003. 9. 20. 00:49 「나의 進化」 전문

　이시환만의 시세계를 아주 잘 보여주는 시이다. 그의 시가 태어나는 토대는 '불교적 영성'에서이다. 이 시에서는 자신마저도 놓아버려서 모든 것과 연이 끊어지고 시간도 공간도 끊겨 '있고 없음'에서 영원히 벗어나 해탈의 경지를 구가하는 시이다. 시인에게 있어 구령(救靈)이란 바로 해탈(解脫)이다. 삶에서 생기는 짐도, 육신도, 자아도 모든 것과의 인연도 다 끊어져 존재와 비존재에서 영원히 벗어나 '무상도'에 이르는 것이다. 하루의 시작인 새벽 한 시의 시간대에서 시인은 '있고 없음'을 영원히 벗어나길 바란다. 육신은 '한 덩어리 진흙'이거나 '한 줌의 먼지'(『화엄사 계곡에 머물며·2』)에 지나지 않음은 사람이 흙에서 피조 되었기 때문이고, 그 숨을 거두어 버리면 아무것도 없는 것이다. 「나의 進化」는 바로 이런 인식 아래에서 자신의 영적 단계가 거쳐야 할 과정을 잘 보여주는 시이며, 이런 시가 창작될 수 있는 바탕에는 시인의 마음이 구도(求道)에 대한 열정으로 충만해 있기 때문이다. 구도에 대한 열정이야말로 마음이 비워진 상태라고 할 수 있겠다.

　바닥에 깔린 바위 모래 나뭇잎 조각들까지

　있는 그대로 그 속을 다 드러내 보이는 것이,

바닥에 고인 하늘 햇살 바람까지
있는 그대로 그 속을 다 드러내 보이는 것이,

이리도 맑을 수가 있구나.
이리도 깊을 수가 있구나.

빈 그릇 같은 이 마음도 저와 같아
머물러 있는 듯
끊임없이 제 몸을 떠밀고 내려가
울퉁불퉁 돌들을 넘고 바위틈을 빠져나가며

마침내 눈이 부시게
두런두런 길을 여는 물굽이처럼
이 생(生)에 이 몸을 다 풀어 놓을 수 있을까.

-2003. 4. 1. 20:32 「화엄사계곡에 머물며·3」 전문

한 편의 시가 탄생하기 위해서, 더구나 마음의 선정을 담은 한 편
의 시를 탄생시키기 위해서 시인은 자신의 마음을 비워둔다. 자기의
마음을 비워놓지 않으면 자연물은 의미 부여가 되지 않는다. 「화엄
사계곡에 머물며·3」은 모두 네 편의 연작시 가운데 한 편으로 시인
의 마음 밭[心田]을 잘 들여다 볼 수 있는 작품이다. 이시환의 선정을
담은 시는 '물'과 '바람'의 이미지를 중핵(中核)으로 하여 이끌어 가고
있다.

시인은 계곡의 물가에 머물며 물속을 들여다본다. 물이 맑아서 그

속을 다 드러내 보인다. 바닥에 깔린 바위나 모래, 나뭇잎사귀까지. 그리고 거기에 겹쳐진 하늘을 바라본다. 거기에 햇살도 바람도 잔잔하게 불고 있다. 물속을 들여다보는 시인의 감수성은 마치 어린 아이와 같다. 거기에는 어떤 경계나 의심이 있을 수 없다. 다만, "이리도 맑을 수가 있구나/이리도 깊을 수가 있구나"하고 감탄한다. 시인 자신도 이 맑은 물처럼 되고 싶어 한다. 머물러 있으면서도 끊임없이 제 몸을 떠밀고 내려가 돌들과 바위틈을 빠져 나가서 길을 여는 물굽이 되어 이 생(生)에서 자신의 몸을 다 풀어놓고 싶은 것이다. 빈 그릇의 마음이 된 시인은 '이 생에서 자신을 다 던지고 가고픈데 그게 가능할까?'고 고요히 자신에게 물어본다. 그 이유인 즉 자연물을 대할 때는 느끼는 감정과 일이나 그 외의 관계에서 사람을 대할 때 느끼는 그것과는 달라진다. 시인이 세상의 부조리와 욕망, 무지 이런 것들로부터 탈출하고자 하는 것도 이 이유이다. 세상 것들에 대해 이렇게 맑은 물을 대하고 있는 것처럼 아이와 같은 마음이 될 수 없는 이유이다. 거기에는 물론 세상의 탓도 분명히 있겠지만, 세상을 탓하고 부정적으로 바라본 자신의 탓도 있음을 시인은 성찰해 낸다. 「여래에게·10」에서,

그동안 내가 부린,
불필요한 욕심은 얼마나 되며,
다스리지 못한 화는 얼마나 되는가?
그동안 떨쳐내지 못한
내 어리석음은 또 얼마나 되더냐?
항하(恒河)의 모래밭을 홀로 거니는 내게

그가 묻네.

「여래에게·10」 전문

하고, 여래가 자신에게 묻는다고 한다. 항하의 모래밭을 홀로 걷는 여정은 시인에게 하나의 영적 도전이요, 투쟁의 공간이며, 시간이다. 그런 영적 단련의 시기에 여래는 나에게 묻는다. 아니 내 속의 '참 나'가 여래가 되어 가아(假我)인 현실의 나에게 묻는다. 「여래에게」 14편의 시들은 자기 성찰의 시이면서도 비워진 마음으로 여래에게 의탁하여 구령에 이르고자 하는 마음의 여정을 담은 것이다.

일체유심조(一切有心造)라 하였던가? 마음이 모든 것을 짓는다는 뜻이다. 만해(萬海)는 그의 시 「心」에서 "심은 절대며 자유며 만능이니라"라고 했다. 가아가 비심(非心)이라면 이것도 역시 심이다. "심만이 심이 아니라 비심도 심이니 심외(心外)에 하물(何物)도 무(無)하니라"고 하였다. 「여래에게·2」에는 "그 마음으로부터/하늘과 지옥이 나오고,/한없이 깊을 수도 있고 얕을 수도 있는,/한없이 무거울 수도 있고 가벼울 수도 있는,/그 마음 안에 모든 것이 있나니/마음의 임자가 되라 하셨나요?/이 몸의 주인은 이 마음이라 하지만/이 마음의 임자는 마음 가운데 마음인가요?"라고 하여 심이 절대며 자유며 만능이라는 만해 시의 의미와 접맥시켜 볼 수 있는 시편이다. 의미적으로 이 시의 연장선상에 있는 「여래에게·11 -마음」을 읽어보자.

일만 가지 선의 주인이요,

일만 가지 악의 주인이라 하셨나요?

온갖 '생각'이란 파도를 일으키는,
일파만파의 주인인 바다의 욕망인 것을,

이 울긋불긋한 세상의
기쁨이야 슬픔이야,

한없이 깊을 수도 있고 얕을 수도 있는,
한없이 품을 수도 있고 뱉어낼 수도 있는
너의 꽃이로다 향기로다.
-2004. 5. 23. 15:38 「여래에게·11 -마음」전문

　마음은 온갖 욕망을 일으키는 일파만파의 파도이다가 일만 가지
선의 주인이기도 하다. 그래서 한없이 얕을 수도 있고 깊을 수도 있
다. 품어야 될 것일 수도 있고 뱉어내야 될 것일 수도 있다. 그러므로
마음 안에 모든 것이 존재한다는 의미는 마음은 하나의 미크로코스
모스[microcosmos]이면서 동시에 마이크로코스모스[microcosmos]이다.
온갖 것이 하루에도 수없이 떠오를 수 있다. 수없이 욕망한다. 거기
에서 하늘도 즉 천국도 지옥도 나오고 선도 악도 나온다. 일체유심
조란 말은 그런 마음을 두고 하는 말이다. 다만, 마음의 임자가 되기
위해 마음을 어디에다 매어두어야 하는가? 「여래에게 · 12 -시스템」에
서 시인은 "나는 자유로우나/알고 보면 완벽하게 구속되어 있네.//
나는 구속되어 있으나/그 안에서 한없이 자유롭네.//네 생명의 빛깔
도, 네 죽음의 향기도/나를 구속하고 있는 당신의 꽃이네."라고 하
여 여래에게 의탁하고 있는 나는 자유로우면서도 구속되어 있고, 구

속되어 있으나 자유롭다. 그 이유는 '나'의 생명도 죽음도 여래인 '당신'의 꽃에 구속되어 있기 때문이다. 여래란 미래의 부처를 의미하는 것으로 나에게 계시될 구원을 상징한다. 나는 그 여래와 동화되어 자유와 구속의 알뜰한 시스템에 의해 작동되는 '나'가 되어 있다.

몸이라는
욕망의 집 안방에 머물며
그곳으로부터 온전히 벗어나려는
마음을 이 세상에 내놓으셨네.

무거운 이 몸을 가지고는
거추장스런 이 마음을 가지고는
다다를 수 없고 들어갈 수도 없는,
나고 없어짐(生滅)조차 없는 그곳에 이르기 위해
나룻배 노를 저어 물길을 건너고
언덕을 넘고 산과 산을 넘어
끝도 없이 걸어 들어가셨네.

마침내,
당신이 타고온 나룻배도
당신이 걸어온 길과 길도 다 놓아 버리고
당신이 머물고 있는 사실조차 놓아 버려
당신은 비로소 몸을 벗고 마음조차 벗은
초월자 되셨네.

존재하지도 않고

존재하지 않는 것도 아닌,

그런 길 〔道〕이 되셨네.

그런 법(法)이 되셨네.

-2004. 5. 25. 12:43 「여래에게 14 -법도 아니고 법 아닌 것도 아니고」 전문

　여래는 법도 아니고 법 아닌 것도 아니다. 생멸조차 없는 무상도에 든 여래는 나에게 길이 되고 법이 되었다고 한다. 이것은 득도의 과정에서 무상도에 이르기 위해 나룻배 노를 저어 물길을 건너고 언덕과 산을 넘어 끝없이 걷는 고행의 연속 끝에 타고 온 나룻배도 걸어온 길도 다 놓아버리고 머물고 있는 사실조차 놓고 몸과 마음을 벗을 때 초월자가 된다. 그러기에 존재하지도 않고 존재하지 않은 것도 아닌 스스로 여여한 법이 된다. 이 초월자는 여래이며,「하늘을 걸어서 오는 이」에서 시인은 누더기를 걸친 걸인(乞人)의 모습으로 형상화한다.

　오늘은 하루 종일 하늘만 바라보았다.

　그 어디쯤일까. 첨벙첨벙 하늘을 걸어서 오는 이가 보였다.

　점점 가까이 다가오는 그는, 누더기를 걸쳤고, 맨발이었으며,

　내 잠시 한눈파는 사이 흰 구름 의자에 앉아 있었다.

　그곳에서 나를 내려다보는 그의 눈은 한없이 맑고 푸르렀으며,

　그의 몸은 없는 듯 가벼워 보였다.

　휘둥그레진 눈으로 내가 그에게 손을 내밀자 돌연 빛

으로 휩싸여 버린

그를 더 이상 눈이 부셔 바라볼 수가 없었다.

두 눈을 비비며 다시 바라보았을 때는 이미 그가 모습

을 감춰 버린 뒤

텅 빈 하늘만 더없이 깊었다.

오늘 하루 종일 하늘만 바라보았다.

「하늘을 걸어서 오는 이」 전문

　이 시에서 시적 화자는 하루 종일 하늘을 바라보았는데 어디쯤에서인지 하늘을 걸어오는 이가 보였다. 그는 첨벙첨벙 물 위를 걸어오고 있다. 하늘이 마치 바다인 것처럼 묘사하고 있다. 여기에서도 시인은 물 이미지를 동원하고 있다. 그는 누더기를 걸치고 맨발인 걸인의 모습이다. 흰 구름 위에 앉은 그는 나를 내려다보는데 그 눈이 한없이 맑고 푸르며 그의 몸은 없는 듯 가볍게 느껴진다. 시적 화자 나는 그에게 손을 내밀자 갑자기 그는 빛에 휩싸이고 나는 눈이 부셔서 볼 수가 없다. 다시 그를 바라보았을 때 그는 모습을 감추고 하늘은 텅 빈 채 더욱 깊었다. 그런 하늘을 하루 종일 바라보았다는 뜻이다. 환시(幻視) 속에서 나타나는 이 누더기를 걸친 이는 여래의 현현일 것이라고 미루어 짐작할 수 있다. 시인이 여래와 동화 내지는 일치되고자 하는 바람이 이 시에서 짧은 순간이지만 누더기를 걸치고 하늘을 걸어오는 이로 구현되어 있다. 이는 곧 시인의 마음이 선경(仙境)에 이르렀고, 그런 마음의 표현으로 읽혀진다.

　눈에 보이는 대로 말하고 쓴다고 하였다. 그의 눈에 비친 여래의 법신은 어여쁜 한 여인이 아니라 우리 가운데 가난한 이의 모습이었다. 시인의 구도 여정은 결코 멈추지 않을 것이다. 그가 세상과, 자기 속의 자기와의 사이에서 파열음을 내는 한 그의 영적 투쟁은 계속될 것이다. 그럴 때마다 그가 그 싸움에서 무너지지 않고 사막의 언덕을 넘어 우리 눈앞에 승리의 백기를 꽂을 것이다. 그 백기는 그가 차려주는 천상의 양식이라는 것쯤은 다 알기 때문이다.

당신과 살며 사랑하며 이루는 관상(觀想)의 향기

제11시집 『애인여래』에 대하여

물에서 나온 물고기가 물이 없어 아가미 호흡을 가쁘게 하고, 인간의 머릿속이 희미해지며 사고(思考)를 마비시키는 무더운 여름이 지나면 먼 산의 산빛이 투명해지고, 아침저녁으로 청아한 한 줌의 공기를 폐로 들이쉬면 온 몸이 가볍게 떠오르는 계절이 돌아온다. 한여름 뙤약볕에 못 이겨 먼저 익은 붉은 사과며, 파란 감 사이에 배가 누렇게 된 감을 매단 감나무며, 가을을 알리는 과꽃이 화단에서 피고, 봉숭아 씨앗이 까맣게 껍질에 싸여 건드리면 툭 불거지는 뒤뜰에는 노을이 가득하여 적막하다.

이 적요한 계절에는 먹고 마시고 즐기기보다 홀로 고요히 떠나서 내 안의 나를 만나거나, 눈에 보이지 않는 절대자와 대화를 하고 싶어지거나, 아니면 마음에 맞는 사람들을 찾아 차나 커피를 앞에 두고 바라보면서 그의 깊은 눈 속에 비친 마음을 읽고 싶어진다. 눈은 마음의 등불이라 했던가. 눈에 비친 그의 마음을 간취하기 위해서 내 마음이 그를 향하거나 그를 향해 비워져 있지 않으면 그의 등불의 빛이 내 마음에 제대로 비치지 않고 나의 엉뚱한 생각들이 끼어

들어 정작 그를 알아보지 못하게 될 것이다.

우리는 누군가를 만날 때 그 사람을 위하여 시간을 만들고, 그에게 무슨 이야기를 할까도 생각하고, 만나는 날까지 그에 관한 이것저것들을 생각한다. 최소한 그를 만나는 동안은 다른 누군가를 바라보지 않고 오직 그만을 바라본다. 왜 그렇게 하는가? 그 이유는 간단하다. 그와 친교를 나누기 위해서이다. 친교란 것은 가족, 친구, 이웃들과도 나눌 수 있고 자기 자신과도, 절대자와도, 삼라만상과도 나눌 수 있다. 다만, 가족, 친구, 이웃들, 사물과 자연물은 우리의 눈에 보이는 대상이므로 그냥 보고 이야기를 나누면 된다. 그러나 눈에 보이지 않는 '내 안의 나'와 절대자, 사물이나 자연물과 대화를 나누고 친교를 나눌 때에는 그 방법이 달라진다. 즉 '묵상(黙想)'이나 '묵상기도(黙想祈禱)'를 통하여 만나게 된다. 묵상기도는 절대자와의 살아있는 만남이다. 스페인 아빌라의 예수의 성녀 데레사(1515~1582)는 "묵상기도는 누가 우리를 사랑해 주신다는 것을 알고, 그 사랑을 주시는 분과 함께 자주 자주 단둘이서 우정을 나누는 것입니다"(성녀 예수의 데레사 자서전 8,5)라고 말하였다. 이 성녀는 봉쇄수도원에 정주하면서 묵상기도와 관상의 삶을 통하여 하느님을 만나면서 평생 수도자로 살았다. 우리에게 특별히 사랑하는 사람이 있다면 그를 위하여 얼마나 집중하는가? 그것처럼 이 성녀는 하느님과 대화하고 사랑을 나누기 위하여 전 생애를 봉쇄수도원에서 관상생활을 했다. 눈에 보이지 않는 하느님과 사랑을 나누기 위하여 모든 바깥생활을 버리고 봉쇄구역에 정주하였던 것이다. 이것은 사랑하는 이와 더 깊이 만나기 위한 '선택'이며, 동시에 '불리움'이다.

선택에는 항상 포기가 따른다. 포기가 따르지 않는 것은 선택이 아니기에. 여기에서 묵상기도는 생각이나 추리, 명상이 아니라 기도 안에서, 성녀에게는 하느님과 인격적으로 직접 만나서 대화하고 사랑하는 사랑의 행위가 된다. 그러므로 생각이나 추리, 명상을 할 때는 대상이 3인칭이거나 어떤 것이 되지만 기도는 2인칭으로서 '너' 또는 '당신'이 된다는 점이 다르다. 우리의 마음에 하느님이나 불타와 같은 절대자가 현존한다고 믿으면, 또 그에 대한 사랑의 마음이 있다면 그를 만나볼 수 있다. 바로 신앙의 눈, 영혼의 눈, 마음의 눈으로 그를 참으로 만나보게 되는 것이다. 우리의 마음이 순수한 영으로 존재하기에 가능하며 이런 만남으로 초대하여 주시고 그 분을 만나뵈올 수 있도록 인간적 인식과 판단을 넘어 영을 열어주시는 은총이 있기에 이 모든 것이 가능해진다.

이런 기도를 할 수 있으려면 어떻게 해야 하는가? 바로 '침묵(沈默)'과 '고독(孤獨)'이다. 침묵과 고독은 기도를 하기 위한 준비이다. 우리가 일상에서 어떤 사람과 이야기하면서 동시에 다른 사람과 대화할 수 없듯이 그와의 대화는 일대일의 대화이다. 그러므로 고독과 침묵은 기도를 위한 준비일 뿐이다. 기도는 보이지 않는 절대자와의 대화이기 때문이다. 침묵에는 외적 침묵과 내적 침묵이 있는데, 전자는 우리의 오관(五官)을 삼가는 것(보는 것, 듣는 것 등)을 말하고, 후자는 마음의 겸손과 온유함을 가지고 온갖 탐욕과 욕심, 분노, 미워하는 마음 등 심기를 어지럽히는 일체의 것들을 끊어버리고 비우는 행위이다.

그러므로 참된 보화가 절대자에게 있다고 믿고 세상적인 것을 끊고 비우는 것은 바로 내적 침묵의 방법이다. 옛 성인성녀들에게 기도는, 소화 데레사 성녀에게는 천국의 영원한 행복을, 십자가의 성요한에게는 하느님이신 예지와의 결합을 위해 물질적, 영적 탐욕 등 모든 욕심을 버리고 오직 무[無, Nada]의 길을 걸어서 완덕의 산 정상에 오름으로써 하느님과의 완전한 일치를 이루고자 하는 '열망(熱望)'이었던 것이다.

이시환은 그의 제9시집 『상선암 가는 길』에서부터 묵상의 여정이 두드러져 보이고 있다. 이 시집에서는 주로 자연물을 보고 마음의 대화를 하며 여래와 일치하려고 했다면, 제 11시집 『애인여래』는 시적 화자가 애인여래만을 바라보며 나누는 대화로 이루어져 있다. 엄밀히 말해, 내적 침묵은 이시환 시인에게는 『상선암 가는 길』을 쓰게 된 2003년부터 시작하여 『애인여래』가 쓰여지고(2003년) 수정(주로 2005년, 서시 「나의 독도(獨島)」는 2006년 6월경)을 하게 되는 시간 동안 이 여정을 걸었을 걸로 생각된다. 그러니까, 이 두 시집은 상관관계가 있다고 해야 할 것이다. 왜냐하면, 여래와의 집중적인 대화를 위해서 『상선암 가는 길』에서는 홀로 침묵 속에서 떠났으며(여행) 자연물을 통해서 내적 대화를 하기 시작했기 때문이다. 물론, 『상선암 가는 길』에서도 『애인여래』의 대표시인 「여래에게」라는 시가 연작시로서 14편이 실려 있다. 그러나 『애인여래』에 와서 전 55편으로 이루어진 연작시의 전모를 드러낸다.

이 시집의 체제에서 알 수 있듯이 시인이 굳이 이 두 시집에 연도와 날짜, 시간까지 기록한 데에는 의도가 있으리라 생각된다. 그가 시를 오랜 세월 창작하는 동안 특별한 시기에 특별한 체험을 하게 된 때를 시인은 기억하고자 했을 것이다. 그리고 그 때 그 때 떠오르는 시상을 놓치지 않고 잡아두려는 시인의 노력일 것이다. 그러나

144

왜 그가 이 특별한 기간에 자연물을 거쳐 여래에게까지 혼(魂)을 집중하였을까, 이다. 물론, 그는 『상선암 가는 길』의 자서(自序)에서 밝히고 있듯이, 현실비판의 시와 그를 초월하려는 듯한 관조와 직관에서 나오는 선시에 가까운 양면의 시를 쓰는 것은, 인간 세상의 모순과 부조리, 무지와 욕망으로 가득 찬 세상에 대한 적대감으로부터 탈출하고, 그에 대한 초월을 꿈꾸었기 때문이라고 말하고는 있다. 그러나 과연 그 두 가지 이유로 충분할까, 이다. 『애인여래』에서, 그가 시집이 태어난 배경에 대해 밝힌 부분을 읽어보자.

돌이켜 보면, 그는 내가 가장 힘들었을 때에 살며시 다가와 안아 주었고, 내가 가장 외로웠을 때에 다정다감한 말벗이 되어 주었으며, 내가 가장 오만스러워졌을 때에 자신을 스스로 돌아보게도 했다. 나는, 그의 따뜻한 품 안에서 많이 위로를 받았고, 그의 깊은 품 안에서 사랑의 눈을 뜨게 되었으며, 그의 너른 품 안에서 지혜의 샘물을 맛보았다고나 할까. 그랬다. 그런 시간이 몇 해를 두고 지속되어 왔다는 점에서 보면, 나는 그를 통해서 즐거웠고, 그를 통해서 평화로웠으며, 그를 통해서 행복했노라고 말할 수 있다. 오후 7시쯤에 귀가하여 저녁식사를 간단히 하고, 샤워를 한 다음, 방안에서 홀로 따뜻한 차를 마시며, 그를 만나 대화를 나누고, 그가 내게 남긴 말들에 대해 묵상하다 보면 새벽 3시나 4시가 훌쩍 뛰어 넘는 날이 다반사였으니, 가히 나는 그의 품 안에서 안주해 왔다고도 볼 수 있으리라. (중략) 이미 내 몸속을 흐르는 불성(佛性) 곧, 우주 만물이 다 공(空)으로부터 나오는 것이며, 그것들이 다시 다 공으로 돌아간다는 대전제 아래 나(我)와 자연(自然)과의 유기적 관계에서의 절제된 호흡일 뿐이다.

시인이 고백하는 여래와 자신의 관계는 둘만의 깊은 관계이다. 그와 대화 나누며 함께 한 시간은 깊은 사랑과 평화가 있었다. 시인은 여래의 품에서 위무를 받고 여래의 말에 귀 기울인다. 시인은 고요가운데 들려오는 그의 말을 받아 적는다. 그것을 생각해 보기도 한다. 이 얼마나 아름다운 동거(同居)인가. 스님네들이 안거를 하는 것과 같이 시인은 산사의 안거용 거처에 머무르지 않으면서도 일상의집 공간에서 안거를 마련한 것이다. 그는 저녁의 몇 시간을 대화하고 사랑을 나누는 일에 집중한 것이다. 이렇게 몇 년을 동거할 수 있었던 것은 여래의 부름이요, 시인의 선택이다. 시인은 이 시간을 위해서 많은 것들을 포기했으리라. 많은 포기 후에 이 여정의 결실을시(詩)로 건져낸 시인에게 찬사를 보내고 싶다.

그러므로 그의 『애인여래』는 불타에 대한 찬공(讚供)이다. 끊임없이 불타를 바라보았기에 가능한 이 찬공은 그에게 위무, 사랑, 평화, 지혜의 샘물을 맛보게 한다. 다른 말로 하면, 이때가 시인에게 가장행복한 날이었던 것과 동시에 가장 힘겹고 외로웠던 시간들이기도하다.

여래란 수행을 완성한 사람에 대한 호칭으로서 불교만이 아니라고대 인도의 여러 종교에서 쓰였다. 불교 내에서는 처음에 불타의호칭이었으나 과거의 여러 부처님에 대해서도 쓰여졌고, 대승불교에서는 중생구제의 측면에서 본 불타의 다른 이름이다. 타타-가타[tathagata]는 복합사로서 타타[tatha]와 가타[gata], 또는 타타[tatha]와 아가타[agata]로 분해된다. 이는 '진리에 이른 자', '진리에서 온 자'의 뜻이다. 이는 선서[sugata, 善逝, 깨달음의 경지에 이른 자], 무상사[anuttara, 최상의 인간], 부처, 세존[buddha, bhagavat] 등의 의미다. 여래장 사상은 곧 불성

사상으로서 모든 중생이 본래의 여래장, 불성을 지니고 있어 부처가 될 수 있는 원인을 갖추고 있는 존재로서 방황의 모습이 비본래적임을 주장하는 사상이다. '애인 여래'란 이런 의미에서 시인 자신이 깨달음에 이른 자를 사랑한다는 의미한다.

여래(如來)란,
진리인 법(法)을 설하기 위해
진리의 세계에서 사람의 몸으로 화현하여 오신,
자비로운 존재라는 뜻이군요.

진리(眞理)란,
영원하며, 변하지 않는 법이며,
그 본성이 곧 공(空)이라는 뜻이군요.

여래는,
중생을 제도하기 위한 방편으로
그 몸(法身)을 여러 가지로 나타내 보일 수 있다는 뜻이군요.

진리는,
공이므로 모름지기 공을 알고 공을 믿으며,
공에 의지하여 공처럼 사는 것이군요.
-2005. 11. 1.23:32 「여래에게·45」 전문

여래란 진리의 세계에서 진리의 법을 설하기 위해 사람의 몸을 취

하여 오신 자비로운 분이다. 중생을 제도하기 위해서 진리의 세계에서 법신으로 오신 분이다. 그러므로 석가여래는 법신의 불타이다. 부처님은 중생을 제도하기 위해 몸(법신)을 여러 가지로 나타내 보일 수 있다. 진리란 영원하며 변하지 않는 법이며, 그 본성이 공(空)이라고 하였다. 공의 의미는 그리스도 동방정교회의 영성인 비움[kenosis]과 유사한 개념이다. 그리고 불가의 니르바나[Nirvana: '불어서 끄다'의 의미]와 같은 의미가 될 것이다. 열반에 드신 부처님은 법신으로서 공을 보여주신 것이다. 법신의 부처님이기에 인간의 모습으로 열반하신 것이고, 그것은 바로 완전한 비움, 니르바나, 공을 보여주신 것이다. 이 불교적 이법은 하느님이 인간을 사랑하여 아드님 예수 그리스도를 세상에 보내시어 인간을 구원하게 하셨다는 육화강생(肉化降生)과 강생구속(降生求俗)의 신비와도 일치하고, 예수의 십자가상 죽음은 인간으로 태어난 하느님이 인간의 모습으로 완전한 비움, 즉 인간을 구원하기 위해 십자가상 희생을 감내하셨다는 의미와도 맥을 같이 한다.

깨달은 자를 사랑하는 시인의 태도는 어디까지나 그에게서 지혜의 샘물을 마시고 위무와 사랑, 평화를 느끼고 싶은 위없는 보리심일 것이다. 영적인 세계를 사칭하여 사리사욕을 채우는 거짓된 보리심이 얼마나 많은가? 청정심을 가지지 않는 보리심으로 하여 또 다른 욕망을 생산해내는 경우도 많이 있다. 그것은 사랑하는 부처나 절대자를 자기 사유화나 현세구복의 수단으로 하는데 지나지 않는 욕망일 뿐이다. 여기에는 고독과 침묵이 있을 수 없다. 다만, 썩지 않는 욕망의 시끄러움만 무성할 뿐이다. 기도란 바로 여래와의 대화이니 당연히 고독과 침묵으로 이루어져야 한다. 그래서 「여래에게·6」

에서 '무소의 뿔처럼 혼자서 가라'라고 한다.

> 무소의 뿔처럼 혼자서 가라.
> 자신을 버려서 스스로 가볍게 머무르는
> 무소의 뿔처럼 혼자서 가라.
> 끝내는 홀로 가는 것이거늘…
>
> 무소의 뿔처럼 혼자서 가라.
> 자신을 버려서 덤덤히 가는
> 무소의 뿔처럼 혼자서 가라.
> 끝내는 그 홀로조차도 없는 것이거늘…
>
> -2003. 4. 13. 23:45
> -2005. 12. 8. 21:31 수정

여래와의 대화와 사랑을 나누는 길에는 자신을 버려서 스스로 가볍게 머물거나 자신을 버려서 덤덤히 가야한다. 이 시에서는 "무소의 뿔처럼 혼자서 가라"는 시구가 네 번이나 반복되어서 그 의미를 강조하고 있다. 제1연 2행에서 '자신을 버려서 가볍게 머물거나'와 제2연 2행에서 '자신을 버려서 덤덤히 가는'은 좋은 대구를 이룬다. 가볍게 머무는 것이나 덤덤히 가는 것이 자신을 버리는 것에 있음에 주의해야 한다. 자신을 버리지 않으면 이 두 가지의 행위가 이루어지지 않는다는 뜻이다. '나'를 버리는 것이야말로 가볍게 머물 수 있는 방법이고 덤덤히 갈 수 있는 방법이기도 하다. 여래를 오직 바라보고 그와 대화하기 위해서는 '나'를 버리는 길, 즉 나를 비워서 여래가 내 안에 들어오게 하는 길밖에 달리 없다. 그와 대화하기 위해 외적 침묵과 내적 침묵을 이루기 위해 버리고 끊는 길을 선택하여야 함을 말하고 있다. 가볍게 머무는 것은 그와 대화하기 위해 고독과 침묵 속에 침잠하여 머무는 것을 말하고 그렇게 덤덤히 가야한다는 뜻이다. 결코, 외로움에 흔들리거나 방황하거나 외로움으로 다른 무엇을 대신하려는 끊임없는 욕망을 지닌 나를 버리는 것이야말로 여래를 나의 마음에 살게 하는 방법이다. 제1연 4행에 '끝내는 홀로 가는 것이거늘'과 제2연 4행에 '끝내는 그 홀로조차도 없는 것이거늘' 역시 인간은 죽음에서 홀로 갈 수밖에 없는 존재이고, 마지막에는 한 줌의 재로 변함으로 그 홀로조차도 멸하고 만다는 의미이다. 이 시는 2003년에 4월에 쓰여져 2005년 12월에 개고한 것으로 보아서 시인이 오랫동안 이 시와 시름한 듯하다. 무엇을 어떻게 고쳤는지는 모른다. 이고(異稿)가 있다면 초고와 이고 사이의 개고를 추적 고찰하여 시인의 시작 의도를 찾을 수 있겠으나 현재로선 불가능하다.

그대처럼 내가 실체가 아니라 해서
나의 것이 아무것도 없다면,

그대처럼 나의 것이 아니기에
내 몸 내 마음조차 다 버린다면,

버릴 수도 없지만 버린 듯 산다면
집착으로 인한 무거운 짐 하나쯤 내려놓을 수는 있겠네.

하지만, 실체가 아니라 해서

내가 없는 것은 아니네.

오히려 순간을 머무르는 존재가 영원을 꿈꾼다면

그 자체가 무리한 욕심이요, 집착이 아닐까요?

-2005. 10. 12. 22:07 「여래에게·17」 전문

　사람들은 저마다 외로움으로 인해 여러 사람들과 어울려 크고 작
은 단체를 만든다. 심지어 혼자 있을 때도 혼자 있다는 느낌을 견딜
수 없어 음악을 틀거나 텔레비전이나 라디오를 켜서 듣거나 책을 본
다든지 하여 외로움을 이겨내려고 한다. 그러기 때문에 혼자 있는
고독이나 묵상은 별로 좋아하지 않는다. 그러나 이러한 고독과 침묵
속에서 묵상을 하며 관상생활로 초대 받은 이들이 있다. 아마, 이시
환 시인은 바로 그런 묵상의 생활로 초대 받았고, 그런 의미에서 그
가 바라보는 불타(佛陀)로부터 가피를 받고 있는 것이다. 기독교에서
말하는 무엇 하나 하느님의 은총에 의한 것이 아닌 게 없듯이 말이
다. 이 길은 홀로 가는 길이다. 「여래에게 · 17」에서는 고독과 묵상의
생활이 지닌, 버린 듯이 사는 생활이야말로 집착으로 인한 무거운
짐을 내려놓을 수 있을 거라고 생각한다. 외로움에 견디지 못하여
끊임없이 외부의 것들을 욕망하면 참 '나'를 마주대하지 못한 채 나
는 있는 듯하나 없는 것이나 마찬가지인 삶을 살 뿐이다. 욕심과 집
착을 버릴 때 여래를 마주할 수 있다. 순간을 머무르는 존재가 영원
을 꿈꾼다는 것 자체가 무리한 욕심이거나 집착이 아닌지를 여래에
게 물어보는 이 시는 영원에 대한 집착이야말로 무리한 욕심으로 보

고 있다. 그냥 있는 듯 없는 듯 살다가 자리를 비우는 것이야말로 시인에게는 아름다움인 것이다. 침묵을 이루기 위해서 시인은 눈과 귀를 달아주길 바랄 때도 떼어주길 바랄 때도 있다. 이 상반된 바람[願]의 의미를 「여래에게 · 26」에서 알아보자.

> 너른 바다에 이르는 것이 소원이라면
> 강물에 떠내려가는 이 통나무에
> 눈과 귀를 달아 주고,
>
> 깊은 바다에 이르는 것이 소망이라면
> 강물에 떠내려가는 저 통나무의
> 눈과 귀를 떼어 주오.
> -2005. 10. 20. 00:51 「여래에게·26」 전문

제1연의 너른 바다에 이르는 것이 여래와의 여정에서 목적지라면 통나무는 바로 수행자일 것이다. 그 수행자에게 '눈과 귀를 달아주고'란 의미는 여래에게로 향하는 눈과 귀를 달아달라는 의미이다. 그리고 제2연의 깊은 바다에 이르는 것 또한 여래와 같은 참 진리의 세계에 도달코자 함이어서 눈과 귀를 떼어 달라고 대구적으로 두 연을 배치해 두었다. 우리의 경험이나 지식에 근거한 모든 것은 외적 침묵을 지속시키는 데 방해가 된다. 그 눈과 귀를 떼어달라는 의미이다. 오로지 심안을 열어주고 여래의 음성을 듣기 위해서 귀가 존재하게 해 달라는 뜻이다. 이 시에서도 외적 침묵과 내적 침묵을 이루기 위한 시인의 노력이 엿보인다. 침묵을 이루기 위한 목적은 '참 지

혜'를 구하는 일이다.

　　그대는 말씀 하셨지요.
　　오관(五官)을 다스리는 것이 마음이라면
　　모름지기 그 마음 다스리는 주인이 되라고.

　　그대는 말씀하셨지요.
　　뜻하는 바를 이루는 바른 판단을 지혜(知慧)라 한다면
　　지혜 가운데 지혜인 '참지혜'를

　　생로병사의 바다를 건너는 튼튼한 배이고,
　　무명(無明) 속의 밝은 등불이며,
　　모든 병든 자의 좋은 약이며,
　　번뇌의 나무를 찍어내는,
　　날이 선 도끼라고.

　　그대는 말씀하셨지요.
　　지혜가 있으면
　　탐착(탐욕과 집착)이 스스로 물러나고,
　　지혜의 빛이 있으면
　　세상의 무엇이든 육안으로 다 볼 수 있다고.
　　-2005. 10. 23. 14:45 「여래에게·31」

「애인여래」 55편의 시편들은 비교적 논리적이거나 다소 관념적이며 추상적인 성격도 띠고 있으나, 논리적인 부분은 여래가 가르친 참 진리에 대해 중생의 마음으로 이해하기 위한 과정에서 일어나는 의문에 대해 질문 형식을 취하고 있기 때문이다. 그리고 다소 관념적이거나 추상적인 것은 보이지 않는 여래를 바라보며 어디까지나 미크로코스모스로서 마이크로코스모스의 세계를 이해하려는, 보이지 않는 참 지혜에 대한 구도(求道)의 시이기 때문이다. 그러나 우리는 이시환의 시가 이해하기 어려운 불교적 도그마를 시라는 형식의 부드럽고 리듬을 가지며 짧은 시구를 통하여 시적화자와 함께 자문도 하고 여래에게 질문도 해보며 함께 깨달아가는 것이다. 이 시간은 바로 이 시집을 읽는 동안 불교적 도그마를 이해하고, 그가 왜 이런 시를 쓰게 되었는지에 대한 깊은 인간적 고뇌에 함께 하면서, 그것이 그의 고뇌에만 그치지 않고 우리 모두가 겪는 고뇌라는 점에서 더 깊이 공감할 수 있다.

고독과 침묵의 여정을 지속하기 위해서는 오관을 다스려야 하고 그것을 다스릴 수 있는 길은 마음을 다스리는 주인이 되는 길이다. 마음에서 지옥도 나오고 천국도 나오는 만큼 '일체유심조'라 하였다. 침묵을 지속하기 위해 오관을 다스리지 않으면 침묵을 지속할 수 없다. 오관의 욕망을 제어하는 것은 마음이다. 오관의 욕망에 마음을 내어준다면 수도(修道), 수행(修行)은 이루어질 수 없다. 예로부터 하느님을 만나기 위해 사막에 들어간 이들은 오관의 욕망을 채워주는 세상의 모든 것들을 버리고 사막으로 들어갔다. 그것은 하나의 선택이며, 거룩한 부르심이었고, 선택에는 세상의 모든 부와 명예, 가족을 버리는 포기가 뒤따랐다. 이런 것들을 끊지 않으면 참 지혜를 구하고 하느님을 만날 수 없기 때문이다. 그것과 같이 수도하는 이들의 수행 방식은 유사하다. 참 지혜는 이 시에서 탐착(탐욕과 집착)이 스스로 물러나며 생로병사의 바다를 건너는 튼튼한 배, 무명(無明) 속의 밝은 등불, 모든 병든 자의 좋은 약(藥), 번뇌의 나무를 찍어내는 날이 선 도끼라고 말한다. 이 얼마나 명쾌하면서도 힘 있는 진리의 말인가. 이 시는 여래가 말한 '참 지혜'에 대해 독자들에게 이야기해주는 방식이 여래인 당신을 그대라고 칭하면서 '그대는 말씀하셨지요'라고 여래의 말씀을 빌리는, 즉 자기가 여래로부터 들은 이야기를 다른 사람에게 다시 해주는 방식을 취하고 있다.

형상에 집착하지 마라.
그것은 한결 같은 모습으로 영원히 머물지 못하기에
허망하고 덧없을 따름이다.

형상에 집착하지 마라.
그것은 이름만 있을 뿐이지 그것의 실체는 공이기에
거짓에 지나지 않을 따름이다.

따라서 모든 형상은 때가 되면
영원한 실체인 공으로 돌아간다.

그렇다면, 그것으로 돌아간 형상은
영원히 공으로 머무는가?

그렇지는 않네.

형상의 옷을 갈아입고 다시 나오게 마련이니라.

그렇다면,
굳이 덧없고 아니 덧없다 말할 게 무엇인고?

그렇다면,
실체이고 비실체라 말할 게 또 무엇인고?
-2005. 10. 26. 02:14 「여래에게·36」

　이 시에서는 제1연에서 제3연까지는 형상에 집착하지 말라는 여
래의 말씀을 전하고, 제4연에서 제7연까지 '그렇다면'이라고 말하면
서 공으로 돌아간 형상이 영원히 공으로 머물지 않고 형상의 옷을
갈아입고 또 나오기 마련이어서 굳이 덧없고 아니 덧없다고 말할 것
이 무어며, 실체이고 비실체라고 말할 게 무어냐고 반문하고 있다.
이 의미는 형상의 실체가 공이기에 공으로 돌아가기 때문에 집착하
지 말라고 하면서도 반야심경(般若心經)의 색즉시공, 공즉시색의 의미
에 따라 형상이 다시 나올 것인데 덧없다고도 아니 덧없다고도, 실
체이고 비실체라고도 말할 필요가 있겠느냐고 반론하는 양식이다.
불교적 어법에 대한 시인 나름대로의 견해를 밝힌 것이라고 할 수
있다. 여기에서 중요한 것은, 형상이 윤회하는 것으로 집착해서는
안 된다는 것이 여래의 가르침이다. 「여래에게·38」에서는 반야심
경에서 말하는 중심사상인 색(色)과 공(空)의 관계에 대해 시인은 역
설적 표현을 빌려서 여래와 대화한다.

어, 어제까지 붉게 피어있던 꽃이 없어졌네.

아, 그래서 색(色)의 자성은 공(空)이로구나.

그래서 색은 공 없이 존재하지 않는다?

어, 어제까지도 없던 꽃이 붉게 피었네.

아 그래서 공(空)의 자성은 색(色)이로구나.

그래서 색은 공이다?

그래서 공은 색 없이 존재하지 않는다?

아하, 그래서 공즉시색 색즉시공이군요.

아하, 그래서 법도 없고 법 아닌 것도 없군요.

아하, 그래서 여래의 가르침은 여래의 가르침이 아니군요.

-2005. 10. 26. 02:32 「여래에게·38」 전문

제1연은 어제까지 붉게 핀 꽃이 진 것을 보고 색(花)의 자성이 공임을 깨닫고 '공은 색이며 색은 공이다'라고 하여 공과 색의 상즉상입하거나 공존하는 경지에 대해 자문한다. 그리고 이어 제2연에는 제1연과 반대로 어제까지 없던 꽃이 붉게 핀 것을 공의 자성이 색임을 깨닫고 색은 공인가라고 자문하면서 공이 색 없이 존재할 수 없음을 이해한다. 그래서 반야심경의 공즉시색(空即是色) 색즉시공(色即是空)의 이법과 법도 없고 법 아닌 것도 없음을 깨닫고, 이 불교적 역설의 세계를 빗대어 '여래의 가르침은 여래의 가르침이 아니군요'라고 하여 일소(一笑)를 자아내게 한다. 여기에는 여래와의 친근함의 깊이가 느껴지고, 거기에서 나오는 유머를 담고 있어서 심오한 불법이 지니

는 진중하고 무거운 분위기가 부드럽고 친근해지며, 중생지로서 이 것저것 생각도 자유롭게 해보게 하고 여유롭게 깨달아 가는 과정을 유감없이 보여주고 있다.

「여래에게 · 42」에서 '캬사파'처럼 중생을 자식처럼 보살핀 여래께 서 백 년도 못되어 세상을 떠나시려 하느냐고 묻자, 석가는 '나의 몸 은 화현(化現)한 몸이고 중생을 제도하기 위해 일부러 몸으로 보인 것'이라고 대답한다. 이 때 부처의 몸은 음식으로 유지되는 몸이 아 니며 법신으로 오신 부처님이므로 그 몸을 버리고 열반에 들려고 한 다고 하였다. 결국, 인간의 몸으로 오신 부처님은 공(空)이며, 왜 그 것을 중생에게 속 시원히 말해주시지 않느냐고 시적 화자는 카샤파 처럼 어리석은 의문을 가진다고 고백한다.

「여래에게 · 52」에는 화택유품에 대한 시인의 생각을 나타내고 있 는데 여기에는 여전히 시인의 자신의 판단이나 생각을 술회하고 있 다.

삼세의 뜨거운 번뇌, '불타는 집'에 머무르면서
왜, 고통을 감내해야 하느냐고요?

그야 감내할만 하니까 그곳에 머무르는 것이지
그렇지 않다면야 이미 뛰쳐나왔겠지요.

물론 뛰쳐나오고 싶어도 나올 수 없는 이들의 사연도 있다만
뛰쳐나와도 바깥세상이 더 큰 불길이라면 어찌하겠어요.

끌 수 없는 불길이거나 꺼 보았자 소용없는 집이라면
아예 다 타게 내버려 두는 편이 낫지요.

차라리 잿더미를 치우고 그 위에
새 집을 지으면 되니까요.
-2005. 11. 10. 23:50 「여래에게·52」 전문

　법화경에는 삼세를 화택, 즉 불타는 집에 비유하여 중생이 거기에
서 빠져나오게 하기 위하여 아비인 여래는 삼차(三車)를 만들어 정신
없이 노는(탐진취에 빠져있는 중생을 비유함) 자식들을 나오게 한다는 내용
이다. 이 시에서 시적 화자는 오히려 그 화택에서 고통을 감내하는
중생의 입장이 되어 거기에 머무는 사람들의 사정을 여래에게 하소
연하는 듯하다. 어쩌면, 불타는 집일지라도 고통을 감내하고 있거나
나올 수 없는 이들의 사연, 바깥세상에 대한 두려움, '다 타게 내버려
두는 편'이 낫다는 자포자기하는 절망의 마음, 다 타버린 잿더미를
치우고 새집을 짓겠다는 용기와 희망 등을 나타내고 있다. 원 경전
의 의미를 그대로 따르지 않고 시인이 시적 화자의 입을 빌려서 인
간의 문제를 말하려는 것이 시인의 의도이며, 여기에는 원전의 변형
을 시도하고 있다고 하겠다.
　시인은 「애인여래」 55편의 시편들을 통해 불교적 가르침의 핵심을
따라가면서도 고뇌하는 인간의 입장에서 여래에게 질문도 하고, 진
리에 대해서 인간의 생각으로 반문하기도 한다. 그것은 어디까지나
진리를 받아들이기 위한 하나의 방법이며, 맹목적이라기보다 그러
한 사색 속에서 여래와 친근감을 가지고 그의 품 안에서 응석 부리

는 아이의 모습이 될 수도 있고, 냉철한 논리로 의문을 던져 보기도 하고, 고통 중에 있을 때는 의탁하여 위로와 가피를 받고자 하는 절대자 앞에 선 어린 아이와 같은 마음이다.

양 어깨 위를 짓누르는
무거운 짐들을 다 내려놓고,

하늘을 바라보며 누워 있는
몸뚱이조차 벗어 놓아라.

그리하여 우주를 떠도는 먼지처럼 가벼워진
그런 너마저 놓아 버려라.

그리하여 모든 것과의 연(緣)이 끊어져
공간도 없고 시간도 끊긴

세계의 소용돌이가 되어라.
아니, 있고 없음에서 영원히 벗어나라.
-2003. 9. 20. 00:49 「여래에게·54」 전문

이 시에서는 완전한 해탈을 구가하고 있다. 무거운 짐들을 다 내려놓고 자신마저 놓아버릴 때 해탈은 찾아온다. 가아(假我)를 버리고 진아(眞我)를 만나는 것은 여래를 만나는 것이다. 여래는 내 안에 있는 여래이며, 가아를 버릴 때 여래는 모습을 드러낸다. 모든 것과 연

이 끊어져 공간도 시간에도 계박되지 않고, 있고 없음에서도 자유로워진 나는 여래의 애인이고, 여래는 나의 애인이 되는 것이다. 여래와의 완전한 일치는 시인이 이 시에서 밝히듯이 여래에게 의탁하고 (1, 2연) 자신을 버리며(3연), 시공과 유무를 초월하는 것(4, 5연)이다. 자기를 버린다는 의미는 비운다는 의미이고, 의탁은 겸손을 말한다. 모든 것과의 연을 끊고 시공을 초월하는 것은 언제 어디서나 여래와 내가 하나일 때의 관상생활이다. 여래와 함께하는 관상생활 속에 머물러 있을 때 시간도 공간도 초월한다. 여래와 마주하는 시간은 순간이고 영원이기 때문이며, 마음속에 여래와 함께 할 때 여래는 나의 모든 것이 되고, 나 또한 여래의 것이 되기 때문이다. 모든 것은 다 지나간다. 그러나 여래와 하나일 때 충만과 영원 속에 머물러 있는 것이며, 그런 의미에서 시인의『애인여래』는 여래와 함께 관상한 2, 3년간의 특별한 체험을 통해서 이루어낸 시업(詩業)일 것이다.

기독교의 천국이었던 구미 여러 나라는 신국(神國)의 체계를 허물고 근대 국민국가[nation state]로 다시 구축하는 과정에서 '신은 죽었다'고 하며, 신에 의해 의미와 가치가 부여되었던 인간을, 신을 배제한 '있는 그대로의 인간'을 추구하였다. 신은 죽었다고 말한 프리드리히 니체는 신의 자리에 초인[bermensch]을 내세웠다. 그들은 영원한 대타자이면서 구원의 대상이었던 신으로부터 주체를 분리해내었다. 근대적 자아가 시 속에서 불안과 초조, 부조리, 모순으로 표현되는 것은 주체가 신으로부터 이탈되었기 때문이 아닐까 한다. 신으로부터 떨어져 나온 인간의 비극은 그대로 근현대의 역사였다. 영적으로 빈곤을 느끼는 서구인들이 동양의 사상인 불교 철학에 매료되거나 불교에 입신하여 신앙인이 되는 것은 현대의 인간도 여전히 근대의 인간처럼 부조리와 모순 속에서 불안하고 초조함에 노출되어 있는 존재이기 때문이다.

신자유주의 경제체제는 인간의 삶을 근대의 그것보다 더 비참하게 만들고 있다. 인간에게 반생명적인 죽음의 경제체제와 그 하부 상업문화 시스템에서 인간을 끊임없이 그릇된 욕망의 주체로 호명하여 끊임없이 갈망케만 한다. 그것은 물신주의적 상업주의와 결탁하여 인간을 소비 객체로 전락시키고 있다. 인간의 삶을 피폐하게 하여 정신의 빈곤으로 이끈다. 물질적 풍요 속에서도 정신적인 빈곤을 느끼는 이유는 영성의 결핍 때문이다. 기독교나 불교의 가르침은 이 빈곤해진 정신을 풍요롭게 할 수 있는 생명의 말씀이다. 그러나 중요한 것은 그것이 개인 각자의 깨달음을 바탕으로 상생하며 풍요로운 공존의 길을 걸을 때 의미가 있다. 그 길은 바로 '비움'과 '나눔'의 길이다. 비움과 나눔이야말로 이 두 종교의 진정한 영성이다. 이시환은 그의 시집 『애인여래』에서 그 비움의 세계로 가기 위해 불교적 진리를 여래를 통하여 묵상하면서 깨닫고, 여래와 함께 한 관상 생활 속에서 체득하였다.

9

'자아(自我)'의 불확실성을 넘어서

시집 『상선암 가는 길』과 『애인여래』를 중심으로

　　서양의 근대는 데카르트와 블레즈 파스칼[Blaise Pascal, 1623~1662]과
함께 시작되어 1차 세계대전의 위기에 이어 니체와 카프카에서 끝
난다. 근대와 더불어 파스칼이 말하는 '파라디그마[Paradigmata, 전체 성
좌의 움직임]의 변화'는 결국에는 인간을 위기로 몰고 갈 수밖에 없었
던 힘들로서 여기에는 과학, 기술, 산업이 있었다. 이러한 근대에서
관건이 되는 단어는 합리성, 이치, 이성이었다. 근대와 함께 중시된
이성 중심주의는 영성이탈과 영성쇄신의 길을 걸었다. 한때 세도를
누린 종교는 하녀의 자리로 바뀌어 학계와 사회에 관대하게 귀 기울
여 주기를 청하는 형국이 되었다. 처음에는 경시되고 이어서 무시당
하고 경멸과 조롱, 저주받고 추방되었다. 범속한 무종교성과 새롭게
낭만적으로 깨어난 종교성 사이에서, 영성이탈과 영성쇄신의 양자
를 오가며 끊임없는 질문이 던져진다. 정신사적으로 17세기의 위기
와 더불어 시작된 근대에 파스칼은 이러한 시대의 변화를 예감하고
전체 성좌의 운명까지도 미리 조망한 철학자였다고 생각된다. 데카
르트와 마찬가지로 진리를, 객관적이며 내면적인 확실성을 중시한

그가 시대를 진단하고 얼마 후 도래할 총체적 파국을 미리 조망할수 있었던 것은 그가 평생을 수도사의 신분으로 살면서 신적인 지혜를 이미 피안으로부터 부여받고 있었기 때문이 아닐까 싶다. 파스칼은 우주론뿐만 아니라 인간의 심리적 양면성(인간의 근본적 상반 감정)에대해서도 뛰어난 분석가 ─ 이 면에서도 그는 키에르 케고르, 도스토옙스키, 니체, 프로이트와 카프카에 앞서 이 문제를 제기한 사람이었다. ─ 였으며, '자아'를 발견한 초기 거장들 중의 한 사람이었다.

파스칼은 "인간 영혼의 근저에서 홀연 권태감이 솟구친다. 우울, 슬픔, 한, 불쾌, 절망 같은 것들이" 일어나는 자아인 '나'에 대한 단상을 『팡세 Pensées』에서 이렇게 말했다.

나는 누가 나를 이 세상에 내보냈는지, 세상이 무엇인지, 나 자신이 무엇인지도 잘 모른다. 모든 사물에 대해 무서우리만큼 무지하다. 내 육체가 무엇인지, 내 생각, 내 영혼, 심지어는 내가 말하는 것을 생각하는 나 자신의 자기라는 그 부분까지도 모른다. 모든 것에 대해, 자기 자신에 대해 생각하는 자기라는 그 부분까지도 모른다. 모든 것에 대해, 자기 자신에 대해 생각하는 자기, 그러나 다른 모든 것들에 대해서와 마찬가지로 자신에 대해서도 별로 아는 것이 없는 자기. 나는 나를 휩싸고 있는 이 끔찍한 전체라는 우주공간을 보면서 내가 여기 왜 앉아 있는지, 왜 다른 곳에 있지 않는지, 내게 주어진 삶은 왜 짧은 기간인지, 벌써 지나가 버렸고 또 앞으로 오는 전체 영원 가운데 하필 왜 이 순간에 있고 다른 순간에 있지 않는지 모르는 채, 이 넓은 세계 공간의 한 구석에 묶여 있다. 하나의 원자처럼 나를 휩싸고 있는, 다시 돌아오지 않는, 한순간 지속하는 그림자처럼 나를 휩싸고 있는 무한함만을 주위에서 둘러본다. (중략) 내가 아는 모든 것은 내가 언젠가 죽을 수밖에 없으리라는 것이다. 그러나 내가 가장 적게 알고 있는 것은 내가 피할 수 없는 것이 바로 이 죽음이라는 것이다. 내가 어디서 왔는지 나는 모르며, 내가 어디로 가는지도 모른다. 다만, 내가 아는 것은 이 세상을 떠날 때 무로 가든지, 진노한 신의 두 손에 떨어지든지 둘 중 하나일 것이라는 점이다. 이렇듯 허약함과 불확실함으로 가득한 것이 나의 상황이다.

인간이 지닌 불확실성으로 인해 근대적 자아는 '내가 말하는 것을 생각하는 나 자신의 자기', '자기 자신에 대해 생각하는 자기'이며, 이 문제는 근대시나 근대의 산물인 소설 속에서 첨예하게 다루어졌던 문제이며, 다만 인간에게 확실시되는 것은 죽을 수밖에 없는 유한의 존재라는 사실에 대한 인식이다. 파스칼이 인간에 관하여 손에 쥔 것은 인간 존재의 허약함과 불확실성이다. 그래서 그는 인간중심주의적 사고에서 벗어나 인간은 모순의 존재이며 허약함과 불확실성을 가진 존재임을 이해하며, 그것은 곧 파스칼 자신에 대한 물음이기도 하였다. 이어 그는,

인간이란 무슨 망령된 것인가! 무슨 신발명품이며, 무슨 괴물이며, 무슨 혼란이며, 무슨 모순의 주체이며, 무슨 놀라운 것인가! 모든 사물의 판관이자, 보잘것없이 가련한 미물이다. 진리의 관리인이자 불확실성과 오류의 하수구다. 이 세계 모든 것의 영광이자 쓰레기이다.

교만한 인간아, 너 자신이 얼마나 역설인지를 인식하라. 겸손할지어다. 맥빠진 이성아, 잠잠할지어다. 가련한 본성아, 배울지어다. 인간아, 인간이 인간을 끝없이 넘어선다는 사실을, 그리고 네가 모르는 네 진상을 네 스승에게서 들을지어다. 하느님께 순종할지어다 !

라고 부르짖었다. 이 의미는 인간이 지닌 근본적 상반 감정에 대해 모든 가능한 상황, 관습, 우연성 속을 파고들며 냉철하게 이 문제를 들추어낸 결과이다. 인간 자신이 역설의 존재라는 점은 "무(無) 대 무한(無限), 전체(全體) 대 무(無), 무와 전체 사이의 중간. 가장 밖의 경계를 붙잡을 수 있는 곳에서 무한히 떨어진 채, 모든 사물의 목적과 기원을 꿰뚫어볼 수 없는 비밀 속에서 극복되지 않은 모습으로 숨어" 있기 때문이며, 코페르니쿠스와 케플러의 우주론적 발견은 인간에게 실존적으로 비참함과 위대함을 동시에 지니며 이 불확정성을 아는 것이 인간의 존엄성을 결정짓게 한다.

파스칼의 글에서 이해되는 것은, 인간의 불확실성과 인간 실존의 극단적인 불완전성을 사색하지만 인간 존재에 정확한 성찰을 해내고 있음을 알 수 있다. 이성 중심주의와 인간 중심주의가 가져올 위기와 파국을 미리 조망한 그는 철학의 영역을 넘어 '놀라운 전기'를 이루면서 하나의 도약을 하였는데 그것은 사상의 도약이 아니라 신앙의 모험 -비이성적이 아닌- 이라는 도약이었다. 데카르트가 "나는 생각한다. 그러므로 나는 존재한다."라고 했다면, 파스칼은 "나는 믿는다. 그러므로 나는 존재한다."로 그의 사유가 귀결되었고, 그것은 종교적 한계 체험인 '회심', 구약에서 모세가 본 불타는 떨기나무 앞에서의 결정적인 '비전'이었으며, 오랜 전력 끝에 데카르트의 그것 -11월의 도나우 강변의 울름에서 수학에 기초를 둔 보편과학의 비전- 처럼 역시 11월의 어느 날 도달한 '불[Feu, Feuer]'이었다.

그의 『팡세 Pensées』는 약 24권의 원고뭉치로 사후에 발견된 '그리스도교의 진리성'을 옹호하는 대규모의 한 호교론이었고, 17세기 중엽 프랑스에서 높이 평가되었으나 그 비판자들은 종교가 절대군주의 지배와 그에 헌신하는 교회 성직자들이 국가교회의 배후에서 양심 없이 자신의 권력과 영광의 전개를 위해 오용되는 것을 오래 전부터 알았기 때문에 강한 종교적 냉각 기운이 위협적으로 일어나 하나의 일반적인 문화적 정치적 기류로 다가왔다. 그것은 교회 안에서가 아니라 급속도로 '세속화'하는 세계로부터, 교회와 신학의 후견에서 '해방된' 사회에서 온 것이고, 그리스도교 역사상 처음으로 파스칼 시대에 세계와 사회, 교회와 신학에 대한 근본적으로 새로운 모델에 대한 새로운 파라디그마를 바라보는 자극제가 되었다. 인간은 개체로서 중심점으로 되돌아가고, 정신생활은 교회와 관계없이 전개되었다.

인간을 신으로부터 떼어놓은 영성이탈의 결과는 참혹한 것이었다. 인간 중심주의, 이성 중심주의가 가져온 폐해로서 제국주의와 1, 2차 세계대전, 냉전 등 이런 것들이었다. 이 끔찍한 재앙들 속에서 현대의 인문학은 합리성, 이치, 이성이라는 말로 이루어진 이성의 합리주의적 절대화에 대한 극복으로 포스트모더니즘 시대로 진입했다.

제국주의의 힘의 질서가 팽배하였던 아시아권 국가인 영국식민지 인도에서 그 나라의 시성이며 1913년 동양인으로서는 처음으로 노벨문학상을 받은 라빈드라나드 타골(1861~1941)은 그의 시집 『기탄잘리』(1912, 영국의 인도협회)에서 신에 대한 찬미와 생의 슬픔, 죽음의 공포를 노래하였다. '기탄잘리'라는 의미는 '노래로 바치는 제물'이란 뜻을 가지며, 찬공(讚供)을 말한다. W.B 예이츠는 그의 서문에서 '다른 어떤 문학 작품에서도 찾기 어려운 순진무구함과 소박함으로 아이들이 새들과 나뭇잎을 사랑하는 것처럼 그는 자연을 사랑한다. -

중략- 때로 나는 그의 그러한 사상이 벵골 문학의 영향인가, 아니면 종교의 영향인가를 생각한다.'라고 타골의 문학이 인도 전통 문학의 영향이나 종교의 영향이라고 보고 그의 문학이 지닌 무구성을 강조하였다.

우리에게 이 시인은 또 만해 한용운의 『님의 침묵』(1926, 회동서관)에 실린 시편인 「타골의 詩[GARDENISTO]를 읽고」에서 우리 근대시에서 타골의 영향 수용의 관계를 살펴볼 수 있다. 타골의 시가 신을 찬미하는 것에 바쳐졌다면 만해의 「타골의 詩[GARDENISTO]를 읽고」는 타골의 시가 지니는 신과 일치된 충만감에서 탄생된 노래에 대해 님이 부재하는 상황 하의 시적 화자 '나'의 노래로 가득한 『님의 沈默』이기 때문에 '내가 나의 님을 떠나서 홀로 그 노래를 듣는 까닭에' 부끄럽고 떨린다고 하였다. 이 두 시인의 시집에서 읽어 낼 수 있는 것은, 문학과 종교의 오랜 관련성이 신과 일치하여 부르는 노래와 부재의 상태에서 부르는 노래가 결국은 함께 신을 묵상하거나 관상(觀想)한다는 점이다. 신과의 일치로 신이 충만하여 오로지 찬미와 찬양의 노래를 바칠 수도 있고, 신이 멀리 있다고 여겨 그 신과 일치하기 위하여 끊임없이 신을 찾거나 바라보려는 태도는 결국은 같은 뿌리라는 뜻이고, 후자의 경우가 신을 믿지 않는 이들이나 신은 믿으나 인간적인 고뇌로 괴로워하는 많은 이들에게 더 큰 공감을 줄 수가 있다는 점이다. 왜냐하면, 우리 인간에게 신은 손으로 만질 수도 없고 눈으로 볼 수도 없지만 마음속에 임재하실 뿐이기 때문이다.

그러므로 이 보이지 않는 신을 그리기 위해서 구약성경에서도 여호와 하느님을 때로는 인간의 모습으로 그려서 인간의 감정을 드러내는 신으로 묘사하기도 하였고, 때로는 두렵고 전지전능하며 초월적인 능력을 발휘하는 능력과 분노, 심판의 하느님 모습으로 그려지기도 한다. 하느님은 여러 가지 모습이지만 성경은 인간이 보이지 않는 하느님을 표현하고 인간 역사에서 섭리하는 그 분을 하나의 거대한 스케일을 가지고 그려서 문학 작품으로 보기도 한다. 예를 들어, 구약에서 이집트 탈출 사건은 역사적으로 이스라엘 민족의 실제 역사이며 그것이 쓰여진 것은 바빌론 유배 이후 해외 거주 유대인 포로 지식층이라고 하였을 때 그것은 어떤 사건을 겪은 이후 반추의 글이 되는 것이다. 물론, 반추의 중심에는 하느님의 이스라엘 민족에 대한 역사이다. 실제 역사적 사건에 개입하는 하느님의 섭리를 그들은 쓰고자 하였고, 바빌론 유배생활의 쓰라린 심산 중에 나온 뼈아픈 자기 성찰의 글 속에서 하느님의 역사를 기억하고자 했던 것이다.

이와 같이 만해의 『님의 침묵』은 바로 제국주의 역사기에 나라를 빼앗기고 마치 유배살이 때의 이스라엘 민족처럼 우리 민족이 만주와 간도, 남양군도, 일본 등지를 떠돌아 '저문 들의 길 잃은 어린 양'의 처지가 되었을 때 그들이 가여워서 쓰게 되었다고 만해가 시집의 서문 격인 '군말'에서 밝히고 있다. 그러므로 만해의 『님의 沈默』은 애인이 죽은 '무덤 위에 피 묻은 깃대를 세우셔요.'라고 하듯이 절치부심과 뼈아픈 성찰의 시이기에 타골의 그것과는 시적 정조나 분위기가 다를 수밖에 없는 것이다. 그러나 중요한 것은 타골의 신에 대한 찬가나 만해의 부재하는 님을 찾는 여정은 300년 전 파스칼이 발견한 불확실성을 가진 존재인 인간 '나'로부터 출발하며, "나는 믿는다. 그러므로 나는 존재한다."로 그의 사유가 귀결되었듯이, 그것은 종교적 한계 체험인 '회심'에서 결정적인 '비전'에 도달한 '불[Feu,

Feuer'의 순간이었을 것으로 생각된다.

현대의 시인은 현대를 살아가는 한 주체이며, 현대의 세계와 어떤 의미에서 길항하는 존재이다. 물론, 파스칼이 물었던 자아 '나'에 대한 처절한 물음은 근대보다 현대에 들어와 더 심화되었다고 생각된다. 과학, 기술, 산업이 고도로 발달된 사회에서 인간 주체는 물신화되고 자본화된 사회에서 상업주의와 더불어 욕망의 기제로 호명될 뿐이다. 어디까지로 인간이 내몰릴지 모르고 어디까지 인간이 끌려 다녀야할지도 모르는 시스템 안에서 인간 주체는 거대 시스템의, 마치 광대한 우주 무한대에 놓여진 작은 한 입자처럼 미미해지고 있다. 인간성 회복을 부르짖고 존엄성이 경시된 인간의 존엄성을 외치고 있다. 이런 시대에 시인은 무엇을 꿈꾸는가? 시인이야말로 가장 '해방'을 꿈꾸는 자들일 것이다. 그 길은 여러 가지의 여정일 것이다. 다만, 우주와 인간, 삼라만상이 모두 지복에 이르는 길을 모색하고자 하는 희망의 전위에 시인은 위치할 것이다. 어떤 의미에서 과학, 기술, 산업의 한쪽 구석에 위치시켜 놓았던 종교에서 그 길을 찾는 이들도 있다.

이시환 시인은 그 사람들 중의 한 사람일 것이다. 많은 종교인들이 세상을 등지고 종교의 집에서 오랜 동안 머무르면서 세상을 향해 일갈하거나 세상으로부터 희망이 꺾인 이들을 위무하거나 일으켜 주고 희망의 메시지를 전달하였다. 이시환 시인은 그런 부류는 아니나 다만 그는 시를 쓰는 시인으로서 300년 전 파스칼이 자기 자신을 들여다보았듯이 그렇게 자기 안의 자기와 끊임없이 대화한다. 자기 자신과의 대화는 자연물과 불타에게까지 끊임없는 소통과 교감을 이룬다. 이시환은 그의 제9시집 『상선암 가는 길』에서부터 이 '자기와의 대화 나누기'의 여정이 두드러져 보이고 있다. 이 시집에서는 주로 자연물을 보고 마음의 대화를 하며 여래와 일치하려고 했다면, 제11시집『애인여래』는 시적 화자가 애인여래만을 바라보며 나누는 대화로 이루어져 있다. 엄밀히 말해, 내적 침묵은 이시환 시인에게 는『상선암 가는 길』을 쓰게 된 2003년부터 시작하여『애인여래』가 쓰여지고(2003년) 수정(주로 2005년, 서시「나의 독도(獨島)」는 2006년 6월경)을 하게 되는 시간 동안 이 여정을 걸었을 걸로 생각된다. 그러니까, 이 두 시집은 상관관계가 있다고 해야 할 것이다. 왜냐하면, 여래와의 집중적인 대화를 위해서『상선암 가는 길』에서는 홀로 침묵 속에서 떠났으며(여행) 자연물을 통해서 내적 대화를 하기 시작했기 때문이 다. 물론『상선암 가는 길』에서도『애인여래』의 대표시인「여래에게」 라는 시가 연작시로써 14편이 실려 있다. 그러나『애인여래』에 와서 전 55편으로 이루어진 연작시의 전모를 드러낸 것이다. 이 시집의 체재에서 알 수 있듯이 시인이 굳이 이 두 시집에 연도와 날짜, 시간 까지 기록한 데에서 의도가 있으리라 생각된다. 그가 시를 오랜 세 월 창작하는 동안 특별한 시기에 특별한 체험을 하게 된 때를 시인 은 기억하고자 했을 것이다. 그리고 그 때 그 때 떠오르는 시상을 놓 치지 않고 잡아두려는 시인의 노력일 것이다. 그러나 왜 그가 이 특 별한 기간에 자연물을 거쳐 여래에게까지 혼을 집중하였을까이다. 물론, 그는『상선암 가는 길』의 자서에서 밝히고 있듯이 현실세상의 부조리함과 적대감에서 탈출하거나 초월하고자 하는 시도에서 시를 썼다. 더 구체적으로 '세상사로 마음이 혼란스럽고 무거워질 때마다 나는 명상과 침잠을 거듭하는 이중적인 삶을 살아온 것'이라고 밝히 듯이 그 역시 현대를 살아가는 고단한 한 주체이며 자아를 가진 한 인간이다. 이시환은 명상과 침잠을 통하여 자신을 들여다보고 자기 안에 있는 자기와 대화를 나눈 것이다. 생각하는 자기를 들여다보는 것, 이것이 이시환의 시법이라고 할 수 있다. 즉 '보는 자기'와 '보여지는 자기'의 긴장 관계에서 그의 시가 태어난다는 의미이다. 그는 '내 한 몸에 생태가 전혀 다른 두 그루의 나무를 키워오면서 현실 비판적인 시와 그를 초월하려는 듯한 관조와 직관에서 나오는 선시에 가까운 시들을 써왔던 것'이라고 말하고 있으나 그것은 어디까지나 자기 자신을 직면하는 무서운 '자기 바라보기'이다.

이 시집이 부조리하고 욕망, 무지, 모순으로 가득 찬 현실로부터 초월하여 관조와 직관을 통해 마음을 침잠시키고 내적 고요를 이루어 선시에 가까운 서정성이 풍부한 시정을 일구어 낸 것이지만 거기에는 결국 불완전한 자기 불확실성을 가진 자신을 들여다보고 자신을 알고 이해하고 깨닫는 과정인 것이다. 어쩌면, 인간은 신이나 절대자를 바라볼 때 자신이 더 잘 보인다. 왜냐하면, 신과 절대자는 대타자이므로 주체가 객체를 통하여 자기를 들여다 볼 수 있었듯이 대타자를 바라보면서 주체는 더 명확하게 파악될 수 있을 것이다. 왜 파스칼이 오랜 전력 끝에 마침내 그가 손에 쥔 인간, 아니 자기 자신은 '사물의 판관이자, 보잘것없이 가련한 미물', '진리의 관리인이자 불확실성과 오류의 하수구', '이 세계 모든 것의 영광이자 쓰레기'였다고 고백하겠는가? 이는 인간의 불확실성, 위대함과 추함을 동시에 지닌 역설적인 존재라는 의미이며, 그래서 파스칼은 '교만한 인간아, 너 자신이 얼마나 역설인지를 인식하라. 겸손할지어다. 맥빠진 이성아, 잠잠할지어다. 가련한 본성아, 배울지어다. 인간아, 인간이 인간을 끝없이 넘어선다는 사실을, 그리고 네가 모르는 네 진상을 네 스승에게서 들을지어다. 하느님께 순종할지어다!'라고 부르짖는다. 여기에서 스승, 하느님은 모순으로 가득차고 부조리하며 역설적인 자기 자신의 진상을 비춰주는 분이며, 그래서 순종하여야 하고, 교만함을 버리고 겸손하며, 잠잠하여야 하며 배우고 들어야 인간이 인간을 끝없이 넘어설 수 있음을 파스칼은 가르쳐준다. 시인이 앞의 두 시집에서 보여주는 세계는 바로 파스칼이 권고하는 겸손과 진리의 말씀에 귀를 기울이는 태도, 침잠과 묵상으로 일관하여 자연물과 불타와 대화하면서 자기 자신의 불확실성을 넘어서려는 의지인 것이다.

인간의 불확실성은 어떻게 넘어설 수 있을까? 이시환의 시에서는 그것이 자연물과 대화하고 여래에 귀의함으로써 이루어지고 있다. 여래가 가르쳐준 진리의 말씀에 비추어진 자신을 끊임없이 바라보면서 '자기 지우기'를 통해서 성취된다는 뜻이다. 그는 자신은 숨을 쉬는것만으로도 집착, 욕심, 욕망의 덩어리라고 자신을 규정하고 있다.

내 숨을 쉬고 있는 것만으로도
집착이요, 욕심이요, 욕망의 덩어리라.

내 몸이 알게 모르게 사라져가는 것도
집착이요, 욕심이요, 욕망의 덩어리라.

우주가 그러하듯 나의 존재는
이미 美醜를 떠난 욕망의 역사일 뿐.

'나'의 존재는 욕망의 역사일 뿐이라는 자기규정의 준엄성은 어디까지나 진리에 비추어진 자기의 모습일 것이다. 어쩌면, 우리가 살아가는 것 자체가 하나의 욕망이며 집착이라는 불교적 진리를 '숨을 쉬고 있는 것'과 '몸이 알게 모르게 사라져 가는 것'을 대구적으로 나타내어 이 모든 것이 욕망 덩어리이므로 있으나 없으나 같은 몸이라는 뜻의 시이다. 살아있는 것도 사라져 가는 것도 매 한가지의 욕망 덩어리라는 의미이다. 그래서 시인은 겨울의 끝인 이른 봄에 고로쇠나무 수액채취에 비유하여 이 욕망을 끊어 버리고자 한다. 아낌없이 주는 나무처럼 자신의 욕망은 온전히 끊어버리고 자신의 몸을 다 내어주는 고로쇠나무에게 '너는 차라리 좋겠다'라고 말하는 시인은 자신이 욕망 덩어리의 보통 인간임을 알기에 세상과 불협화음을 겪거나 세상 부조리와 모순에 몸을 떨 때 차라리 이 고로쇠나무처럼 자신을 다 포기하고 내어줌으로써 길항하고 불화하는 자기를 산화(散華)하는 자기로 바꾸어가고 싶은 것이다. 거기에는 일면 자신의 욕망도 내려놓지 못하고 있어서 떠나오게 되었음을 고백하는 아픈 성찰의 마음을 깔고 있다 하겠다.

매서운 겨울 산비탈에 뿌리를 박고
내내 움추려 있는 네 두 손이야
봄햇살이 맞잡고 일으켜 세워야 바로 서는
너는 너는 참 좋겠다.

얼어붙은 대지의 차가운 물을 뽑아 올리고
이를 뜨거운 생명수로 바꾸시어
마침내 가지를 뻗고 새 잎을 매달아 놓는
너는 너는 참 좋겠다.

그런 네 몸속을 뜨겁게 달구어 놓은
네 숨결 네 정령이
병든 인간 무리에게 생명수가 되어 주고

그런 네 옆구리에
드릴로 구멍을 내고 호스를 박아두는
탐욕스런 인간 무리를 기꺼이 허락하는

너는 차라리 좋겠다.
필요한 이에게 네 숨결 네 정령 내어 주고
필요한 이에게 네 몸마저 다 내어 주므로
더 이상 내어 줄 것도 아니 내어 줄 것도 없는

너는 너는 차라리 좋겠다.
-2004. 3. 29. 01:54 「고로쇠나무에게」 전문

　　대승불교의 중심사상은 보살사상이다. '보살도'라 함은 남을 위하
여 자신을 부정하고 포기하고 내던지는 것을 뜻한다. 이것은 이타주
의와는 다르다. 전적인 투신(投身)으로써 자신의 형질을 변화시키는

행위로서 더 적극적인 의미가 있다. 이 고로쇠나무는 바로 그런 보살과 같은 모습이다. 더 나아가, 석가여래가 중생제도를 위해 법신을 취하여 오신 것과 같은 이치이다. 완전한 포기에 이르지 못할 때 인간은 더욱 고통스러울 뿐이다. 욕망을 키우는 것은 쉬워도 버리는 것은 어렵다. 이 고로쇠나무의 수액이 생명수가 되어 병든 인간 무리에게 주어지고, '드릴로 구멍을 내고 호스를 박아두는' 탐욕스런 인간에게도 말없이 다 허락하는 모습은 중생제도를 위해 인간의 모습으로 와서, 인간의 모습으로 죽어서 몸마저 내어주는 부처의 모습과 동일하며, 그리스도교적으로 본다면 인간 구원을 위해 하느님이 인간의 몸을 취하여 오셨다는 육화강생과 구속의 의미를 지니는 예수의 십자가상 고난과 죽음이 동일시된다. 고로쇠나무는 곧 석가요 예수인 것이다. 시적 화자가 '너는 너는 차라리 좋겠다'라고 마지막 연에서 읊조리는 것은 그러지 못하는 자신을 바라보면서 아직 내려놓지 못한 자기를 바라보는 것이다.

나는 자유로우나
알고보면 완벽하게 구속되어 있네.

나는 구속되어 있으나
그 안에서 한없이 자유롭네.

네 생명의 빛깔도, 네 죽음의 향기도
나를 구속하고 있는 당신의 꽃이네.
-2004. 5. 23. 17:04 「여래에게·12 -시스템」전문

이 시는 뒤에 나온 시집인『애인여래·12』에서 제3연과 제4연이 "네가 부리는, 온갖 생명의 빛깔도 죽음의 향기도,/지금 나를 구속하고 나를 자유롭게 하는 것도,//당신의 품이고/ 당신의 뜻일 뿐이네." 라고 수정하여서 여래의 품에 온전히 귀의한 모습이 보인다. 여래는 시인에게 '나를 구속하고 나를 자유롭게 하는' 자이고 그것이 바로 여래의 품이고 여래의 뜻에 의해서라는 의미이다. 그래서 인간, 자신을 포함한 우주만물은 다 '너'의 품에서 나와 너의 품으로 다시 돌아간다. 이것은 만상동귀하는 우주의 생명을 표현한 것으로 없음이 아니라 있음이나 그 깊은 속이 오관으로 체험되는 것이 아니라 오직 마음의 심안으로만 보여지고 깨달아지는 체관에 의해 인지되는 것이며 깨달아 지는 것이다. 그것이 바로 '너'이고 '그대'이며 '당신'이다.

이시환에게 여래는 때로는 '너'로 친한 친구처럼 '그대 '라고 하여 애인처럼 '당신'이라고 하여 절대자에게 부르는 명명법을 취하고 있음도 눈여겨보아야 할 부분이다. 그의 시에서는 시적 화자가 '나'로 표현되는데 이것은 1인칭 화자인 것이고 '너' '그대' '당신'과 소통, 교감하기 때문이며 그 대상은 자기 자신, 자연물과 여래이다. 그리고 이 대상과 '나'가 합일됨으로써 일치를 이루고 불일불이(不一不二)의 세계를 드러내고 있다고 하겠다. 그러므로 그에게 불확실성의 자아가 지닌 부조나 모순, 욕망, 두려움, 불안 등은 여래와 한 몸(同體)이 됨으로써 극복되고 있다. 거기에는 여래를 닮아가고자 하는 시인의 구도를 향한 의지가 있었고 여래는 그에게 자비를 베풀었기 때문이다. 「고백」에는 그 불확실성을 지닌 인간이 극복되어 자신을 낮추어 겸손해지며 맑고 투명한 마음으로 불타를 찬미하는 찬공의 노래이자 사랑과 자비, 감사와 신뢰의 노래로 변모되어 있다.

내 머리 위의 하늘이시여,
내 두 다리 밑의 땅이시여,
당신의 한량없는 깊이를 온전히 헤아릴 수 없지만
가장 깊은 곳으로부터
당신의 사랑이 머물고 계심을
믿어 의심하지 않나이다.

오늘 화성에 널려있는
붉은 돌들을 오랫동안 바라보면서
문득 감사를 드리지 않을 수 없음을
고백하나이다.

인간이란 종(種)에 의해
이미 점령당한 이 지구상에는
아직도
눈비가 내리고,
바람이 불고,
햇살이 내리고,
어김없이 사계절이 부려지는 가운데
살아 숨 쉬는 온갖 것들의
뜨거운 역사가 진행중임을
삼가 아뢰나이다.

그 가운데 내가 비록 일백년을 산다해도

그것은 나의 역사가 아니라

당신의 역사임을 받아들이며,

설령, 그것이 나의 역사, 인류의 역사,

지구의 그것일지라도

당신의 품 안에서 이루어지는

당신의 허락이요, 은총임을

고백하나이다.

-2004. 03. 09. 23:12 「고백」 전문, 『상선암 가는 길』

　이 얼마나 아름다운 찬공인가? 이시환은 이 시에 와서 그간의 묵상과 침잠에서 한 편의 온전한 찬공을 건져 올린 것이다. 비록, 자신이 이 생애를 살아갈지라도 그것은 '나의 역사' '인류의 역사'가 아니라 당신의 품 안에서 이루어지는 '당신의 허락과 은총'에 의해 이루어지는 것이다. '모든 영광을 오직 당신께'라는 의미이다. 여기에서 시인은 자기 자신과 인류를 대신하여 여래께 하느님께 찬공을 드린 것이다. '나'의 기도가 '우리'의 기도가 되는 것이다. 기도하는 주체는 한 사람이지만 그 한 사람의 기도는 인류 전체를 대표한다. 시인은 절이나 교회 같은 제도적 종교에 정기적으로 출석하여 의식이나 기도를 하는 사람이 아니다. 그는 말 그대로 시인이다. 시인은 말씀의 사원에서 머물러 정진하는 사람이다. 이 찬공의 마음으로 문학을 통해 세상에 빛과 소금이 되시길 평자는 빌어본다. 끝으로, 그가 여래와 가장 은밀한 만남을 가졌던 시간을 되돌아보며 남긴 자서의 글을 인용하며 글을 마칠까 한다.

돌이켜 보면, 그는 내가 가장 힘들었을 때에 살며시 다가와 안아 주었고, 내가 가장 외로웠을 때에 다정다감한 말벗이 되어 주었으며, 내가 가장 오만스러워졌을 때에 자신을 스스로 돌아보게도 했다. 나는, 그의 따뜻한 품 안에서 많이 위로를 받았고, 그의 깊은 품 안에서 사랑의 눈을 뜨게 되었으며, 그의 너른 품 안에서 지혜의 샘물을 맛보았다고나 할까. 그랬다. 그런 시간이 몇 해를 두고 지속되어 왔다는 점에서 보면, 나는 그를 통해서 즐거웠고, 그를 통해서 평화로웠으며, 그를 통해서 행복했노라고 말할 수 있다. 오후 7시쯤에 귀가하여 저녁식사를 간단히 하고, 샤워를 한 다음, 방안에서 홀로 따뜻한 차를 마시며, 그를 만나 대화를 나누고, 그가 내게 남긴 말들에 대해 묵상하다 보면 새벽 3시나 4시가 훌쩍 뛰어 넘는 날이 다반사였으니, 가히 나는 그의 품 안에서 안주해 왔다고도 볼 수 있으리라. (중략) 이미 내 몸속을 흐르는 불성(佛性) 곧, 우주 만물이 다 공(空)으로부터 나오는 것이며, 그것들이 다시 다 공으로 돌아간다는 대전제 아래 나 (我)와 자연(自然)과의 유기적 관계에서의 절제된 호흡일 뿐이다.

10

당신의 품속에서 완상(玩賞)하는 것들과··· 1

시집 『백년완주를 마시며』에 대하여

붉은 사과 하나 집는다. 여름 내내 햇빛을 온몸에 받아 저리 붉을 대로 붉어진 사과를 한 입 베어 먹는다. 사각 소리를 내면서 이빨이 박힌 사과의 과육이 한 점 떨어져 나가고, 팽팽한 사과의 몸 한 군데가 떨어져 나감으로써 사과가 품은 팽팽한 생기가 허물어져 간다. 천천히 씹는다. 사과즙이 혀를 적시고 입 안을 적신다. 속으로부터 올라온 불쾌한 느낌이 사라지고 상쾌해져가는 입 안과 머리에 사과 한 입이 기여를 한다. 꼭꼭 씹어서 넘긴다. 또 한 입을 베어 먹고 나니 사과는 반쯤만 남을 지경으로 작아진다.

이제는 붉은 껍질보다 아이보리색 과육이, 절단해 놓은 절개지의 땅처럼 드러나 희고 누렇다. 이 얇은 껍질을 둘러쓰고 사과는 어떻게 자신의 속을 보호할까? 위도 창자도 없고 머리와 가슴과 팔다리도 없는 사과는 그냥 안에 씨방만 만들어 두 개의 까만 씨앗을 감추고 깊은 잠 속에 빠진 채 갑자기 나에게 먹힌 것이다. 사과가 눈을 떴을 때 사과는 이미 죽어가고 있다. 아니, 사과는 이미 농부의 손에 나뭇가지에서 꼭지를 분리시켰을 때부터 죽기 시작한 것이다. 그나마 사과의 이력은 이 꼭지가 말해준다. 꼭지가 사과와 나무가 연결되어 있었다는 증거이다. 사람의 배꼽이 태아를 기억 시켜주듯 -너는 그냥 나와서 직립보행을 하는 짐승이 아니야, 너는 한낱 어머니의 탯줄에 연결되어 있지 않았다면 존재하지 않을거야 말이다. 그 의미는 사과가 꼭지를 통하여 사과나무에 붙어있지 않았으면 이렇게 작건 크건 간에 한 알의 열매로 맺어 익을 수 없었으리라. 그것처럼 포도나무에 가지가 붙어 있지 않으면 많은 열매를 맺을 수 없듯이 많은 열매들은 꼭지가 나뭇가지에 붙어있었기에 탐스럽게 익을 수 있었다.

그런데 사람의 열매는 무어란 말인가. 아기가 열 달 남짓 어미 배 속에서 탯줄로 엄마와 꽁꽁 연결되어 어미의 피의 양분을 먹고 배 아에서 태아가 되어 몸체가 생기고 눈과 귀, 코와 입이 생기고 팔 다리와 손발이 생기리라. 열 달을 꼬박 어미의 몸을 반쯤 피로 먹고 난 태아가 신생아가 되어 자궁을 열고 나온다. 이게 사람이다. 그 때 나올 때 어미와의 탯줄은 더 이상 필요 없어서 소독한 가위로 댕강 잘린다. 이제부터 너 스스로 빨아먹고 우물우물하여 삼키고 물어서 씹어 먹고 베어 먹고 하여 살아가라고. 태어난 아기는 어미의 돌출한 젖꼭지를 빨아 양분을 먹는다. 그러다가 이유식을 하고 미음을 먹고 밥알을 조금씩 넘기다가 밥을 먹게 된다. 그러면서 어미와 연결되었었던 과거의 태아기 적 추억을 잊으면서 배꼽을 잊고 만다. 한 때 없어서는 안 되었던 배꼽을 잊어버리고 왜 이런 게 복부의 중간에 뚫린 듯 흉한 채로 남아있는가 생각되는 것이다.

사과는 타원형의 씨방과 윗부분의 꽃이 진 자리와 아래 부분의 가지에 붙어있던 꼭지를 남긴 채 나에게 완전히 죽는다. 이로써 사과의 일생은 끝이 난 것이다. 사람의 위는 모든 죽은 것들을 채워 넣는다. 아침에 일어나 커피나 차를 마시고 밥이나 빵에다 계란 후라이나 찌개 정도로 간단히 아침을 먹고 점심에는 고기를 먹고 저녁에는 또 무엇을 죽여서 먹을까? 인간이 먹는 모든 것은 죽은 것들이다. 죽기 직전까지도 살아있던 것들도 결국 죽여서 먹는다. 어미의 몸을 먹었던 태아기 외에 인간은 인간을 위해서 기꺼이 죽어준(?) 동식물을 먹고 살아간다. 아니다. 인간은 살아가기 위해 무참히 죽임을 당한 동식물들을 먹고 살아간다고 말해야 옳다. 동식물은 인간에게 모든 것을 빼앗긴다. 모든 것을 다 빼앗기고 죽임을 당한 그들은 인간에게 반역을 한 적이 없다. 기꺼이 죽어가 준 것처럼 말이 없다. 한때 어미의 몸이 아니었으면 아무 것도 아니었던 인간은 동식물이나 다름없었다. 이런 인간이 태어나면서 빨아먹고 우물우물 삼켜먹고 베어 먹고 씹어 먹고 하면서 자연과 동식물, 우주의 삼라만상들을 거느리는 영리한 짐승이 된 것이다.

　나에게 완전히 죽은 사과는 배속에서 으깨지고 뭉개어지고 죽처럼 되어 창자로 보내질 것이다. 아름다운 얼굴을 가진 붉은 사과는 이미 없어졌다. 한여름의 뙤약볕을 받고 한 때 빛나던 그 붉고 탱탱한 사과는 지상에서 사라졌다. 남은 것은 사과의 과육을 뺀 나머지, 뼈대 구실을 하고 새로운 씨앗을 품은 씨방과 꼭지와 꽃이 있었던 자리만 남아 음식물 쓰레기봉투에 던져질 것이다. 내가 먹은 사과여, 나에게 먹힌 사과여, 미안하다…. 너의 사랑과 역사와 붉은 껍질과 싱그런 과육과 달콤하고 시큼한 과즙과 너의 꼭지와 꽃이 진 자리였던 너의 부끄러운 곳과 아아 이렇게 다 먹어버리고도 뻔뻔한 인간을 용서해다오. 너의 그 모든 것을 고마워하지 않고 마구 베어 먹고 깨물어 먹었던 나를, 한 알의 작고 붉은 사과여, 가을 열매 중의 열매여!

작은 한 개의 사과의 죽음과 인간의 죽음은 어떻게 비교될까? 대개는 이 지상에 살면서 먹고 사는 일에 매달리며 때로는 탐욕도 부리고 때로는 지치거나 깨어지고 부수어지면서 인간은 동식물의 그것보다 가열찬 삶을 살아야 한다. 인간이 동식물처럼 먹여주는 대로 입혀주는 대로 살 수는 없다. 인간으로 태어났다는 의미는 스스로 생활해나가야 한다는 의미이다. 일정한 나이가 되면 독립을 해야 한다는 뜻이다. 그러니 인간은 얼마나 고단한가? 이것이 동식물과 인간의 다른 점 중의 하나일 게다. 너나없이 경쟁에 밀려 쫓기거나 쫓아가거나 달려가고, 달려가다 보면 지치게 되는 법, 또 어느 정도까지는 쉼 없이 달리고 쫓은 결과 목표 지점 가까이에 이르렀지만 더 이상은 안 되어 딜레마에 빠져 허우적대다가 지치거나 나가떨어지기도 한다. 이게 우리네 삶이다. 그러면서 어느덧 머리에는 흰 빛이 한 가닥씩 번쩍하면 노인이 되었구나 생각한다.

도대체, 인간의 삶이란 무어란 말인가, 한 알의 작은 사과의 생보다 더 나을 게 없다. 어쩌면 쫓아가고 달려갔기에 더 억울할지도 모르겠다. 많이 일군 사람은 그걸 일구느라 갖은 고생 했는데 다 놔두고 가야하니 기가 막히고, 적게 일군 이는 그거라도 일구느라고 지친 것이다. 세상은 많이 피폐해졌다고 아우성치고, 그렇게 아우성들만 치고 아우성의 물결이 범람하여 감에도 세상은 여전히 바뀌지 않는다. 인간이 욕망하는 한 세상은 고대에나 현대에나 기본적으로 비슷한 문제들은 늘 있다. 부와 명예와 권력을 손에 쥐기 위하여 신들에게 의지하거나 하층민들을 수단화하여 거대한 성을 쌓고 유지해왔다. 현대에도 비슷한 구도이다. 상실감과 박탈감에 쓸쓸해하다가

늙고 병든 이들에게는 더욱 기가 막히는 세상이다.

이시환 시인의 시는 이런 사람들에게 위로를 준다. 그 위로를 줄 수 있는 이유는 그가 끊임없이 그런 세상과 길항하면서 시인 자신도 그것을 겪었으며, 그런 이유로 자연과 대화하고 신과 대화하다 보니 묵상과 관상의 생활에 이르게 되었기 때문이다. 그는 현재까지 모두 16권의 시집을 출간하였다. 첫 시집『안암동일기』(1992)를 시작으로, 『백운대에 올라서서』(1993), 『바람서설』(1993), 『숯』(1994), 『추신』(1997), 『바람소리에 귀를 묻고』(1999), 『벌판에 서서』(2002), 『우는 여자』(2003), 『상선암 가는 길』(2004), 『백년완주를 마시며』(2005), 『애인여래』(2006), 『눈물모순』(2009), 『몽산포밤바다』(2013), 『대공』(2013), 한영대역시집 『Shantytown and The Buddha』(2003), 중역시집 『竹立廣野』(2004)에 이르기까지 그의 시업은 근 20여 년이 넘는다.

그의 시작들은 주로 자연과 신, 생명, 사랑을 노래하고 있으며, 그것은 시인이『상선암 가는 길』의 자서에서 밝히고 있듯이 현실세상의 부조리함과 적대감에서 탈출하거나 초월하고자 하는 그의 의지였다. 더 구체적으로 '세상사로 마음이 혼란스럽고 무거워질 때마다 나는 명상과 침잠을 거듭하는 이중적인 삶을 살아온 것'이라고 시인은 고백하고 있다. 그는 '내 한 몸에 생태가 전혀 다른 두 그루의 나무를 키워오면서 현실 비판적인 시와 그를 초월한 듯한 관조와 직관에서 나오는 선시에 가까운 시들을 써왔던 것'이라고 자신의 시의 경향을 말해주고 있다.

시인의 열 번째 시집인『백년완주를 마시며』는 첫째, 관조와 직관 속에서 자연과 시인이 한 몸이 되어 서로를 완상하는 시풍을 가지고 있다. 이것은 시인과 자연의 친화 속에서 빚어내는 한 편의 노래나 교향곡이 되겠다. 둘째, 교감하는 너와 나의 사랑의 노래, 셋째로 고통 중에 있는 우리 이웃들(노숙자 시편인「신문지 한 장의 무게」)의 눈물이 담겨있다. 이 시집에서 시인은 길항하던 세상에 대해 포근하게 바라볼 수 있는 여유를 체득하였기에 '사랑은 나의 기쁨'이면서 '사랑은 우리의 생명'이므로, "서로 서로 사랑하세"(「사랑(노랫말)」)라고 주장한다.

이 시집에는 그 전의 시집과는 다른 특색을 지니고 있다. 전체 8부로 이루어진 시장(詩章)에 각 부에는 독자들을 배려하여 그가 주간하는『동방문학』에 문예시평으로 써온 산문들 가운데 8편이 실려 있어, 산문은 시를 이해하는 데에 도움을 주고, 시는 산문 속으로 침잠해 들어가는 효과를 의도한 시인의 안배가 돋보인다. 그리고 시인이 명상생활을 해오면서 사유세계의 끝머리쯤에서 건져 올린 아포리즘을 독서과정에서 잠시 쉬어가라는 의미에서 22편을 실어놓았다. 그러니까, 이 시집은 산문과 시, 아포리즘의 형식으로 이루어진 시집인 셈이다. 그리고 수묵화나 담채화 느낌의 사진이 시집 속에 펼쳐져 있어서 비교적 두꺼우나 독자로 하여금 편안히 쉬면서 그의 산문과 시, 아포리즘의 세계로 몽환적으로 불러들여 침잠케 하여 자연물을 만나고 벌판, 바람, 눈, 구름, 계곡으로 빠져들게 하는 효과를 내고 있다. 한 권의 시집을 이렇게도 풍성하게 엮은 경우는 본 적이 없다. 아마, 이 체제는 시인의 독자를 배려한 특별한 의도요 정성이라 여겨진다. 한 권을 다 읽다 보면 어느 순간 졸음이 올 정도로 시인의 문맥 속으로 빠져 이완이 되고, 몽환 계곡에서 길을 잃어버리고, 문장이 지닌 논리의 냉철함과 정연함도 다 잊은 채 그냥 녹아들어 힐

링이 된다.

　이 시집은『상선암 가는 길』을 펴내고 채 1년도 안 되어 쓴 40여 편
의 시를 묶은 것이다. 즉, 그가 관상의 생활로 일관한 2003년부터 시
작하여『애인여래』가 쓰여지고(2003년) 수정 -주로 2005년, 서시「나의
독도(獨島)」는 2006년 6월경- 을 하게 되는 시간 동안 약 3년간의 중간
에 위치하는 것으로, 이 세 시집이 연관되어『상선암 가는 길』과『애
인여래』의 중간지점에서 징검다리 역할을 하는 시집인 것이다. 왜냐
하면, 여래와의 집중적인 대화를 위해서『상선암 가는 길』에서는 홀
로 침묵 속에서 떠나고(여행), 자연물을 통해서 내적 대화를 하기 시
작하다가『애인여래』55편으로 귀결되기 때문이다. 그렇다면 중간
의 징검다리 역할을 하는 이 시집에는 아무래도 쉬어가게 하는 길목
이 되는 셈이다.

　시인이 가는 시도(詩道)의 쉼터에서 그가 의도하고자 하는 바는,
'침잠(沈潛)'과 '몽환(夢幻)'을 통한 자연물과의 완상(玩賞)이다. 그러나
침잠과 몽환은 역시 집중되어질 여래의 품이다.『애인여래』가 여래
의 진리에 대하여 여래와 대화를 나누며 묻고 답하는 식의, 선문답
형식의 시들이 주류를 이루어 다소 추상적이거나 논리적이고 관념
적이거나 이치를 따져보는 시인 나름대로의 지성으로 이루어진 시
편들이라면,『백년완주를 마시며』의 세계는 침잠과 완상을 통한 관
상의 깊은 정감이 흘러넘치는 가운데 독자들을 유인하고 있다고 하
겠다. 시인은 자서에서 "시가 저절로 쓰여졌다고 말하는 편이 더 적
절할지도 모르겠다"라고 하여 그 때의 정황을 이야기하고 있다. 그
러면서 그의 시가 태어나는 배경에 대해,

나는 나 자신을 위해 시를 썼지 독자들을 위해 쓴 일이 없는 것 같다. 그들을 위해서 특별히 생각하고, 그들을 위해서 시의 모양새를 다듬고, 그들의 관심과 소망과 정서를 담아내려 적극적으로 노력하지 않았나는 뜻이다. 솔직히 말해, 이 점에 관한 한 지금도 마찬가지다. 어찌 보면, 나는 철저하게 내 안의 세계에 스스로 머물면서 세상과 세계를 바라보되 일신상의 안위를 추구한, 그야말로 소승(小乘)이란 기둥에 기대어 살아온 셈이라 해도 크게 틀리지 않을 것이다.

라고 말하고 있는 것으로 보아 이번 시집은 충분히 독자를 배려하는 의미에서 묶어낸 시집임을 밝히고 있음을 알 수 있다. 그리고 자기 안의 세계에만 머물러 있었던 자신을 성찰하며 성문, 연각과 같은 실천이 없는 소승의 기둥에만 기대어 왔음을 고백하고 있다. 그러나 시인은 제1부 산문인 「백년완주를 마시며」에서 "맑기가 수정 같고, 향기가 그윽한 난향과도 같은, 그 달콤함이 오래오래 머무는 백년완주와 같은 시를" 쓰기를 소망한다. 이러한 시는 '만남의 기쁨을 안겨주는 시'이다. "거친 바람을 일으키는 부드러움 속에 숨은 불길 같은, 아니 그 불길 속에 숨어 있는 부드러움의 섬세함"을 지니는 시를 시인은 소망한다. 이런 시를 얻기 위하여 그는 세상으로부터 거리를 두고 침잠과 관상의 생활에 스스로 깃들고자 한 것이다.

시 「겨울비」에서는 한 편의 시를 얻기 위하여 스스로 광야를 택한 시인의 모습이 어른거린다.

오늘같이 할 일 없는 날엔
예술의 전당 대신 마른 겨울 들판으로 가자.

오늘같이 무료한 날엔

사람소리 들리지 않는 허허벌판으로 가자.

눈발이 비치는가 싶더니

빗방울이 어깨를 적시고,

빗방울이 눈썹을 적시는가 싶더니

싸락눈이 머리를 희끗하게 덮는

그곳으로 가자. 그곳으로 가자.

그곳 마른 풀섶 더미 위로,

그곳 쌓인 낙엽 위로,

그곳 내가 걷는 길의 고적함 속으로

저들이 곤두박질치며 부려놓는,

짧은 한 악장의 장중한 화음을 들어보시라.

저들끼리 밀고 당기고, 질질 끌고 잡아채며,

점점 세게, 아주 여리게, 사라지는 듯하다가도 다시 소생하는,

허허벌판에 부려지는 화음이 범상치가 않구나.

죽어가는 한 세상을 부여잡고

그리 통곡을 하는 것이냐?

이 들판 저 산천에

푸른 세상을 다시 일으켜 세우려는 것이냐?

싸락눈이 섞여 내리는 겨울비가

부려놓은, 오늘의 짧은 한 악장의 화음이

절뚝이는 나를 다시 일으켜 세우시네.

침몰하는 세상을 다시 붙들어 일으키네.

-2005. 01. 26. 18:23 「겨울비」 전문

참으로 장중하고도 엄숙함과 결연함을 느끼게 하는 시이다. 겨울
비라는 시제에서 전달되는 의미가 심상치 않고, 희희낙락하는 예술
에 대해 엄중한 경고를 내림과 동시에 무겁고 결연하며, 그런 예술
에 대한 반역이기까지 하다. 이 시에서는 '예술의 전당'과 '겨울들판/
허허벌판'이 좋은 대조를 이루고 있다. 시인은 독자들에게 예술을 관
람하는 장소인 예술의 전당이 아니라 허허벌판과 같은 광야로 사람
들을 이끌어낸다. 예술의 전당과 같이 먹고 살만한 사람들의 배부른
예술작품이 되기보다 절뚝이는 시인 자신을 다시 일으켜 세우고 침
몰하는 세상을 다시 붙들어 세워줄 예술이 태어나는, 겨울비 내리는
광야로 나가자고 한다. 예술의 전당이 이미 박제화 된 예술을 소비
시키는 곳이라면 겨울들판/허허벌판인 광야는 예술이 생산되는 곳
이며, 상업주의와 결탁되어 있는 자들이 기획하여 향유케 하는 사치
품이 된 예술이 아니라 푸른 세상을 다시 일으켜 세울 수 있는 예술
을 꿈꾸기 위해 광야로 초대하는 것이다. 그곳에서 '푸른 세상'을 꿈
꾸고 '침몰하는 세상'을 다시 붙들어 일으키고자 한다. 그에게 예술
의 전당은 무가치한 것이며, 더 이상 푸른 세상을 세울 수 있는 예술
의 전당이 될 수가 없다는 뜻이다. 그 대신 그는 진눈깨비나 싸락눈
이 섞여오는 궂은 날씨의 광야로 가서 죽어가는 세상을 통곡하는 겨
울비의 울음소리를 들어보라고 권하며, 겨울비의 화음을 통해 소생
되는 예술의 소리를 들어보길 원한다. 죽은 예술이 광야에서 다시
소생하는 순간이라고 할 수 있는 이 시는, 시인이 이 시집의 제일 첫
머리에 둔만큼 그가 의도하는 예술의 지향점과 그 자세를 읽을 수
있는 작품이라고 생각된다.
　광야(廣野)란 무엇인가? 사막과 진배없는 불모지가 아닌가? 왜 시인

은 자신을, 독자들을 그곳으로 유인하는 것인가? 이집트인들의 종살이를 하던 이스라엘 백성이 그 압제 아래 고통의 신음을 할 때 야훼 이레(앞길을 예비하시는 야훼)의 하느님은 모세를 통하여 갈대바다라 불리우는 홍해를 건너게 하고 시나이 광야에 이르러 40년의 거칠고 힘든 광야 생활을 하게 했다. 약속의 땅인 젖과 꿀이 흐르는 가나안 복지에 들어가기 전에 40년의 광야생활을 통해 이스라엘 백성이 시련 속에서 정금과 같이 단련되었듯이 예술은 정금과 같이 단련되는 과정에서 생산되어야 한다. 이시환 시인은 이것을 꿰뚫어보는 시인이다. 그래서 그는 스스로 광야를 선택하고 홀로 외로운 길을 선택한 것이다. 그 광야에서 시인이 들은 것은 겨울비의 통곡하는 울음소리만이 아니다. 그는 '만물을 일으켜 세우는 소리'도 듣는다. 시 「바람의 演奏」를 읽어보자.

내가 낮잠을 즐기는, 낮에도 캄캄한 수면실의 출입문틀과 유리문
사이의, 그 좁은 틈으로 끊임없이 바람이 지나며,
아니, 허공(虛空)이 무너지며 소리를 낸다.
문이 열리는 정도와 바람의 세기에 따라 그 소리가
달라지지만 일 년 열두 달 위험스럽게 다가오는
벌떼 소리 같기도 하고, 어찌 들으면 이 안과 저 밖이 내통하는
소리 같기도 하다.
그런 바람의 연주를 들을 수 있는 곳이 어디 이곳뿐이랴.
저 외로운 나무와 나무 사이에서도, 그 외로움이 모여있는
숲과 숲 사이에서도, 넓고 좁은 빌딩과 빌딩 사이에서도,
높고 낮은 지붕들 사이에서도, 크고 작은 골목에서도,

평원에서도 시시때때로 달라지는 바람의 연주를 들을 수 있듯이
사람과 사람 사이 마음의 틈에서도,
하늘과 땅 사이 그 깊은 틈에서도
나는 바람의 연주를 듣는다.
눈에 보이는 세계와 보이지 않는 세계를 은밀히 잇는,
그 좁은 틈으로 대공(大空)이 무너져 내리며
만물을 일으켜 세우는 소리를 듣는다.
-2005. 02. 01. 15:48 「바람의 演奏」 전문

　이 시는 예술의 전당에서 편안한 의자에 앉아 음악연주를 듣고 관람하는 특수화된 공간 보다 거친 광야나 그와 비슷한 일상의 공간으로 시인은 독자를 유인한다. 시인 자신이 늘 잠깐 쉬기 위하여 들어가는 수면실을 오가며 문과 문 사이에서 일어나는 바람, 외로운 나무와 나무 사이, 숲과 숲 사이, 크고 작은 빌딩과 빌딩 사이, 높고 낮은 지붕과 지붕 사이, 크고 작은 골목 사이, 평원에서 시시때때로 달라지는 바람의 연주를 듣는다. 시인은 박제화된 예술을 관람하는 예술의 전당에서 하는 음악연주가 아닌 자연계의 바람의 연주를 들려주고자 독자들을 인도하여 허허벌판과 같은 자연계의 공간이 아닌 일상의 공간에서도 바람의 연주를 듣게 한다. 이렇게 가시적인 공간에서 바람의 연주를 듣는 것만이 아닌, 사람과 사람 사이의 마음의 틈, 하늘과 땅 사이 깊은 틈, 눈에 보이는 세계와 보이지 않는 세계를 바람은 연주되어 은밀히 잇고, 그 좁은 틈으로 대공이 무너지며 만물을 일으켜 세우는 바람의 거대한 실체를 감지한다. 바람은, 그야말로 만물을 소생시키는 거대한 힘을 가졌으며, 시인은 광야와 다

름없는 일상의 공간에서 바람의 연주를 통해 바람이 지닌 생명력을 독자들이 감지할 수 있도록 이끌어가고 있다. 바람은 가시적인 것과 비가시적인 것을 잇는 연결고리 역할도 하며, 사람과 사람 사이 보이지 않는 마음의 틈을 메워주고, 하늘과 땅 사이의 깊은 틈도 메워준다. 그리고 보이는 세계와 보이지 않는 세계까지 은밀히 연결시키면서 그 틈을 메워준다.

사람이야 좀처럼 눈에 띄지 않는,
아주 자그마한 섬 가운데 섬에 나는 와 있네.

온통 노오란 유채꽃으로 뒤덮인
이곳 가장자리에 홀로 앉아
나는 손에 들려 있지도 않는 차를 마시고
또 마시네.

그런 나의 이마 위에는
높푸른 하늘이 내려와 있고,
그런 나의 발부리에는
넘실대는 파도소리 머물고,
그런 나의 손끝에는
이 세상을 한 빛깔로 누이며 지나가는
바람도 있고,
그런 나의 가슴에는
저들을 다시금 끌어안는

포근한 햇살도 있네.

노오란 유채꽃이 가득하여 이룬 섬

그 한 가운데에 있는 낮은 흙무덤이 되어

나는, 정오 한 때를 장강(長江)에 흐르는 세월처럼

길게 길게 누리며, 멀미를 하듯 기우뚱거리는

이 고적한 섬이 된다.

-2005. 3. 24. 12:24 「유채꽃밭에서」전문

시인은 자신의 「아포리즘·6」에서 "나의 경전은 내가 아침저녁으로 바라보는 저 산이다."라고 밝히고 있듯이, 자연은 그에게 말씀이요 진리의 법신(法身)인 것이다. 이 시는 유채꽃이 만발한 섬에서 시인은 무르익은 봄을 즐긴다. 이 즐김은 박제된 예술에서가 아니라 자연이 인간에게 준 선물인 공간에서이다. 온통 노랗게 물든 섬의 봄, 유채꽃, 높푸른 봄하늘, 넘실대는 파도, 손끝의 바람, 따뜻한 햇살, 유채꽃이 이룬 노오란 섬 한 가운데 있는 낮고 붉은 흙무덤과 가시적인 자연물들을 바라보면서 시인의 마음은 차를 마신다. 비가시적인 마음으로 마시는 차는 모든 봄의 풍경들을 한층 더 고즈넉하고 안온하고 깊고 부드럽게 만든다. 그러면서 해가 길대로 길어진 초봄의 유채꽃 노오란 빛깔 속에서 시인은 현기증을 일으킬 정도로 이 풍경과 하나가 된다. 거기에는 차(茶)의 역할이 크다. 그 시간이 봄의 길어진 해만큼, 장강의 흐르는 세월처럼 길게 길게 누리며, 시인은 자연의 풍경들에 둘러싸여 그 품에서 오래오래 누리고 또 누린다. 그러면서 눈앞의 섬과 같이 자신도 고적한 섬이 된다. 자연은 시인에게 여래의 법신이었던 것과 같이, 시인은 그 품에서 길게 길게 풍

경과 하나 되는 완상의 시간 속에 머물러 있다. 그것은 섬이 혼자이
듯 시인이 홀로 거기에 머물렀기에 가능한 일이다. 이 시야말로 제1
부 산문의 소재가 된 백년완주와도 같이 달콤한 시의 세계를 창출해
낸 것이라 할 수 있겠다. 시 「겨울비」는 그와는 상반되는 시적 정서
를 가지고 있어서 두 시가 대조를 이룬다고 하겠다.

　제2부는 지인이 준 담채화에 대하여 그 풍경에서 여성의 자궁과
만물을 낳는 우주의 자궁을 간취하여 언제나 텅 비어 있으면서 꽉
찬 '谷神(곡신)'을 그려내었다고 보고 자연스럽게 제2부 첫머리에 「상
선암 가는 길」을 배치하였다. 상선암 가는 길 계곡에 있던 크고 작은
바위들을 스승 삼아 묵상의 여정을 가며, 시인은 정갈하고 고요하게
만발한 목련꽃 속에서 적요(寂寥)의 미를 창출하고 있다.

　　"아니,
　　왜 이리 소란스러운가?

　　커튼을 젖히고
　　창문을 여니

　　막 부화하는 새떼가
　　일제히 햇살 속으로 날아오르고

　　흔들리는 가지마다
　　그들의 빈 몸이 내걸려 눈이 부시네.
　　-2005. 04. 14. 00:53 「목련」 전문

이 시는 시인의 재기발랄한 모습을 보여준다. 적요(寂寥)의 세계를 소동(騷動)의 세계에 대비하여 표현하고 있기 때문이다. 날아간 새떼와 빈 나무에 걸린 날아간 새떼의 빈 몸을 각각 목련꽃에다 은유하였기 때문이다. 또 식물을 동물로 치환하고 있어 정적인 식물이미지가 동적 이미지로 치환되고 있다. 커튼을 젖히고 창문을 열기 전에 목련꽃들이 막 부화하여 날아가는 새떼로 비유되어 그 비상의 동적 소란과 그들의 빈 껍질에 비유한 목련꽃의 적요를 느끼게 하는 시이다. 정(靜) → 동(動) → 정(靜), 동(動) → 정(靜) → 동(動)[바람에 꽃을 단 목련가지가 흔들리기 때문에 동으로 봄]으로 이어지는 이 시의 구도는, 자연물인 목련꽃의 개화를 시인의 감성으로 새롭게 표현해낸 뛰어난 작품이다. 짧은 시 구절에 이렇게 큰 의미를 부여하기란 참으로 어려운 일이다. 그러면서도 빈 껍질이 주는 공허감이 '눈이 부시네' 라고 함으로써 상쇄되고 있다. 목련꽃과 부화하는 새떼, 비상하는 새떼, '그들의 빈 몸'은 새알의 껍질로 목련꽃을 비유한다.

그리고 시적 화자가 실내에서 바깥의 소란스런 소리를 듣고, '아니 왜 이리 소란스러운가?' 하는 의구심을 가지고 창문을 여니 막 부화한 새떼가 하늘로 날아오르는 것을 목도하기까지 짧은 순간이다. 그의 눈앞에 펼쳐진, 피기 시작한 목련꽃은 이 새떼들의 비상과 그들의 빈 몸인 가지에 붙은 빈 껍질로 보인다. 그러니 시적 화자는 하늘로 날아가는 새떼와 흔들리는 나뭇가지에 붙어있는 그들의 빈 몸인 껍질을 동시에 바라본다. 결과적으로 한 대상 안에 내재된 두 개의 영상을 바라보는 것이다. 햇빛 속으로 날아간 하얀 새떼들의 모습이나 하얗게 걸린 껍질이나 둘 다 쓸쓸할 수도 있는데 시인은 그 감정을 상쇄시키고 있다. 이 모습도 '쓸쓸함과 공허감/따뜻함, 동적 이미지, 눈부심'과 같은 두 개의 정서가 서로 충돌하기 때문에 슬프거나 공허하거나 외롭기도 하고 그렇지 않기도 한 감정인 것이다. 양가적인, 복잡 미묘한 정서를 표현한 것이리라. 그것을 통해 감정이 극도로 절제되고 있는 느낌을 준다.

그래도 이 시는 생명의 힘찬 비상을 노래하는 데에 시인은 역점을 두었다고 본다. 왜냐하면, 껍질을 깨고 나온 새떼들의 치열한 생명력이 내재되어 있기 때문이다. 그것은 겨우내 추위 속에서도 죽지 않고 잘 버티어 내어 환한 꽃등을 밝힌 목련꽃의 생명력과 껍질을 깨고 부화한 새가 일치되기 때문이다. 시 「조약돌」에 오면 이런 정서의 충돌이 일원화된 모습을 보여주며, 하나의 돌멩이 속에 내재한 생명력을 간취(看取)한다.

작은 조약돌 하나 손에 꼬옥 쥐고서
지그시 눈을 감으면

아득히 먼 곳으로부터
너의 숨소리 들려오고,

아득히 먼 때로부터
너의 심장이 고동치는 체온이 전이되어 오네.

밤하늘의 별과도 같이
바닷가에 무리지어 네가 있음으로

세상은 비로소
살아 숨쉬는 것들로 가득 차 있고,

그것으로 세계가
한 덩어리임을 알려주네.
-2004. 11. 2. 11:20 「조약돌」전문

　발끝에 채이며 별 의미 없이 나뒹구는 가치 없는 조그만 돌멩이조
차도 시인의 손에 쥐어지면 이렇게 우주의 비밀을 듣게 된다. 아득
히 먼 곳으로부터 들려오는 너의 숨소리나 아득히 먼 때로부터 심장
이 고동치는 돌의 체온은 무엇일까? 그것은 아주 큰 바위의 기억이
다. 작은 돌멩이는 큰 바위가 오랜 세월의 풍화를 거쳐서 현재의 조
그만 조약돌이 된 것이다. 돌멩이보다 더 작은 조약돌의 역사는 큰
바위로부터 시작되었기 때문에 시인은 그 바위가 놓여있었던 곳과
그 시간을 묵상하며 완상한다. 바위였을 때부터 조약돌이 되기까지
의 시간과 장소를 떠올리며, 그 속에서 있었던 크고 작은 일들이 이
제는 과거의 추억이 되었으므로 여유를 가지고 천천히 완상하는 것
이다.

　그런데 현재에는 밤하늘에 흩뿌려놓은 듯한 별들처럼 바닷가에
무리지어 조약돌이 널려 있다. 밤하늘의 별은 무엇인가? 바로 영원
을 의미하고 천상적인 이미지이다. 한 개의 보잘 것 없는 조약돌을
천상의 별과 동격으로 승격시키고 있다. 그런 조약돌은 시인에게 세
상이 살아 숨 쉬는 것들로 가득차고 그것으로 세계가 한 덩어리임
을 일러준다. 시인이 길항한 바로 그 세상이 살아 숨 쉬는 것들로 가

득 차 있고 세계가 한 덩어리라고 조약돌이 일러줌으로써 시인과 세상의 불편한 동거의 고뇌는 인식의 전환을 가져다준다. 세상이 부조리나 욕심 덩어리로 가득 차서 시인에게 경멸감을 느끼게 할 때 시인은 자연을 만나러 떠나왔다. 떠나온 그 자리로 자연은 다시 돌아갈 수 있게 시인의 불화한 마음을 회복시켜주고 있는 것이다. 이러한 완상에는 느림의 미학이 탄생하는 자리이다. 시「함박눈」에는 모든 것이 빠르게 흘러가고, 새로운 상품들이 쏟아져 나오며, 속도의 전쟁이라 불리는 '지금-여기' 우리네의 세태와는 정반대의 정감이 펼쳐지고 있다.

소리 소문 없이 기척도 없이
눈이 내리네, 함박눈이 내리네.
아주 느리게 아주 태평하게
눈이 내리네. 함박눈이 내리네.

달리던 차들도 느릿느릿 움직이고,
분주하던 사람들의 손발도 느긋느긋해지네.

소리 소문 없이 기척도 없이
눈이 내리네. 함박눈이 내리네.

아주 느리게 아주 넉넉하게
따뜻한 사람들 품으로, 포근한 지상으로.

눈이 내리네. 함박눈이 내리네.

펄펄 아주 느리게, 아주 태평하게.

-2005. 01. 18. 13:19 「함박눈」 전문

   더러는, 살면서 함박눈이 많이 내려쌓여 집과 일터 사이, 사람과 사람 사이의 모든 관계들이 끊겨서 홀로 자신의 집에 머무르며 묵직하면서도 소담스럽게 내리는 굵은 함박눈을 바라보며, 그 눈을 완상하는 시간이 현대인에게 필요하다. 아침부터 밤늦게까지 사람들과 통신해야 되는 현대인들은 홀로 있는 것을 두려워한다. 홀로 된 것은 죽음이나 진배없이 생각되는 영적 어린 아이이다. 어울려야만 성장하고 살아갈 수 있다고 강요하듯 하는 이 움직임들은 무엇인가? 인간은 관계 속에서 사는 것은 분명하지만 이것은 인간을 오히려 홀로 설 수 없게 한다. 독립성이 없는 인간은 영적으로는 어린 아이이다. 그 많은 사막 교부들은 자신의 가족과 세속을 등지고 신을 만나기 위하여 사막의 불편한 동굴로 들어가는 것을 선택하고 불리움을 받았었다. 하나를 선택하면 다른 하나를 버려야 한다.

   선택은 언제나 눈물겹다. 소중한 한 부분을 버려야 하기에. 그러나 현대인은 그 선택을 두려워한 나머지 모든 걸 다 가진 채로 영적으로는 어린 아이가 되어가고 왜소해져 가고 있는 것이다. 시인은 이 작품에서 '포근한 지상'이라고 말한다. 여기에서 시인은 다시 세상을 따뜻하게 바라보는 눈이 열린 것이다. 마음을 돌린 것이다. 그것은 함박눈이 시인에게 아주 느리게 태평하게 내려왔기 때문이다. 함박눈처럼 '빨리 빨리'가 '느리게 느리게'가 되면 우주와 동식물, 우주와 인간, 동식물과 인간, 인간과 인간 사이의 먹이사슬에서 오는 모든 경계나 경쟁, 관계의 거미줄에 묶여 파닥이는 고단함도 한결 편해진다. 함박눈은 바로 가장된 평화의 무장을 해제하고 사람과 사람, 하늘과 땅, 만물 사이의 틈을 소리 없이 메워주고 채워준다. 몽고어로 '뽀레뽀레'란 말은 '느리게 느리게'라는 뜻이다. 완상이란 느림의 미학에서 나오는 것이며, 관조에서 더 깊이 침잠했을 때에 얻어지는 법락(法樂)의 경지이다. 시인의 시집 『백년완주를 마시며』는 그런 완상의 경지를 독자들에게 유감없이 보여주어 '느림의 미학'으로 이끌어 감으로써 쫓기듯 살아가는 현대인의 조급증과 소심함을 치유해 주고 있다 해도 지나치지 않는다.

11

당신의 품속에서 완상하는 것들과… 2

시집 『백년완주를 마시며』에 대하여

　백운대 인수봉 만경대 등 삼각산이 시원하게 보이는 집에 살면서 매일 아침 그것과 대면하다 보면 어느덧 하루를 시작하기 전에 그의 안부를 묻는 것이 습관이 되어가고 있다. 어느 날은 반쯤 구름에 둘러싸인 채로, 어느 때는 비구름에 가려져서 자취를 감추고, 어느 때는 그 옆에 두 채의 솜을 틀어 두었는지 흰 구름 덩어리와 함께 나타나곤 한다. 그도 아닐 때는 종일 비구름에 가려 볼 수 없는 상태로 하루가 지날 때도 있다. 그 속에서 느끼는 것은 자연도 인간처럼 어느 한 순간도 똑같은 모습을 취하지 않고 매순간 변화하고 있다는 점이다. 그 인수봉을 바라보고 계곡을 따라서 3, 40도 경사진 산을 오르다 보면 진달래능선에 이른다. 그 능선의 등산길에 봄에는 길 양쪽으로 진달래가 만발하여 두 줄기 꽃불 속으로 걸어가곤 한다. 진달래능선에서 가깝게 마주 보이는 인수봉의 위용은 이 삼각산이 과연 수도의 북쪽 영산이구나 하는 생각이 절로 들 정도이다. 철따라 변화되는 자연의 섭리 앞에서 인간의 삶이 하나의 티끌처럼 느껴지는 것은 아마도 말없이 전해오는 저들의 침묵 탓일 게다.

침묵 속으로 산길을 따라 걸으면 답답한 마음도 다 정화가 되어 자연과 하나가 되어 있는 자신을 발견하곤 한다. 장마철에는 계곡에서 흐르는 시원한 물소리가 이 고요한 산의 침묵을 깨지만 과히 기분이 나쁘지 않고 오히려 생기를 불어넣는다. 물소리만 들어도 온몸에 물관이 잘 도는 것처럼 머리에서 발끝까지 시원해진다. 봄이면 피는 진달래, 개나리, 철쭉, 황매화, 복숭아꽃 등을 비롯하여 땅바닥에서 낮게 피어있는 오랑캐꽃, 할미꽃이나 까마귀발의 흰 꽃은 청초하기 이를 데 없다.

이런 산에서 생텍쥐페리의 동화 속 어린 왕자와 비행사를 만나고, 도스토예프스키 소설의 라스콜리니코프와 소냐와 카라마죠프네 알료사를 만나고, 『광장』의 이명준을 만난다. 그들은 자연의 인수봉과 꽃들과 얘기하는 새에 우리들의 이야기 속으로 들어온다. 사막에서 러시아의 시골마을과 유형지 시베리아를, 이명준이 타고 있는 동중국해에 떠 있는 타고르호에 이른다. 이들은 사랑을 위하여 몸을 던진 이들이다. 어쩌면, 그렇게 사랑을 위하여 자기 몸을 던질까. 참으로 무서운 영혼들이다. 인생을 불처럼 열정적으로 살았던 작가들의 혼이 이 주인공들에게 직간접적으로 투사되어 있음을 가늠해 본다. 마지막 비행으로 몸을 던진 생텍쥐페리, 자신의 다시 얻은 삶을 소설에 바친 도스토예프스키, 디아스포라[diaspora]의 고독한 영혼인 최인훈, 이런 것들이 머리를 스친다.

현대를 사는 우리들은 모두 디아스포라인 것 같다. 분단과 산업화 과정에서 이향(離鄕) 하였던 사람들이 사는 곳이 이 거대한 도시 서울이다. 한강의 기적 뒤에 우리는 얼마나 많은 것을 잃어야 했던가? 잃어버린 것들에 대해서 위무 받고자 하고, 잃어버린 것들과 잊혀져

간 것들을 위하여 조사(弔辭)를 바쳐야 될 듯싶다. 우리가 이만큼 살게 된 것도 그런 과정이 없었다면 안 되었을 거라고, 그 과정의 모든 것을 정당화하기 바쁘다 보니 여전히 성장 이데올로기만 대세인 이 세태를 보면 우리는 아직도 부재의 미학을, 부재의 철학을, 비움[kenosis]의 삶을 실천하기에는 역부족인 듯하다. 비움은 사랑의 표현이다. 비움을 산다는 것은 나를 사랑하고 이웃을 사랑하는 길이기도 하다.

시인의 시집 『백년완주를 마시며』에는 비움의 미학이 있다. 비움은 너와 나, 우리가 나아가야 할 길이다. 「너와 나」를 읽어보자

네가 울면 나도 울고
네가 웃으면 나도 미소 짓는 것이
우리는 하나, 우리는 하나.

네가 아프면 나도 아프고
네가 나으면 나도 나아지는 것이
우리는 하나, 우리는 하나.

너와 내가 하나 되고
너와 내가 한 몸일 때
우리는 사랑, 우리는 자비.
-2005. 01. 31. 00:13 「너와 나」 전문

이 시는 두 그루의 나무가 나란히 서 있는 벌판을 배경으로 하여

인쇄되어 있다. 벌판에 선 두 나무는 서로 의지하며 지낸다. 벌판에서 불어오는 비바람도 눈도 같이 맞으며 여름의 뙤약볕을 쐬면서 함께 오랜 시간을 지내왔을 것이다. 저 멀리 나무숲으로부터 외따로 떨어져 서 있는 두 그루의 나무는 두 그루이되 한 나무이고, 한 나무이되 두 그루의 나무이다. 이 수묵화 같은 사진을 통하여 시의 의미를 더 잘 이해할 수 있도록 시인은 안배하였을 거라고 생각된다.

벌판은 광야이다. 인간의 삶은 그야말로 광야로 피투된 것이다. 어머니의 자궁 속에서 열 달을 머물러 어미의 피로 사람 모습을 갖추고 산도(産道)를 통해 안에서 밖으로 피투되면서 인간에게는 넓고 커다란 광야가 기다리고 있다. 그 광야는 인간이 건너 가야할 곳이다. 광야를 넘어 피안(彼岸)으로 들어가듯 피안을 가기 위해 광야의 여정은 반드시 거칠 수밖에 없다. 이것이 삶의 피투성이 지닌 본질이다. 광야를 잘 살아가기 위해서 너와 내가 서로 사랑과 자비로 살아간다면 광야의 삶은 한결 수월해질 것이다.

이스라엘 백성이 홍해를 건너 시나이 광야에서 40년을 살았을 때 그들은 어떻게 했던가? 신의 기적에도 불구하고 40일 동안 이른 아침에 내려주는 일용한 양식인 '만나'에도 -한 때 쫓기는 자들로 광야에 온 그들에게 만나는 신이 내린 달콤한 빵과도 같았다- 물리기 시작하고, 서로 미움, 시기, 질투, 다툼, 방탕, 불륜의 생활 끝에 다다른 것이 우상숭배였다. 자신들을 이집트의 종살이에서 해방시켜준 자신들의 신(神)을 저버렸던 것이다. 한 때의 감사와 신에 대한 사랑의 빛나던 맹세는 그야말로 빛이 바래고 이방신까지 섬긴 것이다. 이것은 바로 원래 지녀야할 인간의 모습을 저버린 것이다. 인간의 창조 목적에 전혀 부합되지 않게 전도된 것이다. 삼라만상을 사랑으로 거느리고 서로 사랑하며 아름다운 세상을 창조하도록 지어진 인간이 타락하였던 것이다. 그 영적 타락의 결과는 자기가 믿었던 신을 배반한 것이다. 예를 들어, 어떤 사람이 자신의 올바른 신념을 가지고 살아오다가 어떤 기회에 그것을 배반하면 그는 스스로 타락하여 영혼의 밝은 등불이 꺼지고 만다. 하느님은 너와 내가 만나 하나의 투명한 전등을 밝게 비추어주길 바라며 인간을 창조했던 것이다.

시인은 이 시에서 두 개의 밝은 등불이 하나가 되고 우리가 되어가는 것을 노래하였다. 이 빛은 바로 광야의 거친 삶을 비추는 자량(資糧)이 되는 빛이다. 그 자량은 바로 사랑과 자비이다. 시인은 제3부의 시장(詩章)에 자신의 탯줄인 어머니에 대한 산문과 시를 실었고, 그 어머니의 사랑, 너와 나의 사랑, 우리의 사랑 또는 자비를 노래하였다. 시인이 늘 가까이 하는 차를 소재로 한 시 가운데 절편인 「용정차를 마시며」에서도 시적 화자는 차를 너로 부르면서 차를 마시며 머무는 그 고요와 침잠 속에서 대화를 나눈다. 이는 시 「벗들에게」에서도 차를 마시는 그의 작업실과 대립적인 '가시 돋친 말들과 진의(眞意)를 숨기고 있는 말들이 무성하여 늘 살얼음을 걷는 것' 같고, '시비(是非)를 가리고 선악(善惡)을 구분 지으려는 억지가 난무'하는 바깥 세상에 대해, 멀리 길림성 화룡에서 문우가 보내온 명차[茗茶:작설차의 한 가지임]와 웅장한 성(城)을 이룬 한 편의 시에 몰입하는 기쁨과 안온함으로 바깥세상을 잊고자 한다.

시(詩)와 차(茶)는 그에게 바깥세상으로부터 '귀를 닫아' 버릴 수 있는 그만의 장치인 셈이다. 시 「함박눈」에서는 어머니의 포근한 품 속 또는 자궁에서의 기억, 차, 벗, 너와 나, 우리가 어우러져서 아주 느리게, 풍성하게, 묵직하게 내리는 함박눈을 완상하면서 시인의 옆에는 한 잔의 차와 창밖에 내리는 함박눈을 연상시키도록 이 3부가 연관성 있는 시들로 짜여져 있어서, 낮으며 깊고 풍성한 시세계를 이루고 있다고 하겠다.

사랑과 자비는 느린 것이다. 어떤 통계나 수치, 타산을 구하는 세상의 반대편에 있다. 느리기에 다 품어갈 수 있다. 느리게 풍성하게 내리는 함박눈처럼, 어머니의 품 또한 그렇다. 시인은 이 점을 안배한 것이다. 이 다섯 편의 시가 상호 연관을 맺으면서 서로 포섭되는 상태이다. 그러면서 차에 녹아들고 함박눈으로 두터운 이불을 덮는 것이다. 마치, 연인들이 서로 깊이 몸을 나누고 도타운 한 이불을 덮어 씨앗을 품고 깊은 잠에 빠진 듯한 느낌의 시편들이다. 열락의 끝에 오는 안온함을 감지하게 한다.

제4부는 「부처님의 바다」라는 산문에 이어 「금편계곡에서」, 「너와 나 -금편계곡에 부처」, 「금편계곡의 혼」, 「구름바다」, 「황룡동굴」, 「장가계를 빠져나오며」, 「동해와 서해」, 「바다 -그리운 이에게」의 8편의 시가 실려 있다. 「부처님의 바다」에는 부처가 "살아있는 모든 것들의 크고 작은 생명체를 강물로 빗대고 있고, 그 강물이 흘러 들어가는 곳인 바다를 여래의 세계로 빗대고 있다"고 시인은 독자에게 소개해 준다. 강물과 바다를 통해서 유(有)와 무(無)의 존재를 제자 카샤파에게 설명하는 부처님의 탁월한 수사적 표현능력에 대해 감탄하기도 한다. 여기에서 바다는 부처가 깨달은 여덟 가지 도(道)를 의미한다.

누가, 눈먼 내 소맷자락을 잡아끄는가?
낯선 그대 손길에 이끌리어 한 걸음 두 걸음
더딘 발걸음을 옮겨 놓으면 놓을수록

어느새 이 몸에도 초록빛 물이 들어
물가에 서있는 한 그루 나무가 되고 마네.

누가, 벙어리가 된 내 귀에 속삭여대는가?
가도 가도 끊기지 않을 물길 따라
이미 나도 흐르기로 했네, 흘러가기로 했네.
그렇게 흐르고 흘러서 저 깊은 하늘에 이르는,
숨 쉬는 물이 되기로 했네, 구름이 되기로 했네.
-2004. 12. 24. 22:37 「금편계곡에서」 전문

이 시에서 시인은 '금편계곡'에 매료되어 한 그루 나무가 된다. 물론, 금편계곡이 낯선 그대일 것이다. 그러나 제2연에 오면 계곡의 물길 따라 시적 화자는 자신도 흐르기로 했다고 하여 부처가 말한 '강'이 되고자 하고, 그 강은 흘러서 하늘에 이르러 숨 쉬는 물이 되고, 구름이 되기로 한다. 그 구름은 또 비가 되어 강물이 되고 바다로 이른다. 이와 같은 자연의 순환 속에 시인은 강물에서 바다로 흐르듯 부처의 바다로 이르고자 하는 것이다. 금편계곡이 여인네가 되어 시인의 소맷부리를 잡아끌고 들어가기도 하고, 시인의 귀에 속삭이기도 하는 등 활유법을 써서 정감 있게 표현하고 있다.

이쯤에서 한 사나흘 움직이지 않고 앉아서
밤낮없이 흐르는 소리를 듣노라면
눈을 감아도 저들의 알몸이 보이고,
그 알몸 속 투명한 영혼의 옷자락도 보이리라.

군이 눈을 감지 않아도
저들이 내게 건네는 말소리 들리고,
저들끼리 낄낄거리는 웃음소리 들리고,
저들의 숨을 죽이는 숨소리마저 들리리라.

이젠 내가 뒹굴던
호남평야 끝자락 허허벌판에 서 있어도,
배회하던 서울 시내 칙칙한 뒷골목에 서있어도,
멀리 아프리카 초원이나 사막에 서있어도,
그 어디에서든 나는 듣는다, 너의 속삭임을.
발뒤꿈치를 종종 따라다니는 너의 숨소리를.
-2005. 01. 02. 11:45 「너와 나-금편계곡에 부쳐」 부분

　구름인 듯 안개인 듯 끼인 깊고 깊은 금편계곡은 마치 꿈길을 걷는
것과 같이 몽환적이다. 그 가운데에 고요하게 물소리가 들린다. 시
인이 계곡의 물소리에 귀를 기울이듯이 독자들로 하여금 몽환의 세
계로 이끌어 흐르는 물소리를 듣게 한다. 심심유곡의 암벽이 펼쳐진
구름인 듯 안개인 듯한 것에 가려 있고, 시인은 독자들에게 사진을
통해 완상의 기회를 준다. 그 물소리의 속삭임과 숨소리가 얼마나
기억에 각인 되었던지 여행지에서 돌아온 일상의 공간에까지 침투
한다. 물은 그 어떤 장벽 속에서도 흐른다. 기억의 벽도 부수고, 시간
과 공간의 벽도 부순다. 시인과 독자의 벽도 부순다. 그 부수는 품새
가 부드럽고 몽환적이며 자연스러운 침투성을 가진다. 이 시에서 시
인은 그것을 의도한 듯하다. 그 강물은 물론 부처의 바다에 이르는

강물이 될 계곡의 물이다. 그래서 「금편계곡의 혼」에서 시인은 "아니, 제 발로 걸어 들어간 게 아니라/나는 무언가에 이끌려 들어간 것이리라."라고 말한다. 자연에 자연히 포섭되어 이끌려 들어가고 그것을 완상하는 시인은 「구름바다」에 이르면 자연과 서로 번롱(翻弄)한다.

비행기 창밖으로 내다보는
저 뭉실뭉실한 구름바다

마치 어머니의 손길이
햇솜을 막 펼쳐놓은 듯

그 위로 뛰어내려
마냥 뒹굴고 싶어라.

오늘은 이곳
천자산(天子山) 정상에서 내려다보는 그가

마치 비단 치맛자락을 갈아놓은 듯
나를 유혹하네.

저 거룩한 왕국의 침대로
저 황홀한 침실의 왕국으로.
-2005. 01. 02. 20:29 「구름바다」 전문

뭉실뭉실한 운해를 바라보며 시인은 어머니의 손길을 느낀다. 가슴이 아슴해진다. 햇솜을 막 펼쳐 둔 듯한 운해에 뛰어내려 어린 아이처럼 뒹굴고 싶어진다. 이것은 여행 중 비행기 창밖으로 본 구름의 풍경이 어린 아이와 같은 무구하고 어머니와 아이가 한 몸일 때의 상상계(어린 시절)의 기억을 불러들인다면 오늘 천자산 정상에서 내려다보는 운해는 제5연에서 한 여인이 되어있다. 시적 화자는 한 어엿한 남성이 되어 비단 치맛자락을 펼친 여인에게 유혹을 느낀다. 그 유혹에 이끌리어 "저 거룩한 왕국의 침대로/저 황홀한 침실의 왕국으로." 몸을 던질 것임에 틀림없다. 그러나 마지막의 제6연이 세속 남녀의 침상을 의미하기도 하지만 단순히 거기에 그친다면 이 시는 더 이상의 의미를 획득할 수 없다. '거룩한 왕국의 침대'나 '황홀한 침실의 왕국'에서 알 수 있듯이 법국(法國)의 침상이 아닐까 미루어 짐작된다. 그 이유는 그가 금편계곡의 물이 강물이 되어 법해(法海) 즉 부처의 바다로 이른다는 것을 의도하고 시편들을 배치하였기 때문이다. 계곡, 운해, 강물, 바다가 시인의 시에서는 여성이미지로 표현되어 있고, 특히 계곡이나 시 「황룡동굴」에서의 동굴은 여성의 자궁으로 비유되어 그 생명력으로 "새 생명으로 거듭나는 나를 너를/일으켜 세우시라./일으켜 세우시라."라고 부르짖고 있다. 이 여성은 늘 시인이 바라보는 '바다'이다. 시 「바다 -그리운 이에게」를 읽어보자.

바람 속에 자그만 집을 짓고
하루 종일 창밖으로 바다를 바라보네.

일 년 열두 달을 지켜보아도

한 번도 같은 얼굴을 보이지 않는 바다.

오늘은 그 어느 때보다
너의 눈빛이 참으로 맑으이.
-2004. 11. 7. 12 : 24 「바다 -그리운 이에게」 전문

시인은 한밤중에 시를 쓰기 위하여 바람 속에 조그마한 집을 마련한다. '바람'과 '바다'는 우주의 생명력을 상징한다. 그 자그만 집의 창밖으로 바다를 늘 바라보지만 한 번도 같은 얼굴로 보이지 않는다. 우주처럼 바다도 변화무쌍하다. 이 바다를 시인은 친구처럼 연인처럼 생각한다. 어느 때보다 눈빛이 맑은 날의 바다에 대한 시이다. 맑은 날 정오를 지난 시간대의 투명한 햇살 속에서 바다의 빛은 다정한 연인의 맑고 고운 눈빛이다. 그리운 마음속의 임의 눈빛을 하염없이 들여다보는 것처럼 투명한 바다를 바라보며, 그리운 임의 눈빛을 생각하는 시이다. 바다는 너와 나를 이어주는 것이며, 그 바다는 우리를 품어주는 곳이다. 여기엔 무슨 말이 더 필요할 것인가? 서로 눈빛만으로도 모든 것을 이해할 수 있고 알아들을 수 있는 경지인 것이다. 그런 자연의 무아지경이 시인을 이끌어가고 있는 시편들이 이 시집에는 단단히 엮이어 있다. 그래서 시인은 「장가계를 빠져나오며」에서 '침묵, 침묵을 지키리라.'라고 다짐한다.

뽕밭이 푸른 바다가 되듯
바다가 솟아올라
높고 깊은 산이 되었는가.

실로 오랜 세월,

안개에 가리우고 구름에 덮이어서

알몸을 스스로 드러내지 않던 네가,

오늘 비로소 한 마리 거대한 地鬼가 되어

꼬리는 깊은 산정호수에 두고,

머리는 구름 밖으로 내민 채 꿈틀대는구나.

나는 분명 그런 너를 보았으나

보지 아니한 것으로 하리라.

가슴 속에 다 묻어두고 내가 죽는 날까지

침묵을, 침묵을 지키리라.

내 입을 여는 순간,

네가, 네가 굳어버린 돌산 숲이 될까

두렵기 때문이리라.

-2004. 12. 28. 23:14 「장가계를 빠져나오며」 전문

　중국여행 시편이라고도 할 수 있는 제4부의 시 중에서 장중한 느
낌의 이 시는 장가계를 소재로 하였기에 독자들로 하여금 이국의 비
경의 시세계로 이끈다. 상전벽해(桑田碧海)라 하여 이 지구의 오랜 지
질학적 연대에서 빙하기 어느 때에 바다가 산이 되는, 그 태고의 시
간대까지 시인의 상상 속으로 독자들을 유인하여 눈앞에 보이는 굽
이굽이 펼쳐진 거대한 규모의 돌산숲이 마치 천년을 땅 속에서 살

다가 비상하는 지귀(地鬼)에 비유하여 '꿈틀댄다'라고 함으로써 동적 이미지로 전환시키고 있다. 그러한 너의 비밀을 침묵하겠다고 하였다. 말을 하는 순간 지귀가 돌산숲이 될까 두려워서이다. 자연의 비경에서 시인은 무언(無言)의 경지에 놓인다. 어떤 아름다운 말로 장식을 한다 해도 이 무언의 경지에 이르지는 못할 것이다. 말이 필요가 없어진 장가계의 비경이 단순히 풍경으로만 존재하지 않고 '너'라고 부름으로써 의인화되고 있다. 그래서 이 시의 뒤에 놓인 「아포리즘 · 1」에서 "내가 일평생 시를 짓는다 해도/그것들은 살아있는 한 그루 나무만 못하다"라고 말했듯이, 인간의 그 어떤 창조도 조물주의 창조에 비하지 못함을 시인은 겸손한 마음으로 말해주고 있다.

누구 누구는 휘파람을 불며
푸르고 푸른 동해로 간다지만
나는 나는 서해의 저녁으로 가네.
시름을 배고 누워 있는 그대와 눈을 마주치기라도 하면
어디선가 서글픔이 밀려오지만
말없는 그대 우수 속엔
내 생명의 탯줄이 숨어 있네.

누구누구는 콧노래를 부르며
살포시 다가와 곁에 앉은 서해로 간다지만
나는 나는 동해의 아침으로 가네.
긴 다리로 서 있는 그대와 마주서노라면
그대 젊음이 나를 주눅들게 하지만

오만한 그대 기백 속엔
젊음이란 싱그러움이 넘치고 넘치네.

누구는 동해로,
누구 누구는 서해로들 간다지만
나는 나는 동해도 서해도 아닌
누워 있는 바다의 우수(憂愁)가 아니면
서 있는 바다의 젊음에게로 가네.
서 있는 바다의 아침이 아니면
누워 있는 바다의 저녁에게로 가네.
「동해와 서해」 전문

　제1연에서, 시적 화자는 서해의 저녁으로 간다고 한다. 다른 이들
이 동해로 갈 때 그는 서해의 시름과 우수와 서글픔과 침묵 속에 들
어있는 '나'의 생명의 탯줄을 마주하러 가겠다고 한다. 바다는 어머
니이다. '나'는 어머니와의 기억, 어머니와 한 몸이었을 때를 기억하
며 서해로 가는 것이다. 바다가 하나의 거대한 생명이며 원숙한 여
인, 어머니의 자궁이다. 그 속에서 나는 어머니와 한 몸이 된 탯줄로
'나'의 생명이 영글었기 때문이다.

　제2연에서는 이와는 반대로 다른 이들이 서해로 간다지만 '나'는
동해의 아침으로 간다. 제1연의 서해가 시름에 겨워 누워 있는 바다
라면 제2연의 동해는 젊음으로 일어서 있는 바다이다. 제1연이 노
년의 어머니를 생각하게 한다면 제2연은 장년의 '나'를 연상시키기
도 한다. 그러나 그 동해바다의 싱그런 젊음은 나를 주눅들게 하지

만 그 젊음의 기백을 품으러 가겠다는 뜻이다. 제3연에 와서는 다른 이들은 동해로 서해로 간다지만 '나'는 동해도 서해도 아닌 누워있는 바다의 우수나 서있는 바다의 젊음에게로 간다고 하여 그것은 서 있는 바다의 아침과 누워 있는 바다의 저녁에게로 가겠다는 뜻이다. 이 시에서 보여주는 대구는 '동해/서해, 누구 누구/나, 늙은 어머니 혹은 나를 잉태했을 때의 젊은 어머니/장년의 나, 누워있는 바다/서 있는 바다, 바다의 아침/바다의 저녁, 동해 -젊음/서해 -우수', 이렇게 상반된 시적 화자의 정서가 제3연에서 붕괴되어 그저 '누워있는 바다의 우수/서 있는 바다의 젊음, 서있는 바다의 아침/누워 있는 바다의 저녁'으로 가겠다고 화합하는 정서로 변화되어 있다. 바다는, 시인에게 생명의 우수와 젊음의 기백을 부여해 주며, 누워 있는 서해의 저녁바다에는 한 때 자신을 잉태한 어머니와 노년의 고단한 어머니의 모습이 투영되고 있다. 그와 반대로 서 있는 젊은 동해 바다는 장년이 된 시인의 모습이 겹치고 있어 '바다/어머니'의 태속에 장년의 내가 젊고 서 있는 바다로 겹쳐지듯이, 말없는 바다는 시인에게 생명과 젊음, 기백, 용기, 결기를 부여해 주고 있는 시라 하겠다. 이는 전술한 바와 같이 바다가 법신의 부처이기에 그 바다에 8가지 도[八正道]가 충만해 있어 시인은 그 부처의 바다에 이르고 싶은 열망을 녹여낸 것이 아닌가 싶다.

12

시의 리얼리티 : 빼앗긴 이들에게 바치는 노래

양파의 껍질을 벗긴다. 마를 대로 말라 표피를 싼 붉은 껍질을 벗기면 그 속에 매운 즙을 품은 하얀 몸을 드러내 보인다. 붉은 껍질은 하얀 몸이 말라서 그렇게 된 것이다. 어떻게 흰 몸의 물기가 다 빠져나가 저렇게 붉고 얇은 껍질이 되었을까. 껍질을 벗기고 땅 속 깊이 뿌리박아 양분을 섭취했던 뿌리를 도려내고, 윗부분의 대궁이 마른 꼭지를 마저 도려내면 둥글고 하얀 양파 하나가 된다. 둥글고 하얗게 손에 쥐어질 때까지 양파는 뿌리와 긴 대궁을 잃었다. 현재의 이 둥글고 흰 몸은 다리와 팔을 잃은 것이다. 그러니까, 동체라 불리는 몸통만 남은 것이다. 이것을 반 토막 내어 수돗물에 씻어 매운 맛을 조금 없애면 양파는 도마 위로 오른다. 겹겹이 싸인 양파 조직의 내부는 치밀하다. 저렇게 치밀한 양파는 허망하게 죽었다. 농부의 손에, 나의 손에 난도질당한다. 까고 까도 그 속을 잘 보여주지 않는 이 양파의 강고함은 이미 무너져 버렸다. 단단함도 치밀함도 칼 한번 지나가면 속을 싱겁게 드러낸다. 너무 싱겁게 다 보여주는 양파의 속에는 거의 어린 대궁에 가까운 것이 서 있는 듯하다. '속꼬갱이'라고 하였던가?

양파와 다르게 한 사람의 머릿속은 복잡하다. 알 수가 없다. 뇌를 쪼갤 수도 없거니와 설령 쪼갠다 해도 그 속에서 나오는 사유의 내용을 읽을 수 없다. 그렇다. 외과적으로 열어 볼 수는 있어도 보이지 않는 생각을 잡아낼 수는 없다. 다만, 그가 하는 말이나 행동을 통해 그의 뇌수 깊이 감추어진 생각들, 의식에서 전의식, 무의식에 이르는 것들을 짐작할 뿐이다. 무의식에서 나온 행동은 본인도 이해하기 어렵지만 타인에게는 더욱 그렇다. 평소의 그의 행동과 다른 말이나 행동들을 대하면서 그 때 그 사람과의 사이에서 일종의 벽(壁)을 느끼는 것이다. 프로이드식의 이 무의식에 감추어진 것들은 마치 양파의 속꼬갱이와 같을까?

한 시인의 세계도 마치 이 양파 껍질과도 같다. 열어보아도, 열어보아도 또 열어야 할 것이 있는 한 편의 작품이라면 독자들은 어떤 매료를 느낄까? 로마로 가는 길이 여러 가지인 것처럼, 카프카의 성으로 들어가는 길은 여러 가지이다. 한 편의 문학 작품이 양파처럼 칼 한 번에 속을 다 들어 내어버린다면 얼마나 허망할 것인가. 우리가 부르는 명작이란 의도적으로 정전화된 점도 없지 않지만 최소한 여러 가지 들어가는 길을 내포한, 양파와는 다른 것이어야 할 거라고 기대해본다. 한 시인의 시세계가 풍성하고 깊다는 의미는 양파의 껍질처럼 벗기고 벗기는 식의 일변도가 아니라 여러 갈래의 길이 한 곳으로 향하는 것이 아닐까 싶다. 마치, 바다로 흘러들어오는 강물들처럼, 여러 시원(始原)을 가진, 여러 지류(支流)를 가진, 여러 역사(歷史)를 가진, 여러 시공간(時空間)을 가진, 여러 전설(傳說)과 설화(說話)를 가진, 여러 추억(追憶)을 가진, 여러 모형(模型)을 가진, 그런 강물처럼 말이다.

양파는 인간의 탯줄과도 같은 뿌리를 버렸다. 인간의 태아가 탯줄을 통해 어머니의 피로 양분을 먹고 자라듯 대지의 자궁에다 뿌리를 내려 양분을 섭취했던 뿌리를 버린 것이다. 뿌리가 잘림으로써 대지에 뿌리박고 양분을 섭취했을 때의 기억을 단절시킨다. 물론, 그 기억도 현재의 단절이지만 전의식과 무의식과 의식에는 자리가 잡혀있을 뿐 현재의 습관은 아닐 것이다. 혈연, 지연, 학연의 뿌리에 얽혀있는 것을 잘라버린다. 바다에 흘러들어온 강물은 강물이었을 때를 버린다. 그의 형질마저 민물에서 소금물로 변한다. 이러지 않고서야 어떻게 바닷물과 하나가 될 수 있겠는가 말이다.

서양의 근대가 데카르트[René Descartes]와 블레즈 파스칼[Blaise Pascal]에서부터 시작하여 프리드리히 니체[Friedrich Nietzsche]와 프란츠 카프카[Franz Kafka]에서 끝나고 파스칼이 말한 파라디그마(전체 성좌)의 변화는 오늘날 우리에게도 요구된다. 탯줄을 잘라버려라. 하나의 탯줄에 달려오는 것들을 잘라 버려라. 혈연, 지연, 집단, 가족, 국가 이런 것들로부터 카프카는 바깥에 있었다. 그의 소설 『성』(1926)에서 K는 바로 그런 주인공이다. 그것은 서구에서의 디아스포라 유대인들의 상징이었다. 그 어디에도 속할 수 없는 사람들에게 보이는 차별은 아우슈비츠라는 근대의 종말과 무더기 재앙을 낳았다. 거대한 뿌리인 성과 탯줄을 잇고 있는 사람들에게 카프카의 K는 얼마나 위협적인 존재였을까. 거대한 뿌리를 해체하여 잘라내려는 자들과 거기에 큰 뿌리 잔뿌리를 박고 있는 사람들에게 K는 하나의 공포, 전율, 불안의 아이콘이었을 것이다. 결국 K는 성에 들어가기 위해서 왔으나 성 안에 들어가 보지도 못한 채 이방인으로 왔다가 이방인으로서 돌아간다. 마치, 알베르 까뮈[Albert Camus]의 이방인처럼.

　그러나 성은 강고하게 그 모습을 드러내지 않은 채 베일에 가려져 있듯 안개에 둘러싸여 보이지 않게 K에게, 성과 관련된 인물들에게 영향을 주고 있다. 이 성은 오늘날 거대한 뿌리나 잔뿌리와 같은 크고 작은 권력집단들, 크게는 국가라고 보아도 좋을 듯하다. 현재의 국가경쟁력이란 말에는 힘의 논리가 있고, 여전히 양육강식의 논리가 힘이 되어 작동하며, 인권이니 자유니 하는 분장을 하고 그 이빨을 숨기는 것이며, 평화롭고 아름다운 공원 뒤에 나신(裸身)을 숨긴 핵탄두미사일의 남근 모양 그것이 그 어딘가를 겨누며 조준되고 있다. 의롭지 못하며 그릇된 힘들이 모여 거대한 성채나 뿌리가 되어 혈연, 지연, 학연 등등과 같은 것들을 포섭하여 작은 성읍들과 잔뿌리들을 포식하고 한 방향으로만 치달으며 분장을 통해 끊임없이 얼굴을 바꾸어 가는 불의한 힘들에는 구토가 밀려온다. 장 폴 사르트르[Jean-Paul Sartre]의 『구토[La Nausée]』(1938)는 그런 부조리의 톱니바퀴와 모터가 계속 돌아가고 거대한 기계의 작은 부품들인 불의한 힘이 대형 컨베이어벨트에 실려 끊임없이 완제품으로 조립을 원하는, 불의한 힘의 대량생산체제에서 느끼는 권태와 무력감, 삶의 실존을 잃어버린 구토이다. 이런 힘의 대량생산체제에서 유기되고 방치된 이들이 『구토』의 주인공 앙투안 로캉탱이다.

　이시환의 시에는 큰 두 줄기의 흐름이 있다. 자연관조와 묵상과 관상생활을 통해 일구어낸 유심론적 시적 깊이와, 부조리한 현실에 대한 처절한 몸부림이 그것이다. 후자의 경우는, 그의 시에서 시적 화자가 『성』의 K, 『변신』의 그레고르 잠자이거나 이방인이거나, 앙투안 로캉탱과 같은 억압과 수탈, 경쟁의 대상이 된 끝에 유기나 방치된 자들이다. 현실비판으로 이어지는 후자에 속하는 시편들은 제1시집 『안암동日記』와 제2시집 『백운대에 올라서서』, 제8시집 『상선암 가는 길』의 후반부, 제9시집 『백년완주를 마시며』의 후반부 등에 산재해 있다. 먼저, 제2시집 『백운대에 올라서서』의 둘째마당: 손돌바람에는, 「손돌바람」, 「잡풀·1」, 「잡풀·2」, 「잡풀·3」, 장시(長詩)에 속하는 「아버지의 일기」 등이 있다. 주로 조선 말기 봉건제와 일제 강점기 하의 억압과 착취의 대상이었던 하층민들과 조선의 민초들의 고통스런 삶을 형상화하고 있다. 먼저, 「손돌바람」을 읽어보자.

> 그냥 '손돌'이라 하네
> 이름 석자 없어 나는
> 오며 가며 스치는 대로
> 그냥 '손돌'이라
> 덕포진과 광성진을 잇는
> 타고난 業을
> 거꾸로 지고 살다보니
> 아닌 몽고바람 불어 닥쳐
> 쫓기는 이 나라 어르신
> 물 건너 강화도를 재촉한다
> 가면 어디까지 갈거나
> 가면 어디까지 갈거나
> 깊고 험한 손금 따라
> 노를 저어 가노라니

놀란 아이 성을 내어
한 마디 말로 목을 친다 허허
나무등걸 같은 이 몸이야
두 동강이 나버려
하나는 강화땅이요
다른 하나는 김포땅에 묻혔지만
눈을 감을 수 없는 나는
살아 두 번 세 번 죽는 너를 위해
바람 바람으로 일어나
풀뿌리 사이 겨울을 굴리고
무시로 우리들의 밑둥을 흔들고
「손돌바람」 전문

　이 시는 뱃사공인 '손돌'에 얽힌 사연을 시로 쓴 것으로 죽어서도
편안히 눈을 감을 수 없어 바람의 혼으로 떠도는 손돌의 비극적 운
명을 노래하고 있다. 「잡풀·1」에는 봉건제 아래에서 지주계급으로
부터 시달림을 받은 소작인의 일생을 노래하였다.

가난이란 죗값으로
아내를 저당 잡히고
자식마저 奴와 婢로 바치니
주인나리 재산목록에서나 들랑날랑
사람탈만 쓰면 다 가지는
그놈의 족보도 항렬도 없이

돌멩이처럼 낙엽처럼

이리저리 뒹굴고

저리이리 뒹굴고

나리 나리 개나리 죄 지으면

이 몸이 대신하여

곤장도 좋고 옥살이도 좋아라

이래저래 헤어진 이 몸이야

쥐어 짜 밤을 세우며

심지를 돋우고 돋우면

숯이 되는 이 아침 뼛속으로

비가 내리다 바람 불고

밤새 젖은 넋, 목을 휘어

깔아놓는 하얀 울음

저승 문고리를 흔들고

「잡풀·1」 전문

「잡풀」은 1, 2, 3편의 연작시로 구성되어 있고, 시적 화자는 「잡풀」 1에서 가난으로 아내를 저당 잡히고 자식마저 노비로 팔린 소작농의 삶을 형상화하였다. 「잡풀」 2, 3은 여성 화자인데 아씨의 몸종, 「잡풀·3」은 여종의 슬픔을 노래하고 있다. 처자식은 물론 아내까지 저당 잡히고 그렇게 산 사람들은 잡풀처럼 아무렇게나 길가에 나서 짓밟히는, 아무에게도 주목 받지 못하고 억압 받고 착취당하여 인간 이하의 짐승과 같은 취급을 당하다가 강물에 던져지거나 주인 대신에 곤장을 맞고 헤진 몸으로 저승을 가는 봉건 지주계급들에 착취당하는 하층민을 잡풀에 비유하고 있다. 「아버지의 일기」는 1~6으로 연작시적 구성인데 하나의 시제에 갈무리 하고 있는 시편으로 시인 자신의 아버지의 일생을 통하여 일제 강점기의 억압과 수탈의 역사 적 리얼리티를 재구성해 놓고 있다.

거기에는 '허리가 휘도록 일 년 내내 가꾼 농사/알맹이는 왜놈들 이 빼앗아가고/쭉정이만 가지고 살아가기엔/너무도 기가 차고 배 가 고파'하는 아버지, '숨길 수 없어 입 밖으로 튀어나오는 말/어쩌다 가 들키기라도 하면/죄지은 사람처럼 주눅이 들어/교무실에 끌려가 면 영락없는 호랑이/교장나리'한테 종아리를 맞으면서 '조선 땅에 태 어난/조선의 아들임'을 깨닫는 우리말을 빼앗긴 아버지, 식민지 관 리의 아들딸과 거기에 빌붙어 사는 면장나리, 순사나리 아들딸 사이 에서 차별 받는 아버지, 일본 군국주의 파시즘 하의 총동원체제에서 징용, 징병, 쇠붙이, 곡식 수탈의 역사는 '제국주의 매서운 채찍은 우 리 알몸 속으로, 속으로 파고들어' 강압에 눌린 아버지의 모습을 재 현하고 있다. 이 시에서 아버지는, 시인의 아버지만이 아니라 일제 강점기의 억압과 수탈의 역사를 살아낸 우리들의 아버지가 됨으로 써 이 땅의 아버지들로 그 의미가 확대된다. 그러한 혹독한 세상을 살아온 아버지이기에 '아버지는 좀처럼 말을 하지 않는다'로 시작하 는 6의 부분은 주름살과 얼굴 속 두 눈에 침묵만이 고여 조용히 살아 가는 노년의 고단한 아버지의 말없는 모습을 통해서 같은 세대의 한 많은 세월을 이야기하고 있다.

시집『백운대에 올라서서』의 셋째마당 : 달동네에는 「안중근」, 「義 兵」, 「一家」, 「놈과 者」, 「조선낫」, 「호미」, 「달동네 -질경이의 노래」, 「오동 도」, 「백운대에 올라서서」 등을 실어서 일제에 저항하는 항일 의병과

의사 안중근을, 일제에 항거하는 민초들의 역사를 '조선낫'이나 '호
미'에다 비유하고 있다.

> 할아버지가 할아버지에게
> 아버지가 아들에게 물려준 조선낫은
> 아들이 손자에게 물려준 넋이라
>
> 멀리서 손을 저어 부르면
> 무뚝뚝한 검은 무쇠 네 얼굴은
> 차라리 컴컴한
> 곳간에서나 더욱 빛이 난다
>
> 밤을 새며 새며
> 함마소리에 귀가 트이고
> 불구덩이 속에서 눈을 뜨는
> 야무진 몸매의 조선낫이여
> 밑둥을 쳐도 쳐도
> 쉽사리 흔들리지 않고
> 이 빠지지 않는
> 조선의 뿌리련만
> 이 민족 모진 역사 지켜오며
> 닳고 닳아 이제는
> 혼백으로나 남아
> 우리들 깊은 상처 속에서나 숨을 쉬는

서슬이 퍼런

無言의 조선낫이여

세상엔 왜낫 양낫도 많다지만

낫일테면 조선낫이라

낫일테면 조선낫이라

「조선낫」전문

　'낫'은 농경사회의 도구이다. 주로 풀이나 벼를 벨 때 쓰는 것으로 이 시에서 '조선낫'은 '양낫'과 '왜낫'과는 구분이 되는 변별성을 가진다. 낫은 할아버지가 아버지에게, 아버지가 아들에게 대대로 물려주는 넋으로 표상된다. 무쇠로 만든 조선낫이기에 컴컴한 곳간에서도 빛이 나고, 불구덩이 속에서도 눈을 뜨며 야무진 몸매를 가진 낫이다. 낫이 불구덩이에서 벼려지듯 조선의 민초들도 고통 속에서도 더 단단해지며 야물어진다는 의미를 함축하여 양낫과 왜낫과는 변별성을 가진다. 그래서 낫일 테면 '조선낫'이라고 주장한다. 이 안에는 한 민족의 문화와 정신이 흐른다. 대대로 농경사회를 이루어온 우리네 조상들의 얼이 조선낫에 암유(暗喩)되어 있다. 낫이 할아버지에서 아버지로, 아버지에서 아들로 이어오는 남성적 이미지의 도구라면 이와는 달리 '호미'는 여성적 이미지인 '어머니'로 비유되고 있다.

행여 놓칠세라

잠시도 쉬지 않고 하루종일

논두렁 밭두렁 따라

기우뚱 기우뚱 굼벵이처럼

풀을 매며 억척스레 살아온

조용한 아침의 나라

어머니여, 호미여

갸날픈 허리는 어디로 가고

슬프게 슬프게 엉덩이만 커진

이 땅의 우리 어머니여

평생을 호미 하나로

눈물고개 아리랑고개 넘나들며

콩 심고 팥을 심어

가난을 깨우고

아픔을 일구어 왔으니

이제는 너 없이 못살고

나 없이 힘 못쓰는

호미여, 어머니여

너는 지금 흙 속에 묻혀

타다 남은 몸뚱일 마저 풀어 삭히는가.

「호미」 전문

낮이 풀이나 벼를 베는 도구라면 '호미'는 잡초를 제거하거나 가볍게 땅을 일구는 도구이다. 그러므로 이 호미는 주로 아녀자들이 썼다. 곡식의 성장을 방해하는 김을 매기 위하여 조선의 여인네들은 골을 타고 앉아서 김을 맸다. 여름의 뙤약볕에 고된 노동을 인내하면서 남성들을 도와서 들일을 하는 것이 그네들의 일상이었다. 자녀를 낳고 기르고 집안일을 하면서 낮에는 들이나 밭에 나가서 일을 하였다. 그러니 여인들은 인종(忍從)의 세월을 사는 동안 마음은 숯이 되었다. 가난을 깨우고 아픔을 일구어 타다 남은 몸뚱일 흙속에 풀어 삭히는 이 땅의 여인네들의 한 생애를 이 호미라는 도구를 통하여 풀어내고 있는 절편의 시라 하겠다.

이제까지는 역사적 맥락에서 살펴본 우리네 민초들의 삶의 리얼리티라면, 제1시집『안암동日記』의 시편인「刻印」에서는 '나와 눈을 마주치는 살아있는 것들은 모두가 한결같이 나를 향해 독이 묻은 화살을 겨누고 있다는 놀라운 사실'을 목도하면서 그럴 때 '지금-여기'의 시인은 '안암동으로 마포로 옮겨 다니며 대낮에도 문을 잠그고 꼭꼭 숨어 살아야만 했다'고 어둠의 원인이 된 폐쇄(유폐)의 기억에 대해 이야기한다. 이러한 어둠 이미지들의 연결고리로써 시「강물」이 더 구체화되어 있다.

이제야 겨우 보일 것만 같다. 눈을 뜨고도 보지 못한 나의 눈이 정말로 트이는 것일까. 그리하여 볼 것을 바로 보고 안개숲 속으로 흘러들어간, 움푹움푹 패인 우리 주름살의 깊이를 짚어낼 수 있을까. 달아오르는 나의 밑바닥이 보이고 굳게 입을 다문 사람 사람들의 가슴에서 가슴으로 흐르는 강물의 꼬리가 보이고, 을지로에서 인현동과 충무로를 잇는 골목골목마다 넘실대는 저 뜨거운 몸짓들이 보일까. (중략) 그런 우리들만의 출렁거리는 하루하루 그 모서리가 감당할 수 없는 무거운 칼날에 이리저리 잘려나갈 때 안으로 말아 올리는 한 마디 간절한 기도가 보일까. 언젠가 굼실굼실 다시 일어나 아우성이 되는 그 날의 새벽놀이 겨우내 얼어붙었던 가슴마다 봇물이 될까. 그저 맨몸으로 굽이쳐 흐르는 우리들만의 눈물 없는 뿌리가 보일까.
「강물」부분

　어둠 이미지들은 주름살의 깊이, 밑바닥, 무거운 칼날, 눈물 없는 뿌리로 표현되고 있으며, 이것들이 강물의 물 이미지로 형상화되어 유동적이며 유연한 시학을 보여주고 있다. 시인 자신의 밑바닥과 입을 굳게 다물고 지나가는 사람들의 가슴 가슴들에서 한없이 흐르는 어둠의 강물은 흘러가고, 시인은 그것을 보는 내면의 눈이 열리며, 그 깊이를 가늠하고 그들의 절망과 간절한 기도를, 다시 일어나 외치는 아우성을 보는 것이다. 시「서울의 예수」를 읽어보자.

　　십자가를 메고 비틀비틀 골고다 언덕길을 오르는 예수 그리스도는
　　끝내 못 박혀 죽고 거짓말 같이 사흘 만에 깨어나 하늘나라로 가셨다
　　지만 도둑처럼 오신 서울예수는 물고문 전기고문에 만신창이가 되고
　　쇠파이프에 두개골을 얻어맞아 죽고 죽었지만 그것도 부족하여 온몸
　　에 불을 다 붙였지만 달포가 지나도 다시 깨어날 줄 모른다. 이젠 죽
　　어서도 하느님 왼편에 앉지 못하는 우리의 슬픈 예수, 서울의 예수는
　　갈라진 이 땅에 묻혀서, 죽지도 못해 살아남은 우리들의 밑둥, 밑둥
　　을 적실꼬. 「서울의 예수」전문

　이 시에서는 시대적 어둠과 고통을 성경의 인물인 예수 그리스도에 비유하여 성경에서의 실재인물 예수 그리스도와 도둑처럼 눈에 보이지 않는 예수 그리스도는 시대의 불의에 맞서 정의를 외치다가 권력의 폭압에 고문당한 7~80년대 투사(鬪士)들을 상징하고 있다. 그

래서 성경적 의미를 뒤집어 '하느님 왼편에 앉지도 못하는 우리의 슬픈 예수'라고 하여 분단된 이 땅에 묻혀서 우리의 밑바닥에 있는 고통을 적셔준다고 한다.

제9시집 『백년완주를 마시며』의 후반부에는 이른바 노숙자 연작이라 할 수 있는 「던져진 話頭 -안국역의 한 노숙자」, 「원남동의 한 노숙자」, 「신문지 한 장의 무게」가 실려 있다. 그 중에 「신문지 한 장의 무게」를 읽어보자.

폭염 속 공원 벤치에 널브러져
이리저리 굴러다니는 신문지 한 장으로
얼굴을 가리고,
버려지는 족족 물이 살얼음이 되는
거리에서, 지하도 모퉁이에서,
버려진 신문지 한 장 속으로
온몸을 숨기고,
부끄러움조차 잃어버린, 그 마음까지 숨겨도
하룻밤 새
목숨을 보장해 주지도 못하지만
그 얇고, 그 가벼운 신문지 한 장이야말로
구겨진 채 버려진 깡통 같은 이들에게는
두터운 이불이 되고, 깊은 그늘이 되어 주네.
그런 신문지 한 장의 가벼움과
그런 신문지 한 장의 얇음만도 못하는 나는,
냄새나는 그들의 얼굴과 눈빛을 외면하고

돌아서며 침을 뱉으면서도

밤새 그들의 안부를 물으며 안녕을 걱정하네.

-2004. 11. 05. 23:24 「신문지 한 장의 무게」 전문

'지금-여기'의 혹독한 사회, 경제적 환경으로부터 밀린 끝에 유기
되거나 방치된 자인 노숙자는 '구겨진 채 버려진 깡통 같은 이들'이
다. 신자유주의의 경제 구조에서 밀려난 이들이 거리를 집으로 삼아
떠돌고 있다. 물질이 넘쳐나지만 남북문제가 심각하여 아프리카의
어린이들은 굶어죽고 체제나 종교에서 오는 문제를 견디지 못하여
난민들이나 탈북자들이 엑소두스(Exodus)를 하고 있다. 그들은 진정
한 해방을 위하여 자신의 터전을 버리고 목숨을 걸어야 한다. 이 노
숙자들 역시 거리에서 생존하기 위하여 처절한 몸부림을 치고 있다.
인간으로서 지녀야 할 모든 것들을 잃은 그들은 유기되거나 방치되
었다. 이들에게 한 장의 신문지는 마음의 이불을 대신한다. 그런 한
장의 얇은 신문지도 되어주지 못하는 시인은 자책한다. 이런 거대한
사회문제 속에서 시를 쓰는 시인이 무슨 힘이 될 것인가.

그러나 시인은 그들을 자신의 시에 등장시킴으로써 이 문제를 공
유하려고 한다. 독자들과 함께 아파하며, 뭔가 세상이 바꾸어지길
바라는 것이다. 이러한 문제의식은 『상선암 가는 길』의 후반부에 위
치한 남미기행 시편에서도 나타나 있다. 이 시편들에는 제국주의자
들의 침략의 역사가 고스란히 남아 있는 인디오들의 역사와 동일시
된다. 인디오들 역시 유기되거나 방치된 이들이다.

'이과수' 폭포의 꽝음이 들리는 것 같은

국립공원 근처 어귀 길바닥에
브라질이나 아르헨티나의
웃음을 잃어버린 인디오들의 얼굴을 바라보노라면
먼 옛날 우리의 조상
농투사니를 만난 것 같아.

잉카제국의 수도였던 '쿠스코' 시내
큰 음식점을 돌며
전통악기를 연주하며 슬픈 노래를 파는,
키가 작고 광대뼈가 튀어나온,
검으튀튀한 얼굴의 인디오들을 바라보노라면
먼 옛날 우리의 형제
형제들을 만난 것 같아.

　「내 슬픔의 그림자」 전문

　　스페인과 포르투갈의 식민지였던 남미는 제국주의자들에 의해 유린된 땅이다. 시인은 그 남미의 인디오들에게서 우리의 형제를 본다. 타자를 통하여 나를 보게 되듯이 인디오들에게서 우리의 역사적 리얼리티를 발견하고 있다. 시인에게 남미의 유럽이라 불리는 상파울로, 부에노스아이레스, 리마나 잉카제국의 수도 쿠스코에 가서 본 대성당들은 한낱 침략자들의 힘의 역사가 남기고 간 유물에 지나지 않는다. 시인은 '인디오들을 돼지 소 잡듯이 살육했고,/수많은 흑인들의 노동력을 착취하여/한 때 부귀영화를 누린 그들이기에/회개할 것이 그리 많았음일까?'라고 날카로운 비판을 가하면서 인디오들

232

과 역사적으로 억압과 착취의 대상이었던 민초들인 우리를 동일시하고 있다. 그러면서 '스페인, 포르투갈 사람들에 의해 유린된/원주민들의 황토 같은 가슴 속에서 자라고 있는/침묵의 절규를 또한 들어보았는가?(「나의 사랑하는 사람에게」)라고 반문한다. 여기에는 시 「아버지」에서 보여준 고통의 세월을 산 시인의 아버지이자 우리들의 아버지, 역사 속 우리 형제들의 침묵하는 모습과 겹쳐지고 있고, 그 말없는 침묵이야말로 백 마디의 말로 떠들고 주장하는 것보다 더 큰 힘을 지니고 있음을 시인은 간취하고 있다. 만해의 『님의 침묵』이 침묵하는 임의 소리에 귀를 기울인 것처럼 시인은 침묵 속에 준동하는 역사의 흐름을 듣는다. 그 흐름은 더 나은 세상을 위하여 도도히 흐르는 역사의 강물처럼 바다에 이르러 폭풍처럼 밀려오는 의롭고 거대한 힘에 의해 한 번씩 심해까지 갈아엎어지는 역사의 흐름일 것이다.

13

당근과 채찍의 역학

제7시집 『우는 여자』에 대하여

"저의 고통, 부자유는 민족의 그것과 일치·일체되어 있고, 민족이 고통·불행·부자유에서 구원되었을 때, 나도 거기에서 해방되겠지요."(1973년 3월) 이 글은 이른바 '서씨 형제' 사건으로 투옥된 재일한국인 '서승'의 말이다. 1973년 3월 서울 구치소에 수감 중에 한 말이다. 13년 후, 그는 대전교도소에서 남긴 편지글에서 "벌써 봄이다. 3층에 있는 나의 방에서 보이는 산야는 아직 황량한 황야의 풍경이긴 하지만, 밝고 강한 햇살에 흙이 녹아서, 얼마 안 있어 강인한 들풀이 싹을 틔울 것이다. 신생(新生)이 이 세상에 가져다줄 것을 절실하게 기원하면서."(1986년 3월) 70년대의 민주화운동의 흐름 속에서 서승·서준식 형제의 투옥은 한국사회와 일본사회에 큰 이슈를 던져주었다. 무려, 17년간의 긴 투옥생활 중 정치권의 민주화·반미투쟁 선언을 하며 51일간의 단식투쟁도 하였다는 사실과 '비전향'을 이유로 장기 독방 수형생활을 집행당하여 인권원칙에 반하는 부당한 대우를 받았다. 또한 부단한 전향 강요 속에서도 남북통일과 민주주의를 구하는 신념으로 거부하였다. 신체적·정신적 고통과 부자유를 민족의 그것과 동일시하면서 민족이 고통·불행·부자유에서 구원되었을 때 자신도 거기에서 해방될 것이라고 말하였다. 87년의 대통령 직선제가 이루어지는 한 해 전인 86년 3월에 그는 서울의 봄과 함께 신생과 희망을 3월의 황량하고 차가운 감방에서 내다보았다. 서승에게 민족은 자신과 동일하였다. 1973년 3월 13일에 무기징역의 판결이 확정되어 길고 긴 옥중생활을 보낸 그에게는 국가/정부보다 민족이 우선이었다. 이 형제들은 1971년 4월에 반공법·국가보안법위반 등 혐의로 무기징역을 언도 받아서 17년만인 1988년 5월 25일 주거제한 처분의 조건이 붙은 상태로 동생 준식 씨가 먼저 출옥했다. 1988년 5월 25일 아사히신문 석간에서 '서씨 「40세의 날」의 자유'라는 제목으로 그의 출옥 소식이 보도되었다.

루이 알튀세르[Louise Althusser, 1918-1990]는 이데올로기와 무의식을 접목하면서 국가를 만들어진 거대한 조직으로 보면서 그 예로 서양 중세의 그리스도교 신국(神國)의 이데올로기와 체제를 들고 있다. 근대 국가의 기초가 이 중세의 신국과 그 시스템이 다를 바가 없다는 것이다. 그러면서 그는 국가의 작동원리를 두 가지로 설명하고 있다. 하나는 폭압적인 국가기구[RSA]와 이데올로기적 국가기구[ISA]이다. 전자는 군대, 경찰, 사법기관, 교도소, 병원 등의 기구들이고 후자는 교육, 문화, 종교, 스포츠, 매스컴 등이 이에 속한다. 국가 시스템의 유지는 이 두 개의 기구에 의해서 작동된다고 한다. 그러니 국가가 그 구성원인 국민을 길들이는 방법은 바로 이 두 기구를 통해서 이루어지므로 한 국가의 국민이 그 국가의 정권에게 자신들의 권력을 선거를 통하여 이양하면서도 그 행정력에 지배를 받는 것이다. 이것이 대의민주주의의 시스템이다. 당근과 채찍은 국가가 국민을 길들이는 방법임을 알튀세의 구분에서 찾는다. 서씨 형제들에게는 민족이 존재하지 국가가 존재하지 않는다. 그들에게는 일본사회에서 재일한국인으로서의 사회적 차별과 모국의 통일을 민족에서 찾는다. 그들에게는 민족의 통일이 있지, 남과 북 어느 한쪽의 국가나 정권은 투쟁의 대상이리라.

시인의 제7시집 『우는 여자』(2003)는 '풍자, 비꼼, 웃음, 모순[satire]'의 기법이 두드러진다. 그가 비꼬는 대상은 무엇인가에 중심을 두며 이 시집을 읽어야 한다. 그가 '일러두기'에서 "겉으로 드러난 편 편의 의미에 대해 너무 집착하지 말았으면 좋겠다. 자칫, 천박한(?) 섹스 탐닉주의자나 비도덕적인 인간의 배설물로 내비칠 수 있으니까 말이다."라고 부드러운 경고의 말을 하면서, 이 시집을 읽는 독자들이 세상과 인간을 보는 눈의 '개안(開眼) 내지는 개벽(開闢)'되기를 바라는 마음을 내비쳤다. 이 한 권의 시집을 통하여 세상과 그 세상을 이루는 인간에 대해 마음의 눈이 열린다는 의미는 얼마나 큰 것인가? 어떻게 세상과 인간의 본질을 이 한 권의 시집으로 다 파악할 수 있겠는가? 그럴 수만 있다면 이 시집은 과연 성공한 시집이 될 것이다. 이 시집이 독자들에게 팔리고 안 팔리고의 문제가 아니다. 물론, 팔려야 많은 이들이 개벽·개안을 하는 것이지만 불행하게도 우리 사회에서 얼마나 시집이 많이 팔릴 수 있을까? 여기에는 회의적일 수밖에 없다. 시인이 시집이 많이 팔려서 먹는 것도 아니다. 그렇다고, 시를 쓰는 것을 취미로 하지도 않는다. 먹는 것을 마련하고 시를 여기로 쓰는 것은 더욱 아닐 것이다. 시를 쓴다는 것은 무엇인가? 한 시인이 세상과 인간을 바라보면서 그가 자신이 아닌 다른 사람들과 소통하고자 한다. 이 소통에 대한 원의를 담은 시가 얼마나 잘 제조되었고 얼마나 출판전략이 좋았느냐에 따라서 판매부수가 올라갈 수는 있다고 해도 여전히 시를 읽은 사람은 적다. 시를 쓰거나 시를 연구하거나 시를 가르치거나 시를 특별히 좋아하는 독자들에 한해서 시집은 유용할 것이다. 그럼에도 시인은 밥이 되지 않는 시를 쓴다. 왜 그는 시를 쓰는가? 시를 써서 밥이 되지는 않으나 여가생활, 명예 추구, 인간 사이에서 고독함, 세상과의 길항, 자신의 존재론적 고뇌 등과 같은 이유로 인해서 쓰는 것일까? 아니면, 인간의 부정적인 감정들을 정화하기 위해서 쓰는 것인가? 아니면, 뭔가의 목적성을 띠고 시라는 형식을 통하여 대중에게 선전, 선동하여 사회를 개혁하고자 하는 것인가? 여러 가지 이유에서 시인은 시를 쓰는 것임에 틀림없다.

시인은 이 시집의 자서에서 "여기 실리는 시들의 대부분은, 2002년 12월 30일 오후 시간부터 쓰기 시작하여 2003년 1월 5일 새벽 사이에 걸쳐, 그러니까 약 7일간에 다 썼던 것으로, 내 생애 처음 있는 기이한 일"이라고 밝히고 있다. 이 자서의 글에서 유추되는 바, 이 시집의 시들을 쓰기 전에 시인은 이렇게 많은 시편들 -정확히는 118편-을 완성한 적이 없다는 뜻이다. 이렇게 많은 양의 시를 약 7일간의 짧은 시간에 다 쓰는 일은 그의 시업 중 이전에도 이후에도 없는 기이한 일이었던 것이다. 그가 이렇게 짧은 시간에 마치 자동기술처럼 내면의 솟아오르는 무언가를 게워내는 데에 7일을 걸려 다 게워내었다는 뜻이다. 시인은 7일간의 어쩌면 긴 배설을 한 셈이다.

그런데 어떤 배설인가? 배설 이전에는 어땠는가? 배설 이전에 비해 배설 이후에 어떤 느낌이 그에게 찾아왔을까? 시원함일까, 허탈함일까. 아니면 후회감일까. 만족감일까. 이것 또한 독자의 입장에서 궁금한 사항이다. 좌우간 그에게는 시원함과 만족감이 찾아왔지 않을까 추측해본다. 그 배설의 힘은 과연 어디에 있었을까? 필자에게는 그것이 '비꼼'의 전략에서 그 비꼼이라는 틀 속에 집어넣어서 돌리니 이렇게 많은 시가 한꺼번에 쏟아져 나온 것이라고 본다. 이 시집의 시편들은 그런 비꼼의 기법에서 오는 힘을 받은 것이다. 그러니 서정시의 무거운 감성의 외투가 사라진다. 가벼운 말들이 가볍게 쏟아지는 느낌으로 이 시는 술술 넘어간다. 이렇게 술술 새어나오는 내면의 시의 방에서 두루마리 화장지가 술술 풀리듯 그는 한없이 허옇게 풀려진다. 그가 풀어낸 말들의 화장지가 어디까지 닿을 것인가? 그의 이 말들이 얼마만큼의 내압에 견디지 못하고 가공할 속력으로 분출되었으며, 그 말의 분사가 어느 범위까지 뿜어졌느냐도 중요하다. 그러니까, 아래로는 한없이 설사처럼 배설하고 위로는 한없이 게워낸다. 복부의 위장과 7미터의 소장과 대장에 순대 속처럼 꽉꽉 채워져 있는 것은 그의 영혼에 정신에 마음에 둥지를 틀고 서식하거나 기생하고 있는 무의식과 전의식, 의식하는 단계의 모든 말들이리라. 이 말들은 어떤 의미나 기호를 정확히 가지지 않는 말과 감정이 뒤섞인 것이거나 말이 되기 전 단계의 감정일지도 모른다. 이러한 것들을 쏟아낸 것이 바로 그의 시가 된 것이다.

세상엔 그런 여자도 있다.
세상엔 그런 풀꽃 같은 여자도 있다.
오르가즘이란 산의 7부 능선만 올라가도
신음 대신 간헐적으로 울기 시작하는 여자.
8부, 9부, 정상에 가까워질수록

슬픔의 바다를 토해 놓듯이

허허벌판에서 엉엉 우는 여자.

그녀의 입을 한 손으로 틀어막으면서

더욱 힘 있게, 더욱 깊숙하게, 더욱 빠르게

구석구석 몸 안에 퍼져 있는 불씨에 불을 댕기면

그녀의 험준한 계곡에선

쏟아지는 폭포수 소리가 들린다.

분명 이 세상을 처음 나올 때의 울음소리보다

더욱 격렬하고, 더욱 원시적인,

기쁨과 슬픔이 분화되기 전의 울음을

천지간에 쏟아놓는 여자.

세상엔 그런 여자도 있다.

세상엔 그런 풀꽃 같은 여자도 있다.

「우는 여자·2」전문

　　이 시에서의 여자처럼 시인의 시편들은 세상을 향하여, 사람들을
향하여 운다. 이 울음은 괴이하고 신기하고 이해할 수 없는 울음으
로 슬픔과 기쁨이 분화되기 전의 울음이다. 슬픔인지 기쁨인지도 모
르는 어정쩡하기도 하고 알 듯도 말 듯도 한 그런 울음이다. 그러므
로 이 여자는 바로 시인 자신이다.「우는 여자 · 1」에서처럼 '구석구
석 알몸 속으로 숨겨진 슬픔의 씨앗들이/이성적 제어력이 약해진 틈
을 타/일제히 싹을 틔우며 몸 밖으로 나오는 탓일까./라고 하여 이
여인은 아무리 말려도 울음을 멈추지 않는다. 바로 이 시 구절에서
와 같이 시인의 무의식과 전의식 그리고 의식은 끊임없이 움직이고

있다. 이것은 멈출 줄 모르는 대량생산체제의 컨베이어 벨트에 실린 부품처럼 낱낱이 하나의 몸체로 조립되기 전의 모습으로 계속 쏟아져 나오는 것이다. 이 시집의 시편들은 그런 컨베이어 벨트에 실린 시인의 무의식과 전의식 그리고 의식이 각각 언어로 조립되기 위하여 계속 쏟아져 나오는 것들로 가득하다. 그러니 생리적으로는 약 7일간의 긴 배설이지만 역사적으로는 그의 반생 동안 쌓인 것의 배설이니 짧은 배설의 기간에 죄다 쏟아놓은 것이라 하겠다. 그런 그의 시가 비꼼을 통해서 쏟아졌기에 더 폭발적으로 짧은 시간에 긴 배설을 할 수 있었던 것이 아닌가 싶다. 이 배설은 큰 소리로 엉엉 우는 대성통곡, 잔 울음인 흐느낌, 적당한 소리를 지닌 울음, '기쁨과 슬픔이 분화되기 전의 울음', 교성, 땀, 여성의 분비물, 남성의 정액, 몸냄새, 눈빛, 토사물, 똥, 오줌 이런 것들이 모두 섞인 것들이다.

어인 일인가?
오늘은 유별나게 도로가 막히고
지하철조차 돼지 창자로 만든 순대 속이 떠올려질 만큼
미어 터진다.
알고 보니 오늘은 크리스마스 이브.
다들 신촌으로, 신천으로, 영등포로,
강남으로, 대학로로 몰려가
술 마시고, 노래 부르고, 춤을 추다가,
눈이 맞은 자들은 여관으로, 모텔로,
비좁지만 탄력 있는 자신들의 승용차 안으로 기어들어간다.
이 날 밤, 자지러지던 이무기들의 즐거운 비명이

현란한 네온사인 불빛 속으로
꿈틀거리며 기어 나와 발에 밟히지만
예수 그리스도의 근심 어린 얼굴은
어디에서도 보이질 않는다.
이날 밤, 여성들의 사타구니 밑으로 사정(射精)했던
남성들의 고단백질을 칼로리로 환산한다면
과연 얼마나 되며,
그 에너지로 빌딩을 세우듯
이 땅에 평화를 세운다면 어찌 될까?
크리스마스이브에 정작 우리 곁에 계셔야할
예수 그리스도는 어딜 가시고,
질척거리는 죄인들의 욕망만이
골목골목에서 성(城)을 쌓는구나.

「크리스마스이브」 전문

「크리스마스이브」는 풍자나 비꼼을 지나서 웃음을 자아낸다. 시인이 이 시집에서 보여주는 전략은 바로 이 작품에서 나타난다고 하겠다. 세타이어[satire]란 비꼼과 풍자, 웃음, 모순을 말한다. 그는 거룩하며 고요하고 평화로워야 할 크리스마스는 어디가고 없는 현실을 이렇게 남녀 간의 성 풍속도를 통하여 모순되고 부조리하며 타락한 세상을 비꼬고 풍자한다. '남성들의 고단백질을 칼로리로 환산'이라는 우스꽝스러우면서 그로테스크리얼리즘의 기법을 정사의 모습을 통해 웃음을 자아내게 하고, 여기에서는 성에 있어 우위의 점하고 있는 남성성을 뒤집으면서 비꼬고 있기도 하다. 빌딩은 남근 상징이며 사정, 고단백질 칼로리, 거짓되며 타락한 이 땅에는 사회적 정의의 결과인 진정한 평화가 존재하지 않음을 고발한다. 그러니 '지하철조차 돼지창자로 만든 순대 속을 떠올릴 만큼 미어터지는' 타락한 인간들이 흥청거리며 욕망의 불꽃을 튀기고, 이리저리 몰려다니며 이루어지는 개떼들의 교미처럼 인간의 동물성을 발가벗기고, 그런 질척거리는 인간들의 욕망만이 뒷골목의 어둔 곳에서 성을 쌓는다고 개탄하고 있다. 빌딩과 성(城), 이무기(뱀)는 모두 남성성을 상징하고 있고, 그것의 욕망만이 넘치니 임마누엘 예수 그리스도는 부재한다는 의미를 강조한 작품이다. 이러한 욕망의 메커니즘은 새디즘[sadism]과 매저키즘[masochism]의 구조로 되어 맞물려 돌아가고 있다. 이러한 힘과 권력의 역학이 남성과 여성, 국가와 국민, 개인과 전체의 사이의 구조로 작동되는 욕망의 메커니즘이다.

짓밟아 주세요.
짓밟아 주세요.
이 편안함과 안락함보다 고통이 더 짜릿한
내 몸 안의 푸른 생명의 바다로 하여금
고개를 들게 해줘요.
제발, 내 안의 나를 일으켜 주세요.
인정사정없이 나를 짓밟아 줌으로써
내 안의 나를 깨워 주세요.
이 혹한을 거든히 이겨내는 보리싹처럼
나를 짓밟아 주세요.
나를 짓밟아 주세요.

「눈으로 말해요」전문

　이 시에서 시적 화자는 편안함과 안락함을 거부하고 오히려 고통을 받는 쪽을 욕망한다. 이 욕망은 매저키즘의 원리이다. 이 욕망을 답청(踏靑)에 비유한 시다. 그 목적은 '내 안의 나'를 깨우기 위해서이다. 굼벵이는 밟아야 꿈틀댄다고 한다. 밟히지 않으면 움직이지 않는 굼벵이보다 밟힘으로써 꿈틀대는 굼벵이가 되고자 한다. 그 이유는 편안함과 안락함을 버리고 내 몸 안의 푸른 생명의 바다가 고개를 들게 하고 내 안에 잠자는 나를 깨우기 위한 것이다. 종교적 고행이 자신의 신체를 통해 육신을 넘어서 자기를 버리고 영원한 생명의 진리를 구하는 것과 같은 이치이다. 이러한 피학적 욕망은 새디즘과 함께 맞물려 돌아가는 것으로 남과 여, 국가와 국민의 관계와 같은 상징계의 질서에서 툭툭 터져 나오는 것이다.

　채찍과 당근이라, 참 좋은 말이지.

　그리 좋아하는 당근은 주지 않으면서 채찍만 가해 보라.

　말 못하는 말도 화를 내며 그대를 거절할 거야.

　그렇다고 당근만 배불리 먹여 봐라.

　네가 가야할 때는 몸이 무거워 잘 뛰지도 않을거야.

　그러니 적당히 당근을 먹이면서

　채찍을 가하는 게 좋아.

　이것은 말 타는 녀석이 말에게나 하는 짓이지.

　그런데 요즈음 이 당근과 채찍이,

　국가와 국가 사이에서도

사람과 사람 사이에서도
남자와 여자 사이에서도
그대로 적용되는,
아주 편리한 공생의 원리가 되고 있잖아?
미국의 부시가 북한의 김에게,
조폭의 두목이 아랫것들에게,
가진 자가 못 가진 자에게
즐겨 쓰는 민주적 방식이니
채찍과 당근이라, 참 좋은 말이지.
스스로 말(馬)이 되고자 하는 사람이 많으니
그 말을 타고 달리려는 이도 있게 마련 아닌가
　ー「채찍과 당근」전문

　당근과 채찍을 적당히 가하면서 굴러가는 시스템을 조롱하는 이 시는 국가/국가, 사람/사람, 남자/여자, 미국의 부시/북한의 김, 두목/아랫것, 가진 자/못 가진 자, 말이 되고자 하는 사람/말을 타고 달리려는 사람의 역학 관계 속에서 즐겨 쓰는 민주적 방식이 바로 당근과 채찍이다. 민주주의 체제가 지니는 겉과 안을 드러내어 그 결함 부분을 꼬집고 있다고 하겠다. 그리고 스스로 말이 되고자 하는 사람과 짓밟히기를 바라는 피학적 욕망은 시 「당신은 천사 나는 죄인」에서 "분명 내가 너에게 먹히고 싶었다./그 순간부터 나는 너의 노예가 되고 싶었고,/나는 너의 순종하는 종이 되고 싶었다."라고 시적 화자는 부르짖고 있다. 그래서 시인은 정치와 남녀 간의 섹스가 한 통속의 역학 관계의 구도에 있음을 말한다.

정치와 섹스는 한 통속이다.

여러 사람을 상대로 거짓말을 해도 그럴 듯하게 해야 통하는

정치와 섹스는 단순하지만

남자들을 현혹시키는 힘이 있다.

정치와 섹스는 한 통속이다.

한 여자를 다루는 데에도

정치적 판단과 제스추어가 필요하듯

많은 사람들을 기만하는 데에도

한 여인을 다루듯 충분한 배려가 있어야 한다.

정치와 섹스는 한 통속이다.

「정치와 섹스」 전문

　생텍쥐페리는 동화 『어린 왕자』에서 상징질서의 '길들이기'를 여우를 통해 어린 왕자에게 '관계를 맺는다'는 의미라고 가르쳐준다. '관계를 맺는다'는 의미를 여우는 다음과 같이 설명해준다.

> 넌 아직 나에겐 수많은 다른 아이들과 똑같은 꼬마아이에 불과해. 그러니 나는 너를 필요로 하지 않아. 그리고 또 나 역시 너에게 아직 수많은 다른 여우들과 똑같은 한 마리 여우에 지나지 않아. 하지만 네가 나를 길들인다면 우리는 서로를 필요로 하게 되지. 너는 나에게 세상에 단 하나밖에 없는 아이가 될 것이고, 나는 너에게 이 세상에 하나밖에 없는 여우가 되는 거지…

　정치와 섹스 역시 '길들이기'이며 동시에 '관계 맺기'이다. 여우와 어린 왕자는 일대일의 관계 맺기를 통하여 서로에게 길들여지고 여

우를 친구로 얻은 어린 왕자는 여우의 지혜를 통해 자기 별에 두고 온 꽃과 관계회복을 하는 데에 실마리를 제공받는다. 수 천 송이 꽃과 어린 왕자가 자신의 별에서 애정을 보인 꽃과는 다르다는 의미도 그 꽃이 바로 어린 왕자의 꽃이기 때문이라고 한다. 국가와 국민의 관계인 정치는 시인에게는 하나의 기만에 지나지 않는다. 기만하여 길을 들이는 것이거나 깃대를 꽂고 따르라는 프로파간다에 지나지 않는다. 스스로 말이 되고자하는 민주주의의 인민들은 이 당근과 채찍의 맛에 길들여져 있을 뿐이며, 주체로서의 자리매김 되지 못한다는 뜻이다.

그리고 한국 사회의 경제 시스템인 자본주의의 추악한 몰골을 "그의 가벼운 입술과/그의 얕은 머릿속은 천박하기 짝이 없네."라고 일갈하면서 "열리고 닫힘이 따로 없고/어둡고 밝음이 따로 없는 곳에 서나/그가 설 명분이 사라지려나."라고 하여 민주주의의 존재론적 성찰을 들여다보게 한다. 민주주의는 닫힌 사회 어두운 구석이 여전히 있을 때 존립의 이유가 있을 뿐이지 열림과 닫힘이 따로 없고 어둡고 밝음이 따로 없는 곳에서는 그 설 명분이 사라질 것이라고 진단하고 있다.

세상 사람들은,
가장 깨끗해야할
정치판이 썩어 문드러졌다고들 말들 하지만
내가 보기엔 그 국민에 그 정치꾼이네
......

지금 우리에겐 혁명이, 혁명만이 필요하네.

총칼로써 사람을 죽이고

권력을 휘어잡는 혁명이 아니라

우리 스스로의 문제가 무엇인지

눈을 바로 뜨게 하는

그런 혁명이 필요하네.

그런 뉘우침과 깨우침이 필요하네.

......

이제 우리는 무엇을 믿고 ,

무엇에 힘을 얻어 살 것인가?

지금 우리에게 필요한 것은 혁명, 혁명뿐이라네.

썩은 부분을 도려내고, 그 자리에 새 살이 차오르게 하는,

그리하여 우리의 건강한 삶과 미래를 보장해 주는

그런 혁명, 혁명만이 필요할 뿐이네.

「우리에겐 혁명만이 필요해」 부분

   주위의 사람들에게 눈살을 찌푸리게 하는 행동을 일삼는 부부를 보고 주위의 사람들은 그들을 '똑같으니 살지'라고 말한다. 서로를 길들인 결과 그들은 둘이면서 하나의 정체성을 가진다. 한 국민은 그의 수준에 맞는 정부를 가진다고 한다. 시인은 권력을 잡기 위한 혁명이 아니라 '우리 스스로의 문제'에 눈을 바로 뜨게 하는 깨끗한 혁명이 이 시대에 요구된다고 한다. 그러므로 시인으로서의 이시환은 시 「나를 건드리지 마」에서처럼 '폭발 직전의 침묵'으로 머물고자 한다. 이 폭발 직전의 침묵이란 혁명 전야의 고요함이 될 것이며, 우

리의 눈을 개안하고 천지가 개벽하는 시의 씨앗들을 내장한 것이다.

> 나를 건드리지마.
> 내가 입을 열면 세상이 발칵 뒤집혀서가 아니다.
> 누군가 나를 건드리면 내가 폭발하고 마는 부비추럽이거든.
> 나를 건드리면 내 몸 안에서는 시가 마구 쏟아져 나와.
> 그 알몸의 시들이 다시 새끼들을 마구 쳐대어
> 방심하다가는 그놈의 시들에 내가 압사당하거나
> 나의 진을 다 빼앗기어 시들시들 내가 죽을 수도 있거든.
> 그래서 나는 아직 시가 되지 못하는 말들을 가득 껴안고서
> 잔뜩 웅크려 부치고 있는, 폭발 직전의 고요가 더 좋아.
> 설령 세상에 시 한 편을 내놓지 못한다 할지라도
> 아직도 시가 되지 못하는 말들을 가득 품고서
> 잔뜩 웅크려 부치고 있는, 폭발 직전의 침묵으로 머물고 싶어.
> 나를 건드리지마.
> 내가 입을 열면 세상이 발칵 뒤집혀서가 아니다.
> ┘「나를 건드리지 마」 전문

되짚으면 보면, 그가 약 7일간 썼다는 이 시집은 바로 침묵으로 일관하고자 하는 그를 건드리고 밟은 것이다. 무엇이 그를 건드렸고 밟아서 꿈틀대게 하여 그에게 내장된 부비추럽을 폭발하게 하였을까? 이 시집은 그 폭발로 마구 쏟아져 나온 시들로 가득하여 118편의 시를 약 7일만이라는 짧은 기간 내에 쓴 것이다. 시편들을 쏟아내게 된 폭발의 원인이 뭔가 수상하다. 다만 '70년대 모국의 통일과 민

주화를 위해 폭압적인 기구에 탄압을 받으면서도 자신의 청춘을 바치고 신념을 견지했던 재일한국인 서승의 옥중 글처럼 필자도 황량한 사막이나 광야 같은 풍경 속에서도, 밝고 강한 햇살이 이 세상에 가져다줄 새 생명을 기원하면서" 글을 마칠까 한다.

14

여행하는 문학 : 풍경을 넘어·1

인디아 기행시집 『눈물 모순』에 대하여

　저 멀리 모래 언덕을 무언가가 흔들리며 다가온다. 사막은 작열하
는 태양의 뜨거운 아지랑이가 가물거리기에 물체는 시야에서 어른
거리다가 희미해졌다가 멀어지거나 다가오거나 한다. 등에는 짐을
지고 모래언덕을 오르는 사람이나 낙타에 몸을 싣고 낙타가 걷는 걸
음에 따라 이리저리 흔들리며 늘어진 어깨와 무표정하거나 더위에
지쳐 땀에 젖고 까맣게 그을리거나 열에 달아 벌게진 얼굴이다. 하
늘은 뿌옇고 낮게 가라앉은 듯한 이 낯선 풍경 속에, 한 시인이 걸어
들어간다. 풍경을 찢고 사막과 동화되기 위하여 들어간다. 풍경이
풍경만으로 존재한 '근대의 풍경'을 넘어, 시인은 걸어 들어간다. 풍
경의 겉과 속을 다 들어가 본 사람과 풍경을 바라보기만 한 사람은
풍경을 어떻게 이야기할까? 여기에서 이야기의 방식은 달리 전개될
것이다. 풍경의 겉만 본 사람은 장님이 코끼리를 만지듯 아주 일부
분의 이야기를 할 것이다. 그러나 풍경 속으로 들어간 사람은 풍경
전체를 이야기 하려하고, 풍경과 하나가 되어 그 사람이 들어감으로
써 풍경에 변화를 줄 것이다. 여기서는 '들어간다'는 의미는 어떻게

'던질까'의 문제이다. 시인의 열한 번째 시집인『눈물모순』(2009)은 풍경 속으로 들어간 사람의 이야기이다.

기행(紀行)은 무엇인가? 어느 곳을 방문하고 느낀 감상이나 생각들을 정리하는 것이다. 그는 왜 그곳을 택하여 가고, 그곳에서 무엇과 대면하여 무엇을 이야기하고 싶은 것일까? 또는 왜 그 때 그 장소에 가는 것일까? 그리고 현실의 그 시공을 있는 그대로 이야기하는 것과 그것을 상상의 공간으로 재창조하여 이야기하는 것과의 차이는 무엇인가? 그에 앞서 왜 사람은 여행을 하는가?

여행은 일상의 공간과 시간을 넘어서 다른 공간과 시간으로 이동하는 것이다. 여행의 배경에는 일상에서 오는 권태나 딜레마로부터 탈출구를 찾고자하거나 심신의 휴양, 이국적 정취나 문화에 대한 동경 등이 동인(動因)이 되며, 여기에는 현실적으로 물질적 풍요가 밑받침될 것이며, 특히 최근의 해외여행 붐이 구루메[gourmet], 힐링[healing]을 위한 것으로 각광을 받고 있다.

시인은 제8시집『상선암 가는 길』에서부터 일상의 공간과 시간을 떠나 고적한 산사를 찾거나 자연물과 조우하면서 고요와 침묵의 관상생활 가운데 자기 내면을 탐색하는 여행을 하고 있었고, 거기에서 얻은 깨달음을 시로써 표현하였다. 이 시집의 후반부에서도 남미와 캐나다 시편들을 실었다. 이 시편들에는 남미의 대성당과 같은 화려하고 웅장한 그리스도교 문화유산들 속에서 스페인이나 포르투갈과 같은 제국주의 국가들의 지배 이데올로기와 억압과 착취의 역사를 간취하고, 피식민인 인디오들에서 일제강점기의 억압과 착취의 대상이었던 조선의 농투성이를 만나면서 주체와 타자를 동일시하는 시편들을 보여주었다. 제10시집『애인여래』에서도『상선암 가는 길』

의 관상생활을 더욱 깊이 하여 여래(대타자)와 '나'(주체)가 하나가 되는 불심(佛心)의 승화를 보여주었다. 제9시집『백년완주를 마시며』에서는 중국과 남아시아를 여행하고 쓴 시편들이 실려 있는데, 대륙적 풍모를 지닌 중국의 웅장하고 장대한 자연물(산수)에서 대우주 자연의 신비한 비경을 통찰하여 그것의 생명력을 노래하였다. 이들 여행 시편들의 두 줄기는 관조와 관상생활을 통한 구도(求道)의 의지와 현실의 모순과 부조리로부터 비판적 성격을 지닌 시편들로 이루어져 있다고 하겠다. 열한 번째 시집인『눈물모순』에 이르러 그간의 여행 시편들에서 얻은 시 창작 방법이나 그 세계가 인도여행을 계기로 하면서 한 권의 기행시집으로 온전히 내용을 채워 묶게 된 듯하다. 그러니까, 시인은 국내를 비롯하여 남미와 캐나다와 같은 아메리카 대륙과 중국과 남아시아를 여행하고 난 뒤 불국토의 땅인 인도를 방문하여 인도기행시집을 남겼으며, 제12시집인『몽산포밤바다』(2013)에 이르러 그의 시업의 정점(頂點)을 이루었고, 이어 그간의 중요 시들을 엮은『대공』(2013)이 나온 것이다. 물론, 제12시집인『몽산포밤바다』에서도 아프리카 대륙을 여행하며 쓴 시편들이 실려 있다. 시인은 국내여행부터 시작하여 해외의 여러 나라를 여행하면서 각각의 시편들을 제8, 9, 10, 11, 12시집에다 산재시켰으나 열한 번째 시집인『눈물모순』은 인디아 여행 시의 시편들만 따로 모아서 시집으로 묶었으며, 심층 여행 에세이집도 출판하기에 이른 것이다. 그의 여러 여행지 중에서 인도에서 태어난 시들이 '인도기행 시집'이란 이름으로 독립된 시집을 형성하고 있다는 의미는 시인 자신이 인도여행에서 받은 문화적 충격이 그만큼 컸기 때문으로 보인다. 그가 제8시집『상선암 가는 길』과 제9시집『백년완주를 마시며』, 제10시집『애인

여래』에서 보여주었던 발심과, 자연물에서의 불성(佛性)의 발견, '애인여래'라 불리는 대타자와의 일치를 향한 구도적 의지와 귀의는, 불국토인 실제 인디아와의 대면에서 받은 문화적 충격으로 이국 문화나 생활, 관습에서 오는 이해 부분에서 생긴 정신과 이성의 균열을 보여주거나 인디아 여행의 시공을 문학적으로 재구성한 형상화의 재창조 과정이었던 것이다.

인도여행과 관련된 그의 시에 대해 남긴 글을『눈물모순』후기에서 읽어 보자.

내가 인디아에 아무런 준비 없이 불쑥 여행을 떠났던 게 언제였던가. 그 때 한 달 가량 머물며, 이곳저곳을 배회하며 받았던 문화적 충격은 꽤나 컸었다. 귀국해서도 한동안 일손이 잡히질 않았으니 그 때 충격이 컸던 것만은 사실이었다. 그래서 나는 그 충격 해소 차원에서 심층여행 에세이집이라 하여『시간의 수레를 타고』를 애써 펴내기도 했다. 그 책이 나온 뒤, 나는 한동안 그 기쁨에 휩싸여 있으면서 '이제 그 인디아로부터 자유로워졌구나.' 싶었는데 실은, 그게 아니었다. 그 뒤에도 시간이 갈수록 자꾸만 인디아 생각이 났기 때문이다. 그래서 다시 쓰기 시작한 게 이 글들인데 분명 아무리 보아도 시(詩)가 아닌 듯하고, 시인 듯하기도 하다. 그 증거가 있다면, 소리 내어 읽을 때마다 왠지 껄끄럽다는 점이다. 두세 편을 빼고는 한 편 한 편의 시가 비교적 길기는 해도 고작 스물네 편뿐인데 읽어내기조차 쉽지 않았던 게 사실이라면 문제가 아닐 수 없다. 그래서 나는 체념한 채 한동안 그것들을 잊어버리기로 작정했었다.

위 글에서 유추해 보면 시인에게 인도는 문화적으로 큰 충격을 받은 땅이었고, 그 일환으로 심층여행에세이집인『시간의 수레를 타고』를 먼저 만들어 내고 난 후 그 충격의 여파가 가시지 않아 다시 시를 써서 인도기행시집인『눈물모순』을 만들어 내게 되었다는 뜻이다. 그래서 시인이 밝히고 있는 바, 이 24편의 인도 여행시는 '시가 아닌 듯하고 시인 듯'하기도 하다는 자평과 함께 부드럽게 읽히지 않는 문제점을 스스로 지적하고 있다. 아마도, 이 부분은 기행산문을 먼저 쓰고 운문으로 넘어오는 과정에서 생겨난 문제점일 수도 있지 않나하는 생각이 든다. 시인의 이와 같은 자책에도 불구하고 분명히 이 시집은 기행시집임에는 틀림이 없고, 내재율과 외재율을 가진 시임에는 분명하다. 이 자책은 아마 시를 쓰는 장인(匠人)으로서의 철저한 자기 작품에 대한 평가가 아닌가 생각된다.

그러나 시인에게는 인도여행 후의 여파가 기행에세이집과 시집으로도 충격이나 여파를 감당할 수 없었기에('도무지 일손이 잡히지 않아') 다시 지중해연안국 여행을 떠나기 위하여 3개월을 준비하면서 그리스도교의 경전인 성경과 이슬람교 경전인 코란을 읽으면서, 두 종교에 관한 궁금증을 40여 편의 초고를 쓰면서 풀어갔다고 한다. 그 와중에 고대 그리스와 이집트에 관한 문명사도 읽으면서 여행을 준비하여 2009년 아직은 서울이 추운 3월에 떠나 꽃이 피는 무르익은 봄에 7개국 70일의 여행을 무사히 마치고 돌아왔다고 한다. 그러면서 그는 여행 준비 차원으로 읽었던 성경에 관한 초고들을 수정, 보완하고 지중해연안기행에 관한 것들을 정리하면서 인디아 기행원고를 생각하게 되었다고 한다. 그래서 2009년 4월은 성경 관련 초고와 인디아 기행원고를 수정, 보완하면서 여행 중에 쓴 일기를 뒤적이며 자료를 정리하는데 시간을 다 보냈다고 시집의 후기에서 밝히고 있다. 여기에서 간취되는 시인의 일련의 작업들이 다분히 종교적인 순례의 여행이었다고 해도 틀리지 않다. 물론, 제도적 종교의 신앙인으로서 순수한 종교적 순례와는 다른 한 사람의 시인으로서 문인으로서 자신이 따르는 불교적 진리를 추구하면서 이웃 종교들의 경전 경험을 통해 그 이동성(異同性)을 발견하지만 종국에는 진리가 하나임을 깨달아 가는 과정에서 수행된 순례의 여정이 아니었나 생각한다.

그리고 인도기행 시편의 창작과 관련하여 첫째, '시적 공간'의 중요성을 들어 '시인에 의해서 구축된 시적 공간이란 시적 화자가 머무는 물리적 공간이면서 동시에 시간적 공간이다. 즉 시인의 정신적 시계(視界)로서 시공'이며 '문장으로써 구축되고 형상화되는 시공(時空)이라고 밝히고 있다. 거기에 대한 예로 시문인 "멀고 먼 길을 돌아온 강물은/비로소 망고의 과즙이 되고(인디아 서시)"를 들어서 '강물'과 '망고'라는 두 대상 간의 관계 내지는 두 대상의 본질을 형상화시킴으로써 진정한 시적 공간을 축조하고 있다고 밝히고 있다. 둘째는, '속을 감추어 놓는 운문의 긴장이 아니라 그 속을 풀어 헤쳐 놓는 산문으로서 또 다른 긴장상태를 조성해 놓으려는 새로운 시도이다. 시에 관한 일반적 이론인 비유적이고 함축적인 표현으로 의미 전달하는 과정에서 탄력을 유지하는 긴장을 가진 시의 기능으로부터 탈피하여 쉽게 그 의미를 겉으로 드러내는 문장들이 엮어 내놓은, 어떤 이야기의 구조 속에서 구축되는 현실성과 상징성에 시적 진실을 환기시켜 내는 힘을 발견한 점이다. 그러므로 그의 인디아 기행시들은 이런 의미에서 기존의 시에 관한 고착화된 개념에 대해 반기를 듦으로써 새로운 형식을 모색하였다고 볼 수 있다. 셋째로, 존재의 본질이나 삶의 모순을 꿰뚫어보는 직관적 판단이 중요한 시구가 되어 그 기둥이 되고 있다는 점이다. 이 부분에서 시인은 여행에서의 볼거리인 화려한 궁전이나 높다란 성(城)이 백성들의 고혈(膏血)로 지어진 권력자의 욕망을 단적으로 들어내 주는 상징물로 보고 그것을 찬양 찬미하는 감탄의 시가 아니라 "저 푸른 풀잎이 나의 성(城)"이며, "저 돌에 핀 작은 꽃이/나의 궁전"이라고 하여 풍경에 가리어 두 눈과 귀가 멀어지고 비판적 인식과 판단이 부재된 근대의 풍경을 넘어서 그 실체를 꿰뚫어 보고 있다. 이런 점이 이시환 시인의 기행시에서 나타나는 큰 특징이라고 할 수 있다.

이 의미는 풍경을 있는 그대로 묘사하듯이 하는 근대의 풍경과 달리 풍경 안으로 걸어 들어가서 풍경의 실체와 본질을 꿰뚫을 때 비로소 도달할 수 있는 것으로 어디까지나 그 풍경을 바라보는 사람의 인식(認識)의 지평이 어디에 서 있느냐의 문제이다. 즉, 풍경을 바라보는 사람의 스탠스에 따라 풍경은 얼마든지 왜곡될 수도 있다. 풍경을 있는 그대로 그린다고 하여도 풍경 너머에 있는 역사성과 거기에 내재된 생명력을 보지 못할 때 풍경은 평가절하가 되어 버린다. 예를 들어, 일제강점기에 일본의 문인들에게 비친 조선의 모습은 왜곡과 평가절하로 얼룩져 있다. 일제강점의 역사적 시간 속에서 일본인들에게 비친 조선의 풍경은 시간적으로 다른 양상을 띠지만 풍경의 역사는 여전히 굴절되거나 왜곡의 역사에 지나지 않았다.

그렇다면, 풍경에 관한 굴절과 왜곡의 역사를 어떻게 극복할 수 있을까. 여기에는 시인이 말하는 대상의 본질을 형상화할 때 극복되어질 수 있으리라 본다. 풍경의 굴절과 왜곡이 지양되어야 할 이유는 이 대상의 본질에 가까이 다가가기 위한 풍경을 바라보는 자의 '자기 지우기'일 것이며, 여기에서 자기 지우기란 편견이나 그릇된 인식의 바탕에서 형성된 판단으로부터 자유로워진다는 뜻이 될 것이다. 즉, 대상에 대한 이해와 대상을 바라보는 자의 스탠스를 통해 우리는 풍경을 바라보는 자가 어디에 서 있으며, 그의 인식이 어떤 맹점을 가지고 있는지 분별할 수 있게 된다는 뜻이기도 하다.

시 「돌 속의 신전 -엘로라 '카일라시' 사원을 둘러보고」을 가지고 이 문제를 이야기해 보자.

돌은 내게 이야기 하네,
너무 어렵게 말하지 말라고.

돌은 내게 말하네,
그냥 쉽게 말해 버리라고.

돌은 내게 다그치네,
차라리 입을 다물어 버리라고.

폭염에 호박잎이 다 타들어가고
사람들의 마음조차 다 녹아내려도

아니, 폭우에 집안에 기둥뿌리 뽑히고
온갖 것들이 다 쓸려 내려가도

저 단단한 돌 속으로만 들어가면
저 깊은 돌 속으로만 들어가면

세상의 근심 걱정 다 내려놓고
두 다리 뻗고 숨을 돌릴 수 있는

궁전이 있고
신전이 있고
낙원이 있으리라.

그곳은 아주 시원하며
비바람이 몰아치지도 않으며
어떠한 소용돌이에도 휩쓸리지 않고,
그곳은 언제나 아늑하고 고요하며
미움이나 질투조차 없으며
폭력이나 전쟁 또한 없으며
오로지 그곳에서는
신의 심기(心氣)만 읽으면 되고
신(神) 앞에 간절한 마음으로
엎드리기만 하면 되리라.

그렇게 바깥세상과
완전히 차단된 그곳에서
명상삼매의 꽃을 피우고

온갖 구차스러움을 다 버린 채
죽어가는 줄 모르고 죽어감으로써 사는
돌 속의 신(神)의 아들딸들이여,
바야흐로 그곳은
시간도 정지하고
시비(是非)도 끊기고,
선악(善惡)도 없는가.

그런 낙원을 꿈꾸는 자들이 있었으니
그들은 돌 속으로 모여들어
수백 년이란 시간의 육신을 풀어
삭히고
태우면서
그 속에 궁전을 짓고
그 속에 거대한 탑을 세운
신의 자식들이렷다.

그런 너를 생각하면 현기증이 일지만
네가 구축한 돌 속의 세상을
돌아나올 때에는
이 가슴 두근거림을 부인할 수 없다.
-2008. 07. 02

인도는 국토가 우리나라보다 넓고 많은 자원을 가지고 있는 나라이며, 석가모니 부처가 태어나 자라고 득도(得道)한 나라로 오랜 전통의 종교인 브라흐마를 믿는 나라, 힌두교적 전통과 불교적 전통이 깊고도 오래된 나라이다. 우리가 '불국토'라 함은 석가모니 부처의 탄생지라는 의미에서 그렇게들 부르고 있는 듯하다. 이 나라는 개발도상에 있는 국가로서 사람과 식물이 한 데 어우러져 살고 있고, 더러운 강가 강의 오염된 물을 마시며 여기저기 쓰레기 더미와 오물이 사람과 동물 사이에 한 데 어우러져 있는 나라이다. 어쩌면 이런 풍경은 시인의 눈에 아직 덜 문명화되고 덜 도시화된 우리나라의 근대 정도를 보는 듯한 느낌이었을 것이다. 그럼에도 불구하고, 이네들의 꾀죄죄한 얼굴에서 눈빛은 맑고 영롱하며 여유롭기 그지없고 경계의 눈빛을 던지지 않으며 항상 웃는 얼굴로 이방인을 대하고 있다. 또 시간이 천천히 옮겨가는 이곳 사람들의 생활은 급한 것이 없고 조급해 하지도 않는다. 그러면서 타지마할이나 불교사원 등의 호화롭고 장엄한 문화유산은 보는 이로 하여금 현실의 인도를 바라보는 눈을 멀게도 하며, 인도인들의 여유와 느림의 생활 태도가 어디에서 나오는지를 짐작하게 하기엔 가늠되지 않는다.

그러나 「돌 속의 신전 -엘로라 '카일라시' 사원을 둘러보고」에는 사원을 이루는 돌을 통하여 인도의 본질에 다가가고 있다. 거기에는 현실의 인도의 겉모습을 넘어 신의 나라 인도, 그 나라에 사는 사람들은 신의 자식들일 뿐이다. 시인은 이 시에서 인도가 지니는 풍경을 왜곡도 굴절도 하지 않은 채 담담히 그의 인식에 들어온 인도를 독자들에게 얘기해주고 있다. 이 시에서 돌이 여행자, 즉 풍경을 바라보는 자인 '나'에게 말을 들려주는 방식으로 시 속의 이야기를 풀어나가고 있다. 돌은 사물이고 무생물 주어이지만 활유법을 써서 '내게 속삭이네'라고 말한다. 돌의 말을 인도에 관해 시를 쓰는 시인에게 너무 어렵게도 말하지 말고 그냥 쉽게 말해 버리라고 한다. 그도 저도 아니면 차라리 침묵하라고 한다. 제4연, 제5연과 같은 현실적 고통들이 밀려와도 돌 속으로 깊이 들어가기만 하면 세상 근심 걱정 다 내려놓을 수 있는 궁전과 신전, 낙원이 있으리라 추측한다. 그곳에는 비바람과 소용돌이와 같은 생로병사의 고(苦)도 없어 아늑하고 고요하며 인간 사이에서 일어나는 시기, 질투와 같은 부정적인 감정이나 폭력과 전쟁도 없다. 그곳에서는 오로지 신의 뜻만 읽으면 되고 신 앞에 간절한 마음으로 엎드리기만 하면 된다. 그곳에는 험한 바깥세상과 차단된 곳이며 명상삼매의 꽃이 피고 온갖 구차스러움을 버린 채로 죽음으로써 사는 돌 속의 신의 아들딸이 사는 곳이다. 그래서 그곳은 시간도 시비도 선악도 존재하지 않는 낙원이다. 신의 나라 사람들은 '죽어가는 줄 모르고 죽어감으로써 사는' 사람들이며, 그런 사람들이 사는 곳이 바로 인도임을, 시인은 여기에 불국토 인도의 본질이 있음을 노래하고 있다.

여행하는 문학 : 풍경을 넘어·2

인디아 기행시집 『눈물 모순』에 대하여

『준주성범』의 저자 토마스 아 킴피스(Thomas a kempis, 1380~1471, 독일의 수도사, 종교사상가)는 하느님을 사랑하고 그분을 섬기는 것 외에는 '허무로다 허무! 모든 것이 허무로다!'라는 코헬 제1장 2절의 말씀을 인용하면서, "현세를 경계하며 하느님 나라를 사모하는 것이야말로 가장 높은 지혜다."라고 하였다. 그러면서 이 헛된 일이란 소멸하고야 말 재물을 찾는 것, 그 재물에 희망을 두는 것, 존경 받기를 갈구하거나 높은 지위를 꾀하는 것, 후에 큰 벌을 받을 육신의 욕구를 쫓는 것, 오래 살기만 원하고 착하게 살 생각을 하지 않는 것, 현세의 생활에만 골몰하고 장차 올 후세를 미리 생각하지 않는 것, 잠깐 사이에 지나가 버릴 것을 사랑하고 영원한 즐거움이 있는 곳을 향해 발걸음을 내딛지 않는 것들을 들고 있다.

이 영성적인 글에서 알 수 있는 것은 고대로부터 인간은 신을 섬겨왔고, 그 신을 섬기는 것이 인간이 의식주를 얻고 현세의 것을 추구하는 것보다 우선순위에 둔다는 점이다. 왜냐하면, 인간의 삶은 유한하고 이 현세란 내세나 후세로 건너가는 징검다리에 지나지 않기 때문이다. 그리고 무엇보다 인간에게 의식주를 얻을 수 있게 하고 현세적 복락을 주는 것도 신에 의해서라고 믿든지 인간의 힘으로 이룰 수 없는 것을 기구(祈求)를 통하여 얻고자 했기 때문이다. 인간에게 죽음이 없다면 이런 것은 없을 것이다. 그러나 인간에게 죽음이 있다는 의미는 인간이 지닌 운명임과 동시에 유한성의 본질을 가진 존재라는 뜻이다. 이것을 빼고 다른 이야기를 하는 것은 아무런 의미가 없다. 그러므로 다음 세상으로 건너가기 위한 인간의 현세는 어떤 것이어야 하느냐가 가장 중요한 문제일 것이다. 이 말은 어떻게 하면 현세를 가장 가치 있게 살아가는가의 문제로 귀결된다. 이때의 가치란 세상의 가치와는 구별되는 신적인 가치라고 해야 하며, 인간이 그러한 신적인 가치를 살 때야말로 신을 닮아가는 인간이 되는 것이다.

인간은 신에 의해 창조되었다고 보는 창조설과 인간이 유인원과 같은 원숭이나 침팬지, 고릴라 등으로부터 진화되었다는 진화론의 오랜 각투는 우리에게 무슨 의미가 있는가. '지금-여기'의 우리에겐 이 현세의 극악한 악덕들의 결과인 모순과 부조리, 그것들이 거대한 뿌리를 형성하여 만들어낸 그릇된 권력과 폭력 속에 살아가면서 그것들과 싸워가기에도 힘겨운 것이다. 의롭지 못한 일에 가담하면서도 그것이 의로운지 의롭지 못한 것인지조차 분별하지 못한 채 양심과 이성을 팔았던 나치즘에 자발적으로 동조하고 시녀노릇을 한 인간의 지식이란 얼마나 쓸모없으며, 한낱 인간 형제를 죽이는 데 정당화된 말과 지식들에 지나지 않는가 말이다. 다만, 우리에게는 인간의 유한성을 넘어선 영원한 생명의 진리만을 따르는 길이 가장 고귀한 것임을 토마스 아 켐피스는 얘기하고자 했다.

이 영원한 진리에 대한 사랑이야말로 신에 대한 영원한 사모이며 섬김이 될 것이다. 어떤 이는 신도 인간이 만들어 놓은 것이라고 말한다. 이 말은 아주 큰 오류를 가지고 있다. 인간이 신에 의해 피조되었다는 것을 정면으로 부정하는 이 생각이야말로 가장 큰 잘못을 범하는 것이다. 인간이 신을 만들었다면 그것은 하잘 것 없는 예술품에 지나지 않을 것이기 때문이다. 인간이 만들어낸 것 중에 우리들의 눈을 매료시키는 성당이나 건물들은 신을 위해서 만들어졌기에 인간의 신을 사모하는 마음은 아주 오랜 옛날부터 있어온 것이다.

이스라엘 백성이 이집트를 탈출하여 고난과 시련기인 40년의 광야생활을 하던 중 -이집트에 대한 신이 보여준 10가지 재앙을 경험하고 극적으로 갈대바다를 건너면서 신의 전지전능함과 사랑을 경험했음에도- 그들은 그들의 신을 버렸고 금송아지와 같은 우상을 자신들의 손으로 만들어 경배하였을 때 그 금송아지는 맘몬에 다름 아니며, 그 결과는 악덕의 생산에 지나지 않았다. 악덕의 대량생산은 어떻게 보면 스스로 자멸하는 길인 것이다. 신이 벌을 내렸다고 성경에서는 전해내려오지만 어쩌면 그 악덕의 결과로 재앙이 덮쳤기에 그 재앙 속에서 다시 신을 찾게 된 과정일 것이다.

여기에서 이스라엘 백성이 원래대로 회복해 가는 데에는 성찰과 회개[metanoia]가 뒤따랐을 것은 자명한 사실이다. 회개란 단순히 일상의 크고 작은 잘못을 뉘우치고 고치는 것만이 아니라 삶을 바꾸는 일이다. 금송아지에게 돌린 시선을 다시 여호와 하느님께로 옮기는 것이었다. 인간은 피조되었기에 창조주에 대해 끊임없이 닮아가고 창조된 목적에 맞게 살아가야 한다는 진리를 따라가기만 하면 인간의 삶은 지복 -신이 주는 사랑의 선물- 이 예정되어 있음에도 그것을 믿으려고 하지 않을 뿐더러 따르려고도 하지 않는다. 왜냐하면, 과학적 진리로 이것을 접근하다 보니 눈에 보이지 않고 실증되지 않는 것은 인정하려하지 않기 때문이다. 그러나 천문학은 그러한 계량화되고 실증적이기만 한 과학적 진리의 오류를 조금이나마 해소하기 위해 인간의 눈을 지상에만 붙잡아 두는 것이 아니라 하늘을 보게 하고 먼 시원(始原)인 우주를 바라보게 한다. 불분명한 것, 불명확한 것이야말로 신의 세계이다.

신의 세계는 눈에 보이는 것의 너머에 있기에 인간에게 불분명하거나 불명확할 수밖에 없다. 인간이 신을 부정하면서 생긴 비극은 그 이전의 어떤 비극보다 더 참혹하였다. 그 이전에는 천재지변이나 생존을 위한 약탈을 목적으로 하는 전쟁이었으나 신을 부정한 인간들에 의해 저질러진 재앙은 대학살로 이어진 것이다. 이러한 근대의 반생명적인 것을 어떻게 극복할 것인가는 현대철학이나 이론들, 담론들이 풀어야 할 숙제이다. 그래서 저자는 "눈은 보아도 만족하지 못하고 귀는 들어도 가득 차지 못한다"라는 코헬 제1장 8절의 격언을 기억하라고 하며, "이 세상 사물을 사랑하는 마음을 없애고 무형한 것을 찾아 나서기 위해 힘써라. 세상 것을 사랑하는 마음을 따르게 되면 결국 양심을 더럽히고 하느님의 은총을 잃게 된다."고 권고하고 있다.

광야의 이스라엘 백성은 하느님의 종 모세의 영도로 가나안 복지에 이르렀으나 광야살이 때와 같은 일 -왕국분열, 이방신 숭배와 타락-을 저지른 끝에 결국 바빌론 유배로 귀결되었다. 바빌론의 강가 기슭에 앉아 시온을 그리며 눈물짓던 시편의 저자는 잃어버린 하느님과 나라와 고향, 가족들과 공동체을 그리워한다. "바빌론 강기슭 거기에 앉아, 시온을 그리며 눈물짓노라. 그 언덕 버드나무 가지에 우리의 비파를 걸었노라. 우리를 포로로 잡아간 자들이 노래를 부르라 하는구나. 압제자들이 흥을 돋우라 을러대는구나. 시온의 노래를 불러라. 우리에게 한 가락 불러 보아라. 우리 어찌 남의 나라 낯선 땅에서, 주님의 노래를 부를 수 있으랴? 예루살렘아, 너를 잊는다면, 내 오른 손이 굳어 버리리라. 내가 만일 예루살렘, 너를 생각지 않는다면, 너를 가장 큰 기쁨으로 삼지 않는다면, 내 혀가 입천장에 달라붙으리라." 이스라엘 백성은 그들을 귀향시켜주고 포도의 수확 철에 즐기는 축제의 분위기를 다시 되돌려 줄 분은 하느님밖에 없음을 모든 것을 잃고 난 이국의 유배살이의 설움에서 깨닫게 된다.

이 탄식의 비가(悲歌)(137편1~6)는 뼈아픈 회개를 하는 저자의 심정이 녹아있어 읽는 이로 하여금 애처롭게 한다. 비파를 타는 손과 거기에 맞춰 부르는 혀가 굳어 버리라고 할 만큼 유대인들의 저항적 심정을 읽을 수 있는 노래이기도 하다. 이것은 만해 한용운의 『님의 沈默』의 임을 잃은 애타는 심정과 성찰, 자기부정에 이르는 길과 맥을 같이하고 있다 하겠다. 구약성경의 모세오경(창세기, 탈출기, 레위기, 민수기, 신명기)이 바빌론 유배 시 유대인 지식층 디아스포라에 의해 집필되었다는 의미는 오경이 그들의 유배 전의 역사에 대한 성찰과 회개가 동인(動因)이 되었음을 알게 한다. 이 글쓰기는 페르시아 임금 네부카드네자르에 의해 포로로 잡혀간 이후(B.C 587~540)부터 키루스 임금의 귀환 칙령(B.C 539)이 내릴 때까지이다. 유배지는 바로 사막과 광야와 같은 시공간이다. 사막과 광야는 고난과 시련의 시공간이며, 성찰과 회개, 정화와 재생의 시공간이다. 이스라엘 민족에게 시나이 산이 바라보이는 곳에서 만나와 메추라기를 먹으며 살았던 광야의

40년, 바빌론 유배지에서 근 70년간은 고난과 시련, 성찰과 회개, 정화와 재생(재건)의 시기였다. 이와 같이 고난과 시련의 시공간에 놓여진 이들도 이와 다르지 않다. 삶을 살아간다는 것은 고난과 시련의 여정으로 불리움을 받은 것이며, 이것을 부정하기란 어렵다. 살아간다는 것 자체가 고해(苦海)를 건너가는 것이란 의미는 이 여정을 지나는 순례의 삶이 바로 인간의 삶이라는 뜻일 것이다.

그리스도교에서 하느님을 섬기거나 그 진리인 하느님 나라를 사모하듯이 이시환 시인의 제11시집 『눈물모순』에는 힌두교와 불교적 전통이 강한 인도를 통하여 문학과 종교의 세계를 보여주고 있다. 이 시집에서 중핵을 이루는 것은 불국토로서의 공간과 시간, 강, 돌과 사막이다. 그의 인도기행 시편인 이 시집에서 보여지는 것은 사막과 광야와 같은 고난과 시련의 시공간 속으로 시인이 걸어 들어가 -시인이 여정을 수행하는 순례자로 초대되어- 일구어낸 커다란 마음의 밭이라 하겠다. '눈물모순'이란 바로 이 고통으로 인한 비탄과 시련 속에서 흐르는 그 눈물이 바로 은총임을 깨닫게 되는 데에서 발견한 삶의 역설적 진리가 종교적 신비로 여겨지는 과정에서 나오는 눈물일 것이다. 이 때 흐르는 눈물은 신의 은총으로 변화된 내면의 고통스런 고백이다.

먼저, 첫째로 서시(序詩)에서 시인에게 인식되는 인도는 "멀고 먼 길을 돌아온 강물은/비로소 망고의 과즙이 되고,/사막의 모래알조차 그대로/밤하늘의 별이 되는 광활한 세상"이며 "위아래가 따로 없고,/그야말로 귀천(貴賤)이 따로 없는,/살아 숨 쉬는 것들로/가득한 세상"이다. 인도는 인간 세계의 하나의 큰 바다인 어머니와도 같은 공간이다. 지식, 명예, 부, 권력으로 차별되는 계급과 신분의 상하가 따로 없으며 귀천이 따로 없이 모두가 동일한 존재일 뿐인 사람들이 사는 곳이다. 그래서 이곳은 오히려 "궁궐에 사는 이들에겐 수심(愁心)이 배어 있어도/남의 처마 밑에서 늦잠 자는/노숙자들의 얼굴에는/미소가 떨어지지 않는 백성들"이 사는 나라이다. 이것이야말로 성경에서 말하는 하느님 나라의 모습이 아닌가?

그리고 물이 근원에서부터 먼 길을 돌고 돌아 흘러와서 아열대 과일인 망고의 달콤한 즙(汁)이 된다는 의미는 물이 '멀고 먼 길'을 돌아 큰 강이나 바다에 이르듯 자신에게 부딪쳐오는 안과 밖의 모든 길항관계들을 물처럼 부드럽게 흐르듯이 삭이고 삭혀 달콤한 즙으로 변형되는 곳이다. 마치, 한 송이 연꽃이 진흙의 더러움을 삭이고 삭여서 청초한 꽃으로 탄생되듯이 말이다. 인도는 인간 간의 차별상이 없는 평등상이 실현된 불국토의 땅이며, 사막의 모래알조차도 밤하늘의 별이 되는 신비한 종교적 이상 -힌두이즘과 불교적 진리- 이 실현된 땅이다. 그래서 사막의 모래알과 같이 거칠고 하잘 것 없으며 쓸모없는 것조차 밤하늘의 신비스런 별이 된다.

이뿐만 아니라, 인도는 인간과 동물이 한데 어울려 사는 "동화(童話) 속 같은 나라"이며 "눈에 보이는 짧은 현세(現世)보다도/보이지 않는 길고 긴 내세(來世)를 위해/오늘을 사는 사람들"이 살아가는 나라이다. 인간과 동식물에게도 미치며 두루 나투시는 부처의 진리와 자비로 가득한 이 땅에서 "신의 자비로운 아들딸들은/오늘도 강물에서/호숫가에서 목욕재계하고/밤에는 별들의 숨소리에 귀를 기울이며/신들의 심기를 헤아리느라/가부좌를 풀지 않네."라고 하여 수행과 고행을 하며 신의 심기에만 오직 관심을 두고 삶의 중심을 신에게 두는 사람들이 사는 대지이다. 그래서 이 땅의 사람들은 먹고사는 일의 중심에 신이 있는 것이다. 그래서 시인은 "그저 먹고 살기 바쁜 중생들의 궁색함에서/버려지는 것들이 이곳저곳에서/썩어가면서/피어나면서/뜨겁게 몸살을 앓는/대지여/강물이여/사막이여"라고 외친다. 그리고 "문득, 내가 태어나기 전과 내 죽은 후를/오래오래 생각하는,/그리하여 명멸(明滅)하지 않는/존재의 근원을 향해 꿈을 꾸듯/노(櫓)를 저어나가는/강가 강의 백성들"이라고 한다. 이 시 구절은 현재의 본유(本有)에서 전생과 후생을 명상하며 '명멸하지 않는 존재의 근원'을 향해 노를 저어나가듯이 끊임없이 수행해나가는 백성들이 사는 곳이므로 종교가 전체로서 작동되는 나라이며, 그 나라의 백성인 것이다.

　세상의 모든 것들은 불교의 영원무궁한 길이를 가진 시간대(나유타 겁)에서 아주 짧은 찰나에 지나지 않고 거기에서 명멸하지 않는 것이라곤 아무것도 없다. 그러기에 인도인들은 내세의 삶을 위해 본유가 있을 뿐이므로 수행과 정진이 습관이 되어있고, 오히려 가진 자보다 가지지 않고 보잘 것 없는 존재들이 더 귀하게 드러나는 세상이므로 그리스도교의 하느님 나라와 다름없는 땅이다. 시인은 이 인도의 백성들을 "검게 탄 피부에 흰옷을 걸친/깡마른 사람들이 서성이며/웅성거리며,/분주하게 움직이어/나비떼가 내려앉는 듯/목련꽃을 피워놓는다."라고 하여 열차에서 내리는 수많은 인도인들의 모습을 목련꽃에 비유하면서 "눈이 부시게/눈이 부시게"라고 감탄한다.

　이것은 2008년 4월 2일쯤에 마무리된 시편인데 인도기행시집의 서시의 중요 부분들이다. 이 시 구절에서 간취되는 것은, 시인이 그렇게도 인도에 매료된 이유는, 그의 눈에 비친 인도는 귀천이 없고 상하의 차별이 없는 평등상이 실현된 모습의 불국토이며, 그것이 계속 유지가 되는 것은 끊임없는 명상을 통한 수행과 고행을 하며 신을 섬기는 나라이며, 신을 삶의 중심에 두기 때문이라고 여긴 듯하다.

두 번째로 시간에 관한 시로서 「더디 가는 인디아 시간의 수레를 타고」를 읽어보자.

믿기지는 않겠지만 지구를 떠나
행성(行星)을 바꿔 타면 몸무게가 바뀌듯
우리의 시간조차 빠르고 더딘 곳이 있다네.
하루하루가 유난히 빨리 가는 사람들은
인디아로 가보시게나.

그곳에 가서,
아주 느릿느릿 가는 시간의 수레를 타고
낯선 세계를 한 바퀴 돌아보시게나.
마음이 조급한 이들의 시계바늘이야
여전히 조바심을 내겠지만
멀리 돌아가는
그들의 시계바늘은 아주 더디다네.
「더디 가는 인디아 시간의 수레를 타고」 부분

이 시에서는 인도가 동서남북 대지를 가로지르는 야간열차의 빠른 속도와 현대식 무기와 사상이 있으나 그들의 발걸음은 느리면서 무겁고, 저들의 동작은 굼뜨면서도 여유롭다고 한다. 그래서 하루가 너무 빨리 가는 사람들은 꼭 인디아로 가보라고 한다. 이 나라는 과거, 현재, 미래가 한 통속이 되어 있는 기이한 나라이다. 그래서 시인은 "유별나게 느릿느릿 가는/시간의 수레 위에 앉아 콧노래를 부르는,/뚱뚱하기도 하고 깡마른/저들의 티 없는 미소가/저들의 해맑은 눈빛이/경이롭고 경이로울 뿐이다"라고 하면서 그것은 삶에서 때로는 "경우에 따라서는 지름길 보다/멀리 돌아가는 길이/더 빠를 수도 있음을/직접 눈으로 확인하면서/온몸으로 느껴 보시구려."하여 인도를 가서 직접 보고 느낌으로써 체득되는 것임을 말하고 있다. 모든 것이 빠름으로 일관된 세상에서 사는 시인은 인도의 시간의 수레를 타고 느리고 여유롭게 가는 시간을 경험하면서, 그야말로 느리고 무겁고 굼뜨고 여유로운 것의 아름다움을 만끽한다. 어쩌면 이것이야말로 인간이 신을 만나고, 신이 인간에게 말을 건네는 시간의 본질이 아닐까 싶기도 하다. 늘 신을 만나고 신에게 대화를 나누며 신을 삶의 중심에 두는 사람들에게 빠른 것은 별 의미를 갖지 못한다. 2~3개월에 신제품이 쏟아져 나오고 2~3개월 후면 그것들은 다시 옛것이 되어 의미를 잃고 이런 것들을 대량으로 끊임없이 쏟아내는 현대 후기산업사회는 신과 접속하는 나라와는 다르다. 물론, 인도에도 산업이 발전하였고 현대식 무기가 있고 빠른 속도로 대륙의 동서남북을 달리는 야간열차가 있지만 동물들과 한데 어우러져 살고 가난한 이들도 행복한 인도에는 선진 산업사회와는 다른 풍모를 지니고 있다. 다음으로 시「인디아 연꽃」을 읽어보자.

눈이 부셔 바로 볼 수가 없네.
너무나 멀리 있기에

너무나 높이 솟아 있기에
가까이 다가가 만져볼 수도 없네.

다만, 그 커다란 연꽃 송이 위에서
막 태어난 갓난아이 울음소리 들리고,
그 연꽃 송이 위에서
이따금 황금빛 왕관을 쓴
새들이 날아오르네.

다만, 그 커다란 연꽃 송이 위에서
무시로 천둥 번개 치고,
그 연꽃 송이 위에서
이따금 밤하늘의
수많은 별들이 반짝거리네.

하지만 임자는
그 연꽃 송이 위에 앉아
명상 삼매에 빠져있네.
어느 날 운이 좋게도,
그 연꽃잎 한 장 떨어져서
한참을 나풀나풀 지상으로 내려오는데
그 꽃잎이 땅에 닿자마자
에메랄드 빛 작은 호수 하나가 생기네.
그야말로 눈 깜짝할 사이에

네 눈조차 의심할 일이 생기고 마네.

얼마 후 갈증에 지친 사람들은
제 눈들을 비비며 사방에서 모여들고,
호숫가 한쪽 귀퉁이에서는
목욕재계(沐浴齋戒)하고,
다른 한쪽에서는
신화(神話)를 쓰고
신전(神殿)을 세우느라 분주하네.
「인디아 연꽃」 전문

　희고 붉은 연꽃은 만다라화, 만수사화라고 하여 불교적 진리를 상징하는 꽃이다. 이 꽃은 불국토에 태어난 석가모니 부처를 이 시에서 상징하고 불교적 진리의 법신이 바로 그가 된다. 연꽃 송이 위에 앉아 명상 삼매에 빠진 부처의 모습은 무량한 시간 속의 한 부처에 지나지 않는다. 여러 겁의 수많은 부처들 중에 법신으로 사바세계, 인간의 눈으로 보이는 이 세계에 현현하신 것이다. 이 인연 역시도 무한한 시간대의 한 순간에 이루어진 일인 동시에 영원한 시간 속의 일이다. 그런 불국토의 사람들은 부처를 중심으로 기도와 찬양하거나 신화를 쓰고 신전을 짓는 것이 삶의 중심일 뿐이다. 이 시간의 수레는 또한 생명의 수레이다. 다음으로 강에 관한 부분이다. 시「강가 강의 백사장을 거닐며」를 읽어보자.

　언제부터였을까?

강물에 실려온 모래들이 쌓이고 쌓여
어지간한 바닷가 백사장보다
더 길고, 더 넓고, 더 두터운
모래밭이 형성된 여기.
'바라나시'라는 고도(古都)를 에돌아 흐르는
강가 강 동쪽 변에
허허벌판처럼 펼쳐진
이 모래밭을 거닐며,
먼 옛날 온갖 번뇌를 다스려
깨달음을 얻은 자, 그를 생각하네.

그는, 헤아릴 수 없이 많은
상념(想念)들을 말할 때에도,
헤아릴 수 없이 길고 긴
세월을 말할 때에도
이 곳 모래밭의 모래알을 떠올렸지.

그는, 희노애락의 굴레로부터
벗어날 수 없는 중생들에게
일체의 분별심(分別心)을 내지 않고,
일체의 변함조차 없는
여래(如來)의 덕성을 말할 때에도
발 밑 모래의 모래밭을 떠올렸지.

274

그로부터 줄잡아

이천 오백 년이란 세월이 흐른 지금,

그이 대신에 이방인인 내가 서 있네.

그가 바라보았을

강가 강의 덧없는 강물을 바라보며,

그가 거닐었을

강가 강의 모래밭을 거닐며

나는 생각하고 또 생각하네.

분명, 그가 바라보았던 강은 아니어도

그 강물은 이미 아니고,

분명, 그가 거닐었던 모래밭은 모래밭이어도

그 모래 이미 아니건만

변한 게 없는

이 강가 강의 무심(無心)함을.

그동안 얼마나 많은 풀꽃들이

이곳저곳에서 피었다졌으며,

얼마나 많은 사람들이

그 풀꽃들처럼 명멸되어 갔을까?

무릇, 작은 것은 큰 것의 등에 올라타고

큰 것은 더 큰 것의 품에 안겨

수없이 명멸을 거듭하는 것이

생명의 수레바퀴이거늘

이를 헤아린들 무슨 의미가 있으며
살아 숨쉬지 않는 것이 어디 있겠는가?
「강가 강의 백사장을 거닐며」부분

　강가 강은 인도인들에게 생명의 젖줄이다. 오염된 듯한 강가 강에
서 사람들은 그날 그날의 식수로 사용하고, 또 신을 예배하기 위해
목욕재계를 한다. 이 강은 작은 인도의 지류들에서 많은 오물들과
썩은 것들을 품으면서도 끊임없이 자정작용을 하듯이 인도인들의
마음을 정화시킨다. 이 강에서 인도의 역사는 오래 전부터 시작하여
현재에까지 이르며, 그 모래알들이 쌓인 만큼 그 시간의 부피도 두
껍다. 이 강의 역사와 함께 얼마나 많은 것들이 명멸하여 갔을 것이
며, 얼마나 많은 꽃들이 피었다 졌을까?
　그러나 강은 무념무상에 잠겨 있다. 시인은 이 강가 강에서 번뇌를
다스려 깨달음을 얻은 석가모니 부처를 생각하고, 그가 수많은 상
념, 수많은 시간과 세월들, 일체의 변별심과 일체의 변함이 없는 부
처의 덕성을 항하사(恒河沙)에 비유한 것을 이야기한다. 그러면서 작
은 것은 큰 것의 등에 올라타고, 큰 것은 더 큰 것의 품에 안겨 수없
이 명멸을 거듭하는 것이 생명의 수레바퀴라 하여 이 모래알을 헤아
리는 것이 얼마나 허망한 일인가 반문하는 것은 그만큼 부처의 자비
가 뭇 생명들에 두루두루 나투신다는 뜻일 것이다. 이 시는 강가 강
의 생명력과 여래의 우주만물에 두루 미치는 생명력이 동일한 의미
로 쓰였다 하겠다.
　세 번째로 돌에 관한 시편들을 읽어보자. 먼저 시 「옛 인디아의 석
공(石工)들에게」를 읽어보자.

인디아의 돌은 돌도 아니런가.

돌을 자르고, 깨고, 쪼고, 다듬고, 갈아서

모양을 내는 솜씨로 치면

그대와 견줄 자가 없구나.

이 외진 골짜기 산 밑 거대한 돌 속으로

그려지고 세워지고 구축된 사원과 신전인

그대 '꿈의 궁전'을 들여다보노라면

그대는 정녕 돌이, 돌이 아닌

다른 세상을 살다갔네그려.

오로지 신을 향한 간절함인가.

먹고 살기 위한 그대만의 손끝

피눈물이 흐르는 기교인가.

살아남기 위한 고육지책(苦肉之策)이었던가.

나는 알 수 없다마는

분명한 게 있다면

그대 앞에서 돌은 한낱

찰흙덩이에 불과했다는 사실이네.

그런데 나는 왜

그런 너를 생각하면

눈물이 나는 것일까?

네가 마무리 짓지 못하면

네 아들이 마무리 지었을 것이고

네 아들조차 마무리 짓지 못하면

그 아들의 아들이 마무리 지었을

수많은 석굴사원에 녹아든

행복한 절망이 부질없고

내 눈물조차

부질없음을 알고 있으련만

나는 왜,

너를 생각하면

눈물이,

눈물이 앞을 가리는 것일까?

「옛 인디아의 석공(石工)들에게」전문

백년을 하루 같이 살며

대(代)를 잇고 잇기를 오백년이 넘도록

위로부터는 쪼아 내려오고

옆으로는 파고들어가

그야말로 커다란 바윗덩이 속으로

더 큰 신(神)들과

더 생명력 넘치는 인간들이 함께 살아갈

전당(殿堂), 전당을 빚어놓았네.

분명 돌을 쪼고 새기기를

진흙처럼 여겼으니

그대 손과

그대 머리와
그대 가슴들은
도대체 어디로 와서
어디로 갔는가?

실로 놀랍도다.
놀랍도다.
그대 믿음에 놀랍고
그대 정성에 놀랍고,
그대 순종에 놀랍고,
그대 손끝에서 피어나는
기교에
놀랍도다.
놀랍도다.(중략)

하여 나는 쓸쓸하구나
장엄하고도 거룩한 신전이여.
하여, 모든 게 부질없구나.
단단하지만 진흙에 지나지 않는
돌의 꿈이여.
돌의 말씀이여.

그저 바람결에 흔들리다가
흔적도 없이 사라져가는,

저 푸른 풀잎이

나의 성(城)이요,

그저 부드러운 햇살에 미소 지으며

순간으로 영원을 사는,

저 돌에 핀 작은 꽃이

나의 궁전임을.

─「엘로라 Ellora」부분

첫 번째 시편은 '아잔타, 엘로라, 우랑가바드, 뭄바이, 엘리펀트 아일랜드 등 기타 석굴사원들을 돌아보고'라고 부제가 달린 「옛 인디아의 석공(石工)들에게」이며, 불교 문화유산 앞에서 그것을 만든 석공들을 기리며 시인의 상념을 시로 풀어 쓴 것이다. 돌은 석공들의 삶의 방편이었던 종교적 정념이었던 간에 장인들의 손끝에서 거대한 석굴사원들이 탄생되었으며, 돌을 다루는 그들의 솜씨가 마치 진흙을 다루듯 한 장엄한 예술품 앞에 시인은 감탄을 하면서도 이 석굴사원에 녹아든 행복한 절망에 울고 그 눈물조차 부질없음을 깨닫는다. 석공에게 돌이 하나의 삶에서 겪는 고난이자 기쁨이자 먹기 위한 방편이자 종교적 정념일 것이라는 것이 시인의 생각이다. 그런 돌에 새겨 넣은 석공의 꿈과 돌의 말씀은 세월의 비바람에 닳고 닳아 영원할 것도 영원하지 못하고 단단한 것조차 이미 단단한 것이 되지 못한다. 그래서 모든 게 부질없다고 하여 불교적 무상(無常)을 드러내고 있다. 차라리 그런 돌보다 바람결에 흔들리다가 흔적도 없이 사라지는 푸른 풀잎이 시인에게는 성(城)이며, '순간으로 영원을 사는,/저 돌에 핀 작은 꽃'이 시인에게는 궁전이라고 하여 돌의 단단함과 같은 고체성이 풀과 작은 꽃들과 같은 식물성의 부드러움으로 변화되어 거대한 사원과 궁전, 성에 대비시키고 있다.

네 번째로 사막은 인도기행 시편에서 어떤 의미를 갖는가? 시 「사막 투어」를 읽어보자.

나는 철없이 사막 투어를 떠나네.
얼굴엔 선크림을 바르고
머리엔 창이 긴 모자를 눌러쓰고
도무지 어울리지 않는 선글라스까지 끼고서
그야말로 철없이 사막 투어를 떠나네.

그곳 어디쯤에 서서
그곳 어디쯤을 바라보지만
그것은 분명 수억 수천 년의 세월이 빚어온
한 말씀의 성(城)이요,
그 성의 한 순간 영화인 것을.

아직도 곳곳에 솟아있는
오만한 바윗덩이 부서지고 부셔져서
내 살 같고 내 피 같은 모래알이 되고,
그것들은 다시 바람에 쓸리고 쓸리면서
오늘, 어머니의 젖무덤 같고
궁둥짝 같고
깊은 배꼽 같고

긴 다리 사이 같은

모래뿐인 세상,
적막뿐인 세상 그 한 가운데에 서서
머리 위로는
쏟아지는 햇살로 흥건하게 샤워하고
발밑에서부터 차오르는 어둠으로는
머릴 감으면서
나는 비로소 눈물,
눈물을 쏟아놓네.

아, 고갤 들어 보라.
살아 숨 쉬는, 저 고단한 것들의 끝
실오리 같은 주검마저도 포근하게 다 끌어안고,
혈기왕성한 이 육신의 즙조차 야금야금 빨아 마시는
모래뿐인 세상의 중심에
맹수처럼 웅크린 적막이 나를 노려보네.

한낮, 그 뜨거운 시선에 갇힌
두려움 탓일까?
모래 위에 찍힌 내 발길의
시작과 끝이 겹쳐 보이는 탓일까?
하염없이 흐르는 내 눈물이

마침내 물결쳐가며

머리 위로는

숱한 별들을 닦아 내놓고

발밑으로는

깨끗한 모래톱을 펼쳐 내놓는 이곳에서

숨조차 멎어버릴 것 같은,

그 눈빛 속으로

내가, 내가 드러눕네.

「사막 투어」 전문

　이 시에 대해 시인은 '무엇이 내 심장을 뛰게 하는가? 태양의 두터운 입술도, 바람의 격렬한 포옹도 아니다. 오로지 내 살 같고 내 피 같은 모래알뿐인 사막의 깨끗한 적막이다. 그것은 내 생명의 즙을 빨아 마시지만 내 터럭 같은 주검조차도 포근하게 끌어안는다.'는 글을 남겼다. 이것은 부제라고 하기에는 너무 길고 사막에 대한 시인의 생각을 쓴 듯하다. 이 글에서와 같이 사막의 모래알은 시인에게 있어 피와 살이며 깨끗한 적막이라고 하였다. 시인이 마주한 생의 사막은 무엇인가? 신 앞에서의 단독자로서의 철저한 고독, 그 고독에로 초대 받은 자는 자신의 내면과 마주한다. 그 속에서 적막함이, 맹수처럼 자신을 삼킬 듯한 고독이 시인에게 눈물을 불러온다. 한 남자의 고독한 울음, 한 시인의 고독한 울음, 그 울음은 그치지 않는다. 사막은 눈물방울 속에서 빙글빙글 천천히 거대하게 회전하고 시인의 울음은 사막의 적막을 서서히 부순다. 시인의 울음은 견고하게 쌓여서 점성으로 질기게 붙어있는 모래의 결속력을 해체시킨다. 모래알들이 약간 떨다가 조금씩 움직인다. 마치 울음의 폭풍이 사막의 모래알을 우리 눈앞에 거대하게 날리듯이 울음은 빙글빙글 원운동을 하고 사막의 모래폭풍도 둥글게 휘몰아치지만 시인의 모습은 보이지 않는다. 그 적막 속에서 눈물 흘리며 큰 소리로 흐느껴 우는 시인의 모습조차 이윽고 보이지 않는다. 사막의 모래폭풍이 가려버렸다. 시인의 울음은 얼마나 그 자신의 속을 토해내게 했을까? 속에 차곡차곡 쌓여온 것들이 눈물과 콧물, 침과 얇고 투명한 가래로 끊임없이 가슴에서 치받쳐 올라온다. 오장육부에 쌓인 묵고 삭은 것들이 위장과 식도를 타고 밖으로 끊임없이…… 그 밑바닥에 붙은 것까지 다 토하듯 게워내고 나면 사막은 시인에게 영혼의 모래욕탕이 되어 그의 비워낸 내면을 정화시켜준다. 우리의 시야에서 일순간 사라진 시인은 저 멀리서 하얗고 조그만 몸을 드러낸다. 모래폭풍이 지난 사막에 말갛게 드러나는 풍경을 우리는 본다. 시인의 인도는 이렇듯 자신을 비우는 여정(旅程)이요, 순례(巡禮)이며, 정화(淨化)요, 재생(再生)의 시공이다. 시인은 그 자신만이 들어가지 않고 우리도 거기에 불러들인다. 풍경은 일그러지지도 않고 굴절되지도 않는다. 그 이유는 우리도 거기에 초대되었기 때문이다.

16

사막의 시학 : 그 두 개의 얼굴·1

제12시집 『몽산포 밤바다』에 대하여

"이 물을 마시는 자는 누구나 다시 목마르지 않을 것이다. 그러나
내가 주는 물은 그 사람 안에서 물이 솟는 샘이 되어 영원한 생명을
누리게 할 것이다." "선생님, 그 물을 저에게 주십시오. 그러면 제가
목마르지도 않고, 또 물을 길으러 이리 나오지 않아도 되겠습니다."
이 두 마디의 말은 요한복음 4장 13절에서 15절의 말씀이다. 예수는
사마리아의 한 고을에 이르러 거기에 있는 야곱의 우물에 물을 길으
러 온 한 여인을 만난다. 길을 걷느라 지친 그는 여인에게 마실 물을
청하였다. 이 여인은 그의 부탁에 대해 유대인인 예수가 사마리아인
인 자신에게 마실 물을 청하느냐고 묻고, 예수는 그녀에게 하느님의
선물을 알고 마실 물을 청한 자신이 누구인지를 알게 되면 오히려
여인이 물을 청할 거라는, 이해하기 어려운 이야기를 한다. 그래서
여인은 예수더러 두레박도 없고 우물도 깊은 데 어떻게 자신에게 생
수를 줄 것이냐고 하면서 자신의 조상 야곱보다 더 훌륭한 사람인가
라고 되묻는다. 그러나 예수는 이 야곱이 만들어준 실재하는 우물물
은 마시고 마셔도 목이 마르지만 자신이 주는 물은 영원히 목마르지

않으며, 그 사람 안에서 물이 솟는 샘이 되어 영생을 누릴 것이라고 한다. 그래서 남편이 다섯이 있었으나 결별하고 현재의 남자도 남편이 아닌 채 불행하고 가련한 처지로 살아가고 있는 이 사마리아 여인은 그 물을 달라고 청하면서 자신이 다시는 목마르지 않으며 물을 길으러 이리 나오지 않아도 되겠다고 한다.

이 여인의 말에서 유추되는 것은, 여인은 한 남자의 사랑을 온전히 받은 적이 없거나 한 남자를 온전히 사랑하지 못하였기에 그 시대의 일반 여자들과는 다른 비참한 처지로 악덕 속에서 정결치 못한 모습으로 살면서도 현재의 동거남과도 사랑의 관계를 이루고 있지 못하는 여인임을 알 수 있다. 그러기에 그녀는 끊임없이 사랑을 찾아 헤매는 여인이다. 이 여인이 찾는 것은 그 시대의 여인들처럼 남자와 결혼함으로써 얻을 수 있는 부와 명예, 사회적 지위, 사랑 등이었을 것이다. 그 이유는 현실에서 물은 인간에게 필수이기에 매일 마셔야 하는 것이지만, 예수가 말한 그런 '영생수'를 준다면 다시 물을 길으러 나오지 않아도 목마르지 않을 것이라고 한 그녀의 말에서 알 수 있겠다. 이 여인은 사마리아인에다 불행하기 그지없는 처지에 놓인 자신에게 신적인 사랑에 가득 찬 눈빛으로 바라보며, 다시 목마르지 않는 물을 주겠다고 한 젊은 유대인 남자 예수에 대해 어떤 생각을 했을까?

여인은 이 예수에게 자신의 희망과 사랑, 미래를 다 걸고 싶기에 남편이 없다고 대답한다. 그 말을 듣고 여인에 대해 모든 걸 다 알고 있는 예수는 여인에게 그녀의 말이 맞다고 한다. 왜냐하면, 과거에 다섯 명의 남편이 있었고, 현재의 동거남은 결혼으로 맺어진 남편이 아니기 때문이라고 한다. 이 모든 사실을 다 알고 있는 예수 앞에서 그녀는 예언자라고 생각하면서 그리스도라는 메시아가 오신다는 걸 알고 있고, 그가 오면 모든 걸 알려준다고 한다. 그 때 예수는 "너와 말하고 있는 내가 바로 그 사람이다."라고 자신의 정체를 드러낸다. 예수와 여인과의 대화는 단 둘이 이루어진다. 왜냐하면, 제자들은 모두 먹을 것을 사러 고을에 가 있었기 때문이다. 이 여인의 불행한 처지에는 갈망[longing]이 있었다. 그녀의 이 갈망은 그 무엇으로도 채워지지 않았다. 갈망으로 인하여 악덕에 빠지고, 그 결과 불행한 삶의 연속이었던 여인은 예수를 만남으로써 바깥에서 우물을 구하는 것이 아니라 안에서 우물을 구하게 되어 갈망에서 해방된다. 예수 그리스도는 그녀에게 이 갈망을 멈추게 하고 갈망으로부터 해방케 한 메시아였다. 그러니 이 여인은 물론, 일상의 필요로 물을 뜨러 나오기도 하였지만 다시는 물을 길으러 이리 나오지 않아도 된다는 말에서 그녀가 물을 뜨러 나온 것이 새로운 사람을 찾아 나왔었다는 속뜻을 감추고 있음을 알아야 한다.

사막은 갈망들이 부딪치고 충돌하는 현장이면서도 그 충돌을 잠재우고 갈망을 잠 재워 안의 생명수를 품을 수 있는 공간의 기능을 한다. 왜냐하면, 사막은 그 자체로 아무 쓸모없이 황량하며 생명을 기를 수 없는 곳이지만 그 속에 감추고 있는 우물, 오아시스, 생명수를 품고 있기에 사막은 정화와 재생의 공간으로 거듭나므로 귀하고 가치를 지니게 된다. 그러니 예수는 사마리아의 여인에게 일상의 목마름을 해소하는 물을 얻으려고 하였고, 그녀는 그런 예수로부터 영원한 생명수를 얻게 되었던 것이다. 그녀에게 예수와의 만남은 자신의 삶을 바꾸는 구원의 획기적인 사건이었다. 세상/바깥에서 오는 것을 버리고 영적 생활/내면에 계시는 하느님을 찾는 것이 바로 영원한 생명수를 얻는 것이고, 이것이 바로 예수가 말한 '그 사람 안에서 물이 솟는 샘이 되어 영원한 생명을 누릴 것'이기 때문이다.

상강(霜降)이 지나고 첫서리가 왔다는 소식과 더불어 날로 메마르고 차가운 바람이 불어와 한층 맑고 깨끗하여 투명해진 대기 속에서 높다란 하늘을 올려다보면 구름은 소리 없이 흐르고 있다. 소리 없는 흐름과 소리 있는 흐름이 이 세상을 어떤 식으로든 이끌어 가는 속에서 주체는 이 두 힘에 휘말림 없이 균형을 가지고 양팔을 벌리고 서 있는 것이다. 어느 한 쪽으로 기울지 않고 늘 그 자리를 지키기 위하여 때로는 이글거리는 사막의 적요와 시끄러운 광장이나 거리의 소음이 그의 귀를 두드리는데 그는 안간힘을 다하여 이 소리들을 가슴에 묻고자 한다. 소리가 불러내는 기억들을 밀실에 유폐시키거나 그 창고에 쌓거나 한다. 소리 없이 흐르는 구름은 침묵 속에서도 끊임없이 몸을 바꾼다. 하루에 한 오 분을 하늘을 올려다보고 구름의 이동을 지켜보라. 저 구름이 바람의 속도 여하에 따라 빠르게 이동할 때도 느리게 이동할 때도 있는데 양쪽의 이동이 빚어내는 구름의 작품은 경이롭다. 구름은 쉼 없이 여러 모양을 만든다. 우리들 몰래 구름은 물고기를 만들고 집을 만들고 꽃을 만들고 자동차를 만들고 양탄자를 만들고 수레도 만들기도 하면서 커다란 산을 만들고 거기에 나무들을 만들어 새를 깃들게 하여 노래하는 소리를 들려주거나 그 숲에 사는 동물들을 만든다. 여우, 늑대, 호랑이, 곰, 멧돼지, 다람쥐 등.

우리들의 곁에는 한 대의 퍼스널 컴퓨터가 있거나 이동을 위하여 휴대가 편한 노트북이 있다. 그 속에서도 소리 없이 많은 정보들이 생산되고 그 정보의 홍수라 불리는 강이 계속 흐른다. 우리의 눈에 띄지 않는 곳에서 검은 돈이 흐르고 밀담이나 부정한 거래가 이루어진다. 가진 자들은 더 가지기 위해서 자신을 비호하는 세력들을 엮어서 끊임없이 부를 축척하고 그들의 생산품을 소비자들이 돈을 지불하고 사지만 그 돈은 돌아오지 않고 부는 계속 높은 빌딩을 쌓는다. 글로벌 경제의 위기로 기업들의 구조조정은 대량해고와 비정규직 양산의 결과를 가져왔다. 이른바, '파견'이라는 말은 이런 비정규직 노동자들을 현장에 투여하는 일자리 소개 및 관리업체이다, 이를 파견회사라고 부른다. 기업은 정규직을 줄이고 퇴직금과 4대 보험의 혜택을 주지 않아도 되기 때문에 비정규직을 고용함으로써 이윤을 더 남길 수가 있는 것이다. 그러니 정사원과 파견사원, 즉 정규직와 비정규직 간의 차별은 엄연히 존재하는 현실이다. 이렇게 공존하는 노동시장과 그 현장은 바로 '사막'이다. 무한 경쟁사회의 도래와 고도소비사회는 인간의 사막인 것이다. 인간의 사회적, 경제적 환경이 사막화되어 가고 있다. 이 거대하게 사막화되어 가는 공간 속에서 인간들 서로의 욕망이 부딪쳐서 시끄러운 파열음을 내면서 소음이 생산된다. 거기에 비하면 자연물은 얼마나 고요함을 간직하며 소리가 나도 늘 우리에게 아름답게 들려온다. 인간의 삶의 환경이 황폐화, 사막화되는 21세기에는 소리 없이 사이버 공간이 사막이 된다. 이 사막들 속에서 시인은 울부짖는다. 고독하여 울부짖고, 사막과 투쟁하기에 울부짖는다. 아프리카 수사자처럼 빛나는 갈기를 휘날리며 이 사막과 싸워서 이겨줄 시인이 온다.

시인의 제12시집 『몽산포 밤바다』에는 이런 사막이 지닌 두 개의 얼굴이 있다. 그의 시편들은 사막이 지니는 부정적 이미지와 긍정적 이미지를 동시에 구축해낸다. 그 부정적 이미지의 사막 속에서 버티어 가는 주체의 모습을 그려서 보여준다.

> 일 년 삼백육십오일 내내/비 한 방울 내리지 않는/이곳에//서 있는 산은 서 있는 채로/누워 있는 돌은 누운 채로//깨어지며 부서지며/모래알이 되어가는/숨 막히는/이곳에//아지랑이 피어오르고/간간이 바람 불어/모래알 날리며/뜨거운 햇살 내려 쌓이네.//수수만 년 전부터/그리 실려 가고/그리 실려 온/바람도 쌓이고/적막도 쌓이고/별빛도 쌓여서//웅장한 성(城) 가운데/성을 이루고/화려한 궁전 가운데/궁전을 지었네그려.//나는/그 성에 갇혀/깨끗한 모래알로/긴 머릴 감고,/나는/그 궁전에 갇혀/순결한 모래알로/구석구석 알몸을 씻네.//검은 돌은/검은 모래 만들고/붉은 돌은/붉은 모래 만들고/흰 돌은/흰 모래를 만들어내는//이곳 단단한/시간에 갇혀/나는 미라가 되고//이곳 차디찬/적막에 갇혀/그조차 무너지고 부서지며//마침내/진토(塵土) 되어/가볍게 바람에 쓸려가고/가볍게 별빛에 밀려오네.
>
> 「사하라 사막에 서서」 전문

생명이라고는 어디에도 찾아볼 수 없는 불모의 땅 사막에 시적 화자는 적막 속에 갇혀 '깨끗한 모래알로 긴 머릴 감고', '순결한 모래알로 구석구석 알몸을 씻네'라고 하여 정화의 씻김을 한다. 시적 화자는 남성이 아니라 여성으로 되어 있고, 사막은 하나의 웅장한 성으로 되어 있어서 남성이다. 사막이라는 남성과 거기의 단단한 시간과 차디찬 적막에 갇힌 나는 여성으로서 머리를 감고 알몸을 씻는다. 이 때 사막은 성(城) 속의 거대한 욕탕이 된다. 시적 화자 내가 적막과 시간 속에서 무너지고 부서져 진토가 될 수 있는 이유는 사막

과 내가 하나가 되기 때문이다. 사막이 나의 성과 욕탕이 되고 알몸
인 채 그 모래 욕탕물에 몸을 담근다는 것은 사막과의 결합이다. 이
결합에서 나는 진토가 되어 자신을 지운다. 주체가 지워지는 이 사
막의 공간과 시간은 태초로부터 현재와 미래로 이어진다. 이 장대
한 시공간에서 나는 한낱 진토에 지나지 않고 보잘 것 없으며 사막
과 일체가 되는 존재일 뿐이다. 이것은 마치 광대한 우주의 시공간
속에 놓인 아주 작은 지구에 사는 인간과 대비하여 생각하면 얼마나
보잘 것 없는 존재가 인간인가를 깨닫게 한다. 그런 인간들끼리 욕
망이 충돌하여 거대한 사막을 만든다.

시인은 작품「우문우답(愚問愚答)」에서 현대사회를 포스트모던 사회
라 하고, 그것은 '대중에 의해 모든 가치가 매겨지고,/모든 의미가 부
여되는 구조적인 덫'이라 한다. 그래서 이런 사회는 시끄러운 오늘만
있고 어제와 내일이 없는 사회라 한다. 그리고 시「대중」에서 대중은
'제 눈과 제 귀를 가지고도/남의 것을 빌려 사는 사람들'이라고 보았
다. 그 의미는 주체로서 자리매김 되지 못한 채 눈과 귀가 가려진 사
람들이라는 의미이다. 그리고 시「하이에나」에서 굶주린 현대인과
누리꾼을 비겁하고 추악하며 폭력적인 아프리카 초원의 하이에나에
비유하여 비꼬고 있다. 그러나 이 시에서 시적 화자인 나는 '하이에
나 무리 속으로 걸어 들어가는/또 다른 하이에나'이며, '먹어도 먹어
도 늘 허기진 누리꾼'이라 한다. 끝없는 갈망으로 가득 찬 주체는 시
「가시나무」에서 사막의 가시나무로 비유되고 있다.

가시나무, 가시나무,
나는 가시나무.

비 한 방울 들지 않는 사막 가운데
홀로 사는 가시나무.

가시나무, 가시나무,
나는 가시나무.

나귀 한 마리 쉬어갈 수 있는
한 조각 그늘조차 들지 않고,

작은 새들조차 지쳐
깃들기도 어려운 가시나무.

가시나무, 가시나무,
나는 가시나무.

마침내 갈증의 불길 속으로
던져지는 가시나무.

가시나무, 가시나무,
나는 가시나무.
　「가시나무」전문

　시적 화자의 자기 인식은 사막과 같은 불모지에서나 자생하고 있
는 '가시나무'라고 한다. 이 인식은 첫 연과 마지막 연에서 반복되고

있어 그 의미가 한층 더 강조되고 있다. 모진 환경에 둘러싸여 생존해야하는 가시나무는 사막과 같은 갈증의 상징이다. 사막이나 사막에서 자생하는 가시나무나 같은 의미이다. 그런 사물이 시적 화자인 나와 동일시되고 있다. 고독과 척박하고 모진 환경에서 자라다 보니 풍성한 가지와 잎들조차 없어 나귀 한 마리 쉴 그림자 없고 작은 새들조차 깃들 수 없다. 이런 가시나무는 갈증의 불길 속으로 던져지리라.

이 시는 시인의 자기 내면의 고백이다. 세상의 황량한 사막에서 살면서 하이에나로 서로 먹고 먹히는 먹이사슬을 벗어날 수 없는 동물처럼 인간 역시 부, 명예, 지위, 높은 신분과 그에 상응하는 인간관계를 구하기 위하여 갈망을 일으킨다. 이 갈망은 욕망이며 욕망은 무한대이다. 광활한 사막은 바로 무한대인 욕망이다. 이 욕망들이 부딪쳐서 황량한 것이 바로 사막이다. 그러니 거기에 자생하는 가시나무는 갈증의 불길로 던져질 운명이 도정되어 있을 뿐이다. 이 부정적인 자화상을 불 속에 던져서 태워버리는 것이나 사막의 욕탕에서 알몸을 씻는 것은 물과 불의 정화와 같은 효과이다. 여기에서 주체는 지워지지 않으면, 즉 주체는 소멸되거나 죽지 않으면 새로운 주체로 탄생되지 않는다. 그러니 이런 하이에나나 사막의 가시나무 같은 주체는 버려야 할 내 안의 욕망 덩어리, 마셔도 마셔도 갈증이 나는 갈망일 뿐이다. 이와 같은 인간의 욕망은 만리장성을 쌓아올린 장엄한 무지라고 시인은 일갈한다.

얼마나 많은 노동력을 착취했으며,
얼마나 많은 인권을 유린하였을까?

인간의 욕망이 욕망을 짓이기면서
쌓아올린 장엄한 무지.

그러나 누구나 자신의 내부에, 변방으로 뻗은
그런 성(城)을 쌓고들 싶어하지.
　　-「만리장성(萬里長城)·2」전문

　시인에게 중국의 만리장성은 좋은 구경거리가 아니다. 그에게 만
리장성은 수탈과 억압의 역사적 산물이며, 다른 인간의 욕망을 짓이
겨서 쌓아올린 장엄한 무지의 성이자 욕망이 쌓아올린 성에 지나지
않는다. 그 만리장성에서 인간의 내부에 은밀하게 서식하는 추악하
고 간사하며 다른 욕망들을 자신의 배에 채워 넣는 아프리카 초원의
포식자 하이에나를 본다. 만리장성이 장엄한 무지인 것은 상생하고
인간성이 회복되어 공평하며 평화롭게 영위되어야 할 인간의 삶이
무너지고, 지배와 피지배의 구도 아래 욕망을 강제로 거세당한 피지
배민들의 피땀으로 쌓아올린 것이기 때문이다. 시인에게 라틴 아메
리카의 대성당이나 인도의 타지마할과 같은 유산들은 그의 눈에 단
순히 눈을 즐겁게 하는 구경거리가 되지 못하고 억압과 지배의 역사
적 산물에 지나지 않는다. 이것은 창세기 11장에 나오는 인간의 거
대한 욕망의 바벨탑 -바벨은 '하늘의 문'이라는 뜻이며 히브리 말 '발랄'(뒤
섞다, 어지럽히다)과 연관된다- 과 다름없다. 이 욕망은 시 「만리장성(萬
里長城)·3」에서 "목이 타는 가뭄./끝내 해갈이 되어도/가뭄이 그리워
지는 갈증이다."라고 하여 시인에게 사하라 사막과 만리장성은 같은
이미지의 연쇄고리라 하겠다. 이러한 욕망은 결코 멈춤이 없었다.

시인은 시「우문(愚問)」에서 이와 같은 욕망을 끝없이 불러일으키고 주체를 호명하는 고도소비사회와 무한경쟁사회의 삭막한 세상에 대해 그 세상을 이루며 살아가고 있는 사람들에게 묻는다.

> 우리는,
> 어디로 가는 것일까?
> 어디로 질주하는 것일까?
> 시도 때도 없이,
> 밤낮을 가리지 않고
> 어디로, 어디로들,
> 돌진(突進)하는 것일까?
> 매진(邁進)하는 것일까?
> 저 휘황한 불빛 속으로 달려드는
> 한 마리 나방이 되어
> 어디로들 가는 것일까?
> 어디로들 질주하는 것일까?
> 어디로들 매진하는 것일까?
> 「우문(愚問)」전문

한 마리의 불나방처럼 자멸할지도 모르는 현대의 황량한 사막의 불길 속으로 돌진하고 매진해가는 우리들에게 시인은 반복하여 묻는다. 어디로들 가는 것일까?/어디로들 질주하는 것일까?/어디로들 매진하는 것일까? 어떤 방향도 가지지 못한 채, 자기의 눈과 귀를 놔두고 다른 사람의 눈과 귀를 빌려 거기에 편승하여 거대한 무리를 짓고 그 무리에 떠밀려 흘러가는, 혹 공멸의 길로 갈지도 모르는 우리들의 모습을 시인은 냉철하게 바라보며 묻고 있다. 사이버 공간의 황량한 사막 속에 스마트폰으로 거는 전화, 문자, 카카오톡, 밴드, 인터넷 블로그, 카페, 트위터…. 이런 인간관계의 네트워크가 만남과 편지를 밀어내고 압도적으로 관계 맺는 방법을 양산하지만 현대인들은 더욱 고독하다. 그 이유는 그들은 무한경쟁과 고도소비 사회가 불러온 물신화된 풍조 속에서 사람의 연결 가치를 절하시켜 소중하게 여기지 않게 만들어가고 있기 때문이다. 오히려 만남이 없이 '선상(線上)'으로만 연결된 그 곳에서 자행되는 폭력이 난무하고 그 속에서 서로 잡아먹고 먹히고 있다. 네트워크상에서 접속될 때만 너와나는 하나이며 배터리가 나가거나 어느 한쪽이 끊으면 바로 관계가지워지는 이 물신화된 관계 속의 인간관계들은 연결 가치를 오히려떨어뜨리고 있다. 시인은 이러한 세상에 대해 그 자신이 텅 빈 세상의 한 그루 헐벗은 미루나무로 서서 이글거리는 눈빛을 깃발처럼 내걸고 세상을 냉철하게 바라보겠다고 한다.

하늘에서 바라보면
한낱 지렁이 꿈틀거리듯
굽이치던 장강도 꽁꽁 얼어붙고
산과 들은 백지장처럼 하얀 눈으로
온통 뒤덮여 있다.

그해 겨울,

나도 한 그루 헐벗은 미루나무처럼

그 깊은 겨울에 갇혀서

숨죽인 대지의 심장 뛰는 소리에 귀를 묻고

그 텅 빈 세상에 갇혀서

이글거리는 눈빛을 깃발처럼 내걸어 놓는다.

「그해 겨울」 전문

　　이 시는 한겨울 풍경이 한 폭의 수묵화처럼 펼쳐진 가운데 시인
은 가지에 잎들을 다 떨어뜨린, 비어있는 한 그루 미루나무로 서 있
다. 겨울이 지닌 무거운 침묵 속에 시인은 마치 이 풍경들과 묵상 속
에서 대화를 하는 듯하다. 그리고 시인 자신이 미루나무 되어 텅 비
어 버린 세상에 갇히고 깊은 겨울 속에 갇혀 대지의 심장 뛰는 소리
에 귀를 기울이고 이글거리는 눈빛으로 세상을 바라본다. 사막처럼
황량한 세상, 겨울의 텅 빈 것 같은 세상을 시인의 눈으로 바라보겠
다는 자세를 견지하고 있다. 시인의 자세란 바로 세상과 거리를 두
는 일이다. 그것은 시인 자신이 세상 것을 추구하지 않고 끊임없이
자신을 텅 비워가는 일이다. 그의 시에서 말하는 '텅 빈 것'이란 이
렇게 두 가지 의미가 중첩되어 있다. 완전히 비워서 텅 빈 것(비움)만
으로 사막화 된 '텅 빈 세상'을 극복할 수가 있다. 참된 "평화는 육신
의 노예가 된 사람의 마음에 있는 것이 아니고, 바깥일에만 몰두하
는 사람의 마음에 있는 것도 아니며, 오직 열심히 영적 생활을 하는
사람의 마음에만 있는 것이다."(『준주성범』) 헛된 희망을 피하고 마음
의 교만-我慢-을 이기며, 영원한 생명인 진리의 말씀에 귀를 기울이
는 것이 시인의 본분이다. 그렇게 할 때, 시인은 예수가 사마리아 여

인에게 말해주었듯이 '그 사람 안에서 물이 솟는 샘이 되어 영원한 생명을 누릴' 특별한 은총의 직분으로 불리움을 받는다. 거기에 詩人(시인)이라는 한자가 말해주듯 시인은 언어의 절에서 수행 정진하는 수행자이니 정신의 자유를 방탕의 그릇된 열정에 쏟지 말며, 오로지 진아(眞我)를 찾아 무아(無我)에 이르러야 마땅하다. 참다운 시인이야말로, '그 사람 안에 솟는 샘'을 가진 사람이고, 그는 그 샘의 물을 길어 이웃과 나누어 마시는 자이다. 이 의미는 끝없는 영적 생활을 통하여 그 사람 안에 솟아오르는 샘에서 물을 길어 올리는 것이 그가 해야 할 몫이다. 즉, 예수가 우리에게 주겠다는 물은 바로 마중물이며, 그 마중물을 넣어서 펌프질을 하면 대지의 몸속에 내장되어 흐르는 지하수를 이끌어 내는 펌프가 시인이다. 또한 시인이야말로, 사막의 우물을 간직한 자이며, 내면의 고독 속에서 영적 해방을 이루어 참다운 자유를 누리는 자이다.

불후의 시인 장 니콜라 아르튀르 랭보[Jean-Nicolas Arthur Rimbaud, 1854-1891]는 매일의 산책길에서 만난 늙은 걸인 노파에게 한 송이 장미꽃을 주었다. 그녀는 많은 사람들에게 돈을 얻어서 살아갔지만 랭보가 주는 한 송이 장미꽃에 감동을 받았다. 그녀의 삶은 얻어서 살아야 하는 걸인의 신세였지만 시인은 그녀를 한 없이 아름답고 고귀한 한 여인으로 받들어준 것이다. 장미꽃을 받은 그 여인은 며칠 동안 구걸을 하지 않았다고 한다. 왜냐하면, 그녀는 랭보가 준 선물로도 며칠을 기쁨에 넘쳐 살 수 있었기 때문이다. 사람은 자신을 귀한 사람대접을 해줄 때 사랑을 느낀다. 인간은 사랑하며 사랑 받는 존재이다. 불행하며 정결치 못한 악덕의 어둠 속에서 헛된 희망을 갈망한 한 여인은 사랑을 찾아서 우물가로 나왔다. 매일 같이 그녀는 나왔을 것이다. 우물가는 공동체의 사람을 비롯하여 나그네들이 길을 가다 지쳐 잠시 목을 축이고 쉬었다 가는 곳이다. 그녀는 어둠 속에서 희망을 끊임없이 찾았다. 그녀의 처지가 어떻던 그녀는 희망을 구해야 했다. 그런 그녀에게 예수는 '그 사람 안에 솟는 샘'을 선물로 줌으로써 이차적 의미인 물을 뜨러 나오지 않아도 되었다. 바깥에서 끊임없이 찾았던 그녀는 자기 안에 있는 물을 긷는 법/복음을 알게 된 것이다. 하느님의 선물은 바로 그것이며, 시인은 하느님만이 줄 수 있는 선물/마중물을 하느님을 대신하여 이웃들에게 나누어 주는 사람이다. 뭔가를 구한다는 것은 갈망이다. "구하라, 그러면 얻을 것이다" "문을 두드려라, 그러면 열릴 것이다" 이 말과 함께 아무런 열정이 없는 믿음은 뱉어버리라고 한다.

시에 대해 열정이 없는 시인은 시인이 아니다. 시에 대한 열정은 곧 시인 자신과 이웃들을 흠뻑 적셔주기 위하여 끊임없는 펌프질을 통해 얻어내는, 다시는 목마르지 않는 영원한 진리의 생명수를 구하는 길이다. '다시는 목마르지 않는 물'만이 우리의 그릇된 욕망을, 그 욕망이 불러온 거대한 광기의 역사를 잠재우고, 다시는 되풀이 하지 않게 할 것이다. 이 생명수는 메마르며 사막화되어 가는 현대를 사는 독자들을 흠뻑 적셔줄 것이며, 시인은 그렇게 하기 위해서 자신이 끊임없이 내적 여정을 걸으면서 구해야 하고, 그것을 나누기 위해 사막화된 현대인들의 완고해진 마음의 문을 두드려야 한다. 그 문들이 모두 열리면 사막은 극복될 것이며, 시인의 직분을 다하게 된다. 시인은 자신의 제12시집 『몽산포 밤바다』에서 와서 그 직분의 결실을 맺고 있으며, 하느님의 선물이 그에게도 그 길에서 많이 주어졌을 걸로 사려 되는 바, 현재와 미래의 그의 삶에서 기쁨과 감사의 나날이 될 줄로 믿는다.

17

사막의 시학 : 그 두 개의 얼굴·2

제12시집 『몽산포 밤바다』에 대하여

　사막은 불모지여서 인간에게 아무런 가치가 없다. 그래서 사막의 교부들은 인간에게 아무런 가치가 없다는 점 때문에 그것은 하느님 보시기에 지극히 가치 있는 것으로 창조되었다고 생각하였다고 한다. 그러므로 사막은 그 자체로 존재하기 위해 창조된 것으로 인간이 다른 어떤 것으로 변형시키라고 창조되지는 않았다. 현대의 영성가 토마스 머튼은 『고독 속의 명상』이라는 저서에서 "사막은 그 자신 이외에는 아무 것도 되기를 원하지 않는 사람, 즉 고독하고 가난하며 하느님 이외에는 그 누구에게도 의지하지 않는 피조물, 그 자신과 창조주 사이에 어떤 중요한 계획도 끌어들이지 않는 피조물의 필연적인 주거지"라고 하였다. 그리고 그는 사막의 또 다른 요소로서 첫째 '광란의 장소'이며, 둘째 이집트 북부의 광야로 쫓겨나 목이 타는 메마른 지역에서 방황하는 악마의 도피처라고 하였다. 두 번째의 요소에 대해서 갈증은 인간을 미치게 만들고, 악마는 바로 우월성 안에 안주하므로 잃어버린 자신의 우월성에 대한 일종의 갈증으로 미쳐있다고 하였다. 그런 까닭에 진아(眞我)를 찾기 위하여 사막으

로 들어가는 사람은 미치지 않아야 하며, 악마의 종이 되지 말아야
한다.

그러나 오늘날의 사막은 인간이 자신의 힘으로 파괴하려는 힘의
시험 장소다. 그러니 하느님을 필요로 하지 않고, 인간 자신의 힘에
의지하여 사막에 거대한 바벨탑과 같은 도시를 건설한다. 그 도시의
혈관에는 돈이 끝없이 흐르며 악마적이며 영악하고 야비한 미소들
과 함께 비리와 부정을 감추고 있다. 이 도시의 자궁에는 파괴의 도
구들이 태어난다. 인간이 돈과 기계를 사막으로 옮겨가 살면서 권력
과 부를 주겠다는 악마를 따름으로 오늘날은 모든 곳이 사막이 되어
버렸다. 그러니 현재에 만연한 사막은 성찰을 통해 악마와의 영적
투쟁을 하며 잃었던 은총을 회복하기 위한 정화의 자리요, 고독한
영적 투쟁의 터전이다.

시인은 이런 현재의 사막에서 들여오는 정화의 소리, 회복의 소리,
생명의 소리를 듣는다. 사막 자체가 품고 있는 그 소리를 듣기 위해
그는 이러한 현대의 사막이 지니는 절망과 끊임없이 싸운다. 그의
시집은 우리에게 영적 투쟁의 광야로 불러낸다. 그가 혼자만 싸우는
것이 아니라 함께 싸워서 이겨보자고 한다. 그가 찾고자 하는 구원
의 진리, 생명은 바로 그 투쟁에 직면하여 얻어내는 귀한 결실이다.
그의 시 「불면」에는 이러한 영적 투쟁으로 깨어있는 시인의 모습이
보인다.

어젯밤은
쌓인 눈 더미의 무게를 이겨내지 못하고
늙은 소나무 가지 부러지며

찢어지는 소리 지척에서 들리더니

오늘밤은
대숲에 거센 바람 몰아쳐
이리저리 댓잎 쓸리고,
곧다는 그마저 꺾이어
끌려가는 소리에 잠 못 이루네.

수상타, 세상의 거친 바람을 탓하랴.
부러지기 전에 먼저 휘는 저들을 탓하랴.
아니 휘고, 아니 부러지려다가
끝내 꺾이고 마는 너를,
너를 탓하랴.
「불면」 전문

　시인은 세상의 풍설이 혹독하여 꺾이고 마는 늙은 소나무 가지를 탓하고자 하지 않는다. 늙은 소나무로 상징되는 것은 그 풍설의 세월 속에서도 의연하게 꺾이지 않고 지켜온 어떤 기상, 절개이련마는 그것도 모진 풍설에 꺾이는 걸 보고 안타까움을 금치 못한다. 그러니 풍설을 탓할 수도, 부러지기 전에 휘어지는 이들도 휘거나 꺾이지 않으려고 최후까지 버티다가 끝내 꺾이는 이들도 탓하지 않는다. 이 늙은 소나무와 대나무 같은 이들이 분명히 있을진대 이 시에서 중요한 것은 풍설로 비유되는 세상이 지닌 악마성에 따라가지 않고 의연함을 지키려는 이들에 대한 따뜻함이다. 그러니 시인은 이러한 극악한 상황으로 인해 편안하게 잠들 수 없음을 노래하였다. 이 시에서 우리는 풍설, 소나무와 댓잎이 부러지거나 쓸리는 소리를 듣는다. 이 소리는 절망스런 소리임에는 틀림없지만 우리를 둘러싼 사막의 거친 소리이며, 악마들의 광란이다. 이 악마들은 소나무와 대나무로 상징되는 절조를 꺾으려고 광란의 몸부림을 치는 최후의 일격을 가하는 자들이다. 이 악마들은 아주 조직적으로 힘을 모으며, 겉으로는 영악하며 야비한 미소를 띠우고 사람들을 염탐하며 비밀로 가득 찬 밀실을 가지고 있다. 그 밀실에서 사람들의 생명을 말살시키고자 하는 온갖 부정과 비리, 기만, 중상, 사기, 타락의 악덕을 제조하고 있는 것이다. 이들은 사막에 거대한 도시를 만들어 도시의 혈관에 끊임없는 중상의 피를 흐르게 하는 무리들이다. 그러니 시인은 작품「그해 겨울」에서처럼 "숨죽인 대지의 심장 뛰는 소리에 귀를 묻고/그 텅 빈 세상에 갇혀서/이글거리는 눈빛을 깃발처럼 내걸어 놓는다"고 했듯이 이런 사막과 싸우겠다는 의지를 표현하고 있다고 하겠다.

　시인이 꿈꾸는 사막과 대척점에 있는 세계는 무엇인가. 시「뚝섬」을 읽어보자.

1.
어느 날 불현듯 (네가) 그리워 그리워지면
하던 일 멈추고 단숨에 달려가는 곳
뚝섬, 그곳에 서면 그곳에 서면
나보다 꼭 한 걸음씩 앞서가며
형형색색 들꽃들을 흔들어 깨워놓는

실바람 불고 실바람 불고

그곳, 그곳에 서면 모든 게 신비로워라.
하늘과 땅이 속삭이는 소리, 소리 들리고
그곳, 그곳에 서면 모두가 아름다워라.
손을 꼭 잡고 함께 걷는 이들의 달콤한
사랑이 흐르고, 끝없는 길, 길이 열리는 뚝섬.
사랑이 흐르고, 끝없는 길, 길이 열리는 뚝섬.

2.
어느 날 불쑥 (네가) 보고파 보고파지면
하던 일 멈추고 단숨에 달려가는 곳
뚝섬, 그곳에 서면 그곳에 서면
나보다 꼭 한 걸음씩 먼저 가며
금빛은빛 물결(을) 비단처럼 깔아놓는
아침저녁 햇살에 섬세한 손길이 있네.

그곳, 그곳에 서면 모든 게 신비로워라.
하늘과 땅이 속삭이는 소리, 소리 들리고
그곳, 그곳에 서면 모두가 아름다워라.
손을 꼭 잡고 함께 걷는 이들의 달콤한
사랑이 흐르고, 끝없는 길, 길이 열리는 뚝섬.
사랑이 흐르고, 끝없는 길, 길이 열리는 뚝섬.
「뚝섬」 전문

1의 제2연과 2의 제2연이 동일하게 길게 반복되는 구조를 가진 이 시는 뚝섬이라는 실재의 장소이기도 하지만 시인이 다다르고자 하는 사막의 대척점에 있는 어떤, 이상적인 공간이다. 그곳은 시적 화자가 너를 그리워 찾아가는 곳이며, 형형색색의 들꽃을 흔들어 깨워놓는 실바람이 부는 곳이며, 금빛은빛 물결을 비단처럼 깔아놓는 아침저녁 햇살의 섬세한 손길이 있는 곳이다. '너'는 여기에서 실재의 뚝섬이면서도 시인이 꿈꾸는 이상향이다. 현대의 사막과는 다른 형형색색의 들꽃이 만발하고, 따스한 아침저녁 햇살의 섬세한 손길이 돌보는 곳이다. 그러니 시인이 꿈꾸는 이상향의 공간으로, 반복되어 의미를 더욱 강조하였듯이 '신비로운' 곳이다. 그 이유는 하늘과 땅이 서로 속삭이는 소리가 들리며, 모두가 아름다워지는 곳이기 때문이다. 그리고 거기에는 서로 경쟁하거나 반목하는 이들이 없으며, 함께 손잡고 걷는 이들의 사랑이 흐르고, 그들이 걷는 여정의 길이 있으며, 바로 그 길이 열리는 곳이다. 그러니 모든 것이 시인에게는 신비로울 수밖에 없는 곳이다. 하늘과 땅이 속삭이며 하나가 되는 곳에는 사랑이 흐르고, 그 아름다운 길이 끝없이 펼쳐지고 길이 열린다.

　　하지만 현대의 사막은 곳곳에 길이 막혀 있으며, 그런 곳에는 사랑이 흐르지 않아서 함께 손을 꼭 잡고 걷지 않는다. 사람들은 서로의 마음에 벽을 만들어 폐쇄되어 있다. 인공적이며 자연에서 저 만치 물러나 있다. 이것은 곧 사막이며, 시인은 그런 인공적인 것으로부터 우리의 시선을 자연과 우주로 향하게 한다. 인간과 동식물의 생명을 회복시키는 길은 현대의 사막을 극복하고, 자연과 우주와 동식물과 사람이 조화롭게 손을 잡고 서로 사랑하며, 만상이 동귀하는 길이다. 그 길은 아름다우며 신비롭고 끝없이 열린 길이다. 사막은 자연과 우주, 인간과 동식물을 수단화하여 인공적으로 만들어놓은 모조품에 지나지 않으며, 섬세한 손길 대신에 악마의 손에 의해 조종당하는 곳이란 뜻이다. 이와 비슷한 의미의 시「청명(淸明)」을 읽어 보자.

> 비온 뒤 맑게 갠 하늘을 가슴 가득 담아 보시라.
> 그 청명함은 우리의 발걸음 한결 가볍게 하고,
> 그 투명한 햇살은 세상을 더욱 눈부시게 하네.
>
> 비온 뒤 촉촉이 젖은 대지를 맨발로 걸어 보시라.
> 그 부드러움은 숨 쉬는 것들에(게) 생명의 불꽃이 되고,
> 그 산들, 산들바람은 살아있음에 기쁨 누리게 하네.
>
> 하늘은 늘 말이 없으나 스스로 깊어가고,
> 대지는 늘 말이 없으나 스스로 두터워라.
> ─「청명(淸明)」 전문

사막화된 우리들의 감성을 회복하는 길을 시인은 이 시에서 제시하고 있다. 인간의 영적 능력을 퇴락시키는 사막으로부터 우리가 해방구를 찾을 수 있는 길은 하늘을 가슴에 담고, 땅을 맨발로 걸어보는 일이다. 인간이 자연의 일부이며, 자연과 공존할 때 인간은 지복을 누릴 수 있다. 끝없이 남의 것만 갈망하고 남의 주의, 주장만을 따라가며 자신의 삶을 살다가 그 옷이 맞지 않아 지치고 황폐화된 영

육을 이끌고 그 상처를 치유할 곳을 찾을 때 사람들은 자연의 품에 안긴다. 그렇게 하지 않고는 회복될 길 없는 상처 속에서 비 갠 뒤의 맑은 하늘을 그 상처난 마음에 담아서 낫게 하고, 대지의 기운으로 힘을 얻고 숨 쉬는 것들로부터 숨을 얻고, 산들바람으로부터 생명력을 회복한다. 하늘과 대지는 침묵 속에 깊어지고 두터워져서 인간은 회복을 하게 된다. 인간이 흙에서 왔다는 의미는 인간이 땅을 딛고 살아가야 하며, 그 땅을 배척할 때 땅의 인간에 대한 저주를 막을 길이 없게 된다.

태초에 카인이 그의 동생 아벨을 죽였을 때 그 땅은 아벨의 피로 울부짖었다. 인간 간의 죽임은 바로 인간이 대지를 분노케 하는 원인이다. 인간이 대지에 발을 딛고 살기에 인간과 인간 사이의 갈등은 대지를 매개로 하였다. 대지에 대해 탐욕을 부릴 때 그 대지의 끔찍한 복수는 인간에게 도정되어 있다는 뜻이다. 그러니 인간이 우주만상과 동귀하는 길을 가려면 인간의 인식 전환이 있지 않으면 안 된다. 그것은 바로 인간으로서의 우월함을 내려놓는 길이다. 즉, 인간이 얼마나 보잘 것 없는 존재인지를 자각(自覺)하는 일이다. 거기에서부터 인간은 다시 시작되어야 한다. 시인은 바로 그 인식(認識)을 우리와 나누려 한다. 시 「천년주목 앞에 서서」를 읽어보자.

이 높은 곳에서
천하를 굽어보며 홀로 산다는 게
얼마나 시원하고 얼마나 자유롭더냐?

온갖 세파(世波)를 거스르면서

목숨 다할 때까지 제 자리를 지켜낸다는 게
얼마나 버겁고 얼마나 힘겨운 인고(忍苦)이더냐?

스스로 매이지 않고
스스로 엮이지도 않으며 살아온
네 몸에 밴
그 고고함이
그 외로움이
그 깊은 고뇌가
도리어 눈부시던 날

나는
초라한 나를 보았네.
「천년주목 앞에 서서」 전문

　인간은 오래 산다고 한들 100년이다. 거기에 비하면, 이 천년 주목
은 과히 긴 세월을 드높은 산에서 천하를 굽어보며 홀로 살아왔다.
고독한 만큼 자유롭고, 복잡한 걸 피해 드높은 산에 있었으니 시원
하다. 이 나무에게도 풍설의 세월이 있었으리라고 시인은 그 두터운
껍질을 보며 인고를 읽어낸다. 세찬 바람에도 뿌리가 흔들리지 않고
모진 추위에도 견디어낸 천년을 산 주목 앞에서 초라한 '나'를 느낀
다. 보잘 것 없는 인간을 느낀다. 기껏해야, 100년도 겨우 못사는 인
간이기에 그 시간 동안 격조 높게 살아야 할 인간이 그렇게 살지 못
한다. 만들어 놓은 사막에 갇혀 황폐화되고 있다. 생명이 고갈되어

가고 있다. 이 천년 주목은 고고함과 깊은 고독 속에서도 오히려 눈부신 자태를 가졌다. 시인은 이 자연물 앞에서 초라한 자신을 바라본다. 자연은 늘 말없이 우리에게 메시지를 준다. 이 자연의 메시지를 시인은 예리한 감성으로 읽어서 우리에게 전달해 주고 있다. 이 천년주목처럼 한 사람 한 사람의 인간 삶이 이와 같아진다면 더 바랄 것이 없다. 그러나 그렇지 못한 인간의 누추하고 초라함을 시인은 이 나무를 통해서 바라본다.

자연은 인간에게 곧 거울 역할을 하고 있다. 앞에서 보아온 늙은 소나무, 대나무, 천년 주목, 비 갠 뒤의 하늘, 대지, 햇살 등은 우리가 어떨 때 보이는가? 바로 우리가 사막의 인공성으로부터 눈길을 돌릴 때 보인다. 사막의 인공성은 우리의 눈을 멀게 하고 끝없이 기만한다. 그 기만으로써 그릇된 욕망을 부추긴다. 우리는 그 부추김의 소용돌이에 휩쓸려가지 않아야 한다. 천 년 주목이 천 년을 그 자리에서 인고의 세월을 무던히도 견디어 내었듯이 우리에겐 그런 자세가 필요하다. 그러기 위해서는 사막의 인공성과 그릇된 욕망을 비워야 한다. 그것은 '가난의 옷'을 입는 일이다. 참된 가난에 대하여 토마스 머튼은,

> 참된 가난은 감사를 주고받는 것, 우리가 쓸 필요가 있는 것만을 지니고 있는 것이다. 거짓된 가난은 아무런 필요도 없는 척하고 청하지도 않는 척하면서 모든 것을 구하려 애쓰고, 그 무엇에 대해서도 전혀 감사하지 않는 태도이다.

라고 말한다. 참된 가난은 쓸 필요가 있는 것만을 지니기에 가볍

다. 자유롭다. 열려있다. 그것이 끝없이 펼쳐진다. 늘 감사하기에 기쁘다. 그러나 거짓된 가난은 스스로 속이면서 모든 것을 가지려 하고 끝없이 그릇된 갈망만 거기에 있기에 감사하지 않는다. 부, 명예, 지위, 권력, 관계를 전소유로 삼는 사람은 가난한 사람이 아니다. 그 대신에 하느님을 전소유로 삼고자 하는 이는 가난을 살게 된다. 그러니 그 사람은 모든 것으로부터 완전 자유를 얻는다. 내적 고독 속의 고요를 얻으면서 그는 깃털처럼 가벼워진다. 시「대숲에서」는 이러한 경지를 형상화하고 있다.

나는 보았네.
나는 보았네.

돌연, 바람 불어와
키 큰 대나무들이 휘어
저 달을 가려도

나는 보았네.
나는 보았네.

커다란 대나무가 부러질 듯 휘어도
깊은 대숲은 고요하기 이를 데 없음을.

네 푸르름 네 싱그러움 앞에서
네 고요 네 적막 속에서

나는 한낱 깃털처럼 가벼이

들어 올리어지는 것을.

「대숲에서」전문

　시인은 견자(見者)이자 각자(覺者)이다. 이 의미는 사물을 올바른 눈으로 꿰뚫어 보고, 그것을 통하여 영원한 진리를 발견하고 깨달은 사람이라는 뜻이다. 그러니 견자와 각자는 같은 것이다. 그의 시를 분석하는 평자의 눈이 제대로 그의 시 세계를 아는 데 잘못이나 어리석음을 범할까 두려울 때도 있다. 그러나 씌어져 있는 데에서 언어를 넘어 이해가 되는 곳까지라도 풀어보자. 그것이 최선의 길이니까.

　먼저, 이 시에서는 "나는 보았네/나는 보았네"라는 시구절이 제1연과 제3연에 반복 배치되어 있다. 그의 주요 기법인 반복이다. 달이 밝게 떠 있는 대숲에서 갑자기 한 줄기 바람이 불어온다. 시인은 저만치서 그 광경을 바라보고 있다. 불어온 바람으로 인해 키 큰 대나무가 휘어 달을 가린다. 하지만 깊은 대숲은 고요하기만 하다. 대숲의 푸르름과 싱그러움 앞에서 그 고요함을 지나쳐 적막함 속에서 시적 화자인 '나'는 깃털처럼 가벼이 대나무가 바람에 흔들렸다가 제자리로 돌아가는 것처럼 고요히 들어 올려진다. 대나무는 갈대처럼 가볍기에 부는 바람에도 꺾이지 않는다. 대나무가 무겁다면 바람에 휘어져 꺾이는 소리로 적요는 깨어졌을 것이다. 그러나 대나무는 가볍기에 흔들릴 뿐이다. 그리고 적요가 계속된다. 시인의 마음은 어느덧 바람에 불려 대나무에 가 앉는다. 대나무 숲의 고요로 인해 시인의 마음은 침잠하여 불필요한 모든 것들이 대나무의 속이 비어진 것처럼 비워져버렸다. 그렇기 때문에 깃털처럼 가볍게 들어 올려진다고 했다. 이 시는 대나무와 시적 화자가 서로 상즉상입(相卽相入)하고 있는 경지를 형상화한 작품이다. 이러한 시가 탄생하는 데에는 시인의 비워진 마음이 전제되지 않고는 불가능하다. 비워진 마음은 곧, 필요한 것만 지니고, 보잘 것 없는 인간임을 자각하고, 우주와 자연 속에서 간취되는 보이지 않는 하느님으로부터 받는 은총의 결과물이라고 하겠다.

이 작품에서 시인이 누린 관조의 깊이를 알 수 있고, 그것은 비움의 경지를 보여주는 것이라고 생각된다. 이 비움은 현대의 사막을 역행하여, 생명을 풍성히 잉태하는 것이며, 시인은 그 일부분을 시의 형상을 통해 보여주었다고 생각한다. 또한, 이 시는 자연이 빚어내는 한 순간의 선경을 놓치지 않고, 그 선경 속에 자신을 몰입시킨 결과 얻을 수 있는 시적 결실이며, 자유로움, 여유로움, 적요, 비움이라는 시적 아름다움을 보여주는 절편이라 아니 말할 수 없다. 이 적요야말로, 이시환의 시에서 보여주었던 묵상이나 관상의 시적인 표현이며, 사막의 그릇된 소음들을 상쇄시키거나 무력화시키는, 바다 속 같고, 숲속 같은 크고 완전한 고요의 세계요, 그 힘인 것이다.

되새김질의 미학 : 소를 생각하며

산문시집 『대공(大空)』에 대하여

한 마리의 소가 외양간에 앉아있다. 구유에 볏짚으로 쑨 김이 무럭무럭 나는 쇠죽을 맛있게 먹고 부른 배로 나른한 가운데 소는 끊임없이 입가에 하얀 침이 묻어나오도록 씹고 있다. 봄의 한낮이다. 날이 풀려 따뜻한 대기에는 봄이 무르익으려 한다. 이 공기 속에서 소는 나른하다. 아침밥을 먹은 주인은 소를 몰고 지게에다 바수가리를 얹고 그 위에다가 쟁기를 쟁이고 소를 몰고 계곡의 골짜구니를 지나고 산에 붙어 있는 비스듬한 경사면을 개간하여 일군 밭을 갈고 온 것이었다. 소는 무념무상으로 끊임없이 씹어대다가 눈꺼풀이 내려온다.

여러 마리의 소가 풀이 많이 나 있는 숲이 가까운 들판에 서 있다. 입으로 고개를 들어 나뭇잎을 뜯거나 고개를 숙여 발밑에 나 있는 풀을 뜯어먹는다. 큰 덩치에 어울리지 않게 초식동물인 소는 순하디순하다. 그렇게 풀을 뜯어먹다가 배가 부르면 서거나 앉은 채로 끊임없이 씹는다. 왜, 소는 이렇게 끊임없이 씹을까? 소는 반추위를 가졌다. 음식을 반추위에 넣어놨다가 다시 꺼내서 그것을 꼭꼭 씹어서 소화를 시킨다. 그렇게 하면서 소는 먼 곳으로 시선을 두고 눈을 끔뻑끔뻑한다. 꼬리로는 달라붙는 쇠파리를 간헐적으로 쫓으면서….

소의 되새김질과 함께 시간은 흘러간다. 그렇게 되새김질을 많이 하여도 소의 이빨은 넓적하고 단단하여 부서지는 일이나 충치 생기는 일이 없다. 여러 마리의 송아지를 낳아도 소는 겉으로 여전히 건재하다. 온갖 들일과 논일, 갖가지 짐을 실어 수레를 끄는 일이나 농사와 농가의 잡용으로 운반책을 맡은 소는 귀하기 이를 데 없다. 이런 소가 과로하여 쇠죽을 먹지 않으면 주인은 큰 걱정을 한다. 그러다 이틀 정도 잘 먹이고 쉬게 하면 소는 또 기운을 차려서 쇠죽도 잘 먹고 원기를 회복한다. 소는 늘 초식하면서도 어떻게 저런 큰 덩치와 배를 갖고 있으며, 말에 비하면 비교적 잘록하고 뭉툭한 다리를 가졌을까 생각한다.

이 다리는 오래 서서 무거운 짐을 지탱하는 데 유리하다. 소는 주인이 어떤 것을 시켜도 다 한다. 논밭을 갈거나 써는 일, 짐을 나르는 일 등에도 소는 불만이 없다. 이런 역사를 지닌 소이기에 소는 말없이 주인이 부리는 대로 일하고 먹이를 먹고 서서 혹은 앉아서 쉬거나 자면서 지낸다. 한 번도 소가 밤에 어떻게 자는지는 본 적이 없다. 사람들이 밤마다 누워서 자는 것과 달리 소는 앉아서 잘 거라고 상상한다. 가끔씩 음매하는 소리나 가까이 가야만 들리는 소의 폐에서 뿜어져서 나오는 센 콧숨소리나 끊임없이 되새김질하며 씹을 때 나지막하게 나는 싹싹하는 소리가 전부이다. 그리고 소가 뒤로 쇠똥을 눌 때나 오줌을 눌 때, 걸을 때 발굽에서 나는 따각따각하는 소리 이외에 소에게서 나는 소리는 없다. 젖은 듯한 눈을 할 때나 공간적으로 어딘가 멀리 바라보듯 하거나 시간적으로 먼 옛 일을 생각하는 듯한 눈을 하는 것도 소의 인상이다. 소가 눈을 통하여 우리들에게 열어놓는 시간과 공간이 어디에까지 이르는지 짐작을 할 수 없다. 소가 지닌 매력이라면 아마 이것이리라.

이렇게 시공간을 확대하여 과거와 미래에까지 열어두는 데는 소가 지닌 느림과 되새김의 미학이 있어야 할 게다. 몸의 움직임도 느리고 어떨 땐 아주 둔해 보이는 소이지만 농사가 절기에 맞추어져 이루어지는 것이다보니 서두르거나 빨리 해치워야 할 일이 없다. 그때 그때 지구가 태양 주위를 공전하고 자전하는 시간들에 맞추어 소를 쓰면 된다. 봄이 오면 겨우내 얼고 묵은 논과 밭을 한 번 갈아엎어 농사지을 준비를 하고, 이랑을 만들거나 못자리를 만들어 파종하여 벼가 한 웅큼 쥐어질 정도로 자라서 개구리가 울 무렵이면 물을 대고 썰어둔 논에 모를 내면 된다. 소가 쟁기를 끌고 논밭을 갈아엎어 주지 않으면 농사는 되지 않는다. 소는 논과 밭을 갈 때 가장 힘들다. 겨우내 딱딱해진 농토를 쟁기의 보습을 넣어 깊이 갈아엎어 줘야 씨앗을 품어서 키워줄 좋은 논밭이 되는 것이다. 거기에다 거름을 넣어주는 것도 소가 거름을 실어서 옮겨주기 때문이다. 소가 이렇게 농부에게 충실한 종이다.

부리는 농부도 소를 존중한다. 소를 막 대하면 안 된다. 느린 소를 너무 다그치면 소가 아주 화를 낸다. 하루에 너무 많은 양을 과적하거나 과로하게 하면 소는 혹사당하여 쇠죽을 먹지 못하고 몸살을 하기 때문에 현명한 주인은 소가 병이 나지 않게 먹이도 좋은 걸 먹이고 적당히 쉬게 하고 과로나 과적을 피한다. 그리고 외양간도 알뜰히 돌보며 소의 잠자리인 마른 짚풀도 자주 바꾸어 깔아준다. 여름에 너무 더울 때는 시원한 물로 등목도 시켜주고 겨울에 몹시 추울 때는 등에다가 모포로 덮개도 씌워준다. 오곡백과가 풍성한 가을에는 겨나 깻묵 같은 걸로 아주 잘 먹여서 겨울을 잘 나게 하여 소가 한창 일해야 하는 봄이 되면 전통적으로 사람도 춘궁기인 계절을 소가 그래도 무난히 일하고 지낼 수 있게 체력을 다진다. 소는 말과 쓰임이 다르기 때문에 다그치면 안 된다. 소는 느린 걸 좋아한다. 그렇기 때문에 걸을 때도 느릿느릿 걷고 먹은 것도 다시 토하듯이 하여 되새김질을 통해 느릿느릿 소화시키는 것이다. 소의 이런 생활과 섭생이 육신에 배어있으니 쇠고기가 제일 인간에게 맛있는 지도 모른다. 소가 그렇게 자신을 인간에게 다 바치는 짐승이라는 걸 알게 되면 눈물겹게 된다. 주인을 위해서 자기를 전소(全燒)하는 순하기만 한 소, 이 소는 전생에 그 주인과 어떤 인연이었을까 생각한다. 또 본유(本有)을 그렇게 한 생을 마무리하는 소는 후생에 무엇으로 전생(轉生)할까. 아마, 소는 내생에 부리는 사람으로 태어날 게다. 그 반대로 주인은 소로 태어날까? 이 주인과 소의 관계에서 많은 것을 발견한다. 과욕을 부리는 주인은 소를 병나게 한다. 소는 과로하게 하거나 과적시키면 반드시 병이 난다. 마음이 온유하고 소를 섬세하게 돌보는 주인은 순하고 건강한 소를 갖는다. 그는 소가 지치지 않도록 잘 먹이고 다그치지 않고 혹사시키지 않고 외양간을 깨끗이 하고 소가 누울 자리에는 늘 마른 풀이나 짚을 깔아주어 질척질척하지 않고 포송포송하게 소를 기분 좋게 해준다. 때로는 아침볕을 쐬면서 등을 긁어주거나 등에 달라붙어 소의 피를 빨아먹는 동그랗고 까만 벌레나 쇠파리를 쫓아주고 그런 소에 기생해서 사는 동물이 달라붙지 않도록 소똥이 묻지 않게 깨끗하게 돌본다. 목덜미를 긁어주거나 등을 쓰다듬어 주어 소에게 주인은 사랑을 표시한다. 이런 소는 주인의 말을 잘 듣고 부지런히 일도 잘 하고 암소의 경우는 새끼도 잘 낳아 준다. 소가 늙어서 더 이상 부리지 못하게 될 때 팔려나가면서 소와 주인은 눈물짓는다. 소는 주인에게 큰 돈을 마련해주고 소장수를 따라 가서 도축된다. 여러 마리의 새끼를 낳아 그 때 그때 가난한 농가의 살림에 보탬을 준, 순한 소는 충실한 종이나 하느님을 닮은 것 같다. 물론, 거기에는 소 주인이 소를 어떻게 길들였느냐도 있겠지만 소의 타고난 천성이 크게 작용하고 있다. 타고난 마음의 바탕이 그 사람의 인격을 좌우하듯 소의 품성도 똑같다. 소나 사람이나 천품은 타고 나는 것인데 그것이 어떻게 지어지느냐는 우리 인간은 정확히 알 수 없다. 다만, 부모의 유전인자라고 현대의학에서 말한 뿐이지만 그것으로는 해명이 다 되지 않는다.

소는 되새김질하는 동물이다. 이러한 소의 특성은 인간에게도 있다는 점이다. 사람도 반생을 살고나면 지난 자신의 라이프 스토리, 역사를 되돌아본다. 소의 되새김질이 바로 이런 시간들이란 의미이다. 문학은 하나의 반추이다. 되새김질이다. 이것을 일컬어 '반추의 미학'이라고 부를 수 있을 것이다. 살아오면서 소가 음식을 목에 걸리지 않을 정도로 씹어서 반추위에 저장하여 두었다가 그것을 오래 씹어서 위장으로 보내어 다시 소화흡수 시키듯이 사람도 살아오면서 숨 가쁘게 살아온 삶의 내용물을 반추위에 저장해 두었다가 다시 꺼내어 곱씹어 보는데 이것이 문학일 게다. 구약성서의 모세오경 - 창세기, 탈출기, 레위기, 민수기, 신명기- 이 나라가 망하고 남의 나라 바빌론에 포로로 끌려가 살던 이스라엘 민족이 수난 속에서 역사를 되돌아보면서 반추하는 가운데 집필된, 문학적인 기획의 성격을 가진 경전이라는 것은 널리 알려져 있는 바이다. 이들은 왕국분열 이후 어지러운 역사와 패망의 원인을 비추어본 결과 출애굽에서 보여준 하느님의 은혜를 저버리고 이방신을 섬기고 말씀에 따라 살지 않은 과거의 부끄러운 역사에 대한 성찰에서 집필하여 유배생활의 현재와 미래를 바로 세워나가려는 궁핍한 시절의 반추를 통한 뼈아픈 회개의 기록문학인 것이다. 문학은 이렇게 종교경전에서 파생되어 나왔다고 해도 과언이 아니다. 되새김질은 바로 서정주 시인의「국화 옆에서」의 시구절인 '그립고 아쉬움에 가슴 조이던/머언 먼 젊음의 뒤안길에서/이제는 돌아와 거울 앞에 선' 바로 그 여인의 자세이며 모습일 게다. 그러니 되새김질의 문학은 국화꽃처럼 수수하면서도 곱고 향기로우면서도 그윽하며 절조와 여유, 깊이와 넓이를 동시에 가진 문학이 될 것이다.

시인의 제13시집『대공(大空)』은 그간의 시업을 되새김질하는 여유가 있다. 온갖 어려움을 다 지나고 바다의 넓고 깊은 품에 안긴 강물이 자신이 지나온 세월을 되돌아본다. 강물은 처음 샘에서 솟아올라 웅덩이나 작은 연못을 이루고 그 물이 넘쳐흘러 이룬 여러 작은 물줄기들이 모여 다시 도랑을 이루고, 도랑물들이 모여 작은 개울을 이루고, 작은 개울물들이 모여 폭포를 뛰어넘고 좁고 굴곡이 많은 협곡을 지나 작은 시내를 이루고, 작은 시내들이 모여 작은 강을 이루고, 작은 강들이 모여 큰 강을 이루어 마침내 바다로 흘러들어간다. 그 긴 시간이 품은 이야기와 그 이야기 속의 시인 자신의 가족사의 일면, 아파하는 이웃들의 모습들 속에서 느끼는 모순과 부조리함, 세계와 길항하는 시인 자신의 내면, 죽음이라는 유한성을 가진 인간 존재의 무상함, 이런 총체적 고통과 슬픔을 극복하기 위해 우주의 이법을 깨달아 자신을 던진 관조와 관상의 생활 속에서 배어나온 시의 결실들이 융해되어 있다. 그러기에 그는 그동안 쓴 산문시만을 한 권의 시집 속에 엮어서 산문시가 지니는 유장함 속에 자신의 지난 세월을 되새김질하며 풀어 놓고 있다. 이 되새김질은 소의 그것처럼 끊임없이 지나온 시간들에서 그가 시인으로서 해온 정신적 작업을 곱씹고 있는 것이다. 산문의 한 문장 한 문장마다 소가 씹을 때 묻어나오는 하얀 침처럼 그렇게 그는 산문 속에 자신을 표백하고 있다고 하겠다. 이러한 시인의 모습을 「詩 -그대에게」를 통해 읽어보자.

> 내 곁 가까이 꿈같은 현실로 서 있는 당신, 하루에도 수차례 길을 걸을 때나 책 속 행간 휴지(休止)에 서서 물보라처럼 부서지는 아침저녁 시간의 어귀에서 절로 나는 그대 생각 피할 수 없네. 멀리 있지만 그런 당신의 굴레 속에서 얼마간의 자유와 기쁨의 몸짓으로 어른거리는 나. 그리고 그림자처럼 따라다니며 내 안 깊숙이 들어와 나를 차지하고 있는 당신. 언제나 꿈같은 현실로 서서 눈부신 알몸의 무지개로 넋 나간 나를 묶어두지만, 나는 그 속에서 진정 자유롭게 하기도 하고 기쁘게 하기도 하고. -「詩 -그대에게」 전문

이 시에서 시적 화자 '나'와 '당신'의 관계는 '시인'과 '시'의 관계이다. 이 둘의 관계는 연인관계이다. 서로에게 깊이 침투하여 나이면서 당신이고, 당신이면서 나인 관계가 되어있다. 그러나 '나'로선 시는 항상 '당신'으로 우러러보이는 존재이기도 하다. 그 당신은 늘 내 곁에 서 있으며, 나는 하루에도 수차례 당신을, 길을 걸을 때나 책 속

행간 휴지에서 만난다. 그러니 나에게 당신은 나의 굴레이지만 그 굴레는 강제되어 부자유와 복종으로 인한 속박이 아니라 역설적으로 자유와 기쁨을 누리는 굴레이니 자발적인 아름다운 굴레가 된다. 이시환 시의 특징 중 하나인 '역설적 인식'이 여기에도 나타난다. 시를 쓰는 '나'와 시인 '당신'은 서로를 속박하지만 그것은 기쁘고 자유로운 속박이다. 그리고 나는 시에게 나의 마음을 다 주었기에 시는 나의 깊숙이 들어와 나를 차지하고 있다. 다른 의미로 나는 나의 마음을 시에게 내어준 것이다. 그러니 시인에게 현실에서 생기는 모든 일들은 그를 기쁘게 하기는커녕 그를 고통스럽게 할 것이다. 시라는 연인을 선택함으로써 그의 세상살이는 고독과 고통, 슬픔으로 가득 차 있을지라도 시만은 그에게 꿈같은 현실로 서서 눈부신 알몸을 그의 앞에 선사하여 그를 매료시키고 그를 묶어둔다. 시가 그를 온전히 점유하고 있으며, 나는 시에 점유되어 있고, 그것이 곧 기쁨이요 자유라고 한다. 이 시는 만해 한용운의 「服從(복종)」이라는 시의 구절인 "복종하고 싶은데 복종하는 것은 아름다운 자유보다도 달콤합니다. 그것이 나의 행복입니다"를 연상하게 한다. 그러나 만해의 시는 1920년대 중반이라는 일제 강점기의 궁핍한 시대에 태어난 시이기에 시적 어조가 산문시이지만 일시적으로 부재하는 임에 대한 나의 위기의식(절박함) 속에서 자발적으로 임에게 귀속되고 임과 합일되어 재회하고자 하는 열망에서 나의 결연한 의지 -이별의 미학 창조, 자유 정조, 복종, 나룻배와 행인의 관계 등에서 설정된 나의 임에 대한 합일의식- 를 연작시 전편에 표출하고 있다. 그러나 이시환의 시에서는 연인관계의 부드럽고 온유함의 정서가 더 지배적이다. 분명 시가 '언어의 절'이라면 그 절에서 수행 정진하는 주체는 시가 아니라 시인

이다. 그렇다면 시인은 언어의 절을 가꾸는 사람이고 수행자라는 뜻
이다. 시는 시인을 무지갯빛처럼 매료시켜 시인을 묶어두고 그 속에
서 자유롭게 하기도하고 기쁘게 하기도한다고 시인은 말한다. 그러
니 시인에게 시를 쓰는 행위는 기도하는 행위와 같다. 그의 시는 곧
기도하는 것이니 기도의 말이 부드럽고 온유할 수밖에 없을 것이다.
시인은 삶의 순간순간에서 '언제나 꿈같은 현실로 서서 눈부신 알몸
의 무지개로 넋 나간 나를 묶어두'는 시와의 교류를 통하여 '꿈같은'
그리고 '무지개'라는 말에서처럼 순간의 시적 환상의 신비경을 체험
하고 시로 쓰는 묶임을 자유롭고 기쁨이라고 한 것이다. 그 다음으
로 「詩 -작은 침술」을 읽어보자.

> 가장 안전하게 보호받고 있는 것은 가장 깊은 곳에 있고, 가장 깊은
> 곳은 가장 은밀한 곳이고, 가장 은밀한 곳은 가장 어두운 곳이다. 가
> 장 어두운 곳은 가장 조용한 곳이고, 가장 조용한 곳은 가장 뜨거운
> 곳이다. 가장 뜨거운 곳은 가장 비밀스러운 곳이고, 가장 비밀스런
> 곳은 가장 깊은 곳이다. 바로 그런 곳을 잘도 짚어가며 굵은 것 가는
> 것을 가려 깊고 얕게 침을 놓듯 모나고 모난 세상 가장 깊은 곳의 어
> 둠과 가장 어두운 곳의 비밀을 흔들어 깨워 가장 뜨겁고 가장 은밀한
> 한 송이 붉은 꽃을 피워 놓는다. 「詩 -작은 침술」 전문

시 쓰기를 작은 침술에 비유한 이 시는 참으로 산문시의 묘미를 독
자로 하여금 한껏 느끼게 한다. A는 B에 있고, B는 C이고, C는 D이
다. D는 E이고, E는 F이다. 그래서 F는 은밀한 곳, 비밀스런 곳인 B
로 귀결되는 것으로 보아 시는 가장 깊은 곳에 침을 놓는 행위이다.

즉 가장 깊은 곳에 내재한 어두운 곳의 비밀을 가장 뜨거우면서도 은밀하게 침을 놓는 행위이다. 가장 뜨거운 것이 시에 대한 열정이라면 가장 은밀한 것은 시를 쓰는 기법일까? 모두 설명하여 싱겁게 만드는 시가 아니라 드러나지 않게 숨김으로써 시가 지닌 묘술을 한층 더 상승시키는, 시라는 장르의 특성을 말하고 있다. B, C, D는 =의 관계이며, 그것은 A의 특징을 말해준다. 그러니 시인에게 시 쓰기는 '가장 안전하게 보호받고 있는 것'에 대해 열정적으로 교묘하게 침을 놓는 행위이다. '가장 안전하게 보호받고 있는 것'은 바로 우리의 의식과 전의식의 망에서 빠져나가 무의식에 내재하는, 알 수 없는 기억의 집적물일 것이다. 이것에 대해 가장 뜨겁고 은밀하게 침을 놓는 것이 시 쓰기이다.

되새김질은 우리의 의식과 전의식, 무의식에 내재한 집적물을 끊임없는 되씹기를 통하여 가장 깊고 은밀하고 어두운 곳으로부터 불러내는 것이다. 여기 저기 기억의 집에 잡동사니처럼, 또는 체계적으로 집적된 기억을 호명하여 재구성하는 것이야말로 시 쓰기이며, 그 중에 가장 깊고 어둡고 비밀에 봉인된 것을 호명해 내는 행위는 시라는 침술이다. 바로 그러한 기억과 그 역사가 가장 시적일 수 있는 것은 두말할 필요도 없다. 가장 어둡고 비밀에 봉인된 것은 또한 모난 세상이 만들어 놓은 어떤 내용물이 될 것이다. 모나고 모난 세상의 어둡고 비밀스러우며 깊이 병들어 있는 곳에 침을 놓아서 고치는 일이야말로 시인의 역할이다. 이러한 계열의 시편들은 작품「서울 예수」,「각인」,「정치와 섹스」,「봄날의 만가」,「웃음 흘리는 병」등이며, 가족사의 이면을 담은 시는 「유야무야」,「하느님과 바나나」,「안암동일기」,「아버지의 근황」등이며, 세상과 길항하는 시인의 모습은 「살 속에 박힌 모래알 하나」, 「강물」 등에서, 존재의 근원과 우주의 이법에 대한 시편들은 「대숲 바람이 전하는 말」, 「바람소묘」, 「바람의 연주」, 「화성에서 전송되어 온 사진 한 장을 들여다보며」 등이며, 이미지가 돋보이는 시편들로는 「그리움」, 「나사」, 「잠」, 「굴비」, 「산」, 「겨울바람」 등이다. 그리고 시인으로서의 모습이 어리는 시편들은 「네거티브 필름을 들여다보며」, 「시(詩)」, 「서 있는 나무」, 「詩 -작은 침술」, 「詩 -그대에게」, 「함박눈」, 「하산기」 등이다.

시를 쓰는 시인은 일상의 생활자로서 다른 사람들과 같이 살아가면서도 그의 가슴과 시선은 어디에 있어야 하는가? 시인은 그를 둘러싼 세계와 거리두기를 잘 견지하는 사람이라 할 수 있다. 그러면서 시인은 계속 살아지는 시간을 늘 거꾸로 돌려서 펼쳐본다. 세계와 거리를 두듯이 시인은 어떤 모습으로든 변형되어 있는 자신의 지난 삶을 되돌아보는 것이다.

사는 동안 까마득히 잊어 버렸거나 부인해 온 나의 꾀 벗은 모습. 원시림 속의 내가 모니터 화면에 잡혀 암실(暗室)로부터 끌려 나오고 있다. 가까이 들여다보면 이미 검은 것은 희뿌옇게, 뿌연 것은 온통 검게 변해있다. 솟은 곳은 들어앉아 있고 패인 곳마다 솟아있는 뜻밖의 나는, 웃음 하나를 앞니 사이로 물고 서 있었지만 긍정(肯定)이냐 부정(否定)이냐, 좌(左)냐 우(右)냐, 안이냐 밖이냐를 강요받고 있었다. 그의 몸을 포박하고 있는 나의 편견과 독선이 더욱 오만해 지고 있을 무렵.   「네거티브 필름을 들여다보며」 전문

이 시는 과거 속에 묻어둔 나, 모니터 화면에 잡혀 암실에서 끌려

나오는 나, 검은 것은 희게, 흰 것은 검게 왜곡되거나 변화되어 있는 나, 긍정과 부정, 좌와 우, 안과 밖으로 강요받고 있는 나, 그런 나를 바라보고 있는 현재의 나, 편견과 독선이 오만해 지고 있을 무렵의 나로 파편화된 나의 모습 속에서 시인이 자신의 지난 삶을 네거티브 필름 들여다보듯이 훤히 들여다본다. 암실로부터 끌려나온 나는 나의 모습을 가지고 있지 않다. 나란 무어란 말인가. 시인은 왜곡되어 있는 나를 발견하고 긍정과 부정, 좌와 우에, 안이냐 밖이냐를 강요받는 자신을 바라본다. 이렇게 부자유함 속에서 시인에게 시를 쓴다는 것은 무엇인가? 어쩌면, 부자유스러움으로부터 자유를 찾고 그 자유 속에서 기쁨을 누리고 노니는 것이 아닐까 한다. 그러니 그에게 시는 하나의 그리움일 수밖에 없으리라.

> 너는 알아들을 수 없는 방언(方言). 아니면 판독해 낼 수 없는 상형문자. 아니면 가늠할 수 없는 어둠의 깊이이고, 그 깊이만큼의 아득한 수렁이다. 너는 나의 뇌수(腦髓)에 끊임없이 침입하는 바이러스이거나 그도 아니면 치유불능의 정서적 불안. 아니면 여린 바람결에도 마구 흔들리는 어질 머리 두통(頭痛)이거나 징그럽도록 붉은 한 송이 꽃이다. 시방, 손짓하며 나를 부르는 너는, 차라리 눈부신 억새 같은 나의 상사병이요. 그 깊어가는 불면(不眠)의 나락(奈落)이면서 추락하는 쾌감(快感)이다. 「그리움」 전문

시에 대한 시인의 그리움은 이렇게도 '나'로 하여금 상사병을 일으키고 어둠의 깊이로서 알아들을 수 없고 불가해한 상형문자로 다가온다. 그래서 '나'는 두통을 일으키기도 하고 치유불능의 정서적 불

안에 빠지거나 '나'를 매료시키는 한 송이의 붉은 꽃이 된다. '나'를 깊은 불면의 나락에 추락하게 하는 쾌감이다. 시인에게 시 쓰기는 하나의 불면의 나락이면서 추락하는 쾌감이라고 했듯이 그 속에서 자유와 기쁨을 누린다. 시 쓰기야말로 시인에게 모순되며 부조리한 세계를 화해시키고 긍정과 부정을, 좌와 우를, 안과 밖을 이어주며 '나'의 편견과 독선을 내려놓게 하는 힘이다.

> 어루만지는 곳마다 스멀스멀 안개가 피어오른다. 아픈 곳을 잘도 골라 꾹꾹 쑤셔주는, 그리하여 등을 돌리고 있는 것들조차 마주보게 하는, 살아있음의 큰 숨, 남근(男根)이다. 너는 이승의 풋내 나는 알몸 구석구석 깊이깊이 박힌 채 눈을 뜨고 있는 몸살 같은 뜨거움. 불현듯 찬바람이 불면 내 몸뚱이 속, 속속들이에서 일제히 쏟아져 나올 것 같은, 조용한 흔들림. 하양과 검정을 이어주는, 무너지며 반짝이는 논리. 눈에 보이는 것과 보이지 않는 것 사이를 잇는 난해한 길이다. 어루만지는 곳마다 스멀스멀 안개가 피어오르는, 알몸에 박힌 세상의 구원이다. 「나사」 전문

시는 아픈 곳을 치유시켜 주고 등을 돌리고 있는 것을 마주 보게 하는 살아있는 큰 숨이다. 뜨거움이면서 조용한 흔들림이며, 하양과 검정을 이어주며, 눈에 보이는 것과 보이지 않는 것 사이를 잇는 난해한 길이다. 그리하여 알몸에 박힌 세상의 구원이다. 시의 역할은 바로 나사와 같은 역할을 해내는 것이고, 시인은 이런 세상에 대해 거리를 두고 끊임없이 이원(二元)의 세계 속에서 양쪽을 잇기 위해 베를 짠다. 시의 되새김질은 바로 살아오면서 이원으로 분리된 시간과

공간을 이어주며, 벌어진 틈을 매워주는 작업이 될 것이다. 아픈 곳을 쓰다듬어 낫게 하고, 등을 돌리고 있는 것을 화해하게 하고, 죽어가는 것을 일으켜 주는 것이니 세상 구원이 될 터이다. 그러므로 시인은 언제나 서 있는 나무처럼 그에게 깃들어 올 것들을 기다리며 서 있어야 한다.

서 있는 나무는 서있어야 한다. 앉고 싶을 때 앉고, 눕고 싶을 때 눕지도 않지도 못하는 서 있는 나무는 내내 서 있어야 한다. 늪 속에 질퍽한 어둠 덕지덕지 달라붙어 지울 수 없는 만신창이가 될지라도 눈을 가리고 귀를 막고 입을 봉할지라도, 젖은 살 속으로 매서운 바람 스며들어 마디마디 뼈가 시려 올지라도 서 있는 나무는 시종 서있어야 한다. 모두가 깔깔거리며 몰려다닐지라도, 모두가 오며가며 얼굴에 침을 뱉을지라도 서있는 나무는 그렇게 서 있어야 한다. 도끼자루에 톱날에 이 몸 비록 쓰러지고 무너질지라도 서있는 나무는 죽어서도 서 있어야 한다. 그렇다 해서 세상일이 뒤바뀌는 건 아니지만 서있는 나무는 홀로 서있어야 한다. 서있는 나무는 죽고 죽어서도 그렇게 서 있어야 한다. 「서 있는 나무」전문

시인이야말로 서 있는 나무의 역할을 해야 한다. 나무가 서 있으면서 먼 길을 날아가다 지친 새를 쉬게 하듯이 인생길 살아가다 지친 영혼들을 깃들일 안식처가 되어야 한다. 시의 힘은 바로 생명력에 있다. 지친 것에 활력을 주고 아픈 것들을 쓰다듬고 보듬어 주는 힘, 묶인 것을 자유롭게 하는 힘, 슬픔을 기쁨으로 바꾸는 힘, 등을 돌린 것을 마주보게 화해시키는 힘이 시에 내재되어 있다. 시인의 산문시

에는 그런 힘이 숨겨져 있다. 이 생명력이 살아 숨 쉬고 큰 강물처럼 유장한 산문의 호흡 속에 내재되어 흐르고 있다. 그것은 서 있는 나무처럼 늘 서 있을 것이며, 소가 끊임없이 거친 것들을 씹어서 부드럽게 만들듯이 부조화의 세계를 조화지경으로 만들며, 소가 그 큰 눈으로 과거와 현재, 미래로 시선을 내다 보내듯이 시선을 멀리 둔다. 시인은 느리면서도 여유롭게 그의 길을 간다. 그에게는 바람의 생명력을 통해 우주의 생명력을 간취할 수 있었던 것처럼 관조와 관상이라는 정신의 기둥 속에서 일군 시의 밭이 있다. 이 관조와 관상은 느림과 여유가 없으면 도달되지 않는다. 이 미학은 소에게서 보여지고 되새김질하는 습성에서 그것을 알게 된다.

그런 바람의 연주를 들을 수 있는 곳이 어디 이곳뿐이랴. 저 외로운 나무와 나무 사이에서도, 그 외로움이 모여 있는 숲과 숲 사이에서도, 넓고 좁은 빌딩과 빌딩 사이에서도, 높고 낮은 지붕들 사이에서도, 크고 작은 골목에서도, 평원에서도 시시때때로 달라지는 바람의 연주를 들을 수 있듯이 사람과 사람 사이 마음의 틈새에서도, 하늘과 땅 사이 그 깊은 틈에서도 나는 바람의 연주를 듣는다.

> 눈에 보이는 세계와 보이지 않는 세계를 은밀히 잇는, 그 좁은 틈으로 대공(大空)이 무너져 내려며 만물을 일으켜 세우는 소리 소리를 듣는다. 「바람의 연주 演奏」부분

이 시의 서두는 '내가 낮잠을 즐기는 낮에도'로 시작된다. 시인은 낮잠을 즐기는 시인이다. 오수(午睡)… 이 달콤한 낮잠 속에서 깨어 맑아진 영혼으로 그는 빌딩으로 숲을 이룬 시내 중심가에서 바람의

연주를 듣는다. 모두가 바삐 일하는 오후의 시간 속에서 그는 무념무상으로 낮잠을 즐긴다. 점심을 먹고 나른한 육신을 누이고 낮잠을 잔다. 이 도시의 중심가에서 누가 이렇게 한가롭게 잠들 것인가? 소는 점심을 들에 난 풀이나 볏짚으로 쑨 쇠죽을 잔뜩 먹고 낮잠을 잔다. 소는 낮잠을 자면서도 끊임없이 씹는다. 저작(詛嚼)의 반복되는 단조로움 속으로 소는 잠 속으로 빠져든다. 스테판 말라르메의『목신의 오후』에서 낮잠을 자는 반인반수의 목신의 몸이 보인다. 그는 방금 전 물의 요정들이 자신을 유혹하는 단꿈에 도취되어 꿈인지 생시인지 모르는 채로 다시 달콤한 잠에 빠져든다. '소'와 '목신'과 '시인'은 잠 속에서 눈에 보이는 세계와 보이지 않는 세계의 접합을 꿈꾼다. 순간과 영원을 잇고, 모든 벌어진 틈으로 만물을 일으켜 세운다. 부드럽고 달콤하게, 가장 시적으로 가장 느리게 끊임없이 되새김질 하면서……

19

'텅 빈 것'과 '없음'을 노래하기

1

카카오톡으로 지구 반대편에 사는 사람들과도 무제한 대화가 가능하여 인간관계의 소통이 더욱 폭넓어졌음에도 관계의 불화로 고통을 겪는 많은 사람들이 있다. 자본이 금융에 먹히고, 가져도 가져도 새로운 것을 욕망케 하는 후기 산업사회의 황폐한 물신주의는 인간으로 하여금 욕망의 기계가 되기를 강요하며, 거기에는 차이를 존중하지 않고 획일화를 따르게 하는 무서운 폭력이 숨어 있다. '풍요속의 빈곤'이 이러한 후기 산업사회의 병적 징후를 나타내는 말로 오래 전부터 있어왔고, 이 말은 여전히 유효하다. 모든 것이 넘쳐나서 소중한 것이 없어져 가는 이 시대에 '텅 빈 것'과 '없음'을 노래하려는 시인이 있다. 바로 이시환 시인이다. 그는 자신의 신작 18편의 시들을 통하여 텅 빈 '지금 여기'를 진단하면서 그 대안으로 '없음'을 묵상(黙想)한다. 시인은 없음을 노래함으로써 없음마저도 있는 풍요로운 우리의 삶이 되기를 바란다. 생명이 파괴되고 인간의 영혼이 메말라가고 인간관계가 삭막한 '지금 여기'에 없음마저도 있게 함으로써 생명력 넘치는 삶이 되게 그는 '없음'과 '텅 빈 것'을 노래하고자 한다.

2

텅 빈 공간에 홀로 앉아 있으면 역설적으로 몸과 마음이 홀가분해지면서 편안해진다. 또한, 평생을 지지고 볶으며 열심히 살았어도 때가 되면 다 죽게 되어 그 몸도 그 마음도 모조리 사라지고 만다. 남는 것이 있다면, 우주 속으로 방사되어 다른 물질의 원료가 되는 몇 가지 원소일 뿐이다. 따라서 보란 듯이 살고, 남부럽게 많이 가졌어도 그 끝은 허무하기 짝이 없게 마련이다.

시인은 인간 존재의 종국이 죽음으로 귀결되며 그것을 허무한 일로 보면서도 그렇게 텅 빈 공간에 홀로 앉아 있으면 몸과 마음이 편해진다고 「자서(自序)」에서 이야기하고 있다. 이 자서의 내용으로 미루어 짐작하건대, 시인은 텅 비어 있는 것에 대하여 부정성을 이야기 하면서도 거기에 내재한 긍정성을 바라보고자 한다. 이것은 시인만이 끝까지 놓을 수 없는 내면의 두레박이며, 그가 자서에서 밝히듯 '마음속의 풍경'이기도 하다. 시인은 내면의 둥글고 아래로 구멍난 우물에 두레박으로 끊임없이 물을 길어 올리기 위해 두레박을 던져 넣기를 하면서 우물의 이쪽에서 두레박의 끈을 어느 정도의 길이로 내리면 두레박이 내면의 언어를 퍼 올릴 수 있는가를 가늠하는데, 이 가늠이야말로 시인은 있음으로 가득 찬 세계와 텅 비고 없는 세계의 대립을 소통하는 방식이라고 여겨진다. 그런 면에서 시인의 시는 그 가늠하는 시간 속의 예리한 감각이 더욱더 벼려지는 순간, 순간들에서 나온 언어들로 직조(織造)되고 있다.

시인의 작품에서 텅 비어 있는 세계는 '내 가슴 속 황량한 벌판'(작품 「벌판에 서서」)이라고 하여 공허감, 죽음, 고요, 사막, 적막 등으로 표현되고 있다.

그곳 내가 걷는 길의 고적함 속으로
저들이 곤두박질치며 부려놓는,
짧은 한 악장의 장중한 화음을 들어보시라.
저들끼리 밀고 당기고, 질질 끌고 잡아채며,
점점 세게, 아주 여리게, 사라지는 듯하다가도 다시 소생하는,
허허벌판에 부려지는 화음이 범상치가 않구나.

죽어가는 세상을 부여잡고
그리 통곡하는 것이더냐?
이 들판 저 산천에
푸른 세상을 다시 일으켜 세우려는 것이더냐?

싸락눈이 섞여 내리는 겨울비가 부려놓는,
오늘의 짧은 한 악장의 화음이
절뚝이는 나를 다시 일으켜 세우시네.
침몰하는 세상을 다시 붙들어 일으키시네.
-작품 「겨울비」 전문

나름대로는 열심히 산다고 살았건만 나이 팔십이 되도록 십여 평짜리 영구임대아파트를 벗어나지 못한 우리들의 이웃, 김 씨 아저씨. 하필이면, 들끓는 가래 천식으로 꽃 피는 봄날에 숨을 거두었네. 하

나뿐인 자식은 탕자(蕩子)가 되어 돌아왔으나 눈물을 삼키며, 애비의 주검을 화장(火葬)하고 남은 재를 뿌리고, 손을 탈탈 텖으로써 쓰레기를 치우듯 말끔히 그의 흔적을 지우고, 그를 지워 버리네.

있거나 이루었다고 아니 가는 것도 아니고, 없거나 이루지 못했다고 먼저 가는 것만도 아니고 보면 더는 허망할 것도, 더는 쓸쓸할 것도 없다. 세상이야 늘 그러하듯 내 눈물 내 슬픔과는 무관하게스리 아무 일도 없었던 것처럼 여전히 분망(奔忙)하고 분망할 따름. 이 분망함 속에서 죽는 줄 모르고 사는 목숨이여, 한낱 봄날에 피고 지는 저 화사한 꽃잎 같은 것을. 아니, 아니, 이 몹쓸 바람에 이리저리 쓸려가는 발밑의 티끌 같은 것을. 「봄날의 만가」 전문

모래뿐인 세상,
적막뿐인 세상 그 한 가운데에 서서
머리 위로는
쏟아지는 햇살로 흥건하게 샤워하고
발밑에서부터 차오르는 어둠으로는
머릴 감으면서
나는 비로소 눈물,
눈물을 쏟아놓네.

아, 고갤 들어 보라.
살아 숨 쉬는, 저 고단한 것들의 끝
실오리 같은 주검마저도 포근하게 다 끌어안고,

혈기왕성한 이 육신의 즙조차 야금야금 빨아 마시는
모래뿐인 세상의 중심에
맹수처럼 웅크린 적막이 나를 노려보네.
└「사막투어」일부

　시인에게 이 세상은 공허하며 참으로 고단하다. 그래서 그는 '모래
뿐인 세상', '적막뿐인 세상'이라고 진단한다. 시적 화자는 그 힘겨운
세상의 한 가운데에 서서 '죽는 줄도 모르고 사는 목숨'에 지나지 않
는다. 참담하기 그지없는 이 마음 속 풍경에 독자들은 시인의 고뇌
를 읽을 수 있다. 그 어디에도 생명을 읽을 구절이 없다. 그 세상에
사는 시적 화자 '나'는 절뚝이는 병신이다. 시인은 제복과 달리 '안 병
신'일 수 없다. '지금 여기'의 현실이 '침몰하는 세상'이기에 시인은 절
뚝이는 병신으로서 그를 둘러싼 세상을 말하고 싶은 것이며, 스스로
병신 되기를 자처하는 자이다. 이러한 비극적인 현실은 김씨 아저씨
의 죽음에서 보여주듯이 열심히 살았지만 팔십이 되도록 십여 평짜
리 영구임대아파트를 벗어나지 못하는 이웃들의 아픔을 드러내고,
탕자가 되어 돌아온 아들이 아비의 시신을 쓰레기 치우듯 흔적을 지
우는 데서 극에 달한다. 이와 같은 죽어 가는 세상을 부여잡고 시인
은 통곡하는 소임을 맡고, 침몰하는 세상에 맞서 절뚝이는 자신을
다시 일으켜 세우기 위해 몸부림을 친다.
　광야에 해당하는 황량한 벌판에서 시적 화자를 일으켜 세우고 침
몰하는 세상을 다시 붙들어 일으키는 것은 '짧은 한 약장의 장중한
화음'이다. 이와 같이 죽음의 부정성의 세계를 생명의 긍정성으로 바
꾸는 것은 '피리 소리'(작품 「바람소리에 귀를 묻고」)와, '바람의 연주'(작품 「바

람의 연주」)에 의해서 이루어진다. 작품「사막투어」에서 사막이라는 공
간은 황량한 벌판의 연장선상에 있는 것으로서 시적 자아가 공허감
과 삶의 고단함으로부터 생성된 부정성을 회복하기 위해 정화되는
장소이다. 정화, 그 씻김의 공간에서 시적 화자는 자신을 대면하기
때문에 두려움에 사로잡혀 '맹수처럼 웅크린 적막'이 '나'를 노려본
다고 말한다. 이와 같은 과정을 통해 시적 화자는 '나는 비로소 눈물,
눈물이 쏟아지네'라고 하여 씻김으로써 정화되고 있다. 자기 응시와
내 안의 '나' 바라보기는, 작품「그해 겨울」에서 '나도 한 그루 헐벗은
미루나무처럼/그 깊은 겨울에 갇혀서/숨죽인 대지의 심장 뛰는 소
리에 귀를 묻고/그 텅 빈 세상에 갇혀서/이글거리는 눈빛을 깃발처
럼 내걸어 놓는다'라고 하여 겨울과 텅 빈 세상에 갇혀서 헐벗은 미
루나무의 적신(赤身)에 깃발 내걸듯 준엄히 이루어지고 있다. 이러한
정화, 씻김은 자기 지우기, 또는 비우기이다. 존재의 부정성은 자기
비우기나 지우기를 이행함으로써 도달되는 경지이다. 작품「태양」에
서 시적 화자는 '태양이시여,/나의 심장을 조금만 가볍게 하라/그것
이 마침내/한 덩이 까만 숯이 되고,/그마저 하얀 재가 되어 폴폴 날
릴 때까지/불타게 하라'라고 외친다. 시인에게 텅 빈 부정성의 세계
는 긍정성으로 극복되어야 할 것이며, 텅 빈 것이 편안함으로 다가
오기까지 텅 빈 것의 부정성과 대결해야 하는 것이 시인이 처한 운
명인 것이다. 시인은 스스로 '병신되기'를 마다않고, 텅 빈 것의 부정
적 세계를 통곡해야할 소임을 맡는다.

3
　작품「겨울바람」에는 두 세계가 존재하고 있다. 그것은 '텅 비어 있

는 가슴 속'과 같은 부정성의 세계와 '한 마리 귀여운 들짐승', '진흙',
'눈먼 광인', '어린 풀꽃을 터뜨리는 겨울바람'의 긍정적 세계가 대립
되어 반복되고 있다. 그러나 이 두 세계가 공존하고 상호 침투함으
로써 텅 빈 것의 부정성은 놀랍게도 극복되고 있다. 그래서 시인은
작품 「공(空)」에서 텅 비어 있는 것에 대해 찬탄(讚嘆)한다.

> 텅 비어 있다는 것, 그 얼마나 깊은 것이냐.
> 내 작은 성냥갑, 야트막한 주머니, 큰 버스, 깊은 하늘
> 모두 비어있다는 것은 그 얼마나 아득한 것이냐.
> 그런 네 텅 빈 가슴 속으로 문득 뛰어들고 싶구나.
> 그 깊은 곳에서, 그 아득한 곳에서 허우적대다가
> 영영 익사해버리고 싶은 오늘,
> 텅 비어 있음으로 꽉 차 있는
> 네 깊은 눈 불길 속으로 뛰어들고 싶구나.

이 시에서는 텅 비어 있는 존재들을 나열하면서 깊은 하늘마저도
텅 비어 있고, 그 비어 있는 것이 얼마나 깊고 아득하냐고 독자에게
반문한다. 텅 비어 있는 것은 허전하고 쓸쓸하고 공허한 부정성을
넘어 오히려 깊고 아득하다고 노래한다. 그리고 텅 비어 있음으로
해서 역설적으로 '꽉 찬' 것으로 치환(置換)해 놓는다. 텅 비어 있는 것
과 '꽉 찬' 것은 대립적인 개념이지만 시인의 시에서는 완전한 텅 빔
이 오히려 꽉 참이 되는 역설적 세계를 보여준다. 이런 텅 비어 있음
은 작품 「구멍론」에서 더 구체화되고 풍성하다.

커다란, 혹은 깊은/구멍이 눈부시다./푸른 나뭇잎에도, 사람에게도/바람에게도, 하늘에도, 우주에도,/그런 구멍이 있다./기웃거리는 나를 빨아들이듯/불타는 눈 같은,/그런 구멍이 어디에도 있다./사람이 구멍으로 나왔듯이/비가 구멍으로 내리고,/햇살도 구멍으로 쏟아진다. (후략)

텅 비어 있는 것의 구체화는 구멍이며, 그 풍성한 구멍은 우주만물과 인간에게도 존재하고 있다. 구멍은 삶으로도 죽음으로도 유(有)에서 무(無)로도 또는 그 역으로도 되는 하나의 통로이며, 분절적이거나 대립적인 것으로만 존재하지 않는다. 시인은 그의 「자서」에서 하나의 통로로서의 구멍을 '한 몸 안에서 커다란 두 기둥이 되었던 것'으로 동일시하고 있다.

돌이켜보면, 죽음의 아늑함과 생명의 뜨거움이 나의 삶속에서 늘 함께 자리 잡고 있었으며, 죽음은 '공허'로 묶여지고, 생명은 '바람'으로 묶여졌다. 그리하여 공허는 생명의 존재양식 변화인 죽음의 양태일 뿐이며, 바람은 생명에 원기를 불어넣는 텅 빈 공간의 보이지 않는 움직임일 뿐이라는 막연한 생각을 해왔다. 결과적으로, 생명과 죽음, 존재하는 것과 존재하지 않는 것, 생성과 소멸이라는 대립되는 두 키워드가 한 몸 안에서 커다란 기둥이 되어있었던 것이다.

생성과 소멸의 구멍은 잉태와 죽음의 장소이며, 여성성의 상징인 자궁이다. 거기에는 삶과 죽음이 동시에 들어있고, 시인의 구멍은 자궁으로 회귀하려는 퇴행(죽음)을 보여주는 것 같지만 거기에 머물러 있지 않은 부분이 평가될 만하다고 본다. 그 이유는 시인의 구멍이 생명의 근원으로 기능하는 데에 있고, 그것은 순환되는 우주를 의미하기 때문이다.

그 구멍을 통해서만이/한없이 빠져들 수 있고, 침잠할 수 있고,/새로 태어날 수 있다./그것으로부터 모든 것이 비롯되고,/비롯된 모든 것이 그곳으로 돌아간다./

텅 비어 있는 구멍은 비어 있기 때문에 모든 것을 품을 수 있다. 그리고 거기엔 생명을 움트게 하고, 거기에서 모든 것이 시작되며, 비롯된 모든 것이 그곳으로 돌아간다는 만상동귀(萬狀同歸)의 불교적 존재론에 이르고 있다. 그러므로 시인에게 구멍은 '숨통, 기쁨, 슬픔'이 된다고 말한다. 시인의 이러한 시법은 역설에 근거하며, 존재/비존재의 영역을 넘나드는 시인의 감성이 길어낸 성과라 아니 말할 수 없다. 즉 텅 비어 있는 것이 시인에게 긍정적으로 자리매김 될 수 있는 것은 결코 한 순간에 이루어졌던 것이 아니다. 시인은 그의 「자서」에서

어리석게도 나는 어렸을 때부터, 불교(佛敎)의 영향 탓인지, 이 '유'와 '무'란 개념에 대해 집착해 왔다. 동시에 집착하며 살아있게 하는 내 생명의 본질에 대해서도 깊이 천착해 왔다. 곧, 온갖 욕구 욕망으로 들끓게 하면서도 때론 부끄러워하게도 하고, 때론 의롭게 하게도 하면서 심장을 뛰게 하는 힘의 근원과 미추(美醜)에 대해서도 오래오래 생각해 왔다는 뜻이다.

라고 밝히고 있다. 시인은 불교적 사유의 경험을 어릴 때부터 해왔고, 존재론적 문제에 대해 자연스럽게 바라볼 수 있는 내적 힘이 길러진 것이라고 간주된다.

4

작품 「구멍론」의 구멍이 위에서 아래로 내려다 본 구멍 보기라면, 작품 「하늘」에서는 아래에서 위로 난 구멍 들여다보기이다. 이 세상은 태초에 어둠에 둘러싸인 거대한 궁창이었으며, 그 궁창의 위쪽이 하늘이 되고 아래가 땅이 되었다. 시인의 구멍은 이렇게 창세기의 궁창 이미지를 엮어 그 세계를 확장시키고 있다. 그러므로 창세기의 궁창은, 불교적으로 말하면 거대한 우주이며, 페미니즘 시각에서는 여성의 자궁을 상징하며, 생명을 잉태하고 키우는 거대한 막이고, 그것들은 둥근 것으로서 순환의 원리에 기초한다.

미루나무 푸른 잎에는
푸른 잎만한 하늘이 반짝거리고

종알대는 까치 새끼들에겐
까치 새끼만한 하늘이 실눈을 뜬다.

높은 산 깊은 계곡에는
높은 산 깊은 계곡만한 하늘이 뿌리 내리고

너른 들 너른 바다에는

너른 들 너른 바다만한 하늘이 내려와 있듯

사람 사람들에겐
저마다의 하늘이 숨을 쉬고

지나가는 바람에게도
지나가는 바람만한 하늘이 내걸려 있구나.

하늘 궁창 아래에 있는 사물들과 인간들에게 하늘 궁창은 그것만큼 현현되는 것이며, 그 거대한 구멍을 한낱 풍경화처럼 보아온 시인의 구멍 보기라는 렌즈에 잡힌 하늘은 역동적이다. 즉 자궁의 막처럼 하늘이 사람과 사물, 동식물과 나아가 우주를 둘러싸고 있기 때문에 그 안의 모든 것들은 생명력을 가질 수 있게 된다. 이러한 우주의 구멍에는 바람이 생명의 원천을 제공한다. 바람이야말로 이 우주의 힘의 근원이며 생명이다. 작품「바람소리에 귀를 묻고」를 보자.

먼 옛날,
할아버지가 대나무에 구멍을 내어
천 가지 만 가지 마음의 소리를 내듯
하늘과 땅 사이
커다란 구멍을 열고 닫으며
만물에 숨을 불어 넣고
만물의 혼을 다 빼가며
천 가지 만 가지 빛깔의 소리를 내는

당신의 피리 연주.

바람소리에 귀를 묻고
귀를 기울이는 동안
이미 한 생이 저물어가듯
또 한 생명의 싹이 돋는구나.

하늘과 땅 사이
커다란 구멍을 열고 닫으며
크고 작은 바람으로
만물에 혼을 다 빼가며
이 땅 가득 부려 놓는
당신의 말씀이여, 사랑이여.

하늘과 땅 사이에 시인은 거대한 구멍이 있다고 보고 그 구멍, 우리가 '대기'라고 부르는 그 공간에서 쉴 새 없이 바람이 순환함으로써 땅 속, 땅 위, 하늘의 모든 삼라만상이 변화를 하게 되는 우주의 이법(理法)을 시인은 이 작품에서 표현하고 있다. 만물에게 숨을 불어넣기도 하고 만물의 혼을 거두기도 하는 자는 과연 어떤 존재자인가? 이는 우주만물을 만든 조물주이며 생명을 주재한다. '바람소리에 귀를 묻고/귀를 기울이는 동안/이미 한 생이 저물어가듯/또 한 생명의 싹이 트는구나/' 하고 시인은 바람소리를 들으며 존재들의 생멸을 듣는다. 시인은 여기에서 성서적 기원인 창세기의 공간으로 독자를 초대하여 우주만물의 시원(始原)과 창조(創造)의 세계로 이끈다. 먼 옛날의 할아버지는 창조주를 연상하게 하고, 시의 마지막 행에서와 같이 '당신의 말씀이여, 사랑이여'라는 구절에서 조물의 원인이 사랑 - 불교적으로는 자비 - 이며, 그것이 말씀으로 전해져 온 성서적 세계로 의미영역을 확장시키고 있다. 이런 부문에서 시인의 시는 문학과 종교라는 상호텍스트적 측면을 지니고 있기 때문에 시의 세계가 지니는 깊이와 영역이 확장되어 있다고 볼 수 있다.

그리고 여기에는 불교적인 세계와 기독교적인 세계가 어우러져 있기 때문에 종교혼합적인 특성을 가지고 있다. 그러나 이시환은 종교혼합주의를 말하지는 않는다. 어디까지나 웅대한 창조질서와 모든 생명의 만상동귀라는 기독교와 불교적 진리를 작품 속에 풀어둠으로써 시 세계에 깊이를 두었다. 그리고 그것이 사랑[자비]에 의해 수행되고, 로고스에 의해 세세대대로 전하여져 왔다고 말한다. 시인의 의식이 여기까지 다다르면 텅 비어 있는 것의 부정성도 극복이 되고, 그것은 오히려 긍정성으로 시에서 작용하며, 텅 빈 것이나 없는 것을 보는 시선이 완전히 달라지게 된다. 인간이 생멸을 다하는 것도 불교적 진리에서는 하나의 순환일 뿐이며, 이법일 뿐이다. 그러기에 시인은 소멸해가는 것도 아름다운 것이라 하고, 소멸해 가는 것을 노래하고 싶은 것이다.

5

텅 비어 있는 것, 소멸해 가는 것의 허허로움을 극복하고자 하는 시인의 몸부림은 작품 「벌판에 서서」에서 나타난다.

바람이 분다.

얼어붙은 밤하늘에 별들을 쏟아 놓으며
바람이 분다.
더러 언 땅에 뿌리 내린
크고 작은 생명의 꽃들을 쓸어 가면서도
바람이 분다.

그리 바람이 부는 동안은
저 단단한 돌도 부드러운 흙이 되고,
그리 바람이 부는 동안은
돌에서도 온갖 꽃들이 피었다 진다.
바람이 분다.

내 가슴 속 깊은 하늘에도
별들이 총총 박혀 있고,
내 가슴 속 황량한 벌판에도
줄지은 풀꽃들이 눈물을 달고 있다.

바람이 분다.

　한 인간이 자신의 소멸을 받아들이는 것은 쉬운 것은 아니기에 소
멸을 받아들이는 것도 종교적 진리를 접하면서 인식의 지평이 열리
게 되고, 그것을 받아들이면서 인간은 자신도 삼라만상의 일부라는
것을 깨닫게 되고 겸허해질 수가 있다. 인간은 지난 세기에 우주의
삼라만상의 존재들을 인간이 지닌 끝없는 욕망으로 파괴하여 왔고,

인간 자신마저도 욕망의 기계가 되게 하여 파멸의 길로 인도하였다. 자연적 소멸과 파괴적 소멸은 같지 않다. 시인은 자연적 소멸을 이야기하여 텅 비어 있을 수 있고, 없음을 노래할 수 있으며, 겸허하게 욕망을 내려놓은 인간, 즉 자유인(自由人)이고자 한다. 만상을 제멋대로 부리기만 하는 지배자 인간이 아니라 만상과 함께 동귀하는 인간이고자 한다. 소멸은 욕망이 거세되는 것이기에 우주적 이법을 깨달으면서 받아들여 갈 때 아름답고, 아득하며 깊이를 가진 것이라고 토로할 수 있게 된다. 작품「대숲 바람이 전하는 말」에서는 인간의 운명적인 죽음을 다음과 같이 노래하고 있다.

> 이러쿵저러쿵 한 세상을 살다가 훌쩍 자리를 비운다는 게 얼마나 깊은 아득함이더냐. 그 얼마나 아득한 그리움이더냐. 저마다 제 빛깔대로 제 모양대로 제 그릇대로 머물다가 그림자 같은 공허 하나씩 남기며 알게 모르게 사라져 간다는 것, 그 얼마나 그윽한 향기더냐, 아름다움이더냐.

　불확실한 시대에 가장 분명한 진리는 모든 인간은 죽을 수밖에 없는 운명이라는 점이다. 그동안 너무 살아있는 것만을 보아왔고, 그 안에 배태되어 함께 커가는 죽음에 관해서 이야기 하지 않았다. 그래서 죽음은 두렵고 꺼려지는 것이고, 죽지 않으려고 발버둥을 쳐왔다. 성장만 있고 아름다운 소멸은 있을 수 없었다. 성장만을 부르짖는 시대에 거기에 반하는 것을 외치면 아무도 들어주지 않고 외면하기 때문이다. 인간이 죽을 운명이라는 것을 겸허히 받아들이게 되면 인간은 인간답게 살 수 있게 된다. 그것을 받아들이기보다 피하고 성장만을 외쳐왔으니 성장에 방해되는 모든 것들을 차별하고 부정적인 것들로 간주하여 구석에 밀어 두던지 '획일화'라는 이름의 제복으로부터 훈육, 감시와 처벌을 받아야 했다. 죽음이 그렇다. 저 구석에다 처박아 둔 것이 어느 날 반역을 일으키고 살아있는 것에 도전을 해 온다. 있음만이 강조되던 시대는 성장만을 최고의 가치로 외쳐대던 시대였다. 그럼에도 불구하고, 시인은 '없음'을 이야기하려 한다. 작품「대숲 바람이 전하는 말」에서 시인은 죽음을 향기나 아름다움으로까지 끌어올리고 있는데 죽음을 희화화하려는 것이 아니라 겸허하게 인간의 죽음을 바라보고, 그 부정성을 넘어 긍정성을 이야기하고자 한다. '서씨 아저씨도 갔고, 김씨 아저씨도 갔고, 이젠 그 박 가 놈도 이런저런 이유로 가고 없다'고 시인은 그 허전함을 노래하지만 그들의 빈자리가 깊이와 향기, 그리움과 아름다움을 저마다 하나씩 간직한 존재들이었다는 점을 강조한다. 평범한 사람들의 죽음이 이렇듯 아름다운 존재의 소멸로 호명되는 순간, 존재들의 죽음이 죽음이 아니라 불리어짐으로써 다시 살아나는 것으로 치환됨을 알 수 있다. 시인은 그렇게 아무 것도 아닌 것들에 대해 애정을 가지고 바라보고 있다. 없음마저 있는, 풍요롭고 생명력 넘치는 세상이 되길 노래하는 시인이 이시환이다.

문학과 명상

아포리즘을 중심으로

1

아포리즘은 일반적으로 '경구'라고도 말해지는 것으로 삶의 지혜가 담긴 짧은 문장을 말한다. 이 말의 사전적 의미를 살펴보면 영어에서는 aphorism, 독일어로는 Aphorismus, 불어로는 aphorisme이다. 인간과 만물에 관한 관찰을 촌철살인(寸鐵殺人)하는 것과 같은 예리하고 날카로운 혹은, 경묘하고 짧은 문장으로 쓴 문학상의 표현양식이라고 되어있다. 또 에세이나 에피그램과도 공통점을 가진다. 원래의 의미는 '둘러싸다', '구분하다'라는 뜻의 그리스어 aphorizein에서 유래하며, 프랑스에서는 maxime가 보통 사용되고 있다.

고대에는 히포크라테스가 유명하나 근대에 와서는 아포리즘의 달인들이 선현으로 존경했던 라 로슈푸코[La Rochefoucauld]이다. 철학적 단편으로는 셸링의 「자연철학에 관한 아포리즘」(1806) 등이 있으나 자타에 관한 관찰을 신랄하고 경묘한 문장으로 쓴 리히텐베르크나 그를 존경하고 있었던 프리드리히 니체의 아포리즘이다. 니체의 경우에는 쇼펜하우워의 아포리즘이 가진 영향도 이어 받아 체계성을 거부한 사상 표현의 수단으로 생각하였다. 그리고 쇼펜하우워에 의해 '유럽 최고의 지혜의 대가'라 일컬어진 스페인의 철학자이자 작가 예수회 신부인 발타자르 그라시안의 『너무나 인간적이지만 현실감각이 없는 당신에게』는 불신과 위선이 팽배한 17세기 스페인 사회에 대해 대중들에게 자신의 삶과 행복을 지키기 위해 반드시 알아두어야 할 지혜를 가르쳐주고자 하는 강렬한 목적의식 아래 집필되었다. 그의 저서는 400년이 지난 오늘날에도 유럽인들에게 큰 사랑을 받고 있으며, 작품경향으로 철저히 현실사회에 기반을 둔 '생의 철학'이자 '행복과 성공'이라는 가장 보편적인 삶의 목표를 이루기 위해 갖추어야 할 지혜들이 담겨 있다. 또한, 노발리스나 F. 슐레겔과 같이 독일 낭만파의 아포리즘도 니체 아포리즘의 경향인 체계 거부에 관한 무한 반성의 소산이다. 현대에는 시대의 경험에 이론의 화살을 쏘려는 벤야민의 『일방통행로』와 같은 아포리즘집이 널리 알려져 있다.

상기한 사전적 의미로 정의한 것과 서구에서 생산된 아포리즘의 경향을 정리해 보면, 인간과 우주 만물에 관한 관찰로서 체계성을 거부한 사상 표현의 수단이며, 그 특징이 날카롭고 예리하며, 가볍고 묘한 느낌의 짧은 문장으로 쓴 문학상의 표현양식이다. 아포리즘이 고대에서 근현대까지 유명한 철학자들에게서 사유되고 쓰여져 온 문장이며, 철학 본류와는 다른, 체계성을 거부한 사상 표현 수단이며, 짧은 문장이라는 점은 철학자들에게 어쩌면 철학의 여기로써 쓰여진 자유로운 사상 표현의 도구였을 것이라 생각된다. 여기에서 짚고 넘어가야할 사항은, 아포리즘이 철학적 정초와는 다르나 그 안에 인간과 우주 만물에 관한 철학적 사유가 있어야 하면서도 딱딱하고 길며 어려운 문장이 아니라 짧은 문장 안에 깊은 사유가 내재할 때 예리하게 이성을 깨울 수 있는 기능을 한다는 점이다.

이런 유형의 글쓰기는 성경의 지혜서나 집회서, 잠언, 코헬 등과 같이 내려오는 전승에 기원하고 있으며, 지혜의 문학이라고도 일컬어진다. 왜, 지혜의 문학일까? 그리스 로마 전통에서는 원래 글로 쓰는 모든 것은 문학이었다. 거기에서 역사나 철학이 갈라져 나가고, 오늘날 문학예술과 문학연구를 통털어 협의의 문학이라고 하게 되었다. 그런 의미에서 아포리즘도 하나의 문학이라고 할 수 있겠다. 다만, 짧은 문장이 특징이다. 구약 성경의 이 지혜의 말들은 비단 이스라엘 민족뿐만 아니라 소아시아를 비롯한 그리스 로마와 같은 이방세계에까지 그리스도교가 전해지면서 널리 향유하게 되었고, 서양의 현자들은 자신의 사유 체계나 영적 작업, 종생에 걸친 영성 작업을 짧은 문장에 담아 그가 체득한 지혜의 말을 후세에 남겼다. 이와 같은 현상은 비단 성경을 공유하는 기독교 문화권뿐만 아니라 불교 문화권이나 이슬람 문화권, 유교문화권에서도 현자들이 많은 지혜의 말을 남기고 있다. 이러한 지혜의 말씀들은 시공을 초월하여 많은 사람들에게 삶을 살아가는 지혜를 가르쳐 주거나 영혼의 인도자 역할을 하고 있다.

2

우리는 살아가면서 때때로 벽을 만나거나 암초에 부딪칠 때, 문득 자신이 걸어온 길을 되돌아보면서 무엇이 잘못 되었는지, 어디를 어떻게 고치고 살아나가야 하는지를 생각하게 된다. 그럴 때 선현들의 짧은 말씀은 자신을 추스르고 미래를 살아가는 힘이 되어준다. 그들이 글을 남긴 것은 그들 또한 그와 같은 상황을 겪고 초월하였기 때문에 후세를 위해 남기는 것이다. 우리는 혜안을 담고 있는 이 짧은 글과 만날 때 자신을 변화시킬 수 있는 새로운 비전을 갖게 된다.

지혜의 말들은 선현들이 자신과 인간, 우주 만물들을 사유해보면서 생산하는 것으로 현재의 명상이라 불리는 것이 과거에도 그들이 해온 사유의 방식일 것이다. 명상은 우주와 한 개인이 함께 숨을 쉬고, 대우주와 통교하는 순간이며, 우주의 지혜를 자신의 안으로 체득할 수 있는 순간이다.

이시환은 그의 저작 『명상법』(신세림, 2013)에서 명상의 정의를 그 나름대로 다음과 같이 밝히고 있다.

> 명상이란 글자 그대로 해석하자면 눈 감을 瞑(명)에 생각 想(상)으로, '눈을 감고 생각하는 일'이다. 여기서 눈을 감는다는 것은, 보이는 것들을 차단함으로써 생각하는 일에 방해되는 요소들을 제거함이자, 동시에 정신집중을 의미한다. 따라서 명상이란 생각하는 일에 방해되는 요소들을 먼저 차단 제거한 상태에서 깊이 생각하는 일이다. (11쪽)

위의 글에서 알 수 있는 바 명상이란 조용히 눈을 감고 생각하는 일, 아무것도 생각하지 않고 깨어있으면서 편안히 머물러 있는 일, 자기 자신을 들여다보는 일 등으로 채워진다. 그는 명상에서 두 가지 중요한 일을, 집중하여 깊이 생각해야할 내용과 대상에 대하여 생각을 집중하는 과정에서 방해 되는 요소들을 먼저 차단 또는 제거하는 일이라고 말한다. 이와 같은 명상의 최종 목적은 '마음의 평안'이며, 그것은 자기 자신에 대한 관조와 성찰을 통해서 자신의 욕구나 감정 등을 적절히 제어하고 통제하는 기술을 습득하고, 삶의 태도나 방법상의 지혜를 깨달아 가는 과정이라고 말하고 있다.

그의 아포리즘은 그런 명상을 통하여 생산된 것으로 자기 자신에 대한 관조와 성찰을 통해 자기를 둘러싼 우주만물을 규명하는 정신적 작업이었다. 그러므로 마음의 고요 상태에서 얻어지는 짧은 지혜의 말은 사유의 고차원적인 단계에서 생산되므로 신적인 언어에 가까운 위력을 가진다.

> 명상이란 온갖 현상에 매어 있으면서 그것들을 일으키는 근원과 눈
> 맞추려는 과정이요, 한 방법이다.

위의 인용문에서 알 수 있듯이 시인의 명상이란 온갖 '현상'에 매어 있는 마음의 근원을 바라보는 방법이다. 현상이란 불교에서 말하는 유기체적이며, 소멸하여 영원하지 못한 온갖 것을 말한다. 현상계를 초월하여 진여를 깨닫는 것이 수행자가 이르러야 하는 길이다. 그러므로 명상이란 진여, 번뇌를 소멸시키는 적멸 곧 니르바나에 이르기 위한 수행 방법으로서 번뇌를 일으키는 현상에 계박되어 있는 것을 살피는 과정이다.

명상을 통하여 얻어지는 깨달음을 짧은 문장으로 표현한 시인의 아포리즘은 사전적 정의의 아포리즘이 가지는 성격과 결코 다르지 않다. 아포리즘은 하나의 문학적 양식 또는 장르이다. 시인이 우리 문인들에게 다소 생경한 이 양식을 통해 자신의 삶과 문학, 인간, 우주만물, 그를 둘러싼 사회, 종교, 건강에 이르기까지 다양한 분야에 걸쳐 사유한 것을 이야기하고자 하는 목적은 어디에 있는가? 그는 전술한 저작에서 아포리즘을 생산해내게 된 심정을 다음과 같이 이야

기하고 있다.

모두 합쳐봐야 160여 개 정도의 단문일 뿐인데, 여기에는 문학과 나
의 삶 · 존재 근원 · 대자연 · 인간의 욕구와 욕망 · 인류의 자화상 ·
삶의 의미 · 사랑 · 사회 · 인류사의 진실과 문명 · 건강 · 생명의 본질
과 죽음 · 기타 대인관계와 삶의 지혜 등과 관련된 내용들이 포함되어
있다. 이것들을 천천히 음미하듯 읽으면 필자가 얼마나 홀로 있는 시
간을 골방에서 많이 누렸는가를 간접적으로나마 느낄 수도 있으리라
본다. 나는 이것들을 명상의 힘이자 결과라고 여기며, 감히 세상에 내
어 놓는 바이다.

　이시환은 시인이자 문학평론가이다. 그는 주로 시와 평론을 쓴다.
그가 명상을 통하여 얻은 새로운 양식은 아포리즘이라는 양식이다.
시보다 짧으며 더 압축적이면서도 평론보다 더 예리하고 날카로움
을 간직한 짧은 문장이다. 그러면서도 그 속에는 자타의 인간의 삶,
존재 근원, 대자연, 인간, 사랑, 사회, 문명, 건강, 생명의 본질과 죽
음, 관계, 삶의 지혜 등이 담겨 있다. 어쩌면 이러한 방대한 사유들이
그가 말한 160여 개의 문장 안에 다 들어가게 한다는 것이 무리가 있
지 않는가 하는 생각도 해본다.
　그러나 어쨌든, 이시환이라는 문인은 이미 이러한 새로운 양식을
명상을 통하여 우리 문단에 일구어 나갈 생각인 듯하다. 시, 소설, 수
필, 평론, 희곡 등의 문학 장르에서 얻을 수 없는 새로운 정신세계이
다. 서구에서는 이미 고대부터 이어져온 아포리즘이 우리에게는 이
렇다 할 깊이의 작품집도 없으려니와 이런 형식의 문학작품을 그간

의 문인들이 남기지 않았다. 앞으로, 시인이 이 분야에 새로운 도전을 하길 바란다. 그가 서양의 이름 있는 아포리즘 작품집도 읽고 동양의 선현들의 글들도 접하여서 깊이를 더하고 부정부패로 인한 불신과 위선으로 가득 찬 우리 사회에 한 줄기의 빛과 같은 역할을 할 수 있는 하나의 문학 작품집으로서 생산해내길 바란다. 그런 의미에서 이시환 시인의 아포리즘에 나타난 몇 가지 특징을 살펴보고자 한다.

3
인간 주체 지우기 -시인의 아포리즘은 자기 고백적 성격을 가지고 있다. 이 고백하는 힘이야말로, 시인 자신이 겸손함을 드러내고, 겸손하기에 오히려 두려움 없이 이야기할 수 있다. 위선과 인간 내면의 이중성을 극복하여 자신에게 진실하고 타인에게 진실하다. 진실함은 스스로를 기만하지 않으며, 모든 구원은 진실의 자리에서 시작된다.

내가 일평생 시를 짓는다 해도 그것은 살아있는 한 그루의 나무만 못하다.

글을 쓴다는 것은 자신의 무지를 드러내는 일이다.

아는 것이 많다고 생각하나 무지하며, 바른 판단을 한다고 자부하지만 오판하며, 겸손한 척하지만 오만을 숨기고 있는 크나큰 허물을 안고 사는 게 바로 나 자신이다.

시인에게 시를 쓰는 일은 아주 중요한 일이다. 그러나 그는 시를 일생의 업으로 쓴다고 하여도 자연 속에 있는 푸른 나무 한 그루에 미치지 못한다고 말한다. 그가 짓는 시와 자연 속에 있는 한 그루 나무는 대조적이다. 한 편의 시는 인간의 손에 의해 지어지지만 그것은 한낱 조물주가 지은 한 그루의 나무에도 미치지 못한다는 생각은 창조된 만물에 대한 인간의 한없는 겸손이다. 여기에서 시인의 겸손을 엿보게 한다. 이와 같은 자세는 아는 것이 많아도 바른 판단을 해도 겸손한 척하여도 자신은 크나큰 허물을 안고 살고 있다고 고백한다. 아는 것 자체가 자신이 무지하다는 걸 깨달을 때에야 가능하다고 그는 생각한다. 그리고 '허물을 가진 죄인이요' 할 때 인간은 자기 우상에 빠지지 않는다. 시를 짓는다는 것도 하나의 창조 행위이며, 더구나 식자들에 의해 지어지는 문장은 인간을 한없이 교만과 아만심으로 떨어뜨릴 가능성이 크다. 아만심을 부정하고 극복하는 것이야말로, 자기 우상에서 해방될 수 있다. 많은 식자들이나 지식인들이 빠지기 쉬운 오류의 구렁에서 시인은 스스로를 '아무 것도 아닌 존재'라고 말함으로써 인간의 보잘 것 없음을 고백하고 있다. 겸손의 자리에 인간이 낮아져 있을 때 인간에게 거저 주어지는 신적인 은총이 빛난다. 인간 존재의 나약함과 보잘 것 없음을 인정하고 겸허해지는 데에서 인간의 부정적 욕망은 사라진다. 그래서 시인은 인간 존재가 지닌 근본적인 탐욕이나 탐닉, 욕망 등이 부르는 결과에 대해서 경고의 목소리를 드높인다.

인류 최대의 적은 인간 자신이다.

인류의 지나친 행복이 재앙을 부른다.

인간의 승리가 곧 파멸이다.

인간을 한낱 굶주린 동물로 만드는 것은 상대적 우월성을 확보하려는 욕구다.

인류가 욕구를 자제하지 않는다면 악어를 삼킨 비단뱀과 다를 바 없으리라.

근대 과학문명의 발달과 더불어 인간은 소유 형태의 길을 걸어왔다. 인간이 우주 만물에 대해 부린 횡포와 그 결과는 전 지구 내지는 우주와 결국 인간을 파멸의 길로 인도하였다. 인간 존재를 신을 배제한 '있는 그대로의 인간'을 주창한 니체 철학 이후로 인간은 불안, 공포, 광기의 역사를 걸었고, 1, 2차 세계대전과 같은 인간의 삶을 파괴하는 전쟁과 인간뿐만 아니라 우주만물의 집인 지구 및 우주 환경을 파괴하였다. 인간이 만물의 영장이라고 오만을 부리며 승리감에 도취되어 있을 때부터 인간의 파멸은 배태되고 있었다. 그래서 시인은 '인간의 승리가 곧 파멸'이라고 선언하는 것이다. 인간의 멈추지 않는 욕망은 재앙을 부른다. 만상동귀하는 구경의 행복, 지복에 이르는 길이 아닌 욕망에 의해 타자를 수단화하여 획득된, 그릇된 행복은 파멸이며, 인간 자신도 공멸의 길을 걸었다. 시인이 아포리즘을 통해 이야기하고 싶은 것은 인간의 부정적 욕망에 대해 일체를 부정하고 고발하고자 함이다.

그의 기법은 때때로 선언이나 단정, 역설의 어법을 통하여 인간을 진단하고 있고, 인간의 끝없는 욕망의 행진에 브레이크를 걸고 있다. 이렇게 그가 목청껏 소리를 높여도 욕망의 전차는 멈추지 않는다. '설국열차'가 한없는 인간의 욕망을 상징하고, 서로 밟으며 올라가는 거대한 애벌레 기둥은 다름 아닌 욕망의 결과로 갖가지 죄를 저지른 '니네베' 사람들과 다를 바 없다. 이것들은 극복되어야 할 것들이다. '요나'는 니네베의 사람들에게 회개할 것을 전하러 가라는 여호와 하나님에게 불순명함으로써 고래의 배 안에 갇힌다. 그러나 요나는 사흘을 암흑의 시간 즉, 영적인 어둠의 시간을 보내면서 뒤늦게야 회개를 한다. 회개한 요나가 니네베를 심판하여 멸하리라는 신탁을 전하자 니네베의 사람들은 심판을 두려워하며 그릇된 욕망이 부른 죄를 회개하였다. 회개를 상징하는 옷을 찢는 행위와 재를 뒤집어쓰는 행위, 단식 등은 인간이 흙에서 와서 다시 흙으로 돌아가는, 아무것도 아닌 존재임을 뜻한다. 그리고 단식은 모든 욕망을 끊겠다는 의지의 표현이다. 니네베 인들의 적극적인 회개는 멸망에서 극적으로 하나님의 자비를 얻게 되고, 심판을 피하고 구원의 길에 이른다. 시인은 그의 아포리즘을 통해 끝없이 욕망하고 그로 인해 저지르는 모든 죄악을 성찰할 것을 주문하고 있다.

4

만상동귀하는 인간 -시인은 인간이 아무것도 아닌 존재, 보잘 것 없는 존재임을 깨닫기를 바란다. 그리고 인간이 '공수래공수거'하는 존재이며, 인간은 흙으로 돌아가는 존재라는 것을 강조한다. 대자연에 비해 인간이 얼마나 아무것도 아닌 존재인지를 자각하면 인간의 오만함과 이기심은 부정될 수 있다. 인간도 우주의 작은 구성원이며, 대자연의 일부임을 시인은 말한다.

나는 자연이란 품에서 나와 마음껏 응석을 부리다가 결국 그의 품으로 돌아간다.

문명조차도 자연이 허락하는 범위 안에서 존재할 뿐이다.

나의 입 속으로 들어가는 것 중에는 자연에서 나오지 않는 것이 없다.

대자연이 슈퍼컴이라면 인간은 그 안에 내장된 하나의 작은 프로그램에 지나지 않는다.

선악을 분별하지 않는 대자연의 역사는 담백하지만 그를 분별하는 인류의 역사는 사악하기 그지없다.

대자연의 일부인 인간이기에 인간은 결국 자연의 품으로 돌아가는 운명을 가지고 있다. 인간이 우주의 한 구성원으로서 대자연의 프로그램에 순응하지 않아서 발생된 모든 파괴의 역사는 인간의 사악함을 드러내는 폭력적인 횡포이다. 그러므로 인간이 죽은 주검은 쓰레기에 지나지 않고 마땅히 썩어야 하는 것이라고 주장한다. 그러나 시인은 그런 인간이지만 인간이 결국 문제의 해결자라고 보고 있다. 그는 인간을 '문제를 야기시키는 주체'이자 '해결의 열쇠를 만드는 주체'로 보고 있고, 지구의 수명을 연장시킬 수 있는 '희망적인 존재'로 생각하여 인간 부정을 넘어 긍정적인 인간을 바라보고자 한다. 그래서 그는 '이 지구상에서 가장 아름다운 것이 있다면 그것은 바로 인간이다. 그러나 가장 추한 것 역시 다름 아닌 인간'이라고 말한다. 인간에게는 거울의 양면처럼 미추의 모습을 동시에 가지고 있으며, 시인은 추한 인간을 극복하여 아름다운 인간을 지향한다. 그런 인간에게 산다는 것이 결국 자신의 욕구와 욕망을 충족시키기 위한 활동이라고 규정한다. 그러면서도 시인은 이것을 긍정적으로 바라보고 긍정적 에너지로 변환시키고자 한다. 그는 산다는 것이 고해가 아니라 고통과 기쁨을 체감할 수 있는 기회라고 주장한다.

> 산다는 것이 고통이라면 즐거움을 내장한 고통이요, 즐거움이라면 고통을 내장한 즐거움이리라.

인간이 살아간다는 것은 고락이 함께하는 삶이라는 이 구절은 그리스도교적인 의미로 고통 중에 은총이 있다는 말로 표현할 수 있을 것이다. 고통이 고통으로만 존재한다면 인간의 삶은 가련하기만 하다. 그러나 고통이 지나면 기쁨의 때가 오는 것이 하나의 이법과도 같기에 고통의 현재를 견디어 낼 수 있다. 많은 사람들이 극심한 고통에 짓눌리어 스스로의 존엄성을 포기한 채 절망에 빠지고 삶을 포기하려는 이들도 많다. 이런 사람들에게 시인의 삶에 관한 경구들은 큰 힘이 될 것이다. 인간의 삶에 대해 시인은 욕구 충족활동으로 보고 있고, 그 과정에 생겨나는 불가피한 경쟁과 충돌이 인간에게 희비극을 안겨주고, 이 또한 사회 발전의 원동력이 된다고 보고 있어서 어떤 의미에서는 자본주의적 경쟁의 논리를 일면 비판하면서도 긍정적인 측면도 있다고 간주한다. 그러면서도 시인은 '천박한 자본주의 사회에서는 돈이 곧 인격이고 능력이다'라고 하여 우리 시대의 자본주의를 날카롭게 비판하고 있다. 현실의 천박한 자본주의를 극복하는 방법은 인간의 그릇된 욕망을 존재 양식으로 변환해 가는 것임을 주장한다. 욕망으로 인하여 발생하는 고통의 해결책을 시인은 소망과 믿음, 자기 포기, 진정한 행복을 통해서 제시한다.

소망과 믿음이란 현실적 고통까지도 초월하게 하는 힘의 원천이다.

매사를 아름답게, 긍정적으로 보려는 자세와 노력이야말로 스스로를 즐겁게 할 것이다.

스스로 만족하고 스스로 즐거워하는 이가 진정으로 행복한 사람이다.

진정한 사랑이란 나를 포기하는 것으로부터 시작하고, 나를 버리는 것으로써 완성된다.

시인에게 인간은 인간 존재 그 자체를 말한다. 그래서 그는 '신은 말하지 않으나 인간이 말한다'라고 주장한다. 그리고 신을 인간이 창조하였다고 하여 신 본연의 존재를 인간이 그의 욕망에 의해 만들고 우상화하고 있는 것에 대해 비판한다. 그 자리에 시인은 본연의 인간, 본연의 신, 또는 우주를 두고자 한다. 그러므로 시인이 제시하는 삶의 고통에 대한 해결책은 소망, 믿음, 삶을 바라보는 긍정적 자세, 행복한 사람 되기, 진정한 사랑으로써 인간의 고통이 해결될 수 있다

고 하여 신을 통한 인간 구원의 의지보다 올바른 생활의 철학을 제시
함으로써 인간이 구원되기를 원한다.

> 내가 웃으면 네가 울고, 네가 울면 내가 웃는 것이 경쟁사회에서의 사
> 람과 사람 사이의 이해관계이나 함께 웃고 함께 우는 것이 사랑이요,
> 자비다.

> 사는 동안 누군가의 가슴에 못을 박는 일만큼은 피해야 한다.

> 사는 동안 그 누구에게든 정신적 물질적 피해를 주지 않는 삶이야말
> 로 가장 위대한 삶이다.

인간이 진정한 행복을 누리는 길은 서로 동고동락하며, 자기 포기
를 통한 사랑으로 가능함을 시인은 말하고 있다. 남에게 못 박는 일,
누군가에게 정신적 물질적 피해주는 일들은 모두 남이 나에게 하길
원치 않는 일이다. 이와 같이 나도 남에게 그렇게만 하지 않으면 인
간관계에서의 문제는 발생하지 않는다. 여기에는 분명 자기 포기가
있어야 한다. 자기 포기는 욕심과 집착을 버리는 일이다. 시인은 자
기 포기를 통한 진정한 인간의 사랑과 행복을 꿈꾼다. 자기 포기는
다름 아닌 인간의 자기 욕망을 비우는 일이며, 그럴 때 인간은 진정
한 사랑으로 충만해진다. 결론적으로, 시인은 인간의 자기 포기가 두
루 우주만물에게도 이르러 만상동귀하는 새로운 인간상을 꿈꾸며,
이 새로운 인간상이야말로 우주의지를 가슴에 품은 인간으로 해석
한다.

21

모순된 세계의 진리를 불러오는 역설

수련의 군락을 바라본다. 하얗거나 붉거나 노란 꽃잎을 단 깨끗한 수련이다. 어떤 것은 아기의 주먹만한 꽃망울을 대궁에 달고 있다. 저렇게 침묵하거나 묵언 중에 있는 꽃망울을 바라보노라면 금방이라도 잎을 열어 말을 해올 듯하다. 여름 이른 아침의 엷은 안개 속에 자태를 드러낸 청초하고 선명한 이 꽃들은 신비경이다. 새벽의 이슬을 함초롬히 머금고 무념무상에 들었는가? 그 무념으로 이끌리어 들어간다. 윤기가 잘잘 흘러 반짝이는 빛을 내는 작고, 약간은 딱딱해 보이는 잎이 꽃을 받들고 있다. 꽃은 꽃잎이 작고 단단하며 도탑다. 어떤 수련은 잎이 부드럽고 넓으며 가운데가 약간 움푹 들어간 모양으로 잎맥을 다 보이게 할 정도로 연하디연한 잎을 가졌다. 물 밑 진흙 바닥에 굵은 뿌리를 박고 키 큰 대궁이에 연하고 넓은 잎과 부드러운 꽃잎을 가진 수련의 모습은 보기만 하여도 시원하다. 연못 가득 수련이 군락을 이루어 물이 괴어 있는 연못을 가린다. 온통 수련 포기들로 꽉 찬 연못을 본 것만으로도 풍성하다. 그 푸른 생명의 싱싱함으로 더위에 지친 영혼에게 생명을 불어넣어준다. 기다랗고 가는 대궁이 끝에 달린 연분홍빛 꽃과 잎의 대조는 절묘하기까지 하다. 그 색채감에서 오는 청량함으로 마음은 물에 젖어 흐른다. 때가 끼어 더러워진 마음을 깨끗이 씻어 낸다. 이렇게 마음이 정화되면 연꽃은 청정보리심을 일으킨다. 연꽃이 더러운 연못의 고인 물 아래에 있는 진흙에서 자생하여 아름다운 꽃을 피우듯이 사람도 세상을 살아가면서 한 송이 연꽃을 피울 일이다. 사람이 어떻게 살아야 하는지는 연꽃이 가르쳐준다. 그래서 불경에서 석가모니 부처가 설법할 때 하늘에서 만다라화 만수사화의 희고 붉은 연꽃의 법우(法雨)가 내린다고 하지 않는가. 연꽃이 더러운 진흙에서 청초한 꽃을 피워낸다는 것은 불교적 진리를 드러내는 역설[paradox]을 설명하는 데에 좋은 소재임에는 틀림없다.

역설은 그리스어 어원인 paradoxa에서 유래된 말이며, para(초월)와 doxa(의견)의 합성어이다. 이 말의 원래 의미는 일반에게 받아들여지는 견해에 반하는 명제[그리스어로paradoxa]를 말한다. 그러나 논리학에서 이 말을 엄밀한 의미로 쓸 때는 증명될 리 없는 모순명제가 타당한 추론에 의해, 혹은 적어도 일견 타당한 추론에 의해 인도되는 것을 '패러독스'라고 한다. 고대 그리스 이래 철학에서는 여러 가지 패러독스가 논해졌고, 철학적 사색을 깊게 하거나 새로운 과학적 통찰을 만들어 내는 데에 공헌해왔다. 제논의 패러독스, 거짓말쟁이 패러독스. 19세기말에서 20세기 초반에 걸쳐서 수학의 기초에 관한 패러독스가 많이 발견되었다. 대표적인 것은 'x는 집합 y의 성원이다'라는 집합론의 기본개념에 관한 러셀의 패러독스(1901년)이다. 시문과 관련하여 말과 말의 의미에서 생기는 '의미론적 패러독스'도 철학적으로 흥미가 깊다. 대표적인 것에는 그레링크의 패러독스(1908

년)이다. '짧다'라는 말은 짧다. 이와 같이 그 말의 의미가 자기 자신에게 적용할 수 있는 말을 '자기형용적'이라고 정의하자. 자기형용적이지 않는 말은 '비자기형용적'이라고 불린다. 예를 들어, '길다'라는 말은 길지 않으므로 비자기형용적이다. 그러면 '비자기형용적'이라는 말은 자기형용적일까? ①만일 그것이 자기형용적이라면 그 의미가 자기 자신에게 적용되므로 비자기형용적이지 않으면 안 된다. 다른 한편, ②그것이 비자기형용적이라면 정의에 의해 자기형용적이된다. 이와 같은 의미론적 패러독스는 자기언급에만 그 책임을 돌릴수는 없다. 말과 사물을 잇는 의미론적 개념이 자기언급과 강제적으로 조합되는 것에 모순의 원인이 있다. 그 증거로, 말 자체의 구조만으로 언급하고 말 이외의 사물에는 언급하지 않는 구문론적인 개념을 사용하여 자기언급을 행하여도 모순은 생기지 않는다. '의미론적'과 '구문론적' 의 차이는 괴델의 불완전성정리를 이해하기 위한 하나의 포인트이다.

뉴크리티시즘[New Criticism]의 이론가 클렌스 부룩[Cleanth Brooks]은, 시의 언어가 바로 역설이라고 하였으며, 휠라이트[P. Wheelwright]는 역설을 세 종류로 나누어 표층적 역설[paradox of surface], 심층적 역설 [paradox of depth], 구조적 역설(시적 역설이라고도 함)로 나누었다. 이 중 심층적 역설은 종교적으로 신비하고 초월적인 진리를 나타내는 데에 주로 채용되는 것이며, 시적 역설은 시행에 나타나는 부분적인 표층적 역설 -수식어와 피수식어가 모순관계로 결합되어 있는 형태- 과 달리 시의 구조 전체에 나타나는 역설이다.

이시환 시인의 시들에서는 이 세 가지의 역설이 시집 전체들에 산재하여 쓰이는데 그 중에 심층적 역설이 두드러지고 있다고 할 수 있다. 「여래에게 · 12 -시스템」를 읽어보자.

　나는 자유로우나
　알고보면 완벽하게 구속되어 있네.

　나는 구속되어 있으나
　그 안에서 한없이 자유롭네.

　네 생명의 빛깔도, 네 죽음의 향기도
　나를 구속하고 있는 당신의 꽃이네.
　-2004. 5. 23. 17:04 「여래에게·12 -시스템」 전문

　이 시는 잘 살펴보면 먼저, 제1행의 시적 화자 나는 자유로우나 구속되어 있다고 한다. 제2연에서 이와 반대로 구속되어 있으나 한없이 자유롭다고 말한다. 이것은 분명 모순어법이다. 제3행에서는 2인칭인 너의 빛깔도, 죽음의 향기도 모두 나를 구속하고 있는 여래로 지칭되는 '당신'의 향기라고 말한다. 제1연과 제2연이 대구와 병치를 통하여 여래에게 구속되어 있으면서도 자유롭고 자유로우면서도 구속되어 있음을 나타낸다. 그리고 너의 생명도 죽음도 나를 구속하고 있는 당신인 여래의 꽃이라고 하여 나와 너는 모두 여래에게 구속되면서도 자유로운 존재라는 뜻이다. 시적 화자의 여래에 대한 관계, 너의 여래에 대한 관계는 나아가 너와 나가 어우러진 우리가 모두 여래의 꽃에 귀결되는 존재들임을 말하고자 하며, 이것이 부제에서와 같이 시스템으로 작동하고 있다는 뜻의 시로서 의미상으로 더

욱 깊이를 더하여 주고 있어 이 시는 휠라이트가 밝힌 역설의 세 가지 유형이 두루 쓰이고 있다고 할 수 있다. 제3연 6행의 짧은 시에서 부처와 그를 믿는 '나'와의 관계를 시스템 속에서 유기적으로 관계를 맺고 있음을 얘기하고 있다. 나, 너, 우리의 생멸이 여래에게 귀결된다는 뜻이다. 불교에서 만상이 동귀한다는 것은 모두 이 여래에게 귀의된다는 뜻이다. 그러니 우리 인간이란 존재의 본질이 우주의 한 부분으로 제법(諸法) 아래에 놓여있고, 그 시스템에서 벗어날 수 없는 존재이면서도 그 안에서 자유를 누리며 생멸을 거듭하는 존재란 뜻이다.

　시인은 본격적인 구도의 여정을 보여주는 제8시집『상선암 가는 길』, 제9시집『백년완주를 마시며』, 제10시집『애인여래』, 제11시집인 인디아 기행시집『눈물 모순』등에서 묵언수행, 관상의 여정을 통하여, 여래와 더 깊이 관계 맺는 과정 속에서 이 시집들을 생산해 내고 불교적 진리의 체화에 정진하였다. 이 시집들이 생산될 수 있었던 것은 고행 속에 정화와 재생, 여래와 일치를 꿈꾸는 시인의 구도적 열망이 있었기에 결실을 건져 올릴 수 있었으리라 본다. 인간의 삶이 공하다는 것, 공하지만 가득 차 있다는 불교적 이법을 깨닫는 것, 그 깨달음으로 유한한 지상에서의 삶을 사는 동안 여래를 사랑하기 위하여 자신을 비워가듯이 만상에 대한 사랑하는 마음으로 구족되고자 자신을 비우는 여정을 걸었던 것이다. 시인은 불교적 세계관의 핵심이『반야바라밀다심경』의 '공(空)' 사상에 있다고 종종 말한 바 있는데, 공에 관하여 쓴 시를 통하여 시인의 역설의 시법이 갖는 특성을 알아보자.

텅 비어 있다는 것, 얼마나 편안한 것이냐.

내 작은 성냥갑, 야트막한 주머니, 큰 버스, 깊은 하늘,

모두가 비어 있다는 것, 이 얼마나 아늑하고 깊은 것이냐.

그런 네 텅 빈 가슴 속으로 문득 뛰어들고 싶구나.

그 깊은 곳에서, 그 아늑한 곳에서 허우적대다가

영영 익사해 버리고 싶은 오늘,

텅 비어 있음으로 꽉 차 있는,

네 깊은 눈 불길 속으로 뛰어들고 싶구나.

「공(空)」 전문 2005. 12. 12. 21:42 수정

한 시인의 시를 이해하기 위해서는 시를 읽는 사람은 그의 마음을 비워 놓아야 한다. 시란 어떤 한 사람의 마음의 세계를 언어를 통하여 표현한 것인 만큼 그의 마음을 먼저 이해하여야 하고, 그 사람의 마음으로 들어가야 하는 것일 게다. 그러려면 그 시를 읽는 사람의 마음을 먼저 비워 놓아야 한다. 시 평론가로서 이러한 자세를 가질 때 일단 마음을 비워놓으면 그의 시가 잘 보인다. 보이면 그 다음에 그 시를 음미하고, 그 음미 속에서 적재적소에 그가 언어를 배치하고 있는지도 알게 되고, 때로는 과장이나 억지를 부렸다든지 충분한 사유 속에서 생각의 되새김질을 통하여 얼마나 생각과 언어를 정제하였는지가 보이게 된다. 언어의 정제는 시인이 자기가 보여주고자 하는 세계에 대해 어떤 사유의 줄기나 기둥을 세우고 거기에 따라 잔가지와 잎을 다는 일이다. 그렇게 하여, 한 그루의 시를 키워낼 것이다. 이럴 때 균형 잡힌 시가 탄생하는 것은 그의 사유와 마음이 균정을 이룰 때에 언어가 그렇게 배치되기 때문이다. 과장이나 군더

더기가 많을수록 정제되지 않거나 절제하지 못한 태도를 보여주는 것이다. 시(詩)란 한자 자체가 '언어의 절[言+寺]'인 만큼 시인은 언어를 통해 정진하는 수행자나 다름없다. 그러니 마음의 균정을 찾고 언어의 절제를 필요로 한다. 수행자가 여러 가지 계율을 지키는 것도 계율을 지켜야 하는 구속 속에 놓여있지만 반대로 그 구속 속에서 그는 진정한 자유를 누린다는 이치와 같다. 시 쓰기는 시인이 마음과 사유와 언어를 갈고 닦아야 하는 고통이 따르는 구속이 있지만 그 속에서 시인은 자유를 누린다. 그것이 시인의 역할이 갖는 고통이면서도 기쁨일 게다. 그 길을 가고 있는 사람만이 맛볼 수 있는 기쁨 말이다.

공(空)에 대한 경이로움과 그 세계를 열망하여 투신하고 싶은 마음을 표현한 이 시는, 우리가 공이 어떤 것인지를 손에 잡힐 듯 눈에 보일 듯 구체화하고 있다. 성냥갑, 야트막한 주머니, 큰 버스, 깊은 하늘…… 이 모두는 우리들의 일상에서 가까이에 있는 사물들이거나 자연물이다. 그러니 공은 늘 우리 가까이 있다. 그런데도 우리는 공이 어렵게만 느껴진다. 그러나 시인은 눈에 보이지 않는 불교적 이법을 이렇게 이해하기 쉽게 풀어놓았다. 관념적이고 추상적이며 불교적 진리의 핵심이라는 공을 이렇게 가시적으로 만져질 듯, 느껴질 듯이 우리의 눈에 보이는 사물과 자연물을 통하여 표현하였다. 이런 친근한 사물과 자연물은 익숙하면서도 정감이 넘친다. 늘 지니고 다니는 성냥갑이 들어있는 옷에 붙은 주머니, 그런 주머니가 달린 옷을 입고 손으로 성냥갑을 만지작거리며 큰 버스를 타고 버스 차창으로 바라보이는 드넓고 깊은 하늘 이런 것들이 모두 비어 있다. 시인은 그 비어있는 것이 편안하며, 아늑하고 깊은 것이라고 하였다.

꽉꽉 채우는 것만을 추구하였던 사람에게 이 시는 과연 어떻게 읽힐까? 꽉꽉 채워져 있는 것과 텅 비어 있는 것은 대치되는 것이다. 그런데 시인은 꽉꽉 채워져 있는 상태보다 텅 비어 있는 상태를 찬미하고 있다. 이 시 구절에서 텅 비어 있는 것이 작은 성냥갑에서 그것을 품고 있는 주머니, 그 주머니를 단 옷을 입은 사람이 타는 큰 버스, 그것마저 다 품는 깊고 높다란 하늘, 이미지적으로 작은 것에서 큰 것으로 점층적으로 이동하고 있다. 주위의 작은 사물들에서 경이롭고 신비한 우주의 관문인 우리 눈에 보이는 드넓고 깊은 하늘로 공의 이미지를 작은 것에서 큰 것으로 확대해 나갔다는 뜻이다. 텅 비어 있는 것에 대한 시인의 사모하는 마음은 급기야 '너'의 텅 빈 가슴 속으로 문득 뛰어들고 싶다는 마음을 고백한다. 그렇게 뛰어들어 그 아늑한 곳에서 허우적대다가 영원히 익사하고 싶은 오늘이다. 마지막 부분에서 시인은, 이 텅 비어 있는 것이 완전한 충만의 상태임을 깨닫고 그런 상태로 존재하고 있는 너의 깊은 눈 불길 속으로 뛰어들고 싶다고 말한다. 문득, 이 시를 읽으면서 떠오르는 것이 있다. 사람들은 세상의 잡사에서 뜻대로 안 되거나 일이나 관계에서 지치거나 하여 스스로 괴로울 때 절대자의 품으로 뛰어든다. 그 이유는 자신의 모든 것을 받아주고 위로해주고 일으켜주고 생명력을 회복시켜 줄 것이라고 믿기 때문이다. 그 부처님은, 그 하느님은 이렇게 완전한 비움으로 존재하시기에 그 넓은 자비에 몸을 던진다. 아마도, 이런 마음을 시인은 표현한 것이리라.

이 시에서 '텅 비어 있음으로 꽉 차 있는'이라는 부분에 와서야 텅 비어 있는 것의 본질과 텅 비어 있는 것에 대하여 찬미를 바친 시인의 의도를 드러내며 의미를 전복시켰다. 이 부분에서 시인은 완전한 비움이 완전한 충만임을 말하고, 공은 이렇게 하나의 본질 속에 두 개의 작은 본질을 품어서 서로 상즉상입(相卽相入), 불일부이(不一不二)의 본질을 가졌음을 드러낸다. 시인은 텅 비어 있는 것의 본질을 깨달았고, 그것을 사모하였기에 이 세계의 가시적인 사물과 자연물을 통하여 구체화하고 찬미하며 거기에 대한 열망과 투신을 꿈꾼다.

텅 비어 있는 것은 시「구멍론」에 오면, 구멍으로 이미저리가 더욱 구체화되고 있다.

커다란, 혹은 깊은
구멍이 눈부시다.
푸른 나뭇잎에도, 사람에게도,
바람에게도, 하늘에도, 우주에도,
그런 구멍이 있다.
기웃거리는 나를 빨아들이듯
불타는 눈 같은,
그런 구멍이 어디에도 있다.
사람이 구멍으로 나왔듯이
비가 구멍으로 내리고,
햇살도 구멍으로 쏟아진다.
어둠이라는 단단한 껍질에 싸인 채 소용돌이치는,
비밀의 세계로 통하는,
긴 터널 같은,
無에서 有로, 유에서 무로 통하는,
긴 탯줄 같은 구멍은

나의 숨통, 나의 기쁨, 나의 슬픔.

이 구멍을 통해서만이

한없이 빠져들 수 있고, 침잠할 수 있고,

새로 태어날 수도 있다.

그것으로부터 모든 것이 비롯되고,

비롯된 모든 것이 그곳으로 돌아간다.

「구멍론」 전문

텅 비어 있는 것의 대표적인 형상인 '구멍'을 통하여 시인은 불교적 사유의 깊이를 더한다. 1행과 2행은 구멍에 대한 예찬이다. 3행에서 6행까지는 구멍의 존재함을, 7행에서 18행까지는 구멍이 지닌 본질을 말한다. 그리고 마지막에는 구멍으로 만상이 동귀하는 불교적 가르침을 19행과 20행에서 기술하였다. 텅 비어 있는 것의 대표적인 형상인 구멍은 커다랗고 깊으며 눈부시다. 그런 구멍이 우리가 늘 바라보는 나뭇잎, 사람, 바람, 하늘, 우주에도 존재한다는 의미는 구멍이 우주만물에 다 내재하고 있음을 시인은 인지하고 있다. 그래서 그 구멍에 기웃거리는 '나'를 빨아들이듯 하며, 불타는 눈 같은 구멍이 숨을 쉬고 있고, 시인은 사물과 자연물, 사람, 우주에게서 바로 그것을 느낀다. 생생히 살아있으며 숨을 쉬는 구멍을 느낀다. 사람이 어머니의 자궁에서 태어났듯이 비도 구멍으로 내려서 흘러가고 햇살도 구멍으로 쏟아진다.

이 우주는 하나의 '궁창'이라고 하지 않던가? 궁창이란 하나의 커다란 구멍이라는 의미다. 우주는 그래서 여성의 자궁을 의미한다. 자궁의 역할은 생명을 품는 곳이다. 그러므로 우주는 생명을 품고 있는 하나의 커다란 구멍이다. 우주와 같은 태초의 어둠에 쌓여 신비하며 비밀을 간직하고 있는 긴 터널과 같은 구멍은 무에서 유로, 유에서 무로 통하는 긴 탯줄이다. 이 탯줄은 자궁 속의 아기와 어머니가 연결이 되어 있는 생명줄이다. 어머니의 몸속에 있는 양분이 탯줄을 통하여 아기한테 전달되어 아기는 여물어간다. 구멍의 존재는 이 세계와 저 세계를 잇는 중간자이다. 삶과 죽음의 세계의 중간에 놓여있고, 어머니와 아기 사이에 이어진 생명줄이며, 너와 나 사이에도 존재하는 구멍이다. 잎과 잎 사이에, 하늘과 땅 사이에도, 바람과 바람 사이에도 구멍이 이어져 있다. 헤아릴 수 없이 많은 구멍들이 전체로서 하나로 꿰어져 있는 것이 우주이다. 마치 은하 우주에 존재하는 남십자성 근처의 석탄자루(암흑성운)와 같이 검고 빛나며 그곳을 통하여 우주와 지구가 연결되어 있는 듯한 그곳이다. 하나의 긴 관과 같은 구멍은 '나'의 숨통, 즉 생명이며 기쁨이면서도 슬픔이다. 그래서 그 구멍을 통해서만이 한없이 빠져들 수 있으며 침잠할 수 있고 새로 태어날 수 있다. 사람의 내면에도 이런 구멍이 커다랗게 존재한다. 그 구멍을 간직한 시인에게 구멍은 생명이며 기쁨이요 슬픔이며, 한없이 침잠과 뛰어듦으로 부르고 있으며, 그 속에서 정화와 재생을 할 수 있다. 시인에게 구멍은 정화와 재생이 이루어지는, 여래에게 향하는 묵상과 관상의 여정이 있는 곳이다. 그러니 여래와 나는 어미와 아기의 관계처럼 묵상과 관상의 탯줄의 기다란 관을 통하여 연결되어 있다.

구멍은 성경의 창세기 제1장 1절에서 2절의 장면을 떠올린다. "한처음에 하느님께서 하늘과 땅을 창조하셨다. 땅은 아직 꼴을 갖추지 못하고 비어 있었는데, 어둠이 심연을 덮고 하느님의 영이 그 물 위에 감돌고 있었다." 이 성경 구절의 '한처음'이라는 시간은 창조주 하느님의 역사(役事) 중 어떤 처음이 아니라 한 처음이라는 뜻이다. 여러 처음 중에 한 처음이니 얼마나 시간적으로 공간적으로 무한한가를 알 수 있다. 불교에서 겁(劫)의 시간대와 여러 나유타 겁이라고 부르는 그런 시간의 개념이라고 볼 수 있겠다. 하느님이 만드신 하늘과 땅은 하나의 커다란 '구멍=궁창'이었다. 그러니 땅은 형상을 갖추지 못하고 텅 비어 있었다는 뜻이다. 이 텅 빈 곳에서 하느님의 천지창조의 역사가 일어나는 것이니 무(無)에서 유(有)를 창조하게 된다. 그 텅 빈 곳은 어둠이 심연을 덮고 있었으며, 물속에 잠겨있었다. 하늘과 땅은 어머니의 태중 양수처럼 물속에 잠겨있다. 위의 물을 하늘이라 하고, 아래 물을 땅으로 가른 것이 제6절의 "물 한가운데에 궁창이 생겨, 물과 물 사이를 갈라놓아라."라는 구절인데 물 한가운데의 구멍(궁창)이 하늘과 땅 사이를 가르며 잇는 역할을 한다. 이어서 제7절 "하느님께서 이렇게 궁창을 만들어 궁창 아래에 있는 물과 궁창 위에 있는 물을 가르시자, 그대로 되었다. 하느님께서는 궁창을 하늘이라 부르셨다." 그러니 하늘은 궁창이다. 하늘은 땅과 우주를 잇는 커다란 구멍이란 뜻이다. 태초에 하늘과 땅이 형상을 갖지 못한 텅 비어 있는 모습으로 어둠 속에 잠겨있었고, 그 위에 '하느님의 영'이라는 하느님의 입김, 얼, 강한 바람이 그 물 위를 감돌고 있었다고 창세기 저자는 기록하고 있다. 그러니 어둠, 물, 텅 빈 형상, 영[spritus] -입김, 얼, 강한 바람- 으로 이루어진 것이 시원(始原)의 생명 모습이다.

시인의 구멍은 바로 이 천지창조의 시원을 이야기하고 있는 것이고, 그것을 찬미하며 사모하고, 그것을 만드신 분에게나 바로 그것에게 뛰어들고 싶다는 의미이니 그의 시세계가 얼마나 깊고 넓으며 큰 임을 받아들인 마음의 바탕에서 생산되는지를 간취할 수 있다. 그 태초의 어둠에서 빛을 창조하여 밝히신 하느님의 첫날을 통해 빛과 어둠이 한 몸임을 알게 하는 대목이다. 빛과 어둠이 이분된 개념이 아니라 한 몸이라는 것이 여기에서 드러난다고 하겠다. 하느님은 하나로 지었으나 인간은 그것을 둘로 나누고만 것이다. 이원론은 하느님 창조의 역사를 거스르는 것이다. 창조의 이틀째에는 물 한가운데에 큰 구멍인 궁창이 생겨 하늘과 땅을 만들었다. 하늘 아래 물이 한 곳으로 모여 뭍이 생기고 그 뭍이 바로 땅이다. 이것이 창세기의 천지창조이다. 그래서 시인은 17행과 18행에서 '그것으로부터 모든 것이 비롯되고,/비롯된 모든 것이 그곳으로 돌아간다.'라고 하여 인간을 비롯한 삼라만상은 모두 지어진 바로 그곳으로 동귀하기에 그 자신의 생명이 움튼 곳으로 다시 돌아가는 것이 유한한 존재인 인간의 본질인 바 그 돌아갈 세계를 사모하고 찬미하는 것이다. 그러니 시인의 구멍은, 생명과 죽음이 동시에 존재하며, 완전히 비어있음으로 모든 것을 내포하는 역설적인 공간이며, 형상이다. 그래서 「공(空)·2」에서는 이런 세계가 다만 눈에 보이지 않으나 존재함을 강조한다.

> 만물은 다 너의 품에서 나와
> 너의 품으로 돌아간다.
>
> 그대는 정녕
> 없음이 아니라 있음이로되

워낙 크고 깊은 속이어서
보이지 아니할 뿐이네
「공(空)·2」

색즉시공, 공즉시색의 법 아래에 놓인 제법의 시스템은 마땅히 공에서 나와 공으로 귀결된다. 그러니 이 공은 없음이 아니라 있음이다. 이 시는 공이라는 불교적 진리를 '너', '그대'로 지칭하고 있으며, 또한 '당신'이기도 하다. 이는 이 법에 귀의하는 자가 그 대상을 두고 부르는 이름이다. 2인칭으로 부르고 있기 때문에 시인이 도달하고자 하는 절대적 진리가 결코 관념이나 추상 속에 내재하는 것이 아니라 의인화되어 더욱 친근하며 눈으로 보이는 존재로 부르고 있다. 시인의 시는 이런 경지의 세계를 표현한 작품이다. 그러니 그 경치는 선경(仙境)이요, 그 경지는 극락(極樂)이다. 시「목련」을 읽어보자.

아니,
왜 이리 소란스러운가?

커튼을 젖히고
창문을 여니

막 부화하는 새떼가
일제히 햇살 속으로 날아오르고

흔들리는 가지마다

372

그들의 빈 몸이 내걸려 눈이 부시네.

-2005. 4. 14. 00:53 「목련」 전문

　봄에 하얗게 피는 목련을 부화하는 새떼에 비유한 이 시는, 시각과
청각을 일깨우는 시이다. 이제 막 하얗게 망울이 터져 꽃의 전모를
드러내는 목련을 부화하여 날아가는 세 떼의 비상(飛翔)에다 비유하
면서 시각과 청각을 동시에 동원하여 표현하고 있다. 실제로 꽃에게
는 아무 소리가 없으나 목련을 새떼에 비유한 상상의 세계에서는 소
란스런 소리가 들려온다. 그리고 상상 속의 새떼와 그들의 빈 몸인
꽃은 무어란 말인가? 이 시는 공(空)을 표현한 뛰어난 작품이다.

　새떼가 막 부화하는 것은 상상의 세계인데 이 상상의 세계는 고요
를 깨고 있고 가시적이다. 그러나 상상 밖의 실제에는 고요하며 눈
에 보이지 않는 공의 세계이다. 왜냐하면, 새떼가 날아가 버리고 없
기 때문이다. 그 날아가고 없는 것이 공허하면서도 고요하고 텅 비
어 있는 몸이기에 눈이 부시다는 뜻이다. 실제로는, 창문 밖의 목련
이 이제 막 하얗게 피어서 고요히 꽃을 달고 서 있을 것이다. 그런데
시인은 그 모습을 보고 한편으로는 상상의 세계와 한편으로는 실제
의 세계를 서로 충돌하게 한다. 제4연 2행에서 '그들의 빈 몸이 내걸
려 눈이 부시네'는 실재하는 목련꽃을 새떼들의 빈 몸으로 비유하였
기 때문에 상상 속의 날아가 버린 새떼들에 대한 아쉬움, 제행무상
을 깨닫게 하며 텅 비어 있어 오히려 눈이 부시다고 하여 그런 감정
을 일으켜 세우고 있다. 이는 또 그 새떼들처럼 순간적으로 부화하
여 시끄러운 소리를 내다가 사라지는 것과 같이 다투어 피었다가 사
라지는 봄꽃을 통해 세상사 덧없음을 노래하며, 공으로 귀결되는 우

리네 인생에다 비유하며, 그렇게 덧없이 공으로 귀결되는 것도 아득하고 눈부시며 아름답다는 인식을 토대로 드러내고 있는 작품이다. 이와 비슷한 시인 「하산기(下山記)」는 바람과 물소리를 통하여 공을 형상화하고 있다.

어쩌다
내 무릎 뼈를 쭉 펴면
밤새 흐르던 작은 냇물소리 들린다.

더러
동자승의 머리꼭지를 찍고
돌아가는 바람의 뒷모습도 보인다.

꼭두새벽마다 울리는
법당의 종소리도 차곡차곡 쌓이고

눈 깜짝할 사이에
지상의 꽃들이 피었다 진다.
「하산기(下山記)」 전문

이 작품의 구조를 유심히 보면 제1연과 제3연은 냇물소리와 법당의 종소리가 배치되어 있고, 제2연과 제4연은 소리라는 청각적 이미지보다는 바람의 뒷모습과 지상의 꽃들이라는 시각적 이미지들이 배치되어 있다. 앞에 예로 든 시 「목련」과 같이 시각과 청각이 주요 감각 작용을 일으키는 작품이라고 할 수 있겠다. 물론, 이 시도 마지막 행인 '지상의 꽃들이 피었다 진다'라고 하여 제행무상과 공의 일면을 노래한 작품이다. 그러나 이 무상함 가운데에서도 끊임없이 흐르는 물소리와 생명인 바람의 운동, 날마다 들리는 종소리를 통하여 공의 이면이 한편으로는 가득 찬 생명의 세계임을 노래하는 시라고 할 수 있겠다. 산을 올라갈 때보다 내려올 때 이 모든 것을 간취할 수 있었던 것처럼, 인생의 전환기에서 삶의 무상함을 깨달으면서도 시원의 생명을 느낌으로써 모순되지만 그 속에 내포된 진리를 깨달아가면서 관상의 여유와 깊이를 보여주는 작품이라고 할 수 있겠다. 이러한 생활 속에서 영유해온 시 쓰기는 바로 시「여래에게 · 26」에서」'통나무'를 통해서 드러내고 있다.

> 너른 바다에 이르는 것이 소원이라면
> 강물에 떠내려가는 이 통나무에
> 눈과 귀를 달아 주고,
>
> 깊은 바다에 이르는 것이 소망이라면
> 강물에 떠내려가는 저 통나무의
> 눈과 귀를 떼어 주오.
> -2005. 10. 20. 00:51 「여래에게·26」 전문

여래는 이 시에서 '너른 바다'와 '깊은 바다'이다. 거기에 이르는 통나무는 여래를 사모하고 여래와 합일되고자 하는 구도자, 수행자, 중생에게는 통로이며 구멍이다. 그 통나무에 눈과 귀를 달아주거나

떼어주는 주체는 그들이다. 그런데 넓이를 가진 바다에 이르려면 눈과 귀를 달아야 하고, 깊이의 바다에 이르려면 눈과 귀를 떼어내어야 한다고 했다. 이것은 제1연 3행과 제2연 3행이 서로 모순되고 있다. 모순되는 진리를 대구(對句)로 병치하고 있는 이 작품은 시인의 시에서 종종 보이는 역설의 방법이다. 여래가 지닌 넓이에 도달하는 데는 모든 눈과 귀를 열어야 한다는 뜻이고, 깊이에 도달하기 위해서는 비워야 한다는 뜻이 될 것이다. 여래에게로 눈과 귀를 활짝 여는 것과 불필요한 것을 듣고 보는 마음의 눈과 귀를 버림은 불법의 광해와 심해에 이르기 위한 구도자의 마음이다. 그 마음이 곧 통나무이며, 여래로 가는 통로이며, 사람이 지닌 눈부신 구멍인 것이다.

부드럽게 생동하는 이미지들

① 물 이미지

하나의 사물에 또는 자연물에 시인의 눈길이 멎는다. 시인은 왜 그 사물에서 눈길을 멈추는가. 왜 그는 그 사물에다 시선을 멈추고서 그저 바라보다가 응시하다가 관조하다가 묵상하다가 관상하는가? 이 모든 시선의 단계는 시인의 사유와 결합되어 하나의 이미지를 만들어 낸다. 그 사유가 그저 어린 시절의 기억을 불러올 수도 있고, 시인이 늘 꿈꾸는 것을 만들어내어 눈으로 손으로 입으로 귀로 완상하기도 한다. 시인에게 가장 행복한 시간은 바로 그때가 아닐까싶다.

하나의 이미지가 지각되어 자리를 잡으면 그것은 오랫동안 기억된다. 마치, 어린 시절의 특정한 한 때의 사건이 우리들 머릿속에 하나의 영상이 되어 박혀있는 것과 같이 잊는 일이 없이 계속해서 첨가되면서 그것들은 변형을 거듭한다. 어린 시절에 여러 가지를 경험하면서 그것이 무의식이나 전의식, 의식 속에 자리하고 있고, 알지 못하는 어떤 사물이나 어떤 사건을 통해서도 그것이 돌출되어 나올 수 있다. 그래서 갑자기 그 낯선 기억이 변형된 채로 돌출되어 나올 때에는 불가해하거나 두렵거나 공포에 사로잡힐 수도 있는 것이다.

프로이드가 늑대아이의 정신분석을 정초한 것은 소년의 어린 시절에 목도한 부모의 정사 모습이 변형되어 나와서 신경증을 일으킨 예이다. 이미지와 정신분석의 관계는 분명히 어떤 연관성을 가질 것이며, 알게 모르게 늘 무엇과 연결고리를 갖고 있듯이 하나의 쇠사슬에 연결된 고리와도 같다.

이미지에 관한 사전적인 정의를 알아보면, 사고(思考)·상기(想起)·상상(想像) 등의 체험에 있어서 대상을 생각하여 묘사할 경우, 직관적 내용을 수반하여 대상의 모습을 심상(心像), 표상상(表象像), 혹은 이미지라고 부른다. 그러나 과연 이미지라고 불리는 특유의 심적 존재가 인정될 것인지 어떨지, 이미지 체험은 지각(知覺)이나 사고(思考)라는 체험과 어떤 관계에 있는가에 대해서는 견해가 크게 나누어져 철학, 심리학 등에서 논쟁의 초점이 되어왔다.

전통적으로, 그리스 이래 이미지의 '화상논리(畵像論理)'라고도 부르는 견해가 지배적이었다. 이 견해에 의하면, 이미지는 대상의 사상(似像:닮은 형상)을 주는 '그림'과 같은 것이고, 상상체험이란 이 심적인 '그림'을 '마음의 눈'으로 '본다', 내지는 마음속에 그려지는 것으로 간주하고 있다. 플라톤에게 이미지는, 참실재(眞實在)인 이데아의 '사상'인 감각적 사물의 '사상'이기 때문에 참실재에서 이중으로 멀어진 가장 가치가 낮은 위치밖에 주어지지 않았다. 뒤집어 말하면, 이미지에 구비되는 실재에서 해방된 '자발성' 내지는 예술적 '창조성'이 주목 받았다고 할 수 있다. 거기에 대해서 아리스토텔레스에게 이미지 즉 '표상상(판타스마)'은 오류를 유인하는 것인 한편 상기(想起)나 사고에 있어서 중요한 인지적 역할을 가진다고 한다. 이미지는 공통감각의 작용에 의해 생기는 것이고, 상상체험은 사고와 감각[知覺]의 양자로부터 구별되어, 양자의 중간적인 위치에 있는 것으로 간주된다. 즉 상상은 우리들의 의지에 의존하고 대상에 대해서 감정적인 거리를 가질 수 있는 점이며, 그와 같은 것이 없는 사고 내지는 판단으로부터 구별되어, 다른 한편으로는 진실 또는 거짓일 수 있다는 점에서 항상 참으로 간주되는 감각으로부터 구별된다.(『영혼론』 3.3 「기억과 상기에 관하여」) 그러나 이들 아리스토텔레스에 의한 사고와 상상, 감각과 상상의 구별과 연관의 규정은 많은 불명확한 점을 남기는 것이었다.

이미지 체험이 사고와 질적으로 다른 체험임을 인상 깊게 제시한 사람은 데카르트이다. 예를 들어, 천각형의 이미지를 만각형으로부터 구별하여 생각을 떠올리는 것은 쉽지 않음에 대해 천각형에 관해 생각하는 것은 삼각형에 관하여 생각하는 것과 같이 쉽게, 그리고 명확하게 할 수 있다(『성찰』6). 이 데카르트의 견해에 대하여 사고와 상상의 구별을 연속적인 것으로 생각하여, 이미지를 심적 활동의 중심에 놓은 사람이 영국의 경험론자들이었다. 예를 들어, 흄에 의하면 지각에 있어 주어지는 감각인상과 상기나 사고에 있어 의식의 대상이 되는 '관념'과의 사이에는 '선명함'이라는 차이가 있을 뿐이며, 그리고 모든 사고는 이 관념의 조작으로 간주된다. 이와 같이 합리론자와 경험론자는 사고와 상상의 구별에 관하여 사고방식의 차이가 있으나, 이미지를 '심적 화상(畵像)'으로 보는 점에서는 공통적이다. 그리고 이 견해가 그 후에도 19세기에 이르기까지 영향을 끼쳤다고 보면 틀리지 않는다.

언어분석과 현상학의 관점에서 이미지에 관한 철학적 사유는, 20세기가 되면 심리학에서는 내관(內觀)이라는 방법이 부정되고 행동주의로의 전향이 생겨, 그것과 함께 이미지는 심리학에서 추방되게 된다. 이 행동주의적 방향을 취한 분석 철학의 흐름 속에서도 이미지는 존재하여 오히려 그 '화상이론'은 철저히 비판을 받게 되었다. 이 흐름의 대표자인 라일에 의하면, 통상의 눈으로 보는 것은 심적 눈으로 '보는' 것과 구조적으로 완전히 다른 활동이고, 양자는 카테고리적으로 구별되지 않으면 안 된다. 이미지를 그린다는 체험은 오히려 '~인 척하다[pretending]'라는 행위와 유사한 것이다. '화상이론'에 대한 비판은 체험 내재적 입장을 취하는 현상학 속에서도 제출되었다. 후설에서 의식의 지향성이라는 개념을 계승한 사르트르는 이미지체험에 있어 대상이 나타나는 방식의 특질에 정위함에 따라 이 체험의 지향적 구조를 해명했다.

그러나 상상으로는 대상에 관하여 미리 알고 있는 것 이상으로 새롭게 알 수는 없다는 점에서(사르트르는 이 상상의 특질을 '준관찰[-quasi-observation]'이라고 부른다), 또 상상에 있어서 대상은 지각세계에는 부재 내지는 비존재의 것으로 나타나고 있다는 점에서[상상체험의 이 지향적 성격은 대상의 무화(無化 [néantisation])라고 불리운다] 상상과 지각은 근본적으로 구별된다. 따라서 물적 존재든지 심적 존재든지 이미지라는 '것'이 있을 턱이 없고, 이미지란 오히려 대상의 특유한 현현 방식 내지는 대상에의 특유한 '관계 방식'을 가리키는 것에 다름 아니다. 이렇게 해서 사르트르는 라일과는 완전히 다른 루트를 통하여 이미지에 관한 유사한 테제에 도달하게 되었다.

이상과 같이 20세기에는, 이미지의 '화상이론'은 심리학에서도 철학에서도 철저하게 비판받게 되었다. 그러나 심리학에서의 '인지적 전회(轉回)'를 거친 후인 1970년대가 되면 '화상이론'의 일종이 완전히 다른 맥락에서 부활하여 이미지 논쟁의 시작이 되었던 것이다. 새로운 '화상이론'의 대표자 중 한 사람인 코스린에 의하면, 심적 이미지에 해당하는 것은 컴퓨터의 화면에 묘사된 디스플레이와 같은 것이고, 그것은 축적되어 있는 정보에 기반을 두고 그 때마다 대상의 공간적 성질에 대응하도록 나타내는 것이다. 다만, 마음 내지는 뇌 속에서 문자 그대로의 의미로 컴퓨터의 화면과 같은 것이 존재하는 것이 아니라 여기에서 문제는 기능적이고 공간적인 매체 상의 '기능적 화상'이다. 코스린들이 이와 같은 '화상이론'을 제출한 가장 큰 이유는, 여러 가지 실험 결과 이와 같은 특수한 '심적 표상'의 존재를 지지하고 있듯이 보이기 때문이다. 예를 들어, 3차원 공간입체의 방향을 달리한 두 개의 그림을 보이고, 피험자에게 그것들이 같은 입체 도형인지 아닌지를 물으면, 입체 회전 각도와 답으로 요구하는 반응시간이 비례관계가 되는('심적 회전[mental rotation]'이라고 불리는 실험) 결과가 알려져 있다. 이 결과는 이미지를 떠올리는 것에는 주어지는 정보에 바탕을 둔 단순한 계산과정과는 다른, 지각과 유사한 방식으로 대상을 조작하는 과정이 포함되어 있음을 강하게 시사하고 있는 듯이 보인다. 거기에 대해, 피리신을 대표로 하는 '기술이론'의 제창자들에 의하면, '심적 이미지'도 그 외의 정보와 같이 '구조화된 명제' 내지는 기술의 형태로 존재하고 있다고 간주한다. 그 '기술이론'에 의하면, 전술한 '적 회전'과 같은 실험 결과도 일의적으로 '화상이론'을 지지할 리가 없고, 예를 들면 "회전 각도의 크기와 회전에 요구되는 시간이 비례한다"라는, 대개는 피험자에게도 명확하게 의식되지 않는 '암묵지(暗默知)'에 바탕을 두고 생겼다고 생각하면 설명 가능해진다. 이 논쟁은 분명히 결론이 난 것은 아니고, 현재로는 뇌 과학자를 끌어들여 이미지 체험과 지각 체험 사이에서 어느 범위의 신경기능이 어떤 방식으로 공통적으로 이용되고 있는가 하는 문제로서 논쟁이 계속되고 있다.

이미지는 인지적 역할을 가질 뿐만 아니라 미적 체험이나 창조활동에서 중요한 역할을 가지는 것은 널리 알려져 있으나, 양자의 관계가 어떤 것인지는 현재로서는 명백하지가 않다. 칸트는 '판단력'의 이중 작동방식 속에서, 양자의 차이와 관련을 내다보았다. 이 점을 염두에 두고 비트겐슈타인의 '아스펙트 지각'의 사고는 참고가 된다. 예를 들어, '거위/토끼'의 양의적 지각이 나타내고 있는 것처럼, 지각은 단순히 대상을 '볼' 뿐만 아니라, '~로서 보'는 점이 눈에 띠는 경우가 있다. 이미지 체험이 지각과 유사하다고 생각되어질 경우에 제일 먼저 생각해야 할 것은, 이 '~로서 본다'는 구조를 가진 지각일 것이다. 대상을 이러이러한 것으로 '간주한다'고 하는 점으로 보여지는 의지적 성격, 다른 한편, 알아차리지 못했던 완전히 새로운 방식으로 대상이 나타난다는 자발적 성격 등은, 감각과 사고 사이에서 이미지 체험이 완수하는 미적 · 창조적 역할을 해명하는 선에서 중요한 시사점을 줄 것이다.[Mary Warnock, imagination, 1976; Ned Block, ed, Imagery, 1982.]

이상에서 살펴본 바를 정리하자면, 핵심은 이미지가 감각과 지각에 의해 상상되어진 어떤 것이며, 그것은 아리스토텔레스의 판타스마에 가까우나 오류를 유인하는 것으로 쓰이지는 않을 것이며, 플라톤의 참실재인 이데아를 닮은 어떤 것이라고 생각된다. 그러니까, 이미지는 감각과 지각, 지각과 상상 사이에 위치하는 것이라는 점이다. 그리고 사르트르의 이미지 개념인 대상의 특유한 현현 방식 내지는 대상에의 특유한 '관계 방식'이라는 점이 시에서의 이미지를 이해하는 데에 하나의 루트가 될 것이다.

　이시환의 시에서 이미지는 두드러진다. 그의 이미지는 섬세하며 여성적이고 부드러우며 생동감을 지니고 있다. 그래서 그의 주요 이미지를 나누어 보면 물 이미지, 바람의 이미지, 대지 이미지, 광물이미지, 식물 이미지 등으로 나눌 수 있다. 이 이미지들은 그의 시의 세계가 불교 철학적 바탕 위에 서 있으므로 불교적 세계관과 거기에 따른 인식 및 지각이 대상을 만나 감각을 통하여 관계지워지고, 현현하는 방식이며, 직조(織造)된다고 하겠다. 이런 의미에서 비트겐슈타인의 '아스펙트 지각'에 기반을 둔 '~로서 본다'라는 구조를 가진 지각일 것이다.

　먼저, 물 이미지는 시인의 시에서 정화(淨化)와 재생(再生)의 기능을 하는데, 이것은 그의 구도 정신과 그의 삶에 녹아 흐르고 있다. 물 이미지가 가지는 폭은 그의 시에서 흘러넘치는 계곡물 → 강물 → 바다로 흘러들어가고 있고, 그 바다는 여래의 품을 상징하기도 한다. 이러한 표상들은 어디까지나 그가 불교적 철학과 인식의 바탕 위에 끊임없이 자기를 비워가는 내적 작업을 하였기에 가능했으며, 거기에는 관조와 관상의 자세를 견지하여 얻었던 결실이라 할 수 있다. 제8시집인『상선암 가는 길』속에 실린 시「물」을 읽어보자.

　　마실 한 모금의 물 앞에서조차
　　우리는 깊이깊이 생각해야 하네.
　　넘치는 물이라 해서 모두가
　　우리의 갈증을 풀어 주지 않으니 말일세.

마실 한 모금의 물 앞에서조차
우리는 간절히 기도해야 하네.
흐르던 물조차 마르고 마르면
옥토가 사막이 되니 말일세.

마실 한 모금의 물 앞에서조차
우리는 진실로 감사해야 하네.
이 한 방울의 물이 곧 너와 나의
생명이란 꽃을 피우는 불길이니 말일세.

깨끗한 한 방울의 물속에
해맑은 물 한 방울 속에
크고 작은 만물의 숨이 깃들어 있고
그것으로 정녕 단단한 말씀이네.
「물」전문

　　물은 우리가 일용하는 생명수요 없어서는 안 된다. 시인은 이 시의
제1연에서 넘치는 물로도 우리의 갈증을 풀어주지 못한다고 함으로
써 일상의 물의 역할을 넘어서 영혼의 갈증을 채워주지 못한다고 했
다. 제2연에서는 우리가 간절히 기도해야 하는 것은 기도의 강물이
흐르면 우리의 마음이 옥토로 가꾸어지나 기도하지 않으면 그 강이
말라 사막이 되고 만다. 그것과 같이 기도는 우리의 마음밭을 길경
(桔耕)하는 역할을 한다. 시인은 기도의 강물이 흘러넘쳐야 마음은 항
상 옥토(沃土)라 하였다. 제3연에서는 한 방울의 물 앞에서 감사하는

마음을 지녀야 한다고 하였다. 이 한 방울의 물은 너와 나, 우리의 생명을 꽃피우는 불길이기 때문이다. 일상에서 별 것 아니라고 생각하는 한 방울의 물을 관상하면서 시인은 깊이 생각하여 감사하고 기도해야 한다고 했다. 왜, 이 작고 보잘 것 없는 한 방울의 물을 중요시하는가? 그 이유는 제4연에서 깨끗하고 해맑은 한 방울의 물속에 크고 작은 만물의 숨이 깃들어 있고, 그것이 곧 말씀이기 때문이다. 여기에 이르면 시인은 자연물인 물을 이렇게 보고 있다. 그가 바라보는 한 방울의 물은 이런 존재이다. 곧, 그것이 말씀이라는 의미는 우주의 생명의 숨이 깃들어 있고, 만물 안에 말씀이 깃들어 임재하시기 때문에 그 한 방울의 물이 귀하디귀한 것이 된다. 이런 물 한 방울이 모여서 계곡의 물을 이루고, 그 물은 대하(大河)를 거쳐 바다에 이르게 된다. 이것은 구도자의 여정에도 비유되며, 시인의 작품 속 물이 지니는 이미지이다.

바닥에 깔린 바위 모래 나뭇잎 조각들까지
있는 그대로 그 속을 다 드러내 보이는 것이,

바닥에 고인 하늘 햇살 바람까지
있는 그대로 그 속을 다 드러내 보이는 것이,

이리도 맑을 수가 있구나.
이리도 깊을 수가 있구나.

빈 그릇 같은 이 마음도 저와 같아

머물러 있는 듯

끊임없이 제 몸을 떠밀고 내려가

울퉁불퉁 돌들을 넘고 바위틈을 빠져나가며

마침내 눈이 부시게

두런두런 길을 여는 물굽이처럼

이 생(生)에 이 몸을 다 풀어 놓을 수 있을까.

-2003. 4. 1. 20:32 「화엄사 계곡에 머물며·3」 전문

　제1연과 제2연은 지리산 화엄사 계곡의 물을 바라보면서, 시인은 묵상(黙想)에 젖는다. 산 속의 더럽혀지지 않은 계곡 물의 바닥에는 떨어진 잎이 가라앉아 있고 바위 모래 돌들도 다 비춰 보인다. 말 그대로 계곡 물은 속을 다 드러내 보인다. 그리고 제2연에서는 땅에 있는 것이 아닌 하늘과 구름, 햇살, 바람까지도 고여 있는 그 맑은 물을 들여다본다. 물이 맑고 깨끗하기에 만물이 그 안에 들어와 고여 있다. 물이 있는 그대로 제 속을 다 드러내 보이니 시인은 제3연에 와서 '이리도 맑고 깊을 수가 있구나'라고 감탄한다. 사람의 마음은 이렇게 계곡의 물처럼 깨끗하거나 맑지도 않으며 제 속을 다 드러내 보이지도 않는다. 인간관계에서도 뭔가를 가리어 놓는다. 그 은폐 속에서 위선과 거짓, 가식의 씨앗들이 자란다. 그리하여 인간관계를 헤친다. 자신의 마음을 먼저 열어 보이면 누군가가 그 마음에 깃들어온다. 마음을 열어 보이지 않으면 우리는 서로 간에 깃들 마음자리가 없다. 마음을 드러내놓는다는 것, 열어 놓는다는 것은 마음을 비워놓는 일이다. 누군가를 깃들이고 싶을 때 이렇게 해야 한다. 교

만과 아만심, 시기, 질투, 미움과 같은 부정적인 감정으로 마음이 가
득 차면 마음이 더럽기에 드러내 보일 수가 없다. 그러니 스스로 감
추고 닫아놓는다. 아무도 거기에는 깃들일 수가 없다.

　시인은 그런 물과 같이 비워진 자신의 마음도 온갖 것이 깃들어 있
는 계곡 물같이 머무르기도 하고, 끊임없이 자신의 몸을 떠밀고 내
려가 돌들과 바위틈을 빠져나가 눈이 부시게 길을 여는 물굽이처럼
이 생애에 자신의 몸을 다 풀어놓을 수 있을까하고 자문(自問)하고 있
다. 비록, 마음이 비워졌다고는 하나 돌들과 바위틈을 지날 때의 물
처럼 자신을 버리고 물처럼 완만하게 흘러 길을 여는 물굽이처럼 생
의 대하에, 바다에 몸을 풀어 놓을 수 있을까 자문하는 데에는 비워
진 마음이 세상과의 관계들 속에서 물처럼 부드럽게 흘러갈 수 있을
까에 대한 냉철한 자기 응시(凝視)라고 할 수 있다.

　이 두 편의 시에서 시인은 관조하면서 단순히 보는 것이 아니라 마
음의 눈으로 -'~로서 본다'- 보고 있기 때문에 물이 지니는 본질도 간
취하고 있고, 또 시인의 의식 속에 자리하고 있는 불교의 이념을 통
하여 한 방울 작은 물방울 속에서도 말씀(佛法)이 있음을 깨닫는다.
왜냐하면, 우주의 삼라만상은 끊임없이 시인에게 말을 걸어오고, 시
인의 비워진 마음은 그것들과 대화할 준비가 되어 있기 때문이다.
그래서 시「芙蓉抄(부용초)」에서 연꽃이 시인에게 "네 깊고 깊은 미소
가 피어나는/無心, 無心川으로/뛰어내리라 하네./뛰어내리라 하네."
라고 속삭이고 있다. 여기서 무심(無心)이란, 바로 마음의 완전한 비
움의 상태를 말한다. 그러니 진리를 받아들여 완전히 자유로워진 경
지이며, 차별상이 마음에서 사라지는 '연꽃=무심천'으로 뛰어내리라
고, 몸을 던지라고 속삭인다. 이 의미는 불법에 완전 귀의하여 득도

의 여정을 걸으라는 강력한 권고가 연꽃을 바라보면서 연꽃으로부터 들은 말이다.

　　잠시 잠깐 피었다지는 들꽃 같은,
　　바람이야 불거나 말거나
　　사람이야 있거나 없거나
　　염주알이 구르듯 흘러내리는
　　화양계곡의 물소리를 귀담아 보게나.

　　아무런 의미를 담지 않아서
　　되레 부족할 것도 속박될 것도 없이
　　낮이고 밤이고 흘러내리며
　　물로서 한 몸이 되고 물길로서 큰 뜻을 이루어가는
　　화양계곡의 물소리를 귀담아 보게나.

　　피아노 건반 위를 미끄러지듯 달려가는,
　　물살의 손과 손의 숨이,
　　간간이 바람을 일으키며 꽃을 피우며
　　큰 산 깊은 계곡의 말씀 되어 흘러내리네.
　　큰 산 깊은 계곡의 생명 되어 흘러내리네.
　　-2003. 8. 17. 17 : 25 「화양계곡에서」 전문

　사물을 마음의 눈으로 보면, 사물은 그것을 보는 사람에게 말을 걸어온다. 이 시에서 시적 화자는 제1연과 제2연의 5행에서 "화양계곡

의 물소리를 귀담아 보게나"라고 반복하고 있다. 화양계곡의 물소리는 분명히 시인에게 들어본 적이 없는 독특한 경험이었을 것이다. 제1연에서 물소리를 염주알 구르는 소리에, 제3연에서는 피아노 건반 위를 미끄러지듯 달려가는 소리에 비유하였다. 이 두 비유에서 알 수 있는 화양계곡의 물소리는 일정한 리듬을 가진 음악과 같고, 염주알에서 알 수 있듯이 단조로우면서도 기도하는 소리를 연상하게 한다. 물이 염주알 구르듯이 흐르기 때문에 무심의 경지에 들고, 제2연에서 의미도 담지 않아서 그 자체로 구족(具足)하고 자유롭게 밤낮으로 흐른다. 그런 물은 물 그 자체로서 한 몸이 되고 물길로서 큰 뜻을 이루어간다. 그 물은 제3연에서 물살의 손과 손의 숨을 지녀 간간히 바람을 일으켜 꽃이라는 생명을 움트게 하고, 큰 산 깊은 계곡의 말씀과 생명이 되어 흘러간다고 하였다. 물이 흐르는 것을 보는 것은 시각(視覺)이지만 그 물소리는 청각(聽覺)으로 듣는다. 그러나 물이 큰 뜻을 이룬다든지 말씀과 생명으로 흐르는 것을 관조하는 데에는 마음의 눈(心眼)으로 보아야 하고, 그 마음의 눈은 물이 지니는 근원적인 힘에 의거한다. 여기에서 비트겐슈타인의 구조화된 아스펙트 지각을 이해할 수 있다. 천지창조 때의 심연은 곧 생명을 잉태하는 곳이다. 모든 생명이 물에서 비롯되었음은 창세기에서 물과 물 사이에 궁창이 생겨 아랫물이 땅이 되고 위의 물이 하늘이 되었다는 구절에서 알 수 있다. 물살의 손과 그 손의 숨이 바람을 일으켜 생명의 꽃을 피우는 물의 숨을 이야기하고 있다. 자연 속의 화양계곡의 물을 통해 심안으로 그것을 바라보고, 불교적 우주 이법을 사유했을 때 나올 수 있는 뛰어난 작품이라고 생각된다. 이러한 불교적 사유는 그의 구도 기행시집이기도 한 인디아 기행시집인 『눈물모순』에서 시인은 석가모니 부처가 걸었던 강가 강을 거닐며 자신의 구도에 대해 묵상을 정리하고 있다.

-전략(前略)-

그는, 희노애락이란 굴레로부터
벗어날 수 없는 중생들에게
일체의 분별심(分別心)을 내지 않고,
일체의 변함조차 없는
여래(如來)의 덕성을 말할 때에도
발 밑 모래의 모래밭을 떠올렸지.

그로부터 줄잡아
이천 오백 년이란 세월이 흐른 지금,
그이 대신에 이방인인 내가 서있네.
그가 바라보았을
강가 강의 덧없는 강물을 바라보며,
그가 거닐었을
강가 강의 모래밭을 거닐며
나는 생각하고 또 생각하네.
분명, 그가 바라보았던 강은 강이어도
그 강물 이미 아니고
분명, 그가 거닐었던 모래밭은 모래밭이어도
그 모래 이미 아니건만

변한 게 없는
이 강가 강의 무심(無心)함을.

그동안 얼마나 많은 풀꽃들이
이곳저곳에서 피었다졌으며,
얼마나 많은 사람들이
그 풀꽃들처럼 명멸(明滅)되어 갔을까?

무릇, 작은 것은 큰 것의 등에 올라타고
큰 것은 더 큰 것의 품에 안겨
수없이 명멸을 거듭하는 것이
생명의 수레바퀴이거늘
이를 헤아린들 무슨 의미가 있으며
살아 숨 쉬지 않는 것이 어디 있겠는가.
-2008. 06. 03. 「강가 강의 백사장을 거닐며」

　‘강가 강’은 갠지스 강이라고도 부르는데 시인의 주석에 따르면 원래 천상에 사는 비시누 신의 발가락에서 흘러나와 천상의 극락세계 곳곳을 적셔주는 풍요로운 강이었으나 인간이 머물러서 지상에 가뭄이 들게 되었다고 한다. 이를 안타깝게 여긴 선인(仙人) 한 사람이 고행으로써 기도한 결과 이 강물을 지상으로 끌어내려가도 좋다는 허락을 받았다. 그러나 거대한 물줄기가 하늘에서 지상으로 곧바로 떨어지면 땅의 모든 것이 파괴되므로 시바신이 자신의 머리칼로써 강물을 받아 그 거대한 물줄기들을 조각내어 땅에 안착시킨다. 그래서 이 강을 두고 인도인들은 시바신의 머리칼이며, 시바신이 목욕하는 곳이요, 시바신이 명상하는 곳이라고 믿었다 한다. 이러한 신화를 간직한 강가 강은, 히말라야 산맥의 간고토리 빙하에서 발원하여 인도 북부 지역을 흘러 힌두 성지인 바라나시와 하리드와르를 거쳐 뱅골만으로 흘러드는 2, 506Km의 큰 강인데 힌두인들에게는 절대적으로 신성한 곳이며, '자신들의 젖줄이며, 어머니'라고까지 여기고 있다 한다.

바로 이곳에서 2500년 전 석가모니 부처는 거닐었고, 시인은 그가 걸었던 강가 강의 모래밭을 거닐며 묵상한다. 이 큰 강이 품어준 생명들이 긴긴 세월 동안 얼마나 많은 명멸을 거듭하였겠는가. 시인은 그가 정신적으로 기댄 석가모니 부처의 족적을 더듬으면서, 생명의 수레바퀴는 작은 것이 큰 것의 등에 올라타고, 큰 것은 더 큰 것의 품에 안겨 수없이 명멸해감을 깨닫는다. 그러니 강가 강의 모래알을 헤아릴 수 없듯이 그것을 헤아려 무엇 하겠는가. 그저 경이로울 뿐이다. 자연도 이러한데 여래의 덕성이나 가르침이 얼마나 넓고 깊은지를 비유한 '항하사(恒河沙)'란 말은 바로 이를 두고 하는 말이다. 그러니 그 넓고 깊은 불법의 강은 2500년 이래 인도인들을 비롯하여 전 세계의 사람들에게 나투시어 생명을 살려왔다는 뜻이 된다. 이것은 곧 강가 강이 인도인들의 젖줄인 것처럼 부처의 가르침은 곧 중생의 젖줄이며, 그것은 변함이 없는 영원한 진리이다. 이 진리에 머무르는 사람들은 석가의 제자이며, 시인은 강가 강을 거닐며 여래와 하나가 되고, 여래의 품에 여래를 찾았던 많은 이들과 함께 깃든다. 그러니 그는 결코 이방인도 아니다. 영원한 생명과 진리의 품에 깃들어 머무는 자는 한 형제이기 때문이다. 2500년 전부터 흘렀던 그 장구한 역사를 가지고 뭇 생명들을 길러냈던 여래가 지닌 법의 깊이를 내포한 강은 변함없는 강가 강처럼 말없이 흐르지만 시인은 그 강이 품어온 생명과 말씀을 묵언으로써 듣는다. 그가 화양계곡의 물소리를 통해서 들었던 것처럼.

23

부드럽게 생동하는 이미지들

② 바람 이미지

바람이 인다. 바람이 일 때에는 모든 이동이 일어난다. 포자(胞子)를 가진 꽃들의 씨앗들은 날아갈 준비를 한다. 많은 꽃들의 씨앗은 바람에 실려서 사방으로 날아간다. 바람이 내려다 놓은 꽃들의 씨앗은 여기저기에 산재하여 대지에 스미어 있다가 봄이 되면 정체를 드러낸다. 여기에 날아와 있었노라고 보란 듯이 대지의 어머니 흙의 품속에서 싹을 틔우고 연한 떡잎과 줄기를 삐죽 밀어낸다. 그 하나의 생명은, 바람이 실어온 것을 대지의 어머니인 흙이 품어준 결과이다. 대양에 바람이 일면 파도가 치고, 저 심해의 밑바닥까지 모든 생물들이 이동한다. 이동하지 않고는 배길 수 없다. 머물러 있는 것이란 없다. 이렇게 바람은 한 번씩 크게 바다를 뒤엎어 갈아놓는다. 농부들이 겨울에 묵어있는 딱딱해진 밭을 봄이 되면 쟁기의 보습으로 새롭게 갈아엎어서 온갖 종자를 뿌리듯이 말이다. 바다가 갈아엎어지면 새로운 숨결 속에서 바다의 동식물이 안정을 찾아 한동안 머물게 된다.

따뜻한 남풍은 춥고 메마른 겨울의 북풍을 이동시킨다. 아니, 밀어낸다. 지구가 태양의 궤도를 공전하면서 이 한반도는 뚜렷한 사계절의 변화 속에서 계절마다 다양한 바람이 불어온다. 따뜻한 남풍과 고온다습한 여름바람, 시원하고 청량한 가을바람, 메마르고 추운 겨울바람이 쉼 없이 불어온다. 거기에 따라 이 땅의 농부들은 적절하게 농사를 지어왔다. 초여름과 초가을의 짓궂은 태풍은 농사를 망쳐놓을 때도 있지만 농부들은 이 짓궂은 바람의 장난에도 익숙하다. '천지기운이 하는 일이니 인간이 어쩌랴' 하며…. 이 같은 체념은 인간이 대자연 앞에서 무력하기도 하지만 대자연과 함께 살아가는 방식일 터이다.

바람은 우리 인간사에 소문을 물어온다. 바람을 타고 인간의 마음도 움직인다. 봄바람이 불면 마음이 들뜬다. 산으로 들로 나가고 자연과 햇살을 즐기면서 도시인들은 한 때의 여가를 보낸다. 메마르고 추운 겨울바람이 불면 마음이 추워진다. 가난했던 이 땅의 사람들은 이 바람이 야속했으리라. 그러나 더운 여름의 땀 흘리는 농사일 속에서 인내의 극한에 다다르면 입추를 고비로 문득 귀뚜라미가 울고 아침저녁으로 선선해지면서 드높은 가을 하늘에 시원하며 청량한 바람으로 여름의 고통을 잊게 된다. 그러니 바람은 원래 좋은 것도 나쁜 것도 아닌데 인간사로 인해 좋게도 나쁘게도 생각될 뿐이다. 풍차, 풍력발전소는 바람이 인간에게 주는 선물이다. 물레방아가 물이 인간에게 주는 선물이듯이 말이다. 이 바람이나 물을 이용하여 인간은 많은 도구를 만들었다. 그러니 자연이 우리에게 얼마나 많은 고마운 일을 했는가. 때로는 인간에게 천재지변을 가져오기도 하지만 인간은 자연과 벗하며 자연의 심술에 슬기롭게 대처하면서 살아왔다.

사람의 마음에 바람이 일 때는 언제인가? 단조롭고 권태로운 일상이 반복될 때 무언가 새로운 것을 보면 강력한 끌림을 느낀다. 인생의 중년에 이는 바람은 거의 반생을 살아왔기에 전환점에 이르러 그전까지의 삶을 되돌아보는 시간을 갖게 한다. 20~30대에게는 빛나는 꿈을 향하여 숨 가쁘게 달려왔기에 잠시 머물러서 지난 시간들을 되돌아보게 한다. 이 때 잘 되새김질하게 되면 남은 반생은 더욱 빛나는 삶을 영위할 수 있을 것이다. 그러니 인간은 신체와 정신의 쇠퇴와 더불어 변화된 삶을 꿈꾼다. 삶을 리모델링하는 시간인 것이다. 남은 반생에 지녀왔던 것들 중 끝까지 지녀야 할 것은 지니되 부담스러운 것들은 미련 없이 버린다. 그렇게 하여 비교적 가볍게 의미 있는 일을 찾아서 남은 생을 살고자 하는 것이다. 왜냐하면, 100년의 절반을 살았기 때문이다.

바람이 분다. 마음에 수런수런 잎들이 자기네들끼리 이야기를 나눈다. 무슨 이야기인지 알 수는 없지만 심상치 않다. 바람과 잎은 공모(共謀)한다. 횡횡 불어오는 바람은 새콤한 모과를 노랗게 물들인다. 사과를 붉게 물들인다. 이 바람은 수상하다. 이 바람은 서로 의견을 나누고 사람들끼리 한 무리를 짓게 한다. 그런 무리가 수없이 많이 만들어진다. 지하에서는 더 큰 일을 비밀리에 진행한다. 지상에서는 많은 이들과 공모한다. 이들의 공모가 불온하다. 이 불온함도 바람의 탓이지 인간의 탓이 아닐 게다. 저 대기에서 산으로 불어 내려오는 한 줄기 바람은 지상의 썩은 것들을 밀어낸다. 그 바람이 지상과 지하의 바람과 만나서 더 큰 바람을 일으킨다. 바람이 파도를 일으켜 인간의 거대한 바다를 갈아엎는다. 농부가 그의 묵은 밭을 보습으로 갈아엎듯이 갈아엎는다. 이처럼 갈아엎지 않으면 생명력을 잃은 바다나 밭은 마땅히 갈아엎어야 한다. 인간세계도 생명력을 잃어 거기에 사는 인간들이 고통으로 몸부림을 치면 스스로 떨쳐 일어나 갈아엎듯이, 엎어야 새로운 생명이 움트고 깃든다.

인간사회를 바꾸어가고자 하는 사람들의 가슴에도 늘 바람이 일고 있다. 그들은 정의롭지 못한 세상에는 머물러 있기를 원치 않는다. 바람을 일으켜 사람들이 서로 손에 손을 잡고 꿈꾸는 세상을 만드는 쪽으로 전진한다. 이들은 바람의 방향을 늘 가늠한다. 그리고 그 바람이 부는 쪽으로 몸을 던지면 된다. 바람의 촉수가 그들의 뇌리에 닿고, 온 몸과 마음을 깨우면 그들은 움직인다. 바람의 배경을 믿고 움직이는 것이다. 준동(蠢動)하는 그들은 허파에 바람이 꽉 찼다. 바람과 함께 그들의 몸이 가볍게 날아오를 때 세상은 이미 한바탕 걷잡을 수 없는 소용돌이에 휩싸인다.

시인의 시에서 '바람[風]'은 아주 중요한 이미지이다. 이 바람은 우주 근원의 생명력이다. 바람 속에서 시인은 바람이 전하는 말을 듣는다. 제3시집 속의 시 「바람 序說」을 읽어보자.

바람이 분다.
부는 것이 아니라
머물러 있는 것이다.
머물러 있는 것이 아니라
훨훨 타는 것이다.
훨훨 타는 것이 아니라
흐르는 것이다.

갯벌의 진흙 내 혈관 속을

돌멩이마다 내린 뿌리 네 몸

속속들이 흐르고 흘러

시방 억새꽃을 흔들고

내 가슴 네 가슴을 흔들어대며

머물러 있는 것이다.

부는 것이다.

눈이 부시게, 부시게.

―「바람 序說」전문

　바람은 운동성을 가지고 있다. 바람은 한 곳에 머물러 있지 않다. 불어왔다가 스쳐지나 간다. 이것이 바람이다. 그러나 이 시에서 시인은 바람이 부는 것을 보고 부는 것이 아니라 머물러 있다가, 훨훨 타다가, 흘러서 갯벌의 진흙, 돌멩이 속에 속속들이 흐르고, 억새꽃을 흔들다가, 나의 가슴과 너의 가슴을 흔들어대다가, 머물러 있다가, 눈이 부시게 분다고 했다. 그러니 바람은 자연물과 사람 사이를 이어주고, 사람과 사람 사이를 이어준다. 이런 바람은 만물의 생멸을 관장하는 근원적인 힘이다.

　태초에 하늘과 땅이 그 형상을 갖추지 못했을 때 어둠이 심연을 덮고 '하느님의 영'이 물 위를 감돌았다고 창세기 제1장 2절은 말한다. 이 하느님의 영은 곧 하느님의 입김이요, 얼이며, 강한 바람이다. 이 바람으로 하느님은 심연에 궁창(구멍)을 내어 아래 물인 땅과 위의 물인 하늘을 만든 것이며, 이스라엘 백성은 파라오의 군사들을 피하여 홍해를 건널 때 하느님의 영, 즉 하느님의 강력한 숨으로써 입김인 바람이 바다에 구멍을 내어 갈라놓음으로써 그 마른 바다의 바닥을 밟고 건너갔다. 이렇게 바람은 태초에 하늘과 땅을 창조한 창조주의 '숨결'이었다.

시인의 바람 이미지는 우주의 형상이 빚어지는 태초의 생명력인 바람을 인식한 바탕 위에서 창조된다.

바람 속으로 알몸을 눕혀 보게나.
네 알몸의 능선을 핥고 지나가는
그 놈의 혀끝이 감지되면서
무거운 몸뚱이조차 티끌처럼 가벼워지나니.

영영 바람 속으로 누워 버려
그 놈의 정령과 입 맞추어 보게나.
누추한 몸뚱이조차 바람이 되어
백 년이고 천 년이고 흘러가나니.

붙잡아 두려하면 사라져 버리고
풀어놓으면 다가오는 바람이여,
하늘과 땅 사이 만물이 다
네 품에서 비롯되고
네 품에서 끝이 나는 것을.
─「바람 속에 누워」 전문, 『상선암 가는 길』에서

제1연에서 시적 화자는 '바람 속으로 알몸을 눕혀 보게나', 제2연에서 '그 놈의 정령과 입 맞추어 보게나'라고 하여 독자들로 하여금 생명의 바람과 친밀한 관계 맺기를 권하고 있다. '~해 보게나'라고 넌지시 독자를 유인한다. 그가 바람과 맺어왔던 그 친밀하고 농밀한 만남의 격정을 홀로 간직하기엔 벅찼던 것일까. 좋은 것은 나누고 싶은 법이다. 그러니 시인은 바람과의 나눔을 권하고 있다. 그의 바람과의 관계 맺기가 그저 겉껍데기뿐이 아닌 것은 '알몸의 능선을 훑고 지나가는/그 놈의 혀끝이 감지되면서'와, '그 놈의 정령과 입 맞추어'에서 알 수 있다. '너'는 이 시에서 여성인 듯하며, 바람은 '그 놈'이라고 지칭하고 있어 남성으로 의인화되어 있다. 그러니 이 시는 바람과의 정사를 농밀하게 권하고 있다고도 볼 수 있다. 산 위에 서서 불어오는 바람을 양팔을 벌리고 한참을 느낄 때에 옷의 올과 올 사이를 통과하여 들어오는 바람을 알몸으로 느끼는 것은 다를 것이다. 그러니 시인은 그저 옷을 걸치지 않고 알몸으로 진실한 몸으로 바람을 느껴보라고 권한다. 그럴 때에 한해서 무거운 몸뚱이도 티끌처럼 가벼워지고, 생명력을 잃어 누추해진 몸도 바람처럼 동적으로 백년이고 천년이고 흐를 수 있다고 한다. 남녀의 교합(交合)으로 새 생명이 잉태되듯이, 바람과의 교합은 생명의 숨으로 충만하게 된다. 그래서 제3연에는 붙잡으려고 하면 사라지고, 풀어놓으면 다가오는 바람의 속성을 하늘과 땅 사이 만물이 바람의 품에서 비롯되고 바람의 품에서 끝이 난다고 말한다. 그러니 이 바람은 바로 인간을 비롯한 우주만물의 생멸을 관장하는 바람이며, 시인만의 바람인 것이다.

간밤에 마음과 마음이 통했는가?

아주 가벼웁게 바람의 잔등을 올라타는
저 수수만의 꽃잎들이 추는 군무(群舞)가
마침내 반짝거리는 큰 물결을 이루어 가는 것이,

그 모습 눈이 부셔 끝내 바라볼 수 없고
그 자태 어지러워 끝내 서 있을 수도 없는
나는, 한낱 대지 위에 말뚝이 되어 박힌 채
그대 유혹의 불길에 이끌리어 손을 내어 뻗는 것이,

간밤에 마음과 마음이 통했는가?

아주 가볍게 몸을 버려서 하늘을 나는 꿈을 꾸는,
저 흩날리는 꽃잎들의 어지러운 비상(飛翔)!
그 마음 한가운데에서 일어나 소용돌이치는
법열(法悅)의 불길을 와락 끌어안는다, 나는.

-2003. 4. 22. 00:5 「벚꽃 지는 날」 전문

누가 바람의 잔등을 보았는가? 아니 볼 수 있겠는가. 바람과의 관계가 얼마나 친밀하면 바람의 잔등이 보일까? 비트겐슈타인의 이미지 이론의 핵심은 '~로서 보는 것'으로 관계 맺기의 지각이 곧 이미지라고 하였다. 바람과 친밀한 관계가 맺어지지 않으면 이런 것들이 보일까? 느껴질까? 언어로 표현될 수 있을까? 이것이 필자의 의문이다. 시인이 바람을 보는 것은 우주만물의 생멸을 관장하는 창조주의 숨결로서 바라보는 것이다. 그런 연후에 자신을 그곳에 던져 관계를

맺는다. 그렇게 관계가 맺어져 길들여지지 않았다면 이런 농밀한 감각과 지각이 작용하여 하나의 이미지로 만들어지지 않을 것이라는 것이 나의 판단이다.

　시인이 바람을 그렇게 보아서 관계가 맺어져 친밀하고도 농밀하게 지각되어 이미지를 만들듯이, 시 평론가는 시인이 바람과의 정사를 통한 관계 맺기를 철저히 관음(?)하지 않으면 이 관계 맺기의 긴밀도를 이해할 수 없을 것이다. 그러니 한 편의 시를 이해하는 것이 평론가에게는 늘 두려운 것이다. 시인이 바람을 이토록 느낄 수 있는 이유는, 그의 감각과 지각 속에 창조주 하느님의 얼[spiritus]이 내재하는 특수한 감각의 문이 열려있기 때문으로 보인다. 그것은 단순히 불교에서 말하는 색계(色界)의 감각이 아니라 영적인 것, 심안에서 오는 영적인 감각이다. 그것이 아니고서는 이렇게 될 수가 없다. 불교에서 말하는 '불성(佛性)'이나 기독교에서 말하는 '하느님 영의 임재'는 모두 이런 영이 인간에게도 내재한다는 뜻이다. 그러나 그것이 제 기능을 발휘하려면, 먼저 정화와 재생이 되지 않고는 보이지도, 느껴지지도 않는다. 그래서 이 분야의 전문가인 아빌라의 성녀 데레사는 '영혼의 성 7궁방'을 말해주고 있다.

　데레사의 7궁방은, 제1궁방/독충과 벌레들이 우글대는 방으로서 독충은 죄이고 벌레는 상처와 악습이라고 말한다. 즉 상처와 악습에 가려서 영안이 어둡고 마음이 깨끗지 않으며 부정적 의미의 어둠 속에 갇혀있는 상태이다. 제2궁방은 작은 독충과 벌레가 남아서 영적 갈등을 일으키는 방으로 내 뜻과 하느님의 뜻이 서로 부딪쳐서 나오는 갈등으로 여전히 자기 뜻을 고집하고 완전한 비움에 이르지 못한 단계이다. 제3궁방은 정화를 마치고 조명(照明)의 문에 들어서 빛이신 주님을 직접 뵈옵는 영적인 시기이다. 이때부터 마음의 부정적인 독충과 벌레들이 사라져서 영안이 열리고 주님이 내 마음에 깃들어 계신다. 제4궁방은 초자연적 기도로 은총의 수도관에 입을 대고 마시는 시기로 주부적 덕행의 시기로서 모든 것은 그 분의 은총으로 이루어져 나가기 시작하는 단계이다. 제5궁방은 하느님과 맞선을 보는 단계로 일치되기 위한 준비의 때이다. 제6궁방은 수녀로서 예수님과 약혼하는 시기로 하느님께서 주도권을 드러내는 시기이며, 제7궁방은 신비적인 혼인의 시기로 깊은 일치를 이루는 최고의 단계에 이르는 정점의 상태이다.

성녀는 이렇게 7궁방으로 설명하고 있다. 아마, 이것은 마음의 영적 단계의 이미지일 것이다. 상처와 악습으로 젖은 육신은 「바람 속에 누워」에서 '무거운 몸뚱이', '누추한 몸뚱이'로 표현되고 있다. 이 부정적인 것들이 바람에게 몸을 던짐으로써 상처와 악습을 생명의 바람으로 날려 버리고 티끌처럼 가볍게 백년이고 천 년이고 바람처럼 흐르게 한다니 영생을 누리게 된다는 뜻일 것이다.

이 작품에서 시인은, 바람에 지는 벚꽃을 바라보면서 벚꽃이 바람의 잔등에 올라타서 군무를 춘다고 상상한다. 이 군무가 절정에 오르면 바람과 벚꽃은 하나가 된다. 그러니 '간밤에 바람과 벚꽃은 마음이 통했는가'하고 시적 화자는 자문한다. 그런 군무가 마침내 반짝이는 물결이 되어 흘러간다고 한다. 지는 벚꽃이 바람의 잔등에 올라타고서 군무를 추고, 그 절정에서 반짝이는 물결이 되어 흘러간다는 이 표현이야말로 영적인 눈인 심안(心眼)으로 보지 않으면 결코 관상할 수 없는 세계이다. 그러니 벚꽃이라는 식물의 생명을 상징하는 꽃이 바람을 만나서 군무를 추고, 그 절정에서 하나가 되어 생명의 강으로 흘러넘친다는 뜻이다. 그 많은 벚꽃들이 생명으로 강이 되어 흘러가는 이 영적 지각은, 이 광경을 보는 시인으로 하여금 눈이 부셔서 바라볼 수 없게 하고, 현기증을 일으키면서도 그 유혹으로 이끌리어 손을 뻗게 한다. 마치, 벚꽃과 바람의 군무가 가져오는 일치를 바라보는 시인은 환시를 보듯 이끌리어 손을 뻗는다. 몸을 버리고 하늘을 꿈꾸는 꽃잎들의 어지러운 비상을 보며 시적 화자인 나는 가슴 한가운데에 소용돌이치는 법열의 불길을 와락 끌어안는다고 한다. 시인은 이 불길을 '법열(法悅)'의 불길이라고 하였다. 법열은 '열락(悅樂)'이라고도 하며, 불교적 신비에서 오는 즐거움이며, 기쁨이다. 그 도그마는 아주 잘 살았을 때에 오는 기쁨을 말한다. 창조주 하느님과의 영적 관계를 설명하는 데레사 성녀가 제시한 제7궁방의 경지와 유사하다.

그 하나

홀로 설 수는 있어도
온전할 수는 없어
다른 하나를 꼭 필요로 하는
그리하여 서로가 서로를 받들어 주는
너와 나의 관계는
하늘과 땅 같은 자리요
물과 불 같은 바탈이요
빛과 어둠 같은 이치느니라.

이 땅 위 하늘 아래
두 빛깔의 어우러짐은
하늘과 땅이 빗대어
크고 작은 만물이 생기는 것과 같은
이치여서
더할 나위 없는 아름다움 가운데
바로 그것이니라.

그 둘

꾸밈이 없는
너와 나의 어우러짐은
우뚝 솟은 산과
길게 흐르는 강물 사이 같은 것
너를 위하여 나를 위하여
우리 서로 존재할 때
비로소 하나가 되어
바로 설 수 있는
아름다움으로 머물지니
그것이 곧 물에 비친 하늘이요
땅에 스미는 물과 같은 이치라.
반드시 그 속에는
일정한 질서와 기운이 자리하는

법.

시인의 제3시집 『바람 序說』속에 실려 있는 시 「바람꽃」은 바람에
관한 시편들 중 완결(完結)이라고 할 수 있겠다. 우주의 생멸을 관장
하는 바람은 창조주의 '얼'이자 '질서'이다. 하늘과 땅 사이에 궁창을
만든 것이 바람이듯이 너와 나 사이에는 바람이 분다. 이 바람으로
생명이 잉태된다. 그러니 홀로 선 둘이 만나서 살아가는 것이 세상
의 모습이다. 하나로도 부족하다. 둘이 하나 되는 질서 속에 살아갈
때에 생명은 끊임없이 잉태되리라.

이 작품에서는 너와 나의 어우러짐에 핵심이 있고, 그것이 바로 바
람꽃이다. 바람이 생명을 관장하기에 바람꽃이라고 시인은 일컬었
다. 여기에서 중요한 것은, 나는 너를 위하여 존재할 때, 너는 나를
위하여 존재할 때 서로의 바람꽃이 되어줄 수 있는 이치 속에 머무
르는 것이 아름다움인 것이다. 그것이 일정한 질서와 기운이다. 이
것은 마치 하늘과 땅, 물과 불, 빛과 어둠이 서로 상즉상입하는 세계
를 만드는 데는, 바람이 일으키는 질서 속에서 끊임없이 작동하는
것이 우주의 이법임을 이 작품을 통해 시인은 말하고 있다.

시인의 바람이 불어오는 곳에는 꽃들이 피어난다. 그것들은 눈
이 부시다. 수런대다가 춤을 춘다. 그 춤이 절정에 올라 꽃들은 강물
이 되어 흐른다. 그 강물은 여래의 품인 바다로 흘러들어간다. 인간
의 마음속에서는 눈물이 흘러내린다. 인간의 몸은 흩어지면 한 줌
의 먼지에 지나지 않는다. 그러나 여래의 몸에서 인간은 영원한 생
명을 누린다. 그렇게 되기 위해서 인간이 얼마나 보잘 것 없으며 나

약한 존재인지 먼저 깨달아야 할 것이다. "흙의 먼지로 사람을 빚으시고, 그 코에 생명의 숨을 불어넣으시니 사람이 생명체가 되었다(창세기 2장 7절)." 이 생명의 숨을 거두어 버리면 인간은 다시 흙으로 돌아간다. 공수래공수거(空手來空手去), 이것이 인간의 본질이고 그 삶이다. 이 진리를 직시하며, 그 바탕 위에서 생을 창조하고, 시를 창작해 나가는 시인이 바로 이시환 시인이며, 그는 그 바람이 창조주의 생명 숨이라는 진리를 아는 시인이다. 그럼에도 불구하고, 시인은 해맑은 아침햇살(하느님)이 숨 쉬는 모든 것들의 얼굴을 어루만지는 하느님의 자비로운 손길을 노래한다. 그 시편인 「화엄사 계곡에 머물며 · 2」를 인용하며 글을 마칠까 한다.

이 몸이야 한 덩어리 진흙.
그도 결국 바람이 불면
가볍게 날아가 흩어져 버릴 한 줌의 먼지인 것을.
그 자리에 남아 있는 것이 있다면
아무것도 없다는 사실 하나가 반짝거릴 뿐.

해맑은 아침햇살이
숨 쉬는 것들의 뽀얀 얼굴을 어루만지네.
-2003. 4. 1. 20 : 12

부드럽게 생동하는 이미지들

③ 대지 이미지

바람 부는 벌판에 서 있거나 산 정상에 서 있으면 바람의 노래가 들린다. 바람은 우리가 딛고 서 있는 발아래 땅으로 불어온다. 땅은 바람이 실어준 씨앗들을 품속에 품고 싹을 틔운다. 봄에 발아한 싹들이 대지의 흙을 뚫고 올라와서 뾰족한 싹을 내민다. 연초록색이거나 흰색의 싹은 떡잎과 대궁이로 이루어져 있다. 대지의 알맞은 온도와 습도, 양분을 먹고 그렇게 싹을 틔운다.

땅은 어머니의 품이요, 인간이 흙으로 돌아가는 바로 그곳이다. 인간이 흙에서 온 것처럼 식물들은 흙속에서 자란다. 꽃과 과일, 나무들이 뿌리를 박고 서있는 땅은 생명을 품은 하나의 둥글고 큰 자궁이다. 이 식물들 사이에 동물들은 은신처를 마련하거나 그것을 뜯어먹으며 살고 있다. 초식동물과 육식동물이 서로 먹고 먹히는 먹이사슬관계 속에서 공존한다. 하늘에는 나는 새들이 있다. 이 새들은 나무나 풀숲에 둥지를 튼다. 천지창조의 사흘날에 지어진 땅은 태초의 조상 아담으로 인해 저주를 받는다. "네가 아내의 말을 듣고, 내가 너에게 따 먹지 말라고 명령한 나무에서 열매를 따 먹었으니, 땅은 너 때문에 저주를 받으리라. 너는 사는 동안 줄곧 고통 속에서 땅을 부쳐 먹으리라. 땅은 네 앞에 가시덤불과 엉겅퀴를 돋게 하고 너는 들의 풀을 먹으리라. 너는 흙에서 나왔으니 흙으로 돌아갈 때까지 얼굴에 땀을 흘려야 양식을 먹을 수 있으리라. 너는 먼지이니 먼지로 돌아가리라(창세기 3:17-19)." 이 신의 저주는 아담이 죽어서 흙으로 돌아갈 때까지 땀을 흘리며 땅을 일구어야 먹을 양식을 얻을 수 있다는 노동의 고역을 말한다. 그러니 인간에게는 곡식을 얻기 위해 땅에 돋아나는 가시덤불과 엉겅퀴와 시름해야 하는 고통이 뒤따르게 되었다는 뜻이다. 인간에게 먹이가 되는 풀과 그것을 방해하는 가시덤불과 엉겅퀴의 대결은 인간 노동의 역사이다. 그렇게 살다가 인간은 결국 대지의 품에 안긴다. 살아있는 모든 것의 어머니인 하와/에바에게로 돌아가는 것이 인간의 운명이다.

그러니 대지는 어머니이며, 여성이다. 여성의 자궁이 생명을 잉태하는 집이듯이 대지는 인간과 동식물의 집이다. 이것이 성경의 창세기에 기록된 대지와 인간의 관계이다. 이 땅에서 나는 소출을 신께 바치고 제사 드리는 관습이 지금도 내려오고 있다. 대지를 매개로 한 인간과 신의 관계는 원시시대부터 현재에 이르기까지 지속성을 가진다.

환경[environment]이 문명 중심적이고 인간 중심적 개념이라면, 생태[ecology]는 어른스트 헥켈[Ernst Heinrich Haeckel, 1834-1919:독일의 생물학자]에게는 자연의 동물, 물, 구름, 바람 등이 하나의 유기체로서 어떻게 생명을 유지하는가의 문제였다. 그는 정신과 물질에 대해 일원론의 입장에서 생태학을 시작하였으며, 유물론적인 경향이 강하고, 마르크스의 유물사관에도 영향을 주었다. 진화의 최초의 무구조 원형

질괴인 모네라의 고안이나 진화의 계통도를 그린 것도 그의 업적이다. 그의 주장은 성경적 천지창조와는 반대되며, 진화론의 입장에서 있고, 우주만물을 하나의 유기체로서 보고 있다. ecology가 환경을 보호하는데 관심을 가진 정치적 행위라면, Ecology는 지켜야 할 큰 집으로서의 지구를 의미한다. 한편, 표층생태학[Shallow Ecology]은 환경보호, 환경개발, 환경공학 등 인간 중심의 환경인 반면에 심층생태학[Deep Ecology]은 인간 중심이 아닌 생물 중심이며, 삼라만상주의를 표방하면서 여기에는 인간도 하나의 유기체로서의 생물로 파악하고 있다.

대지를 이루고 있는 자연, 동식물, 물, 구름, 바람에 대한 생태학자들의 견해들도 있지만 시인은 불교적 세계관에 바탕을 두고 있다. 헥켈의 입장과 유사하며, 인간을 비롯한 자연의 동식물, 물, 구름, 바람 등을 하나의 유기체로 보고 생멸을 거듭하면서 유기 순환하는 존재이며, 만상동귀하는 존재로 파악하고 있다. 그러니 시인에게 삼라만상은 묵언의 대화자이다. 그러니 그가 벌판이나 들판과 광야, 사막 등지에 서 있을지라도 이 모든 것들과 친밀하다. 거기에 있는 바위나 돌, 동식물들과도 친밀하다. 가톨릭의 성 프란체스코처럼 빚어진 모든 것과 대화하고자 한다. 그것은 어디까지나 대상화하기보다 그것들을 하나의 존재자로서 보기 때문에 가능한 일이다. 이러한 시인의 자세는, 그의 시에서 대지의 이미지로 표현된다. 이미지는 하나의 큰 연쇄고리를 가지며, 시인의 작품에서 이들 이미지들의 집합체인 이미저리를 이루는 내용은 산, 벌판, 들판, 광야, 사막 등으로 거대한 축을 이루고 있다. 먼저, 대지에 솟아오른 「山」을 읽어보자.

손끝에 와 닿는 당신의 두 개의 젖꼭지. 그 꼭지와 꼭지 사이의 폭과 골이 당신의 비밀을 말해주지만 가늠할 수 없는 그 깊은 곳으로 이어지는 사내들의 곤두박질. 그 때마다 제 목을 뽑아 뿌리는 치마폭 사이의 선붉은 꽃잎 골골에 깔리고 누워 잠든 바람마저 눈을 뜨면 이 내 가슴 속, 속살을 비집고 우뚝 솟는 산 하나. 그 허리춤에선 스멀스멀 풍문처럼 안개만 피어오르고. 「山」 전문, 『안암동日記』에서

  시인의 눈은, 산의 모습을 드러누워 있는 여성의 이미지와 오버랩 시키고 있다. 산봉우리를 여성의 젖가슴에 비유하였고, 그런 산은 남성들이 탐하는 곳이기도 하나 어느 새 산은 시적 화자의 가슴 속에 우뚝 솟은 산으로 병치(並置)되고 있다. 산의 두 골짜기는 당신이 지니고 있는 비밀의 샘일 터 그 깊은 생명의 뿌리에로 뭇 사내들이 곤두박질한다. 그러면 산의 치마폭 사이로 선붉은 꽃잎을 뿌린다. 산인 당신의 환희의 감탄이 메아리치면 잠자고 있던 바람이 잠을 깬다. 그 때 나의 가슴 속에도 우뚝 산 하나가 솟아오른다. 그러므로 나와 당신으로 관계 맺은 산과 시적화자인 나는 연인의 관계가 되고, 이 관계는 뭇 사내들처럼 육적이거나 탐욕적이지 않은 영적인 관계의 연인이 되는 것이다. 그러니까, 이 시는 산과 뭇사내들/나와 산의 두 관계가 겹쳐지고 있다. 전자의 관계가 감각적이고 육신의 관계라면 후자의 관계는 본질적이며 영적인 관계라 할 수 있다. 전자는 색슈얼리티의 표현이며, 후자는 영적인 교감일 것이다. 그러니 나와 산의 관계는 하나의 풍문처럼 안개 속에 가려진 내밀한 관계인 것이다. 산은 그러니 여인이며, 어머니이다. 시적 화자인 나와 뭇사내들을 깃들게 하는 품이며, 어머니이다. 이는 한 여성이 여성과 어머니

의 두 역할을 동시에 지니듯이 대지의 우뚝 솟은 산이 지니는 본질
에 다가서고 있다. 시「내 가슴 속의 산」에는 시적 화자인 나의 고통
을 품어주는 당신으로 표현되어서 시집『안암동日記』의 시「山」과는
다른, 보다 내적이며 영적인 존재로서의 산으로 변모되어 있음을 확
인할 수 있다.

　　　무심한 하늘을 바라보다가, 바라보다가,
　　　멀리 땅을 굽어보다가, 굽어보다가,
　　　문득 문득 줄달음쳐 가는 곳이 있네.

　　　시를 쓰다가 되려
　　　마음 혼란스러워질 때,
　　　사람 사이 믿음이 깨어지고
　　　세상사 더욱 어지러워질 때,
　　　내 허파가 썩어들어 가는 것을 보며
　　　더 이상 견딜 수 없을 때,
　　　문득 문득 줄달음쳐 가는 곳이 있네.

　　　그런 나를 안아 주며
　　　그런 너를 품어 주며
　　　늘 그 자리 그 빛깔로 서 있는
　　　우람한 당신이 내 안에 있네.

　　　무심한 하늘을 바라보다가, 바라보다가,

412

멀리 땅을 굽어보다가, 굽어보다가,

문득 문득 줄달음쳐 가는 산 중의 산

세상 침묵을 품어 안고 사는

네가 내 안에 있네.

「내 가슴 속의 산」 전문, 『상선암 가는 길』에서

이 시에서 산은 여성 이미지에서 탈피되어 '우람한' 남성 이미지
로 변화되어 있다. 너로 불리는 산은 내가 시 쓰거나, 사람들과의 관
계에서 믿음이 깨어질 때, 세상사 어지러울 때에 허파가 썩는 고통
을 겪어 견딜 수 없을 때 피신처인 그곳으로 줄달음쳐 가서 그 품에
안긴다. 너는 고통 중에 있는 나와 너, 우리를 품어주는 너이다. 그
런 너는 나의 가슴에 고요히 존재한다. 고요는 바로 시집 『상선암 가
는 길』의 내적 여정인 묵상과 관상의 자세와 연결되어 있다. 이는 시
인의 아포리즘에서 밝히듯이 '나의 경전은 내가 아침저녁으로 바라
보는 저 산이다'와 같다. 산은 묵언의 경전이다. 그런 산은 생명력을
지닌다. 침묵 속에 움직인다. 정중동(靜中動)의 산은 내 마음의 지속
적인 동적 움직임이다. 이 동적 움직임은 침묵과 고요 중에서 이루
어지는 것으로 그의 시적 작업이 묵상이나 관상, 구도(求道) 여정으로
이어진 것과 궤를 같이 하고 있다. 시「張家界를 빠져나오며」에서는
이 정중동의 이미지가 장가계의 돌산 숲으로 표현되고 있다.

뽕밭이 푸른 바다가 되듯/바다가 솟아올라/깊고 깊은 산이 되었는
가//실로 오랜 세월,/안개에 가리우고 구름에 덮이어서/알몸을 스스
로 드러내지 않던 네가,//오늘은 비로소 한 마리 거대한 地鬼(지귀)가

되어/꼬리는 깊은 산정호수에 두고,/머리는 구름 밖으로 내민 채 꿈틀대는구나.//나는 분명 그런 너를 보았으나/보지 아니한 것으로 하리라./가슴 속에 다 묻어두고 내가 죽는 날까지/침묵을, 침묵을 지키리라.//내 입을 여는 순간,/네가, 네가 굳어버린 돌산 숲이 될까/두렵기 때문이리라. 「張家界를 빠져나오며」 전문, 『백년완주를 마시며』에서

　여행지 중국의 장가계에서 돌산의 숲으로 이루어진 그 모습을 한 마리 지귀가 오랜 세월 정체를 드러내지 않다가 비로소 한 마리의 거대한 지귀로서 꿈틀대는 형상으로 활유법을 써서 표현한 이 작품은, 실로 장엄한 자연의 정적인 산을 동적으로 바꾸어 놓고[置換(치환)] 있다. 그런데 시적 화자는 그 꿈틀대는 지귀를 못 본 듯 침묵하겠다고 한다. 그것은 시적 화자가 입을 여는 순간 돌산으로 굳어버릴까 두렵기 때문이다. 이 의미는 실제 돌산 숲으로 존재하는 장가계의 모습을 꿈틀대는 지귀로 보고 있지만 굳어버린 돌산 숲의 그 침묵에 초점을 두고 시인이 트릭을 쓴 것이리라. 마지막 연의 트릭이 돋보이는 작품이다. 돌산 숲의 침묵이 지귀로 꿈틀대는 것은 침묵의 정중동을 표현한 것이라 할 수 있겠다. 대지에 우뚝 솟아 늘 말없이 서 있는 산은 움직임이 없어 보이나 오랜 시간과 함께 끊임없이 변화하는 자연으로서의 산이 지니는 침묵을 놓치지 않고 노래하였다.
　대지의 첨탑인 산과 산 아래 넓게 동서남북으로 내달리는 광야, 벌판, 들판 등은 시인의 작품에서 메마르고, 권태로운 일상으로부터 푸른 세상을 다시 일으켜 세우는 곳, 다시 말해 절망 속으로 침몰하는 세상을 일으켜 세우는 생명력을 지닌다.

오늘같이 할 일 없는 날엔/예술의 전당 대신 마른 겨울들판으로 가자./오늘같이 무료한 날엔/사람소리 들리지 않는 허허벌판으로 가자./눈발이 비치는가 싶더니/빗방울이 어깨를 적시고,/빗방울이 눈썹을 적시는가 싶더니/싸락눈이 머리를 희끗하게 덮는/그곳으로 가자. 그곳으로 가자./그곳 마른 풀섶 더미 위로,/그곳 쌓인 낙엽 위로,/그곳 내가 걷는 길의 고적함 속으로/저들이 곤두박질치며 부려놓은,/짧은 한 악장의 장중한 화음을 들어보시라./저들끼리 밀고 당기고, 질질 끌고 잡아채며,/점점 세게, 아주 여리게, 사라지는 듯하다가도 다시 소생하는,/허허벌판에 부려지는 화음이 범상치가 않구나./죽어가는 한 세상을 부여잡고/그리 통곡을 하는 것이냐?/이 들판 저 산천에/푸른 세상을 다시 일으켜 세우려는 것이냐?/싸락눈이 섞여 내리는 겨울비가/부려놓은, 오늘의 짧은 한 악장의 화음이/절뚝이는 나를 다시 일으켜 세우시네./침몰하는 세상을 다시 붙들어 일으키시네. 「겨울비」, 『백년완주를 마시며』에서

  김준오는 『시론』에서 이미지를 '관념과 사물이 만나는 곳이며, 관념의 육화'라고 하였다. 그리고 상상은 이미지를 만들어 내어 이미지들을 결합시키는 심상형성기관[image-maker]으로서 표현론에서 비평개념의 핵심으로 보았다. 그리고 그는 문학적 용법으로써 이미지의 정의를 한 편의 시나 기타 문학작품 속에서 감각·지각의 모든 대상과 특질, 협의의 의미로 시각적 대상과 장면의 요소, 가장 일반적으로 비유적 언어[figurative language], 특히 은유와 직유의 보조관념을 의미한다고 정리하였다. 그러므로 이미지는 시의 본질적 구성요소로서 시의 의미와 구조와 효과를 분석하는 중요한 시법이며, 의미 전

달기능에 있어서 관념의 육화이다.

　시인의 시「겨울비」는, 예술의 전당과 겨울들판이 콘트라스트를
이룬다. 인위적인 예술을 꿈꾸기보다 자연의 겨울들판에서 그는 장
중한 연주를 듣는다. 그 연주는 대중의 구미에 맞추어 돈에 팔리어
소비되며 일회성을 가진 예술이 아니라 영속적이며 대지의 소리이
며 연주이다. 그러니 대중의 구미에 맞추어 돈에 팔리거나 소비되지
는 않는다. 거래되지 않지만 생명력을 지니고 있다. 이 생명력은 죽
어가는 한 세상을 부여잡으며 통곡을 하기도 하고, 푸른 세상을 다
시 일으켜 세우거나 절뚝이는 자신과 침몰하는 세상을 다시 일으키
는 힘을 지니고 있으며, 그것은 대지가 지니는 생명력으로부터 온
다. 이 시에서 대지의 벌판은 소생(蘇生)의 공간이다. 그것은 대지에
내리는 눈발과 빗방울, 싸락눈, 젖은 풀잎과 쌓인 낙엽이다. 예술의
전당식 예술을 거부하는 그의 관념에 콘트라스트의 반대급부에는
생명의 대지가 이미지를 입고 꿈틀댄다. 그는 벌판에 서서 바람의
소리를 들으며 동시에 생명체들과 자연물들이 내는 생멸의 소리를
듣는다.

　　바람이 분다./얼어붙은 밤하늘에 별들을 쏟아 놓으며/바람이 분다./
　　더러 언 땅에 뿌리내린/크고 작은 생명의 꽃들을 쓸어 가면서도/바람
　　이 분다./그리 바람이 부는 동안은/돌에서도 온갖 꽃들이 피었다 진
　　다./바람이 분다./내 가슴 속 깊은 하늘에도 별들이 총총 박혀 있고,/
　　내 가슴 속 황량한 벌판에도/줄지은 풀꽃들이 눈물을 달고 있다./바
　　람이 분다. 「벌판에 서서」, 『바람 소리에 귀를 묻고』에서

바람은 대지를 감돌아 흐르는 강물처럼 끊임없이 불어온다. 이 바람으로 대지는 생물들을 키운다. 생명력을 지니게 하는 이 바람과 대지는 서로 공조(共助)한다. 그 속에서 시인은 자신의 가슴 속에 황량한 벌판을 바라본다. 이 황량한 벌판에는 줄지어 피어있는 꽃들이 눈물을 가득 달고 있다. 그의 심상 풍경은 슬픔으로 젖어있다. 이 대지와 바람이 시인의 슬픔을 어떻게 생명력을 지닌 삶으로 다시 소생시켜 줄 것인가.

그러나 벌판과 들판은 시인의 고통스런 내면을 치유시켜 준다. 대지의 인간이 신의 노여움으로 대지의 저주를 받았다. 그 저주는 대지에 끊임없이 자라는 가시덤불과 엉겅퀴로 상징되고 있다. 인간이 가시덤불과 엉겅퀴와 싸워야 한다는 의미는, 삶에는 그것을 극복하기 위해 고통이 따르기 마련이라는 뜻이다. 대지의 저주는 인간에게 삶의 고역이다. 불교식으로 말하면 삶은 고해(苦海)라고 하듯이, 인간은 대지에서 땅을 부쳐 먹고 살아가면서 여러 가지 고역에 시달린다. 이것이 인간의 운명이지만 인간은 그 운명에 지지만은 않는다. 인간이 그 대지의 품에 안김으로써 대지의 저주라는 신의 옹박[呪縛(주박)]으로부터 해방의 길을 모색한다.

시인이 지닌 고통은 그만이 겪는 것이 아니다. 이 지상에 살아가는, 대지에 발을 딛고 있는 인간 모두의 고통이다. 그러니 그는 그런 고통 속에 있는 자들에게 그 고통으로부터의 놓여나는 방법을 다시 대지에서 찾는다. 대지의 품에 안기는 것, 마음을 비우고, 욕심을 비우는 것이야말로 고해로부터 벗어나는 길이며, 그 길에 대지와 삼라만상이 함께 해준다. 시인의 대지 이미지는 그의 이와 같은 관념의 세계, 더 정확히 말하자면, 욕심을 버리고 마음을 비워가는 과정에

서 생겨난 묵상과 관상의 관념적 세계를 삼라만상을 통하여 시각적
인 이미지로 바꾸어낸 산물이다. 비움의 여정은 사막의 이미지로 나
타나고 있고, 사막은 대지가 지닌 극복의 땅이다. 사막은 가시덤불
과 엉겅퀴와 같은 곳이다. 그러니 인간에게 극한의 땅이고, 거기에
서 인간은 자신의 욕망을 정화하고 비우는 여정을 걷게 된다. 시인
은 이런 여정을 사막의 이미지와 결부시켜서 표현하고 있다.

> 일 년 삼백 육십오 일 내내/비 한 방울 내리지 않는/이곳에/서 있는
> 산은 서 있는 채로/누워 있는 돌은 누운 채로/깨어지며 부서지며/모
> 래알이 되어가는/숨 막히는 이곳에/아지랑이 피어오르고/간간이 바
> 람 불어/모래알 날리며/뜨거운 햇살 내려 쌓이네./수수만 년 전부터/
> 그리 실려 가고/그리 실려 온/바람도 쌓이고/적막도 쌓이고/별빛도
> 쌓여서/웅장한 성(城) 가운데/성을 이루고/화려한 궁전 가운데/궁전
> 을 지었네그려./나는/그 성에 갇혀/깨끗한 모래알로/긴 머릴 감고,/
> 나는/그 궁전에 갇혀/순결한 모래알로/구석구석 알몸을 씻네./검은
> 돌은/검은 모래 만들고/붉은 돌은/붉은 모래 만들고/흰 돌은/흰 모래
> 를 만들어내는/이곳 단단한/시간에 갇혀/나는 미라가 되고/이곳 차
> 디찬/적막에 갇혀/그조차 무너지고 부서지며/마침내/진토(塵土) 되
> 어/가볍게 바람에 쓸려가고/가볍게 별빛에 밀려오네.
> ─「사하라 사막에 서서」, 『몽산포 밤바다』에서

  하나의 돌멩이가 비바람에 부서져 모래알이 되어 구르듯이, 시인
은 단단한 시간에 갇혀 미라가 된다. 그 미라가 무너지고 부서진다.
그 전에 시인은 순결하고 깨끗한 모래알로 머리를 감고 알몸을 씻는

418

다. 이것은 자기 정화의식이며, 이 정화의식 후에 미라가 되는 것이니 자기 순장의식이다. 여기에서 궁전이란, 사막 한 가운데 세워진 영혼의 궁전일 것이다. 이 궁전 속에서 시인은 자기 정화를 거친 순장의식을 치른다. 그만큼 사막의 고요가 시인의 영혼을 그렇게 버리는 것이다. 완전히 정화된 영혼은 그야말로 욕망이 불러온 고통으로부터 놓여난다. 번뇌의 타오르는 불꽃이 소멸된다. 그러니 정화 이전의 나는 죽어서 미라가 된다. 나를 비운다는 것은 정화 이전의 나의 순장인 셈이다. 그리고 긴 머리를 감는다는 표현에서 알 수 있듯이 시적 화자는 여성이고, 남성 상징인 성과 궁전은 대지인 사막이다. 시인의 대지는 남성성과 여성성을 동시에 갖는다.

나는 철없이 사막 투어를 떠나네.
얼굴엔 선크림을 바르고
머리엔 창이 긴 모자를 눌러쓰고
도무지 어울리지 않는 선글라스까지 끼고서
그야말로 철없이 사막 투어를 떠나네.

그곳 어디쯤에 서서
그곳 어디쯤을 바라보지만
그것은 분명 수억 수천 년의 세월이 빚어온
한 말씀의 성(城)이요,
그 성의 한 순간 영화인 것을.

아직도 곳곳에 솟아있는

오만한 바윗덩이 부서지고 부셔져서
내 살 같고 내 피 같은 모래알이 되고,
그것들은 다시 바람에 쓸리고 쓸리면서
오늘, 어머니의 젖무덤 같고
궁둥짝 같고
깊은 배꼽 같고
긴 다리 사이 같은

모래뿐인 세상,
적막뿐인 세상 그 한 가운데에 서서
머리 위로는
쏟아지는 햇살로 흥건하게 샤워하고
발밑에서부터 차오르는 어둠으로는
머릴 감으면서
나는 비로소 눈물,
눈물을 쏟아놓네.

아, 고갤 들어 보라.
살아 숨 쉬는, 저 고단한 것들의 끝
실오리 같은 주검마저도 포근하게 다 끌어안고,
혈기왕성한 이 육신의 즙조차 야금야금 빨아 마시는
모래뿐인 세상의 중심에
맹수처럼 웅크린 적막이 나를 노려보네.

한낮, 그 뜨거운 시선에 갇힌

두려움 탓일까?

모래 위에 찍힌 내 발길의

시작과 끝이 겹쳐 보이는 탓일까?

하염없이 흐르는 내 눈물이

마침내 물결쳐가며

머리 위로는

숱한 별들을 닦아 내놓고

발밑으로는

깨끗한 모래톱을 펼쳐 내놓는 이곳에서

숨조차 멎어버릴 것 같은,

그 눈빛 속으로

내가, 내가 드러눕네.

  「사막 투어」, 『눈물 모순』에서

 사막 시편의 절창(絶唱)이라 할 수 있는 이 시에는 제목 밑에 "무엇이 내 심장을 뛰게 하는가? 태양의 두터운 입술도, 바람의 격렬한 포옹도 아니다. 오로지 내 살 같고 내 피 같은 모래알뿐인 사막의 깨끗한 적막이다. 그것은 내 생명의 즙을 빨아 마시지만 내 터럭 같은 주검조차도 포근하게 끌어안는다."라고 시인은 쓰고 있다. 사막의 깨끗한 적막은, 나의 살이요 나의 피라는 의미는 이 적막에서 오는 영적 고요가 정화의식이란 뜻이고, 그것은 사막과 같은 세상으로부터 놓여나는 내 영혼의 승리가 아닐 수 없다. 대지의 저주로부터 놓여나는 것도 대지인 사막 속에서 이루어진다. 마음의 가시덩쿨이나 엉경쾌를 극복하는 길은 영혼을 정화시키고 재생되는 길밖에 달리 없다. 그런 의미에서 시인의 대지는 사막을 통해 정화와 재생을 가져다주는 생명력을 지닌다. 그것은 시인의 내적 고요 속에서 이루어지는 것이며, 사막의 적요(寂寥)는 그 내적 고요의 정점에 있을 걸로 생각된다. 정화와 재생으로 새로 태어난 영혼은 부드럽고 생동감을 지니며 수평적이다. 그래서 함박눈처럼 포근하게 대지를 덮고 대지의 낮은 곳으로 내려와 대지에다 입 맞춘다. 대지인 당신을 위해서라면 젖은 땅, 언 땅 어디라도 서슴없이 달려갈 각오가 되어 있다.

> 내가 가진 것이라고는 아무것도 없습니다. 다만, 당신에게로 곧장 달려 갈 수 있다는 그것과 당신을 위해서라면 당신의 이마에, 손등에, 목덜미 어디에서든 입술을 부비고 가녀린 몸짓으로 나부끼다가 한 방울의 물이라도 구름이라도 될 수 있다는 그것뿐이옵니다. 내가 가지고 있는 것이라곤 아무 것도 없사옵니다. 다만, 우리들의 촉각을 마비시키는 추위가 엄습해오는 길목으로 돌아서서 겨울나무 가지 끝 당신의 가슴에 잠시 머물 수 있다는 그것과 당신을 위해서라면 충실한 從의 몸으로 서슴없이 달려가 젖은 땅, 얼어붙은 이 땅 어디에서든 쾌히 엎드릴 수 있다는 그것뿐이옵니다. 나는 언제나 그런 나에 불과 합니다. 나는 나이어야 하기 때문입니다. 「함박눈」, 『안암동日記』에서

'함박눈=나'인 이 작품에서 당신은 대지이며, 함박눈은 시적 화자 '나'와 동일한 존재이다. 대지인 당신의 이마와 손등, 목덜미에 입술을 부비겠다는 '나', 대지인 당신을 위해서라면 충실한 종의 몸으로 달려가서 엎드리겠다는 함박눈인 나의 사랑의 맹세이다. 왜냐하면,

그것은 함박눈인 나의 정체성이기 때문이다. '나'가 나일 수 있는 본질은 함박눈이 지니는 본질과 일맥상통한다. 그러니 대지인 당신을 위해서 충복(忠僕)이 되는 것이 나의 소명이다. 시인의 대지의 이미지는, 대지와 길항하는 인간의 고통을 대지를 매개로 정화와 재생을 이루어 대지와 화합하며, 대지에 발을 딛고, 대지를 사랑하는 자세로 귀결된다. 거기에는 '나'라는 주체의 자기 비움이 사막의 내적 고요 속에서 극복되었기 때문이다. 이것은 시인의 묵상, 관상에 이르는 관념의 세계가 대지의 이미지를 통하여 사막에서 절정에 이르고, 거기에서 가시덩쿨과 엉경퀴와도 같은 부정적인 내외적 원인으로 야기된 온갖 고통과 싸워서 승리하였다는 증거이리라.

부드럽게 생동하는 이미지들

④ 광물이미지

시인은 늘 자신의 외부를 둘러싸고 있는 자연물이나 동식물, 인공물, 사람들, 그리고 눈으로 직접 보기는 어렵지만 망원경으로 바라보는 우주의 별들 속에 있다. 이 삼라만상과 인공적인 사물을 그의 주위에다 두고 시인은 자신의 내부 세계를 말하기 위하여 이것들을 끌어온다. 그러니 시인의 눈이 그것을 바라보되 어떤 방식으로 관계를 맺어 구조화하느냐는 시인의 몫이 될 것이다. 하나의 대상을 두고 시인들마다 다르게 관계를 맺는 이유는 각기 다른 개성을 지니고 있기 때문이다. 시인이 살아온 경험과 사유 방식에 따라 다양하게 대상과 관계 맺어질 수 있다는 말이다. 비트겐슈타인이 말하는 아스펙트상은 '~로서 보다'라는 관계 맺기의 구조이다. 그러니 대상을 무엇으로 보고 어떻게 관계 맺느냐에 따라 동일한 대상도 관계 맺는 내용의 다양성에 따라 시인 각자의 개성을 지닌 세계로 창조해내는 것이다.

그런데 이런 경우는 어디까지나 주체의 입장에서 객체를 바라보는 것이라 한다면, 객체의 입장에서 주체에게 말을 걸어오게 되면 상황은 크게 달라진다. 대상을 두고 주체를 투사하는 방식이 근대의 방식이라면, 현대의 시인은 말을 걸어오는 대상과 소통을 하여 공감해야 할 것이다. 이렇게 되려면 주체의 마음은 늘 비워져 있어야만 한다. 비워져 있지 않으면 늘 대상에 대한 주체의 투사로 대상의 본질은 가리게 된다. 주체를 비워 대상을 바라볼 때에 대상은 자기의 말을 해 온다. 자신의 본질을 바라보게 하는 것이다. 근대의 대상들은 주체의 폭력적 점유, 구속, 오도로 얼룩져 있다. 대상을 가두는 주체의 힘의 남용은 대상들을 부자유스럽게 하고, 대상들이 지니는 본질을 바로보지 못하게 하였다. 물론, 대상을 바라보는 주체는 주체의 일방적인 고백이나 대화가 아니라 대상으로부터 오는 것을 읽어내려는 주체의 노력에 기인한다. 자연물이나, 동식물, 인공물, 사람들, 우리들의 의식세계, 기억을 바라보고 그쪽에서 오는 메시지를 읽고 소통하려는 태도는 어디까지나 주체가 올바른 관계 맺기를 통하여 가능해지는 마음의 작업일 것이다.

우리 주위에 나뒹구는 작은 돌멩이 하나에도 메시지를 품고 있고, 그것을 주워드는 사람은 그 돌멩이와 관계 맺기가 이루어진다. 돌멩이를 귀에 갖다 댄다. 이 돌멩이의 소리를 듣는다. 돌멩이는 그 장소에서 사람과 조우하기 전에 큰 바위의 일부였을 것이다. 그것이 쪼개어져 강물의 흐름에 몸을 맡기다 보니 그렇게 둥글둥글한 모습을 갖추어 부드럽게 손에 잡히었을 것이다. 이 돌멩이는 큰 바위로부터 쪼개지고 떨어져 나오는 아픔을 겪었을 것이다. 그 바위는 더 시간을 거슬러 올라가 해면이 융기하여 태산준령을 이루었다가 오랜 비바람에 씻기어 몇 덩어리로 깨어졌거나 그 일부가 떨어져 나왔을 것이다. 그것이 비에 쓸려 계곡물을 따라 강에 이르러 돌이나 자갈이 되었을 것이다. 그러나 이것도 대하의 흐름을 따라 물의 힘을 받으면 강의 모래알이 되거나 바다의 모래알로 부수어질 것이다. 그러니 얼마나 장구한 세월이 흘렀겠는가. 이 돌 하나의 역사가 이렇게 유구하니 산천은 얼마나 많이 변하였으며, 인간의 문명 또한 얼마나 변화에 변화를 거듭하였겠는가. 생성된 모든 것이 명멸해 가지 않는 것이 없다 하였다. 다만, 시간이 장구하게 흐를 뿐이다. 대하나 바다의 모래알들도 더 시간이 지나면 먼지가 되어 우리 눈에 보이지 않게 대기로 우주로 날리거나 그 흔적조차 사라져 버린다. 그러니 불가(佛家)에서 말하듯 삼라만상은 모두 명멸하고 만상동귀라 하였다. 모든 것이 사라지고 만다. 그래서 공하다고 하였다.

바위나 돌에는 그저 평범한 것도 있지만 시장에서 값이 나가는 귀한 보석도 있다. 이 보석들은 모두 지층에서 매장되어 있을 때에 지층의 운동에 따라 생긴 결정체들이다. 시에서 광물이미지는 바위, 돌, 모래를 비롯하여 화려한 색깔이나 모양을 지니며, 아주 단단한 결정체를 가진 보석류, 철, 주석, 납 등과 같은 금속류 광물들이 이미지를 이룰 때이다. 이 광물류의 모양이나 색깔, 특성에 따라 시적 이미지를 만든다. 그것은 시인이 어떤 상상이나 비유 -직유, 은유- 를 할 때 그 특성에 맞는 광물을 기억으로부터 불러와서 자기의 시에서 관계를 맺어 구조화하는 것이다. 시인의 이 시적 행위는 섬세한 지적 작업인 동시에 영적인 작업이 된다. 영적인 작업이라는 의미는, 광물이 지니는 속성이나 본질을 깨닫고 그것을 시에서 이미지를 형성한다는 뜻으로, 자연이나 우주적 몽상에서 오는 영감이 있어야 한다. 바위, 돌, 모래는 자연물의 광물 이미지이며, 보석류는 시에서 이미지를 한층 섬세하거나 미적으로 탁월하게 이미지를 조형하며 고

귀하고 영원성을 지닌다. 그것은 보석류 광물이 지니는 특성이다. 보석류 광물은 주로 아름다운 미적 이미지, 견고성, 영원성, 고귀함을 지닌다. 그리고 금속류 광물은 차가움, 저항성과 둔중함, 견고함을 지닌다. 만해 한용운의 시집『님의 沈黙』에는 임과의 사랑의 맹세를 '황금의 꽃 같이 굳고 빛나던 옛 맹세'라고 비유하여 황금의 특성이 지닌 빛남과 견고성, 불변성, 영원성을 사랑의 옛 맹세에 비유하고 있다. 그밖에도 이 시집에는 시적 화자의 자기 성찰이나 임이 떠나가고 임을 기다리는 비탄과 탄식, 눈물을 진주에 비유하여 '진주 눈물'이라고 표현하거나 임을 기다리는 시적 화자 자신이 아공(我空)으로 되어가는 경지를 수정이나 금강석(=다이아몬드)에다 비유하여 영혼의 투명성과 견고성을 나타내고 있다. 이와 반대로 임과 나의 합일을 훼방하는 장군이나 '나'를 나라도 없고 민적도 없으며 인권도 없는 처지로 만든 일제에 대해서는 '칼'로 비유되는 차가움, 견고함의 이미지를 조형하여 만해 시 특유의 저항성을 드러내고 있다. 일본의 시인 미야자와 겐지(宮沢賢治, 1896-1933)의 경우는, 그의 시나 동화에서 보석류 광물의 이미지를 조형하고 있는데, 그것은 작가가 어릴 때부터 돌 채집이 취미였으며, 나중에 자연과학(지질학)을 배우는 학도가 되었다는 점과 보석상을 꿈꾸었다는 자전적인 요인도 있으며, 불경에 심취하고 행자였기에 불경의 진리를 보석 이미지로 비유하여 썼기 때문에 그 영향이 깊었다고 한다.

이시환의 시에서 주로 등장하는 광물 이미지는 바위, 돌, 모래이다. 보석류에 비해서 아름답지는 않지만 자연물 그대로인 이 이미지는 변화무쌍한 시간과 공간, 신의 메시지(말씀, 생명, 숨)를 간취하게 한다. 그 외에는 이미지를 구성하기보다 시행에서 부분적으로 쓰이는 경우로, '금강석보다 더 단단한 적막(寂寞)조차도/산산조각이 나고 만다'(「무서운 태풍」)가 있다. 삼라만상들을 사라지게 하는 파괴력을 지닌 바람의 위력을 이야기하는 시에서 내적인 적막도 산산조각 내어버리는 위력을 지니며, 그 적막은 보석류 광물 중에 결정도와 강도가 제일 높은 다이아몬드에 비유하고 있는 표현이다. 그리고 철의 가공품인 칼을 소재로 하거나 호미를 소재로 한 시 - 예를 들어, 「칼」, 「호미」, 「조선낫」과 같은 시편들은 민중의 고단한 삶과 저항성을 내포- 가 있다.

먼저, 자연 광물인 바위, 돌, 모래는 그의 시에서 어떤 이미지로 조형되고 있는지 알아보자.

하, 인간세상은 여전히 시끄럽구나.
문득, 이 곳 중선암쯤에 홀로 와 앉으면
이미 말(言)을 버린,
저 크고 작은 바위들이 내 스승이 되네.
-2004. 7. 26. 01:46 「상선암 가는 길」 전문, 『상선암 가는 길』에서

자연의 크고 작은 바위들에 대해, 시적 화자는 말을 버렸다고 한다. 바위의 침묵을 말을 버렸다고 의인화하여 표현한 이 작품은 시인의 묵상, 관상의 여정으로 들어가는 시집 『상선암 가는 길』의 세계를 잘 보여주고 있는 시이다. 그 말을 버린 바위처럼 시인은 묵상과 관상의 여정을 걸어가는 것이다. 그러니 그 바위들이 자신의 스승이라고 밝히고 있는 시이다. 이 시가 『상선암 가는 길』의 첫 시편으로 놓여진 이유도 바로 그러하리라. 시인은 말없는 자연을 통하여 서로 대화하고 그의 고요와 적막, 적요를 향한 내적 여정의 스승으로 삼

왔다. 자연 속에 깃들어 있는 신의 메시지를 들으려면 인간세상과 같은 시끄러운 곳을 피하여야 함은 당연한 일이다. 그러니 시인은 '인간세상은 여전히 시끄럽구나'라고 한탄한다. 이 소음을 피하여 하선암, 중선암, 상선암이라는 암자의 이름들은 곧 바위가 있는 자리로 그의 내적이며 영적 여정이 바로 하선암, 중성암, 상선암을 올라가는 것처럼 점점 더 고요의 세계로 침잠하고, 사막에 와서는 정화(淨化)와 재생(再生)의 의식을 치르는 단계로 이어지는 과정의 초입에 이 시가 놓여져 있다. 그가 이렇게 내적 영적 여정으로 불가피하게 들어가는 이유는, 시「콩나물 기르기」에서 침묵을 강요하는 한 통속의 세상이 그를 억압하였기 때문으로 보인다.

정확히 알아들을 수 없는/저 밑도 끝도 없는, 무성한 말들!/분명, 저 무성한 말들이 눈을 초롱초롱 뜨고 있는/한반도의 어둠 속에는/화려한 수사(修辭)도, 궤변도, 논리도,/인간의 오만도, 눈물도, 진실도/그것들의 함정도 뒤섞여 있으리라.//저들의 목이 마르기 전에 충분히, 자주 물을 주어야/쑥쑥 길게 자라나는 콩나물이 되듯이//저들에게 실명(失明)게 하는 햇빛을 주면/푸른 싹을 내미는 자기 모반을 꾀하듯이//저들에게 때맞추어 물, 물을 주지 않으면/앞 다투어 잔뿌리와 실뿌리를 숱하게 뻗어내려/마침내는 서로 엉켜 붙어 한 통속이 되어 버리듯이/인간 세상의 무성한 말들이 무성한 말을 낳아/빽빽한 콩나물시루 속 같은,/숨쉬기조차 어려운 한 통속의 침묵을 강요하네.
-2003. 3. 30. 21:32 「콩나물 기르기」전문, 『상선암 가는 길』에서

시집의 마지막 부분에 놓인 이 작품은 실로 무서운 시라는 인상이

든다. 와글대는 인간의 소리, 주의·주장이나 논리, 궤변들이 콩나물시루 같은 무리를 이루어 자기네들끼리 뭉쳐 다니며 자기들과 다른 주의·주장과 말에는 관심이나 존중, 차이를 인정함 없이 일방적으로 힘을 행사하여 폭력을 낳는 한반도의 암울한 어둠의 일면을 시루 속의 콩나물에 비유하여 야유와 조롱, 냉소, 조소를 보내는 이 시는 아이러니적 요소를 가지고 있다. 침묵을 강요하는 한국사회의 어두운 일면을 이렇게 표현한 시인이 누가 있었던가. 시인은 아마 우리의 사회, 문단이나 세상사에서도 이렇게 느꼈기에 침묵을 강요하는 그 분위기 속에서 홀로 내적 영적 여정을 걷는 것이 불가피한 선택이었을 것이다. 폭압적인 현실을 등 뒤로 하고 그는 구도의 여정을 걸음으로써 현실에서 느끼는 실망감과 상대적인 박탈감을 구도의 여정으로 허전하고 상실로 인한 아픔을 치유, 정화하고 재생하고자 하였을 것이다. 시「고인돌·1」,「고인돌·2」,「고인돌·3」,「고인돌·4」,「새해 아침에 -고인돌의 傳言」에 오면 오랜 시간이 지나고 바위에서 떨어져 나온 거대한 고인돌을 바라보면서 연작시편 4편을 쓰고 있다. 이들 시편에서 고인돌의 침묵, 인간의 욕망, 소박한 믿음들을 고인돌을 통하여 이미지화 하고 있다.

어디선가 굴러온,/생긴 그대로의 사투리 같은 투박함으로//천년의 세월이 흐르고 흘러도/깨어지지 않고 부서지지 않을 단단함으로//죽은 자의 권위와/산 자의 힘을 과시하는 단순함으로//모여 사람 살던 곳에 세워진/믿음 하나.//얼핏, 지나치면 모를까/귀를 주고 눈길 주면//비로소 말문을 여는/먼 옛날 옛적의 소박한 우리네.//그저 깬돌이거나 간돌에 지나지 않건만/그저 그것으로 세우고, 괴고, 깔고 덮

어서//수 천 년 전 이 땅에/모여 사람 살던 이야기보따릴 숨기고 있
네.//얼핏, 지나치면 모를까/마음 주고 체온 나누면//멎은 피가 다 도
는/먼 옛날 옛적의 우리네 믿음 하나.   「고인돌·2」, 『상선암 가는 길』에서

인간이 신에게 의탁하고 경배하던 시대는 지나갔다. 현대의 물신
주의나 상업화된 소비사회에 신은 하나의 상품으로 거래되거나 교
환되는 풍조이다. 그러나 이 「고인돌」 시편에서 시인의 눈은 무엇을
바라보는가? 그는 원시의 소박하고 꾸밈없는 인간의 모습을 바라본
다. 그저 천재지변에서도 불편함 없이 먹고 살아가고 자녀를 낳고
살아갈 수 있게 해달라고 소박한 소망을 신께 의탁하기 위해 신의
숨결을 담아 머물게 하려는 집인 고인돌을 세웠다. 훨씬 나중의 종
교건축들처럼 화려하거나 장엄하거나 기교적이지 않아도 소박한 그
대로 인간의 원의(願意)가 말없이 담겨있고, 거기에 내재하는 신을 시
인은 고인돌을 통해 바라본다. 그러면서 이 고인돌의 이미지들도 고
인돌이 가르쳐주고 시인에게 메시지를 보내주고 시인은 그것을 착
신하여 시를 쓰고 있다. 인간 스스로 신이 되어 권력을 휘두르고 말
과 주의·주장도 소유화하고 그것을 일방적으로 행사하는 폭압의
시대에 고대인들의 소박한 신에 대한 경배와 믿음, 서로 따뜻하게
품어주며 어우렁더우렁 살았던 그들에 대한 친밀감과 숨결을 느낀
다. 그래서 시인은 「고인돌·3」에서 더 간명하고 더 투명하게 고인
돌을 노래한다.

    수 천 년 전의 바람이 깃들어 있고
    수 천 년 전의 구름이 깃들어 있는,

수 천 년 전의 어둠이 고여 있고
수 천 년 전의 햇살이 고여 있는,

수 천 년 전의 사람과 사람의,
힘과 믿음과 소망이 숨 쉬고 있는,

가장 무겁고, 가장 단단한 침묵의 말씀이여,
그 말씀의 하늘이시여, 땅이시여.
「고인돌·3」, 『상선암 가는 길』에서

　　'수 천 년 전의'라는 반복 구절을 통하여 시인은 고인돌이 등장했던 석기시대로 우리를 데리고 간다. 그 시공 속에서 바람과 구름과 빛과 어둠이, 사람과 사람의 발자국이, 그들의 힘과 믿음, 소망이 깃들어 숨 쉬고 있는 말없는 고인돌 앞에서 시인은 가장 무겁고 가장 단단한 침묵의 말씀을 듣는다. 그 말씀은 하늘이자 땅이며, 인간과 우주를 지은 신의 말씀이다. 그런 고인돌은 「고인돌·4」에 오면 '단단함으로/무거움으로/불변함으로/그런 단순함으로/온전한 상징이요 언어가 되는/돌 가운데 돌.'이며 '온전한 존재요 생명이 되는 돌 가운데 돌이라.'라고 노래하고 있다. 그러니 돌은 시인에게 상징이며 진실한 언어가 되고 온전한 존재이며 생명이 된다. 왜냐하면, 고인돌은 '죽은 자의 집도 되고/산 자의 안녕을 지켜주는 신이 되어/다시 태어나는 너'이기 때문이다. 「새해 아침에 -고인돌의 傳言」에 오면 '단군의 후손들이여,/넘치는 지혜의 샘물을 쏟아내고,/정열의 장작더미에 불길을 지피고,/반도땅에 흐르는 피를 더욱 뜨겁게 하라.'고 고인

432

돌의 전언을 이 땅에 사는 사람들에게 대신 전하고 있다. 고인돌은 큰 바위가 비바람에 파쇄되어 나오는 광물이나 그 바위에서 더 시간이 흘러 만들어 지는 것은 작은 돌이다. 시인은 이 지수화풍의 자연의 이치를 알고 거기에 따라 큰 것에서 작은 것으로 이동하면서 이미지를 조형하였고, 그것이 모래에 이르게 되나 나중에 공으로 모든 것이 돌아감을 이야기하여, 불교적인 무상이나 색즉시공, 공즉시색의 공사상을 이 자연물을 통하여 반영하고 있다 하겠다. 작품 「조약돌」을 읽어보자.

> 작은 조약돌 하나 손에 꼬옥 쥐고서
> 지그시 눈을 감으면
>
> 아득히 먼 곳으로부터
> 너의 숨소리 들려오고,
>
> 아득히 먼 때로부터
> 너의 심장이 고동치는 체온이 전이되어 오네.
>
> 밤하늘의 별과도 같이
> 바닷가에 무리지어 네가 있음으로
>
> 세상은 비로소
> 살아 숨 쉬는 것들로 가득 차있고,

그것으로서 세계가

한 덩어리임을 일러주네.

-2004. 11. 2. 11:20 「조약돌」 전문, 『백년완주를 마시며』에서

　바닷가의 작은 조약돌 하나에서 시인은 태고의 숨소리와 심장이 고동치는 체온을 느낀다. 이 돌들이 바닷가에 무리 지어 있음으로 세상은 살아 숨 쉬는 것이며, 그것으로 세계가 한 덩어리임을 알려준다. 이 조약돌은 시인이 찾아간 바다만이 아니라 이 지구 전체에 여기 저기 있다. 그것들은 원래 커다란 바위였다. 그 바위의 파편이 조약돌이다. 그러니 무수한 조약돌의 무리는 거대한 하나의 바위에서 나온 것들이니 세계는 하나였다는 뜻이다. 이 시에서는, 작은 것에서 큰 것으로 상상이 옮겨지면서 세계가 각각 파편화된 것이 아니라 하나라는 인식을 갖게 한다. 현대사회의 파편화된 세태는 오랜 시간 전에 하나였던 때로 되돌아가야 함을 시인은 말하고 있고, 그때의 숨과 따뜻한 체온이 그리운 심정을 이 시에 담았다고 하겠다. 시야말로 파편화된 현대 사회의 부정적인 양상을 복원해줄 수 있는 힘을 가졌다. 이 시에서 그런 긍정적인 힘을 시인은 바라보며, 작은 조약돌에서 그 메시지를 읽고 있다. 작품 「돌」에서는 '작은 돌멩이 속에 광활한 사막이 있고, 그렇듯 사막은 하나의 작은 돌멩이에 지나지 않는다'고 하며, 상즉상입하는 자연물인 돌의 본질을 이야기하면서 바위, 돌, 모래가 모두 상즉상입하면서 하나인 광물임을 분명히 하고, 그 깨달음에서 그의 광물 이미지 조형의 절정을 이루는 특성을 보여준다.

아직도 내 가슴이
두근거리는 것은

수수만년
모래언덕의 불꽃을 빚는

바람의 피가
돌기 때문일까.

아직도 내 눈물이
마르지 않는 것은

수수억년
작은 돌멩이에 하나의 눈빛을 빚는

바람의 피가
돌기 때문일까.

「돌」 전문, 『몽산포 밤바다』에서

이 시의 제목 밑에 시인은 돌과 사막에 대한 자신의 사유(思惟)를
이렇게 적고 있다. "작은 돌멩이 속에 광활한 사막이 있다. 그렇듯
광활한 사막은 하나의 돌에 지나지 않는다."라고. 우주는 마이크로
코스모스와 미크로코스모스라고 우주론자들이 말한다. 그것과 같
이 이 시에서는 모래는 돌이고 돌은 모래이다. 하나의 돌에도 광활

한 사막이 있고, 사막의 수많은 모래알은 하나의 돌이다. 그러니 시인의 가슴은 두근거린다. 수수만년 시간의 흐름에 가슴이 두근댄다. 그 모래가 만들어 지는 과정에서 돌의 불꽃을 바라본다. 그 불꽃이 일어남은 바람의 피가 돌았기 때문이다. 바람이 없었다면 비도 내리지 않고 바위의 파쇄도 일어나지 않는다. 우주만물을 순환시키는 거대한 생명력은 곧 바람일 터 시인은 돌에서 모래를 바라보며, 모래에서 돌을 바라보며, 그 속에 부는 바람의 피를 본다. 그 바람의 피가 돌기에 수많은 돌들은 모래가 되어 거대하며 적막하고, 인간에게는 극복의 대상이며, 옛 은수자들에게 세상 것을 버리고 신을 찾아 오직 신에게 의탁하여 들어가 수행정진하면서 신의 메시지를 읽고 인간에게 전하였던 바로 그 사막이다. 시인은 바로 그 사막의 여정에서 옛 은수자들처럼 자기 정화와 재생을 꿈꾼다.

시인의 광물 이미지는 모래의 집합체인 사막에 와서 그 이미저리들이 서로 엉켜서 거대한 울림을 낸다. 그것이 바로 '사막(沙漠)'이다. 사막은 그의 광물 이미지의 절정이다. 그래서 그는 사막을 남성 혹은 여성으로도 비유하고 있으나 시「사하라 사막에 서서」에서는 사막에서 정화의 주체인 자신을 여성성으로 이미지를 조형하고, 그 사막에서 알몸을 씻음으로써 씻김 의식을 치루어 정화와 재생을 통한 새 생명력을 복원하고 있다. 이 사막은 신과 같은 남성성을 지닌 사막이며, 시적 화자인 시인은 여성이다. 아주 아름답고 고요한 침묵 가운데에 이루어지는 이 의식은 참으로 독자들을 매료시키기에 충분하다. 그의 시의 힘은 바로 모래알의 점성과 같이 단단하고 응집력이 강하면서도 부드러운 남성성과 여성성을 고루 구비하여 생동하고 있기 때문이다. 시「사하라 사막에 서서」를 인용하며 글을 마칠

436

까 한다.

일 년 삼백육십오 일 내내/비 한 방울 내리지 않는/이곳에/서 있는 산
은 서 있는 채로/누워 있는 돌은 누운 채로/깨어지며 부서지며/모래
알이 되어가는/숨 막히는 이곳에/아지랑이 피어오르고/간간이 바람
불어/모래알 날리며/뜨거운 햇살 내려 쌓이네./수수만 년 전부터/그
리 실려 가고/그리 실려 온/바람도 쌓이고/적막도 쌓이고/별빛도 쌓
여서/웅장한 성(城) 가운데/성을 이루고/화려한 궁전 가운데/궁전을
지었네그려./나는/그 성에 갇혀/깨끗한 모래알로/긴 머릴 감고,/나
는/그 궁전에 갇혀/순결한 모래알로/구석구석 알몸을 씻네./검은 돌
은/검은 모래 만들고/붉은 돌은/붉은 모래 만들고/흰 돌은/흰 모래를
만들어내는/이곳 단단한/시간에 갇혀/나는 미라가 되고/이곳 차디
찬/적막에 갇혀/그조차 무너지고 부서지며/마침내/진토(塵土) 되어/
가볍게 바람에 쓸려가고/가볍게 별빛에 밀려오네.

「사하라 사막에 서서」 전문, 『몽산포 밤바다』에서

26

부드럽게 생동하는 이미지들

⑤ 식물이미지

대지에 뿌리를 박고 빛과 물, 양분을 먹으며 식물들은 자란다. 나무들이 숲을 이루고 갖가지 야생의 풀들이 나 있는 들판에는 아름다운 꽃들이 피어 있다. 사시사철 피는 꽃들을 보는 것만으로도 기쁨이다. 고마울 따름이다.

문학의 꽃은 시(詩)라고들 한다. 인간의 꽃은 여자라고 한다. 그렇듯, 꽃은 결실을 맺기 위하여 잠시 필 뿐이다. '화무십일홍(花無十日紅)'이라 했던가. 어떤 아름다운 꽃도 열흘을 붉게 피어있지 못한다는 의미는, 이 지는 꽃처럼 인간의 생명도 삼라만상도 때가 되면 다 먼지 되어 사라진다는 불교의 무상과, 코헬렛의 "허무로다, 허무! 모든 것이 허무로다"라고 말하는 것과 크게 다르지 않다. 저 들에 지천으로 피어있는 야생화도 한 포기 풀들도 모두 소중해지는 것은 그것이 영원하지 않기 때문이다. 스러져갈 것이기에 더욱 아름답다.

한 그루의 나무가 우리에게 그늘을 드리워 여름에 쉬어가게 하며, 그 가지들에 새들을 깃들여 둥지를 틀게 한다. 바람이 쉬었다 가고 새들도 쉬었다 간다. 한 줄기 햇살이 구름 속에서 터져 나와 나뭇가지 사이로 긴 발을 내릴 때 나무는 하늘에 있는 태양과 대화를 나눈다. 한 그루의 나무에는 여러 줄기 빛발이 내린다. 나무는 가볍게 빛발을 투과시킨다. 그 안에 일렁이는 빛발은 나무를 눈부시게 만든다. 일렁이는 태양의 온기를 받아 겨울나무는 추위를 잊는다. 잎들이 진 나무들이 생존하는데 빛은 절대적이다. 겨울바람을 쉼 없이 날려 보내는 나뭇가지들은 무섭게 휘청거린다. 그 바람에도 나무는 쓰러지지 않는다. 여름의 폭풍우를 견딘 나무는 겨울의 매서운 바람에도 횡횡 소리를 낼 뿐 꿋꿋이 버틴다. 철새들이 먼 길을 오는 동안 잠시 머물러 가는 이 나뭇가지는 새들의 쉼터이기도 하다. 봄이 되면 이 나무들의 가지에는 꽃을 먼저 피우거나 잎이 돋아난다. 초록의 계절에 나무는 화려한 꽃등을 켜고 겨우내 지친 영혼들을 기다려 맞이한다. 꽃나무 아래에서 오는 봄을, 꽃이 지는, 가는 봄을 아쉬워하며 노래한 옛 시인들은 이렇게 자연의 순환을 가슴 깊이 공감하며 그 감흥에 젖어 감정을 풀어내었다.

시인의 식물 이미지는 크게 꽃과 풀, 나무의 이미지이다. 이 꽃과 풀과 나무가 동물이나 광물 이미지와 합성되어 새로운 이미지를 만들어내기도 한다. 먼저, 꽃과 관련되는 이미지들을 살펴보자. 그의 시적 에스프리가 살아 숨 쉬는 첫 시집 『안암동日記』의 시 「꽃」을 읽어보자.

> 너는 알아들을 수 없는 방언. 아니면 판독해낼 수 없는 상형문자. 아니면 가늠할 수 없는 어둠의 깊이이고 그 깊이만큼의 아득한 수렁이다. 너는 나의 뇌수에 끊임없이 침입하는 어질머리의 두통이거나 그도 아니면 정서적 불안. 아니면 흔들리는 콤플렉스. 시방 손짓하며 나

를 부르는 너는 눈이 부신 나의 상사병. 깊어가는 불면의 내 침몰. 내 기쁨. 「꽃」, 『안암동日記』에서

꽃은 시적 화자 '나'에게 방언, 상형문자, 어둠의 깊이, 수렁, 어질 머리 두통, 정서적 불안, 콤플렉스, 상사병, 침몰, 기쁨이다. 꽃은 생명을 상징하기에 알아들을 수 없는 세계의 방언이며 상형문자이다. 이 눈부신 생명에 비해 내면의 '나'는 어둠을 지니며, 그 어둠은 깊고 나를 수렁에 가둔다. 그러니 눈부신 생명의 꽃 앞에 서면 현기증과 두통, 불안으로 심신은 떨린다. 나의 꽃에 대한 상대적인 감정에서 오는 콤플렉스이며, 일방적인 상사병으로 나는 서서히 침몰해가지만 그것은 기쁨의 침몰이다. 이 일방적인 나의 꽃에 대한 사모는 「오랑캐꽃」에 오면 더욱 농밀하며 상호적이다.

하늘을 바라보고 누워있는 나의 배 위로 배를 깔고 누워있는 당신은 황홀이란 무게로 나를 짓누르고. 짓눌려 숨이 막힐 때마다 햇살 속 저 은사시나무 잎처럼 흔들리면서 이쪽과 저쪽을 넘나들면 출렁이는 세 상이야 부시게 부시게 출렁일 뿐. 「오랑캐꽃」, 『안암동日記』에서

오랑캐꽃은 작고 땅에 붙어서 자라는 보라색과 흰색을 지닌 제비꽃을 말한다. 봄꽃이며, 우리네 서민들이 좋아하는 전통적 정서가 짙은 꽃이다. 그러나 바닥에 붙어있는 듯한 오랑캐꽃인 당신은 하늘을 바라보고 누워있는 나의 배 위로 배를 깔고 포개어 누워있다고 하여 아주 농밀한 연인들의 사랑의 모습으로 의인화하고 있다. 시인이 오랑캐꽃을 대하는 자세는 연인처럼 친밀하고 농밀하게 바라보

고 있다는 뜻이다. 이렇게 활유법을 써서 움직이지 못하고 붙박여 있는 오랑캐꽃을 나를 짓누르는 황홀로 표현하고 있다. 그러니 연인의 애무에 짓눌릴 때마다 시적 화자는 눈이 부시게 출렁이는 세상의 이쪽과 저쪽을 바라본다. 꽃의 황홀은 시 「벚꽃 지는 날」에서는 나에게 '법열(法悅)'을 느끼게 한다.

간밤에 마음과 마음이 통했는가?

아주 가벼웁게 바람의 잔등을 올라타는
저 수수만의 꽃잎들이 추는 군무(群舞)가
마침내 반짝거리는 큰 물결을 이루어 가는 것이,

그 모습 눈이 부셔 끝내 바라볼 수 없고
그 자태 어지러워 끝내 서 있을 수도 없는
나는, 한낱 대지 위에 말뚝이 되어 박힌 채
그대 유혹의 불길에 이끌리어 손을 내어 뻗는 것이,

간밤에 마음과 마음이 통했는가?

아주 가볍게 몸을 버려서 하늘을 나는 꿈을 꾸는,
저 흩날리는 꽃잎들의 어지러운 비상(飛翔) !
그 마음 한가운데에서 일어나 소용돌이치는
법열(法悅)의 불길을 와락 끌어안는다, 나는.
-2003. 4. 22. 00:5 「벚꽃 지는 날」, 『상선암 가는 길』에서

꽃이 지니는 아름다움과 생명력은 이 시에서 바람과 결합하여 시적 화자 나에게 '법열'의 불길을 일으킨다. 그 법열의 불길을 와락 끌어안는다. 바람과 꽃의 마음이 통하고 시적 화자인 나와 꽃의 마음이 통하여 일어나는 법열의 환희 앞에서 마음은 소용돌이친다. 법열이란 득도의 절정에서 느끼는 희열, 열락, 법락을 말하므로 이 시는 벚꽃이 일제히 지는 모습에서 무상함보다는 바람을 타고 도는 흰 꽃잎들의 군무가 현기증을 일으킬 정도로 득도의 법열을 일으키는 것에 비유되어 있다 하겠다. 생명이란 이렇게도 아득하고 아찔한 것이며, 가슴이 벅차올라 기쁨으로 넘쳐나는 경지로 이 때 모든 마음의 어둠은 한 순간에 사라지고 오로지 열락만이 존재하는 완전히 충만한 세계이다. 이 시는 그런 경지를 시로 표현하고 있다. 시「蘭·1」과「蘭·2」에서는 난이 지니는 생명력을 노래하였다.

> 기다란 목숨으로/가녀린 떨림으로/시방 살아 있음//그만큼이 기쁨이요/그만큼이 슬픔이요/꼭 그만큼의 그것//더 이상/아무 것도 아닌/우리 뜨거움//이 땅 가득/어둠을 어둠이게 하라/빛을 빛이게 하라.
> ─「蘭·1」, 『바람序說』에서

> 홀로/이 세상 모서리에서//흔들리며/무너지며/부서지며/다시/태어나며//시방/이 땅을 흔드는/뜨거운/ 몸짓으로//갈아 귀를 세우고/감아 눈을 뜨는.「蘭·2」, 『바람序說』에서

작품「蘭·1」과「蘭·2」는 난의 가는 잎사귀를 보고 시인은 그 목숨, 떨림을 읽어낸다. 그 이유는 난이 살아있기 때문이다. 한 포기 난

이 살아있다는 것은 그 자체가 기쁨이자 슬픔이다. 그 살아있는 뜨거움만큼 우리 인간의 삶도 뜨겁다. 난 한 포기처럼 우리네 인생도 그와 같이 작고 보잘 것 없는 것이지만 난 한 포기가 살아있는 것이 귀하듯 우리네 삶도 소중하며, 어둠이 어둠으로, 빛을 빛이게 하는 것도 난이 지니는 고매함 때문일 것이다. 우리는 각자 홀로 이 세상 모서리에서 한 포기의 난처럼 때로 무너지며 부서지기도 하면서도 다시 부활하고 이 땅을 흔들기도 하는 뜨거운 몸짓으로 귀를 갈아서 세우고, 살아있는 것들 안에 존재하는 숨과 말씀을 듣고, 눈을 감아서 마음의 눈을 떠 시대의 징표를 읽어야 한다.

작품 「백목련 · 1」에 오면 꽃을 바라보는 시인의 에스프리는 이미지를 다소 화려하게 의장하기보다는 꽃의 본질에 더 가까이 다가가기 위해 주체 죽이기인 '나'를 죽이는 사랑의 화신으로 변화되어 있다.

문득, 귀 밑을 스쳐가는/바람의 비늘처럼//숨이 붙어있는 시간이란/그저 잠깐의 이 쪽 저 쪽이라/길다면 길고 짧다면 짧은/순간이요 세월인데/내 이승에 발을 붙이고 살면서/이 한 몸 구석구석 살라 보았나/있는 거 없는 것 다 주어도 부족할/진짜 사랑이라는 것 한 번 해 보았을라/단 한 순간만이라도/ 너도 모르게 나도 모르게/내 아닌 너를 위해 진정/쏙 빠져 보기라도, 미쳐보기라도 했을라./시방 거추장스런 허물을 벗어버리고/쾌히 나를 죽여감으로/다시 태어나는 너의/눈부신 알몸이/나의 눈물을 굴리는 까닭은. -「백목련·1」,『바람序說』에서

마침내/돌아앉아 가부좌를 틀면/훨훨 불타며 터지는/이승의 껍질 속

에서/나비떼가 솟아오르고//낮게 낮게 깔리는 내음/줄기를 타고 거슬러 올라가면/그대가 벗어놓은/그 빈 자리/내 서슴없이 빠져 죽을/하늘이 거기.   「백목련·2」, 『바람序說』에서

　시 「백목련·1」에서는 흰 목련이 피어있는 자태의 아름다움을 노래하고 있는데, 그 아름다움은 자신을 완전히 연소하여 누군가를 사랑하고 다시 부활하는 데에 있다. 이 시의 세계는 불교적 무상감을 바탕으로 찰나에 지나지 않는 이승의 삶 동안 자신을 버림으로써 너를 위해 나를 연소시킨다. 그 연소의 아름다움을 희게 핀 목련을 통하여 보았다. 원래 흰 색은 순결, 정의, 승리를 의미한다. 사랑의 순결함을 지니고, 열정적으로 너를 위해 나를 연소하는 삶을 통해 승리를 한다. 거기에는 어떤 장식이 필요 없다. 몸을 전적으로 던지듯 삶을 온전히 바쳤기 때문에 미사여구가 필요치 않은 것이다. 그러니 거추장스런 옷과 같은 허물은 불필요하리라. 백목련은 짧은 순간 동안 피었다 지므로 그 덧없는 이승의 시간 동안 자기를 완전히 연소한다. 만개한 꽃의 모습은 완전 연소의 절정의 때여서 시인에게는 눈물겹기만 하리라. 시 「백목련·2」에서는 득도에 이르는 이의 완전한 자기 비움을 나비떼가 날아오르는 것에 비유하면서, 시적 화자는 그 아득한 경지에 자신도 몸을 던지고픈 마음을 노래함으로써 백목련과 일치를 이루려고 하였다. 사라지는 것, 특히 순간적으로 명멸해가는 꽃의 덧없음을 시 「풀꽃」에서도 안타깝게 노래하고 있다.

　오늘 하루/산다는 것이 무엇이냐/무엇이 참 사는 것이냐/묻지를 말게//그저 사는 것처럼/시방 살아있는 것처럼/살다가 보면/살다가 보

면/그 자리 그 내음/저만의 빛깔로 터지는/풀꽃망울의/작은 흔들림 같이/잠시 머물다 가는 것임을/머물다 가는 것임을//그래 더욱 안타까이 아름답고/더더욱 소중하고 절실한 것을/그저 흐르는 물처럼/바람처럼. 「풀꽃」, 『바람序說』에서

삶은 있다가 없어지는 것에 지나지 않음을 이 풀꽃을 통해서 간취하며, 잠시 머물 뿐인 이승에서의 한 때가 아름답고 소중하며 절실한 것이라고 노래한다. 시「목련」에는 꽃이 피어있는 시각의 이미지를 청각의 이미지로 바꾸고, '부활하는 새떼'에 목련을 비유하여 동적으로 치환시켜 놓고 있다.

아니,
왜 이리 소란스러운가?

커튼을 젖히고
창문을 여니

막 부화하는 새떼가
일제히 햇살 속으로 날아오르고

흔들리는 가지마다
그들의 빈 몸이 내걸려 눈이 부시네.
「목련」, 『백년완주를 마시며』에서

바깥이 시끄러운 이유는 새떼들이 막 부화하여 하늘로 날아오르느라 소란스러웠던 것이다. 활짝 핀 목련을 부화하는 새떼에 비유하여 시각을 청각으로 바꾸어 놓았다. 그러면서 가지에 남은 꽃은 새들의 알이 깨어진 껍질에다 비유한 시적 기교가 돋보이는 작품이다. 새들이 날아가고 껍질만 남은 공허함을 한꺼번에 지는 봄꽃의 무상함과 함께 간취하게 하는 이 작품은 목련 시편들 중에 절창(絶唱)이라 할 수 있겠다. 꽃이 겨우내 추위와 바람을 견딘 끝에 꽃을 피웠듯이 새들도 껍질을 찢는 아픔을 견디어 화려한 비상이 도정된다는 동식물의 생태를 통해 인간의 삶 역시 고통 속에 은총이 있고, 그 고통을 위대한 인내로 극기할 때 승리와 열매가 찾아온다는 삶의 진리를 내포하고 있다. 이런 꽃들의 자기 연소는 시「새삼 꽃들 앞에서」에서도 잘 나타나고 있다.

저리 빠알간 물결 속으로
저리 노오란 바람결 속으로
저리 하아얀 세상 속으로
온몸을 던지는 저들 꽃처럼

네 아름다움의 절정에 서 보았는가?
네 생명의 불길 속에 서 보았는가?

살아있음의 쓸쓸함으로
살아있음의 기쁨으로
살아있음의 불꽃으로

온몸을 던지는 저들 꽃처럼

─「새삼 꽃들 앞에서」, 『상선암 가는 길』에서

제1연에서 꽃들은 빠알간 물결이 되고, 노오란 바람결이 되고, 하
아얀 세상이 되어 온몸을 던진다. 꽃들을 동적으로 표현하여 '연소하
는 이들의 아름다움의 절정에 서 보았는가'라고 반문한다. 그리고 그
'꽃이 지니는 생명의 불길 속에 서 보았는가'라고 반문한다. 이 반문
의 반복 속에서 시인은 독자들로 하여금 꽃의 아름다움과 생명의 불
길 속으로 독자들을 초대한다. 그러니 꽃들은 살아있음의 쓸쓸함이
고, 살아있음의 기쁨이며, 살아있음의 불길이며, 그 속으로 몸을 던
지는 분신(焚身)의 이미지를 띨 수밖에 없다. 이 불꽃같은 연소의 이
미지, 몸을 던짐, 분신의 이미지는 '연꽃'과도 닮았다. 진흙에서 영롱
한 연꽃을 피워내는 생명의 꽃, 연꽃으로 이미지는 변화된다.

진흙 속에 뿌리를 내렸어도
진흙을 뒤집어쓰고 나오는 연화(蓮花)의 얼굴을
나 역시 보지는 못했소.

─「여래에게·7」, 『애인여래』에서

연꽃은 불교에서 영원한 생명을 상징하는 꽃이요, 불교의 진리를
상징하는 꽃이다. 연꽃은 진흙 속에 뿌리를 내리고 살지만 연꽃에
진흙을 묻히고 나온 얼굴을 보지 못했다는 의미이다. 이것은 연꽃의
무구성을 표현한 것이다. 시「연꽃·2」에서는 연꽃이 지닌 생명성을
산문시 형태로 이미지를 형상화하고 있다.

나의 고정관념이나 편견이 생기기 전 세상을 뒤덮고 있는, 그 깊이를 알 수 없는 늪 위로 안개가 피어오르고 있었다. 어느 날 그 위로 소리 소문 없이 솟아오른, 커다란 연꽃 한 송이가 내내 웅크리고 있다가 조용히 벌어지면서 핏덩이 같은 붉은 해 하나를 게워 놓는다. 순간, 하늘과 땅이 갈라지며, 하늘에선 별과 달이 생기고, 땅 위에서는 온갖 것들이 꿈틀대며 약동하는 소리들로 가득하다.

　　나는 그 한 가운데에 서있지만 어느새 그가 피어놓은 세상이 때를 다
　　하여 서서히 오므라듦을 내다본다. 그 자궁에서 나온, 어둠과 빛이
　　빨려 들어가고, 온갖 소리와 형태를 가진 것들이 흡수되어 자취를 감
　　추어버리고, 마침내 세상은 단 하나의 까만 점이 되고 만다. 연꽃 한
　　송이가 그렇게 피고 지는 순간을 지켜보면서 나는 수없이 연꽃 송이
　　를 가슴에 품고 더 멀리 가는 시간의 수레를 타고 재롱을 떨 뿐이다.
　　「연꽃·2」, 『눈물 모순』에서

　한 송이의 연꽃에서 태초의 생명이 태동하고 대지 위의 만상이 약동한다. 그러나 이 모든 것들은 시간에 따라 명멸하여 간다. 우주의 자궁에다 비유한 연꽃은 생멸을 관장하는 꽃으로 비유되어 있다. 이것은 연꽃 한 송이가 피고 지는 일과 동일하다. 그러니 연꽃은 우주의 생성과 소멸을 상징하며, 어둠을 꿰뚫는 빛이다.

　　칠흑 같은 어둠 속에
　　누가 오시려나?
　　집집마다 연등 하나씩을

처마 밑에 내걸어 놓았네.

안과 밖이 따로 없는
허공 속에서 붉은 마음 달래려나?
속내마저 드러낸 채
목을 빼어
저마다 한 곳을 바라보네.

「연꽃·3」,『눈물 모순』에서

　연등을 달아놓고 부처를 기다리는 마음은, 아마 그의 탄신일을 전
후하여 이런 풍경을 상상할 수 있을 것이다. 연꽃은 어둠 속의 빛과
생명, 희망이니 석가의 제자들은 모두 수행, 정진의 마음으로 이 등
을 마음의 조명, 청정심, 일심의 바람을 담아 내건다. 어두운 세상의
한 줄기 빛이 되어 오실 세존을 기다리는 중생심을 이렇게 표현하
였다고 본다. 그 연등 속에서 "나는 보았네./땅의 눈빛 하늘의 미소."
(「연꽃 · 4」)라고 하여 대지와 하늘이 하나이며, 삼라만상과 우주가 한
송이의 연꽃 속에 깃들어 있는 이 광경을 시인은 고요 중에서 바라
본다. 절대 고요 속에서 한 송이 연꽃이 떠오르는 듯한 이 시는, 어떤
경지에 올랐을 때 나오는 선시이다.
　시집『눈물 모순』은 시인의 구도(求道) 여행지인 인디아 기행을 계
기로 쓰여진 것이며, 시집『상선암 가는 길』,『애인 여래』등과 같은
구도의 여정에서 나온 시집 중에 절정에 이른 시기의 것으로, 그의
불교적 사유의 꽃이 피어 있는 시집이며, 그것은 바로 연화(蓮花)이
다. 이 연화에 대해서 대승경전의 최상경이라 불리는『묘법연화경』

에서의 묘사를 인용해 보자.

> 이 때 일월등명 부처님께서 대승경을 설하시니 이름을 무량의라 했으며, 보살을
> 가르치는 법이요 부처님이 깊이 간직하는 바이었습니다. 이 경전을 설하시고는
> 곧 대중 가운데서 가부좌를 맺고 무량의처삼매에 드시니, 몸과 마음이 움직이지
> 않으셨습니다. 이 때, 하늘은 만다라꽃, 큰 만다라꽃, 만수사꽃, 큰 만수사꽃을 비
> 처럼 내려 부처님과 대중 위에 흩뿌리고, 널리 부처님의 세계는 여섯 가지로 진동
> 하였습니다. (중략) 이 때, 여래께서는 미간의 백호상으로부터 광명을 놓아 동쪽 1
> 만 8천의 부처땅을 비추시니, 두루 미치지 아니한 곳이 없어, 지금에 보는 이 모든
> 부처땅과 같았습니다.
>
> 『묘법연화경』, 구인사역편, 대한불교천태종, pp.28-29)

경전에서는 석가모니 부처가 법을 설하시고 난 뒤에 가부좌를 틀
고 무량의처삼매에 드실 때 하늘에서는 '법비'라 불리우는 만다라화
와 만수사화가 내려왔다고 묘사한다. 그리고 미간의 백호상으로부
터 광명을 놓아 부처땅을 두루 비추었다는 내용이다. 이 풍경은 장
엄하기 그지없으며, 무량의처삼매에 든 부처의 원력으로 종교적 신
비를 이루었다는 뜻이다. 인디아 기행시집인『눈물 모순』속의 시
「인디아 연꽃」은 연꽃에 얽힌 오랜 불교설화를 모티브로 하여 연꽃
으로 상징되는 부처의 자비가 인도인들에게 어떻게 삶으로 뿌리를
내리게 되었는지를 시적으로 형상화하였다.

눈이 부셔 바로 볼 수 없네.
너무나 멀리 있기에

너무나 높이 솟아 있기에
가까이 다가가 만져볼 수도 없네.

다만, 그 커다란 연꽃 송이 위에서
막 태어난 갓난아이 울음소리 들리고,
그 연꽃 송이 위에서
이따금 황금빛 왕관을 쓴
새들이 날아오르네.

다만, 그 커다란 연꽃 송이 위에서
무시로 천둥 번개 치고,
그 연꽃 송이 위에서
이따금 밤하늘의
수많은 별들이 반짝거리네.

하지만 임자는
그 연꽃 송이 위에 앉아
명상 삼매에 빠져있네.
어느 날 운이 좋게도,
그 연꽃잎 한 장이 떨어져서
한참을 나풀나풀 지상으로 내려오는데
그 꽃잎이 땅에 닿자마자
에메랄드 빛 작은 호수 하나가 생기네.
그야말로 눈 깜짝할 사이에

내 눈조차 의심할 일이 생기고 마네.

얼마 후 갈증에 지친 사람들은

제 눈들을 비비며 사방에서 모여들고,

호숫가 한쪽 귀퉁이에서는

목욕재계(沐浴齊戒)하고,

다른 한쪽에서는

엎드려 기도하고 찬양하고,

또 다른 한쪽에서는

신화를 쓰고

신전을 세우느라 분주하네.

-2008. 04. 30. 「인디아 연꽃」, 『눈물 모순』에서

　인간의 삶은 그저 먹고 입고 편안히 잠을 자면서 그날, 그날의 노동만을 하면서 살아가지 않는다. 의·식·주를 얻기 위해 노동을 하고, 노동을 하면서 오는 고단함과 인간의 힘으로는 극복하기 어려운 천재지변이나 인간사에서 자신의 힘으로 어쩌지를 못하는 일이 생길 때 선으로써 극복하게 될 지 또 다른 악덕으로 되갚음을 하게 될 지는 그 누구도 모른다. 인간이 고난 가운데 약하다는 것은 그만큼 악, 즉 어둠의 수렁에 빠지기 쉬운 존재라는 것이다. 이럴 때 선한 신께 의지하여 선으로써 극복하고 승리할 때 인간의 고난은 지나간다. 소박한 고대의 인도인은 부처의 은덕으로 만들어진 작은 호숫가에 모여들어 기도와 찬양을 하고, 신화를 쓰고, 신전을 세워서 신을 기린다. 인간이 만든 신들은 모두 사라졌다. 그러나 '있는 나'이신 분은

영원히 계신다. "믿음은 우리가 바라는 것들의 보증이며 보이지 않는 실체들의 확증"으로써 "믿음으로써, 우리는 세상이 하느님의 말씀으로 마련되었음을, 따라서 보이는 것이 보이지 않는 것에서 나왔음을 깨닫습니다(히브리서, 11장 1-3절)." 화려한 꽃들이 아름답고 칭송을 받는 것은 작고 눈에 띠지 않는 야생화가 있기 때문이다. 야생의 풀 한 포기도 소중한 것은 그 작은 것도 크신 임의 손에 의해 창조되었기에 거기에 있는 것으로도 소중하다. 인간의 이성적 판단에 따라서 그것의 용불용을 이야기한다는 것은 가치판단의 오류에 빠진다.

　시인은 그 풀에 대하여 소박하며 가진 것 없어 때로는 힘 있는 자들의 수탈의 대상이 된 우리 민초(民草)들을 비유하고 있다. 시「잡풀·1」,「잡풀·2」,「잡풀·3」은 봉건사회의 신분제 속에서 피압박 민초들을 잡풀에 비유하여 모순과 부조리로 가득한 세상에서 고통으로 신음하는 하층민의 설움을 노래하였다.

　　들쭉날쭉
　　생김새만 사람이지
　　짐승에 다를 바 없어
　　사방이 캄캄하여
　　뿌리조차 더듬을 수 없는
　　이 모양 이 꼴 좀 보소
　　밤이 되면
　　이슥한 밤이 되면
　　거역할 수 없어
　　몸뚱이 하나로 누워있는

소가 되어 소가 되어

소를 타는 상전나리

숨찬 고개 넘어가다

안방마님

눈치 채는 날이면

주인 없는 이 몸은

어이 될꼬 어이 될꼬

서릿발로 꽂히는 질투

못 견디어

끝내는 裸에 쌓여

강물 속으로 강물 속으로

강물 되어 흐르는

안개꽃 바람의 넋

입을 열지 않고

「잡풀·3」, 『白雲臺에 올라서서』에서

쥐도 새도 모르게 죽임을 당한 어느 억울한 사연을 가진 하인 신분의 여성이 이 시의 시적 화자이다. 죽어서 구천을 떠돌 듯하는 이 여인은 강물 속으로 수장당하면서까지 자신의 억울함을 호소할 길이 없다. 입을 봉해진 채로 수장당하는 이 여인의 비극은 시「잡풀·1」의 "가난이란 죗값으로/아내를 저당 잡히고/자식마저 奴와 婢로" 바친 어느 가난한 소작농의 비극적인 죽음과 동일하다. 상전의 죄를 대신하여 옥살이도 곤장도 강요받다가 결국에는 한 생을 마감하는 피어린 설움이 배어난다. 시인은 잡풀들 속에서 이렇게 주류로부터 버려지고 마땅히 누려야 할 권리를 박탈당한 서민들의 고통을 들었다. 시「잡풀 · 2」에는 달맞이꽃에서 어느 한 늙은 몸종의 슬픔을 "시집가는 아씨 따라/손도 되고 발도 되고/저승문을 여닫는/눈이 되어 귀가 되어/마디마디 속속/이 한 몸 거덜났네"라고 노래하였다. 상전의 딸이 시집 갈 때 몸종으로 따라가 시집살이를 함께 하면서 아씨의 손이 되고 발도 되며 산 세월이 그녀의 손등에 거북이 등껍질처럼 나 있고, 몸은 이제 쓸모가 없이 되고 가슴은 텅 비어 있을 뿐이다. 그저 터져 나오는 것은 한숨의 탄식과 눈물뿐이며, 의지할 곳 없는 신세를 달맞이꽃에 비유하였다. 시「풀잎」에서는 풀잎을 이 땅에 사는 사람들에 비유하여 하나 되어 가는 '우리'로 표현하였다.

머릴 들어 위를 보면 하늘이요
굽어보면 땅이라

하늘은 언제나
당신의 마음 속 빈 주머니마냥
가득 차 있고

땅은 어디서나
숨 쉬는 크고 작은 것들로
텅 비어 있다

이 거짓말 같은 참을
거듭거듭 깨달으며 살아가는

우린 우린 이제
마시지 않고 취하는 법을 꿈꾼다

채워도 채워도 차지 않는
우리들의 가슴 속
저마다의 잔을 기울여 비우고
그득한 하늘을 바라 눕는고

마침내
하나가 되어 흘러가는
우리는.
　「풀잎」, 『바람序說』에서

　들판에 가면 이름 모를 많은 풀들이 나있다. 그 풀들은 하늘을 바라보며 돋아나서 커간다. 그러나 그 풀들은 풀만큼의 키로만 큰다. 키가 작은 풀과 키가 큰 풀, 중간의 것들, 꽃을 피우는 풀들과 꽃을 피우지 않는 풀들이 나있다. 이 풀들은 그저 봄이면 돋아나 산천을 푸르게 하다가 서리를 맞고 스러져 간다. 풀잎에 구르는 이슬도 태양이 떠오르면 사라지고 만다. 특별히 우리들의 관심을 끌지 못하면서도 풀들은 봄이 되면 어김없이 돋아난다. 우리네 사람들도 뭔가로 가득 채워보려고 애를 쓰며 살아가지만 다만 풀잎처럼 사라져 간다. 마음은 공허하고 텅 빈다. 그러니 하늘을 바라보고 누울 수밖에 없는 삶이다. 하늘을 바라본다는 것 자체가 우리들에게 위로가 되기 때문이다. 우리네 삶이 그렇듯 풀잎도 그런 존재이다. 인간의 욕망은 채워도, 채워도 공허할 뿐이므로 하늘을 바라볼 수밖에 없다. 풀들이 하늘을 바라보고 자라듯이 우리 인간도 하늘을 바라볼 때 충만되며 모두 풀처럼 하나가 되어 흐를 수 있다. 바람이 불면 풀들은 모두 약속이나 한 듯 바람 부는 대로 눕는다. 그 중에 어느 풀이 반대로 눕는 일이 없다. 풀잎은 모두 비어 있기에 생명의 근원인 바람이 부는 대로 눕는다. 이것이야말로 생명이 흐르는 이법이다. 우리 눈에 보이지 않지만 만유는 이 이법에 의해 운행되고 있다. 시인의 눈은 그 보이지 않는 세계의 작은 것들이라도 우리에게 열어서 보여준다. 성경의 다니엘서나 요한묵시록 같은 묵시문학은 바로 가려져 있는 것을 열어서 드러내어 보여준다는 의미에서 묵시문학이라 불리우고, 우리 눈이 보이지 않는 세계를 현현하여 주는 것이다.

시인의 작품 속 식물 이미지 중 나무는 꽃과 더불어 주요 기둥을 이루고 있다. 먼저 시 「가시나무」에서 '나'는 갈증의 불길 속으로 던져지는 가시나무로 투사되고 있다.

가시나무, 가시나무,
나는 가시나무.

비 한 방울 들지 않는 사막 가운데
홀로 사는 가시나무.

가시나무, 가시나무,
나는 가시나무.

나귀 한 마리 쉬어갈 수 있는
한 조각 그늘조차 들지 않고,

작은 새들조차 지쳐
깃들기도 어려운 가시나무.

가시나무, 가시나무,
나는 가시나무.

마침내 갈증의 불길 속으로
던져지는 가시나무.

가시나무, 가시나무,
나는 가시나무.
「가시나무」, 『몽산포 밤바다』에서

　가시나무는 물이 부족하여 생물들이 살기 어려운 사막에서 살기
때문에 키도 크게 자라지 않고 덤불처럼 가시를 잔뜩 달고 살아간
다. 잎도 작고 많이 나 있지 않아서 그늘이 되지도 못하고 가지가 튼
튼하지 못하니 새들도 둥지를 틀지 않으며 쉬어갈 곳도 없다. 다만,
물이 부족하여 '갈증의 불길 속으로 던져지는 가시나무'라는 표현에
서와 같이 생명수를 그리는 끝없는 갈증에 시달리고 그 불길에 휩싸
인 나무이다. 재목도 되지 못하고 인간이나 짐승이 쉬거나 깃들 수
도 없는 불모지의 '떨기나무' 같은 쓸모없는 나무이다. 그러니 불길

속으로 던져질 정도밖에 되지 않는다. 나는 그런 존재이다.

이 작품은 시인의 철저한 자기 응시(凝視)이다. 자신이 이런 나무라고, 전체 8연 중 1, 3, 6, 8연에서 네 번이나 반복하여 되풀이하고 있다. 이 시를 읽으면 이 반복되는 4개 연에 의해서 시인과 독자는 울게 된다. 인간은 불속에 던져지는 가시나무가 아니고 키가 크게 자라고 잎이 무성하며 많은 가지들에 바람을 날리며 새들을 깃들게 하고 사람을 쉬어가게 하는 기쁨과 충만의 나무가 되어야 마땅하지 않겠는가? 이 가시나무에는 그런 충만의 기쁨이 없고 갈증의 극단에서 절망과 철저히 유리된 고독 속에 죽어가는 가시나무이기 때문에, 그런 나의 피맺힌 고백과 절규이기에 독자들에게 더 크게 울림이 온다. 그들에게도 자신이 가시나무인지 아닌지를 생각하게 하면서도 어쩌다가 이런 나무가 된 불쌍한 처지의 자신을 연민의 눈으로 바라보며 부정적인 자기를 넘어 긍정적인 자기상을 확립해 나가야 함을 시인은 말하고 있다.

시 「어느 느티나무 앞에서」에는 "너는 평생을 이곳에 붙박여 살았어도/고작 햇살과 바람과 물만으로도/봄 여름 가을 겨울 낮과 밤의/삼백 년 영화를 이미 누렸거늘/그 비결이 무엇인고?"라고, 삼백년 넘는 느티나무에게 그 비결을 묻는다. 불필요한 욕심을 부리지 않고 두터운 땅과 깊은 하늘의 축복을 받아 그저 햇살과 물과 바람으로도 삼백년을 건재한 느티나무에게 시인은 경의를 표한다. 그리고 시 「단풍나무 아래서」는 "오늘은 내가 여기 앉아 쉬지만/내일은 다른 이가 앉아 쉬리라."라고 짧은 경구 같은 시 속에서 사람에게 그늘을 주는 넉넉한 단풍나무에게 시인은 매료되다가 다른 시 「어느 단풍나무 한 그루」에서는 단풍 든 나무를 분신(焚身)하여 자기를 던지는 사람으로 바라본다.

> 나도 어쩔 수 없네./이 몸조차 주체할 수 없어/그냥 내버려두었네./세
> 상 천하 가운데에서/저 홀로 다 타버리도록/그냥 내버려두었네.//시
> 방 분신(焚身)하는 단풍나무 한 그루.
> ♪「어느 단풍나무 한 그루」, 『몽산포 밤바다』에서

　시인은 이 시에다 부쳐놓은 자신의 소감을 "세상 사람들이 알고 있
는 문학적 진실과 실재하는 그것이 너무나 다름을 절감할 수 있었
고, 허상 같은 내 삶이 미워지기까지 했다"라고 술회하고 있다. 그 이
유는 1998년 2월부터 격월간 동방문학을 창간하여 만 8년을 펴내오
면서 경험한 심산이었다. 지친 나머지 돌연 폐간 선언을 하고 여러
나라를 여행하면서 심신의 피로를 씻었다. 그 과정에서 성경과 꾸란,
불경 등을 읽으며 종교적인 에세이집을 간행했고, 인디아 기행시집
인 『눈물 모순』과 연꽃 앤솔러지 『연꽃과 연꽃 사이』를 펴냈다. 현실
의 모순과 부조리에서 오는 공허감과 피로를, 종교적 경전 탐독과
순례의 여행을 떠나면서 그는 자신을 괴롭히는 것들과 싸웠다. 그런
몸부림 중에 중국의 어느 자연공원에서 본 단풍나무 한 그루에 시선
이 사로잡히는데 나름대로 문학을 위해서 살아온 그의 삶이었기에
분신하는 한 그루 단풍나무를 보며 위로를 얻었다고 한다. 생즉필사
사즉필생! 이럴 때 이 말이 적확하리라. 자기부정과 자기희생 없이는
이 고뇌로부터 자유로울 수 없다. 시 「대숲에서」는 바로 고뇌 중의
시인에게 자연은 말없이 고뇌를 넘는 비법을 가르쳐 준다.

나는 보았네.
나는 보았네.

돌연, 바람이 불어와
키 큰 대나무들이 휘어
저 달을 가려도
나는 보았네.
나는 보았네.

커다란 대나무가 부러질 듯 휘어도
깊은 대숲은 고요하기 이를 데 없음을.

네 푸르름 싱그러움 앞에서
네 고요 네 적막 속에서

나는 한낱 깃털처럼 가벼이
들어 올려지는 것을.

「대숲에서」, 『몽산포 밤바다』에서

    대나무는 곧게 자라지만 속이 비어있다. 속이 비어있기 때문에 바람이 불어와도 대나무는 부러지지 않는다. 바람이 부는 대로 흔들릴 뿐이다. 그 고요와 적막 속에서 대나무는 한층 더 가벼워져서 부러지기는커녕 오히려 더 탄력을 지닌다. 이 광경을 시인은 "나는 보았네"라고 2개 연 4행에 걸쳐 반복하고 있다. 시인은 드문 광경을 바라보았다. 그래서 "나는 보았네"라고 반복한다. 그리고 그 광경만 본 것이 아니라 대나무가 부러질 듯 바람에 휘어도 고요하고 적막하기만 한 그 푸르름에, 그 싱그러움에 시인의 마음도 몸도 깃털처럼 가벼이 들어 올려지는 것을 느낀다. 깃털처럼 가벼워 질 때 들어 올려질 수 있고 무거운 어둠들을 털어버리고 고뇌로부터 해방될 수 있다. 대나무는 자신의 몸을 비웠기 때문에 바람을 따라서 흔들릴 수 있고 꺾이지 않는다. 이것은 자연의 이법이다. 그 이법 속에서 시인은 비워진 자신을 느끼고 대무나무와 하나가 된다. 그런가 하면 시 「서 있는 나무」에서 시인은 그를 둘러싼 세상의 어떤 조롱과 멸시, 억압과 시련, 생명을 앗아가는 고통이 따를지라도 서 있는 나무는 죽어서도 서 있어야 한다고 말한다.

서 있는 나무는 서 있어야 한다. 앉고 싶을 때 눕고 싶을 때 앉지도 눕지도 못하는 서 있는 나무는 내내 서 있어야 한다. 늪 속에 질퍽한 어둠 덕지덕지 달라붙어 지을 수 없는 만신창이가 될 지라도 눈을 가리고 귀를 막고 입을 봉할지라도, 젖은 살 속으로 매서운 바람 스며들어 마디마디 뼈가 시려 올지라도 서 있는 나무는 시종 서 있어야 한다. 모두가 깔깔 거리며 몰려 다닐지라도, 모두가 오며가며 얼굴에 침을 뱉을지라도 서 있는 나무는 그렇게 서 있어야 한다. 도끼자루에 톱날에 이 몸 비록 쓰러지고 무너질지라도 서 있는 나무는 죽어서도 서 있어야 한다. 그렇다 해서 세상일이 뒤바뀌는 건 아니지만 그렇다고 해서 세상일이 뒤바뀌는 건 아니지만 서 있는 나무는 홀로 서 있어야 한다. 서 있는 나무는 죽어서도 서 있어야 한다.

「서 있는 나무」, 『안암동 日記』에서

나무는 하늘을 향해 직립(直立)한다. 이것이 나무가 지닌 생태의 본질이다. 이 시는 "서 있는 나무는 서 있어야 한다"라는 시구절의 반복을 통하여 어떤 고난 속에서도 쓰러지지 않는 굳건한 자세로 살아가야겠다는 시인의 모습이 투영되어 있다. 우리 사회의 시인은 이런 자세로 그를 둘러싼 상징계와 길항하여야 할 것이다. 그 속에서 시인은 조롱, 멸시, 억압을 받을지언정 서 있는 나무가 서 있듯이 사회적 정의와 인간과 우주만물의 존엄함, 그 안에 깃들어 있는 영원한 생명, 보편적 진리를 외쳐야 한다. 서 있는 나무가 서있어야 하듯이, 시인이 바로 그 자리에 서 있을 때 그의 시가 더욱 빛날 것이며, 세상은 바뀌어 갈 것이다.

27

주체의 소멸과 목인(牧人)을 기다리며

주체성이란 인식이나 행위의 주체였던 그것들의 책임을 지는 태도가 있는 것을 말한다. 주체는 중국에 있어 천자의 체(體) 내지는 천자를 의미하고 있었으나, 명치시대 이후 'subject'의 역어로서 쓰이게 되었다. 니시다 기타로(西田幾多郎)는 이것을 'subjectum'에 위치시켜 피히테의 실천적 자아의 의미로 하였다. '주관'이 지식적인 자아를 의미하는데 대해 주체는 가장 구체적이며 또는 객관적인 실재로서 인식이나 행위의 담당자로서 간주되었다.

본래 'subjectum'은 아리스토텔레스의 기체[基體:hypokeimenon]의 역어로서 'substantia'와 동일계열의 언어이고, 질료, 형상, 양자의 종합체, 속성의 담당자, 판단의 논리적 주어 등을 의미하고, 중세에는 인식 밖에 실재하는 것에 관한 것이었다. 그것에 대한 것이 '지성에 투영된 것', 표상으로서의 'objectum'이었다. 이 관계는 칸트의 코페르니쿠스적 전회에 이르는 근대에 있어 역전한다. 라이프니츠는 'subjectum'을 '혼 그 자체'의 의미로 사용하였다. 'subjectum'은 인식활동을 담당하는 '주관'이 되고 'objectum'은 거기에 대한 대상, '객관'이 된다. 그리고 'subjectum'이 실천적인 활동의 담당자이기도 할 때, '주체'의 개념이 성립하는 것이다.

인간이 주체성을 확립하는 배경에는 데카르트와 같이 무엇에도 의존하지 않는 독립적 존재일 것이라는 비판적 정신이 있었다. 그것은 근대 휴머니즘을 낳고, 사상적 문화적 사회적 정치적 변혁의 원점이 되었으나, 정신과 물체, 마음과 신체를 대립시키는 이원론을 낳고 사물만이 아니라 마음의 실체성도 부정하는 영국 경험론에 대해 첨예화한다. 칸트도 그 마음의 실체화는 배척하면서도 주체성은 확보했으나 사물 자체는 한계개념으로 할 때에 의해서였다. 독일 관념론은 이 이원론의 극복을 절대자, 무한자의 사상에서 구하여 인간을 초월한 곳에 통일을 두었다. 헤겔은 진실된 것을 실체로 하는 것이 아니라 주체로서 간주할 것을 제언하였으나, 그것은 주체성을 절대자에게 귀의하게 하는 의미였다. 근대적 자아를 보존 하면서 고대 중세의 몰의식적 실체와의 통일을 꾀하였다. 그것은 근대의 실체 상실 상황에 대해서는 살아있는 인륜적 공동체를 창출하고, 판단의 논리적 주어에 대해서는 그것을 술어와의 상관관계에 있어 다루어 주관 객관의 대립에 관해서는 사물 자체를 주관과의 상관에 초래한 것이었다. 이렇게 하여 인간 주체를 포섭하면서 역사적으로 전개하는 절대자의 사상이 성립하는 것이다.

그러나 헤겔 이후 주체성을 인간 측으로 되돌리려고 하는 운동이 현저했다. 무엇에도 의존하지 않는 유일자를 설한 슈티르너의 에고이즘이 나타나 신의 본질을 인간의 본질로 하는 포이에르바하는 소외된 인간 본질의 회복을 가리키고, 마르크스는 포이에르바하의 감성적인 직관을 실천적 주체적 활동으로 다루어 근대세계에 있어 인간 소외로부터 해방을 추구하였다. 또 키에르케고르는 진리는 주체 속에만 있는 것으로 진실한 크리스트교 신자의 길을 추구하여 그를 조상으로 하는 실존주의는 실증과학과 합리주의의 융성에 대해 '실존'의 입장에서 주체성의 회복을 꾀하였다. 살아있는 창조적 생의 이해를 가리키는 생의 철학, 또 의식의 명증적 경험에 돌아가려고 하는 현상학도 주체성으로의 강한 지향을 나타내는 것에 다름 아니다. 그러나 주체성의 회복은 용이하지 않다. 하이데거가 말하는 근대인의 봉기란 프랜시스 베이컨이나 데카르트가 표명한 것처럼 인간이 신을 대신하여 자연의 지배자, 주인 역할을 하는 것이었지만, 그것은 빛나는 성공과 발전을 가져오는 반면, 자연의 황폐를 불러일으켜 인간의 생존환경 바로 그 자체를 위기에 몰아넣었다. 게다가, 가치관이나 의미의 기준을 애매하게 하고 인간의 진로를 불분명하게 했다. 니체가 말하는 니힐리즘의 상황을 '신의 죽음'을 추도하는 '불행한 의식'으로써 다루고 있으나 그 소생이 불가능하다고 판단될 때 구래의 인간을 극복한 '초인'의 탄생이 추구되었다. 그러나 고도의 과학 기술을 구사하는 현대의 지배 권력은 자연만이 아니라 인간도 조작적 지성의 대상으로 하여, 인간의 유대를 끊어 개개의 사람을 고립시키고 아톰화하고, 더 나아가 그 내면적 통일, 인격동일성(개체성)을 파괴하기에 이르고 있다. 호르크 하이머에 의하면, 그것은 인간의 자립성과 독립성을 강조한 계몽주의와 합리주의의 역설적인 귀결이고 '지배 원리의 변증법적 반전'에 다름 아니다.

근대인의 내적 분열을 헤겔은 '찢겨진 의식'으로 표현했으나 주체는 반드시 '코기토 에르고 숨[cogito ergo sum]'과 같이 투명한 의식의 존재감으로 안주할 수 없고 분열을 내재하고 동일성의 위기에 노출되어 있다. 이것을 사르트르는 '즉자'와 '대자'의 분열로, 정신분석학의 프로이트는 의식에 떠오르지 않는 무의식으로, 구조주의자 라캉은 자기중심으로 타자를 보는 것에 의해 고찰하고 있다. 이러한 상황은 인간은 무엇인가, 인간성의 부활과 유지 보호는 가능한가라는 물음 으로 대두되어 근대 주체주의의 반성이 다가온다. 하이데거는 인간 을 존재의 주인이 아니라 그 목인(牧人)으로서 유럽의 '주체성의 형이 상학'에 경종을 울리고, 생태학은 인간을 다시 생명계로서의 능산적 (能産的) 자연=퓨시스의 안에 되돌려 놓으려 하고 있다. 또 유럽 내부 에서 탈유럽의 자세를 낳고, 다른 문화에의 관심과 다원적 사고태도 를 지속적으로 육성시키고 있다.

하이데거는 인간 즉 현존재는 자신의 존재의 극한인 죽음의 가능 성을 예측함에 따라 비로소 자신의 일상성의 내면으로 되돌아간다 고 설하고 시간의 근원현상을 장래로 한다. '나는 존재한다[sum]'의 의미는 나에게로의, 나 이외의 사람에게로의, 사람 이외의 사물로의 '마음씀[sorge]'이다. 그러므로 하이데거에게 인간은 존재의 주인이 아 니라 그것을 기르는 자 목자(牧者=목인)이다. 서양철학이 인간 주체를 무엇으로 보느냐에 초점을 두었듯이 '나'는 누구인가의 물음은 현대 인문학의 최대 화두라고 해도 과언이 아닐 것이다. '나'는 구성된, 만 들어진 나이다.

한일국교정상화 50주년 기념 한일시인교류회 -소통과 상생, 매개 체로서의 시- 세미나에서 일본 측 시인으로 온 기타가와 도오루(北川 透) 시인의 문예 평문「시에서의 '나'와 '타자'에 관한 여섯 개의 메모」 를 한국어로 번역하면서 그의 생각에 많은 공감을 하였다. 그 중에 말(랑그=언어 규범)을 사용하여 사물을 생각 하는 '나'는 "언어 활동(랑가

쥬)에 의해 나는 '나'를 자각하지만 언어(랑그)는 내가 태어나기 전부터 '타자'로서 존재하였고, 내가 태어나자마자 세계와의 위화와 동화를 표현하는 신체(파롤=발화)가 되어, '나'를 창조한다."고 하였다. 그런 '나'는 비슷한 나는 얼마든지 있으나 동일한 나는 '나' 외에는 아무도 없다. 이런 나는 창조될 때에 나와 '나'로 만들어진다. '나'는 어디까지나 상징질서 속의 주형된 '나'라면 나는 단수이며 '나'는 복수의 '나'이다. 그래서 말에 의해서 태어난 '나'는 같은 말에 의해 태어난 불특정 다수의 '당신'을 향해 시를 쓰고 있다. 우리가 무엇을 쓴다는 것은 잠재적인 독자를 대상으로 한다. 그 독자는 '당신'이다.

1926년 간행된 만해 한용운의 『님의 沈黙』에는 서문 격인 '군말'에서 시를 쓰게 된 이유를 "해 저문 벌판에서 돌아가는 길을 잃고 헤매는 어린 양(羊)이 기루어서 이 시를 쓴다"라고 밝히고 있다. 그러면서 그는 같은 군말에서 "'님'만 님이 아니라 기룬 것은 다 님이다. 중생이 석가의 님이라면 철학은 칸트의 님이다. 장미화의 님이 봄비라면 맛치니의 님은 이태리다. 님은 내가 사랑할 뿐 아니라 나를 사랑하느니라"라고 임의 정체성에 관하여 말하면서 만해에게 임은 "해 저문 벌판에서 돌아가는 길을 잃고 헤매는 어린 양"이라고 하여 광범위한 대상이 된다. '길을 잃고 헤매는 어린 양'에 관하여 신약성서 루카복음서 제15장 4-7절의 말씀을 보자.

"너희 가운데 어떤 사람이 양 백 마리를 가지고 있었는데 그 가운데에서 한 마리를 잃으면, 아흔 아홉 마리를 광야에 놓아둔 채 잃은 양을 찾을 때까지 뒤쫓아 가지 않느냐? 그러다가 양을 찾으면 기뻐하며 어깨에 메고 집으로 가서 친구들과 이웃들을 불러, '나와 함께 기뻐해

주십시오. 잃었던 내 양을 찾았습니다.'하고 말한다. 내가 너희에게
말한다. 이와 같이 하늘에서는, 회개할 필요가 없는 의인 아흔아홉보
다 회개하는 죄인 한 사람 때문에 더 기뻐할 것이다."

이 글은 세리들과 죄인들이 예수의 말씀을 들으려고 가까이 모여
오는 것에 대해 바리사이들과 율법학자들은 그런 예수를 못마땅해
하고 비난하였다. 거기에 대한 예수의 답변으로 이어지는 루카복음
서 제15장의 되찾은 은전의 비유(8-10), 되찾은 아들의 비유(11-32)도
같은 의미의 비유이다. 여기에서 '잃은 양'은 '회개하는 죄인 한 사람'
이다. 회개[metanoia]는 신약성서에서 '회심' 또는 '되돌아감'을 나타내
는 그리스어이며, 라틴어로는 콘베르시오[conversio]이다. 이는 전철
[前綴meta-]과 원래는 '사고'를 표현하는 후철[後綴noia]에서 이루어진 복
합명사이다. 그리스어 일반 용례로서는 전철을 시간적인 의미의 '후
에서'로 풀이하여 '프로노이아[pronoia]'의 반의어이며 '현자는 뒤에서
생각하지 않고 미리 생각해야 한다'(포르퓌리오스)는 용례가 있다.
    그러나 신약성서의 경우, 전철은 인간이 자기의 존재 전체의 자세
를 역방향으로 전환하는 의미(회심)을 강조하여 예수의 하늘나라의
선포 혹은 원시교회의 말에 직면한 개개의 사람이 그 때 그 장소에
서 요구되는 결단을 의미하는 것으로 되어 있다. 이 의미는 회개가
그만큼 어렵고 그 사람의 삶의 자세나 태도를 하늘나라 중심으로 바
꾼다는 뜻이다. 그러니 선한 사람 아흔 아홉보다 회개하는 죄인 하
나를 하늘나라에서는 더 기뻐한다고 예수는 말하였다. 이 비유를 통
하여, 예수는 당시 이스라엘 사회의 지도계급인 바리사이들과 율법
학자들을 비판하고 있기도 하다. 그들은 종교를 가지고 자신들의 권

력만 탐욕스럽게 부풀리는 회개하지 않는 죄인이며, 자기네 백성들을 의롭게 돌보지 않기 때문이다. 그들은 612개의 율법사항에 저촉되는 모든 양 무리를 철저하게 죄인으로 규정하여 잘라내고, 그것으로 자신들이 심판자 노릇을 하면서 권력을 휘두르고 다닌 사람들이었다. 그런 그들은 예수의 눈에는 삯꾼이나 도둑, 강도로 보일 수밖에 없는 것이다. 신약성서 루카복음서에 나타난 '잃은 양'의 비유는 신약성서 요한복음서 제10장에서 예수 자신을 착한 목자에 비유하면서, 착한 목자와 양 떼의 관계를 '착한 목자/도둑, 강도, 삯꾼'을 대조적으로 비유하여 설명하고 있다.

> "내가 진실로 진실로 너희에게 말한다. 양 우리에 들어갈 때에 문으로 들어가지 않고 다른 데로 넘어 들어가는 자는 도둑이며 강도다. 그러나 문으로 들어가는 이는 양들의 목자다. 문지기는 목자에게 문을 열어주고, 양들은 그의 목소리를 알아듣는다. 그리고 목자는 자기 양들의 이름을 하나하나 불러 밖으로 데리고 나간다. 이렇게 자기 양들을 모두 밖으로 이끌어 낸 다음, 그는 앞장서 가고 양들은 그를 따른다. 양들이 그의 목소리를 알기 때문이다. (10:1-5)

목자와 양떼들의 음성을 매개로 그 관계를 비유하는 이 말씀은, 목자는 양들의 음성을 알고 있고, 양들은 목자의 음성을 알고 있다. 서로에 대해서 충분히 알고 있기 때문에 목자가 양들의 이름을 하나하나 부르면 양들은 목자를 따라 바깥으로 나와서 목자는 앞서 가고 양들은 그를 따른다. 이것은 서로를 알고 신뢰하기 때문에 가능한 것이다. 이 목자와 양들의 관계는 앎이 전제되어 서로의 신뢰를 바탕으로 이끎과 따름의 관계가 형성되고 있다고 하겠다. 그러므로 착한 목자는 이 신뢰를 바탕으로 하며 삯꾼과 다른 이유는 양들을 위해 자신의 목숨을 바친다는 데까지 구체화 되고 있다.

> 나는 착한 목자다. 착한 목자는 양들을 위하여 자기 목숨을 내놓는다. 삯꾼은 목자가 아니고 양도 자기 것이 아니기 때문에, 이리가 오는 것을 보면 양들을 버리고 달아난다. 그러면 이리는 양들을 물어 가고 양 떼를 흩어 버린다. 그는 삯꾼이어서 양들에게 관심이 없기 때문이다. 나는 착한 목자다. 나는 내 양들을 알고 내 양들은 나를 안다. 이는 아버지께서 나를 아시고 내가 아버지를 아는 것과 같다. 나는 양들을 위하여 목숨을 내놓는다. 그러나 나에게는 이 우리 안에 들지 않은 양들도 있다. 나는 그들도 데려와야 한다. 그들도 내 목소리를 알아듣고 마침내 한 목자 아래 한 양 떼가 될 것이다. 아버지께서는 내가 목숨을 내놓기 때문에 나를 사랑하신다. 그렇게 하여 나는 목숨을 다시 얻는다. 아무도 나에게서 목숨을 빼앗지 못한다. 내가 스스로 그것을 내놓는 것이다. 나는 목숨을 내놓을 권한도 있고 그것을 다시 얻을 권한도 있다. 이것이 내가 내 아버지에게서 받은 명령이다. (10:11-18)

목숨을 내놓을 권한도 그것을 다시 얻을 권한도 예수는 가진다고 하였다. 여기서 이 권한은 아버지로부터 상속된 권한이다. 아버지는 성부를 상징하고 아버지가 나에게 맡긴 양떼를 위해 목숨마저 내놓기에 아버지는 나를 사랑하신다고 한다. 이 복음에서는 '아버지와 나/나와 양떼/아버지-나-양떼'의 관계가 이루어지며, 거기에는 서로 신뢰의 관계로써 맺어진다. 그리고 '나'의 아버지의 명령에 대한 철저한 희생과 복종이 뒤따른다. 삯꾼은 삯에 관심을 두고 있을 뿐 양들의 안위에는 관심이 없다. 그러니 양들에게 관심이 없는 것이다.

착한 목자는 '나는 내 양들을 알고, 내 양들은 나를 안다'라고 하듯
이 서로가 앎을 바탕으로 한 신뢰관계이다. 이는 아버지와 나의 앎
의 관계와 동일하다. 양들은 아버지가 나에게 맡긴 이들이므로 신뢰
와 섬김, 전소유의 관계가 형성되어 있다. 삯꾼에게 양들은 자기의
것이 아니기 때문에 이리가 와도 자신의 목숨까지 내놓아서 지킬 이
유가 없는 것이다. 그러나 나는 아버지를 알고 아버지가 나를 사랑
한다는 것을 믿기 때문에 아버지가 맡긴 양들을 위해 스스로 목숨을
내놓고 그것을 다시 얻을 권한도 가진다는 의미이다. 목자와 양들에
관한 신약성서의 비유는 구약성서 에제키엘 예언서의 말씀에서 그
연원을 찾을 수 있다.

> 주님의 말씀이 나에게 내렸다. "사람의 아들아, 이스라엘의 목자들을 거슬러 예
> 언하여라. 예언하여라. 그 목자들에게 말하여라. '주 하느님이 이렇게 말한다. 불
> 행하여라, 자기들만 먹는 이스라엘의 목자들! 양 떼를 먹이는 것이 목자가 아니
> 냐? 그런데 너희는 젖을 짜 먹고 양털로 옷을 해 입으며 살진 놈을 잡아먹으면서,
> 양 떼는 먹이지 않는다. 너희는 약한 양들에게 원기를 북돋아 주지 않고 아픈 양
> 을 고쳐 주지 않았으며, 부러진 양을 싸매 주지 않고 흩어진 양을 도로 데려오지
> 도, 잃어버린 양을 찾아오지도 않았다. 오히려 그들을 폭력과 강압으로 다스렸다.
> 그들은 목자가 없어서 흩어져야 했다. 흩어진 채 온갖 들짐승의 먹이가 되었다.
> 산마다, 높은 언덕마다 내 양떼가 길을 잃고 헤매었다. 내 양 떼가 온 세상에 흩어
> 졌는데, 찾아보는 자도 없고 찾아오는 자도 없다.

에제키엘 예언서는 기원전 593년에서 571년 예루살렘 붕괴 이후
제2차 유배가 단행되고 난 다음까지의 기간에 예언자 에제키엘에

의해 쓰여졌다고 한다. 이 예언서의 전반부(제1장~제32장)는 유다와 예루살렘의 파괴에 대한 신탁과 이민족들에 대한 신탁이 쓰여졌다. 그리고 후반부(제33장~제48장)는 쇄신에 대한 신탁과 새로운 백성에 대한 신탁이 기술되어 있다. 에제키엘은 차독 가문의 사제였기 때문에 망국과 바빌로니아 유배의 원인을 목자들에게서 찾고 있다. 그가 환시 속에서 보았던 것은 사랑하는 아내의 죽음이었고, 그 사랑하는 아내의 죽음이라는 환시를 통하여 '가장 사랑하는 존재의 죽음' 즉 예루살렘의 멸망을 예언하게 된 것이 에제키엘 예언서의 배경이다.

만해에게 '가장 사랑하는 존재의 죽음'은 곧 임과의 이별이다. 임은 부재하는 임이며, 부재하는 임은 나에게는 죽어서 없는 것과 같은 슬픔을 안겨준다. 임이 조국이라면 조국을 잃은 백성은 흩어지고 남의 나라에 강제 징용이나 징집되었다. 양떼들을 돌봐야 했던 조선 말기의 정치 지도자들은 에제키엘이 말하듯이 제 양을 잡아먹고 방치한 결과 제 양 무리도 지키지 못하고 양 우리와 목초지까지 빼앗기게 된 비극의 역사가 일제강점기이다. 이 비극의 역사는 이스라엘의 바빌로니아 유배 전 이스라엘의 불의한 지도자들의 모습과 일치함을 알 수 있다. 그런 불의한 목자들에 대하여 여호와 하느님의 경고는 계속 된다.

그러므로 목자들아, 주님의 말을 들어라. 내 생명을 걸고 말한다. 주 하느님의 말이다. 나의 양 떼는 목자가 없어서 약탈당하고, 나의 양 떼는 온갖 들짐승의 먹이가 되었는데, 나의 목자들은 내 양떼를 찾아보지도 않았다. 목자들은 내 양떼를 먹이지 않고 자기들만 먹은 것이다. 그러니 목자들아, 주님의 말을 들어라. 주 하느님이 이렇게 말한다. 나 이제 그 목자들을 대적하겠다. 그들에게 내 양 떼를 내

놓으라 요구하고, 더 이상 내 양 떼를 먹이지 못하게 하리니, 다시는 그 목자들이 양 떼를 자기들의 먹이로 삼지 못할 것이다. 나는 내 양 떼를 그들의 입에서 구해 내어, 다시는 그들의 먹이가 되지 않게 하겠다.

바빌로니아 유배 시에 망국의 원인을 되돌아보며, 망국 전 유대의 권력 주체는 자기 양 떼를 제대로 돌보지 않았다. 그러므로 불의한 목자들에게 '내 양 떼를 그들의 입에서 구해 내어, 다시는 그들의 먹이가 되지 않게 하겠다.'라고 경고한다. 이에 대해 좋은 목자는 목숨을 바쳐 양떼들을 돌보는 자이다.

'주 하느님이 이렇게 말한다. 나 이제 내 양 떼를 찾아서 보살펴 주겠다. 자기 가축이 흩어진 양 떼 가운데에 있을 때, 목자가 그 가축을 보살피듯, 나도 내 양 떼를 보살피겠다. 캄캄한 구름의 날에, 흩어진 그 모든 곳에서 내 양 떼를 구해 내겠다. 그들을 민족들에게서 데려 내오고 여러 나라에서 모아다가, 그들의 땅으로 데려가겠다. 그런 다음 이스라엘의 산과 시냇가에서, 그리고 그 땅의 모든 거주지에서 그들을 먹이겠다. 좋은 풀밭에서 그들을 먹이고, 이스라엘의 높은 산들에 그들의 목장을 만들어 주겠다. 그들은 그곳 좋은 목장에서 누워 쉬고, 이스라엘 산악 지방의 기름진 풀밭에서 뜯어 먹을 것이다. 내가 몸소 내 양 떼를 먹이고, 내가 몸소 그들을 누워 쉬게 하겠다. 주 하느님의 말이다. 잃어버린 양은 찾아내고 흩어진 양은 도로 데려오며, 부러진 양은 싸매 주고 아픈 것은 원기를 북돋아 주겠다. 그러나 기름지고 힘센 양은 없애 버리겠다. 나는 이렇게 공정으로 양 떼를 먹이겠다.

나라를 빼앗겨 유배로 흩어진 양떼들을 다시 불러 모우고, 푸르고 기름진 풀밭에 쉬게 하여 풀을 뜯어 먹게 하겠고, 그 과정에서 상처 입은 양들을 고쳐주며 원기를 북돋워 주겠다고 약속한다. 그러면서 기름지고 힘센 양은 없애 버리며 공정으로 양떼를 기르겠다고 한다. 공정한 목자는 심판자로서 역할을 하며 양과 양 사이의 시비를 가린다.

> '너희 나의 양 떼야, 주 하느님이 이렇게 말한다. 나 이제 양과 양 사이, 숫양과 숫염소 사이의 시비를 가리겠다. 너희는 좋은 풀밭에서 뜯어 먹는 것만으로는 부족하여, 나머지 풀밭을 발로 짓밟는 것이냐? 맑은 물을 마시는 것만으로는 부족하여, 나머지 물을 발로 더럽히는 것이냐? 그래서 내 양 떼가 너희 발로 짓밟는 것을 뜯어 먹고, 너희 발로 더럽힌 것을 마셔야 하느냐?
>
> 그러므로 주 하느님이 그들에게 말한다. 나 이제 살진 양과 여윈 양 사이의 시비를 가리겠다. 너희가 약한 양들을 모조리 옆구리와 어깨로 밀어내고 뿔로 밀쳐 내어 밖으로 흩어 버렸으니, 내가 내 양 떼를 구하여 그것들이 더 이상 약탈당하지 않게 하겠다. 내가 양과 양 사이의 시비를 가리겠다. (34:1-22)

정의와 공평은 좋은 목자의 양을 돌보고 기르는 역할과 함께 중요한 역할이다. 양들 간의 시비는 양들 간의 힘의 균형이 편향되었을 때 일어나는 일이며, 권력을 가진 집단은 '기름지고 힘센 양'이며, 그들로 인해 억압과 소외를 당하는 '여윈 양'을 구하겠다고 하였다. 억압과 소외를 강요하는 사회나 권력집단은 '약한 양들을 모조리 옆구리와 어깨로 밀어내고 뿔로 밀쳐 내어 밖으로 흩어버린' 자들이다. 만해의 임은 이러한 약한 임이다. 성부와 성자의 임은 바로 이런 임이며 성부는 그들을 구원하려고 성자의 육화강생을 섭리하였다. 이런 임들이 편안히 살아가게 하는 것이 바로 하느님 나라이다. 현실 세계는 이렇게 하느님 나라가 도래하지 못했기 때문에 성자는 육화 강생을 하여 하느님 나라를 부르짖었다. 하느님 나라에의 초대는 모든 이들이 공존공생하며, 서로 좋은 목자가 되어 양을 먹이는 마음으로 서로 섬기는 나라이다. 서로 존중하며 사랑하는 나라이다. 그런 나라는 아직 오지 않았다. 아직 오지 않았기 때문에, 인간의 세속적 욕망이 무한대를 달릴수록 그런 나라는 멀리 있고, 이 말씀들은 지속적으로 사모의 대상이 될 것이다.

이시환 시인의 시에는 이런 세상에 대한 비판과 함께 이런 세상을 위해 스스로 위로하고 상처를 싸매려고 한다. 그는 시인으로서 그런 역할을 자처하고 있다. 시 「강물」에서 시작 되는 그의 상생과 위로, 돌봄의 시학은 이렇게 시작된다.

> 이제야 겨우 보일 것만 같다. 눈을 뜨고도 보지 못한 나의 눈이 정말로 뜨이는 것일까. 그리하여 볼 것을 바로 보고 안개숲 속으로 흘러들어간, 움푹움푹 패인 우리 주름살의 깊이를 짚어낼 수 있을까. 달아오르는 나의 밑바닥이 보이고 굳게 입을 다문 사람 사람들의 가슴에서 가슴으로 흐르는 강물의 꼬리가 보이고, 을지로에서 인현동과 충무로를 잇는 골목골목마다 넘실대는 저 뜨거운 몸짓들이 보일까. -(중략)- 그런 우리들만의 출렁거리는 하루하루 그 모서리가 감당할 수 없는 무거운 칼날에 이리저리 잘려나갈 때 안으로 말아올리는 한마디 간절한 기도가 보일까. 언젠가 굼실굼실 다시 일어나 아우성이 되는 그 날의 새벽놀이 겨우내 얼어붙었던 가슴마다 봇물이 될까. 그저 맨몸으로 굽이쳐 흐르는 우리들만의 눈물 없는 뿌리가 보일까.

시인은 견자(見者)이다. 여느 사람의 눈에 보이지 않는 것도 시인의 눈에는 보인다. 이 견성(見性)은 시인의 의식 깊은 곳에 견성으로 인도되는 성질이 마음에 내재해 있기 때문에 보이는 것이다. 이에 관한 신약성서의 말씀은 요한복음 제9장 1절부터 41절까지의 내용에서 알 수 있다. 태생 소경인 자를 고친 예수는 바리사이들로부터 안식일에 그와 같은 일을 했다고 죄인으로 취급받으며 하느님에게서 온 자가 아니라고 공격을 당한다. 그러나 태생 소경으로 하느님의 일에 파견 받은 청년은 회당에서 기적의 치유에 관하여 증언하면서 예수가 하느님에게서 온 이라고 하였고, 바리사이들로부터 단죄 받으며 쫓겨난다. 그것을 듣고 예수는 그를 만나 사람의 아들을 믿느냐고 묻고, "너는 이미 그를 보았다. 너와 말하는 사람이 바로 그다." 라고 말한다. 태생 소경이었던 청년은 하느님의 아들을 보게 되었고, 예수는 자신이 이 불의한 세상을 심판하러 왔으며, 그 때는 "보지 못하는 이들은 보고, 보는 이들은 눈 먼 자가 되게 하려는 것이다." 라고 말한다. 그 때 함께 있던 바리사이들은 "우리가 눈 먼 자라는 말은 아니겠지요?"라고 묻자, "너희가 눈 먼 사람이었으면 오히려 죄가 없었을 것이다. 그러나 지금 너희가 '우리는 잘 본다'하고 있으니, 너희 죄는 그대로 남아 있다."라고 말한다. 태생 소경이었던 청년은 예수를 알아보게 되었고, 바리사이들은 잘 보는 자임에도 불구하고 예수를 알아보지 못했다는 이 말씀에서 알 수 있는 것은, '알고 바로 보지 못하는 것'과 '보면서도 바로 보지 못하는 것'에 대한 경고이다. 바리사이들이나 율법학자와 같은 지도자들은 그들 양들의 음성을 알지 못하고 그들이 자신들이 돌봐야할 양떼임을 알지 못한다. 그러기 때문에 612개 조항을 들어 심판자 노릇이나 그 위에서 군림만 한다. 이런 지도층에게 양떼는 양떼로 보이지 않고 자신의 호구로 보이는 법이다. 이어 요한복음 제10장에 목자의 비유가 나오는 것은 양들의 음성을 알아듣지 못하는 것은 그 불의한 지도층들이 양들을 전혀 모르고 있으니 바로 눈이 먼 자들이라는 뜻이다. 권력에 눈이 먼 자들은 그들의 양떼가 보이지 않는 법이다. 이들에게 예수는 단지 마귀 들려 미친 자로밖에 보이지 않았기 때문에 예수를 배척하였던 것이다. 즉 그 기적의 은총을 받은 청년과 그것을 지켜본 주위 사람들은 모두 예수를 알아보는 눈이 열렸으나 이 바리사이들과 율법학자들만이 더 눈이 멀게 되어 예수를 마귀 취급했다는 뜻이다.

시인은 시를 창작한 초기에 '이제야 겨우 보일 것만 같다. 눈을 뜨고도 보지 못한 나의 눈이 정말로 뜨이는 것일까.'라고 하여 이 견성을 통하여 시업의 길을 추구하였던 것이다. 눈을 뜨고도 보지 못한 나의 눈이 뜨일 때 존재의 본질을 바로 바라볼 수 있게 된다. 시인의 시업은 바로 견성이 생기면서부터 이루어지는 일이라고 할 수 있다. 그의 내면의 눈은 '달아오르는 나의 밑바닥이 보이고, 굳게 입을 다문 사람 사람들의 가슴에서 가슴으로 흐르는 강물의 꼬리가 보이고, 을지로에서 인현동과 충무로를 잇는 골목골목마다 넘실대는 저 뜨거운 몸짓들이 보일까.'라고 하여 자신을 비롯한 다른 사람들의 가슴 속에 넘실넘실 흐르는 강물의 꼬리 즉 마음의 흐름도 보일까라고 조용히 자문한다. 그러나 그런 심정으로 그들의 가슴에 가 닿을 때에 비로소 보이게 된다. 그러니 그런 그들은 '그저 맨몸으로 굽이쳐 흐르는 우리들만의 눈물 없는 뿌리가 보일까'라고 하여, 가슴 속에 흐

르는 것이 눈물이며, 그 눈물을 시인은 바라보겠다는 뜻이다. 시인
의 눈은 바로 그 자리에 있어야 견성을 획득하면서 견자로서의 역할
을 할 수 있게 된다. 이 견자는 곧 다른 이들의 삶의 밑바닥에 흐르는
눈물을 헤아리고, 그 눈물을 닦아주며, 그 눈물의 원인으로부터 해
방시켜 주는 이로서 돌보는 이가 되는 것이다. 이 견성을 겸비한 이
는 그의 시 「함박눈」에 비유된 것처럼 낮고 겸손한 자이며, 세상의
어둡고 고통스런 곳으로 스스로 임하는 자이다.

> 내가 가진 것이라고는 아무것도 없습니다. 다만, 당신에게로 곧장 달
> 려 갈 수 있다는 그것과 당신을 위해서라면 당신의 이마에, 손등에,
> 목덜미 어디에서든 입술을 부비고 가녀린 몸짓으로 나부끼다가 한
> 방울의 물이라도 구름이라도 될 수 있다는 그것뿐이옵니다. 내가 가
> 지고 있는 것이라곤 아무것도 없사옵니다. 다만, 우리들의 촉각을 마
> 비시키는 추위가 엄습해오는 길목으로 돌아서서 겨울나무 가지 끝
> 당신의 가슴에 잠시 머물 수 있다는 그것과 당신을 위해서라면 충실
> 한 從(종)의 몸으로 서슴없이 달려가 젖은 땅, 얼어붙은 이 땅 어디에
> 서든 쾌히 엎드릴 수 있다는 그것뿐이옵니다. 나는 언제나 그런 나에
> 불과합니다. 나는 나이어야 하기 때문입니다.
> ─「함박눈」, 『안암동日記』에서

시적 화자인 나는 함박눈이다. 시인은 함박눈을 통하여 자신의 길
을 이야기하고 있다. 이런 나는 끊임없는 '자기 지우기'를 시도한다.
자기 지우기는 자기부정과 자기희생에 의해서 완성된다. 이 시에서
'충실한 종'으로 젖은 땅, 얼어붙은 이 땅 어디에도 달려가 쾌히 엎드

리겠다는 의미는 스스로 종이 되고자 하는 시인의 모습이며, 이는 겸손으로 낮아진 자의 모습이며, 그것이 바로 참 목자의 모습이다. 내가 나이기 위해서는 함박눈처럼 낮은 곳으로 임할 때 나의 종으로서의 임무를 다하는 것이다.

이어서 시 「북」에서는 북의 이미지를 통하여 사람들을 기만하는 이 세상에 한 알의 밀알로 썩는 '자기희생'을 통해서 자기 자신을 내어주는 북으로서 이미지를 창조하고 있다. 여기에는 자기희생의 본을 북을 통하여 그리고 있다.

무릇 알맹이는 가라앉고 껍데기만 뿌옇게 떠서 오락가락 가락오락 눈을 속이고 귀를 속이고 입을 속이고 속이듯 속고 속이고. 속 썩은 연놈들이야 두 겹도 좋고 세 겹도 좋아 그럴 듯이 처바르면 보이는 것 있을 수 있나. 하늘 땅 무서운 줄 모르고 두꺼운 낯짝 설레설레 휘저으면 타고나지 못한 너와 나야 저만치 밀려나고 보면 구석. 도시 힘 못 쓰는 시상 아닌가벼. 이놈의 세상 내 어릴 적 썩은 이빨 같다면 질긴 실로 꽁꽁 묶어 눈감고 힘껏 땡겨 보겠네만 이 땅의 단군왕검 큰 뜻 어디 가고 곪아 터진 곳 투성이니 이제는 머지않아 기쁜 날 기쁜 날이 오겠네. 새살 돋아 새순 나는 그 날이. 이 한 몸 이 한 맴이야 다시 태어나는 그 날의 살이 되고 피가 되고 힘이 된다면 푹푹 썩어 바로 썩어 이 땅의 뿌릴 적시는 밑거름이라도, 밑거름이라도 되어야지 않겠는가. 이 사람아 둥둥. 저 사람아 둥둥. 「북」, 『안암동日記』에서

북은 우리네 농민들이 추수철이나 대보름날 농악대를 앞세우고 한바탕 신명나게 놀 때 둥둥 두드려 흥을 돋우는 악기이다. 이런 정

서의 악기인 북은 바로 사람들을 속이는 '속 썩은 연놈들'로부터 구석으로 밀려난 이들을 상징하고 있다. 그러니 그 설움을 가슴에 품고 곪아터진 세상의 부조리를 향해 대항하며 새날이 오는 그날을 기다리며, 견디며, 그 울분의 가슴을 둥둥 두드려 풀어준다. 소리를 내는 북처럼 둥둥 두드려 자기희생을 하는 이 땅의 수많은 민초들, 바로 이들이 새로운 역사를 여는데 자기희생을 해준 이들이다. 그들의 설움과 울분은 북이 되어 둥둥 두드려져서 이 땅의 뿌리를 적시는 밑거름이 된다. '속 썩은 연놈들'의 횡포는 시 「웃음病」에도 폭로 되고 있고, 그 때부터 시인은 실소를 하며 부조리한 현실에 대해 냉소를 하게 된다.

마른 추위가 계속 되던 어느 날, 나는 모를 누군가의 명령을 받고 급히 물걸레를 들고 헬기장으로 달려가 주변 사철나무 잎새마다 내려 앉은 먼지, 먼지를 닦아냈습니다. 일 년 내내 쌓인 먼지가 아니라 세상의 아이러니와 무지의 깊은 세계 구석구석을 훔쳐냈습니다. 그리고는 호루라기 소리에 반사적으로 달려나와 길게 길게 오줌을 누며 숨을 돌렸고, 화장실 앞 양지바른 모퉁이에 쪼그리고 앉아서 햇살에 손을 녹이며 곰곰이 생각도 해 보았습니다. 그리고는 속으로 얼마나 웃었는지 모릅니다. 약삭빠른 세상 사람들은 그런 나의 소리 없는 웃음을 눈치 채고 그 때부터 내게 손가락질을 하며 '바보'라 불렀습니다. 나는 그들 앞에서 빈틈없는 바보가 되었고, 나는 바보가 아닌 위인들의 업적과 치부를 들여다보며, 또 하나의 웃음을 참을 수가 없었습니다. 그 뒤로 세상은 온통 웃음덩어리라는 것을 알았습니다. 때문에 내겐 실없이 웃는 버릇이 생겼고, 언제부턴가 웃음을 질질 흘리고

다니는 病(병)이 되어 깊어만 가고. 「웃음病」, 『안암동日記』에서

　수직사회인 군대에서 시적 화자는 상관의 명령에 따라 사철나무
잎새마다 내려앉은 먼지를 닦는다. 누군가 순시를 나오고 일사분란
한 모습으로 준비하는 이 광경은, 세상의 아이러니와 무지의 깊은
곳을 닦아낸다. 그리고는 혼자 기막힌 이 상황을 헛웃음으로 웃는
이 체험 속에서 시인은 세상의 이면에 있는 아이러니와 어둠, 무지
를 웃음으로 폭로하고 있다고 하겠다. 시인은 이 아이러니로써 세상
을 전복할 에너지를 생산한다. 폭압적인 국가기구[RSA]에 의해 주도
되는 국가의 권력을 시인은 군대에서 일상적인 개인의 체험을 시적
으로 재구성하여 아이러니의 풍자성을 바탕으로 실소나 냉소를 자
아내게 하여 부조리나 정의롭지 못한 군대사회를 우스꽝스럽게 창
조해내고 있다. 역시 폭압적인 국가기구에 대항하는 민초들의 고통
을 신약성서의 예수 그리스도와 동일시하여 공권력 경찰과 정보기
관의 폭압에 맞서고 있다.

　　십자가를 메고 비틀비틀 골고다 언덕길을 오르는 예수 그리스도는
　　끝내 못 박혀 죽고 거짓말 같이 사흘 만에 깨어나 하늘나라로 가셨다
　　지만 도둑처럼 오신 서울의 예수는 물고문 전기고문에 만신창이가
　　되고 쇠파이프에 두개골을 얻어맞아 죽고 죽었지만 그것도 부족하여
　　온몸에 불을 다 붙였지만 달포가 지나도 다시 깨어날 줄 모른다. 이젠
　　죽어서도 하느님 왼편에 앉지 못하는 우리의 슬픈 예수, 서울의 예수
　　는 갈라진 이 땅에 묻혀서, 죽지도 못해 살아남은 우리들의 밑둥, 밑
　　둥을 적실꼬. 「서울의 예수」, 『안암동日記』에서

482

국가권력의 협력자인 경찰과 같은 공권력과 정보기관의 탄압은 바로 양떼들을 잡아먹거나, 약하고 야윈 양떼들을 구석으로 밀려나게 하는 '속 썩은 연놈들'이다. 양떼와 국가권력의 싸움은 에제키엘 예언서의 양과 양 사이, 숫양과 숫염소 사이의 시비이다. 이것을 야훼는 가리겠다고 하였다. "너희는 좋은 풀밭에서 뜯어 먹는 것만으로는 부족하여, 나머지 풀밭을 발로 짓밟는 것이냐? 맑은 물을 마시는 것만으로는 부족하여, 나머지 물을 발로 더럽히는 것이냐? 그래서 내 양떼가 너희 발로 짓밟는 것을 뜯어 먹고, 너희 발로 더럽힌 것을 마셔야 하느냐?" 이 말씀처럼, 좋은 풀밭에서 독식하는 것으로도 모자라서 공권력과 같은 권력의 충견을 앞세워 양떼들의 풀밭을 짓밟고 양떼들이 먹을 물을 더럽힌다. 그들은 짓밟힌 풀을 먹고, 그들이 더럽힌 물을 마셔야 하는 불공정과 정의롭지 못한 이 권력을 하느님은 응징하겠다는 뜻이다. 서울에 도둑처럼, 그 때와 그 시간도 모르는 새에 재림하신 예수 그리스도는 희생되는 '하느님의 어린 양'이 되어 물고문, 전기고문을 당하고 쇠파이프에 두개골을 얻어맞아 죽고 분신(焚身)을 하면서도 한 달 반이 되어도 부활하지 못하고 억울하게 죽어간다. 그러니 공권력에 희생되고 스스로 분신으로 몸을 바친 영혼들은 하느님 오른 편에 앉는 영광도 누리지 못한 채 서울의 갈라진 한반도 이남에 묻히고 이런 상황 속에서도 죽지 못해 살아남은 우리들의 밑둥을 적시고자 한다.

이런 비극의 역사는 왜 되풀이 되는가? 한 나라의 정치 지도자들이 제대로 목자 역할을 하지 못할 때 생기는 사회적 불평등과 정의롭지 못함, 권력남용과 억압, 공포정치로 이어지고 그 속에서 먹을 것을 빼앗기고, 다치고, 목초지에서 내몰린 야윈 양들을 위해 싸우는 투사들은 서울의 예수 그리스도로 비유되어 대항하다가 억울하게 죽어간다. 이것은 스스로 선택한 자기희생이다. 이것이 정의와 평화가 실현되지 못한 사회의 현상이다. 그러니 일제강점기의 역사 속에서 시인은 의사 안중근을 통해서 이렇게 나라와 조국을 위하여 한 목숨 바친 도마 안중근을 기리는 시를 쓰고 있다.

> 젊은 중근 달려간다/우리 중근 달려간다/칼날에 총부리에/쓰러져 신음하는/어깨처진 풀들을 어루만지며/달려간다 달려간다/"하늘이 주는/하늘이 주는 기회라"/일그러진 떡밥 같은/늙은 도적/심장에, 갈빗대에, 복부에/세 발의 탄환(彈丸)/통쾌하게 명중시키니/하루아침에 제국주의가/땅에 떨어지도다/만천하/무사태평함을 알리고/우리 중근, 조선 의사(義士)/당당하게 걸어간다/사방천지/도탄에 빠져있는/이 나라 백성들을 일깨우고/'義' 하나로 살다 죽어/여한 없는 우리 중근/"조선에 사람 있도다/조선에 사람 있도다"/가장 외로운 남자 가장 뜨거운 남자/마지막 가는 길/바지 저고리 두루마기/정갈하게 갈아입고/날아가네 날아가네/훨훨 날아가네/살아있는 백성/가슴 가슴 가슴 속으로/조선의 붉은 꽃이 되어/눈부신 구름이 되어/날아가네 날아가네. 「안중근」, 『백운대에 올라서서』에서

난세가 스스로 몸을 던지는 영웅을 낳게 한다는 말이 있다. 일제강점기의 역사 속에서 스스로 몸을 던진 이들은 영웅이 되고자 자기희생을 한 것이 아니다. 그들의 신념은 민족을 구하는 것에 있었다. 일제의 강권에 맞서서 산화하여 간 그들에게 임은 이 땅의 가련한 민초들이었다. 이 시에서 양떼들은 '어깨처진 풀들'로 비유되어 있

고, 안중근은 그런 야윈 풀들을 어루만진다. 그렇게 하고는 하늘이 준 기회라 여기면서 한 몸을 바쳐 약육강식의 제국주의 권력의 심장인 이토오 히로부미를 하얼빈에서 저격한다. '조선의 붉은 꽃 되어'라는 표현은 안중근의 자기희생으로 조선 민중에게 생명을 가져다 주는 꽃이 되었다는 의미이다. 그 꽃은 순국한 안중근의 피와도 연결되어 있다. 안중근은 조선의 생명을 살리는 데에 자신의 생명을 던진 가장 뜨거운 남자이다. 시인은 안중근 의사를 통해서 서울에 재림한 예수를 완성한다. 예수는 하늘나라를 선포하여 그 당시 이스라엘의 지도층인 바리사이들과 율법학자들과 대항하다가 젊은 피를 흘려 하느님의 어린 양이 되었다. 그것은 성부 하느님의 뜻으로 이루어진 결과이다. 예수 그리스도의 십자가상 고난과 죽음의 자기 희생처럼 안중근 의사의 순국은 힘센 양들 사이에서 다치고, 내몰리며, 소외되고, 목초지를 빼앗기며, 짓밟힌 풀과 더럽혀진 물을 먹고 살아간 민초들의 구원과 해방을 위해서였다. 그래서 예수의 피는 안 의사의 피로 이어져 강이 되어 흐르고 있다. 그 역사의 강물은 도도 하게 흐르며, 또한 쉼 없이 흐른다. 시인은 여전히 정의롭지 못하고 공평하지 못하며 불의한 세상에 대해 시 「나의 기도」에서 하느님의 자비를 청한다.

오, 하느님
당신의 뜻대로 하늘과 땅 사이에
죽어있는 것과 살아있는 온갖 것들을
다 빚어 놓으셨지만

당신의 뜻대로
이 땅 가득 번창하여
사람들은
저마다 눈먼 욕구를 채우기 위해
충혈된 눈동자를 더 이상
숨길 수조차 없게 되었습니다.

오늘 하루 내가
숨을 쉬며 산다는 것은
다른 살아 있는 것들의 목을 조르는 일이고,
크고 작은 것들의
보이지 않는 관계를 짓밟고 잘라내어
이 땅 위로
버릴 것을 만들어 내는 일입니다.

머지않아 그런 것들 속에서 내가
허우적거릴 것이지만
오늘에 미친 우리는
내일을 두려워하지 않습니다.

그리하여 나의 검은 손과 무지는
다름 아닌 나의 목을 노리고
성큼성큼 다가설 것입니다.
밤마다 저려오는 그런 예감을 애써 외면하면서

마실 한 모금의 물 앞에서조차
우리는 망설여야 하고,
눈을 맞보고 빗속을 거니는 것은
이미 생각조차 할 수 없는 일이 되었습니다.

아뿔싸, 이대로라면
사람에겐 사람의 손이
가장 무서운 것이 될 것이요,
그쯤에선 하나뿐인 이 땅의 몸살도
아깝게 멎어버릴 것입니다

진지하고 화려했던 우리의 과거는 물론
사라진다는 것조차 의식하지 못한 채
우리는 영영 다시 일어설 수 없을 것입니다.
이 또한 당신의 뜻이라면,
이 또한 당신의 뜻이라면,
그러나 당신은 우리에게
스스로 생각할 수 있는 지혜와 기회를 주셨사오니
그 뜻만은 아닌 것 같구려.
그 뜻만은 아닌 것 같구려.

이 나의 위선이 위선이 아니 되기를
이 땅에 버릴 것 하나 없는 세상으로
빛과 어둠을 부리어 주소서.

말씀으로 천 가지 만 가지 빛깔을 내시는
당신이여,
당신의 귀여운 것들이
당신과 함께 숨쉬며
당신의 뜻을 넉넉히 헤아리게 하소서.

하늘과 땅 사이
조금도 구김살 없이 감도는 기운,
당신은 필연이 아니신가요.
조금도 빈틈이 있을 수 없는.
「나의 기도」, 『바람 序說』에서

28

반복의 미학

지향하는 세계의 도래를 위하여

우리는 어떨 때에 반복적으로 말할까? 이루어 지지 않은 꿈을 꾸기 위해서 스스로 수없이 되뇌인다. 마치, 자기최면처럼 '나는 ~가 될 거야' 라고 속으로 수없이 반복한다. 개인적인 어떤 바람을 두고 마음속으로 또는 소리를 내어 말하거나, 때로는 공동체나 광장에 모인 이들이 어떤 이슈를 두고 다함께 반복하여 외쳐대기도 한다. 때로는 원치 않는 일로 인해서 상처가 깊을 때에 그 상처가 다 낫게 될 때까지 끊임없이 되풀이하여 이야기한다. 아마, 그럴 때는 되풀이하여 이야기하는 동안에 분이 풀려서 마음에 평정을 찾고 더 이상은 이야기 하지 않게 된다. 또는, 좋은 기억들을 끄집어내어서 한 번 더 행복에 젖기도 하고, 슬픈 일을 회상하면서 눈물을 자꾸 흘려서 슬픔과 우울을 쫓아낼 수도 있다. 더 나아가, 종교적으로는 일심(一心) 정진을 위해서 기도문을 끊임없이 반복하거나 하여 마음을 비우고 일심을 이루기도 한다.

반복은 니체의 '영원 회귀'로 거슬러 올라간다. 들뢰즈는 '영원회귀'에 대해 해석하기를 모든 것이 되돌아오는 것은 아니며 동일성의 반복이 아니라 차이의 반복으로 보았다. 차이를 내포하고 생성하는 원리로서 반복을 다루게 되면 시의 언술이 어떻게 이루어져 있는지를 알 수 있고, 이는 시인이 세계를 바라보는 인식의 원리와도 관련이 있다.

문학작품에서 반복은 수사법의 하나로 다루어지거나 시에서는 주로 리듬의 구성 원리로 논의되어왔으나, 이 글에서는 이시환 시의 반복이 시의 언술 구조를 어떻게 구성하는가에 초점을 맞추어 반복의 형태와 반복의 내용을 파악하고자 한다. 왜냐하면, 시인의 시에서 반복은 시의 언술을 구성하는 원리로서 사용되고 있고, 많은 시편들이 이 반복의 원리를 바탕으로 이루어져 있기 때문이다. 그 중 무엇이 반복되는가에 따라서, 반복의 구성 요소는 음소의 반복, 어휘의 반복, 구문 및 문장의 반복, 시행 및 연의 반복 등으로 나누어 볼 수 있다. 그리고 반복이 문장이나 언술을 구성할 때 대구, 병렬, 나열, 점층 등의 형태를 가진다. 이러한 반복이 시에서 쓰였을 때 한 편의 시를 어떻게 변화시키는가는 반복이 지니는 언술구조의 힘이라고 할 수 있다. 먼저, 제1시집『안암동日記』속의 산문시「강물」을 읽어보자.

이제야 겨우 보일 것만 같다. 눈을 뜨고도 보지 못한 나의 눈이 정말로 뜨이는 것일까. 그리하여 볼 것을 바로 보고 안개숲 속으로 흘러들어간, 움푹움푹 패인 우리 주름살의 깊이를 짚어낼 수 있을까. 달아오르는 나의 밑바닥이 보이고 굳게 입을 다문 사람 사람들의 가슴에서 가슴으로 흐르는 강물의 꼬리가 보이고, 을지로에서 인현동과 충무로를 잇는 골목골목마다 넘실대는 저 뜨거운 몸짓들이 보일까.

지금도 예고 없이 불쑥 불쑥 들이닥치는 안바람 바깥바람에 늘 속수무책으로 으스깨어지다 보면 어느새 주눅이 들어 키 작은 몸을 움츠리는 버릇이 굳은살이 되고 더러는 살아보겠다고 이리저리 몰려다니는 어깨 부러진 활자들의 꿈틀거림이 정말로 보일까. 그런 우리들만의 출렁거리는 하루하루 그 모서리가 감당할 수 없는 무거운 칼날에 이리저리 잘려나갈 때 안으로 말아 올리는 한 마디 간절한 기도가 보일까. 언젠가 굼실굼실 다시 일어나 아우성이 되는 그 날의 새벽놀이 겨우내 얼어붙었던 가슴마다 봇물이 될까. 그저 맨몸으로 굽이쳐 흐르는 우리들만의 눈물 없는 뿌리가 보일까.

이 시에서 눈에 띄는 것은 종결 어미 '~것일까, ~있을까, ~보일까, ~보일까, ~보일까, ~보일까'의 밑줄 친 부분이다. 이 표현은 자문하거나 확실치 않거나 의구심이 들어서 끊임없이 물음을 던져볼 때 쓰는 말이다. '눈을 뜨고도 보지 못한 나의 눈이 정말로 뜨이는 것일까'라고 의문을 던지기 전에 '이제서야 겨우 보일 것만 같다'고 하여 불확실성을 담은 시 구절이 먼저 왔다. 그러나 상술한 종결 표현들은 공통적으로 바라보는 눈이 열릴까라는 것에 대한 불확실성에서 오는 불안함과 조금은 보이지만 아직은 완전히 보이지는 않는다는 의미를 내포하고 있다.

시적 화자는 무엇을 보고자 하는가? 시적 화자가 보고자 하는 것은 심안이 열려 우리네 서민들의 주름살의 깊이를 짚을 수 있는 눈, 그런 사람들이 고통 중에도 묵묵히 가슴으로 삭이면서 그 슬픔과 고통이 가슴 가슴마다 흐르는 뜨거운 몸짓을 보는 눈, 세상의 세찬 바람에 주눅 들고 가끔은 부러져 다시 일어서는 활자들의 꿈틀거림을 볼 수 있는 눈, 이런 삶을 살아가야 하는 생의 절박함에서 올리는 기도를 보는 눈, 이런 것이 아우성이 되고 가슴 마다 터지는 봇물 되어 흐르는 눈물 없는 뿌리를 보는 눈 등이다. 그러나 아직은 의문이다. 그게 다 보일지 모른다. 그러나 이 시를 쓸 때 그에게 이미 언어로 토해낸 만큼은 보인다. 더 깊이 내려가 고통과 슬픔, 서러움과 분노, 상대적 박탈감 등 눈물의 뿌리를 시적 화자는 보고자 꿈을 꾼다. 그의 꿈은 강물처럼 쉼 없이 흐른다. 그래서 가슴 가슴들을 적셔준다. 시인은 그네들 가슴 속에 묻어둔 역사를 꿰뚫어 보는 견자(見者)의 눈을 가지고 싶은 것이다. 그러나 아직은 완전히 보이지 않는다. 이 땅의 민초들이 이렇게 서럽게 살아가는 원인을 시인은 신분, 계층, 부 등에서 그 원인을 찾고 있다.

제2시집 『白雲臺에 올라서서』(1993) 속의 시 「돈」에는 이러한 원인들인 돈이 끊임없이 돌고 돌듯이 반복되는 현상과 거기에 따른 서민들의 고통을 노래하고 있다. 이는 시인이 이 시집의 앞부분에서 「타령을 아시나요」라는 글에서 밝히고 있듯이, 타령조에 기본 리듬을 두고 있다. 타령은 '침몰하는 기운을 일으켜 세우는 힘이요, 슬픔을 기쁨으로 전이시키는 흥이다'라고 말하듯이, 타령조가 지니는 전통적인 리듬을 따라 반복하다 보면 슬픔을 희망의 기쁨으로 변주시킨다. 어떨 때는 가슴 속에 삭여둔 말을 끊임없이 반복하면서, 또는 가슴에 묻어둔 말을 폭로하여 토하거나 이루고 싶은 요구사항을 함께 반복하여 외쳐댐으로써 소기의 목적을 달성하기도 하는 것이 타령조라는 전통 리듬이 가진 힘이다. 특히, 제2시집에 타령조라는 전통 리듬을 전통의 악기가 지니는 특성을 소재로 하여 녹여낸 시들을 모은 이 시집에서 반복을 다양하게 구사하고 있고, 이는 그의 시의 언술구조를 이루는 핵심이 되고 있다.

> 그 놈의/돈 돈 돈이로구나 돈돈/돌고 돌아 돈이로구나/네가 궁해 눈
> 을 뜨면/범벅돈이 다 된 애비 애미/오늘도 타령이오 돈돈/낮짝 두꺼
> 운 놈 손에 손에/약싹빠른 놈 주머니 속속/오래 오래 머무르지 말고/
> 돌고 돌아 오고 가는 게/너 아니냐 돈돈/단 돈 천원에 울고 웃는 사람
> 아/돈에 죽고 돈에 사는/사람아 세상아/돈 돈 돈이로구나 돈돈/이 세
> 상에/못나빠진 사람 사람/가슴마다 눈물뿌리 내리고/웃음씨를 말리
> 는 돈돈/한눈 파는 너와 나/혼줄을 속속 다 빼가는/돈 돈 돈이로구나
> 돈돈.

'돈 돈 돈이로구나 돈돈'이 세 번 반복 되고 '오늘도 타령이오 돈돈',
'너 아니냐 돈돈', '웃음씨를 말리는 돈돈'이 세 번 반복되고 있다. 황
금만능주의로 물신화된 세상은 돈이 사람을 울게도 하고 웃게도 한
다. 그러면서 사람을 살게도 하고 죽게도 하는 돈은 그야말로 '물신'
이며 '맘몬'이다. 서민들의 가슴마다 눈물뿌리를 내리게 하고 웃음
씨를 말리는 돈은 영혼마저도 다 빼앗아 가는 무서운 존재로 군림한
다. 이 시는 전통의 3 · 4나 3 · 5, 4 · 3을 기본 리듬으로 하여 '돈 돈
돈이로구나 돈돈'을 후렴처럼 반복하여 돈이 지니는 위력을 점층적
으로 나타내어 의미를 강화시킨다. 그리고 반복을 통해 돈이 지니는
의미가 강화될수록 돈을 갖지 못한 서민들의 삶은 더욱 피폐한 채
유기되어가는 슬픈 사회를 표현하고 있다. 서민들이 살아가기 어려
운 세상은 자연히 할 말을 다하고 살지 못한다. 그래서 늘 가슴에 응
어리가 져 있다. 그러니 그것을 풀지 않으면 병들어 가는 사회가 된

다. 우리의 전통 살풀이춤에다 이 부정적인 정서들을 녹여내려는 시
「살풀이춤」은 너와 내가 서로의 가슴에다 묻어둔 응어리를 풀고 풀
어서 너와 내가 하나가 되게 하는 묘한 힘을 지니고 있다.

> 할 말이 있네/할 말이 있네/해야 할 말/못다 한 말/많으면 많을수록/
> 이렇게 저렇게 돌아앉아/옷고름 속에 묻어두고/왼발 오른발 서로 엇
> 디디며/왼손 오른손 앞뒤로 옮겨/이승 저승 틀어 엎고/아래 위로 뿌리
> 면/양부리 버선코 치맛자락/어우러져 어우러져 흰 수건/아슴아슴/속
> 치마 사이로 뜨고 지는/초승달 무지개 꿈/옷자락을 여미듯/살며시 몸
> 을 흔들어/두 눈을 재우듯/앉아 휘젓는 이 몸은/뒤엉킨 한 타래 실이
> 런가/타오르는 불덩이/타고나면 타고나면/엉긴 매듭 풀리어/장단과
> 장단 사이로/숨찬 바람되어/걸어 나오는/너는 나이고/나는 너이고

　연 구별이 없고 행갈이만 있는 이 시는, 1행과 2행에서 '할 말이 있
네/할 말이 있네'로 병렬 반복되고 있어 살풀이춤이 주로 굿판에서
벌어지므로 동시적 의미와 주술적 의미를 내포하고 있다고 하겠다.
어구의 반복으로 '어우러져 어우러져'와 '타고나면 타고나면'이 살풀
이춤의 과정에 따라 반복되고 있다. 살풀이춤을 추는 이유는 몸짓을
통한 춤의 동작으로 가슴 속에 쌓아둔 할 말이 있기 때문에 춘다. '할
말이 있네/할 말이 있네'는 두 번 되풀이되면서 강조하고 있다. 그 할
말에는 해야 할 말과 못다 한 말이 있다고 한다. 꼭 해야 할 말은 뭔
가를 폭로해야 할 말일 것이며, 못 다한 말은 속에서 삭이고 있는 말
이 될 것이다. 할 말에 대하여 춤으로 풀어감으로써 할 말을 부연한
다. 이런 의미에서 부연하는 기능으로 반복이 계속됨으로써 춤을 추

는 의미를 구체화하고 있다. 실타래처럼 뒤엉킨 한 타래 실인 몸을 불사르면 엉긴 매듭은 풀어져 장단과 장단 사이로 숨찬 바람이 되어 걸어 나오는 너는 나이고 나는 너가 된다. '너는 나이고/나는 너이고' 라는 구절의 대칭적 반복은 너와 나의 이원적 의미가 너가 내가 되고 내가 너가 됨으로써 우리가 되어 이원적 의미를 넘어서 일원적인 조화지경으로 변화되어 의미적으로 확장되고 있다. 가슴에 엉킨 실을 불태워 죄다 풀어서 너와 내가 하나로 어우러지는 살풀이춤의 광경을 반복의 리듬에 실어서 표현함으로써 가슴 속에 묻어둔 못 다한 말을 풀어헤쳐 너와 내가 서로 하나되어 주체와 객체의 경계가 허물어지고 우리가 된다고 하여 의미가 점층적으로 확대되어 하나로 어우러지는 춤판을 표현한 것이다. 이 시에서는 병렬 반복을 통해서 의미 강조, 어구와 어구의 반복을 통해 리듬을 생산, 대구 반복을 통해 이원적 의미가 조화지경으로 점층적으로 의미가 확장이 되어 '할 말'의 내용을 부연해주는 것은 반복되는 춤사위의 동작에 있다고 하겠다. 이것은 춤과 리듬을 탄 노래 즉 시를 통해 동시적 기능과 주술적 기능을 하고 있음을 알 수 있다. 이와 같은 정서를 지닌 반도의 백성은 그의 시 「아쟁」에서 '더불어 눕고/더불어 일어서는' 사람들이다.

더불어 눕고/더불어 일어서는/우리들의 어제와 오늘 속속/그 어느 곳이 얕고/어디쯤이 병 깊은 곳인지/짚어내기 어려운/반도땅 손금/ 드러누운 골골이/어찌하여 안개만 안개만/이 놈의 죄 없는 눈과 귀를/비비고 쑤셔보아도/침침한 바깥 시상은 여전해/그렁저렁 일고 잦는 바람에/시방 몸을 던지는/왼 들엔 풀뿌리/어깨를 풀지 아니허고/ 잠기어 가는 건 목,/목마른 이들의 몸부림일 뿐/아쟁 아쟁 아쟁의 걸

음마/절며 오르고 올라//못내 솟구치다가/거꾸로 떨어지는 가락은/
더불어 눕고/더불어 일어서는 땅/가는 허리 쥐어짜기.

아쟁이라는 전통의 현악기가 지니는 음색이나 곡조를 연상하여
반도 땅 백성의 병 깊은 곳을 아쟁의 활로 더듬어 찾아가는 것은 아
쟁 연주의 느린 음처럼 절며 오르고 오른다. 이 백성은 더불어 눕거
나 더불어 일어선다. 이것은 바람과 더불어 눕고 더불어 일어서는
풀과 같다. 여기에는 바람 대신에 아쟁의 활이 내는 소리에 의해 더
불어 눕고 일어선다. 그러다가 못내 솟구치다가 거꾸로 떨어지는 극
적인 가락은, 이 땅 백성들의 여원 허리를 쥐어짜는 어제와 오늘의
병 깊은 곳이다. 이 시에서 '더불어 눕고/더불어 일어서는' 이 시의
첫 부분과 마지막 부분에 반복된다. 이 구절 뒤에 오는 '우리들의 어
제와 오늘'과 '땅 가는 허리 쥐어짜기'는 바로 그 땅에 사는 민초들의
고단한 삶을 아쟁 소리에 실어서 소리의 파장을 통하여 확장하는 효
과와 이 땅의 백성이 지니는 고통이 어느 한 개인만이 아니라 공동
체적인 운명의 그것임을 나타내고 있다. 작품 「풀이」라는 시에는 징,
꽹과리, 장고, 북, 날라리, 피리 등의 전통 악기를 불고 두들기고 치
면서 탐관오리들과 외세의 침탈자들에 대해 대항하고 응징하거나,
비극적 역사 속의 응어리를 풀어서 동(東)과 서(西)가, 남(南)과 북(北)
이, 한강과 임진강이 하나가 되는 민족 대동의 새 역사를 기원하는
데까지 확장시켜 나가고 있다.

1
가물가물/세상 사는 일이 술술/우리 맘처럼 풀리지 않을 땐/손을 놓

고 일어나/징을 치세 징을 치세/이리도 굴러보고/저리도 굴러보아/
그래도 이 가슴 답답하면/박차고 일어나 꽹꽹 꽤갱/꽹과리를 치세/
꽹과리를 치세/다락 속에 깊은 잠자는/날나리·장고·피리 모두 나
와/큰 북 작은 북 한 데 어우러져/신이 나게 두들기고 불어 보자/그렇
게 한바탕 소나기 되어/메마른 땅 위에 이 한 몸 뿌리며/돌고돌아 돌
다보면/백 년 천 년 묵은/체중이 다 내려간다/죽어서도 그 근성 못버
리는「조병갑」나와라「변학도」나와라「북곽선생」나와라/왜놈 뙤놈
양놈 다 나와라 이잇/네 이놈들/할 말 있으면 하라하니 허허/입은 천
이어도 만이어도/가만 먹통이로구나/술술 징징 꽹꽹 허허 하하.

2
오락가락/세상사는 일이 술술/우리 맘처럼 풀리지 않을 땐/헛웃음도
좋고/한숨도 좋고/떼도 좋고/어깨춤도 좋아/억울한 것도 풀고/분한
것도 풀고/슬픈 일도 풀고/심심한 것도 풀고/풀 것을 푸는 데는/이골
이 다 나있는/너와 나 우리 우리/다같이 일어나 한 데 엉겨/목판 위
엿가락이 되도록/징을 치고 북을 치고/겨드랑이 사타구니/등줄기 사
이사이/흥건하게 젖어/흥건하게 젖어/東과 西,/南과 北을 잇는/우리
의 한강이 되고/임진강이 되고/마침내 하나가 되거라/다시는 떨어질
래야 떨어질 수 없는/둘도 아닌 하나가.

　시집의 첫째 마당이며 '살풀이 춤'이라는 시장(詩章)의 제목에서와
같이 이 시는 이 장의 결정판이라고 부를 수 있을 것이다. 이 시에서
는 동어 반복이나 구문 반복이 유난히 많으며, '징을 치세/징을 치
세', '꽹과리를 치세/꽹과리를 치세' 등의 병렬적 반복도 두드러진다.

온갖 전통악기를 동원하여 가슴 답답한 개인과 민족의 비극적 아픔을 풀어내고자 한다. 마당놀이라는 형식이 갖는 힘은 공동체적이다. 개인들이 모여 무리를 짓고 집단을 이루어 가슴을 답답하게 한 원인을 처단하려고 한다. 그들을 수탈하는 탐관오리를 조롱하거나 응징하는, 이 마당놀이는 근현대사에서 억눌린 가슴들을 풀어주고 갈라진 반도 땅을 하나로 만들어 나간다. 이렇게 마당놀이에 쓰이는 전통악기를 모두 동원하여 한바탕 두들기고 불고 치다보면 억눌린 가슴들이 풀어진다. 너나 할 것 없이 다 같이 일어나 흥건하게 메마른 가슴이 젖어 내리고 억울한 것도 분한 것도 슬픈 것도 권태로운 것도 모두 풀리고 만다. 이렇게 흥건히 젖어서 흐르고 흘러 한강이 되고 임진강이 되어 강과 강이 만나 마침내 하나로 흐른다. 강이 그렇게 흐르듯 갈라진 겨레가 하나가 되어 흘러간다. 대동(大同)의 흐름이다. 이렇게 풀어야 하는 게 우리네들의 근성이라고 시인은 말하고 있다. 우리네는 역사의 비극에 대해 총칼로써 복수극을 펼치기보다 이렇게 대동단결로 풀어내었다. 그것이 우리네 근성이고 본질이다. 시인은 그것을 마당놀이라는 형식으로 시에다 옮겨와서 전통악기를 동원하여 그 반복적으로 두드리고, 불고, 치는 행위를 통하여 시의 언어에 리듬을 타게 하였다.

언어의 리듬은 노래가 되어 한반도가 하나 되길 기원하면서 반복하여 다함께 합창한다. 이러한 이미지의 반복은 시 「조선낫」에서 '낫일테면 조선낫이라/낫일테면 조선낫이라'하여 남성의 이미지로, 시 「호미」에서는 '풀을 매며 억척스레 살아온/조용한 아침의 나라/어머니여, 호미여' '이제는 너 없이 못살고/나 없이 힘 못쓰는/호미여, 어머니여'로 여성의 이미지로써 점층적으로 반복되어 그 의미가 강화

498

된다. 여기에는 시인이 인식하는 민족 공동체 의식이 자리하고 있으며, 그것이 마당놀이의 가락인 전통 리듬을 타고 불리어진 다. 시인은 왜, 이렇게 이 땅에 자유와 평화와 정의가 꽃피워지길 희망하는가? 그것은 시인의 개인사인 가족사에서도, 또 그의 이웃들에게서도 공통적인 비극의 역사를 대면하였기에 미래에는 서로 상생하며 조화롭고 생명으로 흘러넘치는 이 땅이 되길 바라기 때문이다.

  시인은 비극적 요인을 가족사/민족 공동체의 역사와 같이 외부에서 찾는 제1, 제2시집과 달리 제3시집 『바람 序說』부터는 내면으로 침잠하여 들어가면서 사물과 자연물을 대상으로 대화를 나누어 간다. 제4시집 『숯』과 제5시집 『추신』에는 존재/비존재에 대해 깊이 묵상하고, 인간의 유한성에서 오는 허무감과 공허 보잘 것 없음을 깨달으면서, 제6시집 『바람 소리에 귀를 묻고』, 제8시집 『상선암 가는 길』, 제9시집 『백년완주를 마시며』, 제10시집 『애인여래』, 제11시집 『눈물모순』에서는 구도의 여정을 걸어간다. 이 시기의 시들에서 반복은 제1, 제2시집에서 보이는 특성과는 다소 차이가 있다. 여기에는 전통적 리듬을 바탕으로 하되 제1, 제2시집에서 보이는 음소와 동어 반복, 문장(구문) 반복, 종결어의 반복과는 달리 연을 이루어 시의 구조에 변화를 주어서 한 편의 시가 반복 구성으로 인해 시적 긴장을 형성하거나, 의미와 정서를 강화하여 보다 기능적으로 변화되고 있다.

  제3시집 『바람 序說』의 시 「그리움」을 읽어보자.

  멀찌감치 서서 바라보는
  언덕 너머

바다가 좋다

한 발짝 다가서면
한 발짝 물러서는

그렇듯 하루가 멀다고
밤마다 가슴 속 속속들이 파고드는
불면의 그 뿌리 사이로
조용한 혁명이 꿈을 꾸고

차라리
멀찌감치 서서 바라보는
산 너머 있는 그대로
네가 좋아

한 발짝 물러서면
한 발짝 다가서는

　이 시는 그리움을 표현한 시로서 그 대상은 바다이다. 이 시에서는
전 5연 구성 중 2연과 5연에 대구 반복이 자리하고 있다. 이것은 시
적 화자 '나'와 바다인 '너'의 거리를 잘 표현하면서 그리움이라는 시
제에 아주 적절하게 표현하고 있다 하겠다. 사랑하는 연인은 하나
가 되기 전에 이렇게 한 발짝 다가서면 한 발짝 물러서고, 한 발짝 물
러서면 한 발짝 다가서는 그런 관계일 것이다. 이것은 남녀 간의 거

리만이 아니라 대상과 나, 즉 객체와 주체의 거리이다. 그래서 그리움으로 바라보고 있다. 이 시의 반복은 나와 너의 거리가 대칭적으로 반복되어 이원적 의미를 띠고 있다. 그러나 이러한 대상과의 거리 두기는 사랑하는 사이에는 서로가 시선을 마주하고 집중한다. 제4시집 『숯』의 시 「굴뚝나비」에는 부정이나 금지의 반복이 두 번씩 되풀이 되어 의미를 더욱 강화시키고 있다.

꽃이라고
이 꽃 저 꽃 아무 것에나
눈길 주지 말게나.

꽃이라고
이 꽃 저 꽃 아무 것에나
덥석 덥석 앉질 말게나.

늘 검은 정장 검은 브래지어
검은 팬티를 착용하는
유별난 개성.

너는 그렇게
늘 당당하지만 그것으로 외로운
한 마리 가녀린 나비가 아닌가.

너는 그렇게

늘 홀로이지만
언제나 나의 시선을 묶어 두지 않았던가.

꽃이라고
이 꽃 저 꽃 아무 것에나
눈길 주지 말게나.

꽃이라고
이 꽃 저 꽃 아무 것에나
덥석 덥석 앉질 말게나.

　이 시에서 나는 굴뚝나비에게 시선을 묶어둔다. 굴뚝나비는 외롭
고 가녀린 한 마리의 나비이지만 나의 시선이 늘 묶여있으므로 아무
꽃에나 앉지 말라고 반복하여 강조하고 있다.이 반복은 전 7연 중 제
1, 2연과 제6, 7연에 아무 꽃에나 눈길을 주거나 않지 말라는 대칭적
반복이 시의 연으로 구성되어서 굴뚝나비인 너와 시적 화자 나는 이
원적으로 되고, 꽃과 굴뚝나비의 긴장 관계는 너와 나의 긴장 관계
를 내포하고 있어서 시적 화자는 금지의 당부를 하는 것이다. 숯과
동일한 이미지의 곤충인 굴뚝나비를 통해서 시인은 꽃과 굴뚝나비
를 대조적으로 보고, 이것을 나와 너의 관계에 비유하여 긴장을 유
발시키는 효과를 불러일으키고 있는 것이다.
　죽음에 관하여 본격적으로 다룬 시인의 제5시집 『추신』에는 존재/
비존재의 고뇌 속에서 비존재에 관한 부정적인 인식을 긍정적으로
바라보게 되는데 이것은 인간의 유한성을 인정하고 그것이 공허할

지라도 그가 늘 주장하듯이 유무동체(有無同體)의 인식 속에서 변화되고 있다.

> 문을 닫고 들어와 보게./들어오면 알게 될 거야./네 빛깔, 네 향기, 네 모양새부터 버리고/자리를 말끔히 비워둔다는 게/얼마나 아름다운 일인가를.//내가 나를 버려/온전히 비어 있다는 게/얼마나 향그런 열매인가를/너는 알게 될 거야.//연분홍빛 미소로/내내 서 있던 그 자리가/텅 비어 있음으로 가득 차 있을 때/너의 꽉 찬 비밀이/비밀이 아님을/알게 될 거야./알게 될 거야.

제3연 구성의 이 시에서는 '알게 될 거야'라는 말이 반복이 되고 있다. 제1연은 자신의 빛깔, 향기, 모양새를 버리고 들어와 보면 비워 둔다는 게 얼마나 아름다운 일인가를 알게 될 거라고 시적 화자는 말하면서 문을 닫고 들어와 보라고 권유한다. 제2연에서는 내가 나를 버려서 너를 내 안에 들어오게 하였듯이 그것이 얼마나 향기로운 열매인지 너는 알게 될 거라고 강조하여 반복한다. 제3연에는 텅 비어 있음으로 가득 차 있을 때 너와 나 사이에 장애였던 너의 비밀이 비밀이 아님을 알게 될 거라고 두 번을 반복한다. 이 시에서 알 수 있듯이 사람의 관계란 바로 서로가 상대방이 들어올 자리를 만들기 위해서 자신을 비워놓을 때 바로 텅 비어 있는 것이 가득 차 있는 것으로 변화된다는 의미의 시로서 유무동체에 도달한다. '알게 될 거야'라는 속삭임은 '깨닫게 될 거야'의 뜻이며, 그 깨달음을 얻기 위해서는 나를 버려서 너가 들어올 자리를 위해 비워둘 때 가능하다. 그때는 장애가 되었던 비밀은 비밀이 아니게 되며 함께 공유하는 것에 지나지 않게 된다. 시「추신·25」를 읽어보자.

　　푸른 하늘에/떠가는 흰구름 같이//내 마음/내 몸도//내 생명/내 삶
　　도//푸른 하늘에/떠가는 흰 구름같이//머물면 눈이 부시고/사라지면
　　깊고 깊어라.

　'푸른 하늘에/떠가는 흰 구름 같이'라는 문장이 연을 이루어 제1
연과 제4연에 반복되어 있는 이 시는 나의 마음, 몸, 생명, 삶도 푸
른 하늘에 떠가는 흰 구름 같이 머물면 눈이 부시고 사라지면 깊고
깊을 뿐이라는 인식(認識)이다. 모든 것은 한 순간에 지나지 않는다
는 의미이며, 머물 그 때 눈이 부시게 아름답고 사라지면 깊고 깊다
고 한다. 그러니 시인에게는 삶도 죽음도 푸른 하늘에 떠가는 흰 구
름과 같다는 인식이다. 시인은 흰 구름과 같이 비워서 가벼워진 정
신세계를 지녔기에 삶도 죽음도 모두 아름답고 깊고 깊다는 인식에
도달하여 가볍고, 자유롭고, 변화하며, 유동적이면서, 유기적이다.
이 시집의 이름이나 주요 시의 제목이 '추신'인 것은 죽음을 내 안에
긍정적으로 받아들인 자가 세계와 자신을 바라보며 쓴 것이기에 비
교적 짧은 시에 그 마음을 담았고, 제1연과 제4연의 대칭적 반복으
로 제2연의 마음/몸, 제3연의 생명/삶이 지니는 이원적 세계가 모두
일원적 세계로 귀결되게 하는 효과를 보이고 있다. 머물고 사라지
는 것은 매 한 가지란 뜻이다. 즉, 있는 것도 없는 것도 같은 것인 세
계를 시인은 제5시집『추신』에서 깨달은 것이다. 반복 기법의 다양
한 변주로 '당신과 나'를 노래한 제6시집『바람소리에 귀를 묻고』에
는 궁극적으로 당신을 꿈꾸는 시인의 영혼을 읽을 수 있다. 먼저, 시

「生命(생명)」을 읽어보자.

푸르고 푸를지어다.
그 속에 함성이 있고
그 속에 기쁨이 있나니.

푸르고 푸를지어다.
그 속에 네가 있고
그 속에 내가 있나니.

푸르고 푸를지어다.
그 속에 속삭임이 있고
그 속에 말씀이 있나니.

푸르고 푸를지어다.

이 시에서는 병렬적 반복이 쓰이고 있다. '~할 지어다'라는 어구에서 오는 주술적 의미를 병렬 반복을 통해 강화하고 있다고 하겠다. 이는 생명이 푸르고 푸르길 시인은 주술적으로 반복하여 되뇌이고 기원하고 있다는 뜻이다. 그 생명은 영원히 푸르고 푸르러야 한다. 그 생명 안에는 우리들의 함성이 있고 기쁨이 있다. 그 생명 안에는 너와 내가 존재하며, 그 생명 안에는 생명 있는 것들과 없는 것들의 속삭임과 우주만물에 깃든 말씀이 임재하고 있다. 그러니 '푸르고 푸를지어다'라고 신들린 듯 되뇌이고 있다. 이 시는 불필요한 언어를 재단(裁斷)하고 시인이 예언자적 영감을 가지고 간명하면서도 핵심되는 언어만으로 생명이 지닌 힘을 나타내고 있다. 이 생명은 함성, 기쁨, 너, 나, 속삭임, 말씀이기 때문에 푸르고 푸를지어다라고 하였다. 이 생명은 곧 당신이다. 이 시집에는 「당신을 꿈꾸며」라는 시가 6편의 연작시 구성으로 실려 있기 때문이다.

당신의 영접을 받으며
당신의 城門을 열고 들어가
마당 가운데 핀 당신만의 꽃을 보았습니다.
그 꽃술에 흐르는 달콤한 꿀과 향기에 취해
그만 혀끝을 갖다 대면서
비몽인지 사몽인지 진몽인지 간에
당신의 나라를 탐해 버렸습니다.
그 순간 나는 당신의 깊고 깊은
우물 속으로 던져져
죽고 죽어서
죽을 수밖에 없었습니다.
나는 그렇게 당신의 나라, 당신의 영토 위에서
비로소 당신의 심장이 되었고,
당신의 숨이 되었습니다.
그리하여 나는 새삼스러이 깨달았습니다.
내 그토록 간절히 그리워하던 당신이 나의 정령이고,
내가 곧 당신의 정령이라는 사실을.
그리하여 나는 내 두 눈으로 똑똑히 지켜보았습니다.

내가 타버리고 남은 당신의 가슴 위에
당신이 무너져 내린 내 가슴 위에
웅장한 또 하나의 새 城이 솟고 있음을.
눈이 부시게, 부시게 솟고 있음을.

이 산문시에는 '~ㅂ니다'라는 종결 어미와 '당신'과 '나'라는 말이 자주 반복되고 있다. 또 중요한 어구의 반복 중에는 '죽고 죽어서'와 '부시게, 부시게'라는 동어반복이다. 이 동어반복을 통하여 내가 죽고 당신이 무너져 내려서 새로운 성이 눈이 부시게, 부시게 솟는다는 뜻이다. 왜냐하면, 당신과 나는 하나의 정령이기 때문이다. 이 시는 같은 의미를 말이 다른 시어로 구성하여 변주하거나 부연하거나 반복하고 있다. 당신의 나라, 당신의 영토는 같은 의미이고 당신의 심장, 당신의 숨 또한 같은 의미이다. 이렇게 의미적으로 전환·확장하거나 강화하는 것이 이 시에서의 반복의 기능이다. 시 「눈을 감아요」를 읽어보자.

눈을 한 번 감아 보아요.
이 땅에 바람의 고삐를 풀어 놓아
온갖 생명의 뿌리를 어루만지고 가는,
바쁜 손이 보여요.

눈을 한 번 더 감아 보아요.
이 땅에 바람의 고삐를 풀어 놓아
온갖 생명의 꽃들을 거두어 가는,

분주한 손의 손이 보여요.

그렇게 귀를 한 번 닫아 보아요.
이 땅 위로 넘쳐나는,
서 있는 것들의 크고 작은 숨소리도 들려요.

그렇게 귀를 한 번 더 닫아 보아요.
이 땅에서, 이 하늘에서 넘쳐 흐르는,
바람의 강물소리 들려요.
바람의 고삐를 풀어놓은 손과 손이 보여요.

　이 시집에서 바람에 대한 시인의 묵상은 큰 의미를 지니고 있다.
바람은 우주의 원력으로써 모든 생명들을 잉태하게도 하고 소멸하
게도 한다. 그 소리를 듣기 위해서는 눈을 감아야 하고 귀를 닫아야
비로소 보이고 들린다는 뜻이다. 그러니 제1연과 제2연에서는 눈을
감아 보라고 반복하고, 제3연과 제4연에서는 귀를 닫아 보라고 한
다. 왜냐하면, 바람의 바쁜 손, 즉 바람의 역할을 심안으로 보고 마
음의 귀로 들으려면 눈을 감고 귀를 닫아야 하기 때문이다. 이 땅에
서 하늘에서 넘쳐 흐르는 바람의 강물소리는 귀를 한 번 더 닫을 때
들린다고 하였다. 오히려 그렇게 할 때 바람의 강물은 들린다고 하
니 마음의 귀로 한 번 더 들으라는 뜻이다. 이 시에서는 대구 반복이
쓰여져서 오히려 눈을 감을 때 바람의 손이 보이고, 귀를 닫을 때 바
람의 강물소리가 들린다고 한다. 이것은 역설적인 의미를 지니는 이
시환 시의 주요 어법과 유사하다고 할 수 있겠다. 이러한 반복은 시

「하늘·2」에 오면 리듬을 타고 몸의 세계인 현상계에 너무 집착하지
말고 '하늘'을 바라보길 권한다.

　　서럽거든 보라.
　　잠시 하늘을 올려다보라.
　　아무 것도 지니지 않은 채
　　스스로 깊어가는 저 하늘을 보라.

　　백 년도 순간이요
　　이 몸도 그림자 같은 것이니
　　아끼되 목 메이진 말구려.
　　아끼되 목 메이진 말구려.

　　괴롭거든 보라.
　　잠시 하늘을 올려다보라.
　　아무 것도 지니지 않은 채
　　스스로 푸르러가는 저 하늘을 보라.

　　백년도 하루요,
　　이 몸도 바람 같은 것이니
　　슬퍼도 크게 슬퍼하지 말구려.
　　기뻐도 크게 기뻐하지 말구려.

　이 시에서는 반복의 기법이 아주 탁월하게 구성되어 있으며, 어휘

적으로도 약간씩 변화를 주어서 대조적 반복을 통해 긴장을 형성하고 있다고 할 수 있다. 제1연과 제3연, 제2연과 제4연이 각각 대조적 반복을 통하여 시 전체에 긴장을 형성하고 있는 예이다. 그러면서도 각 연의 3, 4행에 변화를 주어서 진부하지 않게 하였다. 특별히 이 시에서는 이미지나 비유를 동원하지 않았고, 오히려 평이한 언어를 쓰고 있지만 반복의 기법을 잘 구성함으로써 일상성을 초월한 시적 언어, 시적 구조로 변화시키고 있어서 돋보이는 작품이 되고 있다.

나는 떠가네.
나는 떠가네.
저 푸른 하늘에 흰 구름처럼 누워.

나는 떠가네.
나는 떠가네.
저 강물에 풀잎처럼 누워.

당신의 품에서 나와
그저 재롱이나 실컷 부리다가
당신의 품으로 돌아가네.

저 하늘의 구름처럼
저 강물의 풀잎처럼
그리움만 가득 싣고 돌아가네.

「無題(무제)」라고 제목이 붙은 이 시는, 그저 특별한 제목이 없어도 그냥 읽으면 투명하고 맑아서 어른이 아이의 동심으로 돌아가서 시심을 불러일으켜 쓴 시와 같은 느낌으로 마치 선경에 이를 경우에 이런 시를 쓰게 되는 것이 아닌가 하는 생각이 든다. 나는 당신의 품으로 돌아간다. 그리움을 가득 품고 돌아간다. 당신은 아마 우주를 창조하거나 주재하는 절대자일 것이고, 그 절대자의 품이다. 그런 절대자의 넓은 품에서 나와 실컷 재롱부리며 살다가 다시 그 품 안으로 돌아가는 나는 그리움으로 가득 차 있다. 그런 내가 가능한 것은 푸른 하늘의 흰 구름처럼, 강물의 풀잎처럼 나를 완전히 비웠기에 가볍게 떠 갈 수 있다. 제1연과 제2연은 병렬적 반복으로 배치하였다. 그러나 제1연 3행은 '저 푸른 하늘에 흰 구름처럼 누워'서 떠간다. '나는 떠가네'라는 어구가 2개 연에 걸쳐 반복되었고, '돌아가네'가 제2연 3행의 말미에 배치된 것도 시인이 의도한 것이다. 제4연에 1행과 2행에 제1연 3행과 제2연 3행의 내용을 '저 하늘의 구름처럼/저 강물의 풀잎처럼'이라고 종합적으로 다시 반복하여 완결된 느낌을 준다.

이시환 시인은 반복의 기법을 다양하게 구사하면서도 자신만의 철저한 법칙을 가지고 있기 때문에 다른 시인들의 그것과 많이 다르다. 그 이유는, 이 짧고 평이한 시에서 제1연 3행과 제2연 3행의 '누워'라는 말에서 제3연 3행과 제4연 3행의 '돌아가네'로 귀결되는 것은 인간이 직립보행하면서 마음껏 이 세상을 살다가 죽을 때는 누워서 돌아가는 육신의 모습을 간취하게 하는 어구를 말미에 오게 한 것이다. 이런 부분이 그의 시의 독특한 부분이다. 그는 늘 삶과 죽음이 유무동체임을 인식 속에 담지하고 있기에 이런 표현을 아주 자연스럽게 구사하는 것이다. 그의 시 「통일론·1」과 「통일론·2」에 오면 이 반복의 기법이 더욱 깊이를 더함을 확인할 수 있다.

> 통일, 통일, 통일을 외치는 것은
> 그만큼 간절하기 때문이지만
>
> 통일, 통일, 통일을 오늘도 외쳐야 하는 것은
> 그만큼 우리 안에 원치 않는 이들이 많기 때문이라네.

이 시에서 통일, 통일, 통일이라고 반복하여 외치는 까닭은 간절하기 때문에 반복하여 외치는 것이며, 아직 오지 않았기에 외치는 것이며, 또 우리 안에 통일을 원치 않는 이들이 많기 때문에 오늘도 외쳐야 한다는 것이다. 이 얼마나 정곡을 찌르는 통찰인가. 이 시의 반복 기법은 점층적 반복으로써 통일을 외쳐야 하는 의미를 강화하고 있다고 하겠다. 시 「통일론·2」에 오면 통일이 그렇게 멀리 있는 것도 어려운 것도 아닌데 현실세계에서 통일을 어렵고 멀리 있게 만드는 것에 대한 슬픔을 반어적으로 표현하고 있다.

> 그렇게 멀리 있는 것도
> 그렇게 어려운 것도 아니야.
>
> 통일은,
> 버스를 타고 가는, 차창에 비친 낯선 사람들을 향해
> 가던 길 멈추고 가까이에서, 멀리 손을 흔드는

저 어린 아이들의 마음에서, 얼굴에서부터 오는 법.

통일은,
무더운 여름날, 버스 안에서 웃옷을 다 벗고
손뼉을 치며 같은 노래를 함께 부르는
남과 북 노동자들의 가슴에서, 흥에서 오는 법.

그렇게 멀리 있는 것도
그렇게 어려운 것도 아니야.

제1연과 제4연은 통일이 어려운 것도 멀리 있는 것도 아니라고 전제하고 그 이유에 대한 부연의 기능이 제2연과 제3연의 내용이다. 통일은 제2연에서는 '저 어린 아이들의 마음에서, 얼굴에서부터 오는 법'이며, 제3연의 '남과 북 노동자들의 가슴에서, 흥에서 오는 법'이라고 시인은 말한다. 그러니 멀리 있는 것도 어려운 것도 아닌데 현실은 두 개의 정권이 지속하기 위하여 끊임없는 줄다리기를 하거나 주변 강대국들의 이권에 의해 어려울 뿐이다. 이러는 과정에서 피해를 입거나 분단으로 인해 생기는 폐해는 제3연과 제4연의 사람들이 고스란히 지는 것이다. 시인은 이러한 현실 세계의 힘의 논리를 우회적으로 비판하고 있다. 이 시에서도 반복의 기법은 아주 돋보이며 여기서는 부가적 반복과 통일의 정서를 강화하는 쪽으로 기능하고 있다.

시인이 꿈꾸는 세계는 '너'와 '내'가 '우리'로 하나가 되고, 남과 북이 하나가 되어 서로 사랑과 자비로 살며, 그런 혼들이 모인 반도 땅이 나아가 온 세계의 사람들과 우주를 창조한 창조주의 뜻에 따라 투명한 의지와 영혼으로 자유롭고 조화롭게 만물과 교감하며 더불어 지상복락을 누리는 세계이다. 시「너와 나」와「비눗방울처럼」에는 반복을 통해 그가 꿈꾸는 세계를 단적으로 보여주고 있다.

네가 울면 나도 울고
네가 웃으면 나도 미소 짓는 것이
우리는 하나, 우리는 하나.

네가 아프면 나도 아프고
네가 나으면 나도 나아지는 것이
우리는 하나, 우리는 하나.

너와 내가 하나 되고
너와 내가 한 몸일 때
우리는 사랑, 우리는 자비.

비누방물처럼 가벼웁게
비누방울처럼 투명하게
살고지고 살고지고

비눗방울처럼 영롱하게
비눗방울처럼 둥-글게
살고지고 살고지고

비눗방울처럼 자유롭게
비눗방울처럼 조용하게
살고지고 살고지고

세상 사람들은 인생이 덧없다하나
덧없다 할 것도 없고,

세상 사람들은 한사코 가진 게 없다하나
실은 온통 버릴 것뿐이네.

　이 두 편의 시에서는 반복의 기법을 통해서 시인은 의미를 강화하
거나 자신이 꿈꾸는 세계를 주술사처럼 되풀이한다. 왜냐하면, 그것
은 「통일론」1, 2에서와 같이 통일이 아직 오지 않은 것처럼, 그가 꿈
꾸는 세계가 아직 오지 않았거나 내부에 그런 세상이 오길 바라지
않는 사람[훼방꾼=장애물]들이 있기 때문이다. 그의 시에서 유난히 반
복기법이 많이 쓰였다는 사실은, 새로운 세계를 꿈꾸며, 필연적으로
그런 세계가 올 것이라고 예언을 하며, 그 꿈이 이루어지도록 마치
주술사처럼 끊임없이 되뇌이기 때문이다. 시인은 바로 그런 역할을
하는 자이며, 그가 시를 쓰는 이유이기도 한 것이리라. 꿈꾸는 세상
이 올 때까지 그의 반복은 멈추지 않을 것이며, 이것이 바로 이시환
시가 지닌 힘이라고 할 수 있다.

29

만유에 내재하는 물활성

그의 눈에는 그를 둘러싼 모든 사물들이 살아 움직이거나 그에게 대화를 해온다. 그는 자연물과도 대화를 한다. 그리고 우주로부터 오는 빛이나 바람, 공기, 별, 달과 푸른 하늘과도 마주 대하고 대화한다. 그러니 그에게 이것들은 정지되어 있거나 무생물로 존재하지 않는다.

그는 애초에 이 모든 것이 끊임없이 변화하고 있다고 생각했다. 커다란 바위가 아주 작은 먼지가 되어 사라지기까지 우주의 만물은 빠르거나 느리게 변화하고 있을 뿐이라고 보았다. 그렇기 때문에 그는 삼라만상이 모두 유기체적이며, 변화한다고 인식하였다.

이시환 시인은 그의 시에서 사물들과 자연물들에 생명을 부여하고 대화하거나 그것들과 하나가 된다. 그러니 그의 시에는 활유법이 많이 쓰일 수밖에 없다. 그 중에도, 특히 사물과 자연물을 사람처럼 인성을 부여하여 표현하는 의인법이 두드러지게 나타나고 있다. 그가 칩거를 오랜 기간 하면서 철저한 고독 속에서 시 창작과 종교 관련 저작과 중국, 인도, 라틴아메리카 등의 성지순례, 사막 여행을 할 때 그에게 이 사물들과 자연물들은 그에게 친구가 되어주었다. 그에게 말을 걸어주었고, 그도 그것들과 대화를 즐기었다. 그의 오랜 기간의 칩거는 불의한 세상에 대하여 상처도 받고 염증도 느꼈으며, 거기에서는 그 어떤 생명력도 얻을 수 없어서였다. 그래서 그는 홀로 떠나기로 결심하였고 사람들과 일정기간, 일정 정도의 단절을 한 만큼 이런 것들과 친교를 나눌 수 있었다고 본다. 철저한 고독을 대면하고 맞서본 자는 곧 자기와 맞선 자이며, 신과 대면한 인간이다. 이렇게 하지 않고는 세상을 거꾸로 볼 수가 없다. 세상의 바깥에서 세상과 일정 정도의 거리를 두고 바라보지 못한다. 그것과 같이 자기 자신에 대해 거리를 두고 바라보지도 못한다. 시인의 시적 세계는 이렇게 하여 축조되었고 축성되었다. 어쩌면, 세상과 자신을 바라보는 것은 동일한 것일 게다. 동일한 결론에 도달하는 과정이다.

그가 자신을 사막의 공간까지 확장시켜가며 철저히 고립시켰을 때 그 고뇌의 절정에서 시인은 사막의 모래로 자신의 알몸을 씻어내고 정화와 재생, 합일을 성취하면서 마치 거친 모래알과 같은 세상을 용의주도하게 잘 저작하여서 소화시킬 수 있는 되새김위를 가지는 쾌거를 이루었을 것이다. 삶의 모순과 부조리, 그것들의 이중성과 이율배반, 관계들이 그를 지치게 만들었을 때, 예술의 전당과 같은 백화점식의, 경제적 계급적 이념적 논리에 작동되어 섭렵되어가는 박제화된 예술이 아니라 그는 들판이나 벌판을 찾아가 걸으면서 거기에서 불어오는 바람에 분노와 상처를 식히고 치유하려 하였다. 그리고 숲이나 산, 계곡, 산길을 걸으면서 그는 바위들과 계곡의 강과 나무들과 이름 모를 야생화나 풀들을 바라보면서 그를 혼란스럽게 하고 분노케 한 모든 것들을 내려놓았다. 말없는 바위와 대화를 하며 그는 가슴 속에 인간들에게 할 수 없었던 못 다한 말들을 쏟아내었다. 그가 배낭을 꾸리고 등산화를 신고 문밖을 나서기만 하면 바람은 그의 발에 힘을 불어넣어 주어서 이끌었고, 오라고 손짓하며 품에 안아 주었고, 가슴과 등을 쓸어주었다. 태양은 그에게 환하게 인사를 했다. 그 태양에 미소로 답하며 따라 걷기만 하면 되었다. 질주의 소음과 분노와 방탕, 불륜, 타락, 욕지거리, 기만, 중상, 경쟁, 먹고 먹히는 인간 먹이사슬, 불의한 권력체들, 살인, 방화 등 부조리와 모순으로 가득 찬 '소돔과 고모'라 같은 도시를 등지기만 하면 되었다. 그는 산의 중턱에 올라 자신이 등지고 온 소돔 성읍을 바라본다. 그곳에는 그 악한 것들이 피워 올리는 연기로 자욱하여 시야를 가린다. 마치, 롯이 유황과 불비가 내려 벌겋게 타오르는 소돔과 고모라 성읍이 내려다보이는 초아르에서 '저기에서 살았구나', '살아남았구나', '지금 벗어났구나'라며 스스로 오싹해오는 등골을 의식하며 한숨을 돌렸듯이, 그는 통탄해 하면서 산길을 오른다. 그렇게 삶의 자리를 떠나는 여행을 하면서 그는 순례객이 되었다. 불국토인 인도·티베트를 여행하고, 한국 사람으로 드물게 아토스 성산(주:그리스 동북단의 산악 반도에 위치한 아토스 산은 에게 해를 향해 50km 뻗어 나온 성스러운 산으로 지난 천여 년간 동방정교회 수도사들의 집단 거주지로서, 수도사들은 속세의 모든 것과 인연을 끊은 채 살며 오로지 예수 그리스도와 일체를 이루기 위해 살고 있다. 해발 2033m의 아토스 산 해안 절벽을 따라 들어선 20곳의 수도원과 12개의 별원(別院), 그리고 수백 곳의 암자들은 외부로부터 완벽하게 차단되어 있다.)을 오를 때까지 그의 순례는 계속 되었다. 300여 개의 수도원이나 교회당이 있다는 아토스 성산은 그야말로 인간이 하느님과 대화하는 산이다. 인간계와는 철저히 거리를 두고 기도를 통해 하느님으로부터 오는 메시지를 매시간 수신하기 위해 그들을 늘 깨어 전파를 송수신한다. 시인은 그의 순례의 여정에서 만나는 이국의 사물들과 자연물, 사람들을 통해 자기를 발견하였다. 그곳에서 생명력을 찾았고, 그의 활유법은 그런 과정에서 나온 시법인 것이다. 활유법은 물활론에 그 뿌리를 두고 있다.

물활론[物活論 hylozoism]은 물질에 생명이 내재해 있다는 입장이다. 이와 유사한 것으로 애니미즘, 생기론(生氣論), 범신론이 있다. 물활론을 포함해서 이들 개념은 '물질' '생명' 및 인간의 '마음'(정신)과의 관계를 어떻게 생각하느냐에 따라 구별되나, 엄밀히 구별되지 않고 쓰이는 경우가 많다. 애니미즘은 자연현상에 영적인 것을 읽어내어 인간과 교섭한다는 것이며, 주로 세계에 관한 이론적인 파악이 없는 단계의 원시종교 등에 대해 쓰인다. 물활론은 이론적 반성이 생긴 후의 것이며, 고대 그리스의 이오니아 자연학이나, 르네상스기의 자연철학, 예를 들어 브르노나 18세기의 디드로, 나아가 19세기의 어른스트 헥켈 등을 들 수 있겠다. 여기에서는 인간이나 동식물 이외의 존재도 생명적 성격 즉, 성장하고 발달하는 경향을 내재적으로, 즉 질료 자체를 가지고 있다고 생각하였다. 거기에 대해 아리스토텔레스와 같이 물질적인 것 그 자체는 수동적 질료에 지나지 않고, 생명적인 것은 형상(形相)으로서 바깥에서 주어지는 견해나, 베르그송의 철학 등은 생명주의적이나 물활론이라고 하지는 않는다. 생기론은 거기에 대해 주로 근대에 물리학에서 기계론적 자연관이 성립하여 무기적 세계가 비생명적인 것으로 된 후에 동식물 등의 생물에는, 물리화학 현상에는 보이지 않는 특유의 생명원리가 존재한다고 주장하는 입장이다. 근대과학에 있어 생명 현상의 해명이 진보된 여러 영역에서 생명현상을 기계론적으로 설명할 수 있다는 입장과 거기에 반대하는 생기론의 입장과의 논쟁이 일어나 근대 이전의 것에 관해서도 기계론적인 것으로 환원되지 않는 생명원리를 주장한 인물을 거슬러 생기론자라고 하고, 앞서 물활론에서 거론한 인물도 때로는 생기론자라고 불린다. 범심론은 동식물의 생명과는 다른 인간적인 '마음'이 자연계에 내재해 있고, 그것은 인간에 있어서 완성한 형태로 자각되는 것이며, 버틀리, 쇼펜하우어 혹은 셸링 등을 들 수 있으나 물활론 또는 생기론과의 차이를 동식물 차원에서의 설명으로 분명히 나타내는 것은 곤란하며, 오히려 인간을 포함한 전체 도식에 있어 방향성의 차이로 비로소 구별할 수 있다.

이시환 시의 활유법은 넓게는 물활론의 범주에서 쓰여진다. 자연 현상에서 영적인 것을 읽어내어 시적 화자인 시인과 교섭하는 것이나 인간, 동식물, 사물 등에 성장, 발달하는 경향을 내재하고 있다는 인식은 물활론이다. 그 중에 특징적인 몇 가지는 원초적 에로티시즘을 통하여 생명력을 나타내거나 자연현상이나 동식물, 사물에서 영적인 것을 읽어내어 시적 화자가 친교/교섭하거나, 인간, 동식물, 사물 등에 성장, 발달하는 경향을 내재하고 있다는 인식을 보여 주는 시편들로 나누어 볼 수 있겠다. 먼저, 원초적 에로티시즘을 통하여 생명력을 나타내는 시편들이다.

> 손끝에 와 닿는 당신의 두 개의 젖꼭지. 그 꼭지와 꼭지 사이의 폭과
> 골이 당신의 비밀을 말해주지만 가늠할 수 없는 그 깊은 곳으로 이어
> 지는 사내들의 곤두박질. 그 때마다 제 목을 뽑아 뿌리는 치마폭 사이
> 의 선붉은 꽃잎 골골이 깔리고 누워 잠든 바람마저 눈을 뜨면 이 내

가슴 속, 속살을 비집고 우뚝 솟은 산 하나. 그 허리춤에선 스멀스멀
풍문처럼 안개만 피어오르고. 「山」, 『안암동日記』에서

그가 일상을 떠나 늘 찾아다녔던 산은 이 시에서 여성으로 의인
화되어 있다. 그에게 산은 여성, 어머니이다. 이 시에서는 완숙한 여
성의 젖가슴으로 그리고 있듯이, 시적 화자가 모태 회귀적 퍼소나
를 이 시를 통하여 나타내고 있다고 하겠다. 두 개의 젖꼭지란 산과
산의 두 봉우리를 말한다. 이 시는 산을 여체로 의인화하여 사내들
이 그 여체의 골짜기인 산의 계곡을 찾는 것을 사람의 성교로, 그 결
과 여성의 처녀막이 찢어질 때 '선붉은 꽃잎'으로 비유하였다. '산/여
성, 계곡/여성의 자궁, 거기로 뛰어드는 남성/페니스, 선붉은 꽃잎/
처녀 혈'로 정리될 수 있다. '내 가슴/여성, 우뚝 솟은 산/남성' 이렇
게 겹쳐서 이중적으로 의인화되고 있다. 두 개의 산봉우리가 여성으
로, 이것은 시인의 시야에 들어온 산을 여성의 젖가슴으로, 나의 가
슴 속의 속살을 비집고 우뚝 솟은 산은 남성으로 의인화하고 있다고
하겠다. 그러므로 이 시는 원초적 에로티시즘과 그 생명력을 산을
통하여 나타내었다.

하늘을 바라보고 누워있는 나의 배 위로 배를 깔고 누워있는 당신은
황홀이란 무게로 나를 짓누르고. 짓눌려 숨이 막힐 때마다 햇살 속 저
은사시나무 잎처럼 흔들리면서 이쪽과 저쪽을 넘나들면 출렁이는 세
상이야 부시게부시게 출렁일 뿐. 「오랑캐꽃」, 『안암동日記』에서

오랑캐꽃과 시적 화자인 나와의 정신적, 신체적 교합은 황홀을 자

아낸다. 이 둘은 포개어져 있다. 영적인 중첩을 이루어 그 절정에서 황홀함을 느끼기 때문에 세상은 출렁댈 뿐이다. 봄꽃인, 작고 땅에 거의 붙어 있듯이 한 이 꽃을 보고 시인은 감탄한다. 그 생명력을 이렇게 인간과 식물의 교합을 빌어 의인화하여 표현하였다. 봄의 들판에 여기 저기 피어있는 한해살이 꽃과에 속하는 보랏빛과 흰 빛의 제비꽃=오랑캐꽃은 가을이 되어 서리가 내리면 사라져 버리기에 봄에 일찍 피어서 화려한 자태를 뽐낸다. 시인의 눈은 그 보잘 것 없이 작고 서리를 맞으면 사라질 그 꽃의 눈부신 만개(滿開)에 인간의 생의 허무와 고뇌 가운데서 그것을 잊게 해주는 생명력인 교합으로 의인화한 것일까? 그런 상태에서는 모든 것이 빙빙 돌고 이성적 판단으로 스스로 고뇌하는 인간의 영혼도 이 순간만은 판단정지 된 채 가볍게 흔들리는 것이다. 이 한 송이 꽃으로 그 자체가 주는 아름다움과 기쁨으로만 흔들리고 싶은 심정을 노래하였다고 생각된다.

> 텅 빈 내 가슴 속을 파고들어 앉아 거친 숨을 쉬는 한 마리 귀여운 들짐승. 너는 이 땅 위로 서있는 것들을 모조리 쓰러트리고 시방 까아만 두 손으로 내 몸뚱아리 구석구석을 쓸어내리는 뜨거운 진흙, 눈먼 狂人이다. 목을 매어 소금기 어린 풀꽃을 터트리는 내 가슴 속의 너는.
> 「겨울바람」, 『안암동日記』에서

부드러운 봄바람도 아닌 차갑고 메마르고 거친 겨울바람일지라도 텅 비어 있는 시적 화자의 가슴 속에 들어오면 온순하고 따뜻하며 촉촉한 한 마리 귀여운 들짐승이 된다. 이 들짐승인 겨울바람은 땅 위에 서 있는 모든 풀과 나무들을 쓰러트리고, 시적 화자의 몸뚱아리의 구석구석을 쓸어내린다. 겨울바람은 털이 보송보송하고 박동을 하여 따뜻한 온혈 들짐승이 되고, 습기를 머금은 부드럽고 촉촉한 진흙이 되고, 마침내 눈먼 광인이 된다. 사랑에 목을 맨다는 의미는 사랑에 목숨을 걸고 바친다는 뜻이며, 눈먼 광인에서 한 단계 더 올라간 경지일 것이다. 겨울바람이 들짐승 → 진흙 → 눈먼 광인 → 너로, 동식물, 자연물, 사람 등으로 변화되면서 가장 마지막 단계에 광인/너로 불리우면서 사람이 된 바람과 대화를 나누고 사랑을 나눈다. 목을 매어/목이 매이어 온다. 그 어느 쪽이든지 정에 순사하거나 그로 인한 눈물의 짠맛을 머금은 어린 풀꽃을 터트리는 내 가슴 속의 '너'이다.

> 내가 가진 것이라고는 아무것도 없습니다. 다만, 당신에게로 곧장 달려 갈 수 있다는 그것과 당신을 위해서라면 당신의 이마에, 손등에, 목덜미 어디에서든 입술을 부비고 가녀린 몸짓으로 나부끼다가 한 방울의 물이라도 구름이라도 될 수 있다는 그것뿐이옵니다. 내가 가지고 있는 것이라곤 아무 것도 없사옵니다. 다만, 우리들의 촉각을 마비시키는 추위가 엄습해오는 길목으로 돌아서서 겨울나무 가지 끝 당신의 가슴에 잠시 머물 수 있다는 그것과 당신을 위해서라면 충실한 從의 몸으로 서슴없이 달려가 젖은 땅, 얼어붙은 이 땅 어디에서든 쾌히 엎드릴 수 있다는 그것뿐이옵니다. 나는 언제나 그런 나에 불과 합니다. 나는 나이어야 하기 때문입니다. 「함박눈」, 『안암동日記』에서

함박눈에 관하여 쓴 이 시에는 함박눈을 달려간다, 입술을 부빈다, 가진 것이 아무것도 없다, 충실한 종의 몸으로 서슴없이 달려가겠

다, 엎드릴 수 있다 등의 동사들을 나열하면서 함박눈을 의인화하여 표현하였다. 시인의 물활론은 동식물이나 자연물을 사람으로 의인화 할 때 동적으로 표현하기 때문에 동작이나 동사 표현이 주를 이루고 있는 것이다. 이것은 운동성을 지니며, 그가 모든 우주만물이 유기체이며 생성, 성장, 소멸 등의 변화하는 것이라는 인식의 바탕에 있기 때문이다. '함박눈=나'는 당신을 위해서라면 충복이 되겠다는 사랑의 서약을 하는 관계이다. 이 표현은 시「오랑캐꽃」과「겨울바람」에서와 같이 사랑하는 연인의 관계로 사람으로 의인화하여 표현되고 있는 점에 유의할 필요가 있다.

두 번째로 동식물, 자연물, 사물을 통해 영적 교감을 이루는 시편들이다.

> 서 있는 나무는 서 있어야 한다. 앉고 싶을 때 눕고 싶을 때 앉지도 눕지도 못하는 서 있는 나무는 내내 서 있어야 한다. 늪 속에 질퍽한 어둠 덕지덕지 달라붙어 지울 수 없는 만신창이가 될 지라도 눈을 가리고 귀를 막고 입을 봉할지라도, 젖은 살 속으로 매서운 바람 스며들어 마디마디 뼈가 시려 올지라도 서 있는 나무는 시종 서 있어야 한다. 모두가 깔깔 거리며 몰려다닐지라도, 모두가 오며가며 얼굴에 침을 뱉을지라도 서 있는 나무는 그렇게 서 있어야 한다. 도끼자루에 톱날에 이 몸 비록 쓰러지고 무너질지라도 서 있는 나무는 죽어서도 서 있어야 한다. 그렇다 해서 세상일이 뒤바뀌는 건 아니지만 그렇다고 해서 세상일이 뒤바뀌는 건 아니지만 서 있는 나무는 홀로 서 있어야 한다. 서 있는 나무는 죽어서도 서 있어야 한다.
>
> 「서 있는 나무」, 『안암동 日記』에서

나무는 하늘을 바라보고 서 있다. 나무의 서 있는 모습을 사람에다 의인화하여 불의한 어둠으로 피해를 입어 병들고 만신창이가 될지라도, 누군가가 눈과 귀를 가려서 사고와 판단을 마비시킬지라도 매서운 바람으로 상징되는 고통의 시련 속에서도 나무는 서 있어야 한다. 누군가 무리지어 나무의 얼굴에 조소와 경멸, 조롱을 하며 침을 뱉을지라도 서 있어야 한다. 목숨을 위협받아 도끼에 찍혀 쓰러져 무너져 생명이 다할지언정 나무는 죽어서도 서 있어야 한다. 이 의미는, 정의와 진리를 위해 죽음까지도 불사르는 나무의 모습을 의인/혁명가, 투사로 의인화한 시라고 보아도 틀리지 않는다. 그가 하나 죽어서 세상이 바뀐다고 생각하지 않지만 그렇게 서 있는 사람이 없을 때 불의는 어느 새 우후죽순처럼 고개를 내민다. 인간의 욕망이 끊임없이 자라는 것처럼. 의인/혁명가, 투사는 외롭고 고독하다. 조롱과 억압을 받는다. 자신의 신념을 지키기 위해 목숨마저 내놓아야 한다. 죽어서도 그 영혼이 편히 누워서 잠들 수 없다. 그러니 죽어서도 서 있어야 한다. 누워 있지 않고 서 있는 것이 본질인 나무에다 의인/혁명가, 투사와 같은 사람의 인성과 인격을 부여한 시이다. 이 시는 식물을 통해 그 나무의 본질을 통찰함으로써 얻어지는 영적 교감을 표현한 예이다. 이와 같은 시편인「벚꽃 지는 날」을 읽어 보자.

간밤에 마음과 마음이 통했는가?

아주 가벼웁게 바람의 잔등을 올라타는
저 수수만의 꽃잎들이 추는 군무(群舞)가
마침내 반짝거리는 큰 물결을 이루어 가는 것이,

그 모습 눈이 부셔 끝내 바라볼 수 없고
그 자태 어지러워 끝내 서 있을 수도 없는
나는, 한낱 대지 위에 말뚝이 되어 박힌 채
그대 유혹의 불길에 이끌리어 손을 내어 뻗는 것이,

간밤에 마음과 마음이 통했는가?

아주 가볍게 몸을 버려서 하늘을 나는 꿈을 꾸는,
저 흩날리는 꽃잎들의 어지러운 비상(飛翔)!
그 마음 한가운데에서 일어나 소용돌이치는
법열(法悅)의 불길을 와락 끌어안는다, 나는.
-2003. 4. 22. 00:5 「벚꽃 지는 날」, 『상선암 가는 길』에서

　이 작품에서는 '간밤에 마음과 마음이 통했는가?'라는 물음의 시 구절이 제1연과 제4연에 반복 배치되어 있다. 그의 주요 기법의 하나인 반복을 배치하는 데에는 시적 화자가 지는 벚꽃과 바람의 작용으로 마음속의 법열에 이르게 되므로 그렇게 질문을 던져 보는 것이다. 제2연에서 바람도 벚꽃도 사람으로 표현되고 있다. 그 이유는 바람이 잔등을 지니고 있고, 벚꽃은 그 잔등에 올라타기 때문이다. 그리고 바람의 잔등에 올라탄 벚꽃 잎들은 군무를 춘다. 그것이 마침내 강물의 물결이 된다. 시적 화자는 제3연에서 황홀하여 손을 내어 뻗어 잡고자 한다. 그러면서 한 번 더 '간밤에 마음과 마음이 통했는가?'라고 벚꽃과 바람에게, 시적 화자 자신과 벚꽃/바람에게 물어본다. 그러나 법열에서 알 수 있듯이, 시적 화자 나는 이 바람에 의한

꽃잎들의 눈부신 비상 속에서 한 깨달음을 얻는다. 아주 가볍게 몸을 버릴 때에만 눈부신 비상이 가능하다는 것을. 이 가벼움은 마음의 탐욕과 번뇌를 모두 불 태워 끄고 비워야 가능한 일이다. 바람으로 인한 벗꽃의 군무를 하염없이 바라보면서 시적 화자의 마음도 무거운 육신(색계/ 현상계)을 버려 가벼워졌기에 법락의 불길이 소용돌이쳐 일어난다. 그러니 간밤에 시적 화자의 마음과 이 벗꽃의 마음이 통하였나 보다. 이 시는 바로 벗꽃이라는 식물과 자연물인 바람 속에서 법열이라는 영적 교섭을 통하여 '간밤에 마음과 마음이 통했는가'하고 질문을 던질 수 있는 경지의 작품이다.

　시 「有無同體」에서 "집착이요, 욕심이요, 욕망의 덩어리"인 나의 역사를 뒤바꾸는 거룩한 힘은, 시인의 눈에 보이는 사물들과 더욱 깊은 관계를 맺음으로써 일어난다. 대상을 나와 동일시하거나 대상과의 소통과 교감이 이루어질 때 대상에 몰입하게 되고, 대상이 건네오는 말을 들을 수 있게 된다. 소통과 교감은 자기를 비워둘 때 가능한 일이다.

　　두 눈을 지그시 감고
　　두 눈을 지그시 감아 버리고서
　　뛰어 내리라 하네.
　　뛰어 내리라 하네.

　　치마를 뒤집어 쓰고
　　천 길 벼랑으로 떨어지며 춤을 추는

저 붉디붉은, 작은 복사 꽃잎들처럼

날더러 뛰어 내리라 하네.

뛰어 내리라 하네.

네 깊고 깊은 미소가 피어나는

無心, 無心川으로

뛰어 내리라 하네.

뛰어 내리라 하네.

「芙蓉抄」부분, 『상선암 가는 길』에서

무심이란 마음의 번뇌와 업장이 소멸된 적멸보궁의 상태를 말한
다. 그래서 무아(無我)라고도 한다. 번뇌와 업장을 소멸시키는 길은
나를 지우고 비우는 길밖에 달리 방법이 없다. 욕망과 욕심 덩어리
인 주체를 지우기 위해서는 주체의 산화 즉 복사꽃이 천 길 벼랑으
로 낙화하듯이 자기를 던지는 수밖에 없는 것이다. 자연의 꽃들은
때가 되면 피었다가 때가 되면 말없이 낙화한다. 인간만이 이 떨어
짐, 자기 지우기를 하기가 힘들다. 왜냐하면, 주체의 욕망의 역사는
쉽게 자기포기 되지 않기 때문이다. 인간이 자연의 이법에 따라 살
려고 한다면 번뇌와 업장의 소용돌이에서 해방되어야 하며, 그 길
은 무심의 경지, 자기 비우기에 이르는 길이다. 이 시에서 시적 화자
는 자신을 비우고 연꽃이 말을 걸어오는 것에 중점을 두고 있다. 시
적 화자 '나'가 사물이나 자연물에 말을 걸기보다 그쪽에서 말을 걸
어오는 것을 중점으로 쓴 시이다. 그쪽의 말은 '뛰어 내리라'이다. 이
시 구절이 여섯 번이나 반복되고 있는 점에서도 뛰어내림의 의미가

강조되고 있다. 여기에서 우리는 겹치지는 역사의 한 장면을 기억해 낸다. 의자왕의 삼천궁녀다. 그 궁녀들이 임금이 죽게 되자 임금을 따르는 마음으로 목숨을 버리고 낙화암에 떨어져 죽었다는 전설(傳說)이다. 낙화암의 전설처럼 그 꽃 같은 여인네들이 목숨을 강물에 던진 것을 지는 복사꽃에 비유하면서 무심의 경지로 뛰어내리라고 부용이 시적 화자에게 말을 걸었으리라.

세 번째로 인간, 동식물, 사물 등에 성장, 발달하는 경향을 내재하고 있다는 인식을 보여 주는 시 「사하라 사막에 서서」를 읽어보자.

> 일 년 삼백육십오일 내내/비 한 방울 내리지 않는/이곳에//서 있는 산은 서 있는 채로/누워 있는 돌은 누운 채로//깨어지며 부서지며/모래알이 되어가는/숨 막히는/이곳에/아지랑이 피어오르고/간간이 바람 불어/모래알 날리며/뜨거운 햇살 내려 쌓이네.//수수만 년 전부터/그리 실려 가고/그리 실려 온/바람도 쌓이고/적막도 쌓이고/별빛도 쌓여서//웅장한 성(城) 가운데/성을 이루고/화려한 궁전 가운데/궁전을 지었네그려.//나는/그 성에 갇혀/깨끗한 모래알로/긴 머릴 감고,//나는/그 궁전에 갇혀/순결한 모래알로/구석구석 알몸을 씻네.//검은 돌은/검은 모래 만들고/붉은 돌은/붉은 모래 만들고/흰 돌은/흰 모래를 만들어내는//이곳 단단한/시간에 갇혀/나는 미라가 되고//이곳 차디찬/적막에 갇혀/그조차 무너지고 부서지며//마침내/ 진토(塵土) 되어/가볍게 바람에 쓸려가고/ 가볍게 별빛에 밀려오네.
>
> ─「사하라 사막에 서서」, 『몽산포 밤바다』에서

이 시에서는 두 가지의 성장, 발달을 보여주고 있다. 하나는 자연물로서의 사막은 산과 바위, 돌이 풍화되어 이루어진 곳이다. 이 자연물의 풍화 속에는 시간과 공간의 이동이 전제가 되었다. 광대한 사막에서 시인은 웅장한 성을 본다. 이것은 자연이 빚은 성이지 사람이 축조한 성이 아니다. 오랜 시간을 거쳐서 이루어진 성에서 시적 화자 나는 깨끗하고 순결한 모래로 머리를 감고 알몸을 씻는 영혼의 정화와 재생을 꿈꾼다. 이것이 다른 하나의 성장이다. 즉 시적 화자의 영적 성장이다. 이 시에서 시인은 비로소 자신도, 자연물도, 사물도 우주의 시간의 흐름 속에서 성장, 발전, 소멸하는 것임을 체득한다. 이것은 하나의 영적 성장이다. 이 세상에 생멸을 하지 않는 것이라고는 아무것도 없다. 그것이 현상계의 이법이다. 여기에서 그 어떤 우주 만물도 비껴갈 수가 없다. 시인은 미라가 되고 진토로 변화되는 자신의 미래를 바라본다. 이 우주에 존재하는 것은 모두 이렇게 되게 되어 있음을 사막의 성에서 그는 깨닫게 되어 영적 진보를 이루는 것이다.

시적 화자는 남성이 아니라 여성으로 되어 있고, 사막은 하나의 웅장한 성으로 되어 있어서 남성으로 의인화되어 있다. 사막이라는 남성과 그곳의 단단한 시간과 차디찬 적막에 갇힌 나는, 여성으로서 머리를 감고 알몸을 씻는다. 이 때 사막은 성(城) 속의 거대한 욕탕이 된다. 모래알들은 물이 되어 나의 몸을 씻어준다. 사막이 성과 욕탕이 되고, 나는 알몸인 채 그 모래 욕탕물에 몸을 담근다는 것은 사막과의 결합을 뜻한다. 사막은 의인화되어 나를 정화시키고 재생시키며 또 미라가 되게 하고 진토가 되게 하는 자연물이다. 이 시에서 인간이 자연의 일부분이며, 자연과 상즉상입하는 존재임을 보여주고 있다. 그것이 사막 시편들에서 이시환 시인이 체득한 깨달음이다.

거대한 사막에 비해 인간은 한낱 보잘 것 없는 존재임을, 인간은 우주만물들과 상즉상입할 때 우주와 교감하고 친교를 나눌 수 있으며, 사물이나 자연물, 동식물이 건네오는 말을 알아들을 눈과 귀가 열린다. 그러기 위해서는, 시인이 먼저 걸어간 삶의 여정처럼 생멸을 자연 이법에 맡기며, 인간으로서의 삶을 상생의 우주 의지와 부합하면서 자기를 비우고 그들의 말을 들을 준비가 되어 있어야 한다.

이시환 시의 물활성은 바로 자연물과 사물, 동식물을 의인화하여 이쪽과 저쪽의 경계를 허물고 상즉상입하는 데에서 이루어진 교감과 친교에 있었다. 그가 사용한 활유법이나 의인법은 자연스럽게 그들과 대화하는 과정에서 이쪽에서 보고 묻고 들은 것이나 저쪽에서 그에게 말을 건네 온 것들이었다.

30

물질화된 시간을 넘어서

신약성서 루카복음 제16장의 지혜로운 청지기의 비유(1절-8절)는 하느님께로부터 받은 삶을 정리해야할 시간을 염두에 두고, 종말론적 시간의 관점에서 예수가 가르친 비유이다. 하느님 나라가 임박했음을 말하는 이 비유는, 하느님 나라의 시민권을 획득하기 위해서 취해야 할 바를 제시한 가르침이다.

어떤 주인이 자신의 재산을 낭비하는 집사를 해고하려 했다. 이 집사는 해고당한 후에 먹고 살 길이 없을 거라고 생각한 끝에 꾀를 내어 주인에게 빚진 이들을 불러 빚문서에 적힌 빚을 탕감해주었다. 주인은 이 약은 집사의 처신을 오히려 칭찬한다. 이것은 상식적으로는 이해가 어렵다. 그러나 이 비유의 핵심은, 하느님 나라 임박과 거기에 대처하는 자세를 현명한 집사를 통하여 암시하고 있다. 믿지 않는 자녀들도 이렇게 살 길을 마련하기 위해서 믿음의 자녀보다 더 현명하게 처신한다고 예수가 얘기하면서 도래할 하느님 나라에 편입될 수 있기 위해서는 깨어서 기도하고, 지금까지 살아온 삶의 방향을 전환하라는 메시지를 담고 있다. 종말은 여기에서 자신의 지난 삶을 정리해야 하는 시간을 뜻하고 있다. 이와 같이 늘 하느님은 자녀들에게 하늘나라 시민으로 편입될 수 있는 기회를 마련하고 있다.

그러나 복음의 가르침을 무시하고 변화 없는 삶을 살다보면 그 주시는 기회를 다 넘기고 하느님 나라를 이 세상에서도 저 세상에서도 갖지 못한 채 죽어가고 만다. 이 비유에서 방향전환의 근거는, 하느님이냐 재물이냐 둘 중 어느 것을 택할 것이냐의 양자택일의 문제이다. 그러면서, "너희는 하느님과 재물을 함께 섬길 수 없다"라는 13절의 말씀에서와 같이 하느님 중심의 삶의 양태로 변화될 것을 강조하고 있고, 재물을 올바르게 이용하라는 말씀(9절-12절), 즉 재물을 좋은 목적으로 사용하길 권고하는 구절이 뒤따라 나온다. 하느님은 '있는 나'이시며, 존재하는 모든 것들의 주인이신 분이다. 하느님을 받아들이는 것은 존재하는 모든 것들에 대해 경외감을 가지고 고귀하게 존중하는 마음으로 대하는 태도일 것이다.

같은 제16장의 부자와 나자로의 비유는 호화롭게 사는 부자와 병들고 가난한 나자로라는 거지의 비유이다. 이 둘의 삶은 대조를 이룬다. 거지 라자로는 종기투성이의 몸으로 부자의 집 대문 앞에서 부자의 식탁에서 떨어지는 것으로 배를 채우기를 간절히 바라며, 사람 취급 받지 못하고 개들마저도 그의 종기를 핥곤 하였다. 그러나 이 둘은 죽어서 부자는 지옥의 불길에 고통 받고, 나자로는 천사들의 인도를 받아 아브라함의 곁으로 갔다. 나자로라는 이름은 '하느님의 도움을 받는 자'이다. 이 이름에서도 알 수 있듯이, 나자로는 지상에서 아무것도 누리지 못하고 나쁜 것들만 받았다. 그런데 부자는 자신이 지옥에서 고통을 겪지 않도록 자비를 베풀어주기를 청했으나 거절당하고, 그의 다섯 형제들에게 나자로를 보내어 그들이 회개하여 지옥의 고통을 당하지 않게 해달라고 청하나 그것마저도 거절된다. 그 이유는, '그들이 모세와 예언자들의 말을 듣지 않으면, 죽은 이들 가운데에서 누가 다시 살아나도 믿지 않을 것'이기 때문이다. 이 비유는 그만큼 인간의 삶은 재물 추구에 중심을 두고 있으며, 그 유혹으로부터 회개하여 하느님 나라를 꿈꾸고, 그것을 중심에 두는 것은 힘든 일이라는 뜻이다. 모세와 예언자들이 수없이 전하였어도 그 말을 듣지 않았던 완고한 인간은 결코 죽은 나자로가 살아와서 하느님 나라를 택하라고 해도 말을 듣지 않을 만큼 완고해져 있음을 지적하고, 이것은 비단 죽어서 지옥의 고통을 겪는 부자나 그의 다섯 형제들에게만 국한되는 이야기가 아님을 알 수 있다.

인생을 살아가다가 사람은 중년의 나이에 이르면, 지나온 자신의 삶을 되돌아보게 된다. 어느 정도 꿈을 이루고, 어느덧 몸이 젊을 때와는 다르게 변화되며, 그동안은 뭔가를 추구하고 가지기 위해서 집중해왔다면 이때부터는 비우고 버릴 것은 버리며, 몸을 돌보며 꿈을 추구하느라 미처 보살피지 못했던 존재들을 보살펴 가면서 살아가는 시간이 된다. 또 한 면에서는 자기의 지난 삶을 돌아보는 시기이므로 자기 자신과 마주하는 시간이기도 하다. 그렇게 되는 원인은, 외부적으로 여러 가지 복잡한 일들로 인해서 위기에 직면하였기 때문에 내적으로 침잠해 들어가는 시간을 가지기 때문이다. 이때부터는 젊을 때의 빠른 속도보다 느리게, 느리게 가게 된다. 자신의 삶을 되돌아보는 시기는 바로 반추(反芻)하는 시기이다. 그래서 이 시기가 오면 많은 사람들은 어느 날 이때까지 해오던 습관이나 일과 관계들을 다시 설정해 보기도 하게 된다. 이런 시간을 갖게 되면, 그 이후의 삶을 순리대로 살아가려는 자세로 변화되거나, 욕심을 버리고 마음을 비워가는 삶의 태도를 지니게 되는 것이다. 인간에게 이 세상에서의 시간이 결코 무한하지 않기 때문에 육신의 노쇠를 느끼는 나이가 되면서 찾아오는 삶의 리모델링 과정이라고 부를 수 있을 것 같다.

시인의 시편들에서 시간은 자신을 비워가기 위한 여정으로 표현된다. 제3시집『바람 序說』의「어찌하오리까」를 읽어보자.

그 하나

어디로 가는 것일까
어디로 가는 것일까
그저 바람에 이리저리 쓸려가는
마른 잎처럼 우리는
어디로들 가는 것일까
혹, 무엇에 쫓겨가는 것은 아닐까
너나 할 것 없이
쫓겨가는 것은 아닐까
오늘도 눈을 뜨기가 무섭게
서로의 어깨를 맞부딪치며 시작되는
우리들의 하루살이
그것은 넋나간 바람 바람처럼
거대한 물질문명의 틈 바퀴 속에서
지르는 실오리 같은 비명
질척거리는 골목골목을 누비고

지하도로 빠져 나와 아슬아슬
고가도로 밑 횡단보도를 건너는
사람 사람들의 발걸음
일어났다 되무너지는 물거품인가
무지갯빛 꿈인가
막 모퉁이를 돌아서면 구두콧날에
꽂히는, 오늘의
불길한 예감 하나.

그 둘

그렇듯
잠시도 머물러 있을 수 없는
바쁜 나를 붙잡고 너를 붙잡고
물어보고 또 물어보라
사는 것이 무엇인지를
아무리 채우고 채워도 차지 않는
어쩌면 채울수록 더욱 허전해지는
밑빠진 독 같은 우리네 가슴 속
속이 다 보이는데
너와 내가 이리저리 얽히고 설켜
너를 죽이고 나를 죽이며
오늘 하루를 산다는 것도

따지고 보면

그 허전한 깊이를 메우기 위한

한낱 몸짓에 지나지 않음을

사람의 힘으론 어쩔 수 없는

그 무엇처럼 무엇처럼

쉴 새 없이 손가락을 움직이고

요리조리 몸을 휘어

크고 작은 무엇인가를 만들고 다듬고 빚어도 보지만

언제나 제자리걸음인

너와 나의 서글픈 몸짓.

　이 시의 분위기는 맥이 빠진다. 그 이유는 거대한 물질문명의 커다랗게 굴러가는 시스템 속에서 인간의 일상이 무언가를 채우기 위해서 바삐 어디로들 가는 것에 지나지 않기 때문이다. 거대한 도시의 공간에서 도로를 꽉 매운 차들의 흐름이 끊임없이 흘러가듯, 거리의 인파가 끊임없이 흘러가듯, 시간은 차들을 사람들을 어디론가 데려가고 있다. 시간에 쫓겨 어디로들 가는 현대인의 바쁜 일상은 뭔가를 채우기 위함일 것이며, 그러나 그것은 채워도 채워도 충만감이 없는 밑빠진 독처럼 채워지지 않고 채울수록 더욱 허전해지는 가슴 속과 같은 것이다. 결국, 현대인이 살아간다는 것은 이 허전한 깊이를 채우기 위한 몸짓에 지나지 않음을 시인은 우려하고 있다. 하루를 산다는 것이 그 허전함을 채우기 위한 연속에 지나지 않는다는 인식은, 현대의 삶을 바라보는 비극적이고도 부정적인 판단이다.
　그러므로 이 시에서의 시간은 물질화된 시간이다. 현대인들이 뭔가를 채우기 위해 쫓기듯 살아가는 것도 역시 물질을 쫓기 위함이며, 그 물질은 채워도 밑빠진 독에 물을 붓는 것처럼 허전할 뿐이다. 물질화된 시간은 그 속성이 빠르며, 사람의 관계도 삭막하게 만든다. 물질화된 시간에는 고용자와 피고용자가 있으며, 상하의 수직구조가 엄연히 존재하며, 반평등의 세계이다. 평등한 세계란, 법 앞에서의 평등만이 아니라 모두로서 하나인 세계이기에 차별상이 없는 세계인 것이다. 이것이야말로, 불교적 평등상이다. 물질화된 시간은 대형 콘베이어 벨트와 같이 끊임없이 돌아가는, 획일적이며 일방적인 구조의 세계이다. 거기서 헤어 나오기란 현대인에게 결코 쉽지 않다. 콘베이어 벨트에서 튕겨져 나오는 것은 물질화된 시간을 모반하는 것이다.

근대와 함께 기차가 생기고, 기차의 시간에 맞추어 사람들이 이동되었다. 그 시간에 맞추어 끊임없이 이동되는 것은 물질과 관계들이었다. 생산 원료와 생산품들을 이동시키고, 그것을 만들고 소비하는 사람들을 이동시켰다. 그렇게 만들어서 쓰느라 인간들은 시간을 소비하였다. 시간의 소비란 말 자체도 시간이 물질화되었음을 증명하는 어법이라고 하겠다. 그러니 물질화된 시간은 느리지 않고 빠르며 유동적이며 부유한다. 그리고 인간관계들을 물질의 생산과 소비의 주변으로 끌어들임으로 삭막하게 만든다. 더 많은 시간이 계획되고 더 많은 운송 수단으로 이동시키지만 거기에는 허전함뿐이다. 이 허전함을 시적 화자를 통하여 시인은 주관적인 경험을 보편화하고 있다. 그래서 시인은 사람의 힘으로는 이 허전한 깊이를 메우기 위한 몸짓을 멈출 수도 없다고 한탄한다. 쉴 새 없이 손발가락을 움직여서 크고 작은 무엇인가를 만들고 다듬고 빚어도 보지만 언제나 제자리걸음인 것은 허전하기 때문이다. 그런 너와 나, 즉 우리들의 서글 픈 몸짓만이 현대의 시간 속에서 끊임없이 존재하기에 바쁜 너와 나를 붙잡고 왜 사는지, 사는 것이 무엇인지를 물어본다는 것은 부질 없으리만큼 이 세계에서 그런 물음에 대한 해답을 구하기에는 무의 미함을 암시하고 있다.

시인에게 가장 절실한 물음은, 그 자신과 모든 이들이 그렇게 살아 가고 있고, 끊임없이 채워도 허전하고 그러한 몸짓들이 서글픈 것을 알면서도 너와 나는 바쁘고, 그 콘베이어 벨트에 끊임없이 흘러가기 에 누구 하나를 붙잡고 물을 수도 없다는 점이다. 이것이 시인으로 하여금 답답하게 하는 인자(因子)이다. 분명, '이건 아니구나' 개탄하 여도 속 시원하게 누구에게 이야기할 수도 없고, 이야기 한들 알아 줄 사람 또한 없으며, 다들 이 허전함을 알면서도 모르는 척 귀를 닫 고 눈을 감고서 그냥 콘베이어 벨트가 흘러가는 데에 몸을 맡길 뿐 이다. 그렇게 공모해가는 물질화된 시간이 시인은 답답하고, 속이 터지고, 맥이 빠지고, 서글플 뿐이다. 시인은 콘베이어 벨트의 흐름 을 전기 스위치를 내려서 가동중단을 하고픈 것이다.

그 다섯

낮에는 그 거대한 기계덩이가 되어
그 몸 속 차가운 부품이 되어
밤에는 고삐풀린 거친 짐승이 되어
살아가는 살아가는 우리들은
오늘도 길거리에 물속에 허공에

몇 사람의 생명을 제물로 바쳐야 한다

세상에 나 하나 없어진다 해도

조금도 밑뿌리가 흔들리지 않기로서니

아무 일이 없었던 것처럼

정말로 아무 일이 없었던 것처럼

우리는 그저 살기에 바쁠 뿐이니

모르긴 해도 모르긴 해도

그 끝 그 불감증의 끝이…

어찌하오리까 어찌하오리까

이제는 지체없이 머리를 맞대고

생각하고 생각하고 또 생각하며

자신을 바로 보는 일부터 해야 함이 아닌가

그리하여 나를 죽이는 일부터

철저하게 나를 죽이는 일부터

결행해야 할지니

이것만이 당신의 품안에서

우리 스스로가 살아남을 수 있는

한 가닥 희망이요 빛이요 전부임을 아니,

인간의 승리가 곧 파멸임을

깨달을지어다 깨달을지어다.

제3시집 『바람 序說』의 끝부분에는 「바람꽃」, 「어찌하오리까」, 「나의 기도」라는 세 편의 장시를 '셋째 마당'이라는 이름으로 배치하였다. 이것에 대해 시인은, "길고 거친 숨을 모으고 다스리는 천지기운"이 감도는 것으로 느껴져「長江調」란 이름을 감히 붙여 보았다"고 서문에서 밝히고 있다. 위에 인용한 시는「어찌하오리까」의 다섯 번째 부분으로 당신이라고 부른 하느님의 품 안에서 우리 스스로가 살아남을 수 있는 유일한 한 가닥 희망이 자신을 바로 보고 나를 죽이는 일이 그 대안임을 제시한다. 이 작품에서 인간은 낮에는 거대한 기계덩이가 되거나 그 차가운 몸속의 부품이 되고, 밤에는 욕망에 이끌려 거친 짐승이 되는 시간의 반복을 사는 불감증에 걸려 있다. 그러니 '어찌하오리까' 하고 시인은 우려하며 개탄한다. 그래서 시인은 그 불감증으로부터 벗어나 살아남을 수 있는 유일한 길이, 자신을 바로 보고 나를 죽이는 길이라고 말한다. 끊임없이 채우기만 하여 이루는 인간의 승리는 곧 파멸이기 때문에. 그러므로 그의 시적 여정은 물질화된 시간으로부터의 탈피이며, 존재적인 시간으로의 지향이라고 할 수 있겠다. 이 존재적 시간은 우주의 만물 속에 내재한 당신의 말씀과 사랑을 깨달아가는 시간이다.

> 먼 옛날
> 할아버지가 대나무에 구멍을 뚫어
> 천 가지 만 가지 마음의 소리를 내듯
> 하늘과 땅 사이
> 커다란 구멍을 열고 닫으며
> 만물에 숨을 불어 넣고
> 만물의 혼을 다 빼가며
> 천 가지 만 가지 빛깔의 소리를 내는
> 당신의 피리 연주.

바람소리에 귀를 묻고
귀를 기울이는 동안
이미 한 생이 저물어가듯
또 한 생명의 싹이 돋는구나.

하늘과 땅 사이
커다란 구멍을 열고 닫으며
크고 작은 바람으로
만물에 숨을 불어 넣고
만물에 혼을 다 빼가며
이 땅 가득 부려 놓는
당신의 말씀이여, 사랑이여.
「바람소리에 귀를 묻고」 전문

　　시 「바람소리에 귀를 묻고」는 바로 물질화된 시간을 극복한 시인
이 개척한 존재적 시간의 세계이다. 즉 존재와 시간이 공존하는 세
계이다. 바람소리를 통하여 먼 옛날 할아버지의 피리 연주를 듣듯
이, 우주를 창조하고 그것을 다스리는 당신의 피리소리를 듣는 시간
은 존재적인 시간이다. 여기에는 만물에 숨을 불어넣고 만물의 혼을
빼가며 말씀과 사랑을 가득 부려놓는 조물주와 피조된 인간과 만물
이 있을 뿐이다. 그러니 물질화된 시간 속에 내재하는 수직적 구조
는 사라지고 이 둘 간의 수평적 구조만 존재한다. 그리고 물질화된
시간의 특징인 빠르고 파편화된 시간이 아니라 느리며 통일적인 시
간만이 존재할 뿐이다. 시인은 바람 소리에 귀를 묻고 귀를 기울이

는 동안 한 생의 생멸을 듣는다. 존재적 시간을 표현하는 놀라운 시구절이다. 말 그대로 생멸이 동시에 진행되는 데에서 파편화된 시간의 무의미성을 드러낸다. 여기에는 만물의 주재자의 말씀과 사랑만이 시공을 넘어서 존재할 뿐이다. 그래서 시 「사랑」에서 그 사랑이 깊고, 아득하며, 두렵고, 눈부시며, 그것은 곧 한 조각 잠언이 되는 것이다.

> 푸르면 푸를수록 깊고
> 깊으면 깊을수록 아득한
>
> 아득하면 아득할수록 두렵고
> 두려우면 두려울수록 눈부신
>
> 그대를 꿈꾸는 동안은
> 짙은 안개숲에 갇혀버린 한 그루 나무 되어
>
> 그대를 꿈꾸는 동안은
> 손발이 묶인 한 조각 잠언 되어
>
> 반짝이며
> 떨고 있네
> 「사랑」 전문

이 시는 제1연과 제2연에서 '~하면 ~할수록 ~한'의 점층적 반복 기법을 구사하여 존재적 시간의 의미를 강조하고 있다. 그리고 제3연과 제4연은 '그대를 꿈꾸는 동안은'이라는 전제 하에 '한 그루 나무'가 되거나, '한 조각 잠언'이 된다. 그대를 꿈꾸는 시간은 그대를 사랑하는 시간으로서 한 그루 나무와 한 조각 잠언으로 존재한다. 그러므로 그대를 꿈꾸는 시간은 존재적인 시간의 표현이다. 시적 화자는 그대를 꿈꾸는 동안은 한 그루 나무도 되고, 한 조각 잠언이 되기도 한다. 그대를 꿈꾸는 동안 나무와 잠언이 되는 것은, 시적 화자인 나와 나무/잠언이 하나가 되는 시간이다. 그 이유는 내가 그대를 사랑하기 때문이다. 그러므로 나는 한 그루의 나무나 한 마디의 잠언과 동일시된다.

　시 「고인돌·3」에 오면 시적 화자인 나는 사물과 하나 되어 그 속에 내재한 말씀을 듣는다. 사물에 내재한 말씀은 곧 하느님이다. 그러므로 그 사물/자연물과 대화하는 시간은 시인에게 존재적 시간이며, 사랑의 시간이다. 그 시간 속에는 푸르른 생명과 사랑, 평화가 넘쳐흐른다. 물질화된 시간에서 읽혀오는, 정말이지 맥빠진, 절망적인 탄식은 이로써 극복된다.

　　수 천 년 전의 바람이 깃들어 있고
　　수 천 년 전의 구름이 깃들어 있는,

　　수 천 년 전의 어둠이 고여 있고
　　수 천 년 전의 햇살이 고여 있는,

　　수 천 년 전 사람과 사람의,

힘과 믿음과 소망이 숨 쉬고 있는,

가장 무겁고, 가장 단단한 침묵의 말씀이여,

그 말씀의 하늘이시여, 땅이시여,

「고인돌·3」 전문

이미 오래 전에 죽은 사람의 무덤인 '고인돌'에서 시인은 수천 년 전의 바람과 구름, 빛과 어둠, 사람과 사람의 힘과 믿음과 소망이 숨 쉬고 있는 것을 그의 심안으로 들여다본다. 그리고 그 속에 깃들어 있는 가장 무겁고 단단한 침묵의 말씀을 읽는다. '수 천 년 전'이라는 시구가 제3연에 걸쳐 다섯 번을 반복함으로써 역사 이전의 머나먼 시간으로 이끌어가고 있다. 우리가 느끼지 못하는 머나먼 시간이기에 시인은 이 시구를 반복함으로써 우리의 상상을 열어주고 있다. 시인은 이 고인돌을 통하여 독자들도 존재적인 시간으로 초대한다. 존재적인 시간으로의 여정은, 하느님이 부르는 특별한 초대일 것이다. 이 초대는 살아가면서 몇 번의 기회를 부여 받았으나 우리는 그것을 수없이 무시하거나 거부해왔다. 그 거부가 이루어놓은 역사는 반생명적이며, 인간과 만물에게 파괴로 응답하였다. 존재적인 시간을 산다는 것은, 어쩌면 종말론적인 시간을 사는 것일 게다. 그 의미는 하느님 나라를 사는 것을 말한다. 하느님 나라는 늘 가까이에 와 있으나 우리는 그것을 외면한다. 이 초대에 응하지 않고 시인이 한탄한, 그 거대한 기계 덩어리의 차가운 몸속의 한 부품으로서 거대한 무리 속으로 섞여 들어가 끊임없이 한 방향으로만 이동해 가며, 물질화된 시간을 살 것인가의 물음이다. 시인은 그런 면에서 현명하게도 좋은 몫을 택했다. 인간이 천천히 심안에 눈을 뜨며 하늘나라가 가까이 왔다는 것을 직시하면, 모든 불필요한 것들은 버려질 것이며, 자신이 신과 가장 진실하게 만나서 바라보며 대화하는 시간이 찾아온다. 존재적인 시간을 살아가는 것은, 분명히 은총 속으로 들어가는 것이며, 그 길은 영원한 생명에 이르는 길이다. 존재적인 시간 속에서 비움의 삶을 살아가는 것이야말로, 하느님 나라를 이 지상에서 사는 일이다.

생명의 씨를 뿌리는 시인

-그 무렵 나와 이시환 시인의 인연, 그의 전 시집을 완독 후 평문 쓰기를 마칠 즈음에

심 종 숙

생명의 씨를 뿌리는 시인

-그 무렵 나와 이시환 시인의 인연, 그의 전 시집을 완독 후 평문 쓰기를 마칠 즈음에

심종숙

시인은 말씀[言]의 절[寺]에서 수행(修行) 정진(精進)하는 사람이다. 시를 쓴다고 하여, 시를 쓴다기에, 대개의 사람들은 그 사람을 위해서 '시인(詩人)'이라고 불러준다. 그러나 나는 언젠가 일본의 어떤 시인에게 들은 말이 있다. 그 시인은 스스로 시인이라 불리는 것을 꺼려하였다. 오히려, "저와 같은 사람은 시인이 아닙니다."라고 난처해하며 말했었다. 그 중의 한 명은 "진정한 시인은 10년에 한 사람 정도가 나옵니다."라고 말했고, 다른 한 사람은 일본근현대시사에서 100명 안에 들며, 예리한 평론가와 원로가 된 지금에도 시의 날카로운 감각을 가지고서 여전히 예술의 전위에 서서 첨병 역할을 하고 있는 분이다. 그런 분도 '자신은 시인이라고 말할 수 없다'고 스스로 겸손한 자리에 있기를 원했다. 그런 까닭에 나는 그분들에게 깊은 인상을 받았었다.

이시환 시인의 시업(詩業)은, 전체 13권의 시집으로 이루어져 있다. 물론, 앞으로 어떻게, 얼마나 더 전개될지는 모르지만 2015년 12월

현재까지는 그렇다. 그의 시집을 다 읽고서 그의 시세계를 이해하려고 나름대로 애써본 나의 입장에서 지금까지 서른 편 가까운 평문을 썼지만 그의 시세계를 다는 이해하지 못했다는 자괴감이 든다.

날씨가 춥고 동지가 가까운 이 어두운 계절에, 나는 그의 시업을 지난 여름부터 줄곧 읽어오면서 이해하려고 노력해 왔으나 시인의 깊이에 도달하지 못한 채 서서히 심신(心身)이 지치고 있는 듯하다. 그는 이런 작업 중에 일용할 양식과, 건강과 기분전환을 위하여 밥과 술을 사주며, 글 쓰는 고통을 위로해 주었다.

나는 이시환 시인과 인연이 깊다고 생각한다. 시인 본인은 어떻게 생각하는지 모르겠지만, 사실 그것은 내게 큰 관심사도 아니다. 물론, 어느 정도는 시인의 생각도 살피고는 있지만 그의 작품을 이해하려는 나의 작업에는 그렇게 그와 나의 친분관계를 따져 묻거나 신경 쓸 하등의 이유가 없다는 뜻이기도 하다.

좌우간, 한 20년 다 되어가는 인연인 것 같다. 90년대 중반, 내가 결혼하기 전으로 거슬러 올라간다. 나름대로는 학문과 창작의 길을 걸어보리라 마음먹고, 대구에서 서울로 올라와서 낯선 환경에 적응할 때였는데 그래도 어느 정도는 편해지게 된 3년만의 일이었던 것으로 기억된다. 그 때는 90년대 중반이었고, 내가 '바라시' 동인회에 들어가 총무를 할 때였는데, 그 어느 날에 만났던 분이 이시환 시인이다.

나는 그로부터 『추신(追伸)』이라는 시집을 받아서 읽다가 이해가 안 되어 읽는 걸 그만두었지만 내 기억으로는 참으로 시 창작에 의욕적인 분이라는 인상을 받았었다. 그 이유인 즉, 그가 문학평론가이기도 하여 시 창작 관련 합평을 하기 위해 한 달에 한 번씩 만났던 우리 동인들에게 시 창작 지도를 해주었다. 그 후, 나에게 일본 시인들의 시를 번역해달라는 요청을 해왔었고, 그 때부터 이시환 시인과의 인연이 시작되었다. 그러다가 잊을 만하면 만나는 기회가 생겼고, 내가 삶에서 추락하여 죽을 힘만 있었으면 죽었을, 그래서 아무것도 쓰고 있지 않을 그 때에 그의 권유로 시와 문학평론으로, 그것도 그가 발행인으로 있는 종합문예 격월간지「동방문학」에서 이유식 원로 문학평론가의 심사로 등단하였었다. 그야말로, 그 무엇으로도 위로가 되지 못한 채 방바닥에 누워서 지낸 시기였었다. 내 나이 40대 초반의 일이다.

그 후, 심신이 여전히 아픈 상태였는데 나에게 그의 10여 편의 시 작품을 이메일로 보내면서 촌평을 좀 써달라고 청탁했었다. 나는 그의 원고를 읽으며 그나마 뭔가 해봐야겠다는 생각이 들어서 평론을 쓰기 시작한 것이다.

사실, 그 때도 내 정신이 혼미하여 논리적으로 뭘 쓸 것 같지는 않았었는데 그의 시 작품 속에는 내가 말하고 싶은 것이 있어서 의욕이 생겼고, 또한 쓸 수 있었던 것이다.

그 후도 나의 생활은 여전히 어두운 수렁 속에 가라앉아 있었는데, 겨우 '마음의 분노'를 구약성서에 나오는 요셉 성조의 이야기를 읽고, 묵상하며, 그 말씀의 빛으로 마음을 비추어 2년간의 정화(淨化) 시간을 가지면서 분노를 삭이어 갈 무렵이었다.

그 해 2월에 나는 횡단보도에서 교통사고를 당하였다. 몸에 외상까지 겹쳐 책을 읽거나 글을 쓰기 위해 책상에 앉아 있을 수 없는 상태가 되고 말았다. 그리고 그 해 8월에 아버지께서 심장마비로 갑자기 돌아가셨고, 그 일로 나는 충격과 슬픔으로 더 고통스런 상황의 나락으로 떨어졌다. 나의 가정이 해체되는 이혼의 고통 속에서 이런 일련의 일들을 겪으면서, '불행은 항상 연쇄적으로 오는구나.'를 생각했었다. '설상가상(雪上加霜)'이라는 말이 내게 딱 들어맞았다. 눈이 내리고 그 위에다 다시 서리가 더 내린다는 말이니 혹독한 상황이다.

불행의 도가니에 있는 듯한 그 시기에는 이상하게도 '유혹(誘惑)'이 나를 괴롭혔다. 그렇게 아픈 처지로 있다 보니 강의도, 글 쓰는 일도 못하게 되고, 뒤따라오는 것은 지독한 물질적 궁핍이었다. 어느 학교에 강의 갔다가 돈을 줄 테니 논문을 써달라는 정당하지 못한 제의가 바로 그런 유혹이었다.

그럼에도 불구하고, 나는 좋아서가 아닌 냉수욕을 하며, 한 겨울에도 연료비를 못 내어 전기장판으로 버티었다. '고진감래(苦盡甘來)'라고 크리스마스이브 날, 도시가스가 들어오는 기쁨의 날도 있었다.

이 무렵, 나의 생활이란 거의 얻어먹으며 연명하는 수준이었다고 해도 틀리지 않는다. 나는 내 자신이 이렇게 살 수 있다는 것에 대해 스스로 놀라기도 했었다. 마음속에서는 양쪽(친가와 시가) 가족, 사회, 일 등에 대해 '알 수 없는 분노(憤怒)'로 가득 차고 있었다. 그보다 더 고통스러웠던 것은, 바보스런 나 자신에 대한 자학(自虐)과 분노(憤怒)였다. 도무지 스스로와 화해할 수가 없었기 때문이다.

성조 요셉을 2년에 걸쳐서 세 번 읽고 묵상하고 기도하면서 통회(痛悔)로 괴로울 무렵에 뜻하지 않게 어머니의 경운기 사고 소식을 들었다. 급히, 시골집으로 내려가 보니 가슴과 어깨, 팔의 반신을 붕대로 감고 있는 어머니 모습이 눈에 들어왔다. 게다가, 제부가 갑자기 많이 아프다는 소식을 들으면서, 나는 내가 분노로 가득하고 이렇게 원망의 세월을 보내고 있기 때문에, 저 분들이 죄 없이 고통당하고 있다는 생각을 하며 한없이 슬피 울었다.

그러면서 내 마음을 조금씩 돌리기 시작했다. 다 내가, 죄가 많고, 못나서 그렇다고 여겼다. 그렇다고, 그 누구도 요셉처럼 나를 구렁텅이에 던진 사람은 없었다. 오히려, 내 스스로가 나 자신을 구렁텅이에 밀어 넣었던 것이다. 어느 순간, 이성을 잃고, 젊은 혈기를 제멋대로 썼던 나의 잘못 때문이라고 생각했다. 한 마디로 말해, 내 멋대로 살아온 결과였고, 내가 자초한 파국이었다. 가족들과도, 심지어 같이 살았던 아들에게도, 나는 아무런 소용이 되지 못하고, 어미 노릇조차도 제대로 못하는 심신의 병마로 아들까지 날마다 괴롭히는 어미였었다.

그런 혼돈(混沌)과 슬픔과 분노(憤怒) 속에서 난파의 세월을 살면서 나는 늘 아들을 치유하기 위해서 심리 상담소를 들락날락했으니, 얼마나 우스꽝스러운 일인가. 정작, 고쳐야 할 사람은 나 자신이었는데 말이다. 내 병이 고쳐지지 않으니 아들의 병이 고쳐질 리 없었고, 아들은 못난 어미 때문에 병이 더 날 지경이었던 것이다.

요셉은, 이복형제들이 죽이려 했고, 르우벤의 간곡한 설득으로 형제들은 그를 겨우 목숨만 살려 구렁텅이에 던져 넣어 이집트로 종살이를 보냈던 것이다. 그런 처지의 그가 천신만고의 고난과 시련과 유혹을 극복하고, 파라오의 재상이 되었다. 7년간의 기근 동안 온 나라를 다스리는 사람이 되어 이집트로 양식을 얻으러 온 형제들에게 몇 번의 시험 끝에 자신의 정체를 밝히고 형제들과 온전히 재회하고 불행한 과거를 용서하면서 아버지 야곱과 형제들을 자신의 품에서 보살펴 주었다.

이런 내용을 몇 번이나 읽으면서 나는 많이도 울었다. 모두 내가 못난 탓이었기 때문이다. 그렇게 해서, 모든 관계(關係)들과 화해한 후 분노가 마음에서 떠나자 아버지가 돌연 돌아가셨던 것이다. 못난 삶을 살아온 나는 너무나 슬프고 죄스러웠다.

아버지의 갑작스런 죽음으로 충격을 받고 가까스로 정신을 추스를 때였다. 나의 이런 속사정을 알 리 없는 이시환 시인은 정장을 말쑥하게 차려 입고, 가을비가 오는 어느 날 자신의 전 문필업의 결과물인 저서들을 작은 박스 하나에 넣어 가지고 내가 사는 동네로 와서는 충분한 시간을 갖고 일독해 보고 가능하면 평가해 달라고 했다.

나는 그 때만 해도 어디 나가는 것도 귀찮아하고, 집과 늘 나가는 성당, 학교뿐이었다. 학교는 1주일에 한번 나갔고, 그 외에 다른 데는 가급적 나가지 않았고, 나가는 것 자체도 싫었다. 나의 유일한 호구지책인 대학 강의도 정말 어쩔 수 없이 했었고, 그것은 심히 정신적 부담이었으며, 나에게는 괴로운 시간이었다. 그래서 학생들에게 미안하기까지 했다. 이런 죄스런 마음으로 더 강의한다는 것은 죄악을 저지르는 일이라고 생각하며 어쩔 수 없이 다녔었다.

나는 이시환 시인의 청탁이 부담스러웠고, 이 분이 도대체 나한테 왜 이러시나 싶었다. 책 박스를 한 달에 30만원을 주고 사는 반지하 셋방의 좁고 어두운 거실에 두고는 한 달 동안 가슴이 짓눌렸다. '모르겠다. 나도 모르겠다.'는 심정으로 지냈다. 생각해 보니, 내가 한국문학을 전공한 사람도 아니고, 시와 평론으로 등단한 것도 그의 권유로 했을 뿐인데, 그것도 그의 호의를 뿌리칠 수 없어서 도리 없이 응했을 뿐이지 않았던가. 솔직히 말해, 그 당시에는 죽을 힘만 있으면 죽어버리고 싶다고 늘 생각하고 있던 때였기 때문에 시인이 되고 문학평론가가 되는 일조차 나한테는 아무런 의미가 없었다. 내가 해왔던 모든 일에 대해 회의(懷疑)와 절망(絶望)뿐이었고, 그 어떤 일도 하기가 싫었었다. 철저한 무력감으로 젖어 있었다. 정말, 악의 세력은 한 인간을 완전히 거꾸러뜨려서 쓰러지게 해야 직성이 풀리기라도 한 듯 나를 그렇게 망가트리고 있었다. 그 무렵에 예언을 내려주는 어떤 은사님이 나에게 '큰 고목나무가 쓰러졌다'라고 하였고, '다시 일으켜 세워서 결실을 맺게 해주리라'는 말씀을 내려주셨다. 나에게는 너무 먼 이야기라고 생각했었다.

나는 일본문학에서 출발하여 비교문학으로 박사학위를 받았지만 2009년 이후 지난 7년 간 내 삶을 저주하면서 스스로를 괴롭히고 있었다. 일문학을 해보겠다고 서울로 와서, 고려대대학원 일어일문학과에서 연구생을 하던 도중 국어국문학과 최동호 선생님의 지도로 '안암문예창작강좌'의 문우들과 함께 문학 창작의 길을 꿈꾸었다. 그때에 나에게 시집을 주시며, '희망'이라는 글자를 써주셨던 일어일문과 김채수 선생님은 나에게 시 창작을 가르쳐 주셨고, 일본의 근대 시인이자 동화 작가인 미야자와 겐지(宮沢賢治, 1896-1933)를 알게 해주셨다.

그로부터 1년 후, 나는 한국외대 일본어과 대학원에 진학하게 되어 미야자와 겐지와 일본근대시를 공부하면서 국어국문과 이탄 선생님의 지도 아래 그 분의 제자들과 시 창작 합평 모임을 가졌었다. 지금 생각하니, 나는 일본문학을 하면서 우리 문학에, 말하자면 양다리를 걸치고 있었던 사람이었다. 원래, 독서를 좋아하여 동화들의 대부분을 다 읽은 초등학교 시절 이후 중학생 때는 '한국문학대표단편소설집'을 읽으며 지냈다. 영문학을 하고 싶어서 여고시절에 번역된 영미소설을 틈나는 대로 읽으면서 영어 공부에 열정을 쏟았고 영어로 펜팔을 했던 추억도 있다.

그런 내가 일문학과를 지원하게 될 줄은 꿈에도 생각한 적이 없었다. 그것은 고 3때 담임선생님의 권유로 1시간도 채 안 되는 대화 속에서 이루어진 선택이었다. 90년대 중반에 5년 정도 '바라시' 동인들과 모임을 가지면서 시동인지를 내곤 했으나 나는 2003년까지 시를 쓰고는 더는 쓰지 못했다.

나의 전공 분야인 한일근대시 비교, 그 안에서 문학과 종교적 영성의 접점(接點)을 찾으려다가 나는 스스로 벽에 부딪치고 있었기 때문이다. 기억 속에, 1년 전 크리스마스이브 날, 도시가스를 들여 넣어 라이프라인이 제대로 가동된 바로 그 날에 나는 성경 신구약 전권을 어두운 반지하방에서 17년 넘게 쓴 나무책상에 앉아 만 1년 만에 요한묵시록의 마지막 챕터를 넘겼다.

이시환 시인한테는 말할 수 없이 죄송하였다. 변명하자면, 그 해 가을은 정말이지 죽을 것만 같았다. 그래서 결국은 병을 일으켜 한밤중에 응급실을 찾고, 가슴이 아파 견딜 수 없는 울화병에 시달렸었다.

그 무렵, 나는 어떤 할머니를 돌보고 있었는데 가족들조차도 돌볼 수 없을 정도로 병이 악화되어 셋방에 독거하고 있는 할머니였다. 그 할머니는 환청(幻聽)과 환시(幻視)가 보이는 정신질환을 앓고 있었고, 본당 수녀님이 써준 주의 기도와 성모송, 영광송의 기도문을 밤새도록 되뇌이며 바쳤던 밤에는 천국의 예수님과 성인성녀를 만났다며, 자신의 딸이 준 '광명진단'이라는 불교의 주문 같은 글귀가 적힌 종이 두루마리를 나보고 불태워 달라고 하였다. 그것을 그 할머니가 보는 앞에서 직접 태워 드리니 '너무 시원하다'고 하셨는데, 나 역시도 그 불길을 바라보며 내 가슴이 시원해지는 신비(?)를 느끼었었다. 그 할머니를 일주일에 한 번씩 방문하는 기간 동안은 가슴이 너무 아팠었다. 그런데 그것이 모두 일시에 사라졌다.

그런 와중에도 이시환 시인의 저작물은 여전히 나의 거실에 있었다. 나는 작년(2014년)에 지금의 새집으로 이사해 오면서 짐 정리가 제대로 되지 않아 한동안 창고에 넣어두었다가 지난 여름에 울화병을 또 일으키고는 몸져누워서 며칠 고생하다가 회복되면서 겨우 거실에 자리 깔고 누워서 그의 시집을 읽기 시작했다. 책 박스를 창고에서 거실로 가져오고, 한 권 한 권 읽으면서 나는 몹시도 눈물을 많이 흘렸다. 가슴은 아파서 움직이는 것도 힘들어했지만 그냥 누워서 할 수 있는 일이란 두껍지 않고 얇으며 가벼운 시집을 손에 들고 읽는 일이었다. 되돌아보면, 나는 몸이 아프고 회복될 무렵에 책을 읽으며 그 책 속에서 생명을 되찾았듯이, 그의 시집은 나를 살리고 있었다.

어린 시절, 남동생이 죽고 무상감을 느끼고 자폐의 1년을 지내면서 친한 친구들과도 말을 하지 않았던 내가 오로지 학교 도서관 서가에 꽂힌 동화들을 읽으며 버티다가 신약 성경 루카복음 속 가나의 혼인잔치 이야기를 해주었던 주일학교 선생님을 만났다. 그 선생님의 소개로 어린 시절 알 수도 없는 나라, 멀리 이스라엘에서 예수 그리스도와 성모 마리아가 나한테 처음으로 찾아오시던 날, 나에게도 물과 포도주의 기적으로 자폐가 치유되어서 해방되었듯이, 그의 시집을 읽으며, 나는 죽음과 같은 고통 속에서 늘 나에게 생명을 주시는 하느님의 손길을 느꼈다. 내가 아플 때에 삶과 죽음의 존재/비존재의 고통으로 공포와 두려움에 사로잡힐 때도 그분은 부드러운 손길로 나를 인도해주시리라 믿게 되었다. 나는 바닥에 누웠다가 일어난 사람이고, 서서 걸을 수 있는 사람이 되었다. 직립보행, 얼마나 감사한 일인가!

이시환 시인은 먼저 이런 고독과 고통을 겪고, 그 과정에서 시적 에스프리로 넘쳐흘러 아름답고 화려한 이미지를 구조(構造)하는 언어들을 숨 쉬게 하였다. 어떤 때에는 현실의 모순과 부조리를 온몸으로 부딪쳐 언어의 칼을 들고 맞서기도 하고, 또 어떤 때에는 스스로 초연한 모습으로 삶의 본질에 다가서거나, 어떤 때에는 구도하는 수행자의 모습으로 선시풍의 시편들로 가득 채우기도 하였다. 건장한 남성임에도 불구하고 신 앞에서는 아주 단아하고 겸손하며 부드러운 한 여성으로 구도의 여정을 걸어가는 모습도 드러내었고, 고독과 고통 속에 가슴이 탈 때에, 현실 세계의 모순과 부조리에 신물이 나서 권태롭고 분노가 치밀어 오를 때에, 그는 벌판이나 들판으로 나아갔다. 벌판에서 불어오는 바람의 속삭임에 귀 기울이고, 산 속 계곡의 흐르는 물을 바라보며 말없는 바위와 돌들과 이야기 하고, 꽃 속에서 지친 마음의 생명력을 복원하고, 작은 풀 한 포기 야생화 한 송이를 소중히 여기면서 소통하였다.

그래도 안 될 때에는 불모의 광활한 사막으로 들어가 마음을 가라앉혀 정화시키고, 불법(佛法)의 땅 인디아를 여행하면서 색즉시공(色即是空) 공즉시색(空即是色)의 공(空)과 만상(萬象) 동귀(同歸)의 이법(理法)을 깨달았다. 그의 묵상과 관상의 생활은 소란스러운 실제의 세계를

벗어나 보이는 것이 아니라 보이지 않는 세계를 찾아 소통하고 공감
하려한 것으로 이해되었다. 그것은 어쩌면, 눈에 보이는 실상의 세
계로부터는 그의 시가 자라나지 못함을 인식하였기에 택할 수밖에
없었던 길이었고, 그는 그 길로 초대와 부르심을 받아 그곳으로 낮
은 몸으로써 알몸으로 자기를 던졌던 시인이라는 생각이 들었다. 그
의 알몸의 시 태동은 그런 배경과 환경에서 이루어졌다. 그것은 결
코 현실로부터의 도피가 아니며, 더 적극적인 삶의 자세이며, 그가
먼저 그 길을 걸었기에 나는 다만 충실히 그를 따라가기만 하면 되
었다. 지금까지 내가 써온, 이 책 속에 실린 나의 글들이 바로 그 증
거이다.

"믿음은 우리가 바라는 것들의 보증이며 보이지 않는 실체들의 확
증입니다. 믿음으로써, 우리는 세상이 하느님의 말씀으로 마련되었
음을, 따라서 보이는 것이 보이지 않는 것에서 나왔음을 깨닫습니다
(히브리서, 11:1-2)." 나는 그의 문학 작업에서 성경의 이 말씀을 이해하
게 되었다.

　문학적 평가는 나에게 큰 의미가 되지는 않는다. 나는 평가할 위
치에 있지도 않다. 설사, 내가 그런 위치에 있다고 한들 평가해서 무
엇하랴. 모든 것이 다 헛되고 헛되다고 코헬렛에서 가르치지 않았던
가. 다만, 한 시인의 시세계를 이해하려는 작은 몸짓과 그 글이 내게
말을 걸어와 내가 말하고 싶어진다면 그것으로써 감사하게 여기는
그 만남이 내게 큰 기쁨인 것을.

　승리하리라. 승리하리라. 어린 양의 피로써 승리하리라. 죄로 물든
세상을 정화시키는 하느님의 어린 양(Agnus Dei)은 가장 약한 어린 아

기의 모습으로 이 세상에 오셨다. 문학은 인간의 가장 나약한 부분을 통해 인간의 고통을 이야기한다. 문학의 꽃이라는 시에서 시인이 그 역할을 다함으로써 끝까지 싸워 승리하길 바랄 뿐이다. 한국문학을 빛내는 어린 양의 피는 바로 그 시인이 흘린 고뇌의 눈물, 눈물로써 씨 뿌린 시인만이 거두는 곡식 단의 기쁨이리라.

부록

1. 나의 내면적 풍경

-이시환의 시 60여 편을 조건 없이 영역해 준
캐나다 몬트리올 맥길대학 유병찬 박사의 요구에 의해 정리했었던 자필기록임.

어머니 말에 의하면, 나는 유별난 '순둥이'였다고 한다. 내가 서지도 걷지도 못하는 젖먹이 때에 어머니께서는 나를 방안에 눕혀 놓고도 편안한 마음으로 외출이 가능했다고 한다. 그만큼 얌전히 잘 자고 깨어나서도 혼자 잘 놀았다고 한다.

그러던 어느 날, 어머니는 외출하였다가 돌아와 방문을 여는 순간, 내가 누워 잠자던 자리에서 없어져서 깜짝 놀라 이리저리 방안을 허둥대었다는데 글쎄, 내가 어두운 책상 밑에서 웃고 있었다며 지금도 곧잘 말하곤 하신다.

지천명(知天命)을 앞둔 이 나이에 나를 생각해 보아도, 나는 혼자 있는 시간을 참 많이 가졌으며, 어떤 의미에서는 그것을 즐겼다고도 볼 수 있다. 심지어는 내가 초, 중등학교를 다닐 때에도 내 방의 문을 열어보아야 내가 집안에 있는지 없는지를 알았다고 말할 정도로 늘 조용히 혼자 있기를 좋아했던 것만은 사실이다. 이는 유별나게 눈물이 많고, 많은 사람들 앞에서 유창하게 말을 하거나 그 누군가와 다툰다거나 하는 일과는 너무나 거리가 먼, 그러면서도 내 일은 내 스스로 하는 약간의 책임감을 지녔던 나의 타고난 내성적인 성격과 결코 무관하지 않으며, 또한 어렸을 때부터 농촌 시골에서 자란 탓으로 자연의 소리를 듣고, 그 움직임을 보며, 그것들의 변화를 지켜보는 일에 익숙해져 있는 나의 친 자연성(親自然性)과도 무관하지 않다고 생각한다.

그런 나는 고등학교 시절에 사춘기적 방황을 너무 심하게 하여 내 삶의 태도나 진로가 완전히 바뀌어 버렸다. 곧, 인간이란 무엇이며, 어떻게 살아야 참 인간다운 삶인가, 하는 매우 근원적인 문제 등에 대해 고민하였으며, 급기야는 하숙집에서 말도 없이 나가 중(스님)이 되겠다고 절간(寺刹)을 기웃거리기도 했다. 그러자 학교 담임선생님과 아버님이 문제해결을 위한 상담원[대학의 철학과 교수와 원불교 교무]을 소개해 주기도 하고, 다방면으로 신경을 써주셨다. 그럼에도 불구하고, 나는 나의 문제를 속 시원히 풀지 못한 채 학교로 복귀하였지만 학교공부보다는 종교서와 철학서와 문학서적 등을 읽기 시작했고, 그 속에서 나름대로 즐거움을 찾았던 것 같다. 그 과정에 어설프게나마 알게 되었던 불가(佛家)의 가르침인 '人生無常인생무상'과 '無慾무욕', '慈悲자비' 등의 키워드에 집착해 있었고, 동시에 중국의 철학자 노자(老子)나 장자(壯子)의 '無爲自然무위자연' 론에 상당한 영향을 받았으며, 사실상 그것들이 나의 정신(精神)과 정서(情緖)에 적지 아니한 영향을 미치었다고 나는 판단한다.

그런 탓으로 나는 비정상적이리만큼 세속적인 욕심이 없었으며, 학교공부도 소홀히 하여 명문대학에 진학하지 못하고 결국 지방에 있는 대학의 농과대학을 다녔다. 그것도 현실적인 생각을 갖고 살아가시는 아버지의 열망에 대한 반작용이었지만. 어쨌든, 마지못해 대학을 가게 된 나에게는 동물학, 식물학, 육종학, 유전학 등 전공과목에서 배우게 되는 지식이 자연현상을 이해하는 데에 적지 않은 도움이 되어 주었고, 졸업학점과 무관하게 스스로 수강하면서 공부했던 서양미술사, 논리학, 인사행정 등도 나의 안목을 넓혀 주는데 큰 도움이 되었다. 아울러, 학교 도서관에서 빌려 탐독했던 시인들의 시집과 문예 이론가들의 이론서에서도 문학적 기초를 쌓아 가는데 상당히 큰 도움을 받았을 뿐 아니라 시인들의 문장에서 삶의 태도나 방식을 감지(感知)하였고, 특히 현실사회에서의 여러 빛깔의 고통에도 불구하고 세상사를 내려다보는 관조(觀照), 그리고 여유로움, 그리고 자유분방함 등이 나를 편안하게 했던 것도 사실이다. 그리고 대학을 졸업하자마자 가게 된 군(軍)에서 장교로 5년 동안 근무하면서도 틈틈이 공부했던 심리학, 정신의학, 미학, 수사학, 논리학 등도 문학 정기간행물 대여섯 종을 정기구독해오며 시 습작(習作)을 해왔던 나에게 직간접으로 도움을 주었다고 생각한다. 이런 나의 젊었던 시절의 경험이 오늘날에도 자연스레 비문학적인 책을 독서하는 것으로써 문학적 상상력을 키우고, 휴식을 취하는 습관을 갖게 했는지도 모른다.

지금까지 나는, 어림잡아 500여 편의 시를 창작해 왔는데 -물론, 시작(詩作)하는 과정에서 변변치 않은 문학평론집 7권 분량을 쓰기도 했지만- 이들이 대학을 졸업하기 전에 장학금의 일부로 발간한 첫 시집『그 빈자리』를 포함해서 8권의 시집으로 나온 것이다. 이들을 지금에 와서 돌이켜 보면, 다시 말해, 그들 작품 속에 용해된 나 개인의 사상적 배경 혹은 시적 관심이 어떻게 변해 왔는가를 스스로에게 물으면 그 답은 의외로 간단하다. 시적 관심이야 그동안에 약간의 변화가 있었지만,

내가 무슨 글을 쓰든지 간에 글 한 가운데에는 늘 '내'가 있었기 때문이다. 그 '나'에게는, 어렸을 때부터 친구처럼 지내왔던 대자연의 소리와 움직임과 그것의 온갖 변화[現象]를 지켜보는 과정에서 몸에 익은 친 자연성(親自然性)이, 그리고 그 자연 속에서 살아갈 수밖에 없는 나 자신[人間]의 존재(存在)와 생명(生命)이라는 두 명제가 늘 떠나지 않았다.

자연 속에서 인간 삶의 지혜를 배우고, 내 몸 속에서 자연을 읽을 수가 있었으니 자연과 인간관계 속에서의 진실과 아름다움이 나의 가장 큰 시적 관심이었다고 말할 수 있다. 설령, 내가 그 자연을 떠난다 해도 자연의 품안에서 이루어지는, 다시 말해 자연을 떠날 수 없는 일이라는 사실을 체감하며, 나는 그 자연의 모든 현상을 가능하게 하는 그 '무엇'에 -이를 '절대자(絶對者)'라 해도 좋고, '신(神)'이라 해도 좋고, '공(空)'이라 해도 좋다- 대하여 끊임없는 상상을 해오며 짝사랑을 해온 것 같다. 나의 짝사랑은 늘 아름답고 신비하기까지 한 자연현상을 '나'와 관련지어, 바꿔 말하면 '나'라는 프리즘에 비친 바깥세상을 문장으로 표현하는 것으로써 가시화되었고, 그런 나의 삶이 그 안에서 이루어지는 재롱 정도로만 여겨졌다.

돌이켜보면, 자연과 나의 관계만을 생각하면 아무런 갈등이나 문제가 없는데 인간들 간의 관계나, 그 인간들이 엮어나가는 사회나, 그 속에서의 너와 나, 우리의 삶을 생각할 때에는 늘 갈등을 일으키고, 온갖 문제들이 불거져 나왔으며, 그에 따라 슬픔과 분노라는 감정의 파고(波高)가 높아지기도 했었다.

나의 현실적 굴레와 나의 시선이 그곳에 머물 때 나의 아픔이자 우리의 아픔을 노래했었고(1991), 우리의 정치 경제 사회의 좋지 못한 -

어디까지나 나의 개인적인 판단이지만- 기류와 그에 편승하는 세인(世人)들에 대해 조롱 섞인 어조(語調)로 푸념을 늘어놓는 시기(2003)도 있었지만, 그것들은 내가 가졌던 시간의 아주 작은 부분일 뿐, 역시 나를 가장 편안하게 하고 내가 스스로 안주해 왔던 긴 시간은 자연의 품안에서 응석을 부리는 때이자 내 몸속에서의 자연을 읽는 시간이었음에 틀림없다.

근자에 들어 부처님의 가르침에 다소 귀를 기울이며 그 의미를 다시 새기고 있고, 그 과정에서 명상(瞑想)을 통한 시들이 습작(習作)되고 있긴 하지만 전체적으로 보면 변한 것이 하나도 없는 것 같다. 사춘기의 방황하던 시절에 알게 되었던 노자(老莊)의 무위자연(無爲自然)과 부처님의 무량세계(無量世界)가 지금도 내가 머물고 있는 집이니 말이다. 다만, 차이가 있다면 그 집의 구조와 기능에 대해 나름대로 나의 눈을 가지고 바라보고 있다는 것이고, 그 집안에서 살고 있는 나의 태도와 방식이 보다 자유스럽고 보다 적극적으로 바뀌었다는 점일 것이다. 곧, 인간의 문명생활도 넓은 의미의 자연의 순응이며, 인생이 무상하기에 더욱 아껴 살아야 한다는, 다시 말해 의미를 부여하면서 정진해야 한다는 역설로 바뀐 것이다.

이제, 비로소 인간의 존재가, 인간의 삶이 무상(無常)한 것이기에 어떻게 살아야 하는가를 새롭게 인식했다고나 할까? 그렇다. 실은 그조차도 자연의 품안에서나 가능한, 허락받은 재롱일 뿐이고, 인간으로서 가질 수 있는 삶의 한 방식에 지나지 않는다는 사실을 잘 알고 있지만 말이다.

따라서 내가 쓰는 모든 글은, 넓게 보면 자연을 베끼는 일에 지나지 않았다. 그래서 아무리 잘 쓴다 해도 그것은 자연 그 자체만은 못하리라고 여겨왔다. 나는 그 자연의 뜻을 해독하기 위해 좀 눈을 크게 뜨고, 귀를 크게 열고, 나 자신과의 대화를 즐기어 왔으며, 바람이나 햇살과의 대화를 즐기는 중이다. 그것이 나의 삶이었고 내 문학의 바탕이었음에는 틀림없다.

2. 나는 누구인가?

-이시환의 시문학을 분석 탐구하고 있는
심종숙 문학평론가의 요구에 의해서 2015년 말에 정리한 문학적 약력

나는, 경찰 공무원이었던 아버지 이한수와 어머니 윤순복 사이에서 3남 2녀 가운데 장남으로 1957년 9월에 전북 김제 월촌에서 태어났다 한다. 아버지가 20년 공직생활을 청산하고 고향인 전북 정읍 감곡이라는 변방지역으로 이사하여 나는 초등학교만 시골에서 다녔으며, 중학교 고등학교 대학교를 전북 익산에서 다녔다. 남중과 남성고등학교와 원광대 농과대학 농학과를 졸업하고, ROTC 19기로 임관하여 5년 동안의 군 생활을 무사히 마쳤으며, 명지대에서 국문학 석사학위과정(1986년 2월)을 마치었다.

고등학교시절부터 시(詩)를 습작하기 시작하여 대학졸업까지는 신춘문예에 응모하여 당선작을 내는 것을 목표로 삼고 나름대로 노력했으나 뜻을 이루지 못하고, 대학 다닐 때에 4학기 장학금을 받았었는데 그 돈의 일부로써 등록금은 물론이고 대학을 졸업하기 전에 작은 개인시집『그 빈자리』(古文堂)를 펴내는 것으로써 만족해야 했다.

1987년부터 서울에 살면서 시 창작 동인활동을 적극적으로 해왔는데, 그 과정에서 모던이스트 김경린 시인으로부터 '원하지 않는'

추천을 받고, 계간 「詩와 意識」(발행인 : 소한진) 지에서 시 부문 신인상
을 수상하고, 「月刊文學」지에서 김양수 문학평론가의 심사로 평론
부분 신인상을 수상하였다. 이렇게 해서 나의 글쓰기 인생이 공개적
으로 시작되었다.

  그로부터 30여 년 가까운 세월이 흐르는 동안 시집으로 「안암동
日記」(1992), 「애인여래」(2006), 「몽산포 밤바다」(2013) 외 8권을 펴냈지
만 다 합쳐봐야 600여 편 정도이다. 이 시들을 쓰기 위해서 공부하는
과정에서 문학평론집으로 ①毒舌의 香氣(1993) ②新詩學派宣言(1994)
③自然을 꿈꾸는 文明(1996) ④호도까기-批評의 無知와 眞實(1998) ⑥
명시감상(2000) ⑦비평의 자유로움과 가벼움을 위하여(2002) ⑧문학
의 텃밭 가꾸기(2007) ⑨명시감상과 시작법상의 근본문제(2010: ⑥의 개
정증보) 등을 펴냈다. 그래서 많은 사람들은 나를 시인이라기보다 문
학평론가라고 말한다. 그들에게는 나의 시보다 문학평론이 더 깊게
각인된 모양이다.

  그리고 인도·네팔·티베트·중국·이스라엘·시리아·이집
트·레바논·아르헨티나·캐나다·요르단·터키·그리스·브라
질·페루·캄보디아·베트남·태국 등 20여 개국 외국여행을 마치
고, 심층여행 에세이집이라 하여 ①시간의 수레를 타고(2008) ②지중
해 연안 7개국 여행기『산책』(2010) ③여행도 수행이다(2014) 등 3종
의 여행기를 펴냈고, 종교적 에세이집 ①신은 말하지 않으나 인간이
말할 뿐이다(2009)와 이 책의 개정증보판인 ②경전분석을 통해서 본
예수교의 실상과 허상(2012. 896페이지)을 펴냈다. 그런 와중에 뜻밖에
'자신의 몸 안에 든 귀신을 쫓아내 달라'는 한 여인이 나타나 그녀를
탐구한 논픽션 ①신과 동거중인 여자(2012)를 펴냈으며, 2013년 03

월 명상법을 써 발행하였으며, 1998년 02월에 창간한 격월간 「동방문학」을 2016년 2월 현재 통권 제79호까지 펴냈다. 그리고 『명상법』에 대한 독자들의 많은 질문과 관심에 힘입어 '주머니 속 명상법'이란 새로운 제목으로 불교의 선(禪) 수행법을 대폭 수용하여 아주 새롭게 다시 펴냈었다.

물론, 이들 개인저서 외에 ①한·일전후세대 100인 시선집 「푸른 그리움」을 양국 동시 출판(1995)하였고 ②「시인이 시인에게 주는 편지」(1997)*이시환의 시집과 문학평론집을 읽고 문학인들이 보낸 편지를 모은 자료집 ③고인돌 앤솔러지 「말하는 돌」(2002) ④독도 앤솔러지 「내 마음속의 독도」(2005) ⑤연꽃 앤솔러지 「연꽃과 연꽃 사이」(2008) 등의 편저를 기획·주관하여 펴내기도 했다.

뒤돌아보면, 나는 분명 문학에 '미친놈'이었으며, 어리석기 짝이 없는, 미련한 놈이었다. 문학에 집착한 나머지 가정경제에는 전혀 도움이 되지 못하는 가장으로서 지금껏 살아왔기 때문이다. 그러나 캐나다 몬트리올에 사는 유병찬 박사가 조건 없이 나의 시를 읽고 스스로 선정하여 60여 편 영역해 준 작품들로 「Shantytown and The Buddha」(2003) 라는 시집이 발행되어 2007년 5월에 캐나다 몬트리올 '웨스트마운트' 도서관에서 영구 소장하기로 심의 결정되었고, 중역시집인 「于立廣野」(2004)가 중국 북경 소재 '중국화평출판사'에서 발행되어 중국 내 유명 도서관 약 100여 곳에 비치되는 좋은 일도 있었다. 그리고 인간 세상에 존재하는 그 어떤 하찮은 문학상도 그냥 주어지는 법은 없다고 생각하지만 ①한국문학평론가협회상 비평 부문 ②한맥문학상 평론 부문 ③설송문학상 평론 부문 ④한국예술평론가협의회 주최 제35회 올해의 최우수예술평론상 등 네 차례

의 문학상이 문학적으로나 인간적으로 너무 '오만한' 내게까지 주어
졌다. 이것은 기적 같은 일이라고 생각한다. 상조차 받고 싶은 사람
이 전혀 아니었고, 주최 측에 전혀 도움이 되지 못한 사람이었기 때
문이다. 그 정도로 나는 늘 오만했고, 권위적이었으며, 독선적이었
던 게 사실이다.

그러나 나는 그 사이 이순(耳順)을 눈앞에 두었고, 지쳐있으며, 많
이 늙어버렸다. 특히, 동방문학을 발행해 오면서 잡문들을 많이 써
대면서 머리털도 성기어지고 백발이 되었다. 이제 그런 '가련한' 자
신을 들여다보며 숨을 고르고 있다. 후반부 인생을 어떻게 살 것인
가를 놓고서 말이다.

누가 그런 나에게 '무엇 때문에 살았는가?'라고 지금 묻는다면, 나
는 '바보 같이 시를 쓰기 위해서 살았다.'라고 말할 수밖에 없다. '그
렇다면, 무슨 시를 얼마나 썼느냐?'라고 다시 물어온다면 '나는 고
작 600여 편의 시를 썼고, 내 시인으로서 평생 화두는 생명·삶·죽
음·신(神) 등이었다.'라고 말하고 싶다. 나의 작품들을 읽어온 사람
들은 분명 많지 않지만 그 가운데 일부의 사람들은 내 마음 속 풍경
을 너무 잘 알고 있으리라 믿는다. 바로 그 사람들 덕에 내가 오늘날
까지 버틸 수 있었으며, 살아올 수 있었다고 나는 생각한다.

-2016. 2.

3. 내 가치관의 핵

지금껏 시(詩)를 써온 내 평생의 키워드는 ①생명(生命) ②삶 ③죽음 ④신(神) ⑤자연(自然) 등이었다고 감히 말할 수 있다. 59년 동안의 내 삶의 족적으로서 남아있는 시집, 문학평론집, 종교적 에세이집, 기타 여행기, 명상법 등의 저서(著書)들이 그 증거라 할 수 있다.

생명이란 유기체적 구조물의 기능이고, 그 기능정지가 곧 죽음이며, 삶이란 저마다의 욕구충족활동에 지나지 않는다는 사실을 나이 50을 넘어서야 분명하게 깨달을 수 있었다. 따라서 그동안의 내 삶은 이 같은 단순한, 아니 담백한 사실을 깨닫기 위한 무지(無智) · 무명(無明)의 몸부림이었다고 말할 수 있다.

지금 나는 생각한다. 몸과 마음이 건강하게 자연수명을 다할 때까지 가능한 한 아름다운 것들을 많이 보고, 가능한 한 좋은 말이나 좋은 소리들을 많이 들으며, 가능한 한 착한 마음을 많이 내며 착한 생각을 많이 하고, 가능한 한 하고 싶은 일들을 성실하게 하며 살아야 한다고 말이다. 단, 그렇게 사는 동안은 그 누구에게라도 정신적 물질적 피해를 끼치지 말아야 하는데 이것이야말로 가장 어렵고, 그 어려운 실천이야말로 가장 위대하다고 나는 믿는다.

그렇다면, 우리는 어떻게 살아야 잘 사는 것이며, 스스로 행복하다 할까? 그것은 스스로 하고 싶은 일을 하되, 그 과정이나 그것의 결과가 자신을 즐겁게 하고, 타인을 유익하게 해야 한다고 믿는다. 그리고 여력(餘力)이 있다면 자신보다 못하거나 부족한 이웃사람들에게 자신의 재능과 온정을 나눠주는, 베푸는 삶을 살아야 한다고 생각한다.

죽음에 대해서는 그 누구도 피할 수 없으며, 오히려 그것이 있음으로 해서 인간 생명과 인간 삶이 거룩해질 수 있는 것이고, 그 의미가 또한 깊어진다는 사실을 분명하게 깨달을 필요가 있다고 본다. 뿐만 아니라, 죽음으로써 만이 만물이 비로소 똑 같은 길을 가며, 그 결과 절대적 평등세계로의 진입이 실현된다는 사실도 알아야 한다. 특히, 지위고하는 물론이고 재산 명예 유무나 정도에 관계없이, 그리고 자신의 의지와도 전혀 상관없이 모두가 똑 같은 길을 가게 되어 똑 같아질 수밖에 없다는 사실을 믿어야 한다. 이것은 사후(死後) 신의 심판결과에 따라 천국(극락) 지옥 등의 상벌이 주어진다는 종교적인 생각이나 믿음보다도 더 확실하고 더 큰 위로가 되어줄 것이다. 사실, 우리가 죽어서 가는 길의 끝이 곧 절대적 평등세계이며, 그것의 본질은 다름 아닌 공(空)인 것이다. 따라서 죽어서 다시 태어나 무엇이 된다고 믿고 기대하는 것은 최고의 어리석음이자 인간 욕심의 극치라고 나는 생각한다.

육체가 없는 영혼이란 존재하지도 않으며, 영혼 없는 육체란 주검 곧 쓰레기일 뿐임을 분명히 인지하고, 보장받을 수 없는 내세의 꿈보다 현실적인 오늘의 삶이 더 소중함을 알고서 그것을 위해서 늘 진지하게 생각하고 노력할 필요가 있다고 본다.

그러한 일상 속에서 더 행복해지고 싶다면 생로병사 과정을 피할 수 없고 외면할 수 없다는 인간존재의 정체성을 바로 깨닫고, 자신의 욕구부터 적절히 통제해야 하며, 상대방을 이해하려고 내가 먼저 노력하고, 내가 먼저 배려하며, 내가 먼저 베풀어야 한다고 생각한다. 물론, 그러기 위해서는 위에서 설명한 생명과 삶과 죽음의 본질은 물론 서로의 관계(關係)에 대해서 깨달아야 하며, 자신의 능력과 너그러움을 점진적으로 키워 나가야 할 것이다.

그리고 자연(自然)이란 인간 존재를 비롯하여 모든 생명체와 모든 사물이 그 속에서 나왔으나 그 속에 머물며 그 속으로 돌아가는 커다란 그릇이다. 나는 그 안에 담긴 것들이 보여주는 현상들을 통해서 그 아름다움과 그 질서를 익히면서 생명과 죽음을 이해하고 삶의 방법을 깨우친 셈이다.

인간세상에서 진정으로 성공한 사람이란, 가장 가까이 있는 사람[가족]으로부터 인정받고, 가장 멀리 있는 사람들에게까지 두루 존경받는 사람이라고 나는 생각한다. 그 인정과 존경은 내가 쌓아온 돈과 권력에서 나온다고들 생각하지만 절대 그렇지가 않다. 오히려 타인을 위한 자기희생 곧 사랑의 실천에서 나온다. 다만, 그것의 결과로 주어지는 것이 있다면 그것은 곧 내 마음의 만족이며, 평화라는 사실이다.

-2015. 10. 15.

영성의 시인 이시환 시문학 읽기 · 2

니르바나와 케노시스에 이르는 길

초판인쇄 2016년 02월 20일 **초판발행** 2016년 02월 25일

지은이 **심종숙**
펴낸이 **이혜숙**   펴낸곳 **신세림출판사**
등록일 **1991년 12월 24일 제2-1298호**

04559 서울특별시 중구 창경궁로 6, 702호(충무로5가, 부성빌딩)
전화 **02-2264-1972** 팩스 **02-2264-1973**
E-mail : shinselim72@hanmail.net

정가 **15,000원**

ISBN 978-89-5800-167-6, 03810